중단편선 Ⅱ

중단편선 II

초판 1쇄 인쇄일 _ 2010년 7월 25일
초판 1쇄 발행일 _ 2010년 7월 30일

지은이 _ 레프 니콜라예비치 톨스토이
옮긴이 _ 김문황
펴낸이 _ 박진숙
펴낸곳 _ 작가정신
주소 _ 121-210 서울시 마포구 서교동 370-15 남성빌딩 2층
전화 _ (02)335-2854 팩스 _ (02)335-2855
E-mail _ editor@jakka.co.kr
홈페이지 _ www.jakka.co.kr
출판등록 _ 1987년 11월 14일 제1-537호

ISBN 978-89-7288-373-9 04890
    978-89-7288-309-8 (전 13권)

중단편선 II

김문황 옮김

작가
정신

일러두기

* 이 책은 톨스토이 탄생 150주년을 기념하여 러시아 모스크바에서 출간된 전집
  Л.Н. Толстой, Собрание сочинений в 22 томах(Москва, 1978~1985)
  중 제2권을 원전으로 하여 완역했습니다.
* 톨스토이의 원주는 따로 표시하지 않고 괄호 안에 담았습니다.
* 원문에 나오는 외국어들을 해석한 부분 중 역자가 해석을 달았을 경우 가독성을
  위해 '옮긴이' 표시를 생략했습니다.

차 례

톨스토이 사망 100주년 기념 문학전집 간행에 부쳐

  오는 2010년은 레프 니콜라예비치 톨스토이(1828~1910)가 사망한 지 100주년 되는 해다. 세상을 뜨고 많은 세월이 흘렀음에도 불구하고 톨스토이가 여전히 전 세계의 많은 이들의 마음속에 남아 있는 것은 어떤 연유에서인가. 여러 가지가 있겠지만 가장 큰 이유는 사람답게 사는 길이 무엇인지를 다양한 형태로 제시했기 때문이 아닐까 한다.

  톨스토이가 한 인간 그리고 작가로서 평생 추구한 것은 삶과 죽음의 본질에 대한 물음과 답이었고 궁극적으로 도달한 것은 삶의 본질에 대한 깨달음이었다. 그리고 그것은 '타인을 위한 삶', '베푸는 삶'이었다. 그는 귀족이었지만 농민, 평민의 삶의 본질을 이해하고자 애썼고 그들에게 공감과 연민을 느꼈으며 그들을 돕고 그들과 같은 삶을 살고자 하였다. 그리고 그것은 자연에 순응하는 삶이기도 했다.

  한국에서 톨스토이가 독자의 사랑을 받게 된 계기는 무엇보다도 타락한 인간의 도덕적 갱생을 그림으로써 계몽적 성향이 강한 『부활』을 통해서였다. 이후 점차 그의 다른 작품들도 번역되어 1970년대에는 그의 작품 중 대다수가 소개되기에 이르렀다. 그러나 그동안 번역 소개된 작품들은 시간이 경과함에 따라 오늘날의 언어감각에 어울리지 않는 표현들이 곳곳에서 발견되는 등 아쉬운 점이 없지 않아 이를 보완하는 새로운 번역이 필요하게 되었다.

이에 평소 톨스토이에 관심이 많았던 이들이 뜻을 모아 현대적인 감각을 살려 전 문학작품을 재번역하게 되었다. 이렇게 볼 때 이번에 톨스토이 사망 100주년을 기념하여 그의 문학작품을 집대성하여 번역 소개하는 것은 큰 의의가 있다 할 수 있을 것이다.

번역 대본으로는 톨스토이 탄생 150주년을 기념하여 모스크바에서 출간된 작품 전집 Л. Н. Толстой, Собрание сочинений в 22 томах(Москва, 1978~1985) 중 순수 문학작품이 수록된 권들을 선정하였다. 덧붙여 이번에는 톨스토이의 순수 문학세계를 재조명하고 그가 남긴 에세이, 평론, 일기, 서한 등은 훗날 작가 톨스토이에서 한 걸음 더 나아가 인간 톨스토이를 전면적으로 재조명할 때 소개하기로 역자들은 의견을 모았다. 이러한 취지를 이해하고 흔쾌히 전집 간행을 결심하며 원고를 정성껏 가다듬어 아담한 책으로 출판해주신 박진숙 사장님과 편집부 여러분께 깊이 감사드린다. 부디 이 전집이 톨스토이가 젊었을 때부터 나이가 들 때까지 문학작품을 통해 무엇을 추구했고 무엇을 보여주고자 했는지 이해하는 데 도움이 되길 바라며, 아무쪼록 작가 톨스토이를 재조명하는 이 작업이 러시아 문학을 사랑하는 독자 여러분께 잔잔한 기쁨을 드릴 수 있다면 더할 나위 없겠다.

고려대학교 노어노문학과 교수 고일

습격

—어느 지원병의
이야기

습격

― 어느 지원병의 이야기

1

7월 12일, 카프카스에 배치된 이래 얼굴은 한 번도 본 적이 없는 홀로호프 대위가 칼을 차고 견장을 단 제복을 입은 채 내 움막의 작은 문을 열고 들어왔다.

"대령님을 만나고 곧바로 오는 길인데, 우리 대대는 내일 떠나네." 궁금해하는 내 눈빛을 쳐다보며 대위는 말했다.

"어디로 갑니까?" 나는 물었다.

"NN으로. 그곳에 집결하라는 지시를 받았어."

"그럼 그곳에 도착해서 다른 곳으로 이동하겠네요?"

"그렇겠지."

"어디로 이동할까요? 대위님 생각은 어떠십니까?"

"생각할 게 뭐 있나? 난 내가 아는 것만 말하는 거야. 어젯밤에 사령관님이 급파한 타타르인이 이틀분 건빵을 휴대하고 대대원 모두 출동하라는 명령을 전달하고 황급히 돌아갔어. 그런데 자네 말이야, '어디로? 왜? 얼마 동안?'이라는 질문은 하지 말게. 출동 명령이 내려졌다는 것만으로 충분해."

"그렇지만 건빵을 이틀분만 휴대한다면, 부대가 오랫동안 체류하진 않겠네요?"

"건빵을 이틀분만 휴대한다고 꼭 단기간 체류할 거라고는 볼 수 없지……."

"아니 어떻게 그럴 수가 있습니까?" 나는 깜짝 놀라며 물었다.

"그런 적이 있었지! 일주일분 건빵을 휴대하고 다르기 지역으로 행군했는데 그곳에서 거의 한 달 동안 머물렀거든!"

"그런데 저는 대위님과 함께 갈 수 있습니까?" 잠시 침묵이 흐른 뒤 나는 물었다.

"원한다면 그렇게 할 수 있지. 그러나 자넨 가지 않았으면 좋겠네. 왜 위험을 감수하려 하나?"

"아닙니다. 이번에는 대위님의 충고를 따르지 않을 수 있도록 허락해주십시오. 전 여기서 전투가 벌어지는 것을 보기 위해 한 달 동안 지냈습니다. 그런데 어떻게 저더러 포기하라고 하십니까?"

"원한다면 함께 가지. 하지만 여기 남아 있는 것이 더 좋지 않겠나? 우리는 하나님과 함께 출동하고, 자네는 여기 남아 사냥이나 하며 우리를 기다리는 게 어때? 그것도 영예로울 것 같은데!" 그가 이 말을 꽤 설득력 있는 어조로 말했기 때문에 나는 잠시 동안 그것도 영예로울지 모른다고 생각했다. 그러나 나는 어떤 연유로든 절대 남지 않겠다고 단호하게 말했다.

"자네는 그곳에서 일어날 일을 이미 알고 있지 않나?" 대위는 나를 계속해서 설득하려 했다. "자네는 그곳에서 어떤 전투가 벌어질지 알고 싶은 거지? 미하일로프스키 다닐레프스키가 쓴 『전쟁의 기록』을 읽어보게나. 훌륭한 책이지. 그 책에는 전쟁에 관한 모든 것이 상세히 기록되어 있네. 군단이 어디에 배치되고, 전투가 어떻게 치러지는지."

"하지만 전 그런 것에는 별 관심이 없습니다." 나는 대답했다.

"그럼 대체 무엇에 관심이 있나? 자네는 단순히 사람이 사람을 죽이는 광경을 목격하고 싶은 건가? 1832년에 자네 같은 지원병이 이곳에 있었지. 아마 스페인 사람이었을 거야. 그는 우리와 함께 두 차례 원정에 참여했어. 그런데 푸른 코트를 입은 …… 그를 적군이 사살했지. 여기선 아무도 그런 일 따위로 놀라지 않는다네."

내 의도가 어리석다는 식으로 대위가 설명할 때 나는 상당한 수치심을 느꼈으나 그를 설득하여 그의 주장을 꺾으려 하지는 않았다.

"그는 용감했나요?" 나는 대위에게 물었다.

"하나님만이 알겠지. 그는 항상 앞으로 돌진했어. 총알이 빗발치는 곳에는 언제나 그가 있었지."

"그럼 그는 용감했군요." 나는 말했다.

"아니야, 불필요한 곳에서 날뛰는 행동이 용감한 것은 결코 아니지……."

"그럼 대체 용감하다는 것은 무엇입니까?"

"용감함? 용감함?" 대위는 마치 태어나서 처음 이런 질문을 받아본 사람처럼 되뇌었다. **"용감한 사람이란 반드시 나서야 할 때 나서서 행하는 사람이지."** 잠시 생각에 잠긴 후 그는 말했다.

나는 **두려워해야 할 때 두려워하고, 두려워하지 말아야 할 때 두려워하지 않는 것**이 용감함이라고 정의 내린 플라톤의 말을 기억했다. 대위가 표현한 용감함의 정의가 일반적이고 불명확하였음에도, 두 사람의 근본사상에는 두드러진 차이가 별로 없다는 생각이 들었다.

"그렇지요." 나는 말했다. "어떤 위험상황에 처하더라도 우리에게는 선택의 여지가 있다는 생각이 들어요. 예컨대 의무라는 숭고한 감정으로 선택하는 것은 용감함이지만, 저속한 감정에 지배되어 선택하는 것은 비겁함이지요. 따라서 쓸데없는 영예나 호기심, 혹은 탐욕 때문에 목숨을 거는 행위를 하는 인간은 결코 용감한 사람이 아니고, 반대로 자신의 가정 혹은 신념을 지키려고 위험한 상황을 회피하는 사람은 결코 겁쟁이가 아니지요."

내가 말을 하는 동안 대위는 묘한 표정으로 나를 응시하고 있었다.

"그런데 나는 그 점을 자네에게 증명할 수가 없군." 대위는 파이프에 담배를 재면서 말했다. "참, 여기 우리 중대에 철학에 대해 논하는 것을 좋아하는 사관후보생이 한 사람 있다네. 그 사람하고 얘기해보게. 그는 시도 쓴다네."

대위를 잘 알게 된 것은 내가 카프카스에 온 이후이지만, 사실 러시아에 있을 때부터 난 그에 대해 이미 알고 있었다. 그의 모친 마리야 이바노브나 홀로포바가 내 영지로부터 약 2베르스타 (1베르스타는 1.067킬로미터—옮긴이) 떨어진 조그만 영지에서 살고 있었기 때문이다. 나는 카프카스로 떠나기 전에 그녀의 집을 방문했다. 그녀는 내가 파셴카(그녀는 나이가 들고 머리털이 백발인 대위를 아직도 애칭인 파셴카로 불렀다)를 만나서, 살아 있는 편지가 되어 그녀가 어떻게 살아가고 있는지를 말해줄 수 있고, 선물꾸러미도 전달해줄 수 있다는 것에 대해 상당히 기뻐했다. 맛있는 만두와 훈제 생선을 내게 대접한 후, 마리야 이바노브나는 그녀의 침실로 가서 성물을 보관하기 위해 특이한 비단 리본으로 동여맨 검은 주머니를 들고 나왔다.

"이것은 불에 타지 않는 가시나무 떨기로 만든 수호자, 성모 마리아 성상이에요" 하고는 성호를 긋고 성모 마리아 성상에 입을 맞춘 뒤, 내 손에 쥐여주었다. "이것을 그 아이한테 전해줘요. 그 아이가 **카프카스**로 떠날 때 난 기도를 드렸는데, 만일 그 아이가 부상당하지 않고 살아 있다면 이 성모상을 주문하겠다고 약속했지요. 지난 18년 동안 성모 마리아와 성자들이 그 아이에게 자비를 베풀었기 때문에 어떤 전투에서도 부상을 당하지 않고 잘 지내고 있는 거예요! ……그 아이와 함께 지내고 있는 미하일로가 그 애는 아직 아무런 부상도 당하지 않았다고 내게 말해줬어요. 그 말을 듣고 난 머리털이 곤두섰지요. 물론 그 아이에 관한 것들은 다른 사람들을 통해서도 전해 들었어요. 그 아이는 결코 전투를 치른 이야기는 편지에다가 쓰지 않지요. 그 앤 내가 걱정할까 봐 무척이나 두려워하고 있어요."

(대위로부터 직접 들은 것은 아니지만 나는 그가 카프카스에서 네 차례에 걸쳐 중상을 입었다는 것을 알게 되었다. 그가 자신의 부상이나 참전 사실을 편지에 쓰지 않았다는 것이 분명했다.)

"그러니까 지금부터는 그 아이에게 이 성상을 내 축복과 함께 몸에 꼭 지니고 다니라고 전해주세요." 그녀는 계속 말했다. "가장 성스러운 수호자, 성모 마리아가 그 아이를 보호할 거예요! 그 아이는 이것을 항상 몸에 지니고 다녀야 돼요, 특히 전투에 참여할 때엔 말이에요. 그게 어머니 소원이라고 꼭 전해줘요."

나는 그녀의 부탁을 충실하게 이행하겠다고 약속했다.

"난 당신이 파센카를 좋아할 거라는 것을 알아요." 그녀는 이어서 말했다. "그 애는 참 좋은 아이예요. 그 애가 내게 돈을 부쳐주지 않은 해가 한 번도 없었어요. 내 딸 아누슈카도 많이 도와주고 있지요. 그런데 이 모든 돈을 자신의 봉급에서 떼어내 부치는 거예요. 내게 이런 아들을 주신 데 대해 하나님께 평생을 두고 감사하고 있어요." 그녀는 눈물을 흘리며 말을 끝맺었다.

"아드님이 자주 편지를 씁니까?" 나는 물었다.

"아주 드물어요, 아마 일 년에 한 번 정도. 그리고 돈을 부칠 때 가끔 몇 마디를 써 보내기도 하고, 전혀 안 쓸 때도 있지요. '만일 제가 어머니에게 편지를 쓰지 않는다면, 그것은 제가 건강하게 잘 지내고 있다는 겁니다. 그리고 혹시 무슨 일이 생긴다면 다른 사람들이 편지를 써서 알려줄 거예요'라고 그 애가 내게 써 보냈더군요."

나는 카프카스의 내 숙소에서 대위에게 선물을 전달했다. 그러자 그는 내게 포장지를 요구했다. 그는 선물을 정성스럽게 싸서 호주머니에 넣었다. 내가 그의 어머니의 생활에 대해 많은 것을 이야기했을 때, 대위는 묵묵히 듣고만 있었다. 내 말이 끝나자 그는 한쪽 구석으로 가서 한참 동안 담배 파이프에 담뱃잎을 쟀다.

"그래, 훌륭한 노인네지, 하나님이 우리를 다시 만나게 해주실지." 구석에서 다소 흐릿한 목소리로 그가 말했다.

이 단순한 말 속에는 엄청난 사랑과 슬픔이 묻어나 있었다.

"왜 이런 곳에서 근무하고 계십니까?" 내가 물었다.

"근무하지 않으면 안 되니까." 그는 확신에 찬 말투로 대답했다. "그리고 봉급도 배로 주니까, 나처럼 가난한 사람들에게는 큰 의미가 있지."

대위는 검소한 생활을 하고 있었다. 카드게임도 하지 않고, 흥청거리며 술을 마시는 일도 드물었고 값싼 담배를 피우고 있었다. 무슨 까닭인지는 모르겠지만 그는 자신이 피우는 싸구려 담배 쮸쮼을 고급담배인 **쌈브로탈리체스키 담배**라고 불렀다. 난 오래전부터 대위를 좋아하고 있었다. 눈을 똑바로 쳐다볼 때 유쾌하고도 편안한 느낌을 주는 단순하고도 차분한 러시아인의 모습을 가진 인물이었기 때문이다. 그리고 그와 대화를 나눈 후 나는 대위를 진정으로 존경하게 되었다.

2

다음 날 새벽 4시에 대위는 내 숙소를 방문했다. 그는 견장도 없는 낡고 해진 프록코트와 레즈긴 스타일(카프카스의 다게스탄 족의 민족 의상—옮긴이)의 펑퍼짐한 바지를 입고, 누런 쿠르페이(카프카스어로 '양가죽')로 만든 허름한 하얀 모자를 쓰고, 볼품없는 아시아식 칼을 어깨에 걸친 모습이었다. 그가 타고 온 하얀 마슈탁(카프카스어로 '체구가 작은 말')은 고개를 숙인 채 종종걸음을 치며 빈약한 꼬리를 쉬지 않고 흔들어댔다. 선량한 대위의 외모는 군인답지도 않고 훌륭하지도 않았지만, 그 모습에는 본의 아니게 존경심을 불러일으키게 하는 주위에 대한 무관심이 드러나 있었다.

나는 지체 없이 말 위에 올라탔다. 그리고 우리는 함께 요새 밖으로 달렸다.

우리 대대는 벌써 200사젠(1사젠은 약 2.1미터—옮긴이)쯤 앞서 가고 있었는데, 대대의 이동은 마치 꿈틀거리는 밀집한 대중이 만들어내는 검은 흐름 같았다. 빽빽하게 밀집해 있는 긴 바늘이 돌출한 것처럼 보이는 총검들과 때때로 들려오는 군가, 북소리, 요새에서 내가 여러 차례 즐겨 들었던 환희에 찬 제6중대의 합창 때문에 그들이 보병이라는 것을 알 수 있었다. 도로는 당시 물이 불어난 작은 강가 근처의 깊고 넓은 발카(카프카스어로 '협곡')로 나 있었다. 산비둘기 떼가 강 근처를 날고 있었는데, 바위 기슭에 내려앉기도 하고 공중에서 빠르게 선회하기도 하면서 시야에서 사라져버리곤 했다. 태양이 아직 떠오르지 않았지만 협곡 오른편 꼭대기가 서서히 빛나기 시작했다. 회색과 하얀색 바위, 황록색 이끼, 아침 이슬을 머금은 가시나무, 산사나무 그리고 느릅나무 덤불들이 떠오르는 태양의 투명한 황금빛 햇살 속에서 선명하게 두드러지고 있었다. 반면 협곡 왼편은 균일하지 않게 굽이치는 짙은 안개로 뒤덮여 눅눅하면서 어둠침침했고, 엷은 자주색, 검은색, 진녹색 그리고 하얀색이 함께 뒤범벅된 야릇한 색채를 드러내 보였다. 우리 바로 앞에 펼쳐진 진청색의 지평선에는 눈으로 뒤덮인 산이 그림자를 드리우며 신비스러운 형태로 미세한 부분까지 드러나 보일 정도로 아주 선명하게 펼쳐졌다. 키가 큰 풀숲에서 귀뚜라미, 잠자리 그리고 수천 종의 벌레가 잠에서 깨어나 명료하고 지속적인 울음소리로 대기를 가득 채웠다. 셀 수도 없을 정도로 많은 미세한 방울들이 내 귓전을 울리는 것 같았다. 물과 풀과 안개의 냄새. 아름다운 새벽녘 냄새가 대기 속에 스며들어 있었다. 대위는 부싯돌로 불을 붙여 파이프 담배를 피우기 시작했다. 내게 **쌈브로탈리 체스키 담배**와 부싯깃의 향은 유난히 유쾌하게 느껴졌다.

우리는 보병들을 빨리 추월하기 위해 길 한쪽 편으로 말을 달렸다. 대위는 평상시와 달리 깊은 생각에 잠긴 듯했다. 그는 입에서 다게스탄제 파이프를 떼지 않고, 말이 한 발짝 나갈 때마다 구두 뒤축으로 출렁거리는 말 옆구리를 부드럽게 찼다. 말은 이슬에 젖은 키가 큰 풀들을 헤치고 눈에 잘 띄지 않는 진녹색 발자국을 남기면서 전진했다. 갑자기 말발굽 밑에서 꿩 한 마리가 튀어 오르며 토르도카니예(꿩의 울음소리)를 내더니 사냥꾼들을 본능적으로 전율시키는 날갯짓을 하면서 천천히 하늘로 날아올랐다. 대위는 날아오르는 꿩에는 아무런 신경도 쓰지 않았다.

뒷전에서 말발굽 소리가 들려왔을 때 우리는 대대를 거의 따라잡고 있었다. 곧이어 장교복 외투와 높은 털모자를 쓴 아주 잘생긴 젊은 청년이 말을 타고 우리를 추월했다. 그는 우리와 나란히 달리는 순간에 미소를 지으면서 대위에게 고개 숙여 인사하고 채찍을 휘둘렀다……. 나는 말안장 위에서 우아하게 고삐를 쥐고 있는 그의 아름다운 검은 눈, 고상해 보이는 작은 코, 그리고 이제 막 나기 시작한 콧수염을 겨우 알아차릴 수 있었다. 우리가 넋을 잃고 자신을 바라본다는 것을 의식하면서 그가 우리에게 미소를 지었는데 나는 그의 그런 행동이 특히 맘에 들었다. 그 미소만으로도 그가 매우 젊다는 것을 알 수 있었다.

"그런데 어디로 달려가고 있는 거지?" 대위는 입에서 파이프를 떼지 않고 불만족스럽다는 듯이 중얼거렸다.

"누군데요?" 나는 그에게 물었다.

"알라닌 준위, 우리 중대의 장교지. 지난달에 군사학교를 졸업했어."

"그럼 그는 실전에 처음 참가하는 건가요?" 내가 물었다.

"그래, 그래서 미친 듯이 기뻐 날뛰고 있지 않나." 깊은 생각에 잠긴 듯 머리를 가로저은 대위가 대답했다. "젊음이라!"

"젊기 때문에 그가 기뻐하는 것 아닙니까? 저는 젊은 장교에게 실전이라는 것이 얼마나 흥미진진한 일인지 이해할 수 있습니다."

대위는 이 분 동안 아무 말도 하지 않았다.

"그래서 내가 말하지 않나, 젊음이라고!" 낮은 목소리로 그는 이어서 말했다. "아무것도 보지 않고 대체 어떻게 기뻐할 수가 있겠어! 자주 출정을 하다 보면 기뻐하지 않게 되지. 자, 장교 스무 명이 참전한다고 가정해보세. 그러면 그중에 누군가는 반드시 전사하거나 부상을 당하게 돼. 오늘은 나, 내일은 그 친구, 그리고 모레는 또 다른 친구, 대체 기뻐할 이유가 어디에 있지?"

산 너머로 떠오른 밝은 태양이 우리가 행군하는 협곡으로 빛을 비추기 시작했다. 물결치던 안개구름은 사방으로 흩어졌고 날씨는 점점 더워지기 시작했다. 총과 배낭을 어깨에 멘 병사들이 먼지가 자욱한 길을 따라 천천히 행군했다. 행렬 사이에서 가끔 우크라이나어로 말하는 소리와 웃음소리가 들려왔다. 하얀 하복을 입은, 대부분이 하사관인 노병들이 파이프를 물고 길 한쪽을 따라 진지하게 이야기를 주고받으며 걸어갔다. 짐을 꼭대기까지 잔뜩 실은 삼두마차는 천천히 이동하면서 자욱한 먼지를 일으켰다. 말을 탄 장교들은 선두에서 행진했다. 군인들 중에는 채찍으로 말 궁둥이를 때려 껑충 뛰게 만든 후 말머리를 한쪽 편으로 잡아당겨 갑자기 멈추게 하면서 카프카스 용사의 드쥐기트(다게스탄 지역에 거주하는 터키족의 일파인 쿠므이크족의 언어로 '용맹'이란 뜻)를 떨쳐 보이려는 자들도 있었다. 열기와 불볕더위에도 아랑곳없이 노래를 부르는 군인들의 합창 소리에 귀 기울이며 행군하는 군인들도 있었다.

보병보다 약 100사젠 앞서서 가는 타타르인 기병대의 한 장교가 큰 백마를 타고 선두에서 가고 있었다. 그는 상당히 용감하고 **상대방을 가리지 않고 올바른 직언을 면전에다 퍼붓는 인물**인데 키가 크고 잘생긴 용모에 아시아풍의 옷을 입고 있었다. 그는 금실로 누빈, 무릎까지 내려오는 타타르식 검은색 속옷과 바지, 그리고 체르케스식의 노란색 상의를 입고, 치라즈이(카프카스어로 '장식 끈'을 뜻함)가 달린 카프카스식 구두와 높은 모피 모자를 뒤로 젖혀 쓰고, 은실을 꼬아 만든 끈이 달린 탄약통과 권총을 가슴과 어깨에 걸치고 있었다. 허리에는 또 다른 권총 한 자루와 은장식을 한 단검을 차고 있었고 장식 끈이 달린 붉은색 모로코제 가죽 칼집에 들어 있는 군도를 허리에 차고, 검은색 케이스로 싼 장총을 비스듬히 어깨에 둘러멘 차림이었다. 그의 복장, 말을 다루는 솜씨, 태도, 그리고 그 밖의 전반적인 동작을 볼 때 타타르인들의 방식을 모방하려는 것이 분명했다. 심지어 그는 동행하는 타타르인들에게 내가 알지 못하는 타타르어로 뭐라고 말하기까지 했으나, 그들이 어리둥절해하며 이해하지 못하는 시선으로 서로를 쳐다보는 것으로 보아 그가 말하는 타타르어가 그들에게 통하지 않는다는 것을 알 수 있었다. 우리 부대에서 비교적 젊은 장교인 그는 마를린스키나 레르몬토프와 같은 부류의 용사들 중 한 사람이었다. 이런 부류의 인물들은 단지 '우리 시대의 영웅'과 '물라-누로프(19세기 이슬람교도들의 영적 지도자를 말함—옮긴이)' 같은 프리즘을 통해 카프카스를 관망하고 있으며, 그들의 행동은 자신의 고유한 기질에서 기인한 것이 아니라 이런 모델들에 의해 표출된 것이었다.

예컨대 중위는 아마도 귀부인이나 장군, 대령, 부관과 같은 주요 인사들의 상류사회를 선호하고 있을 것이다. 무척이나 허영심이 강한 인물이기 때문에 중위는 이런 사회를 매우 좋아할 것이라고 나는 굳게 믿는다. 그리고 주요 인사들에게 다소 부드러우면서도 거만한 태도를 취하고 있지만, 그는 그들에게 자신의 거친 행동을 드러내 보이는 것을 일종의 의무라고 여기는 듯했다. 귀부인이 요새를 방문할 경우 그는 붉은색 셔츠와 맨발에 카프카스식 슬리퍼를 신고 쿠나크(카프카스어로 '친구'를 뜻함)들과 함께 귀부인이 머물고 있는 숙소의 창문 옆을 배회하면서 목청 높여 고함과 욕지거리를 하는 것을 자신의 의무라고 생각하고 있었던 것이다. 이런 행동은 그녀를 모욕하기 위한 것이 아니라, 단지 그녀에게 자신의 하얀 다리가 얼마나 매력적인가를, 그리고 그녀로 하여금 쉽게 그를 사랑하게 만들 수 있다는 것을 보여주기 위한 방편이었다. 가끔 그는 두세 명의 우호적인 타타르인과 함께 한밤중에 산으로 가서 매복하고 있다가 지나가는 적대적인 타타르인을 잡아 구타하고 그들을 살해하곤 했다. 그는 자신이 경멸하고 혐오하는 사람들을 붙잡아다가 구타하고 고통을 가하는 것을 의무라고 여겼다. 그는 목에 걸고 다니는 큰 성상과 셔츠 밖으로 차고 다니는 단검을 잠자리에 들 때조차 항상 지니고 잤는데, 자신에게 많은 적이 있다고 굳게 믿고 있었다. 또한 반드시 누군가에게 보복과 피로써 설욕을 해야만 한다는 신념을 갖고 있었으며, 이런 행위는 그에게 최고의 쾌감을 주는 것이었다. 인간에 대한 증오심, 복수심, 그리고 경멸은 그에게 가장 고상한 시적 감정이었다. 그러나 그의 애인인 체르케스 여자의 말에 의하면 중위는 지극히 선량하고 순진한 사람이라는 것이다. 그는 매일 저녁마다 우울한 일기를 쓰고, 종이에다 금전 지출을 기록하고, 무릎을 꿇고 하나님께 기도를 올린다고 했다. 그에게서 드러나는 냉혹성과 복수심은 단지 스스로를 확신시키고 정당화시키는 행위에 불과했고, 동료들과 부하들은 그의 행태를 제대로 이해하지 못했던 것이다. 한번은 동료들과 야간 정탐을 나갔다가 총을 쏘아 체첸인의 다리에 관통상을 입히고 포로로 붙잡은 적이 있었다. 이 체첸인은 중위와 7주 동안 함께 지냈는데, 중위는 마치 친한 친구를 대하듯 그를 간호하고 돌봐주었다. 그리고 완쾌되었을 때 그에게 선물까지 주고 풀어주었다. 그로부터 얼마 후 중위가 다시 정탐을 나간 적이 있었다. 적군의 발포에 대응하면서 그가 부하들과 함께 퇴각하고 있을 때, 그는 적군들 가운데 누군가가 자신의 이름을 부르는 소리를 들었다. 언젠가 자기가 치료해주었던 체첸인이 말을 타고 달려 나와서 그에게 앞으로 나오라고 손짓했다. 중위는 말을 타고 그에게 달려가 악수를 했고, 가까운 거리에 서 있던 체첸인들은 잠시 사격을 멈추었다. 그러나 중위가 말머리를 돌려 선회하자마자 몇몇 체첸인들이 그를 향해 발사했고, 총알 한 방이 그의 등 옆을 가볍게 스치고 지나갔다. 또 다른 사건은 내가 직접 목격한 것인데, 한밤중에 요새 안에 불이 나서 2개 중대가 화재를 진압하고 있었다. 그때 불현듯 군중 속에 검은 말을 탄 키 큰 중위의 모습이 적자색 화염에 반사되어 보였다. 그는 군중을 가르며 불길 쪽으로 말을 몰았다. 불길에 바짝 다가간 후 그는 말에서 뛰어 내려 불타고 있는 가옥 안으로 뛰어 들어갔다. 오분이 지난 후 그는 머리털이 타고 팔꿈치에 화상을 입은 상태로 화염 속에서 구출한 비둘기 두 마리를 품에 안고 나왔다.

그의 성은 독일식인 **로젠크란츠**였다. 그러나 그는 종종 자신의 혈통에 대해 말할 때 바이킹까지 거슬러 올라갔고 자신과 자신의 조상은 순수한 러시아인이라고 확고하게 주장했다.

하루의 절반쯤을 지나 작열하는 태양이 대기를 가르며 뜨거운 햇살을 건조한 대지 위에 퍼붓고 있었다. 검푸른 하늘은 아주 맑게 개었다. 연자줏빛 구름은 눈 덮인 산기슭 위에만 걸려 있었다. 고요한 대기에는 반투명의 먼지들로 가득했다. 참을 수 없는 더위가 시작되었다. 목적지 중간 지점인 조그만 개천에 도착하자 부대는 멈춰서 휴식을 취했다. 군인들은 총을 세워놓고 물가로 뛰어들었다. 대대장은 자기 계급의 위풍을 한껏 드러내는 표정을 하고 그늘에 놓인 북 위에 걸터앉아 장교들과 가벼운 식사 준비를 하고 있었다. 대위는 군용마차 밑 풀 위에 드러누웠다. 용감한 로젠크란츠 중위와 젊은 장교 몇몇은 프록코트를 바닥에 깔고 술판을 준비하고 있었다. 수통과 술병을 주위에 늘어놓고 그들 앞에서 부대의 가수들이 반원 모양으로 둘러서서 활기차게 휘파람을 불며 다게스탄인의 억양으로 카프카스 노래를 불러댔다.

샤밀은 반란을 꾀했다
지난 몇 년 전부터⋯⋯
트라이-라이, 라-타-타이⋯⋯
지난 몇 년 전부터.

장교들 중에는 오늘 아침 우리를 추월했던 젊은 준위의 모습도 보였다. 그는 매우 흥이 나 있었다. 그의 두 눈은 빛났고, 혀가 조금 꼬부라져 있었다. 그는 모든 사람과 입맞춤을 하고 싶어 했고, 모든 이에게 사랑을 표현하고 싶어 했⋯⋯. 가련한 젊은이! 그는 자신의 이런 행동이 웃음거리가 된다는 것과, 자신이 표현하려는 솔직함과 친근함이 다른 사람들에게 그가 원했던 호감보다는 조롱거리가 될 수 있다는 것을 전혀 모르고 있었다. 마침내 술에 취해 얼굴이 빨개진 그가 벗어놓은 외투 위에 드러누워 팔꿈치로 기댄 채 검고 진한 머리카락을 뒤로 젖혔을 때, 그는 그 자태가 상당히 매혹적이었다는 것조차 인식하지 못했다. 마차 밑에 앉은 장교 두 사람은 식량 보관 박스 위에서 카드게임을 하고 있었다.

호기심에 가득 찬 나는 병사들과 장교들의 대화에 귀 기울이며 그들의 얼굴 표정을 주의 깊게 관찰했다. 그러나 내가 느끼고 있는 불안감을 그들에게서는 전혀 찾아볼 수 없었다. 그들이 나누는 농담, 웃음, 대화에는 어떠한 근심도 없었고 다가올 위험에도 무관심할 뿐이었다. 비록 상상도 할 수 없는 일이었지만, 그들 중 일부는 간 길로 다시 되돌아올 수 없는 운명이 지어졌던 것이다!

5

저녁 6~7시 사이에 우리는 먼지를 뒤집어쓴 채 지친 몸으로 NN 요새의 넓고 탄탄한 출입문을 통과했다. 한 폭의 그림 같은 포대, 요새 주위를 감싸고 있는 키 큰 포플러와 정원, 파종이 끝난 누런 밭, 그리고 환상적이고 매혹인 형태를 형성하며 모방이라도 하듯이 눈 덮인 산 정상에 몰려 있는 흰 구름 위로 일몰하는 태양의 장밋빛 광선이 비스듬히 쏟아졌다. 어린 반달이 투명한 구름처럼 지평선 위에 나타났다. 요새 출입문 근처에 흩어져 있는 마을에서 한 타타르인이 오두막집 지붕으로 올라가 기도를 드릴 러시아정교 신자들을 불러 모으고 있었다. 담대하고 열정적인 노랫가락이 울려 퍼지기 시작했다.

　나는 잠시 휴식을 취한 후 군복을 말쑥하게 차려입고 요새의 장군에게 내 의도를 전달하기 위해 전부터 알고 있던 부관을 방문했다. 내가 묵고 있던 포르쉬타트(독일어로 '교외'를 지칭하는 Vorstadt를 러시아어로 전사)를 벗어나 길을 걷고 있을 때 NN 요새에서는 뜻밖의 사건이 발생했다. 훌륭한 사륜마차가 나를 앞질러 달려가고 있었는데, 그 마차 안에서 유행하는 여성 모자가 눈에 띄었고, 프랑스어로 대화하는 소리가 귓가에 들렸다. 요새의 사령관 관저의 열린 창문으로부터 조율이 되지 않은 형편없는 피아노로 연주하는 〈리잔카〉 혹은 〈폴란드 무곡 카텐카〉와 같은 음악이 흘러나왔다. 술집 옆을 지나치고 있을 때, 테이블에 놓인 포도주잔 뒤편으로 담배를 손에 쥐고 있는 몇몇 서기들을 볼 수 있었다. 그들 중 한 사람이 다른 이에게 "정치적인 측면에서 볼 때, 마리야 그리고리예브나가 우리들 사이에서 최고의 숙녀라고 저는 생각합니다"라고 말하는 것이 들렸다. 낡아빠진 프록코트를 걸친, 병약해 보이고 등이 굽은 한 유대인이 삐거덕거리며 거의 망가진, 등에 메고 다니는 휴대용 오르간을 질질 끌고 있었다. 그리고 〈류치야〉라는 곡의 피날레가 온 마을에 울려 퍼졌다. 손에는 밝은 색조의 양산을 든 채 비단 스카프를 머리에 두르고 살랑살랑 스치는 소리가 나는 옷을 입은 두 여인이 내 옆을 지나 통나무 보도 위를 우아하게 걷고 있었다. 모자를 쓰지 않고 분홍색과 하늘색 옷을 각각 입은 두 처녀가 지붕이 낮고 조그만 토담집 근처에 서서 지나가는 장교들에게 관심을 끌기 위한 노골적인 유혹의 미소를 던지고 있었다.

나는 장군의 관저 아래층에서 전부터 알고 있던 부관을 만났다. 그에게 내가 원하는 것을 설명했고, 그는 받아들여질 수 있을 것이라고 대답했다. 그때 우리가 앉아 있는 창문 옆으로 방금 전 오던 길에 봤던 훌륭한 사륜마차가 지나치더니 입구에 멈춰 섰다. 소령 계급장에 보병 제복을 입은 키가 크고 체격이 좋은 남자가 사륜마차에서 내려 사령관 관저로 향했다.

"아, 실례하겠습니다." 부관은 일어서면서 내게 말했다. "장군님께 보고해야 할 일이 있어서요."

"지금 도착한 사람은 누구입니까?" 나는 물었다.

"백작부인입니다." 부관은 대답하고 군복 단추를 채운 후 2층으로 뛰어 올라갔다.

몇 분이 지난 후, 단추 구멍에 하얀색 십자가를 달고 견장이 없는 프록코트를 입은 키가 작고 잘생긴 남자가 2층 계단 입구에 나타났다. 그의 뒤에는 소령과 부관, 장교 두 사람이 서 있었다. 걸음걸이, 목소리, 모든 행동에 있어서 장군은 자신이 매우 고상한 가치를 잘 알고 있는 인물이라는 것을 드러내고 있었다.

"Bonsoir, madame la comtesse(안녕하세요, 백작부인)." 장군은 마차의 창문 쪽으로 손을 뻗으면서 말했다.

마차 안에서 새끼 염소가죽 장갑을 긴 귀여운 손이 그의 손을 잡았다. 그녀는 마차 창문으로 노란 모자를 쓴 채 미소 짓고 있는 예쁜 얼굴을 드러냈다.

몇 분 동안 대화가 지속됐고, 나는 그들 곁을 지나치면서 장군이 미소를 지으며 그녀에게 말하는 것을 들었다.

"Vous savez, que j'ai fait voeu de combattre les infidèles; prenez donc garde de le devenir(당신도 알다시피 나는 이교도들과 싸우겠다고 맹세를 했습니다. 그러니 이교도가 되지 않도록 조심하세요)."

마차 안에서 웃음소리가 터져 나왔다.

"Adieu donc, cher général(그럼, 안녕, 사랑스런 장군님)."

"Non, à revoir, n'oubliez pas, que je m'invite pour le soirée de demain(아닙니다, 다시 만날 때까지만 그렇죠. 당신이 저를 내일 저녁에 보자고 초대했다는 것을 잊지 마세요)." 관저 계단을 오르면서 장군이 말했다.

마차는 삐걱거리는 소리를 내며 떠났다.

나는 집으로 돌아오면서 생각했다. '러시아인들이 갈망하는 관등, 부귀, 명성을 모두 소유한 장군이, 결과는 오직 하나님만이 알고 있는 전투가 벌어지기 전에, 마치 무도회에서 만난 아름다운 여인에게 말을 건네듯이 그녀에게 농담을 던지며 다음날 그녀의 집에서 차를 마시겠다고 약속까지 하고 있다니!'

부관과 같이 있으면서 나를 한층 더 놀라게 만든 인물도 만났다. 그는 K연대 소속으로 여자처럼 얌전하고 수줍음을 타는 젊은 중위였다. 그는 이번 전투에서 자신을 제외시키려는 음모를 꾸미고 있는 사람들에 대한 분노와 불평을 털어놓으려 부관을 찾아왔던 것이다. 그는 그들의 그런 행동은 동료를 배반하는 치사한 짓이며, 이를 절대 용납할 수 없다는 것 등을 토로했다. 그의 얼굴 표정을 꼼꼼히 들여다볼수록, 그리고 그의 말투를 들어

불수록, 그가 최소한 거짓말은 하고 있지 않다는 것과 체르케스인들을 토벌하는 총알이 빗발치는 전투에 참전하지 못하도록 하려는 데 대해 상당히 당황하고 분개하고 있다는 것을 알아차릴 수 있었다. 그는 마치 부당하게 매를 맞아 상처받은 어린아이처럼 상처받았던 것이다……. 난 뭐가 뭔지 도무지 이해할 수가 없었다.

6

부대는 밤 10시에 출발할 예정이었다. 나는 저녁 8시 30분에 말을 타고 장군의 관저로 향했다. 장군과 부관이 바쁠 거라는 생각에 나는 길가에 말을 멈춰 세우고 울타리에 매어놓았다. 그리고 장군이 관저에서 나오자마자 그를 따라잡을 심산으로 집 근처 마당에 주저앉아 기다렸다.

태양의 열기와 광채는 밤의 서늘한 기운과 별이 가득한 암청색 하늘에서 창백하게 반원 형태로 빛을 발하고 있는 초승달의 흐릿한 빛으로 이미 바뀌어 있었다. 가옥의 창문과 토담집의 덧문 틈새로 불빛이 새어 나왔다. 달빛을 받아 허옇게 보이는 갈대 지붕으로 엮은 토담집 너머 정원에 정연히 서 있는 포플러들이 더욱 키가 커 보였고 훨씬 짙어 보였다.

가옥과 나무, 울타리의 긴 그림자들이 먼지가 이는 밝은 도로 쪽으로 비스듬히 기울어져 있었다……. 강가에서 개구리들이 쉴 새 없이 울어댔다(카프카스의 개구리는 러시아의 개구리와 다른 울음소리를 낸다). 길가에서 바삐 서두르는 사람들의 발소리와 말소리, 그리고 질주하는 말발굽 소리도 들렸다. 등에 메고 다니는 휴대용 오르간 소리가 요새 주변에서 간간히 들려왔다. **〈바람이 불어오다〉**라는 곡과 〈오로라 왈츠〉라는 독일곡이 연주되고 있었다.

　내가 어떤 생각에 잠겼는지는 말하지 않을 것이다. 왜냐하면 첫째, 쾌활함과 즐거움이 내 주변에 가득했음에도, 이와 동시에 끊임없이 우울한 생각이 내 마음속에 공존하고 있었다는 것을 고백하기가 부끄럽기 때문이다. 둘째, 이러한 생각들이 내가 쓰는 이야기와 어울리지 않기 때문이다. 나는 상념에 젖어 있었기 때문에 11시에 종이 울린 것과, 수행원과 함께 장군이 말을 타고 내 곁을 지나가는 것을 알아차리지 못했다.

　나는 급히 서둘러 말에 올라타고 부대를 뒤쫓기 시작했다.

　부대의 후미는 아직 요새 출입문에 있었다. 나는 쌓여 있는 무기, 탄약을 실은 마차, 짐마차, 그리고 떠들썩하게 명령을 내리는 장교들 사이를 비집고 나가 다리를 건넜다. 요새 문밖을 나서자 나는 어둠 속에서 조용히 이동하고 있는 1베르스타 정도 뻗어 있는 대열을 앞질러 장군을 따라잡았다. 일렬로 이동하고 있는 포병대를 지나칠 때, 대포들 사이에서 말을 타고 행진하고 있는 장교들 가운데서 고요하고 엄숙한 조화를 깨는 거친 불협화음의 독일인 목소리가 터져 나왔다. "아그흐쩡히스트, 화승간 火繩桿을 가지고 와!" 그러자 한 병사가 서두르며 소리치는 목소리가 들려왔다. "쉐브첸코! 중위님이 불을 가져오라고 하셔."

하늘은 대부분 진한 회색빛 구름들로 덮여 있었다. 흐릿한 별들이 그 사이에서 반짝이고 있었다. 달은 오른쪽에 있는 시커먼 산기슭 뒤편으로 사라졌다. 그리고 앞을 분간할 수 없을 정도의 칠흑 같은 산 아래의 어둠과 날카롭게 대조를 이루며 희미하고 흐릿한 달빛이 산꼭대기 위를 비추고 있었다. 대기는 따스했고, 주위는 마치 풀 한 포기와 구름 한 점도 움직이지 않는 것처럼 고요했다. 바로 눈앞에 있는 물체도 분간하지 못할 정도로 어두웠다. 길 양편을 따라 바위들, 혹은 낯선 사람들이 내 눈앞에 나타나는 것처럼 보였다. 잎사귀가 스치는 소리를 들었을 때와 잎을 덮고 있는 이슬방울의 신선함을 피부로 접촉하고 나서야 나는 비로소 그것들이 덤불이라는 것을 알 수 있었다.

내 앞에서 빽빽하게 흔들리는 검은 벽과 몇몇 점들이 움직이는 것이 보였다. 그것은 다름 아닌 기병대 선발대, 그리고 장군과 그의 수행원들이었다. 이와 유사한, 키 작은 검은 덩어리들이 우리 뒤편에서 행진하고 있었는데, 그들은 보병 무리였다.

적막이 부대 전체에 흘렀다. 하나로 융합된 신비스러운 매혹으로 가득 찬 한밤중의 소리들을 분명하게 들을 수 있었다. 어떤 때는 절망적인 애조를 띠기도 하고, 어떤 때는 기뻐 날뛰는 웃음소리와도 같은, 멀리서 들려오는 애처로운 들개의 울음소리, 그리고 귀뚜라미, 개구리, 메추라기의 단조로운 울음소리, 가까이 다가오며 웅성거리는 근원을 알 수 없는 소리들. 그리고 한밤중에 가까스로 들을 수 있는, 이해할 수도 없고 단정 지을 수도 없는 이 모든 자연의 소리들은 우리가 흔히 밤의 적막이라고 부르는 하나의 완벽한 아름다운 소리로 융합되었다. 이 적막은 무딘 말발굽 소리와 키 큰 풀의 스치는 소리로 이따금 깨지기도 하고, 다시 하나로 결합되기도 했다.

가끔 중화기가 쩽그렁 울리는 소리, 총검이 부딪히는 소리, 소곤대는 말소리, 그리고 말이 콧김을 내뿜는 소리만이 들릴 뿐이다.

자연은 조화로운 아름다움과 강인함으로 호흡하고 있었다.

별들이 가득 찬 끝없는 하늘 아래, 이처럼 아름다운 세상에서 살아가는 사람들이 답답함을 느낀다는 것이 과연 가능하단 말인가? 과연 이처럼 매혹적인 자연 속에서 인간들이 자신의 영혼 속에 악한 마음과 복수심을 품고, 자신과 똑같은 인간을 살해하려는 열정을 가질 수 있단 말인가? 인간의 가슴속에 자리한 모든 사악한 마음은 미와 선을 직접적으로 표현하고 있는 자연과 접촉하면 틀림없이 사라지게 될 것이다.

7

우리는 벌써 두 시간 넘게 행군했다. 한기를 느꼈고, 졸음이 엄습하기 시작했다. 암흑 속에서 물체들이 흐릿하게 보였다. 저 멀리 검은 벽과 그와 동일하게 움직이는 점들이 보였고, 내 곁에는 꼬리를 흔들며 뒷다리를 넓게 벌리고 걷는 하얀 말의 엉덩이와 하얀 체르케스 외투를 입은 군인이 등에 멘 검정 케이스에 꽂힌 장총과 장식이 있는 가죽 케이스에 꽂혀 있는 하얀 권총자루가 보였고, 붉은 콧수염, 비버가죽 옷깃, 그리고 염소가죽 장갑을 비추고 있는 담뱃불이 눈에 들어왔다. 나는 말머리 쪽으로 상체를 구부린 채 눈을 감고 몇 분간 졸고 있었다. 갑자기 귀에 익은 말발굽 소리와 잎사귀가 부스럭거리는 소리가 나를 깨웠다. 놀라서 주위를 두리번거리는 순간 나는 마치 얼어붙은 채 고정되어버린 듯했고, 앞쪽에 있는 검은 벽이 내게 다가오는 것 같은 느낌이 들면서, 갑자기 그 벽이 멈추어 서고 내가 그 벽으로 달려가고 있는 듯했다. 잠에서 깨어나는 찰나, 나는 원인은 알 수 없지만 계속해서 다가오는 우르릉거리는 굉음을 들었다. 다름 아닌 우렁찬 물소리였다. 우리는 깊은 협곡으로 들어서고 있었고, 당시 홍수(카프카스에서 강의 범람은 보통 7월에 발생한다)로 강물이 불어나서 힘차게 물이 흐르고 있었던 것이다. 물소리는 더욱 우렁차게 들렸다. 축축한 풀들은 더 칙칙해졌고 키가 컸으며, 덤불은 더 빽빽해졌고, 지평선은 점점 좁아졌다. 간혹 밝은 불빛이 시커먼 산 뒤편에서 반짝거렸다가 이내 사라지곤 했다.

"이보게 도대체 저 불빛은 무엇인가?" 나는 옆에서 말을 타고 가는 타타르인에게 속삭이며 물었다.

"저걸 모르세요?"

"모른다네."

"저건 산사람들이 타야크(카프카스어로 '긴 막대기') **끝에 매달은**

짚에 불을 붙여 흔드는 겁니다."

"무엇 때문에 그러는 거지?"

"지금 마을의 모든 사람에게 토마샤(타타르인들이 대화할 때 사용하는 단어. '성가신 놈들'이라는 뜻으로 러시아인들을 지칭)들이 쳐들어온다는 것을 알리는 거예요." 웃으면서 그는 덧붙였다. "아마도 후드라-무드라(카프카스어로 '가재도구')를 골짜기로 끌어내면서 야단법석이 났을 겁니다."

"그럼 부대가 행진하고 있다는 것을 벌써 알고 있단 말인가?" 나는 물었다.

"그럼요! "어떻게 모르겠어요! 항상 알고말고요. 우리네 사람들은 늘 그래요!"

"그럼 샤밀도 전투를 준비하고 있겠군?" 나는 물었다.

"이옥(타타르어로 '아니요')." 그는 부정의 표시로 고개를 가로저으며 대답했다. "샤밀은 전투에 참가하지 않을 겁니다. 샤밀은 나이브(카프카스어로 '충복')들을 전투에 내보내고, 자신은 높은 곳에서 망원경으로 보고 있을 겁니다."

"그럼 그는 먼 곳에 살고 있나?"

"그리 멀지 않은 곳이에요. 왼편으로 대략 10베르스타 지점에 살고 있지요."

"자넨 어찌 그리 잘 알고 있나?" 나는 물었다. "그곳에 가보았나?"

"갔었지요. 우리 모두가 산에 갔었지요."

"그럼 샤밀도 보았나?"

"어림도 없어요! 우리는 샤밀을 볼 수가 없어요. 그를 보호하고 있는 뮤리드(뮤리드는 다양한 의미를 갖고 있는데, 여기서는 부관과 친위병 중간에 있는 병사를 지칭한다)들이 10만에서 30만 명 정도나 되는 걸요. 샤밀은 그들 한가운데 있지요!" 아첨하는 표정을 지으며 그가 말했다.

위쪽을 올려다본 후에야 비로소 맑게 갠 하늘의 동쪽이 밝아 오기 시작하고, 북두칠성이 지평선 너머로 사라진 것을 알아차릴 수 있었다. 그러나 우리가 나아가고 있는 협곡은 축축하고 어두웠다.

갑자기 우리 앞쪽 가까운 거리의 어둠 속에서 불빛이 번쩍였다. 그 순간 총알이 핑 하는 소리를 내며 날아왔다. 주위의 적막 속에서 총성과 날카로운 외침 소리가 멀리 울려 퍼졌다. 그것은 적의 전초 부대였다. 전초 부대원인 타타르인들이 함성을 지르며 총을 아무렇게나 쏘아대고는 사방으로 흩어졌다.

모든 것이 적막에 잠겼다. 장군은 통역관을 불렀다. 하얀 체르케스 외투를 입은 타타르인 통역관이 말을 타고 그에게 다가갔다. 그리고 소곤소곤 오랫동안 몸짓을 하면서 장군과 말했다.

"하사노프 대령, 병사들에게 산개하라고 명령하게." 장군은 조용하고도 천천히, 그러나 또렷한 목소리로 말했다.

부대는 강가에 도착했다. 부대 뒤편에는 협곡을 둘러싼 시커먼 산이 있었다. 날이 점점 밝아왔고, 희미하고 흐릿한 별들이 아릿하게 보이는 지평선은 더욱 높아 보이기 시작했다. 샛별이 동쪽에서 반짝였고, 신선하고 시원한 바람이 서쪽에서 불어왔다. 그리고 우렁차게 흐르는 강 위에 빛나는 안개가 연기처럼 피어올랐다.

8

안내원이 여울을 가리키자 기병대의 전위 부대와, 그 뒤를 따라 장군과 수행원이 차례로 건너기 시작했다. 말 가슴까지 물이 차올랐고, 수면 위로 여기저기 보이는 하얀 바위들 사이로 여울 물이 강렬하게 흘렀으며, 말의 다리 주변에서 소음을 내며 소용돌이쳤다. 물소리에 놀란 말들은 귀를 쫑긋 세우고 고개를 쳐든 채 평평하지 않은 강바닥을 침착하고 조심스레 디디며 나아갔다. 기수들은 자신들의 발과 총을 들어 올렸다. 보병은 스무 명씩 줄지어 손에 손을 잡고, 셔츠를 벗어서 총을 감싸고 그 위에 배낭과 옷가지를 걸치고 건너갔다. 급류에 떠내려가지 않으려고 긴장한 표정이 역력했다. 마차로 대포를 끌고 가는 마부들은 큰 소리를 지르면서 총총걸음으로 말들을 물속으로 몰아넣었다. 대포와 녹색 탄약을 실은 마차는 가끔 물을 튀기며, 바위투성이인 바닥을 통과하면서 수레바퀴 소리를 냈다. 그러나 억센 흑해산 말들은 부지런히 힘을 내며 줄을 당겨 물거품을 일으키고 꼬리와 갈기를 적신 채 맞은편 강가로 기어 올라갔다.

도강하자마자 장군은 사려 깊고 진지한 표정을 짓더니 말머리를 돌려 우리 앞쪽에 펼쳐진 숲으로 둘러싸인 넓은 들판으로 기병대를 이끌고 돌진했다. 카자크 기병대는 숲 가장자리를 따라 산개했다.

우리는 숲 속에서 체르케스 외투를 입고 모피 모자를 쓴 한 남자가 걸어가고 있는 것을 발견했다. 이어 두 번째 남자, 세 번째 남자…… 장교들 가운데 한 사람이 소리쳤다. "타타르인이다." 갑자기 나무 뒤편에서 연기가 솟아났다. 한 발, 또 한 발…… 그러나 우리 부대의 집중사격이 적군을 압도하기 시작했다. 가끔 벌이 날아가는 것처럼 느릿한 소리를 내며 우리 곁을 지나가는 총알들로 미루어볼 때 우리만이 사격을 가하는 것은 분명 아니었다. 보병이 전진하고, 이어 포병이 말을 달려 전선을 돌파했다. 대포의 꿍음, 산탄의 금속성 소리, 포탄의 지글거리는 소리, 그리고 지속적인 총탄 소리가 들렸다. 넓은 들판에 산개해 있는 기병대와 보병과 포병이 시야에 들어왔다. 대포, 포탄과 소총에서 나오는 연기가 이슬로 뒤덮인 풀밭과 안개와 뒤섞였다. 하사노프 대령은 전속력으로 말을 몰아 장군에게 달려와서 급하게 말고삐를 잡아채며 멈췄다.

대령은 거수경례를 하고 나서 말했다. "각하! 기병 대원들에게 진격 명령을 내리십시오. 적군의 깃발들(카프카스 산악 민족들은 다양한 의미를 내포하는 깃발들을 갖고 있는데, 자신만의 고유한 깃발을 만들어서 말을 탈 때 이를 들고 다닌다)이 보입니다." 그는 타타르 기병들 앞에서 하얀 말을 타고 적색과 청색 천을 매단 막대기를 흔들고 있는 두 사람을 채찍으로 가리켰다.

"하나님의 가호가 있기를, 이반 미하일르이치!" 장군이 말했다.

대령은 그 자리에서 말머리를 돌리며 칼을 뽑아 들고 소리쳤다. "돌격!"

"돌격! 돌격! 돌격!" 외치는 소리가 대열 속에서 울려 퍼졌고, 그를 뒤따라 기병대가 진격했다.

모든 군인이 동정심을 갖고 지켜보았다. 저 멀리 깃발이 하나, 둘, 셋, 넷…….

공격을 예상치 못한 적군은 숲 속으로 도주하고 그곳에서 총을 쏘아댔다. 총알이 더 자주 날아왔다.

"Quel charmant coup d'oil(정말 멋진 광경이야)!" 장군은 그렇게 말하면서 다리가 가는 검은 말 위로 영국식으로 가볍게 올라탔다.

"Charrmant(훌륭합니다)!" 소령은 프랑스식으로 r자를 굴리면서 대답하고, 채찍으로 말을 때리며 장군에게 다가와 말했다. "C'est un vrrai plaisirr, que la guerre dans un aussi beau pays(매력적입니다. 이런 아름다운 나라에서 전쟁을 한다는 것은 진정한 기쁨입니다)."

"Et surtout en bonne compagnie(그리고 무엇보다도 이렇게 좋은 부대원들과 함께 있다는 것이 더욱 그렇군)." 장군은 유쾌한 미소를 지으며 덧붙였다.

소령은 가볍게 고개를 숙였다.

그 순간 갑자기 쉬익하는 불길한 소음을 내며 적군의 포탄이 지나가면서 무엇인가를 가격했다. 후방에서 한 병사가 부상을 입으며 신음했다. 이 신음은 그동안 전투 장면에서 내가 느꼈던 매력적인 인상을 일순간 무너뜨리면서 야릇한 감정을 불러일으켰다. 그러나 병사의 부상을 알아차린 사람은 오직 나뿐인 것만 같았다. 소령은 만족스런 웃음을 터뜨리고 있었고, 다른 장교는 자신이 말하고자 했던 것을 차분히 이야기했다. 장군은 반대 방향을 바라보고, 잔잔한 미소를 지으면서 프랑스어로 말하고 있었다.

"장군님, 적군의 포탄에 대응해서 발사할까요?" 포병대장이 말을 타고 달려와서 장군에게 물었다.

"그래, 겁을 한번 주지." 장군은 담뱃불을 붙이면서 무관심하게 말했다.

포대가 정렬하고, 일제히 사격을 개시했다. 발포의 울림에 대지는 신음하고, 포화는 쉴 새 없이 번쩍이고, 내뿜는 화약 연기는 대포 주위에서 움직이고 있는 병사들의 모습이 잘 보이지 않을 정도로 시야를 흐릿하게 만들었다.

타타르 마을은 심하게 폭격 당했다. 다시 하사노프 대령이 말을 타고 달려와 장군의 명령을 하달받고 마을로 돌진했다. 전투 소음이 다시 울려 퍼졌고, 기병대는 스스로 일으킨 먼지 구덩이 속으로 사라졌다.

그 장면은 참으로 장관이었다. 그러나 지금 전개되고 있는 활발하고 생기 넘치는 움직임과 절규는 한 번도 실전에 참여한 경험이 없었던 내게 전혀 불필요한 것으로 여겨졌다. 마치 도끼로 허공을 강렬하게 내리치고 있는 사람들 같다는 생각이 들었다.

9

나를 포함한 수행원들과 장군이 마을에 도착했을 때, 이미 아군은 마을을 완전히 장악한 상태였고 적군은 단 한 명도 찾아볼 수 없었다.

흙으로 빚은 평평한 지붕과 멋진 굴뚝을 갖춘 깔끔하고 긴 토담집들이 개울물에 의해 둘로 나뉜 울퉁불퉁한 바위 언덕 위에 산재되어 있었다. 한편에는 키 큰 배나무와 르이차(작은 살구나무)가 심겨 있는 녹색 정원이 밝은 햇살을 머금고 있었고, 반대편에는 이상야릇한 그늘이 져 있었는데 다양한 색깔의 깃발이 매달려 있는 기다란 막대기 옆에 높은 비석이 세워져 있었다. 이것들은 용사들의 무덤이었다.

부대는 마을 출입구 안쪽에 정렬했다.

잠시 후 기쁨에 넘친 기병 대원, 카자크 병사, 보병들이 꼬불꼬불한 골목길로 흩어지면서 텅 빈 마을은 금세 활기를 되찾았다. 한쪽에서는 지붕을 무너뜨리고, 단단한 목재로 만든 나무문을 도끼로 부수고 있었다. 다른 쪽에서는 건초 더미, 울타리, 토담집이 불타면서 맑은 대기 속으로 짙은 연기가 솟아올랐다. 한 카자크 병사가 밀가루 포대와 양탄자를 질질 끌고 있었다. 또 다른 병사는 기쁨에 찬 표정으로 토담집에서 양철대야와 천 조각을 들고 나왔다. 양팔을 벌린 어떤 병사는 울타리 쪽으로 꼬꼬댁 하고 울며 도망가는 암탉 두 마리를 잡으려 애쓰고 있었다. 어떤 병사는 커다란 쿰간(우유 단지)을 발견하고 이를 마신 다음 껄껄 웃으며 땅바닥에 내동댕이쳤다.

나와 함께 NN 요새에서 출발했던 대대 병력도 이 마을에 들어와 있었다. 대위는 토담집 지붕 위에 앉아서 무심하게 **쌈브로 탈리체스키 담배** 연기를 짧은 담배 파이프를 통해 내뿜고 있었다. 그를 바라보던 나는 적군의 마을에 있다는 사실도 망각하고 마치 그의 집에 와 있는 것처럼 느꼈다.

"아! 자네도 여기 와 있군?" 나를 알아차린 그가 말했다.

키가 큰 로젠크란츠 중위의 모습이 마을 이곳저곳에서 언뜻언뜻 비쳤다. 쉴 새 없이 명령을 하달하고 있는 그는 매우 바쁜 사람처럼 보였다. 나는 그가 승리감에 도취되어 한 토담집에서 나오는 것을 보았다. 그를 뒤따라서 두 병사가 손이 꽁꽁 묶인 늙은 타타르인을 끌고 나왔다. 남루한 바지와 얼룩덜룩한 상의를 걸친 노인은 너무도 연약해서, 굽은 등 뒤로 묶인 뼈만 앙상히 남은 두 팔이 가까스로 어깨에 붙어 있는 것만 같았고, 구부러진 양다리는 움직이는 것이 거의 불가능해 보였다. 얼굴뿐 아니라 빡빡 민 머리의 일부분까지 깊은 주름이 잡혀 있었다. 가지런히 깎은 콧수염과 턱수염에 둘러싸인 채 치아가 다 빠지고 비뚤어진 입은 마치 무언가를 씹고 있는 것처럼 쉴 새 없이 움직이고 있었다. 그러나 속눈썹이 없는 그의 붉은 두 눈에는 아직도 불꽃이 타오르고 있었고, 노인 특유의 인생에 대한 무관심을 드러내고 있었다.

로젠크란츠 중위는 통역관을 통해 왜 다른 사람들처럼 도망가지 않았는지 그에게 물었다.

"내가 갈 곳이 어디 있겠소?" 다른 곳을 쳐다보면서 그는 조용히 대답했다.

"다른 사람들이 간 곳으로." 누군가가 말했다.

"용사들은 러시아인들에 대항해서 싸우러 나갔지요. 그러나 난 너무 늙었소."

"당신은 정말 러시아인들에 대항해서 싸우지 않았습니까?"

"내가 어떻게 러시아인들과 싸울 수 있겠소? 난 노인이요." 그는 주위에 있는 사람들을 무심코 둘러보면서 다시 말했다.

요새로 돌아오면서 나는 선두 열에서 행군하고 있는 한 카자크 병사의 안장 뒤에서 양손이 묶인 채 모자를 쓰지 않고 무덤덤한 표정으로 휘청거리며 걷고 있는 그 노인을 바라보았다. 그는 포로를 교환할 때 필요한 존재였던 것이다.

나는 지붕에 올라가 대위 옆에 앉았다.

"적군이 그리 많지 않았던 것 같아요." 오늘 벌인 전투에 대한 대위의 견해를 알고 싶어 하면서 나는 그에게 말했다.

"적군?" 그는 놀란 표정을 지으며 말했다. "적군이라고 할 만한 놈은 하나도 없었어. 자넨 어떻게 그런 놈들을 적군이라고 표현하는가? 우리가 퇴각하는 오늘 저녁에 어떤 일이 일어나는지 잘 관찰하게나. 그들이 저쪽에서 쏟아져 나와서 우리를 추격하는 것을 보게 될 걸세." 그는 우리가 오늘 아침 통과했던 숲의 좁은 통로를 파이프로 가리키며 덧붙였다.

"대체 저건 뭡니까?" 나는 대위의 말을 가로막고, 우리로부터 멀지 않은 곳에서 무언가를 쑤셔 넣고 있는 돈 강 출신의 카자크들을 가리키며 불안한 어조로 물었다.

그들의 대화 가운데 어린아이의 울음소리 같은 것이 들려왔다.

"그래, 그걸로 때리면 안 돼…… 기다려…… 사람들이 볼지도 몰라…… 예브스티그네티, 칼 있나? 칼 좀 줘……."

"무언가를 나누고 있군, 저런 파렴치한들 같으니." 대위는 조용히 말했다.

그러나 바로 그 순간, 겁먹은 얼굴에 홍조를 띤 잘생긴 준위가 양손을 저으면서 카자크에게 달려갔다.

"건드리지 마, 죽이지 마!"라고 그는 어린애같이 소리를 질렀다.

카자크들은 자신들의 손에 쥐고 있던 하얀 염소 한 마리를 놓아주며 옆으로 물러섰다. 젊은 준위는 상당히 당황한 표정을 지으며 무슨 말인가를 중얼거리면서 염소 앞에 멈추어 섰다. 지붕 위에 있던 대위와 나를 발견한 그는 얼굴을 더욱 붉혔고, 이내 우리에게로 달려왔다.

"전 녀석들이 어린아이를 살해하는 줄 알았어요." 그는 수줍게 미소를 지으며 말했다.

10

장군과 기병대는 말을 타고 전진했다. NN 요새로부터 출발해서 나와 함께 행진했던 대대는 후위를 맡았다. 홀로호프 대위와 로젠크란츠 중위는 나란히 행군하며 퇴각했다.

대위의 예견은 정확하게 맞아떨어졌다. 우리가 언급했던 숲의 좁은 통로에 들어서자마자 적군의 기병과 보병이 양쪽 측면에서 출현했다. 그들이 너무나 가까운 거리에 있어서, 나는 장총을 든 채 몸을 구부리고 한 나무에서 다른 나무로 뛰어가고 있는 몇몇 적군을 분명하게 볼 수 있었다.

대위는 모자를 벗고, 성호를 그었다. 몇몇 노병도 그를 따라 성호를 그었다. 숲 속에서 우리는 "야, 이교도 놈들아! 야, 러시아 놈들아!"라고 소리치는 것을 들었다. 양 측면에서 건조하고 날카로운 총성이 나면서 총알이 빗발쳤다. 아군도 조용히 그리고 재빠르게 응사했다. 아군 대열 속에서 어쩌다가 다음과 같은 소리가 들려왔다. "**저놈들은** 어디서 총을 쏘고 있는 거야. **저놈들은** 숲 속에서 발사하니 좋겠네. 우리에게 **대포**가 필요한 것 같은데……."

대포를 정렬하고 몇 발을 퍼부었다. 그러자 적군의 기세가 한풀 꺾인 듯했다. 그러나 얼마 지나지 않아 우리가 전진할 때 적군의 총성과 함성이 다시 강렬해지기 시작했다.

적군의 포탄이 굉음을 내며 우리 머리 위를 지나칠 무렵 우리는 마을에서 가까스로 약 300사젠 정도 퇴각했을 뿐이었다. 나는 한 병사가 포탄에 맞아 사살되는 것을 목격했다……. 그런데 나는 왜 굳이 이런 비참한 상황을 자세히 묘사해야만 하는가? 이 장면을 지워버릴 수만 있다면 어떤 대가라도 치르고 싶다.

로젠크란츠 중위는 자신의 장총을 들고 계속 응사하며, 잠시도 쉬지 않고 거친 소리로 병사들을 향해 고함을 지르고 행렬의 한쪽 끝에서 다른 쪽 끝으로 말을 전속력으로 몰아댔다. 그의 용감하고 군인다운 얼굴은 창백해져 있었다.

잘생긴 준위는 무아지경에 빠져 있었다. 그의 검은 눈동자는 용맹으로 빛났다. 그의 입술은 가벼운 미소를 띠고 있었다. 그는 여러 차례 대위에게 달려와 **돌격** 명령을 내려달라고 간청했다.

"우리는 그들을 격파할 것입니다." 그는 간절히 말했다. "정말 우리는 그들을 격파할 수 있습니다."

"그럴 필요 없네." 대위는 짤막하게 대답했다. "우리는 퇴각해야 해."

대위의 중대는 숲의 가장자리에 자리 잡고 엎드린 채 적군을 향해 응사하고 있었다. 뻣뻣한 가죽 모자와 낡아빠진 프록코트를 입은 대위는 백마의 고삐를 느슨하게 하고 짧은 등자 위에 놓인 발을 뻗으면서 움직이지 않고 조용히 서 있었다. 중대원들이 자신들의 임무를 숙지하고 이를 잘 수행하고 있었기 때문에, 대위는 다른 명령을 할 필요가 전혀 없었다. 가끔 그는 머리를 처들고 있는 병사에게 고함치며 목청을 높일 뿐이었다.

대위의 용모에서는 군인다운 용맹을 찾아볼 수가 없었다. 그러나 그의 품행에 넘쳐흐르는 진실함과 성실함이 내게 예사롭지 않은 감명을 주었다. "이 사람이야말로 진정 용감한 사람이다"라는 말이 나도 모르게 튀어나왔다.

그는 내가 항상 보아온 여느 때와 전혀 다르지 않은 사람이었다.

이전과 동일한 조용한 움직임, 이전과 동일한 평온한 음성, 잘생기지는 않았지만 단순한 그의 얼굴에 나타난 이전과 동일한 교활하지 않은 표정. 단지 평상시와 달리 빛을 발하고 있는 그의 두 눈을 통해 나는 그가 조용히 자신의 임무를 수행하는 인물이라는 것을 알 수 있었다. **'항상 평상시와 다름없이 동일하게'** 라고 사람들은 쉽게 말하곤 한다. 그러나 나는 많은 사람에게서 다양한 변화를 보아왔다. 어떤 이는 더 차분해 보이려고, 어떤 이는 더 준엄해 보이려고, 또 어떤 이는 평상시보다 더 쾌활해 보이려고 노력한다. 그러나 나는 대위의 표정을 통해 그가 자신의 얼굴에 변화의 옷을 입히려는 의도를 전혀 품고 있지 않다는 것을 알 수 있었다.

워털루 전투에서 "La garde meurt, mais ne se rend pas(친위대가 다 죽어도 나는 결코 항복하지 않는다)"라고 말했던 프랑스인과 그 밖의 영웅들. 특히 프랑스 사람들은 상당히 용감했고 그들은 후대에 기억할 만한 가치 있는 금언도 남겼다. 그러나 그들의 용기와 대위의 용기 사이에는 차이점이 있었다. 어떤 상황에 처했을 때 대위의 생각에 변화가 발생해 위대한 문구가 마음속에 형성되더라도, 그는 분명 그것을 겉으로 표현하지는 않을 것이다. 왜냐하면 첫째, 그가 위대한 문구를 언급함으로써 자신의 위대한 행위를 그르칠지도 모른다는 두려움을 갖고 있기 때문이고, 둘째, 어떤 사람이 위대한 행위를 할 수 있는 능력을 갖추고 있을 때에는 어떠한 말도 필요하지 않기 때문이다. 나는 바로 이런 것들이 러시아인들만이 갖고 있는 특이하고 고귀한 용기라고 생각한다. 그러므로 우리 젊은 러시아인 병사들이 고색창연한 프랑스 기사도를 모방한 진부한 프랑스 문구를 들었을 때, 어찌 가슴속에 고통이 느껴지지 않겠는가?

갑자기 잘생긴 준위와 그의 소대원들이 포진해 있는 근처에서 "돌격"이라는 나지막한 소리가 들려왔다. 외침이 나는 쪽으로 고개를 돌려보니, 병사 서른 명이 어깨에 배낭을 메고 총을 든 채 쟁기로 갈아엎은 밭 위로 혼신의 힘을 다해 달리고 있었다. 그들은 넘어지면서도 다시 일어나 소리를 지르며 앞을 향해 돌진했다. 그들의 선봉에는 젊은 준위가 칼을 휘두르며 달려가고 있었다.

그들 모두가 숲 속으로 사라졌다⋯⋯.

함성과 총성이 몇 분 동안 들려오더니 겁에 질린 말 한 마리가 숲에서 튀어나왔다. 그리고 숲 가장자리에서 아군 전사자와 부상자들을 운반하고 있는 병사들의 모습이 눈에 띄었다. 부상자 중에는 준위도 있었다. 두 병사가 준위의 겨드랑이를 끼어 부축했다. 그의 얼굴은 백지장같이 하얗게 변해 있었다. 그리고 이전에 드러나 있던 군인다운 용맹함은 사라지고, 겁을 잔뜩 먹은 채 이제는 단지 그 용맹의 그림자만을 드러내고 있는 잘생긴 얼굴을 양어깨 사이에 파묻고는 가슴 위로 떨어뜨리고 있었다. 풀어 헤친 프록코트 사이로 드러난 그의 하얀 셔츠 위로 핏자국이 선명했다.

"아, 애처롭군!" 이 슬픈 광경으로부터 나도 모르게 눈길을 돌리면서 말했다.

"정말 가엾군요." 내 옆에서 장총에 몸을 기대고 있던 한 노병이 말했다. "아무것도 두려워하지 않았으니, 저렇게 될 수밖에 없지요." 부상당한 준위를 뚫어지게 바라보며 덧붙였다. "바보 같은 사람, 이제야 보답을 받았군."

"그럼 자네는 정말로 두렵나?" 나는 노병에게 물었다.

"물론이지요!"

11

병사 네 명이 준위를 들것으로 운반했다. 그들 뒤편에 있는 요새에서 출발했던 한 병사가 구급약이 실린 녹색 상자 두 개를 등에 싣고 있는, 지치고 야윈 말 한 마리를 끌고 있었다. 그들은 군의관을 기다리고 있었다. 장교들이 말을 타고 들것 옆으로 다가와서 부상당한 준위를 격려하고 위로했다.

"이보게, 알라닌, 숟가락을 들고 다시 신나게 춤을 추려면 시간이 좀 걸리겠는데." 로젠크란츠 중위가 다가와서 미소를 지으며 말했다.

그는 이렇게 말한 것이 잘생긴 준위에게 용기를 줄 것이라고 생각했음이 분명했다. 그러나 준위의 차갑고 슬픈 시선으로 보아 그의 말은 기대했던 효과를 얻어내지 못한 듯했다.

대위도 옆으로 다가왔다. 그는 찬찬히 부상자를 바라보았다. 항상 무표정하고 냉정한 그의 얼굴에는 진심에서 우러나오는 깊은 동정심이 드러났다.

"아나톨리 이바느이비치, 좀 어떤가?" 대위는 내가 전혀 예상하지 못했던 동정심을 품은 부드러운 목소리로 준위에게 물었다. "아마도, 하나님 뜻인가 보네."

부상자는 주위를 둘러보았다. 그의 창백한 얼굴에는 슬픈 미소가 감돌았다.

"그래요, 제가 대위님 말을 듣지 않았어요."

"하나님의 뜻이라고 말하는 편이 더 나아." 대위가 말했다.

도착한 군의관은 소매를 걷어붙이고, 붕대와 진찰기, 그리고 그 밖의 의약품을 갖고 격려의 미소를 띠며 부상자에게 다가갔다.

"저런, 그들이 당신의 건강한 몸뚱이에다 조그만 구멍을 만들어놓았군." 별생각 없는 농담조로 군위관은 말했다. "어디 봅시다."

비록 그는 군의관이 알아채지 못한, 당황하고 원망하는 눈초리를 지었지만 순순히 지시에 응했다. 상처 부위를 진찰하기 시작한 군의관은 여러 각도에서 자세히 살펴보았다. 그런데 부상자는 고통을 참지 못하고 괴로운 신음을 내뱉으며 군의관의 손을 뿌리쳤다.

"그만하세요." 그는 꺼져 들어가는 목소리로 말했다. "어차피 죽을 겁니다."

그는 이 말을 하고 나서 쓰러졌다. 오 분 후 나는 그의 주위에 모여 있던 병사들에게 다가가서 한 병사에게 물었다. "준위는 어떻게 됐나?" 그들이 대답했다. **"전사하셨습니다."**

12

넓게 종대를 형성한 부대원들이 군가를 부르며 요새로 향했을 때는 이미 늦은 오후 무렵이었다.

눈 덮인 산 뒤편으로 태양은 숨어버렸고, 마지막 장밋빛 노을이 선명한 지평선 너머에 머물러 있던 가늘고 긴 구름 위로 늘어져 있었다. 눈 덮인 산은 연보라색 안개로 뒤덮였다. 보랏빛 노을과 대비를 이루며 가장 높은 산꼭대기만이 아주 선명하게 시야에 들어왔다. 벌써 오래전에 떠오른 투명한 달은 검푸른 창공에서 하얗게 빛을 발했다. 녹색의 풀과 나무는 검게 변하고, 이슬이 덮이기 시작했다. 부대의 검은 무리는 술렁거리며 리듬에 맞추어 비옥한 목초지를 가로지르며 행군했다. 여기저기서 크고 작은 북소리와 노랫가락이 울려 퍼졌다. 선명하고도 깊이 있는 제6중대의 우렁찬 합창 소리는 감정과 힘을 내포한 채 저녁 공기를 가로지르며 저 멀리 울려 퍼졌다.

당구계수원의
수기

당구계수원의 수기

2시에서 3시 사이에 일어난 일이었다. 게임을 하고 있던 신사들은 큰 손님(우리 일동은 그를 그렇게 불렀다), 공작(그는 큰 손님과 항상 같이 다닌다), 콧수염을 기른 귀족, 한때 배우였던 키가 작은 기병 장교 올리베르, 그리고 **판**이었다. 그들은 상당한 지위의 사람들이다.

큰 손님은 공작과 경기를 하고 있었다. 때마침 나는 당구대 주위를 왔다 갔다 하면서 9와 48, 12와 48을 세고 있었다. 잘 알려진 대로 우리 당구계수원이 하는 일은 이틀 밤씩 잠도 못 자고, 식음도 전폐한 채, 줄곧 소리치고 공을 꺼내는 것이다. 당구계수원인 나는 속으로 숫자를 계산하면서 눈으로는 새로 온 신사가 문을 열고 들어와서 주위를 둘러보고 소파에 앉는 것을 바라본다.

'이 사람은 어떤 사람일까? 어떤 부류에 속하는 사람일까?' 나는 혼자 속으로 생각한다.

그의 옷차림이 말쑥해서 마치 옷 전체를 새로 맞춘 것 같다. 그는 격자무늬 편물바지에 최근에 유행하는 짧은 프록코트, 온갖 잡동사니들이 매달려 있는 금줄이 살짝 드러나 보이는 벨벳 조끼를 입고 있다.

그의 말쑥한 옷차림보다도 그 사람 자체가 한층 더 멋있어 보였다. 그는 호리호리한 큰 키에 최근에 유행하는 앞이마를 살짝 덮는 곱슬머리, 그리고 하얀 얼굴과 붉은 뺨을 가진 잘생긴 청년이었다.

잘 알려진 대로 우리가 하는 일은 온갖 부류의 사람들을 만나는 것이다. 당신이 영리한 당구계수원이라면 중요한 사람이건 별 볼일 없는 사람이건 가리지 않고 모든 사람의 비위를 잘 맞춰야만 한다.

나는 조용히 앉아 있는 그 신사를 쳐다본다. 새 옷을 입고 있는 그는 이곳에 아는 사람이 아무도 없다. 나는 생각한다. 외국인인가, 영국인인가, 아니면 처음 오는 백작인가. 젊은 나이에도 불구하고 몸가짐이 범상하지 않다. 그의 옆에 앉아 있는 올리베르가 몸을 살짝 비키면서 그에게 약간의 여유 공간을 제공한다.

게임이 끝났다. 큰 손님이 졌다. 그는 나에게 소리친다.

"자네는 줄곧 실수만 하는군. 그렇게 세지만 말고 이쪽저쪽을 잘 살피란 말이야."

그는 욕지거리를 하더니 큐를 집어던지고 나가버렸다. 생각해보라! 그는 저녁마다 50루블을 걸고 공작과 게임을 하는데, 지금 **마코나**산 포도주 한 병을 잃었다고 기분이 좋지 않은 것이다. 참 이상한 성격이다! 일전에 그는 공작과 새벽 2시까지 게임을 하면서 당구대의 포켓에 돈을 넣지 않았다. 나는 거드름을 피우고 있는 두 사람 모두 돈이 없다는 것을 안다.

"25루블 걸고 한 게임 할까?" 한 사람이 말한다.

"그러지!"

내가 피곤해서 하품을 하거나 공을 제 위치에 놓지 못하는 경우가 있다. 알다시피 인간은 돌처럼 튼튼하지 않다! 그러면 그는 달려들어 내 낯짝을 때릴 기회를 잡는다.

"우리는 나무 조각이 아니라, 돈을 걸고 게임을 하는 거야." 그가 말한다.

이렇게 말하는 그가 손님들 중에서 나를 제일 괴롭힌다.

어쨌든, 좋다. 큰 손님이 나가자마자 공작이 새로 온 신사에게 말을 걸었다.

"저하고 한 게임 하시겠습니까?"

"예, 좋습니다." 새로 온 신사가 대답한다.

소파에 앉아 있을 때 신사는 거만한 태도로 주위를 둘러보고 거드름을 피웠다. 그런데 일어나서 당구대로 다가왔을 때의 모습은 소심해 보였다. 소심하지 않다면 어딘가 아픈 것 같았다. 새 옷이 거북해서인지, 아니면 모두가 자기를 쳐다보는 것이 두려워서인지 그의 거드름은 이제 찾아볼 수가 없다. 모걸음을 걷다가 호주머니가 당구대 포켓에 걸리고, 큐에 초크칠을 하다 초크를 떨어뜨린다. 공을 쳐서 포켓에 집어넣고 나서는 주위를 둘러보며 얼굴을 붉힌다. 그런데 게임에 익숙한 공작은 전혀 그렇지 않다. 그는 큐에 초크칠을 하고, 손에도 백묵가루를 묻힌다.

그리고 마치 나무 심을 준비가 된 사람처럼 소매를 걷어 올린다. 공작은 키가 작고 왜소함에도 불구하고 강하게 쳐서 볼을 포켓으로 집어넣는다.

그들이 두 게임을 했는지, 아니면 세 게임을 했는지는 제대로 기억이 나지 않는다. 공작이 큐를 내려놓고 묻는다.

"성함이 어떻게 되십니까?"

"네흘류도프입니다."

"당신의 부친께서 군단을 지휘하셨던가요?"

"예, 그렇습니다."

그리고 그들은 가끔 프랑스어를 섞어가며 이야기한다. 나는 알아들을 수가 없다. 아마도 인척관계에 대해서 이야기를 주고 받았을 것이다.

"А ревуар(프랑스어 Au revoir—안녕히 계세요—를 러시아어로 전사)." 공작이 말한다. "만나서 반가웠습니다."

공작은 손을 씻고 식사를 하러 나간다. 그런데 그 신사는 큐를 가지고 당구대 옆에 서서 공을 치고 있다.

알다시피 우리 계수원들은 새로 온 사람에게 친절하게 대하는 것보다 무례하게 대하는 편이 훨씬 낫다는 사실을 잘 알고 있다. 그래서 나는 공을 집어 모으기 시작한다. 그는 얼굴을 붉히며 묻는다.

"게임을 좀 더 할 수 있나?"

"물론이죠." 나는 말한다. "당구대는 게임을 하라고 만들어놓은 겁니다." 그런데 나는 그를 쳐다보지 않고 큐를 걸어놓는다.

"나와 게임하겠나?"

"예, 나리!" 나는 공을 배치했다.

"기어가는 것을 걸고 게임할까요?"

"기어간다는 것이 무슨 뜻인가?" 그가 묻는다.

"그러니까, 제가 이기면 나리께서 50코페이카를 내시고, 나리께서 이기시면 제가 당구대 밑으로 기어 들어가는 게임입니다."

물론 이런 게임을 해본 적이 없는 그는 의아해하면서 웃음을 터뜨린다.

"그렇게 하지."

좋습니다. 나는 그렇게 대답한다.

"저에게 핸디캡을 얼마 주시겠습니까?"

"정말, 자네가 나보다 못 치는가?"

"예, 그렇습니다. 우리들 중에 나리보다 더 잘 치는 사람은 거의 없습니다."

우리는 게임을 하기 시작했다. 스스로를 고수라고 간주한 그는 폼을 잡고 공을 친다. 옆에 앉아 있는 **판**이 훈수를 둔다.

"잘 친다! 그렇게 쳐야지!"

그런데 어쩐다! 그는 공을 정확하게 치고 있으나, 숫자를 생각하면서 공을 치는 법을 전혀 모른다. 여느 때처럼 나는 첫 판을 져주었다. 그래서 나는 당구대 밑을 기면서 넋두리를 했다. 올리베르와 **판**이 자리에서 일어나 큐로 바닥을 두드리면서 깡충 깡충 뛴다.

"멋지다! 한 게임 더 하지." 그들이 말한다. "한 게임 더 해!"

한 게임을 더하라고! 50코페이카를 준다면 **판**은 당구대 밑이 아니라, 시니 다리 밑이라도 서슴지 않고 기어갈 놈이다. 그런 놈이 소리를 지르고 있으니.

"멋지다." 그가 말한다. "아직 바닥 먼지를 덜 닦은 것 같아."

나는 모든 사람이 잘 알고 있는 당구계수원 페트류슈카다. 이전에는 튜린이 당구계수원이었는데, 지금은 내가 당구계수원이다.

나는 실력을 드러내지 않는다. 그래서 한 판을 더 져주었다.

"나리를 도저히 대적할 수가 없습니다." 나는 그렇게 말해준다.

그가 웃음을 터뜨린다. 그다음에 나는 세 경기를 연거푸 이겼다. 그는 49였고 나는 0이었다. 나는 큐를 당구대 위에 내려놓고 말한다.

"전부 걸고 하시겠습니까, 나리?"

"전부라니 무슨 말인가?" 그가 묻는다.

"제가 이기면 나리가 3루블을 저에게 주시고, 나리가 이기시면 서로 비기는 겁니다." 내가 말한다.

"내가 어떻게 자네와 돈내기를 하겠나? 바보 같은 놈!"

그의 얼굴이 상기되었다.

그는 마지막 게임에서 내게 졌다.

그가 말한다. "됐어."

그는 영국인 상점에서 구입한 새 지갑을 꺼내 보이며 거드름을 피운다. 지갑 안에는 돈이 가득 들어 있었는데, 모두 100루블짜리였다.

"안 되겠군. 잔돈이 없어."

그렇게 말하며 그는 주머니에서 3루블을 꺼냈다.

"게임에서 진 값 2루블, 그리고 나머지 1루블로 보드카나 마시게."

나는 허리를 숙이고 그에게 감사한다. 훌륭한 신사다! 이런 분을 위해서라면 기꺼이 기어갈 수 있다. 한 가지 애석한 건, 그가 더 이상 돈내기 게임을 원하지 않는다는 것이다. 만일 원한다면 보기 좋게 털어먹을 수 있을 텐데. 20루블 혹은 40루블까지도 따먹을 수 있을 텐데.

판이 젊은 신사의 돈을 보자 말한다. "저와 한 게임 하지 않으시겠습니까? 당구를 아주 잘 치시는군요." 그는 여우처럼 접근했다. "아니요, 미안합니다. 시간이 없어서요." 그 신사는 그렇게 말하고 이곳을 떠났다.

악마만이 **판**이 누구인지 알고 있다. 어떤 사람이 그를 **판**이라고 불렀기 때문에 우리는 그를 그렇게 부른다. 그는 하루 종일 당구장에 앉아서 모든 게임을 지켜본다. 그는 얻어맞기도 했고 욕을 듣기도 했다. 아무도 그와 게임을 하려고 하지 않았다. 그래서 그는 앉아서 혼자 파이프 담배를 피우곤 했다. 그러나 그는 이번에는 게임을 하게 되었다……. 교활한 놈!

네흘류도프는 당구장을 두세 번 방문했고, 이후 자주 드나들기 시작했다. 아침저녁으로 방문할 때도 있었다. 그는 삼구, 포켓볼을 습득했다. 이제 그는 대담해졌고, 많은 사람들을 알게 되었으며, 당구도 제법 잘 치게 되었다. 명문가의 돈 많은 젊은

이라 모두 그를 존경했다. 오직 손님 중에서 단 한 사람, 큰 손님하고 언젠가 말다툼을 벌인 적이 있었을 뿐이다.

아주 사소한 일 때문에 발생한 사건이었다.

공작, 큰 손님, 네흘류도프, 올리베르, 그리고 또 한 사람이 내기 당구를 벌이고 있었다. 네흘류도프는 벽난로 옆에서 누군가와 이야기를 하고 있었고, 큰 손님은 당구를 치고 있었다. 당시 큰 손님은 술이 많이 취한 상태였다. 그가 친 당구공이 벽난로 맞은편 쪽으로 날아갔다. 비좁은 상태에서 큰 손님이 풀스윙을 했던 것이다.

그가 뒤에 있는 네흘류도프를 못 보고 그랬는지 아니면 일부러 풀스윙을 했는지는 알 수 없지만, 그의 큐는 정확하게 네흘류도프의 가슴을 강타했다. 네흘류도프는 신음을 내뱉었다. 그리고 어떻게 됐을까? 큰 손님은 사과할 사람이 아니다. 그는 난폭한 사람이다. 그는 걸어가면서 네흘류도프를 쳐다보지도 않았다. 게다가 투덜대기까지 한다. "왜 여기에 부딪히지? 그래서 공이 안 들어갔잖아. 다른 데 가서 서 있지, 왜 하필이면 여기에?"

얼굴색이 변한 네흘류도프는 그에게 다가갔다. 그리고 아무 일도 없었다는 듯이 예의 바르게 말한다.

"제게 사과를 하셔야만 하지 않겠습니까. 당신이 나를 치시지 않았습니까."

"나는 사과할 일이 없어요. 나는 반드시 이겨야 합니다." 큰 손님이 말했다. "그런데 지금은 내 공이 들어가네요."

네흘류도프는 그에게 다시 말한다.

"사과를 하세요."

"비켜요. 정말 귀찮게 구네!" 그리고 큰 손님은 계속해서 자기 공만 바라본다.

네흘류도프는 가까이 다가가서 그의 팔을 잡으며 말했다.

"상당히 무례하신 분이군요."

아리따운 아가씨처럼 젊고 호리호리했음에도 불구하고 그는 격정적인 성격을 갖고 있었다. 불타오르는 그의 눈동자는 마치 큰 손님을 잡아먹을 듯했다. 그런데 큰 손님은 키가 크고 건장한 사람이었다. 네흘류도프의 담력은 실로 대단했다!

"뭐라고? 내가 무례하다고!"

소리치면서 그는 네흘류도프를 향해 팔을 추켜올린다. 그러자 모두들 달려들어 두 사람의 팔을 잡고 그들을 떼어낸다.

사람들은 쓸데없는 말을 지껄인다. 그러자 네흘류도프가 말한다.

"당신이 나를 모욕했으니까, 내게 사과하도록 하십시오." 다시 말해 네흘류도프는 결투를 원하고 있는 것이다. 모두들 그런 관습은 잘 알고 있다……. 그러나 그래선 안 된다! 정말 안 된다.

"어떤 사과도 하지 않겠소! 더군다나 애송이인 당신에게. 귀를 잡아 댕길까 보다."

"만일 당신이 결투를 원치 않는다면, 당신은 신사가 아닙니다."

네흘류도프는 금세라도 눈물을 흘릴 것 같은 모습으로 그렇게 말했다.

"이봐, 젊은이," 큰 손님이 말한다. "나는 전혀 화가 나지 않았네."

여느 때처럼 사람들은 그들을 각각 다른 방으로 데리고 갔다. 네흘류도프는 공작과 친했다.

"제발 결투에 응하도록 그를 설득해주세요. 그는 술에 취해 있었지만 지금쯤이면 아마 제정신이 돌아왔을 거예요. 이 일을 이렇게 쉽게 끝낼 수는 없습니다." 네흘류도프는 이렇게 말한다.

공작이 나가서 큰 손님에게 이 말을 전하자 큰 손님이 말한다.

"나는 결투도, 전쟁도 다 겪어본 사람이요. 그리고 저런 풋내기와는 절대 싸우지 않을 거요. 싸우고 싶지 않습니다."

그들은 이런저런 이야기를 주고받았다. 그리고 침묵했다. 그러나 그 후로 큰 손님은 더 이상 당구장에 나타나지 않았다.

이 사건을 통해 네흘류도프는 강한 자존심과 싸움닭 기질을 보여주었다……. 그러나 그는 그 밖의 다른 일에 대해서는 완전히 숙맥이었다. 일전에 공작이 네흘류도프에게 질문했던 일이 생각난다.

"자네 여기서 누구와 같이 지내나?"

"아무도 없습니다."

공작이 다시 묻는다. "어떻게 혼자서 지낼 수 있지?"

"어째서 누구랑 같이 지내야만 됩니까?"

"그게 무슨 뜻인가?"

"저는 여태까지 쭉 혼자 살아왔습니다. 왜 혼자 살면 안 됩니까?"

"어떻게 혼자서 살았단 말인가? 그럴 수가!"

공작은 껄껄대며 웃고, 콧수염을 기른 신사 역시 너털웃음을 터뜨린다. 한바탕 웃음이 터져 나왔다.

"누구랑 같이 산 적이 한 번도 없단 말인가?" 사람들이 그렇게 묻는다.

"예, 없습니다."

그들은 포복절도한다. 나는 그들이 그를 조소하고 있다는 것을 깨달았다. 그에게 무슨 일이 일어날지 지켜보도록 하자.

공작이 말했다. "지금 당장 갑시다."

"안 됩니다!"

"자, 됐네! 정말 웃기지 않나. 원기를 북돋우기 위해 한잔 하고, 나가세."

네흘류도프의 대답에 공작은 그렇게 대꾸했다. 나는 그들에게 샴페인 한 병을 가져다주었다. 그들은 샴페인을 마신 후, 젊은 이를 데리고 나갔다.

새벽 1시쯤 돌아와서 그들은 저녁식사를 했다. 상당히 훌륭한 신사들이었다. 아타노프, 라진 공작, 슈스타흐 백작, 그리고 미르초프였다. 모두가 네흘류도프를 축하하며 웃음을 터뜨린다. 내가 불려 왔다. 제법 들뜬 분위기다.

"나리께 축하를 드리게." 그들이 말한다.

"무슨 일로 축하드리나요?"

그가 뭐라고 대답했는지, **교화인지 계몽인지** 잘 기억이 나질 않는다.

"축하드리게 돼서 영광입니다." 나는 그렇게 말한다.

그런데 그가 얼굴을 붉힌 채 앉아서 미소를 짓자 웃음바다가 되었다!

그리고 그들은 당구대로 다가온다. 다른 사람들은 모두 즐거운 표정을 짓고 있는데, 네흘류도프는 그렇지 않다. 그의 두 눈은 흐리멍덩하고, 입술은 씰룩거리고, 연신 딸꾹질을 하면서 말도 제대로 하지 못한다. 네흘류도프는 한 번도 그래 본 적이 없었던 것이다. 그는 당구대로 다가와서 팔꿈치를 괴며 말한다.

"당신들은 즐거운데 저는 우울합니다. 내가 왜 그 짓을 했을까? 아마 나는 평생 이 짓 때문에 공작과 나 자신을 용서하지 않을 거야."

그리고 네흘류도프는 주저앉더니 울기 시작한다. 물론 그는 술을 마셔서 자신이 무슨 말을 하고 있는지 몰랐다. 공작이 그에게 다가와 미소를 지었다.

"됐어, 별일 아니야!" 그러고 나서 공작은 말한다. "아나톨리, 집으로 가자."

"아무 데도 가지 않겠습니다. 왜 내가 그 짓을 했단 말인가?"

울음을 터뜨린 그는 당구대를 떠나고 싶어 하지 않았다. 경험이 없는 젊은이들은 다 이런 식이다.

네흘류도프는 자주 이곳을 드나들었다. 어느 날 그는 공작과 콧수염을 기른 어떤 신사와 함께 왔다. 그자는 늘 공작과 붙어다녔는데, 관리인지 은퇴한 사람인지 알 수 없지만 사람들은 그를 **페도트카**라고 불렀다. 그는 턱뼈가 튀어나왔고 추하게 생겼지만 깔끔하게 옷을 차려입고 사륜마차를 타고 다녔다. 사람들이 무엇 때문에 그를 그토록 좋아하는지는 아무도 모른다. **페도**

트카, 페도트카. 사람들이 그에게 밥도 사고 술도 사고, 그를 위해 돈도 내준다. 그는 파렴치한이었다! 게임에 지고도 돈을 내지 않는다. 그런데 그가 이기면 돈을 거두어들인다. 언젠가 큰 손님이 그를 모욕했고, 내가 보는 앞에서 그를 때렸다. 그리고 그에게 결투를 신청한 적이 있다. 그럼에도 **페도트카**는 여전히 공작의 팔을 끼고 함께 다닌다.

"자네는," 그가 말한다. "내가 없으면 망가질 거야. 나 **페도트카**가 없으면 말이지."

정말 웃기는 얘기다! 어쨌든 좋다. 그들이 와서 말한다.

"우리 셋이서 내기 당구 칠까?"

"합시다." 네흘류도프의 말에 3루블씩을 걸고 게임이 시작되었다. 네흘류도프와 공작은 이런저런 이야기를 주고받는다.

"자네, 그녀의 다리가 얼마나 멋진지 봤나?"

공작의 말에 네흘류도프가 응수했다. "그 다리가 아니라, 머릿결이 멋지죠!"

두 사람은 게임에 집중하지 않고 자기들만의 이야기를 나누고 있다. 그런데 두 사람이 게임에 관심을 두지 않고 실수하고 있을 때, **페도트카**는 게임에 몰두하며 점수를 계속해서 올린다. 그는 두 사람으로부터 6루블을 딴다. 그와 공작 사이에 돈거래가 어떻게 진행되는지는 아무도 모른다. 그들은 서로가 한 번도 돈을 낸 적이 없었기 때문이다. 네흘류도프는 3루블짜리 지폐 두 장을 꺼내서 그에게 건넨다.

"아닐세, 나는 자네한테 이 돈을 받고 싶지 않네. 우리 간단하게 한 게임 더 하세. 내가 이기면 두 배를 받고, 지면 무승부."

나는 당구공을 배치했다. **페도트카**가 선을 잡고 게임이 시작됐다. 네흘류도프는 악착같이 치지는 않는다. 그러다가 그가 점수를 딴다. 네흘류도프가 말한다. "원했던 것이 아닌데, 그냥 쉽게 맞았네요." 그러나 페도트카는 전적으로 게임에만 몰두하며 점수를 올린다. 물론 그는 자신의 승부욕을 철저히 감춘다. 그리고 예상 밖으로 게임에서 이기게 됐다고 말한다.

"다시 한 번 전부를 걸고 해보세." 그가 말한다.

"그럽시다."

그가 또 이겼다.

"대단치 않게 시작했는데." 그가 말한다. "나는 자네한테 이렇게 많이 이기고 싶지 않은데, 다시 모두 걸고 계속할까?"

"합시다."

어느 정도는 잃어도 괜찮은데, 50루블은 너무하다. 네흘류도프가 요청한다. "전부 걸고 한 게임 더 합시다." 그런 식으로 게임은 계속되었다. 마침내 그는 280루블을 잃었다. **페도트카**는 타짜다. 단순한 각도의 공은 일부러 실수하고 구석에 놓인 어려운 각도의 공은 어김없이 쳐낸다. 공작은 앉아서 게임이 점점 심각하게 진행되는 것을 바라본다.

"Ace, ace(프랑스어로 assez—이제 그만해—를 러시아어로 전사)." 그가 말한다.

그러나 판돈은 더 커졌다.

마침내 네흘류도프가 500루블 정도를 잃었다. **페도트카**가 큐를 내려놓고 말한다.

"이제 그만하지? 나 피곤하네."

그러나 네흘류도프에게 돈이 남아 있다면 그는 동트기 전까지 계속할 심산이다. 네흘류도프는 게임을 더 하고 싶어 한다. 그럼 더 해야지.

"이제 그만하지, 정말 피곤하군. 그럼 위층으로 올라가세." 그가 말한다. "거기서 복수전을 하지."

그런데 위층에서는 신사들이 카드게임을 하고 있었다. 처음에 그는 흥미를 갖고 카드게임을 시작한다. 그러다가 차츰 시간이 지나면서 **헤어지지 못할 정도로 푹 빠지게** 된다.

페도트카가 네흘류도프를 끌어들인 바로 그날부터, 그는 당구장을 매일 방문하기 시작했다. 당구는 한두 게임 정도만 하고, 네흘류도프는 서둘러서 위층으로 올라간다.

거기서 그들이 무엇을 했는지는 모르지만, 그는 완전히 다른 사람이 되었다. 그는 **페도트카**와 항상 붙어 다닌다. 한때는 유행에 맞는 옷을 말쑥하게 차려입었고, 그의 머리카락은 곱슬곱슬했었다. 그러나 이제는 아침에 막 일어난 사람처럼 몰골이 형편없다. 위층에 머물면서 그는 흐트러진 머리칼에 먼지와 초크가루로 뒤범벅된 프로코트를 입고 있으며, 그의 두 소매는 꼬질꼬질하다.

한번은 이런 차림새를 하고 창백한 얼굴에 입술을 떨면서 아래층으로 내려와 어떤 일에 대해 공작에게 불만을 토로하고 있었다.

"저는 **그가** 저에 대해서 지껄이는 것을 그냥 놔두지 않을 겁니다. (그가 뭐라고 했더라?) ……제가 **형편없는 가문 출신**이라나 뭐라나. 앞으로 더 이상 저를 이길 수 없게 만들어놓을 겁니다. 저는 **그에게** 1만 루블이나 잃었습니다. 이제 그는 사람들 앞에서 좀 더 신중해야 될 겁니다." 그가 말한다.

"그래, 알았어." 공작이 말한다. "**페도트카에게** 화를 낼 만한 가치가 있나?"

"아뇨, 하지만 이런 식으로 끝내지는 않을 겁니다." 그가 대답한다.

"그만두게." 공작이 말한다. "**페도트카가** 자네에게 뭐라 했다고 그렇게까지 화낼 필요는 없잖아!"

"하지만 다른 사람들하고 같이 있는 데서 그랬단 말입니다."

"다른 사람들하고 같이 있을 때?" 공작이 말한다. "자네가 원한다면, 내가 당장 올라가서 자네에게 사과하도록 말해보겠네."

"아닙니다." 그가 말한다.

그리고 그가 프랑스어로 무언가를 중얼거렸는데, 나는 이해할 수가 없었다. 무슨 일일까? 바로 그날 저녁 그는 페도트카와 함께 저녁식사를 했고, 서로 잘 지내고 있었는데 말이다.

그리고 얼마 후 네흘류도프가 혼자서 방문했다.

"내가 당구를 잘 치나?" 그가 묻는다.

우리의 일은 모든 사람의 비위를 잘 맞추는 것이다. 그래서 나는 "아주 잘 치십니다"라고 말한다. 맙소사 잘 친다니! 그는 게임을 할 때 전혀 계획도 세우지 않고 바보처럼 그냥 당구를 친다. 그리고 **페도트카에게** 얽혔던 바로 그때부터 그는 돈내기 게임을 시작했던 것이다. 그전에 그는 내기 당구를 전혀 치지 않았다. 식사나 샴페인을 걸고 하는 것조차 싫어했다. 언젠가 공작이 물어본 적이 있었다.

"샴페인 한 병 걸고 게임 한 판 할까."

"싫습니다. 차라리 샴페인 한 병을 시키는 편이 더 낫습니다. 어이! 여기 샴페인 한 병."

그런데 지금은 내기 당구만 친다. 날이면 날마다 우리 당구장에 와서, 누군가와 당구를 치거나 위층으로 올라가곤 한다. 나는 속으로 생각한다. '왜 다른 사람들만 돈을 따고, 나는 따지 못하고 있는가?'

"나리, 저하고 게임하신 지 오래되셨지요?" 나는 그렇게 물어본다.

그리고 게임이 시작되었다.

나는 그에게서 5루블을 따고 나서 묻는다. "이긴 것을 전부 걸고 한 판 더 할까요, 나리?"

그는 침묵한다. 그가 나를 **바보라고** 부르던 때의 내가 아니다. 그리하여 우리는 전부를 걸고 또 걸고 게임을 계속했다. 나는 그에게서 80루블을 땄다. 그다음부터 어떻게 되었을까? 그는 매일 나와 게임을 하기 시작했다. **당구계수원하고** 게임을 한다는 것이 창피했기 때문에 그는 아무도 없을 때까지 기다렸다가 나와 게임을 했다. 한번은 그가 내게 60루블을 잃었는데, 어쩐 일인지 그는 흥분했다.

그가 묻는다. "전부 걸 텐가?"

"좋습니다."

내가 이겼다.

"120루블 전부 다 걸지?"

"좋습니다."

내가 다시 이겼다.

"240루블 전부 다 걸지?"

"너무 많지 않은가요?" 나는 그렇게 말한다.

그는 침묵했다. 그리고 우리는 게임을 시작했다. 다시 나의 승리다.

"전부해서 480루블인가?"

나는 이렇게 말한다.

"나리, 제가 어떻게 나리를 화나게 하겠습니까. 100루블만 주십시오, 그렇게 하시죠."

그러자 그는 고함을 지른다! 상당히 조용한 사람이었는데 말이다.

"맞을래? 한 게임 더 할 거야, 안 할 거야?"

더 이상 어쩔 수 없다.

"죄송하지만 380루블만 걸고 하겠습니다."

물론 나는 일부로 지려고 마음먹었다.

나는 그에게 핸디캡 40점을 주었다. 그는 52점, 나는 36점이었다. 그는 내게 18점이 남도록 하기 위해 노란 공을 포켓에다 집어넣다가 내 공을 건드려 좋은 위치로 이동시켜놓았다.

나는 의도적으로 공이 포켓 안으로 들어가지 않도록 쳤다. 그러나 공은 쿠션을 맞고 튕겨 나와서 포켓 안으로 들어갔다. 다시 내가 이긴 것이다.

"이보게." 그가 말한다. "**표트르**(그는 나를 페트류슈카라고 부르질 않았다), 나는 지금 자네에게 돈을 줄 수가 없네. 두 달 후면 3,000루블이라도 지불할 수 있어."

그의 얼굴은 새빨개졌고 목소리는 떨리기까지 했다.

"좋습니다, 나리."

나는 그렇게 말하고 큐를 내려놓았다. 그는 연방 왔다 갔다 하면서 땀을 흘렸다.

"표트르, 전부 걸고 다시 게임을 하세."

그는 그 말을 하면서 거의 울다시피 했다.

나는 대답한다.

"나리, 게임을 다시 하자고요!"

"그래, 다시 하세."

그리고 그는 손수 큐를 나에게 건네준다. 나는 큐를 받아 들고 바닥으로 날아가 떨어질 정도로 세게 공을 쳤다. 어느 누구도 내가 거드름 피우는 것을 막을 수 없다고 나는 생각한다.

"시작하시지요, 나리!"

그는 서두르며 손수 공을 배치했다. 나는 속으로 생각한다. '700루블까지 따진 않을 거야. 내가 지면 처음과 마찬가지인 셈이야.' 나는 일부러 서툴게 공을 쳤다. 그런데 어떻게 됐을까?

"왜 일부러 공을 서투르게 치나?" 그가 말한다.

그의 두 손은 떨리고 있었다. 그가 친 공이 포켓으로 빨려 들어가자 그는 손가락을 쫙 펴고 입을 실룩거리며, 머리와 손을 온통 포켓을 향해 쭉 뻗는다. 나는 말한다.

"이겨도 큰 도움은 안 될 겁니다, 나리."

그는 마침내 이겼다.

"나리는 저에게 180루블과 150게임을 빚지셨습니다. 저는 저녁을 먹으러 가겠습니다."

나는 큐를 내려놓고 나갔다.

문 뒤편에 있는 작은 테이블에 앉아서 그가 무엇을 하고 있는지 지켜본다. 그는 무엇을 하고 있을까? 그는 왔다 갔다 하기를 반복한다. 아무도 그를 쳐다보지 않는다고 생각하는 것 같다. 머리를 쥐어뜯다가 다시 걷는다. 그리고 무엇인가를 중얼거리고는 다시 머리를 쥐어뜯는다.

그로부터 여드레 동안 그는 나타나지 않았다. 한번은 불안한 안색을 띠고 식당에 왔었다. 그러나 당구장 안으로 들어오지는 않았다.

공작이 그를 보고 말했다.

"들어와서 한 게임 하세."

"아니요, 저는 더 이상 게임을 하지 않습니다."

"자, 어서! 들어와 한 게임 하자니까."

"아니요, 들어가지 않겠습니다. 제가 만일 들어간다 하더라도 당신에게 좋을 것이 없고, 저한테도 좋을 것이 없습니다."

그로부터 열흘 동안 그는 오지 않았다. 그러다가 그다음 축일에 들렀는데, 손님으로 어디를 초대받았다가 왔는지 연미복을 입고 있었다. 그날 그는 하루 종일 머무르며 게임을 했다. 그리고 이튿날에도, 그다음 날에도 찾아왔다……. 그는 이제 예전처럼 방문하기 시작했다. 나는 그와 한 번 더 게임을 하고 싶었다. 그러나 그는 "자네와는 경기를 하지 않겠네. 한 달 후에 집으로 오게, 그때 자네에게 빚진 180루블을 갚겠네"라고 말한다.

한 달 후에 나는 그의 집을 찾아갔다.

"아이고, 지금은 돈이 없네. 목요일에 다시 오게." 그는 이렇게 말한다.

목요일에 다시 찾아갔다. 그는 아주 훌륭한 집에 살고 있었다.

"댁에 계신가요?"

"주무십니다." 시종이 내게 말한다.

그렇다면 좋다. 나는 기다리기로 한다.

시종은 그의 농노들 중 한 사람이었다. 거짓말이라곤 할 줄 모르는, 소박하고 머리가 희끗희끗한 노인이었다. 우리는 이야기를 나눴다.

"우리가 나리와 함께 이곳에서 어떻게 살고 있는지 아십니까! 나리는 매우 소진된 상태입니다. 페테르부르크에서 어떤 명예도 이익도 얻지 못하고 계세요. 시골에서 올라왔을 때, 우리는 고인이 된 나리의 부친과 함께 지내던 때의 생활과 비슷하게 공작들, 백작들, 그리고 장군들의 저택을 방문하면서 지낼 것이라고 생각했답니다. 삼가 고인의 명복을 빕니다. 어쨌든 우리는 나리께서 지참금을 지닌 어느 백작의 딸과 결혼해 귀족답게 생활하실 거라고 생각했는데, 주인님께서는 이곳저곳 술집을 들락거리고 있습니다. 아주 잘못됐습니다! 르티시체바 공작부인이 친척 아주머니시고, 보로트인체프 공작은 대부이십니다. 그럼 뭘 합니까? 크리스마스에만 한 번 방문하곤 아예 코빼기도 안 비치십니다. 그들의 하인들까지 나를 비웃습니다. 제 주인이부친과 전혀 다르다고 말합니다. 내가 한번은 주인님께 말씀드렸어요. '나리, 아주머니 댁에 안 가보시겠습니까? 주인님을 오랫동안 못 보셨기 때문에 보고 싶어 하실 겁니다.' 주인님은 제게 '그곳에 가면 너무 따분해, 데미야느이치'라고 말씀하십니다.

그러니 어쩔 수 없지요! 선술집을 방문하는 것이 주인님의 유일한 낙이니까요. 정부 관리로 근무하시기만 해도 좋을 텐데. 그런데 이제는 카드게임에 빠지셨어요. 그런 것들은 결코 좋은 것이 아닌데 말입니다……. 휴! 주인님은 쓸데없는 것에 몰두하면서 몸을 다 망가트리고 있어요! 고인이 되신 주인마님, 평안하시기를 빕니다. 주인마님은 아드님에게 풍요로운 영지와 천 명이 넘는 농노, 그리고 30만 루블의 가치가 있는 임야를 남기셨습니다. 그런데 지금은 모든 것이 저당 잡혔고, 임야는 팔아먹었고, 영지의 농노들은 거의 다 파산했고, 이제 남은 것은 아무것도 없습니다. 영지에 주인이 부재하는 동안, 관리인은 주인보다 더 잔혹하게 농노들을 대했습니다……. 농노들의 마지막 가죽까지 다 벗겨버렸습니다. 관리인은 영지 관리엔 아무 관심도 없습니다. 그의 주머니가 두둑해질 동안 농노들은 굶주리고 있을 뿐입니다. 며칠 전에 세습영지에서 올라온 농노 두 사람이 영지 관리에 대해 불평불만을 토로했습니다. 그들은 '관리인이 농노들의 삶을 완전히 망쳐놓았습니다' 하고 말합니다. 그렇다고 어떻게 하겠어요? 주인님은 농노들로부터 불평을 다 듣고 난 후에, 그들에게 10루블씩을 주고 돌려보냈답니다. 그리고 '곧 내려가겠네. 돈을 받아 빚을 청산하고 이곳을 떠날 것이네' 하고 말했습니다.

그런데 어떻게 빚을 청산한단 말인지, 계속해서 새로운 빚을 지고 있는 판국에! 주인님은 이곳에서 한겨울을 지내는 데 8만 루블을 써버렸답니다. 이제는 1루블도 남지 않았어요! 주인님 때문에 전부 그렇게 된 겁니다. 얼마나 단순한 분인지 말로 다 설명할 수가 없습니다. 바로 그 단순함 때문에 다 망가진 것이죠. 바로 그 단순함 때문에 말입니다."

그리고 노인은 거의 울다시피 했다. 참 재미있는 노인이다.

11시쯤 잠에서 깨어난 그는 나를 불렀다.

"그들이 내게 돈을 보내오지 않았네, 그러니 내 잘못만은 아니지. 문을 닫게." 그가 말한다.

나는 문을 닫았다.

"여기 시계나 아니면 다이아몬드 핀을 가져가서 그것들을 저당 잡히게. 180루블 이상 받을 수 있을 걸세. 내가 돈을 받으면 물건을 다시 찾겠네."

"나리, 돈이 없으시면 할 수 없지요. 시계만이라도 가져가겠습니다. 제가 나리를 위해 그렇게 해드리지요." 나는 그 시계가 300루블 정도 나간다는 것을 알고 있다.

나는 시계를 100루블에 저당 잡히고, 그에게 메모를 전했다.

'나리는 저에게 80루블의 빚이 남아 있습니다. 언제든지 시계를 찾아가십시오.'

그래서 그는 지금까지 나에게 80루블의 빚이 남아 있다.

그는 다시 우리 당구장을 매일 방문했다. 그와 공작 사이의 돈 거래가 어떻게 돌아가는지 알 수 없지만, 그는 항상 공작과 붙어 다녔다. 그리고 그들은 **페도트카**와 카드게임을 하기 위해 위층으로 올라가곤 했다. 그런데 그들 세 사람 사이에는 불가사의한 돈 거래가 있었다. 한 사람이 다른 사람에게 돈을 주면 그 사람이 또 다른 사람에게 받은 돈을 준다. 그래서 누가 누구에게 얼마만큼 빚을 지고 있는지 알 수가 없다.

그런 식으로 그는 2년 동안 우리 당구장을 매일 찾았다. 이제 그의 원래 모습은 찾아볼 수 없었다. 그는 공작과 100루블을 걸고 게임을 하면서, 내게 마차 비용 1루블을 빌릴 정도로 대담해졌고 뻔뻔해졌다.

그는 점점 말라만 갔고, 혈색은 나빠졌으며, 침울해 보였다. 그는 당구장에 와서 압생트 한 잔과 **카나페**와 포트와인을 마시곤 했다. 그러고 나면 기분이 좋아지는 것 같았다.

한번은 마슬레니차 주간(러시아에서 봄을 맞는 축제 기간—옮긴이) 중에 어떤 경기병과 저녁식사 전에 게임을 하고 있었다.

"내기를 할까요?" 그가 말한다.

"좋소, 무슨 내기를 할까요?" 경기병이 되묻는다.

"부르고뉴 와인 어떠세요?"

"그럽시다."

경기병이 이겼고 그들은 식사를 하러 나갔다. 그들은 식탁에 앉았다. 네흘류도프가 주문한다.

"시몬! 부르고뉴 한 병, 알맞게 데워 오도록."

시몬은 술은 빼고 음식만 가지고 온다.

"와인은?" 그가 말한다.

시몬은 다시 뛰어가서, 구이 요리를 가져온다.

"와인을 달라니까."

그의 말에 시몬은 침묵한다.

"자네 정신이 나갔군! 우리는 벌써 식사를 마쳐가는데 와인이 없다니. 와인을 디저트로 마시는 사람이 어디 있나?"

시몬이 다시 나갔다.

"주인님이 나리를 뵙자고 합니다."

네흘류도프는 얼굴이 새빨개지면서 식탁에서 벌떡 일어났다.

"무슨 일인가?" 그가 말한다.

주인은 문 옆에 서 있었다.

"저는 더 이상 나리를 믿을 수가 없습니다. 왜냐하면 나리가 아직도 외상값을 다 갚지 못하시니까요."

"내가 이달 초에 갚는다고 했잖아." 그가 말한다.

"좋으실 대로 하세요. 그렇지만 저는 계속해서 나리에게 외상을 주고, 돈을 안 받을 수는 없습니다. 저는 나리에게서 1만 루블이나 받지 못했습니다." 주인이 말한다.

"알았네, МОНшер(프랑스어 Mon cher—친애하는 친구—를 러시아어로 전사)." 그가 말했다. "진짜 마지막으로 한 번만 더 나를 믿고 한 병 주게나. 곧 갚겠네."

그리고 네흘류도프는 급히 나갔다.

"무슨 일로 당신을 보자고 했나요?" 경기병의 물음에 네흘류도프가 대답했다.

"무언가 나한테 부탁할 것이 있다고 하더군요."

"지금 따끈한 와인 한 잔을 마시면 좋겠는데."

"시몬, 준비됐나?"

시몬이 달려 들어왔지만 아무것도 갖고 오지 않았다. 네흘류도프는 기분이 나빴다. 그는 식탁에서 일어나 내게 달려왔다.

"페트류샤, 6루블만 빌려주게."

그의 안색이 변해 있었다.

"안 됩니다, 나리. 벌써 나리는 저에게 많은 빚을 지셨어요."

"일주일 후에 자네에게 빌린 6루블을 40루블로 갚겠네."

"제가 가지고 있다면, 어떻게 감히 거절하겠습니까. 정말 없습니다."

그리고 어떻게 되었을까? 그는 뛰어나가면서 이를 악물고 주먹을 꽉 쥐었다. 마치 미친 사람처럼 복도를 뛰어다니면서 자기 이마를 세게 쳐댔다.

"오, 하나님! 어떻게 이러실 수가 있습니까?"

그는 그렇게 말하며 식당에 들르지 않고 사륜마차에 올라타서 황급히 가버렸다.

사람들이 웃어댔다. 경기병이 묻는다.

"나와 식사를 하던 신사 분은 어디 있나?"

"가셨습니다."

"가다니? 그가 뭐라고 말하고 갔나?"

"아무 말씀도 하시지 않았습니다! 마차에 앉더니 그냥 떠나셨습니다."

"이런 거위 같은 놈!"

치욕을 당한 그는 더 이상 당구장에 오지 않을 것이라고 나는 생각한다. 그러나 그렇지 않았다. 다음 날 저녁 무렵 그가 도착한다. 어떤 상자를 들고 들어왔다. 그는 외투를 벗었다.

"한 게임 하세."

그가 화가 난 듯 눈을 치켜뜨고 나를 쳐다보며 말한다.

우리는 한 게임을 했다.

"됐네, 펜과 종이를 주게나. 편지를 써야겠는데."

나는 아무 생각 없이 아무런 짐작도 하지 못한 채, 종이를 가져와서 작은 방의 탁자 위에 놓고 말했다.

"준비됐습니다, 나리."

그는 탁자에 앉아 글을 써내려 가면서 뭐라고 중얼거렸다. 그리고 얼굴을 찡그리고 벌떡 일어났다.

"가서 내 마차가 도착했는지 알아보게."

그날은 마슬레니차 주간 금요일이었다. 그래서 손님들은 아무도 없었다. 모두들 무도회에 가 있었다.

나는 마차에 대해 알아보려고 문을 열고 막 나가려는 참이었다.

"페트류슈카! 페트류슈카!" 그는 놀란 목소리로 내게 소리친다.

나는 돌아왔다. 그는 리넨처럼 창백한 얼굴을 하고 나를 쳐다본다.

"부르셨습니까, 나리?"

그는 침묵한다.

"무엇이 필요하십니까?"

그는 계속해서 침묵할 뿐이다.

"그래! 한 게임 더 하자." 그가 말한다.

어쨌든 좋다. 그가 이겼다.

"게임 잘하는 법을 내가 배웠었나?" 그가 묻는다.

"그렇습니다."

"좋아. 이제 가서 내 마차가 도착했는지 알아보게."

그러고 나서 그는 방 안을 이리저리 걸어 다닌다.

나는 아무 생각 없이 현관 계단으로 나간다. 마차가 없는 걸 보고 다시 되돌아간다.

당구장 안으로 들어가면서 나는 누군가가 큐로 균일하게 당구공을 치고 있는 소리를 듣는다. 당구장 안으로 들어간다. 이상야릇한 냄새가 난다.

바닥에 그가 누워 있다. 바닥은 온통 피범벅이고, 그의 옆에는 총이 놓여 있다. 나는 너무 놀라서 한마디도 할 수 없었다.

그의 다리가 경련을 일으키더니 쭉 펴진다. 그의 목에서 가랑거리는 소리가 들린다. 그리고 그의 몸이 축 늘어진다.

그가 왜 이런 죄를 범했는지, 그리고 왜 자신의 영혼을 파멸시켰는지 하나님만이 아신다. 그는 단지 이 종이만을 남겼다. 그런데 나는 도무지 이해할 수가 없다.

귀족들이란 무슨 일이든지 다 할 수 있다! ……그래, 귀족들이란…… 한마디로 귀족인 것이다.

"하나님은 인간이 바라는 모든 것을 나에게 주셨다. 부귀, 좋은 가문, 지성, 고상한 갈망. 나는 향락을 누리는 것을 원했고, 내 안에 있는 좋은 것들을 모두 시궁창 안에 처넣어버렸다.

나는 명예를 훼손당하지도 않았고, 불행하지도 않았고, 어떤 범죄도 저지르지 않았다. 그러나 나는 그보다 더 나쁜 짓을 했다. 나는 나의 감정과 지성, 그리고 젊음을 탕진해버렸다.

나는 더러운 그물에 갇혔다. 거기서 벗어날 수도 없고 길들여질 수도 없다. 나는 계속해서 추락하고 또 추락한다. 내가 타락하고 있는 것을 스스로 느낀다. 그럼에도 불구하고 멈출 수가 없다.

명예를 훼손당하고, 불행하고, 범죄를 저지르는 것이 내게 더 편했을지도 모른다. 그랬다면 그런 절망 속에서 어떤 위안이나, 소름 끼칠 정도의 장엄함이 발생했을지도 모른다. 내가 만일 명예를 훼손당했다면, 우리 사회에서 흔히 통용되는 명예에 대한 개념을 뛰어넘고 이것을 경멸했을지도 모른다. 내가 만일 불행했다면, 이에 대해 불평을 했을지도 모른다. 내가 만일 범죄를 저질렀다면, 회개와 징벌을 통해 다시 구원을 받았을지도 모른다. 그러나 나는 내가 저속하고 추악하다는 것을 잘 알고 있다.

그런데 나는 이것을 극복할 수가 없다.

그러면 무엇이 나를 파멸시키고 있는가? 내 안에 나를 용서할 만한 어떤 강렬한 열정이 과연 존재하고 있는가? 그렇지 않다. 럭키세븐, 에이스, 샴페인, 가운데 포켓에 있는 노란 공, 초크, 돈, 무지개색 메모지, 담배, 그리고 창녀. 이런 것들이 바로 나의 추억이다!

결코 잊을 수 없는 인사불성과 비열한 행동의 끔찍한 순간이 나를 정신 차리게 만들었다. 현실과 이상 사이에 놓여 있는 측량할 수 없을 정도의 큰 간격이 내가 원했던 것과 이룰 수 있었던 것을 분리시키고 있다는 것을 발견했을 때, 나는 두려움에 떨었다. 그리고 청년 시절의 희망과 꿈, 사상들이 내 마음속에서 문득 떠올랐다.

내 영혼을 깨끗하고 강렬하게 채웠던 나의 진정한 삶과 영원함, 그리고 나의 하나님의 빛나는 광채는 과연 어디에 있단 말인가? 내 가슴을 따뜻하게 만들었던, 감각적으로는 인지할 수 없는 그 사랑의 힘은 과연 어디에 있단 말인가? 성장을 향한 희망과, 아름다운 모든 것에 대한 동정심과, 혈육과 이웃에 대한 사랑과, 노동과 명예에 대한 사랑은 과연 어디에 있단 말인가? 그리고 책임에 대한 의무는 또한 어디에 있단 말인가?

나는 모욕을 당했다. 명예 회복을 완벽하게 수행하기 위해 결투를 신청했다. 죄악과 허영심을 채우기 위해 나는 돈이 필요했다. 하나님에 의해 내게 맡겨진 수천 가정을 양심의 가책도 없이 파괴했다. 하나님으로부터 받은 신성한 의무를 그토록 잘 이해하고 있는 내가 그들을 파괴했던 것이다. 추악한 어떤 인간이, 나는 양심도 없는 놈이고 도둑질을 일삼는 놈이라고 내게 말했다. 그런데 그 추악한 인간이 진정으로 나를 위해 나무라지 않았기 때문에, 나는 그를 나의 친구로 삼고 함께 어울려 생활했던 것이다. 사람들은 내게 순결하게 사는 것은 말도 안 되는 웃기는 일이라고 말했다. 그리고 나는 아무런 후회도 하지 않고 내 영혼의 꽃을, 나의 순결함을 창녀에게 맡겼다. 그렇다, 내 영혼 속에서 사라져간 모든 것 가운데, 내가 진정으로 마음속 깊이 느끼고 있는 진실한 사랑을 나는 가장 후회한다. 하나님! 제가 여자를 육욕적으로 탐하기 이전의 그 시절에, 진정으로 사랑했던 사람이 있었다면 그녀만을 사랑했을 겁니다.

내 삶이 시작되었을 때, 나의 신선한 지성과 어린아이 같은 천진난만한 감정을 갖고 내 앞에 펼쳐진 길을 따라갔다면 얼마나 선하고 행복했을까! 나의 인생이 무작정 따라가고 있는 추악한 궤도에서 벗어나, 빛의 길로 다시 돌아가려고 나는 수차례 시도했었다. 나는 내 안에 있는 모든 의지를 사용하면, 반드시 이 추악한 궤도에서 벗어날 수 있다고 굳게 믿었다. 그러나 나는 매번 실패했다. 내가 혼자 있을 때, 나는 스스로에 대해 불안해했고 두려워했다. 다른 사람들과 함께 있을 때, 나는 **본능적으로** 내 신념을 망각했고, 내면의 목소리에 귀를 기울이지 않았고, 타락의 길을 걸었다.

마침내 내 모든 사고를 정지시키고 망각하게 만드는, 그리고 스스로를 극복할 수 없게 만드는 무시무시한 확신을 하게 되었다. 하지만 절망적인 양심의 가책이 나를 한층 더 괴롭혔다. 그리고 평생 처음으로 다른 사람들에게는 비록 끔찍하지만 내게는 더없이 안락한 자살을 생각하게 되었다.

이런 생각을 하는 순간에도 나는 저속하고 비열한 행동을 일삼고 있었다. 그런데 어제 경기병 장교와의 어리석은 만남이 나에게 자살을 실행할 확신을 심어주었다. 내 안에는 고귀한 것이 하나도 남아 있지 않았고, 단지 속물근성만이 남아 있었다. 나는 내 생애에서 가장 착한 행동, 즉 그 속물근성에서 벗어나는 훌륭한 행동을 감행할 것이다.

이전에 나는 죽음이 임박하면 내 영혼이 하늘로 올라갈 것이라고 생각했었다. 그런데 내 생각은 틀렸다. 십오 분 후면 나는 세상에 존재하지 않을 것이다. 그런데 내 감각은 조금도 달라진 것이 없다. 하나님만이 알고 있는, 인간의 마음속에 품을 수 있도록 만들어놓은 조화와 명료함에 정반대되는 이상한 모순과 불확실성, 그리고 경솔함을 나는 이전과 똑같이 보고 듣고 생각한다. 죽은 후 나는 어떻게 될 것인가, 르티시체바 아주머니 댁에서 내 죽음에 대해 내일 뭐라고 할 것인가 하는 생각이 동시에 떠올랐다.

인간이란 참으로 이해하기 어려운 피조물이다!"

산림벌채
— 어느 사관후보생의
이야기

산림벌채

— 어느 사관후보생의 이야기

185*년 한겨울 우리 포병 부대는 볼쇼이 체첸에 파병 근무를 하고 있었다. 2월 14일 저녁, 장교가 부재중인 동안 내가 지휘하게 된 소대에 산림벌채를 하라는 명령이 떨어졌다. 그날 저녁 나는 필요한 지시를 하달하고, 여느 때와 달리 일찍 나의 막사로 돌아왔다. 석탄을 피워 막사를 따뜻하게 덥히는 습관을 갖고 있지 않은 나는 털모자를 눈까지 푹 뒤집어쓰고 옷을 벗지 않은 채 모피 외투로 몸을 감싸고 말뚝을 박아 설치한 침대 위에 누웠다. 그리고 위험에 직면해서 불안과 근심을 느끼는 순간에 오는 아주 깊은 잠에 빠져들었다. 내일 임무에 대한 걱정이 나를 이런 상태로 만든 것이었다.

아직도 칠흑같이 어두운 새벽 3시, 따스한 양가죽 외투가 벗겨지면서 졸린 두 눈 위로 보랏빛 촛불이 기분 나쁘게 어른거렸다.

"일어나십시오"라는 목소리가 들렸다. 나는 눈을 감은 채 무의식적으로 모피 외투를 끌어당겨 덮고 다시 잠이 들었다. "일어나십시오." 드미트리가 내 어깨를 사정없이 흔들면서 다시 말했다. "보병들이 이동하고 있습니다." 갑자기 현실세계로 돌아온 나는 몸을 부르르 떨면서 벌떡 일어났다. 급히 차 한 잔을 들이켠 후, 얼음이 섞여 있는 물로 세수를 하고 막사에서 나와 포병창으로 발걸음을 옮겼다. 어두컴컴하고 안개가 잔뜩 낀 추운 날이었다. 야영지 군데군데 산재되어 있는 모닥불에서 발하고 있는 흐린 보라색 불빛이 그 주위에 쭈그린 채 졸고 있는 병사들을 비추고 있었고, 그 불빛 때문에 주위는 더욱 캄캄해 보였다. 가까운 곳에서는 코 고는 소리가 나지막이 들려왔고, 먼 곳에서는 행군을 준비하는 병사들이 이야기를 주고받으며 분주하게 몸을 놀리는 소리와 총기가 부딪히며 달그락거리는 소리가 들려왔다. 연기 냄새, 말똥 냄새, 모닥불이 꺼지면서 나는 냄새, 그리고 안개 냄새가 났다. 새벽의 한기가 등골을 파고들었고, 너무 추워서 나도 모르게 위아래 치아를 딱딱 소리 내며 부딪쳤다.

앞을 분간할 수 없는 어둠 속에서 말들이 콧김을 내뿜는 소리와 이따금 들려오는 말발굽 소리만으로 대포를 끄는 마차와 탄약차의 위치를 분간할 수 있었고, 포신 끝부분에서 발하는 빛을 통해 대포의 위치를 짐작할 수 있었다. "출발!"이라는 구호와 함께 대포를 끄는 첫 번째 마차가 덜거덕거렸고, 이어 탄약차가 요란한 소리를 내며 포병 소대원들이 이동하기 시작했다. 소대원들은 모두 모자를 벗고 성호를 그었다. 포병 소대는 보병들 사이에 끼어들면서 십오 분 동안 종렬을 정비하고 사령관의 행군 명령을 기다렸다.

"그런데 병사 한 명이 보이질 않습니다, 니콜라이 표도르이치!" 검은 형체가 내게 다가오며 말했다. 그의 목소리만을 듣고도 나는 그가 소대 포병 하사인 막시모프임을 알 수 있었다.

"누군데?"

"벨렌츄크가 없습니다. 마차에 말을 맬 때까지는 줄곧 여기에 있었는데, 지금은 없습니다."

부대가 당장 출발할 것 같지는 않았으므로 우리는 벨렌츄크를 찾으러 안토노프 상병을 보내기로 결정했다. 그러자 이내 몇 명의 기병들이 어둠을 뚫고 우리 옆을 지나갔다. 사령관과 그의 수행원들이었다. 부대의 이동이 시작되었다. 안토노프와 벨렌츄크가 도착하지 않았지만 우리도 행군을 시작했다. 그러나 우리가 백 보도 채 가지 못했을 무렵 두 병사가 우리를 따라왔다.

"그 녀석은 어디에 있었나?" 나는 안토노프에게 물었다.

"포병창에서 자고 있었습니다."

"술에 취해 있었군, 그렇지?"

"술은 전혀 마시지 않았습니다."

"그러면 도대체 왜 잠을 자고 있었단 말인가?"

"저도 모르겠습니다."

세 시간 동안 우리는 정적과 어둠을 헤치며 눈도 쌓이지 않고 경작하지도 않은 들판에서 대포를 실은 마차바퀴 밑으로 바스락거리는 소리를 내는 덤불을 따라 천천히 행군했다. 그리 깊지는 않지만 물살이 거센 개울을 건너자마자 우리는 행군을 멈추었다. 전방에서 총소리가 들렸다. 항상 그러하듯 이 총소리는 병사들의 마음을 자극했다. 마치 파견대원들이 잠에서 깨어난 듯했다. 수군거리는 소리, 움직이는 소리, 그리고 웃음소리가 대열 속에서 들려왔다. 일부 병사들은 동료와 싸우기도 하고, 한쪽 발로 깡충깡충 뛰기도 하고, 건빵을 씹거나, 시간을 때우려고 받들어총과 쉬어총 자세를 반복했다. 곧 동쪽에서 안개가 하얀색으로 변하기 시작했고, 습기가 한층 더 몸에 배어드는 것을 느꼈다. 주위를 둘러싸고 있는 물체들이 안개 속에서 형체를 드러내고 있었다. 이제 나는 녹색 포차와 탄약차, 습한 안개로 덮인 대포의 동판, 금방 알아차릴 수 있는 낯익은 병사들의 얼굴과 적갈색 말들, 그리고 번쩍이는 총검, 배낭, 모포, 반합을 등에 짊어진 보병들의 대열을 식별할 수 있었다.

우리들은 행군을 계속했다. 길이 없는 곳을 몇 백 걸음 간 뒤, 우리는 빈터에 진을 쳤다. 오른쪽에는 굽이굽이 흐르는 가파른 강기슭과, 타타르인들의 무덤에 박혀 있는 말뚝이 보이고, 왼쪽과 정면에는 흑토 지대가 아침 안개 속에서 펼쳐졌다. 소대원들은 마차에서 말을 풀어주었다. 우리를 엄호하던 제8중대원들도 이곳에 총을 걸어 세웠다. 그리고 1개 대대병력이 총을 멘 채 도끼를 들고 숲으로 들어갔다.

그로부터 오 분이 채 지나기도 전에 사방에서 모닥불이 타들어가는 소리가 들리면서 연기가 피어오르기 시작했다. 숲 속에서 수백 개의 도끼 소리와 나무가 쓰러지는 소음이 끊임없이 들려왔고, 병사들은 흩어져서 손과 발을 이용해 불을 지피면서 나뭇가지와 통나무를 끌어 모으기 시작했다.

포병들이 마치 보병들과 경쟁을 하듯 자기네 모닥불에 나무를 쌓아 올렸다. 그 결과 두 발짝 이내로는 다가갈 수 없을 정도로 모닥불은 활활 타올랐다. 병사들은 계속해서 얼어붙은 나뭇가지를 모닥불 위에 얹어놓았고, 짙은 검은 연기가 피어올랐다. 나뭇가지에서 물방울이 모닥불 위로 떨어지면서 쉭쉭 소리를 냈고, 모닥불 밑에서는 숯이 만들어지고 있었다. 모닥불 주위로 하얗게 얼어붙었던 풀들이 녹고 있었다. 병사들은 이 정도로는 만족하지 못한 듯, 커다란 통나무를 끌어다 놓고 밑에다 키 큰 잡초를 욱여넣어 불이 더 타오르도록 만들었다.

내가 담배에 불을 붙이려고 모닥불 근처로 다가갔을 때, 벨렌츄크는 마치 죄지은 사람처럼 모닥불 주위에서 분주히 일을 하고 있었다. 그는 갑자기 모닥불 한가운데서 시뻘건 숯을 맨손으로 꺼내 한쪽 손에서 다른 쪽 손으로 번갈아 던지다가 땅바닥에 내동댕이쳤다.

"이봐, 나뭇가지에 불을 붙여드려." 다른 병사가 말했다. "이보게들, 화승간을 갖다드리지." 또 다른 병사가 말했다. 다시 숯을 주워서 내게 불을 건네려 했던 벨렌츄크의 도움 없이 나는 스스로 담배에 불을 붙였다. 그는 불에 덴 손가락을 가죽 외투소매에 문지르고 나서, 아마도 무엇인가를 내게 보여주려는 의도인 듯 커다란 플라타너스 통나무를 번쩍 들어 올려 한 바퀴 돌리고는 모닥불 위로 던졌다. 결국 그는 이제 쉬어야겠다는 생각이 들었는지 모닥불 가로 다가갔다. 그리고 소매 없는 외투를 몸에 걸치기라도 한 것처럼 자신의 외투 앞자락을 걷어 젖힌 후, 다리를 양쪽으로 벌리고 커다란 두 손을 앞으로 내밀고 입을 약간 삐죽이며 눈살을 찌푸렸다.

잠시 침묵한 후 그는 혼잣말로 중얼거렸다. "아이코! 담배 파이프를 깜박했네. 어떻게 이럴 수가 있나, 여보게들!"

2

카자크병, 전투병, 근위병, 보병, 포병 등등 러시아의 모든 군인은 크게 세 부류로 나눌 수 있다.

세 부류에서 다시 세분화하거나 상호 조합이 가능한데, 기본적인 세 부류는 다음과 같다.

1) 복종적 전형

2) 지도자 전형

3) 극단적 전형

복종적 전형은 a) '수동적 복종형'과 b) '적극적 복종형'으로 세분화할 수 있다.

지도자 전형은 a) '엄격한 지도자형'과 b) '정략적 지도자형'으로 나눌 수 있다.

극단적 전형은 a) '재치 있는 극단적인 형'과 b) '무절제한 극단적인 형'으로 구분된다.

우리가 자주 접할 수 있는 부류는 다른 어느 부류보다도 성품이 온순하고, 신앙심이 두텁고, 참을성이 있고, 하나님의 뜻에 순종하며 그리스도적 선행을 행하는 사람들인데, 이들 대부분은 복종적 전형에 속한 사람들이다. '수동적 복종형'은 어떠한 것으로도 파괴할 수 없는 안정된 마음을 소유한 인물들이다. 이들 '음주를 즐기는 복종형'은 조용하며, 시적으로 민감하고 감상적이다. '적극적 복종형'은 아무 목적 없이 임무에 몰두하며 열정적으로 헌신하나 정신적 능력에는 한계가 있는 부류다.

지도자 전형은 주로 하사, 중사, 상사 등 고참 병사에게서 찾아볼 수 있다. '엄격한 지도자형'은 매우 고상하고 정력적이고 군인다운 부류로 시적 감수성도 갖추고 있다(나는 이 부류에 속하는 안토노프 상병을 독자들에게 소개할 것이다). 근래 들어 급속도로 증가하고 있는 추세인 '정략적 지도자형'은 항상 언변이 좋고 학식도 높은 편이며, 장밋빛 바지를 입고 다닌다. 그들은 병사들과 함께 식사를 하지 않으며, 무사토프 담배를 피우며 자신들이 일반 병사들과 비교가 되지 않을 만큼 높다고 여기는 부류다. 그러나 그들 가운데 '엄격한 지도자형' 부류와 같은 훌륭한 군인을 발견하는 것은 매우 어렵다.

극단적 전형 가운데 '재치 있는 극단적 형'은 지도자 전형과 마찬가지로 좋은 부류에 속한다. 천성이 쾌활한 그들은 모든 일을 능숙하게 처리하는 타고난 능력과 앞뒤를 가리지 않는 대담성을 갖추고 있다. 그러나 러시아 군대의 명예를 위해 지극히 추악한 부류에 속하는 '무절제한 극단적인 형'에 대해서는 한마디 해야겠다. 그들은 군인 사회에서 찾아보기가 상당히 힘든 부류인데, 전우애를 함께 나누지 못하고 동료로부터 소외당하는 불신과 타락의 인물들이다.

벨렌츄크는 '적극적 복종형'에 속했다. 그는 우크라이나 출신으로 15년 동안 군대 생활을 하고 있었다. 풍채도 당당하지 못했고 동작도 민첩하지 못했으나, 그는 순박하고 착하고 지극히 열정적이고 명예로운 인물이다. 내가 그를 명예로운 인물이라고 말할 수 있는 이유는 작년에 어떤 사건이 발생했을 때 그가 정직한 성품을 증명해 보였기 때문이다. 이 이야기를 위해서는 거의 모든 병사가 각자 특유한 기술을 가지고 있다는 것을 미리 말해두어야겠다. 기술 가운데 일반적으로 널리 보급된 것은 재봉술과 제화술이었다. 벨렌츄크는 전자를 배웠는데, 미하일 도로페이치 상사까지도 그에게 옷을 지어달라고 요청했던 것으로 미루어볼 때 그의 기술은 완벽한 경지에 도달했던 것 같다. 어쨌든 작년에 그는 얇은 천으로 미하일 도로페이치 상사의 외투를 제작하고 있었다. 그는 옷감을 재단하고 장식을 단 후 막사의 침대 베개 밑에 넣고 잠을 잤다. 그런데 바로 그날 밤 불행한 일이 발생했다. 7루블이나 하는 옷감이 사라진 것이다! 벨렌츄크는 눈물을 글썽이고 창백한 입술을 부르르 떨면서, 울음을 참아가며 상사에게 이 사실을 보고했다. 미하일 도로페이치는 벌컥 화를 냈다. 화가 치민 그는 처음엔 재봉사를 위협하기도 했지만, 경제적 여유도 있고 천성이 악한 사람이 아니었기에, 얼마 후 벨렌츄크에게 괜찮다고 손을 흔들고는 잃어버린 옷감의 변상을 요구하지 않았다. 상당히 적극적인 성격인 벨렌츄크가 잃어버린 옷감을 찾으려고 분주하게 나서서 떠들어대며 자신의 불행을 호소해보아도, 도둑은 끝내 나타나지 않았다. 그날 밤 자신과 함께 잔 '무절제한 극단적인 형' 체르노프에게 혐의가 있긴 했지만 확실한 물증이 없었다. '정략적 지도자형'인 미하일 도로페이치는 급식 담당 하사, 군수물자 담당자, 그리고 귀족 출신 포병 장교들과 어떤 거래를 하고 있었기 때문에, 잃어버린 외투에 대해서는 이내 까맣게 잊고 있었다. 이와는 반대로 벨렌츄크는 이 불행을 결코 잊지 않고 있었다. 그에게 이 불행은 너무나 컸기 때문에 동료들은 그가 혹시 자살이라도 하지 않을까, 혹은 산으로 도주하지나 않을까 걱정했다는 것이다. 그는 식음을 전폐하고, 일도 거의 하지 못하고, 온종일 울기만 했다. 3일 후 그는 미하일 도로페이치 앞에 나타났다. 그는 창백한 얼굴에 떨리는 손으로 소맷귀에서 금화 한 닢을 꺼내 상사에게 주었다. "하나님에게 맹세코, 이것밖에 없습니다, 미하일 도로페이치. 이 금화는 주다노프에게 꿔 온 것입니다." 그는 흐느껴 울면서 말했다. "나머지 2루블은 버는 대로 꼭 갚겠습니다. 그놈 (벨렌츄크도 **그놈**이 누군지 모르고 있었다) 때문에 제가 당신 앞에 꼼짝없이 협잡꾼이 되었습니다. 혐오스러운 영혼의 소유자인 그놈이 동료인 제 영혼의 마지막 것을 빼앗아 가버렸습니다. 제가 15년이나 근무했는데……." 미하일 도로페이치의 명예를 위해 한마디 할 것이 있다. 두 달 후 벨렌츄크가 2루블을 가지고 왔을 때, 그는 그 돈을 받지 않았다.

3

모닥불 근처에서 몸을 녹이고 있던 사람은 벨렌츄크 이외에 우리 소대의 병사 다섯 명이 더 있었다.

바람을 등진 좋은 자리에 우리 소대의 포병 하사 막시모프가 포신 위에 앉아서 파이프 담배를 피우고 있었다. 이 사람의 몸매, 눈초리, 동작 하나하나를 보면, 명령하는 습관이 몸에 배어 있는 듯했고, 자기 가치의 존엄성을 인식하고 있는 것 같았다. 그가 휴식을 취할 때 권력의 상징이라고 간주할 수 있는 포신 위에 앉아 있는 것이라든지, 중국 남경목면을 댄 가죽 외투를 입고 있다는 것을 여기서 구태여 지적하지 않는다 하더라도 그 같은 사실은 누구나 자연스럽게 알 수 있었다.

내가 그에게 다가가자 그는 나를 향해 고개를 돌렸다. 그러나 그의 시선은 불을 향하고 있었다. 고개를 내게 돌리고 한참 지나서야, 비로소 그는 시선을 나에게 돌렸다. 막시모프는 자유 농노 출신이었다. 그는 재력이 충분했기에 여단 교습소에서 교육을 받았고, 지식도 상당했다. 병사들의 말을 빌리자면, 그는 상당한 부자일 뿐만 아니라 학식도 대단하다는 것이었다. 나는 지금도 기억하고 있는데, 그가 분도기를 가지고 곡사 실습을 할 때 자기 주위에 모여 있는 병사들에게 **수준기라고 하는 것은 다른 것이 아니라, 수은이 움직이는 것을 응용한 기계라고 설명하는 것을** 보았다. 사실 막시모프는 결코 우둔한 사람이 아니며 자기가 해야 할 일도 잘 알고 있었다. 그러나 그는 한 가지 불행한 괴벽을 소유하고 있었다. 그는 가끔 아무리 생각해도 도무지 이해할 수 없는 이야기를 의도적으로 말하는 습관이 있었는데, 확신하건대 본인도 자기가 한 말을 이해하지 못하는 것 같았다. 그는 '발생한다' 혹은 '지속한다'라는 말을 특히 좋아했다. 그래서 그가 '발생한다' 혹은 '지속한다'라는 말을 할 때면, 나는 벌써 그다음에 나오는 말을 하나도 알아듣지 못하리라는 것을 미리 알았다. 내가 본 바로는, 병사들은 나와는 정반대로 그의 '발생한다'라는 말을 듣는 것을 매우 좋아했고, 나와 마찬가지로 전혀 알아듣지는 못하면서도, 그들은 그 말 속에 깊은 뜻이 있는 것처럼 생각했다. 그런데 그들은 그의 말을 이해하지 못하는 것이 자신들이 우매하기 때문이라고 생각하고, 표도르 막시모비치를 더욱 존경했다. 간단히 말해서 막시모프는 '정략적 지도자형'이었다.

두 번째 병사는 안토노프였다. 그는 모닥불 근처에서 힘줄이 붉게 불거져 나온 자기 발에 구두를 신고 있었다. 바로 이 안토노프는 1837년에 다른 병사 세 명과 함께 엄호도 받지 않고 적군에게 대포를 발포했던 인물이다. 적군의 탄환 두 발을 허벅지에 맞았는데도, 대포가 있는 곳으로 가서 대포에 장전을 하고 발사했던 것이다. 병사들은 그에 관해 "그 성질만 아니었더라면 진작 포병 하사로 승진했을 거야"라고 이야기했다. 그런데 그는 정말 괴팍한 성격의 소유자였다. 술을 마시지 않으면 더할 나위 없이 조용하고 공손하고 착실한 사람인데, 술만 마시면 아주 딴 사람이 되는 것이었다. 술에 취하면 그는 어떠한 권위도 인정하지 않으며 싸움질과 행패를 부리는 쓸모 없는 사람으로 변했다. 지금으로부터 한 주일도 채 되지 않은 사순절 첫날인 재의 수요일부터 그는 술을 마시기 시작했는데, 사람들이 위협도 해보고 충고도 해보고 대포에다 매달아놓기도 해봤지만, 사순절 첫 번째 월요일까지 술에 취해서 행패를 부렸다. 그런데 사순절 기간 동안 모든 병사에게 고기를 먹을 수 있다는 명령이 내려졌는데도 불구하고, 그는 건빵만을 먹었고, 보드카에는 손도 대지 않았다. 그가 거나하게 취해 힘줄이 불거진 손에 발랄라이카(러시아 전통 현악기—옮긴이)를 들고 여기저기 사방을 두리번거리면서 〈처녀〉라는 노래를 연주할 때나, 훈장으로 쩔렁거리는 군용 외투를 어깨에 걸치고 푸른 남경목면으로 만든 바지 주머니에 두 손을 찔러 넣고 길거리를 거닐 때, 윤기 흐르는 구레나룻이 난 얼굴과 짤막한 다리와 작달막하고 강철처럼 단단한 몸매에서 풍겨나는 군인다운 오만함과 군인답지 못한 행동에 대해서 경멸하는 그의 표정은 가히 볼 만했다. 이 같은 그의 표정으로 미루어볼 때, 그가 신참병, 카자크병, 보병, 그리고 이주자들, 다시 말해, 주로 포병들과는 상관없는 사람들이 그에게 무례한 행동을 하거나 그의 어깨를 건드려 시비가 발생할 때, 그가 싸움을 하지 않을 수 없다는 것을 이해할 수 있을 것이다. 그가 싸움질을 하거나 난폭한 행동을 하는 것은 자기의 만족을 위해서라기보다, 자기를 따르는 병사들의 사기를 유지하기 위한 것이었다.

세 번째 병사 치킨은 대포를 실은 마차를 끄는 병사였다. 귀걸이를 하고 무성한 콧수염에 새를 닮은 얼굴을 한 그는 도자기로 구운 파이프를 물고 모닥불 주변에 웅크리고 앉아 있었다. 귀여운 병사인 치킨은 병사들 사이에서 **익살꾼**으로 불렸다. 엄동설한에 이틀씩이나 아무것도 먹지 않고, 무릎까지 빠지는 진흙탕에서 행군을 할 때나, 열병을 하거나 훈련을 받을 때도, 이 귀여운 병사는 때와 장소를 가리지 않고 얼굴을 이상하게 찡그리며 야단법석을 떨면서 우스갯소리를 퍼부어 소대원들을 포복절도 시키곤 했다. 행군 중 휴식시간이나 야영을 할 때 그의 주변에는 언제나 젊은 병사들이 모여들었다. 그리고 그는 그들과 함께 필카(병사들이 즐기는 카드게임)를 하거나, 교활한 병사나 영국 귀족에 관한 이야기를 들려주거나, 타타르인이나 독일인의 흉내를 내거나, 혹은 자신의 이야기를 들려주었고, 그의 이야기와 행동은 모든 사람을 자지러지게 만들었다. 익살꾼으로서 그의 평판은 너무나 확고했기에, 그가 단지 입술을 씰룩거리거나 눈만 껌뻑거려도 모두들 자지러졌다. 그에게는 어떤 사물을 바라볼 때 다른 사람의 머릿속에는 떠오르지 않는 어떤 독특한 것을 볼 수 있는 재능이 있었다. 그리고 무엇보다도 웃음을 불러일으키는 요소를 발견하는 그의 능력은 상당히 뛰어났다.

네 번째 병사는 호감을 주지 못하는 얼굴의 젊은이인데, 작년에 징집된 신병으로 첫 행군에 참여했다. 그는 연기가 솟아오르는 모닥불에 너무 가까이 붙어 있어 다 낡은 그의 반코트가 이내 타버릴 것 같았다. 그러나 반코트를 활짝 열어젖히고 활처럼 흰 장딴지로 서서 평온하고 스스로 만족스러운 자세를 취하고 있는 것으로 미루어볼 때, 그는 큰 만족감을 느끼고 있는 것 같았다.

끝으로 다섯 번째 병사는 모닥불에서 조금 떨어진 곳에 앉아 나뭇가지 껍질을 벗기고 있는 주다노프 아저씨였다. 그는 포병 중대에 근무하는 병사들 가운데 가장 나이가 많은 최고참이었다. 모든 병사들을 신병 때부터 알고 있던 그는 오래된 관습에 따라 아저씨라고 불렸다. 여러 사람들의 이야기를 들어보면, 그는 술을 입에 대본 적이 한 번도 없고, 담배도 피우지 않았으며, 카드게임도(심지어 **노스키**까지도) 하지 않았고, 욕설을 입 밖에 낸 적도 없었다. 일과를 마치고 한가한 시간이 되면 그는 언제나 군화를 만드는 데 열중했다. 그는 주일마다 가능하면 교회에 나갔고, 그렇지 못한 경우에는 성상 앞에 1코페이카짜리 촛불을 켜놓고 자신이 읽을 수 있는 유일한 구약 시편을 펼쳐놓곤 했다. 그는 병사들과 별로 교제를 하지 않았다. 그는 자신보다 나이가 어린 상관들을 대할 때 냉정할 만큼 공손했다. 그는 술을 마시지 않았기 때문에 동년배들과 같이 어울릴 기회가 많지 않았다. 그러나 그는 신병들과 젊은 병사들을 유별나게 사랑했다. 그는 항상 그들을 보살폈으며 그들에게 지침서를 읽어주곤 했다. 포병 중대에서는 그를 돈이 많은 사람이라고 여겼다. 왜냐하면 그가 25루블가량의 돈을 가지고, 정말 돈이 없어 난처한 입장에 놓인 병사들한테 기꺼이 돈을 빌려주었기 때문이다. 지금 포병 하사로 근무하고 있는 막시모프가 나에게 이야기해준 바에 의하면, 10년 전 막시모프가 신병으로 입대해서 얼마 되지 않았을 때 술을 좋아하는 고참 병사들과 어울리면서 갖고 있던 돈을 몽땅 술을 마시는 데 쓴 적이 있었다. 주다노프가 막시모프의 딱한 입장을 알아채고 자기에게 오라고 부르더니, 그의 행동을 엄하게 타이르고 때리기까지 하면서 군대 생활에 관한 지침서를 읽어주고, 셔츠 한 벌과 50코페이카를 주어 보냈다는 것이다. "그분이 나를 사람으로 만들어주셨지." 막시모프는 그에 관해 이야기할 때면 항상 존경심과 감사를 표했다. 주다노프는 벨렌츄크가 신병일 때부터 그를 도와주었는데, 그가 외투용 천을 분실해 곤란했을 때도 그를 도왔다. 이처럼 주다노프는 25년 동안 군복무를 하면서 여러 사람들을 도와주었다.

군대에서 자신의 업무를 잘 수행할 뿐 아니라 용감하고 믿음직한 군인을 찾아보기란 거의 불가능하다. 그러나 지난 15년 동안 포병 병사로 성실하게 근무했지만, 유순한 성품에 용모가 보잘것없었기 때문에 그는 포병 하사로 승진하지 못했다. 주다노프에게는 즐거움인 동시에 욕망이라고까지 말할 수 있는 것이 하나 있었는데, 그것은 음악이다. 특히 그는 몇몇 곡을 무척이나 좋아했다. 그래서 비록 자신은 노래를 잘 부르지 못하지만, 젊은 병사들 가운데서 노래를 잘 부르는 사람들을 뽑아 둥글게 원을 만들고 그들과 함께 서서 반코트 주머니에 두 손을 찔러 넣고, 눈을 가늘게 뜨고는 머리와 귀밑 턱을 움직여 자신이 공감하고 있다는 것을 보여주곤 했다. 무슨 까닭인지는 알 수 없으나 그가 귀밑 턱을 고르게 움직일 때, 나는 그에게서 어떤 알 수 없는 수많은 특별한 표정을 읽을 수 있었다. 개구리매처럼 하얀 머리털, 검게 물들인 콧수염, 그리고 햇볕에 타고 주름이 많은 그의 얼굴을 처음 대할 때, 사람들은 그에게서 준엄함을 느낄 수 있다. 그런데 가까이서 그의 크고 둥근 눈을 바라볼 때, 특히 그가 눈웃음을 지을 때(그는 절대로 입술로만 웃지 않는다), 당신은 어딘지 모르게 지나칠 정도로 온순한 어린아이 같은 표정을 발견하면서 감동할 것이다.

4

"어이쿠! 파이프를 깜박했네. 여보게들, 이거 야단났는데!" 벨렌츄크가 말했다.

"그럼, **시가**를 태우면 되지." 치킨이 입을 삐쭉거리고 눈을 깜빡이며 말했다. "나는 집에서 항상 시가를 태우는데, 그게 더 달콤한걸!"

물론 모두들 깔깔대며 웃음을 터뜨렸다.

"그래, 파이프를 깜박했단 말이지." 막시모프는 다른 사람들이 웃는 것을 상관하지 않고 거드름을 피우면서 그의 파이프를 왼손바닥에 탁탁 털며 말했다. "자네 그것을 어디서 잃어버렸나? 응, 벨렌츄크?"

벨렌츄크는 그를 향해 몸을 반쯤 돌리더니 모자에 손을 올렸다가 다시 내렸다.

"그래, 어제부터 잠도 자지 않고 술만 들이켰지. 그러니 서서도 꾸벅꾸벅 졸지. 자네는 동료들로부터 좋은 말을 못 들어."

"표도르 막시므이치, 만약 제가 술 한 방울이라도 입에 댔다면, 이 자리에서 저를 찢어 죽여도 좋습니다. 그런데 저 자신도, 그때 제게 무슨 일이 일어났는지 도통 알 수가 없습니다." 벨렌츄크가 대답했다. "차라리 술이라도 실컷 마셨으면 좋았을걸!" 그는 투덜거렸다.

"됐어. 아무튼 너희들이 한 짓은 결국 상관인 내 책임이다. 그런데 이런 짓거리를 계속한다면, 너희들은 진짜 괘씸한 놈이야." 언변이 좋은 막시모프가 많이 가라앉은 침착한 목소리로 말했다.

벨렌츄크는 한동안 침묵을 지키더니 뒤통수를 긁으면서 "거참 이상한 일도 다 있구먼, 여보게들" 하고 특별히 누구를 지칭하지 않은 채 계속 말했다. "정말 이상하단 말이야, 여보게들! 나는 16년 동안 근무했지만, 이런 일은 일찍이 없었단 말이야. 점호라는 말이 떨어지자마자 나는 떠날 준비를 하고 나갔지. 그러곤 아무 일도 없었어. 그런데 말이야 갑자기 포병창 옆에서 **그놈이** 나를 붙잡았단 말이야……. 나를 꼼짝 못 하게 붙잡고 땅바닥에 내동댕이쳤어, 그게 다야……. 그리고 내가 어떻게 잠이 들었는지 도무지 알 수가 없어! 그놈은 잠 귀신이었을 거야." 그는 말을 맺었다.

"자네를 깨우느라 내가 얼마나 애먹었는지 아나." 안토노프가 군화를 신으면서 말했다. "내가 자네를 흔들고 또 흔들어 깨우는데…… 마치 통나무 같더군!"

"이보게, 차라리 술에 잔뜩 취했다면 좋기나 했지." 벨렌츄크가 말했다.

"우리 집에 어떤 여인이 살고 있었는데," 치킨이 말하기 시작했다. "페치카 위에서 2년이 지나도록 내려오지 않더군. 사람들은 그녀가 자고 있는 줄 알고 흔들어 깨우려 했는데, 그녀는 벌써 저세상으로 직행해버린 뒤였어. 잠 귀신이 그 여자한테 들이닥쳤던 모양이야. 자네한테도 마찬가지지, 안 그래?"

"그건 그렇고, 이보게 치킨, 자네 휴가 가서 얼마나 잘난 척했는지 어디 이야기해보게." 막시모프가 '저런 멍텅구리 같은 놈의 이야기는 들어서 뭘 해?' 하는 표정으로 나를 바라보고 미소를 지으며 말했다.

"표도르 막시므이치, 잘난 척이라뇨!" 치킨은 잽싼 눈길로 나를 힐끗 쳐다보며 말했다.

"빤한 거 아닙니까, 카프카스에 대해서 이런저런 이야기를 해줬을 뿐입니다."

"물론 그랬겠지, 그래 어떻게 말했단 말인가! 점잔 빼지 말고 이야기나 해보게. 자네가 어떻게 그들을 **지휘했나?**"

"그들을 어떻게 지휘했느냐, 그야 빤하죠. 우리가 어떻게 생활하느냐고 물으면," 치킨은 같은 이야기를 여러 차례 되풀이했던 사람처럼 빨리 말하기 시작했다. "나는 풍족한 생활을 누리고 있다. 먹을 것도 충분히 공급되고, 아침저녁으로 **병사들**한테 **쉬콜라트**(카프카스식 음료수—옮긴이) 한 컵이 제공되며, 점심에는 영주들이나 먹는 **율무로 만든 수프**가 나오며, 보드카 대신 **마**

데이라 **백포도주**가 한 잔씩 나온다. 그런데 사람들 말로는 잔을 제외한 마데이라 백포도주의 무게는 42그램이나 된다!"

"거참 근사한 마데이라 포도주군!" 벨렌츄크가 누구보다도 큰 소리로 웃으면서 맞장구를 쳤다. "참 근사한 마데이라 포도주야!"

"그럼, 아시아 사람들에 대해선 뭐라고 이야기해줬나?" 막시모프가 여러 사람들의 웃음이 조금 가라앉자 계속해서 물었다.

치킨은 불가로 허리를 굽혀 타다 남은 나뭇가지를 꺼내 파이프 위에 얹어 불을 붙이고 나서, 청중들의 마음속에서 일어나는 무언의 호기심을 알아채지 못한 듯이, 한참 동안 싸구려 담배만 태울 뿐 말이 없었다. 담배 연기를 흠뻑 들이마시고 숯불을 내던지더니, 그는 모자를 한층 더 뒤로 당겨 눌러 쓰고는 가벼운 미소를 지으면서 말을 계속했다.

"키가 작은 체르케스인들은 어떠하냐? 혹은 우리가 카프카스에서 터키인들과 전쟁을 하고 있다는 것이 사실이냐? 하는 것들을 묻더군요. 그래서 나는 우리가 있는 곳의 체르케스인들은 귀여운데, 별의별 체르케스인들이 다 있다고 대답했죠. 돌산에서 살면서 빵 대신 돌을 먹고 사는 타블리네쯔인이 있는데, 이들 가운데 키가 큰 놈들은 마치 크고 좋은 통나무 같고, 이마에 눈이 하나밖에 달려 있지 않고 붉은 모자를 쓰고 있는데, 자네가 쓰고 있는 것처럼 빨갛게 빛나고 있어, 이 친구야! 하고 말했죠." 그는 정말 모자 끝이 빨갛고 우스꽝스럽게 생긴 모자를 쓰고 있는 애송이 신병에게 몸을 돌리면서 말했다.

치킨이 갑자기 그에게 몸을 돌리자, 신병은 땅바닥에 주저앉아 양 무릎을 치며 마구 웃다가, 기침이 나와 질식할 듯한 목소리로 맞장구쳤다. "맞아, 타블리네쯔인들이 그렇지!"

"그리고 카프카스에 사는 무므르족에 관한 이야기도 했죠." 치킨이 머리를 움직여 모자를 이마로 내려오게 하면서 말을 계속했다. "그들은 왜소한 쌍둥이인데, 항상 둘이서 손을 잡고 다니지. 그런데 말이야, 어찌나 빨리 뛰는지 너희들은 말을 타고도 그들을 쫓아가지 못할 거야, 라고 말했죠. 그랬더니 '그럼, 무므르족은 손을 붙잡고 태어났단 말이야?' 하고 묻더군요." 그는 마지막에 농부의 흉내를 내면서 굵직한 목소리로 말했다. "그렇지, 그들은 날 때부터 그렇게 태어난 거야. 네가 그들의 손을 잡아 떼면 아마도 피가 나올 거야. 중국인도 모자를 벗기면 마찬가지로 피가 나오지. 그랬더니 그 친구가 저에게 '그런데, 그들은 사람을 어떻게 죽이느냐?' 하고 묻더군요. 그래서 '그건 말이야, 이렇게 하는 거지. 그들이 너를 잡아서 배를 가르고 손으로 창자를 꺼내서 네 몸에 칭칭 감는단 말이야. 그럼 너는 우스워 죽는 거야. 웃다 보면 네 영혼이 저세상으로 가게 되는 거야' 라고 말해줬죠."

"그래, 자네 말을 그들이 믿던가, 치킨?" 막시모프는 병사들이 박장대소할 때 가벼운 미소를 지으며 물었다.

"그럼요, 참 웃기는 사람들이에요, 표도르 막시므이치. 하나님께 맹세컨대 그들은 모든 것을 다 믿어요. 그런데 제가 **키즈베크** 산에 대해 그들한테 이야기해줬죠. 그 산은 여름 내내 눈이 녹지 않는다고 이야기해줬더니, 모두들 나를 비웃더군요. '자네, 무슨 소리를 하는 건가? 그런 일이 도대체 어디 있나? 아무리 높은 산이라도 여름에 눈이 녹지 않는 산은 없네. 여보게, 우리 마을에 눈이 녹는 계절이 되면 산꼭대기에서 먼저 눈이 녹기 시작하지, 그러곤 협곡에만 눈이 남아 있어'라고 말하는 겁니다. 그래서 '그럼 가서 확인해봐!'라고 말했죠." 치킨은 눈을 껌벅이면서 말을 맺었다.

5

우윳빛 하얀 안개를 뚫고 밝은 빛을 발하는 태양이 높이 떠올랐다. 연보랏빛 지평선이 점점 폭넓게 펼쳐졌으나, 변덕이 심한 하얀 안개에 여전히 덮여 있었다.

우리 앞에 보이는 벌채한 숲 뒤로 상당히 넓은 초원이 전개되고 있었다. 초원의 어떤 곳에서는 검은, 하얀, 혹은 연보라색 모닥불 연기가 사방에 널려 있어서, 하얀 안개층이 기괴한 모양을 만들며 움직이고 있었다. 멀리 우리 앞으로 가끔씩 떼를 지어 말을 타고 이동하는 타타르인의 무리가 보였다. 그리고 가끔 아군과 그들 사이에서 소총 소리와 대포 소리가 들려왔다.

"이건 전투라고 말할 수 없어, 그저 심심풀이 오락에 지나지 않아." 선량한 홀로포프 대위가 말했다.

우리를 엄호하는 임무를 띤 보병 9중대의 중대장이 우리 포대원들에게 다가왔다. 그는 600사젠쯤 앞에서 말을 달리고 있는 타타르 기병 세 명을 가리켰다. 그리고 그들이 있는 곳으로 포탄이나 유탄을 쏴달라고 내게 요청했다.

"저것 보시오." 그는 나를 설득하려는 듯 친절한 미소를 띠면서 나의 어깨 쪽으로 손을 뻗으며 말했다. "저기 큰 나무 두 그루가 서 있죠, 바로 그 앞에 검은 체르케스 외투를 입고 흰 말 위에 앉아 있는 놈이 하나 있고, 저쪽 뒤에도 두 놈이 더 있어요. 그놈들한테 한번 쏘면 어떨까요. 한번 해보시죠……."

"어, 저기 그놈들 말고도 세 놈이 말을 타고 숲 밑으로 오는데요." 시력이 좋은 안토노프가 우리에게 다가와서 그때까지 피우고 있던 파이프를 등 뒤로 감추면서 말했다.

"앞서 가는 놈이 케이스에서 소총을 꺼냈어요. 확실합니다, 소대장님!"

"저것 보게, 총을 쐈네, 여보게들! 저기에 흰 연기가 솟아올랐네." 우리 뒤쪽에 서 있던 병사들 무리 속에서 벨렌츄크가 말했다.

"맞아, 그놈들이 전초선을 넘고 있어. 비열한 놈들!" 다른 병사가 말했다.

"저것 봐, 숲 속에서 떼를 지어 놈들이 나오지. 적당한 장소를 물색하고 있는 것이 틀림없어. 대포를 설치하려는 거야." 또 다른 병사가 덧붙였다. "저기 놈들이 몰려 있는 곳에 유탄이라도 한 발 쏴서 작살을 내야지……."

"여보게, 그런데 여기서 얼마나 떨어진 것 같은가?" 치킨이 물었다.

"500내지 520사젠 정도 될 거야. 그 이상은 되지 않아." 막시모프가 독백이나 하는 듯이 냉담하게 말했다. 그런데 그도 다른 병사들과 마찬가지로 유탄을 발포해주기를 열망하는 것 같았다.

"직선 45도로 조준하면 유탄을 정확하게 그곳에 떨어뜨릴 수 있을 거야, 아주 완벽하게."

"이보게, 만약 지금 저기 모여 있는 곳에다 쏘면 필시 어느 놈이라도 맞을 것 같은데. 바로 지금이야, 가능하면 빨리 발포하라고 명령하시오." 보병 중대장이 나에게 간청했다.

"조준을 명령하시겠습니까?" 갑자기 안토노프가 증오에 불타는 표정을 띠면서 뚝뚝 끊어지는 굵은 목소리로 말했다.

솔직히 나도 그러고 싶었다. 그래서 나는 두 번째 대포를 조준하도록 명령했다.

명령이 떨어지기가 무섭게 병사들은 대포에 유탄을 장전했다. 그리고 안토노프는 포차 옆에 기대서 두툼한 손으로 포문을 닫고, 포 끝을 좌우로 움직이라고 명령했다.

"조금만 더, 조금 더 좌측으로…… 아주 조금 우측으로…… 조금만 더…… 그래, 됐어." 그는 우쭐대며 말하고 나서 대포에서 물러섰다.

보병 장교, 나, 그리고 막시모프가 한 사람씩 교대로 대포 조준기를 점검하고 서로 다른 의견을 제시했다.

"에이, 제기랄, 훨씬 지나갈 것 같은데." 안토노프의 어깨 너머로 한번 바라보았을 뿐 참견할 자격이 없는 벨렌츄크가 혀를 끌끌대면서 말했다. "에이 제기랄, 훨씬 지나가서, 저 나무에 정통으로 맞을 걸세, 여보게들!"

"발포!" 나는 명령했다.

포수들이 뒤로 물러섰다. 안토노프는 포탄이 날아가는 것을 확인하려고 한쪽 옆으로 물러섰다. 포구에서 불이 뿜어져 나왔고 동판이 흔들거렸다. 그 순간 화약 연기가 우리를 뒤덮었다. 그리고 고막을 터뜨릴 듯한 날카로운 금속성 소리가 나면서 번개처럼 빠른 속도로 포탄은 모두가 침묵하는 가운데 멀리 저쪽으로 사라졌다.

말을 타고 있는 타타르인 무리의 약간 뒤편에서 흰 연기가 일어나더니, 타타르인들이 사방으로 뿔뿔이 흩어졌다. 그와 동시에 저편에서도 포탄이 폭발하는 소리가 우리에게 들려왔다.

"아주 훌륭해! 저런, 재빨리도 도망가네! 마귀 새끼들, 포탄이 반갑지 않은가 봐!" 포병과 보병 대열에서 탄복하는 말과 적을 비웃는 조롱이 들려왔다.

"조금 더 밑으로 조준했더라면, 그놈들을 아주 정통으로 맞추었을 거야." 벨렌츄크가 말했다. "그러게 내가 나무 위에 떨어질 거라고 하지 않았나. 내 말이 맞았지? 오른편으로 벗어났잖아."

6

유탄이 터지는 것을 보고 타타르인들이 왜 잽싸게 도망쳐버렸는지, 그들이 그곳으로 왜 말을 타고 왔는지, 그리고 그들이 아직도 숲 속에 많이 남아 있는지 하는 것들에 대해 점검하도록 병사들에게 지시하고, 나는 보병 중대장과 함께 몇 발짝 떨어진 곳에 있는 나무 밑에 앉아 그가 나에게 대접하겠다던 크로켓이 따끈따끈해지기를 기다리고 있었다. 중대장 볼호프는 연대에서 프랑스어로 **봉쥬르**라고 불리는 장교들 가운데 한 사람이었다. 재력이 있는 그는 이전에 근위대에서 근무했었고 프랑스어도 유창했다. 그럼에도 불구하고 동료들은 그에게 호감을 가지고 있었다. 상당히 영리한 그는 페테르부르크식으로 만든 프록코트를 입고 다니면서 호사스런 음식을 골라 먹고 프랑스어를 지껄이기는 했지만, 다른 장교들의 비위를 건드리지 않는 능수능란함을 겸비하고 있었다. 우리는 날씨, 군사 행동, 그리고 서로 잘 아는 장교에 대한 담화를 주고받으면서 사물에 대한 관점이 서로가 이해할 수 있고 만족할 만한 수준이라는 것을 파악한 후, 한결 자연스럽고 친밀한 대화를 나누게 되었다. 게다가 카프카스에서는 같은 계급의 사람들을 만날 경우 비록 노골적으로 물어보지 않는 것이 상례이긴 하지만, '당신은 어떻게 이곳에 오게 됐소?'라는 질문을 던지기 마련이다. 이 같은 무언의 질문에 대해, 이야기 상대인 보병 중대장은 내게 답변하고 싶어 하는 것 같았다.

"이 임무는 언제 끝나게 될까요? 지루해 죽겠네요!" 그는 느릿느릿 말했다.

"저는 별로 지루한 줄 모르겠습니다." 내가 대답했다. "본부에 있는 것이 더 지루하지 않으십니까?"

"어이쿠, 본부에 있으면 만 배 이상 엄청나게 나쁘죠." 그는 역정을 내면서 말했다. "아니, 도대체 이 모든 것은 언제쯤 완전히 끝날까요?"

"이 모든 것이 끝나기를 바라십니까?" 나는 물었다.

"그래요, 모든 것이 완전히 끝나기를 바랍니다! 니콜라예프, 크로켓은 다 준비됐나?" 그가 물었다.

"그런데 카프카스가 마음에 들지 않는데, 왜 카프카스에 와서 근무하시는 겁니까?" 나는 물었다.

"그 이유는 말이죠," 그는 아주 솔직하게 대답했다. "어떤 전설 때문이죠. 러시아에는 카프카스에 대해 잘 알려진 전설이 있잖아요. 카프카스라는 곳은 온갖 불행한 사람들을 위한 약속의 땅이라는."

"그렇습니다, 그것은 거의 맞는 말입니다." 나는 말했다. "저희들 대부분은 그래서 온 거죠……."

"그러나 무엇보다도," 그는 나의 말을 가로막았다. "전설에만 이끌려 카프카스에 온 우리들은 모두가 착각하고 있는 셈이죠. 그리고 사람들이 실연을 당하거나 사업에 실패했을 때, 왜 카잔이나 카루가로 가지 않고 하필이면 카프카스로 근무하러 가는지 저는 도통 이유를 알 수가 없어요. 러시아에서는 모두들 카프카스를 영구히 얼어붙어 있는 만년설, 거친 급류, 단검, 부르카(카프카스 지방에서 입는 산양가죽으로 만든 소매가 없는 외투—옮긴이), 체르케스 여인 등과 결부시켜 이곳이 마치 거창한 곳이나 되는 것처럼 상상을 하고 있답니다. 이 모든 것이 사람들을 설레게 만들지만, 실상 이곳에는 흥미로운 것이 전혀 없지요. 만약 우리가 만년설에 결코 가본 적이 없다는 것과 이곳에는 즐기며 지낼 만한 것이 아무것도 없다는 것, 그리고 카프카스가 스타브로폴리스카야나 치푸리스카야와 같은 지역으로 분리되어 있다는 것을 사람들이 알게 된다면⋯⋯."

"그렇습니다." 나는 웃으면서 말했다. "우리 러시아에서는 카프카스를 여기에 와서 실제로 보는 것과 전혀 다르게 생각하고 있습니다. 모르는 외국어로 쓰인 시를 읽어본 경험 있으시죠? 그럴 때 사람들은 원래의 가치보다 훨씬 더 멋있다고 생각하잖습니까?"

"글쎄, 잘 모르겠네요, 어쨌든 카프카스가 마음에 들지 않아요." 그는 나의 말을 가로막았다.

"전 아닙니다. 카프카스는 지금 제겐 그런대로 괜찮아요. 그러나 다른 것이 있다면⋯⋯."

"어쩌면 좋을 수도 있겠죠." 약간 흥분한 어조로 그는 계속해서 말했다. "제가 분명히 알고 있는 것은 카프카스가 제게는 맞지 않는다는 것입니다."

"왜 그렇게 생각하십니까?" 나는 무엇인가를 말할 목적을 갖고 그에게 물었다.

"왜냐하면, 첫째 **카프카스는 저를 속였기 때문입니다**. 전설에 근거하여, 망각하고 싶은 모든 것을 버리고 카프카스에 왔다고 생각했는데, 그것들이 여전히 저와 함께 이곳에 와 있는 거예요.

단지 약간의 차이가 있다면 전에는 그것들이 커다란 계단 위에 놓여 있었는데, 지금은 불결한 작은 계단 위에 놓여 있고, 그 작은 계단 하나하나에 무수히 많은 소소한 불안감, 추악함, 굴욕감이 놓여 있다는 것입니다. 둘째, 제가 매일매일 도덕적으로 타락해가고 있기 때문입니다. 그리고 중요한 것은 제게 이곳에서 근무할 만한 능력이 없다는 것을 느끼고 있다는 것입니다. 저는 위험한 것을 견딜 수가 없습니다……. 극단적으로 말해 저는 용기가 없습니다…….” 그가 말을 멈추고 진지하게 나를 쳐다보았다.

비록 예상하지 않았던 그의 고백이 나를 상당히 당황하게 만들었으나, 그를 책망하지는 않았다. 그는 내가 자신을 책망해주기를 바라는 듯했다. 그러나 이런 경우는 흔히 있는 일로, 나는 그가 내뱉은 말을 스스로 철회해줄 것을 기대하고 있었다.

“사실은 이번 파견이 저의 첫 번째 전투입니다.” 그가 말을 계속했다. “그리고 당신은 어제 저녁, 저에게 무슨 일이 일어났는지 상상도 할 수 없을 겁니다. 우리 중대가 파견된다는 명령문을 상사가 갖고 왔을 때, 저의 얼굴은 백지장처럼 창백해졌고 두려움 때문에 아무 말도 할 수 없었어요. 제가 어젯밤을 어떻게 지냈는지를 알아주셨으면 합니다! 만일 두려움 때문에 머리털이 하얗게 센다는 말이 사실이라면, 지금 내 머리털은 하얗게 변했을 겁니다. 왜냐하면 사형 선고를 받은 죄수라 할지라도, 아마도 그 당시 저만큼 고통스러운 밤을 지새우지는 않았으리라고 생각하니까요. 지난밤보다 좀 나아지기는 했지만, 지금까지도 가슴속에 무엇인가가 답답하게 뭉쳐 있습니다." 주먹으로 가슴을 문지르면서 그는 말했다. "그리고 참으로 우스운 것은," 그가 말을 계속했다. "이렇게 무시무시한 극적인 사건이 발생하고 있는데 저는 양파를 으깨어 만든 크로켓을 먹고 있고, 당신은 재미있게 이야기를 듣고 있다는 것입니다. 이봐, 니콜라예프, 거기 포도주 있지?" 그는 하품을 하면서 말했다.

바로 그 순간, 한 병사가 불안한 목소리로 소리를 질렀다. **"적군이다!"** 병사들은 저 멀리 숲 속 가장자리로 일제히 눈을 돌렸다.

멀리서 푸른빛을 띤 연기가 바람에 날리면서 퍼져 올라왔다. 바로 적군이 우리를 겨냥해 발사한 포탄이라는 것을 내가 알아채는 순간, 시야에 들어오는 모든 것이 불현듯 장엄한 분위기를 띠었다. 걸어놓은 소총, 모닥불 연기, 푸른 하늘, 대포를 실은 녹색 마차, 그리고 콧수염이 나고 햇볕에 그을린 니콜라예프의 얼굴—이 모든 것은 마치 이미 포구를 벗어나 공간을 통과하며 날아오는 포탄이 이 순간 나의 가슴을 향해 직통으로 오고 있을지도 모른다는 것을 내게 말해주는 것 같았다.

"이 포도주는 어디서 가져왔습니까?" 나는 볼호프에게 천천히 물었다. 물어보는 그 순간 나의 영혼 깊은 곳에서 상반된 두 목소리가 들려왔다. 하나는 '주여, 나의 영혼을 평안하게 거두어주옵소서'고, 다른 하나는 '포탄이 날아올 때 고개를 숙이지 않고 여유롭게 미소를 지을 수 있게 하옵소서'였다. 바로 그 순간 머리 위에서 쉭 하고 불쾌한 소리가 들리면서 우리가 있는 곳에서 두 발짝도 안 되는 곳에 포탄이 떨어졌다.

"어이쿠, 내가 만일 나폴레옹이나 프리드리히 대왕이었다면." 아주 냉정한 표정을 지으며 볼호프가 내게 몸을 돌리면서 말했다. "이 순간 다정다감한 말을 했을 텐데."

"아니, 지금 당신은 바로 그런 말을 했습니다." 나는 조금 전에 있었던 위험으로 인해 마음속에 일어났던 불안감을 가까스로 감추며 대답했다.

"그러나 제가 말한 것이 무슨 소용이 있나요, 아무도 받아 적지 않는데요."

"제가 적어두겠습니다."

"기록하시겠다면 미쉔코프가 말하는 것같이 비판적으로 써주십시오." 그는 웃으면서 말했다.

그때 "저런 망할 놈들!" 하고 화가 치민 안토노프가 우리 뒤에서 침을 뱉으면서 말했다. "하마터면 다리에 맞을 뻔했잖아."

안토노프의 꾸밈없는 외침을 듣는 순간, 냉정하려 애쓰던 나의 모든 노력과 우리의 교활한 대화가 갑자기 참을 수 없을 정도로 어리석은 짓거리로 여겨졌다.

7

적군은 타타르인들이 흩어져 도망치던 바로 그곳에 대포 두 대를 설치하고, 20~30분마다 우리 벌목대를 향해 포탄을 퍼부었다. 우리 소대는 초원으로 나아가 그들에게 응사하라는 명령을 받았다. 저쪽 숲 가장자리에서 연기가 피어오르면서 굉음과 포탄이 날아오는 소리가 들리더니, 우리의 앞쪽과 뒤쪽에 포탄이 떨어졌다. 다행히 적군의 포탄으로 인한 사상자는 발생하지 않았다.

포병 대원들은 늘 그랬듯이 침착하고 민첩하게 대포를 장전해 연기가 보이는 곳을 향해 부지런히 포를 쏘아대면서 서로 농담을 주고받고 있었다. 우리를 엄호하는 보병 중대는 제자리에서 꼼짝하지 않고 자기들 차례를 기다리고 있었다. 벌목대는 자신들의 임무를 수행하고 있었다. 숲 속에서는 도끼 소리가 빨라지고 더 자주 들려왔다. 다만 포탄이 쉭 하는 소리를 내며 날아올 때, 모두가 갑자기 조용해졌고, 죽음의 정막 속에서 "조심해!"라는 긴장된 목소리가 울려 퍼졌다. 그리고 모든 병사는 벌채하여 쌓아놓은 나뭇가지와 모닥불 너머로 튀어 오르는 포탄을 바라보았다.

안개는 완전히 하늘로 올라가서 구름 모양을 형성하고 진청색 하늘에서 서서히 사라지고 있었다. 얼굴을 내민 태양은 총검의 강철과 포신의 동판을 비추면서 눈 섞인 땅과 서리에 빛을 발하고 있었다. 따스한 봄의 태양에서 신선한 아침의 냉기를 느낄 수 있었다. 수천 가지의 다양한 그림자와 색깔이 숲 속의 마른 잎사귀들과 한데 뒤섞였다. 그리고 평평하게 닦여 반들반들 윤기가 나는 길 위에는 수레바퀴와 말발굽 자국이 선명하게 보였다.

군인들의 행동은 눈에 띌 정도로 한층 더 활발해졌다. 대포에서 피어오르는 푸른 연기가 점점 더 빈번하게 발생했다. 기병

대원들은 창끝에 조그만 깃발을 달고 앞으로 전진했다. 보병 중대에서는 노랫소리가 들려왔다. 통나무를 실은 마차가 후위에 정렬하기 시작했다. 장군이 우리 소대로 말을 타고 와서 퇴각 준비를 명령했다. 적군은 우리의 좌측 맞은편에 있는 숲 속에서 소총을 쏘며 우리를 맹렬히 저지하기 시작했다. 좌측 숲 속에서 포탄 한 발이 굉음을 내며 날아와 포차를 명중시켰다. 이어서 두 번째, 세 번째 포탄이 날아들었다……. 우리 근처에 엎드려 있던 엄호 부대가 소총을 들고 요란스럽게 일어나 전선을 만들었다. 총격이 맹렬해지고 탄환이 더욱 심하게 빗발치기 시작했다. 퇴각이 시작되었다. 항상 그렇듯이 카프카스에서의 실제 전투가 시작된 것이다.

보병들이 포탄 소리를 좋아하지 않는 반면, 포병들은 총알 소리를 싫어한다는 것이 분명했다. 안토노프가 잔뜩 얼굴을 찡그렸다. 치킨은 총알 소리를 흉내 내며 우리를 웃기고 있었다. 그러나 그 역시 총알 소리를 싫어하는 것 같았다. 그는 어떤 총알을 보고는 "꽤 서두르는 총알이네"라고 말하고, 다른 총알에는 '작은 벌'이라는 이름을 붙이고, 어쩐지 애처롭게 느릿느릿 머리 위로 날아오는 총알에 대해서는 '고아'라고 명명하면서 우리 모두를 한바탕 웃겼다.

이러한 소리에 익숙하지 못한 어떤 신병이 총알이 날아올 때마다 머리를 옆으로 숙였다가 다시 들어 올렸다 해서 병사들을 웃음바다로 만들었다. "이미 잘 아는 사이인데 왜 자꾸만 인사를 하는가?"라고 모두들 그에게 말했다. 그런데 위급한 상황에도 항상 초연하던 벨렌츄크마저 지금은 불안해하고 있었다. 총알이 날아오는 방향을 향해 아군이 산탄을 쓰지 않은 것에 대해 그는 화가 난 것이 분명했다. 그는 볼멘소리로 수차례 불만을 토로했다. "무엇 때문에 놈들이 우리에게 마구 사격하도록 내버려두는지 모르겠네? 저기 대포를 돌려서 놈들에게 산탄을 한 번만 퍼부어도 조용해질 텐데."

이제 그렇게 할 때가 왔다. 나는 마지막 포탄을 쏘고 나서, 산탄을 장전하라고 명령했다.

"산탄!" 안토노프는 지금 막 포탄을 발사해서 연기가 피어오르는 대포를 향해 꽂을대를 들고 용감하게 다가가면서 소리쳤다.

이때 내가 있던 곳으로부터 멀지 않은 곳에서 갑자기 굉장히 빠른 속도로 쉭 하는 소리를 내며 날아온 포탄이 무엇인가에 쿵하는 타격을 주면서 멈추는 소리를 들었다. 나는 심장이 꽉 조여드는 것을 느꼈다. '우리들 가운데 누군가 당했구나' 하는 생각이 들었다. 그러나 그와 동시에 무서운 예감에 사로잡힌 나는 주위를 둘러보는 것이 두려웠다. 실제로 포탄이 터지는 소리가 나자마자 병사가 쓰러지는 소리와 "으악" 하며 신음하는 부상병의 고함이 들렸다. "내가 맞았다!" 하고 가까스로 쥐어짜는 듯한 목소리가 들렸다. 그 목소리를 듣고서야 나는 그가 벨렌츄크라는 것을 알았다. 그는 이륜마차와 대포 사이에 벌떡 자빠진채 누워 있었다. 어깨에 멘 배낭은 한쪽 옆으로 내동댕이쳐져 있었다. 그의 이마는 온통 피투성이였고, 오른쪽 눈과 코에서 검붉은 피가 흐르고 있었다. 상처를 입은 복부에는 거의 피가 비치지 않았다. 이마의 상처는 그가 쓰러지면서 나무 그루터기에 부딪힌 것이었다.

이런 모든 상황을 인식한 것은 시간이 한참 지난 후였다. 처음에 나는 어떤 흐릿한 무리의 사람들과 내가 느끼기로 상당히 많은 양의 피만을 보았을 뿐이다.

대포에 장전하고 있던 병사들 가운데 어느 누구도 입을 열지 않았다. 다만 어떤 신병이 "어이쿠, 저 사람 온통 피투성이네"라고 중얼거렸다. 안토노프는 얼굴을 찡그리며 화를 내고 씩씩거리며 소리쳤다. 그러나 죽음에 대한 공포가 모든 사람의 머릿속에서 사라진 것이 분명해 보였다. 모든 병사가 바삐 움직이면서 전투에 임했다. 대포는 순식간에 장탄되었다. 산탄을 운반하며 발포하려는 포병이 아직도 신음을 내뱉고 있는 부상병을 피해 두세 걸음 돌아서 지나갔다.

전투에 참가한 사람은 누구나 병사들이 사망하거나 부상당한 장소에서 떠나고 싶은 마음을, 비록 논리적이지는 않지만 그런 강렬한 마음을 경험하게 된다. 우리 소대의 병사들도 벨렌츄크를 안고 다가온 마차에 옮겨 싣던 그 순간에 그런 감정을 느꼈을 것이다. 주다노프는 화를 내며 다가가서는 큰 신음을 내뱉고 있는 부상병의 옆구리 밑으로 손을 집어넣고 번쩍 들어 올렸다.

그러고는 "뭘 우두커니 서 있어! 붙잡아!"라고 소리쳤다. 그러자 불필요한 사람들까지 합쳐 열 명 가까이 되는 병사들이 부상병을 둘러쌌다. 병사들이 옮기려 하자 벨렌츄크는 무섭게 비명을 지르면서 몸부림쳤다.

"토끼 새끼처럼 소리치지 마!" 안토노프가 그의 한쪽 다리를 붙잡으면서 거칠게 말했다. "입 닥치지 않으면 내버려두고 갈 거야."

그러자 정말 부상병은 입을 다물었다. 그저 가끔씩 "아, 나 죽을 것 같네, 여보게들" 하고 뇌까릴 뿐이었다.

병사들이 그를 마차 위에 누이자, 그제야 신음을 멈추었다. 나는 그가 동료들에게 뭐라고 이야기하는 소리를 들었다. 조용하지만 뚜렷한 소리로 작별 인사를 하고 있음이 분명했다.

전투 중에는 어느 누구든 부상병을 돌보는 것을 꺼린다. 나도 본능적으로 이런 장면에서 멀어지려고 서두르며 그를 가능한 빨리 야전병원으로 후송하라고 명령하고, 대포가 있는 곳으로 걸어갔다. 그런데 몇 분이 지나자 벨렌츄크가 나를 찾는다고 알려와 나는 다시 마차가 있는 곳으로 걸어갔다.

부상병은 마차 바닥에서 두 손으로 마차의 가장자리를 붙잡고 드러누워 있었다. 건장하고 넓적한 그의 얼굴은 불과 몇 초 사이에 완전히 변했다. 핼쑥해졌고 갑자기 몇 년은 더 늙어 보였다. 얄팍한 그의 입술은 창백해졌고, 눈에 띄게 긴장하여 오그라져 있었다. 그의 서두르는 듯한 생기 없는 눈길은 평화로운 모습으로 바뀌고 있었다. 그리고 피투성이가 된 그의 이마와 코에는 죽음의 그림자가 드리워져 있었다.

조금만 움직여도 참기 힘든 고통이 그를 괴롭혔지만, 그는 왼쪽 다리에 차고 있던 체레스(당시 군인들이 무릎 밑 다리에 차고 있던 돈주머니)를 벗겨달라고 요구했다.

군화를 벗기고 체레스를 풀었을 때 드러난 그의 하얗고 건강한 맨발은 내게 무섭고 고통스러운 감정을 불러일으켰다.

"거기에 1루블 은화 세 닢하고, 50코페이카 은화 한 닢이 있습니다." 내가 체레스를 집어 들자 그가 말했다. "소대장님이 간수하세요."

마차가 막 움직이기 시작했을 때 그는 마차를 멈추어달라고 요구했다.

"제가 술리모프스키 중위님의 외투를 만들고 있는데, 그분이 저한테 2루블을 주셨어요. 1루블 50코페이카로 단추를 샀고, 50코페이카 은화 한 닢은 제 배낭 속에 단추와 함께 있습니다. 그분에게 돌려주세요."

"알았어, 그렇게 하지." 내가 말했다. "자넨 몸이나 회복하게!"

그는 아무 말도 하지 않았다. 마차가 움직이기 시작했다. 그리고 그는 다시 영혼을 찢는 듯한 고통스런 목소리로 신음하며 괴로워했다. 마치 세상의 일을 다 마쳤기 때문에 더 이상 고통을 참을 이유가 없다는 듯 보였고, 이제는 안도감이 자신에게 허용된다고 여기는 것 같았다.

9

"야, 어디 가는 거야? 돌아와! 너 어디 가는 거야?" 나는 신병에게 소리쳤다. 그는 겨드랑이 밑에 꽂을대를 끼고 손에 나무막대기를 든 채, 천연덕스럽게 부상병을 싣고 가는 마차 뒤를 따라가고 있었다.

그러나 신병은 나를 아무 의미 없이 힐긋 쳐다보고 뭐라고 중얼거리며 계속 걸어갔다. 그래서 나는 병사 한 사람을 보내 그를 데려오도록 했다. 그는 빨간 모자를 벗고 멍하니 미소를 지으며 나를 바라보았다.

"자네 어디로 가는 건가?"

"야영지로요."

"왜?"

"왜냐하면 벨렌츄크 님이 부상을 당해서요." 그는 다시 미소를 지으면서 말했다.

"그게 자네와 무슨 상관이 있나? 자네는 여기에 남아 있어야 돼."

그는 놀란 얼굴로 나를 바라보았다. 그리고 말없이 돌아서서 모자를 쓰고는 자기 자리로 돌아갔다.

전투는 성공적이었다. 카자크병들이 멋진 기습을 감행해 타타르인 세 명을 사살했다는 소식이 전해졌다. 보병들은 벌목을 완료했고, 부상자는 여섯 명에 불과했다. 그리고 포병은 벨렌츄크가 부상을 입고 말 두 필을 잃었을 뿐이었다. 게다가 3베르스타나 되는 산림을 벌채하여 숲이 있던 자리를 알아볼 수 없을 정도로 깔끔하게 정리했다. 이제까지 무성했던 숲 가장자리는 모닥불 연기가 피어오르는 거대한 벌판으로 변했고, 기병과 보병들은 야영지로 복귀하고 있었다. 적군은 우리가 아침에 건넜던 무덤이 있는 시내까지 대포와 소총을 쏘면서 계속 추격했지만 후퇴는 성공적이었다. 나는 야영지로 돌아가서 먹을 양배추국과 죽을 곁들인 양고기를 상상하기 시작했다. 바로 그때 연대장이 시냇가에 참호를 구축하고 내일까지 K연대의 제3소대와 포병 제4중대의 1개 소대는 그곳에 주둔하라는 명령을 보고받았다. 목재와 부상병을 실은 마차들과 카자크병, 포병, 그리고 어깨에 소총과 목재를 둘러멘 보병들이 왁자지껄하게 떠들고 노래를 부르면서 우리 옆을 지나갔다. 모든 병사의 얼굴에는 위험이 지나가고 난 뒤의 휴식에 대한 기대감으로 가득 찬 활기와 만족감이 엿보였다. 다만 제3소대와 우리는 이런 유쾌한 기분을 내일까지 미루어야만 했다.

10

  우리 포병들은 분주하게 대포를 끄는 마차와 탄약을 실은 마차를 배치하고 말뚝을 치고 있었고, 보병들은 이미 총을 모아놓고 모닥불을 피우고 나뭇가지와 옥수수 껍질로 만든 작은 움막을 짓고 죽을 끓였다.

날이 저물기 시작했다. 하늘에는 푸른빛을 띤 하얀 구름이 떠 있었다. 안개가 부드럽고 습한 농무로 바뀌면서 대지와 병사들의 외투를 축축하게 적셨다. 지평선은 좁아지고 주위는 온통 어두운 그림자로 덮였다. 장화 속과 목 뒤에서 느껴지는 축축함, 병사들의 지속적인 움직임과 대화 소리, 발이 푹푹 빠지는 진창과 허기가 하루 종일 육체적으로나 정신적으로 지친 내 마음속에 매우 우울하고 불쾌한 기분을 불러일으켰다. 벨렌츄크에 대한 생각이 머릿속에서 떠나지 않았다. 그가 군대 생활에서 보여준 평범함과 단순함이 지속적으로 나의 머릿속에서 어른거렸다.

그는 마지막 순간까지도 그의 전 생애가 그랬던 것처럼 밝고 평온했다. 그는 너무도 정직하고 순박하게 살았기 때문에 사후 하늘나라에서의 삶에 대한 순수한 신앙은 임종의 순간에도 견고했다.

"안녕하세요." 니콜라예프가 내게 다가오며 말을 건넸다. "대위님께서 차를 마시러 오시랍니다."

니콜라예프의 뒤를 따라 한데 총을 모아놓은 곳과 모닥불 사이를 지나쳐 걸어가면서, 나는 따끈한 차 한 잔과 유쾌한 담소로 울적한 마음을 달랠 것을 상상하며 만족스러운 표정으로 볼호프에게 갔다. "그를 찾았나?" 볼호프의 목소리가 불빛이 비치는 옥수숫대로 만든 막사 속에서 들려왔다.

"예, 모셔 왔습니다, 장교님!" 니콜라예프가 낮고 굵직한 목소리로 대답했다.

막사 속에는 모자를 벗은 볼호프가 마른 털외투를 입고 앉아 있었다. 그의 옆에는 사모바르가 끓고 있었고, 작은 북 위에 안주가 놓여 있었다. 땅바닥에 꽂혀 있는 총검 위에는 촛불이 켜져 있었다.

"어떻습니까?" 그는 자신의 편안한 막사 내부를 둘러보며 거드름을 피우면서 물었다. 실제로 막사는 그런대로 안락했다. 차 한 잔을 마시고 나니, 습기와 어두움, 그리고 벨렌츄크의 부상에 대한 생각을 완전히 잊어버렸다. 우리는 모스크바에서 있었던 일을 비롯하여 카프카스와 아무런 관련이 없는 화제에 대해 이야기를 나누었다.

활기찬 대화를 나누었지만 가끔 대화가 단절되었고 그럴 때면 우리는 침묵했다. 그때 볼호프는 미소를 머금은 채 나를 바라보았다.

"오늘 아침에 우리가 한 대화가 좀 이상하다고 생각했을 것 같은데, 그렇지 않습니까?" 그가 말했다.

"아닙니다, 왜 그래야 되죠? 저는 단지 당신이 무척이나 솔직하셨다고 생각하고 있습니다. 때로는 우리가 알고 있는 것이라도 말해서는 안 되는 것이 있죠."

"어째서죠? 그렇지 않아요! 비록 아주 저속하고 가련한 삶이라도 그것이 복무 의무감과 위험이 따르지 않는 삶이라면 저는 주저하지 않고 그것을 택할 겁니다."

"그럼 러시아로 전속하시지 그러셨어요?" 내가 물었다.

"왜 안 했느냐고요?" 그는 대답했다. "아! 오래전에 전속에 대해 생각해보았죠. 저는 안나 훈장과 블라디미르 훈장을 받을 때까지는 돌아갈 수가 없답니다. 안나 훈장을 목에 걸고 소령 진급을 할 때까지는 돌아갈 수 없어요."

"하지만 당신의 말처럼 이곳에서 근무하는 것이 맞지 않는다고 생각한다면, 모스크바로 돌아가시는 게 낫지 않겠어요?"

"제가 이곳으로 왔을 때와 비슷한 상태로는 결코 러시아로 돌아갈 수 없어요. 러시아에는 파세크 장군과 슬레프쪼프 장군 그리고 그 밖의 인물들이 언급했던 '훈장을 받으려면 카프카스에 가야 한다'는 전설이 아직도 존재하고 있습니다. 모든 사람이 우리에게 그런 전설을 기대하고 있지요. 2년 동안 두 번이나 출정했지만 아무것도 받은 것이 없어요. 그래서 블라디미르 훈장과 안나 훈장을 받고, 소령 진급을 하기 전까지 저는 이곳을 떠날 수가 없어요. 훈장 수여와 소령 진급에 목매 있기 때문에. 만일 나 대신 그닐로키쉬킨이 훈장을 타게 되면 속이 뒤집어질 겁니다. 게다가 내가 2년 동안 카프카스에 근무하면서 훈장 하나 받지 못한다면, 동네 촌장, 나에게 곡물을 구입하는 상인 코텔리니코프, 모스크바에 사시는 숙모, 그리고 그 밖의 사람들을 볼 면목이 없지 않습니까? 사실 저는 그 사람들에 대해 전혀 관심이 없고, 그들 역시 저에게 관심을 갖고 있지 않습니다. 그러나 인간이란 자기와는 아무 상관없는 그 사람들 때문에 자신의 가장 좋은 시절과 인생의 모든 행복과 미래를 저버리게 되는 것 같아요."

이때 밖에서 대대장의 목소리가 들려왔다. "니콜라이 표도르이치, 자네 누구하고 같이 있나?"

볼호프가 나의 이름을 댔다. 그러자 장교 세 명이 막사 안으로 들어왔다. 이들은 키르사노프 소령과 그의 부관, 그리고 중대장 트로센코였다.

작달막하고 뚱뚱한 키르사노프는 검은 콧수염을 기르고, 발그스름한 뺨에, 눈에는 윤기가 흘렀다. 그의 작은 두 눈은 얼굴 생김새 가운데 가장 두드러졌다. 웃을 때 그의 두 눈은 촉촉이 젖었고 작은 별처럼 보였다. 그리고 이 두 별은 삐죽 내민 입술과 길게 늘어진 목과 어우러져 이상야릇한 표정을 만들곤 했다. 키르사노프는 연대에서 누구보다도 처신을 잘하는 인물이었다. 일반적으로 사람들은 그를 두고 똑똑하지 못하고 사리 분별이 없다고 말했지만, 그는 부하들에게 욕을 먹지 않았고 상관들로부터도 존경을 받고 있었다. 그는 자신의 임무를 잘 파악하고 있었고, 이를 정확하게, 그리고 열성적으로 수행했다. 항상 수중에 돈이 있고, 사륜마차뿐 아니라 요리사까지 두고 있었으며, 어색하지 않게 거드름을 피우는 인물이었다.

"무슨 이야기를 하고 있는 거야, 니콜라이 표도르이치?" 그가 막사로 들어서면서 물었다.

"네, 이곳 근무가 매우 유쾌하다는 이야기를 하고 있었습니다."

이때 키르사노프는 사관후보생인 나를 발견하고는 위엄을 과시하려고 볼호프의 대답을 듣지 못한 척하며 작은 북을 바라보면서 물었다.

"피곤했던 모양이군, 니콜라이 표도르이치."

"아닙니다. 그저 저희들은……." 볼호프가 대답하기 시작했다.

그러나 그는 다시 대대장이라는 위엄을 보이면서 그의 말을 가로막고 다른 질문을 던졌다.

"그런데 오늘 전투는 참 훌륭했어."

그의 부관은 얼마 전에 사관학교를 졸업한 젊은 준위로 겸손하고 과묵하며, 마음씨가 좋고 유쾌한 얼굴을 한 청년이었다. 나는 이전에도 볼호프를 찾아갔다가 그를 본 적이 있었다. 이 청년은 볼호프를 방문해서는 그에게 경례를 하고 몇 시간씩이나 한구석에 아무 말 없이 쭈그리고 앉아서 담배를 말아 피우곤, 다시 일어나 경례를 하고 나가곤 했다. 그는 가난한 러시아 소귀족 출신의 전형이었다. 그는 자신이 받은 교육에 맞게 근무할 수 있는 직업으로 군인의 길을 택했고, 자신이 장교라는 사실에 최고의 가치를 부여하는 인물이었다. 그는 담배쌈지, 잠옷, 기타, 콧수염을 다듬는 솔과 같은 우스꽝스럽고 섬세한 물건들을 갖고 있음에도 순진하고 귀여운 구석이 있었다. 연대에서 그는 자신이 부하들한테 공평하고 엄격하게 대하는 것을 자랑하면서, 부하들에게 "내가 기합을 주는 경우는 드물지만, 만일 그렇게 된다면 너희들에게 큰 재앙이 될 것이다"라고 큰소리치곤 한다고 했다. 그런데 한번은 술에 취한 체르노프가 그의 물건을 몽땅 훔쳐가고서 그에게 욕지거리까지 한 일이 있었다. 그는 병사를 영창으로 끌고 가서 체벌을 하라고 명령을 내렸다. 그러나 막상 모든 준비가 완료되었을 때 당황해하며 "자, 너도 알다시피…… 난, 말이야. 할 수 있단 말이야……"라고 말을 더듬었다는 것이다. 그러고는 혼비백산하여 집으로 도망갔고, 이후로 그는 체르노프의 눈을 마주 바라보는 것조차 두려워했다고 한다. 동료들은 이 사건으로 놀려대면서 그를 불편하게 만들었다. 나도 이 순진한 청년이 그 사실을 부인하며, 귀뿌리까지 빨개져서 그것은 거짓말이고 사실은 정반대였다고 주장하는 것을 몇 차례나 들은 적이 있었다.

세 번째 인물인 트로셴코 대위는 엄밀히 말해서 늙은 카프카스인이다. 그에게는 자기가 지휘하는 중대가 가정이고, 사령부가 있는 요새가 조국이었다. 그는 군가를 인생의 유일한 쾌락으로 삼는 사람이었다. 그에게 카프카스가 아닌 모든 것은 경멸의 대상이었고, 믿을 만한 가치가 없는 것이었다. 그에게 카프카스의 모든 것은 우리 것과 남의 것으로 확연히 이분되었다. 그는 전자를 사랑했고 후자는 영혼을 다해 증오했다. 그리고 무엇보다도 그는 차분하고 용맹스런 인물이었다. 그는 자신의 동료와 부하에 대해서는 보기 드물게 친절했다. 그러나 그가 몹시 싫어하는 부관들이나 봉쥬르들에 대해서는 직설적이고 난폭할 정도로 불손했다. 그는 막사로 들어오면서 하마터면 천장에 머리를 찧을 뻔했으나, 머리를 숙여 몸을 낮추고는 바닥에 주저앉았다.

"아니, 이게 뭐야?" 그는 이 말을 하고 나서 낯선 나의 얼굴을 보고는 갑자기 말을 멈추더니 조심스러운 눈초리로 나를 힐끗 쳐다봤다.

"그래, 자네들은 무슨 이야기를 하고 있었나?" 소령은 시계를 꺼내 들여다보면서 물었다. 그런데 소령의 그런 행동은 불필요한 것이 분명했다.

"제가 왜 여기에서 근무하고 있느냐는 질문을 받고 있었습니다."

"그야 뻔한 거지. 니콜라이 표도르이치는 여기서 공로를 세우고 고향으로 돌아가려는 거지."

"그럼 아브람 일리이치 소령님은 왜 카프카스에서 근무하시는지 이야기해주시죠?"

"자네들도 알다시피 첫 번째로 우리 모두는 의무적으로 복무해야 되기 때문이지. 그렇지 않나?" 그가 말했다. 그러자 모든 사람이 침묵을 지켰다. "어제 내가 러시아에서 온 편지를 받았는데, 니콜라이 표도르이치." 그는 분명히 화제를 바꾸기를 원하면서 이야기를 계속했다. "편지를 통해 내게 이상한 질문을 하더군."

"무슨 질문인데요?" 볼호프가 물었다.

그는 웃기 시작했다.

"정말 이상한 질문이었어…… 질투심이 없는 사랑이 존재하는가라는 질문이었어…… 어떤가?" 그는 우리를 둘러보면서 물었다.

"그래요, 그거 참!" 미소를 지으면서 볼호프가 말했다.

"그래, 뭐니 뭐니 해도 러시아에 있던 때가 좋았지." 자신이 내뱉은 문장이 아주 자연스럽게 흘러나오는 듯이 그는 말을 계속했다. "내가 1852년에 탐보프에 있었을 때의 일인데, 여기저기에서 나를 초대하더군. 마치 나를 무슨 시종 무관이나 되는 줄 알았던 모양이야. 정말이지, 내가 지사의 저택에서 열린 무도회에 참석했는데…… 아주 훌륭한 대접을 해주더군. 지사 부인이 말이지, 나에게 카프카스에 관해서 물어보더군, 내가 모르는 것들에 대해서도 말이지. 그들이 금으로 장식한 진귀한 내 군모를 쳐다보면서 '이 군모는 무슨 상으로 받으셨나요, 그리고 안나 훈장과 블라디미르 훈장에는 무엇을 상으로 받으셨나요?' 하기에, 나는 그것에 대해 일일이 말해주었지. 어떤가? 그래서 카프카스가 좋다는 거지, 니콜라이 표도르이치!" 그는 답변을 기다리지 않고 이야기를 계속했다. "러시아에서는 카프카스에서 근무하는 우리들을 아주 좋게 보고 있지. 젊은 장교, 안나 훈장과 블라디미르 훈장을 탄 참모 장교라고 하면 러시아에서는 대단하지…… 그렇지 않나?"

"제 생각으론 아브람 일리이치 소령님께서 약간은 과장해서 떠벌리신 것 같은데요?" 볼호프가 말했다.

"히히!" 그는 어설픈 웃음소리를 내며 웃었다.

"그런 건 필요한 거야. 게다가 나는 두 달 동안 융숭한 대접을 받았다네!"

"그래, 러시아에서 그렇게 좋으셨다는 겁니까?" 트로센코가 마치 중국이나 일본에 관해 묻는 것 같은 표정을 지으며 말했다.

"그럼. 그곳에서 두 달 동안 마신 샴페인의 양도 대단했지!"

"설마, 레몬에이드를 드셨겠지요. 제가 거기에 갔었더라면, 카프카스인들의 술 마시는 본때를 보여줬을 텐데요. 그런 명성은 공연히 떠도는 게 아닙니다. 저라면 술 마시는 법을 보여줬을 겁니다…… 안 그런가, 볼호프?" 그가 말했다.

"물론이지, 하지만 자네는 카프카스에 온 지 벌써 10년이 지나지 않았나." 볼호프가 말했다. "자네는 예르몰로프 사령관께서 말씀하신 것을 기억하겠군. 그러나 아브람 일리이치 소령님은 여기 계신 지 6년밖에 되지 않았으니까……."

"10년이라니, 무슨 얘기야! 곧 16년이 된다고."

"그건 그렇고, **볼호프, 숄페이**(보드카의 일종—옮긴이) 좀 내놓게. 날이 습한데, 브르르! ……어떤가?" 그는 미소를 지으면서 말했다.

"한잔 하십시다, 소령님!"

그러나 소령은 늙은 대위가 그에게 내뱉은 말이 내심 불만스러웠다. 지금 그는 상관이라는 자신의 지위를 부각시키기 위한 도피처를 찾는 것 같았다. 그는 무슨 노래인가를 부르기 시작하더니, 다시 시계를 들여다보았다.

"어쨌든 나는 러시아에 갈 생각이 없어." 소령이 얼굴을 찡그린 것에 아랑곳없이 트로센코는 계속해서 말했다. "나는 러시아식으로 걷고 말하는 것을 다 잊어버렸어. 만일 내가 러시아에 가면 그들은 '어디서 굴러먹다 온 놈이야, 아시아에서 온 놈인가'라고 말할 거야. 안 그래, 니콜라이 표도르이치! 나 같은 놈이 러시아에서 뭘 하겠나! 어쨌든 언젠가 여기서 총에 맞아 죽을 텐데. 사람들이 '트로센코는 어디 있나?'라고 물으면, '총 맞아 죽었어'라고 대답할 텐데, 뭐. 그럼 소령님은 제8포병 중대를 어떻게 하시겠소?" 그는 소령을 줄곧 응시하면서 물었다.

"당직 장교를 대대로 보내게!" 대위의 질문에는 대답하지 않은 채, 키르사노프는 명령을 내릴 필요가 없는 상황에서 소리를 질렀다.

"참, 그런데, 자네 월급이 배가 되었으니 기쁘겠구먼, 젊은 친구!" 얼마간 침묵이 흐른 후 소령이 부관에게 말했다.

"예, 기쁩니다. 정말 그렇습니다."

"이젠 우리 월급도 꽹장히 많아졌어, 니콜라이 표도르이치." 소령이 이야기를 계속했다.

"젊은 사람들도 잘살 수 있게 되었어. 어느 정도 사치도 부릴 수 있을 거야."

"그렇지는 않습니다. 아브람 일리이치." 부관은 겁을 먹은 채 말했다.

"비록 월급은 배가 되었지만, 아시다시피 마찬가지입니다 …… 자신의 말도 사야 되고……."

"젊은이, 내게 무슨 말을 하는 거야! 나도 준위 생활을 해서 잘 알고 있어. 절약하면 잘 꾸려나갈 수 있어. 그러니까 자네 한 번 계산해보게." 왼쪽 새끼손가락을 구부리면서 그는 말했다.

"우리는 언제나 가불을 하지. 자네, 그렇지 않나?" 트로센코가 보드카를 들이켜면서 말했다.

"그래, 자네는 뭘 어쩌자는 건가?"

바로 그 순간 납작한 코에 하얀 머리를 한 자가 막사 안으로 불쑥 들어왔다. 그리고 그는 날카로운 독일식 발음으로 말했다.

"여기 계셨군요, 아브람 일리이치. 당직 장교가 찾고 있습니다."

"들어오게 크라프트!" 볼호프가 말했다.

참모 장교용 프록코트를 입은 키 큰 인물이 막사 안으로 들어오더니, 모든 사람에게 열성적으로 악수를 하기 시작했다.

"오, 사랑스러운 대위님! 당신도 여기에 계셨군요?" 그가 트로센코에게 몸을 돌리면서 말했다.

이 손님은 어두운데도 불구하고 대위에게 기어가서 그를 당황스럽고 불쾌하게 만들면서 그의 입술에 입을 맞추었다.

'이 독일인은 대위의 좋은 친구가 되고 싶어 하는구나'라고 나는 생각했다.

12

나의 예상은 바로 적중했다. 크라프트 대위는 보드카를 **고릴카**(보드카의 방언—옮긴이)라고 부르면서, 한잔 청하여 들이마시고는 머리를 뒤로 젖히고 카 하고 큰 소리를 냈다.

"그런데 여러분, 우리는 체첸 평원에서 재미를 보았습니다 ……." 그가 말을 시작하려 했다. 그러나 당직 장교를 보더니 소령이 명령을 내리도록 침묵했다.

"그래, 당신이 전선을 순찰했나?"

"예, 순찰했습니다."

"척후병도 내보냈나?"

"예, 보냈습니다."

"그러면 중대장에게 가능한 한 경계를 강화하라는 명령을 하달하게."

"예, 알겠습니다."

소령은 눈을 가늘게 뜨고 깊은 생각에 잠겼다.

"그리고 병사들에게 지금 카샤(러시아식 죽―옮긴이)를 요리하라고 전달하게."

"그들은 벌써 카샤를 끓이고 있습니다."

"좋아, 그럼 나가보게나."

"그래, 그리고 지금 우리는 장교한테 필요한 것을 계산하고 있는 중이었지." 소령은 겸손한 미소를 지으면서 우리를 쳐다보며 계속 말했다. "어디 계산해보자고. 자네한테는 군복과 바지한 벌이 필요하지…… 그렇지?"

"예, 그렇습니다."

"그러면, 2년에 50루블이라. 1년에 옷값으로 25루블이 필요하네. 그리고 식비로는 하루에 2아바즈(카프카스에서 사용하던 은화―옮긴이)면 되고…… 그렇지?"

"예, 아주 충분합니다."

"자, 그러면 그렇게 되는 거고, 그래, 말의 사료와 안장 수선비로 30루블, 그게 다야. 모두 합치면 25루블에 120루블 그리고

30루블을 더하면, 총 175루블이 되네. 그래도 자네에게는 여전히 차니 설탕이니 담배니 하는 기호품 값으로 약 20루블이 남는군. 그래 어떤가? ……그렇지, 니콜라이 표도르이치?"

"죄송하지만, 그렇지 않습니다, 아브람 일리이치!" 우물거리며 부관이 대답했다.

"차와 설탕을 살 돈은 거의 없습니다. 소령님께서는 군복 한 벌로 2년을 지낼 수 있다고 계산하셨지만, 원정을 자주 하기 때문에 바지가 견뎌내지 못합니다. 게다가 군화는요? 저는 거의 매달 한 켤레씩 사용합니다. 그리고 속옷, 셔츠, 수건, 각반도 사야만 됩니다. 이 모든 것을 합산하면 한 푼도 남지 않습니다. 정말입니다, 아브람 일리이치!"

"그래, 각반을 감으면 아주 멋있지." 얼마 동안 침묵하고 있던 크라프트가 '각반'이란 단어에 특별한 애착을 보이면서 느닷없이 말했다. "그건 정말 러시아식이지."

"그런데 말이지." 트로센코가 말했다. "아무리 계산해보아도 남는 것이 없고 우리는 궁핍한 생활을 할 수 밖에 없지. 그런데도 우리는 이렇게 잘살고 있잖아, 차도 마시고, 담배도 피우고, 보드카도 마시면서. 자네, 나랑 같이 근무해봐." 그는 준위에게 몸을 돌리면서 말했다. "자넨 생활하는 방법을 배우게 될 걸세. 참, 자네들도 알고 있잖아, 이 친구가 부하들을 어떻게 대하고 있는지?"

그리고 트로센코는 우스워 죽겠다고 깔깔대며, 귀에 못이 박히도록 들은 준위와 부하 사이에서 벌어졌던 그 사건을 다시 이야기하기 시작했다.

"그런데 이 친구야, 왜 얼굴이 그렇게 시뻘게지나?" 그가 준위를 쳐다보며 계속 말했다. 준위는 우리가 그를 바라보기조차 가엾을 정도로 얼굴을 붉히고, 땀을 연방 흘리면서 일그러진 웃음을 짓고 있었다. "어이, 괜찮아, 이 사람아. 나도 옛날에는 자네처럼 그랬어. 지금은 보다시피 용감해졌지만 말이지. 우리는 그런 놈들을 많이 보아왔는데 만일 러시아의 청년이 이곳으로 오게 되면 경련을 일으키며 류머티즘 증세를 보이게 되네. 그런데 나는 말이지, 여기에 앉으면 이곳은 내 집도 되고 침대도 되고, 그 밖의 모든 것도 된다는 말이야. 알겠나……."

이렇게 말하면서 그는 다시 보드카를 들이마셨다.

"어때?" 크라프트의 두 눈을 응시하면서 그는 덧붙였다.

"바로 그것 때문에 제가 당신을 존경하고 있습니다! 원숙한 카프카스인은 정말 그래야 됩니다! 악수 한 번 더 합시다."

그러더니 크라프트는 우리를 밀쳐내고 트로센코에게 다가가서 그의 손을 덥석 붙잡고 의미심장하게 흔들어댔다.

"그래요, 우리는 이곳에서 진정으로 많은 것을 경험했다고 말할 수 있습니다." 크라프트는 이야기를 계속했다. "1845년에…… 대위님도 그 당시 있었잖아요. 무릎까지 빠지는 진창에서 밤을 지새웠던 12일 밤을 기억하시죠. 그리고 다음 날 참호로 돌격했잖아요? 당시 저는 사령관과 같이 있었는데, 하루에 열다섯 군데나 되는 참호를 점령했었죠. 기억하시죠, 대위님?"

트로센코는 머리를 끄덕이며 동의를 표하고, 아랫입술을 내밀면서 눈살을 찌푸렸다.

"그리고 말입니다……." 잔뜩 신이 난 크라프트는 두 손으로 어색한 손짓을 써가면서 소령에게 얼굴을 돌려 이야기하기 시작했다.

그러나 이런 이야기를 이미 수차례나 들은 소령은 갑자기 흐리멍덩한 눈빛으로 크라프트를 바라보았다. 그러자 크라프트는 소령에게서 몸을 돌려 볼호프와 나를 향하더니, 우리 두 사람을 번갈아 바라보며 이야기를 계속했다. 그리고 이야기를 하는 동안 그는 트로센코를 한 번도 쳐다보지 않았다.

"그런데 말입니다. 우리가 아침에 나오니까, 사령관님이 저한테 '크라프트! 저 참호를 점령해'라고 말씀하시더군요. 아시겠지만, 군대에서는 이런저런 생각을 할 수가 없습니다. 거수경례를 하고 '알겠습니다, 각하!'라고 말하고 출격했습니다. 첫 번째 참호에 도착했을 때, 저는 몸을 돌려 병사들에게 말했지요. '이봐! 겁먹지 마! 조심해! 누구든지 여기서 물러서면 내 손으로 찢어 죽일 테다.' 다들 아시겠지만, 러시아 병사들은 단순하게 대해야 됩니다. 이때 갑자기 유탄이 날아오기 시작했어요…… 한 사람, 두 사람, 세 사람이 쓰러지고, 총알이 쌩쌩 소리를 내며 날아왔지요! 그래서 저는 말했습니다. '돌격! 앞으로, 나를 따르라!' 그리고 우리가 참호에 접근해 바라보니, 거 뭐냐? 그걸 뭐라고 해야 되나?" 그는 두 손을 흔들면서 적절한 단어를 생각해내려 애쓰고 있었다.

"벼랑." 볼호프가 귀띔했다.

"아니에요…… 아, 그걸 뭐라고 하더라? 하나님 맙소사! 그걸 뭐라고 하던데? ……그래, 그래, 벼랑이다." 재빨리 그가 말했다. "소총을 앞으로 겨누고…… 돌격! 탕탕탕! 적군은 한 놈도 보이지 않았지요. 모두들 놀랐어요. 아무튼 그땐 참 좋았어요. 우리는 두 번째 참호로 돌진했지요. 그런데 이번은 전혀 다른 상황이었어요. 그리고 우리는 열을 받은 상태였고요. 달려가서 두 번째 참호를 바라보니, 더 이상 갈 수가 없었어요. 거기에…… 그게 뭐지, 그걸 뭐라고 하지? ……아이코! 그게 뭐더라?"

"또 벼랑이 아닌가요." 내가 말했다.

"그건 절대 아니에요." 그는 흥분해서 말을 계속했다. "벼랑이 아니고, 거시기…… 그걸 뭐라고 하더라?" 그는 어색한 손짓을 했다. "하나님, 맙소사! 그걸 뭐라고 하더라……."

그가 고통스러워하는 것이 너무도 측은해서 누구라도 그에게 뭐라고 말해주고 싶은 심정이 드는 상황이었다.

"아마 강이겠지." 볼호프가 말했다.

"아니에요, 그냥 벼랑이라고 해둡시다. 우리가 그곳에 다가가자마자, 맹렬한 포화가, 마치 지옥 같았어요……." 바로 그때 누군가가 막사 밖에서 나를 불렀다. 막시모프였다. 이제 두 군데 참호 탈취에 대한 이야기를 들었으니, 아직도 열세 군데가 남은 터였는데 나는 이참에 내 소대로 돌아갈 구실을 만든 것이 기뻤다. 트로셴코는 나와 함께 밖으로 나왔다. "전부 거짓말입니다." 우리가 막사로부터 몇 발짝 걸어 나오자 그가 말했다. "그자는 참호가 있는 곳에 한 번도 간 적이 없습니다." 트로셴코가 껄껄대고 웃는 모습을 보고 나도 웃었다.

13

벌써 어두운 밤이었다. 정돈을 하고 병사들에게 다가갔을 때
는 모닥불만이 희미하게 야영지를 비추고 있었다. 큰 그루터기
가 연기를 내뿜으면서 숯불 속에서 타고 있었다. 모닥불 주위에
는 세 사람이 앉아 있었다. 모닥불 위에 반합을 올려놓고 **랴프코**
(기름에 절인 군용 건빵)를 조리하는 안토노프, 깊은 생각에 잠겨
나뭇가지로 모닥불 재를 뒤적거리는 주다노프, 항상 입에 물고
있는 파이프 담배를 빨고 있는 치킨. 나머지 병사들은 탄약 마
차 밑, 건초 속, 혹은 모닥불 근처에 자리를 잡고 휴식을 취하고
있었다. 희미한 숯불을 통해 나는 낯익은 등과 발과 머리를 구
별할 수 있었다. 이들 가운데는 그 신병도 끼어 있었다. 그는 모
닥불 가까이 누워 벌써 잠이 든 것 같았다. 안토노프가 나에게
자리를 내주었다. 나는 그의 옆에 앉아서 담배를 피우기 시작했
다. 밤안개와 젖은 장작이 뿜어내는 연기의 냄새가 온 천지에
퍼지면서 두 눈 속으로 배어들었다. 축축한 안개가 어두컴컴한
하늘로부터 내려앉았다.

우리 곁에는 규칙적인 코 고는 소리, 나뭇가지가 모닥불 속에
서 탁탁 튀는 소리, 나지막이 소곤거리는 이야기 소리, 그리고
가끔씩 찰가닥거리는 보병의 소총 소리가 들렸다. 우리 주위에

는 모닥불이 피어올랐고, 불빛은 작은 원을 그리면서 가까이 있는 병사들의 검은 그림자를 비추고 있었다. 모닥불 바로 앞에서 벌거벗고 자신들의 셔츠를 흔들며 털고 있는 병사들의 모습도 보였다. 그리고 15평방사젠의 공간에서 많은 병사들이 자지 않고 움직이면서 나지막이 담소하고 있었다. 그러나 마치 모든 사람이 밤의 적막을 의식하고 그 고요한 적막을 깨는 것을 두려워하는 것처럼, 음산하고 짙은 밤은 이 모든 움직임을 신비스럽게 빨아들이는 것 같았다. 내가 이야기를 시작했을 때, 나는 내 목소리가 이상야릇하게 울리는 것을 느꼈다. 나는 모닥불 근처에 앉아 있는 모든 병사의 얼굴에서도 똑같은 기분을 느꼈다. 나는 그들이 내가 오기 전까지 부상당한 동료들에 관한 이야기를 했을 것이라고 생각했다. 그러나 그런 기색은 찾아볼 수 없었다. 치킨이 티플리스에서 어떤 물건을 받은 것과 그곳의 학생들에 대한 이야기를 하고 있었던 것이다.

나는 항상 언제 어디서나, 특히 카프카스에서는 러시아 병사들은 위험한 상황이 닥치면 동료들의 분위기에 좋지 못한 영향을 끼칠지 모른다는 점을 우려하고 이에 대해 침묵을 지키는 절도가 필요하다는 것을 알고 있었다. 러시아 병사의 정신은 남유럽 사람들처럼 급격히 타올랐다가 이내 꺼지는 정열에 기초하고 있지 않다. 그들의 정열을 불태우게 만드는 것은 마치 이미 타오른 정열을 끄는 것만큼이나 어렵다. 러시아 병사들에게는 감동을 주는 연설도, 호령도, 군가도, 그리고 군악기 같은 것도 아무 소용이 없다. 이와 반대로 오히려 그들에게 필요한 것은 평온함과 질서, 그리고 인위적이지 않은 자연스러움이다. 러시아인들 가운데, 진정한 러시아 병사한테서는 자만, 허세, 그리고 위험에 처했을 때 흥분하며 발끈하는 열정은 찾아볼 수 없다. 이와는 반대로 러시아 병사들은 겸손함, 순박함, 그리고 위험에 처했을 때 당황하지 않고 이를 냉철하게 직시하는 능력을 소유하고 있다. 나는 다리에 부상을 입고 쓰러진 어떤 병사가 자신의 새 코트에 구멍이 뚫린 것을 한탄하는 것을 보았고, 어떤 기병이 적군의 총에 몰던 말이 맞아 함께 쓰러지자, 죽은 말 밑에서 기어 나와서 말안장을 떼어내려고 목숨을 거는 것도 보았다. 러시아 병사라면 누구든지 게르게빌 봉쇄(1848년에 다게스탄의 험한 산림지대에서 적군에 의해 봉쇄된 사건—옮긴이)를 기억할 것이다. 당시 제탄소製炭所에서 장약한 포탄의 도화선에 불이 붙자, 포병 하사가 두 병사에게 그 포탄을 가지고 뛰어가서 낭떠러지 밑으로 던지라고 명령한 일이 있었다. 그때 두 병사는 가장 가까운 장소인 연대장이 휴식을 취하고 있는 막사 옆 절벽에 버리지 않고, 그 막사에서 잠들고 있는 여러 사람들을 깨우지 않으려는 심산으로 더 먼 곳으로 가지고 가다가 포탄이 터져 두 사람의 몸뚱이가 산산조각 났다. 그리고 나는 1852년 원정을 기억하고 있는데, 그 당시 전투가 한창일 때 한 젊은 병사가 그곳에서 포위망을 뚫고 빠져나갈 수 없다는 말을 했었다. 그러자 온 소대원들이 되풀이하고 싶지도 않은 불길한 말을 한다며 역정을 내고 그에게 달려들었던 일도 있었다. 지금 모든 병사는 벨렌츄크에 대해 생각하고 있음이 분명했다. 그리고 타타르인들이 살금살금 기어와서 우리를 습격할 수 있는 이 순간에도, 모두들 치킨의 익살스런 이야기를 듣고 있었다. 어느 누구도 오늘 벌인 전투, 앞으로 닥칠 위험, 부상병에 대해 말하지 않았다. 그들은 마치 그것을 하나님만이 알고 있는 아주 아주 오래전에 발생한 일이거나, 결코 일어나지 않았던 일처럼 생각하고 있었다. 그러나 내가 보기에 그들의 표정은 평상시와는 다르게 다소 우울한 것 같았다. 그들은 치킨의 이야기를 그리 주의 깊게 듣고 있지 않았고, 치킨 역시 그들이 자신의 이야기를 귀담아듣고 있지 않다는 것을 알면서 이야기를 계속했다.

막시모프가 모닥불 가로 다가와서 내 옆에 앉았다. 치킨은 그에게 자리를 내주고 말없이 담배 파이프를 빨기 시작했다.

"보병들에게 야영지로 가서 보드카를 가져오라고 했는데요." 막시모프가 한참을 침묵하다가 말을 뱉었다. "그들이 지금 막 돌아왔네요." 그는 모닥불에 침을 뱉었다. "하사가 그곳에서 우리 부상병을 보았다고 그러더군요."

"그럼 벨렌츄크가 아직 살아 있대요?" 안토노프가 모닥불 위에 놓인 반함을 휘저으면서 물었다.

"아니, 죽었대."

신병이 갑자기 빨간 모자를 쓴 채로 자그마한 머리를 모닥불 너머로 들어 올리더니 막시모프와 나를 한참 동안 뚫어지게 바라보고는 얼른 고개를 숙이고 외투를 뒤집어썼다.

"그런데 말이죠, 포병창에서 잠자고 있던 그를 깨우러 가던 날 아침에, 이미 그에게는 죽음이 다가왔던 것 같아요." 안토노프가 말했다.

"쓸데없는 소리 하지 마!" 모닥불 속에서 타고 있는 그루터기를 돌려놓으면서 주다노프가 말했다. 그러자 모두들 침묵했다.

적막 속에서 우리 뒤편에 있는 막사에서 총성 한 발이 울렸다. 고수들이 이 신호를 알아차리고 북을 치기 시작했다. 마지막 북소리가 적막 속으로 서서히 사라지자, 주다노프가 제일 먼저 일어나서 모자를 벗었다. 우리 모두는 그를 따라 일어서서 모자를 벗었다.

밤의 깊은 정적 속으로 병사들의 기도가 울려 퍼졌다.

"하늘에 계신 우리 아버지시여, 이름이 거룩히 여김을 받으시오며, 나라에 임하옵시며, 뜻이 하늘에서 이룬 것같이 땅에서도 이루어지이다. 오늘날 우리에게 일용할 양식을 주옵시고, 우리가 우리에게 죄지은 자를 사하여 준 것같이 우리 죄를 사하여 주옵시고, 우리를 시험에 들게 하지 마옵시고, 다만 악에서 구하옵소서."

"1845년에도 우리 병사들 가운데 한 명이 이곳에서 총상을 입었던 게 기억나." 우리가 모자를 쓰고 모닥불 주위에 다시 앉을 때 안토노프가 말했다. "그래서 우리들은 그를 이틀씩이나 마차위에 싣고 끌고 다녔지…… 쉐프첸코를 기억하시지요, 주다노프 아저씨? 그리고 우리는 저 나무 밑에 그를 내려놓았지."

이때 턱수염과 콧수염을 텁수룩하게 기른 한 보병이 소총과 배낭을 메고 모닥불이 있는 곳으로 다가왔다.

"죄송하지만, 담뱃불 좀 붙이겠습니다." 그가 말했다.

"붙이세요. 불은 충분합니다." 치킨이 말했다.

"근데 지금 하시는 이야기가 다르기에서 일어났던 일이지요?" 그 보병이 안토노프에게 말을 걸었다.

"1845년에 다르기에서 발생한 사건이었지요." 안토노프가 대답했다.

보병은 머리를 끄덕이고는 얼굴을 찌푸리면서 우리 주위에 웅크리고 앉았다.

"그랬죠, 그 당시 참 격렬했었지요." 그가 말했다.

"그런데 왜 그를 나무 밑에 내려놓았지?" 내가 안토노프에게 물었다.

"그는 복부에 심한 부상을 입었어요. 마차를 멈추면 괜찮았는데, 움직이기만 하면 비명을 질렀어요. 그는 제발 가만히 놔달라고 애원했지요. 그래도 불쌍해서 그렇게 하지는 못했습니다. 그가 우리를 그렇게 괴롭히고 있을 때, 병사 세 명과 장교 한 명이 적군에 의해 희생되었고 우리는 그만 중대에서 이탈하게 되었지요. 큰일이 난 거지요! 그리고 진흙탕이라 더 이상 대포를 끌고 갈 엄두도 내지 못했고요."

"다른 곳보다 특히 인데이스카야 산 밑이 가장 심했지요." 한 병사가 말했다.

"맞아요, 바로 그 근처에 다다랐을 때 그 부상병의 상태는 아주 나빠졌지요. 그때 나와 고참 포병 하사인 아노쉔코는 이제 그는 살아날 가망도 없고, 또 본인이 내려달라고 애원하니 그를 여기에 남겨놓자고 마음먹었고, 그렇게 했던 겁니다. 저기에 넝

쿨이 우거진 나무가 자라고 있었습니다. 우리는 주다노프가 갖고 있던 물에 적신 건빵을 쉐프첸코 옆에다 놓아주었어요. 그를 그 나무에 기대어놓고 깨끗한 셔츠를 입힌 다음에 작별인사를 하고는 내버렸던 거지요."

"그는 중요한 병사였나?"

"아주 쓸 만한 병사였지요." 주다노프가 말했다.

"그 이후로 그가 어떻게 되었는지는 하나님만이 아십니다." 안토노프가 말을 이었다. "그곳에는 우리 병사들이 많이 남겨져 있었어요."

"다르기 전투 말입니까?" 그 보병이 일어나서 담배 파이프에 담뱃잎을 채우며 다시 얼굴을 찌푸리더니 머리를 끄덕이며 말했다. "정말 대단했었지요."

그리고 그는 다른 곳으로 걸어갔다.

"그럼 우리 중대에는 다르기 전투에 참전했었던 병사들이 아직도 남아 있나?" 내가 물었다.

"물론이지요, 여기 주다노프하고 저하고 지금 휴가 중인 파짠하고, 그리고 여섯 명가량 더 있지요. 그게 전부입니다."

"아 그렇구나, 우리의 파짠 녀석이 지금 휴가를 떠나 빈둥거리며 놀고 있겠지?" 치킨이 다리를 쭉 뻗고 통나무 위에 머리를 기대고 말했다. "그 녀석이 떠난 지 벌써 1년이 되어가네."

"그런데 자네도 휴가를 갔나?" 내가 주다노프에게 물었다.

"아니요, 안 갔습니다." 그는 마지못해 대답했다.

"갔다 오는 게 좋을 텐데." 안토노프가 말했다.

"부잣집에 살든, 가난한 집이라서 휴가 때 집안일을 거들든, 아무튼 휴가 간다는 것은 기쁜 일이야. 모두들 반겨줄 테니까."

"겨우 형제가 두 명인데 가서 뭐 하나." 주다노프가 말했다.

"자기 혼자 벌어먹기도 바쁠 텐데, 군대에 가 있는 형까지 먹여달랠 수가 있나? 25년 동안 복무하면서 도와달라는 것은 좋지 않아. 그리고 내 동생의 생사도 모른단 말이야."

"그럼 자넨 그동안 동생에게 편지도 안 썼단 말인가?" 내가 물었다.

"안 쓸 리가 있습니까! 두 통이나 보냈죠. 그런데 답장이 없어요. 죽지 않았으면 아마 가난하게 살다 보니 답장을 보내지 못하는 거겠지요. 그러니 어떻게 하겠습니까?"

"그럼 오래전에 편지를 썼었군?"

"다르기 전투에서 돌아오면서 마지막 편지를 보냈지요."

"어떤가, 자네 〈자작나무〉 노래를 불러보게." 주다노프가 팔꿈치를 무릎 위에 괴고 노랫가락을 흥얼거리는 안토노프에게 말했다.

안토노프는 〈자작나무〉를 부르기 시작했다.

"이 노래는 주다노프 아저씨가 제일 좋아하는 겁니다." 치킨이 내 외투를 잡아당기더니 속삭였다. "가끔 필립프 안토느이치가 저 노래를 부르기 시작하면, 주다노프 아저씨는 눈물을 흘리곤 해요."

처음에 주다노프는 미동도 하지 않고 타고 있는 숯불을 응시하며 앉아 있었다. 불그스름한 불빛에 비친 그의 얼굴은 무척이나 우울해 보였다. 그리고 그의 귀 밑에 있는 턱뼈가 점점 빠르게 움직이기 시작했다. 마침내 그는 일어나 외투를 넓게 깔고 모닥불 뒤편 어두운 곳에 드러누웠다. 그가 잠을 자려고 몸을 뒤척이며 한숨 소리를 내서 그런지, 아니면 벨렌츄크의 죽음과 을씨년스런 날씨가 내 기분을 그렇게 만들어서인지, 어쨌든 그가 우는 것처럼 느껴졌다.

숯이 되어가는 그루터기 밑둥에서 가끔씩 탁탁 불꽃이 튀기면서 불그스레한 얼굴에 흰 콧수염을 기른 안토노프의 몸과 그의 외투 위에 달려 있는 훈장, 그리고 누군가의 발, 머리, 등을 비추었다. 하늘에는 이전과 동일한 처량한 안개가 끼고, 동일한 습기와 연기의 냄새가 대기 중에 퍼졌다. 그리고 죽어가는 모닥불의 빛나는 작은 원은 이전과 마찬가지로 내 시야에 들어왔다. 밤의 적막 속에서 안토노프의 처량한 노랫가락이 들려왔다. 그의 노랫가락이 잠시 멈출 때에는, 밤에 병영에서만 들을 수 있는 병사들의 코 고는 소리와 보초병들의 총 부딪치는 소리, 그리고 나지막한 대화 소리가 그의 노랫가락에 조화를 이루며 메아리치고 있었다.

"두 번째 교대! 마카튜크와 주다노프!" 막시모프가 소리쳤다.

안토노프는 노래 부르는 것을 그쳤다. 주다노프는 일어나서 한숨을 쉬고는 통나무를 넘어 대포가 있는 곳으로 천천히 걸어갔다.

1855년 6월 15일

1854년 12월의
세바스토폴

1854년 12월의 세바스토폴

여명이 사푼 산(흑해 북단에 위치한 세바스토폴 요새의 동쪽에 위치한 산—옮긴이) 너머 수평선을 물들이기 시작한다. 검푸른 색 바다는 이미 밤의 어두움에서 벗어나 즐겁게 반짝거리며 장난칠 준비를 하고, 태양이 쏟아부을 최초의 빛을 기다리고 있다. 항구에는 추위와 안개가 몰려온다. 흰 눈이 쌓이지 않아서 모든 물체가 검게 보인다. 새벽의 한기가 얼굴에 날카롭게 파고들고, 발밑에서는 얼음 깨지는 소리가 들린다. 그리고 저 멀리 끊임없이 들려오는 바다 물결 소리가 세바스토폴 요새에서 이따금씩 들려오는 은은한 대포 소리에 간간이 끊기면서 새벽 정적을 깨뜨린다. 제8시(새벽 4시—옮긴이)를 알리는 종소리가 여러 척의 배에서 들려온다.

북쪽(세바스토폴 해안가의 북쪽—옮긴이)에서부터 밤의 고요함이 서서히 깨지면서 낮의 일상으로 대체된다. 한쪽에서는 교대하는 보초병들이 소총을 딸그락거리며 지나가고, 다른 쪽에서는 의사가 황급히 병원으로 달려간다. 또 어떤 곳에서는 병사 한 명이 토굴 속에서 기어 나와 얼음이 둥둥 떠 있는 물로 햇볕에 그을린 얼굴을 씻고, 장밋빛으로 물든 하늘을 향해 성호를 그으면서 하나님에게 기도를 드리고, 또 어떤 곳에서는 크고 묵직한 **마드자라**(낙타가 끄는 덮개가 없는 마차—옮긴이)가 삐거덕거리는 소음을 내며 피투성이가 된 시체들을 가득 싣고 묘지로 향하고 있다……. 당신이 부두 쪽으로 가까이 다가가면, 석탄, 거름, 습기, 그리고 쇠고기 같은 독특한 냄새들이 당신을 경악하게 만들 것이다. 부둣가 근처에는 헤아릴 수 없을 정도로 수많은 장작, 고기, 제방을 쌓기 위한 흙 포대, 밀가루, 철재 등이 산더미처럼 쌓여 있다. 여러 연대에서 온 배낭과 소총을 멘 병사들과 배낭도 소총도 없는 병사들이 한데 모여 담배를 피우면서 욕지거리를 해대며, 증기를 내뿜고 있는 정박한 기선에 승선하기 위해 연결해놓은 발판 근처에서 무거운 짐을 나르고 있다. 병사, 어부, 상인, 그리고 여자를 비롯한 다양한 부류의 사람들을 가득 실은 보트들이 부두에 연신 들락날락거린다.

"손님, 그라프스카야로 갈까요? 타세요." 퇴역한 수병 두세 명이 보트에서 일어서면서 당신에게 승선할 것을 권한다.

당신은 그중 가장 가까운 곳에 있는 뱃사공을 택하여, 보트 근처 진흙탕 속에 반쯤 썩어 있는 갈색 말의 시체를 넘어 보트의 키 쪽으로 다가간다. 이제 당신은 해안가를 벗어나게 된다. 당신의 주위에는 아침 햇살에 반짝이는 바다가 펼쳐진다. 당신 앞에서는 낙타털로 만든 외투를 입은 늙은 뱃사공과 은발의 소년이 말없이 부지런히 노를 젓는다. 당신은 항구로부터 먼 곳과 가까운 곳에 흩어져 있는 선체가 긁힌 군함들을, 파랗게 빛나는 수면을 따라 움직이는 작고 검은 점같이 보이는 보트들을, 저 멀리 장밋빛 아침 햇살에 물든 아름답게 빛나는 도시의 건물들을, 적함대의 접근을 저지하기 위해 만든 부동방책과 검은 돛대의 끝부분만이 슬픈 듯이 수면 위로 삐죽 튀어나온 채 침몰해 있는 군함에 부딪히면서 발생하는 물거품의 하얀 띠를, 수정 같은 수평선 저 멀리 보이는 적군의 함대를, 노를 저을 때마다 일어나는 바다 물거품을, 그리고 그 물거품을 일으키는 물결들을 보게 된다. 당신은 노가 수면을 때리는 한결 같은 소리, 물결을 따라 당신이 있는 곳까지 날아오는 다양한 목소리, 그리고 세바스토폴에서 전투가 격렬하게 벌어지고 있다는 것을 느낄 수 있는 엄청난 발포 소리를 듣게 된다.

당신이 세바스토폴에 있다는 것을 생각하는 순간, 혈관 속의 피는 더욱 빨리 흐르고 당신의 영혼 속에는 그 어떤 남성다운 긍지와 용맹이라는 감정이 끓어오를 것이다……

"나리! 키를 키스텐틴(배 콘스탄틴) 쪽으로 똑바로 잡으십시오." 늙은 사공은 당신이 키를 잡은 보트를 어디로 나아가게 하는지 방향을 확인하려고 몸을 뒤로 돌리면서 말할 것이다.

"아, 저 배에도 대포가 있네요." 군함 옆을 지나치면서 은발의 소년이 말한다.

"당연하지. 저건 새 군함이잖아, 코르닐로프(1806~1854. 세바스토폴 요새 방어를 지휘했던 러시아 해군 제독—옮긴이)가 타던 거란다." 노인도 군함을 바라보면서 말한다.

"저기 포탄이 터지는 곳을 보세요!" 오랫동안 침묵하던 소년이 갑자기 항만의 남쪽에서 터지는 포탄의 맹렬한 소리와 함께 높이 솟아오르며 퍼지는 연기를 바라보면서 말한다.

"저건 새 포병 부대에서 지금 막 쏜 거야." 노인이 천연덕스럽게 손에다 침을 뱉으면서 말한다. "자, 미슈카, 빨리 노를 저어서 증기선을 앞지르자." 그리고 얼마 후 당신이 탄 작은 보트는 굽이치는 항만의 물결을 따라 더욱 빨리 나아가서, 포대 자루를 잔뜩 싣고 사병들이 서툴게 노를 젓는 보조용 보트를 앞지른다. 온갖 종류의 배들이 무수히 계류하고 있는 사이를 뚫고 그라프스카야 항구에 도착한다.

부둣가에는 회색 군복 차림의 육군 사병들, 검정 군복을 입은 해군들, 그리고 얼룩덜룩한 색깔의 복장을 한 여인들이 떼를 지어 부산스레 움직이고 있다. 여인네들은 불카(흰 빵—옮긴이)를 팔고, 러시아 농부들은 사모바르를 들고 **"따끈따끈한 꿀물이요"**라고 소리 지른다. 부둣가의 돌계단 디딤돌 위에는 녹슨 포탄, 폭탄, 산탄, 그리고 무쇠로 만든 각종 구경의 대포들이 난잡하게 뒹굴고 있다. 조금 더 떨어진 곳에는 큰 광장이 있고, 그곳에는 커다란 각목과 포차, 그리고 잠에 빠진 병사들이 뒹굴고 있다. 한쪽에는 말, 마차, 녹색 칠을 한 대포, 탄약 상자, 그리고 보병들의 총기 거치대가 세워져 있다. 다른 쪽에는 육군과 해군, 장교들과 여자들, 아이들과 상인들이 움직이고 있다. 건초와 포대 자루, 물통을 실은 마차가 지나간다. 말을 탄 카자크병과 장교, 사륜마차를 탄 장군이 지나간다. 길 오른쪽에는 바리케이드가 쳐 있고, 그 위에 있는 포안에는 작은 포들이 놓여 있다. 그 근처에서 해군 한 명이 담배를 피우며 앉아 있다. 왼쪽에는 벽에 로마 숫자를 쓴 아름다운 저택이 있고, 그 밑에는 병사 몇 명과 피투성이가 된 들것이 놓여 있다. 어디를 가든지 당신이 볼 수 있는 것이란 불쾌한 병영의 흔적뿐이다. 그래서 당신이 느끼는 첫인상은 말할 나위도 없이 매우 불쾌할 것이다. 병영 생활과 도시 생활, 아름다운 도시와 지저분한 병영, 이 두 가지가 이상야릇하게 뒤범벅되면서 추하고 무질서하다는 생각이 들 것이다. 심지어 당신은 모든 사람이 놀라서 우왕좌왕하며 무엇을 해야 할지 모르는 표정을 보게 될 것이다. 그러나 당신 주위에서 움직이고 있는 사람들의 얼굴을 더 자세히 바라보면, 당신은 전혀 다른 그 무엇을 깨달을 수 있을 것이다. 세 마리 갈색 말에게 물을 먹이려 마차를 몰고 가는 사병을 바라보라. 그는 아주 태평스레 흥얼대며 콧노래를 부르고 있다. 당신은 그가 이 혼잡한 군중 속에서 결코 길을 잃지 않을 것이라는 생각을 하게 될 것이다. 사실상 그에게는 군중이 존재하지 않는 것처럼 보인다. 그는 말에게 물을 먹이는 일이든, 대포를 끌고 가는 일이든, 자신감을 갖고 너무나도 태연하게 자신의 일을 묵묵히 수행하고 있는데, 이 모든 것은 마치 툴라나 사란스크에서 행하는 일처럼 보일 것이다. 또한 흰 장갑을 끼고 옆을 지나치는 장교의 얼굴에서도, 바리케이드 위에 앉아 담배를 피워 물고 있는 해군의 얼굴에서도, 이전에 회의장으로 쓰던 건물 입구의 계단에서 들것을 가지고 기다리고 있는 사역병의 얼굴에서도, 그리고 장밋빛 옷이 젖을까 봐 겁이 나서 작은 돌멩이를 밟고 깡충깡충 뛰어 길을 건너가는 소녀의 얼굴에서도, 당신은 그와 똑같은 표정을 읽을 것이다.

그렇다! 당신이 세바스토폴을 처음 방문했다면 틀림없이 실망할 것이다. 당신이 그곳 사람의 얼굴에서 동요나 당혹감을, 아니면 열정이나 죽음에 대한 각오나 결단을 찾아보려 한다면, 결코 그런 것들을 발견할 수 없을 것이다. 대신 당신은 평온하게 일상에 전념하는 평범한 사람들을 보게 될 것이다. 그래서 당신은 지나치게 흥분했었던 자신을 꾸짖게 되고, 북부에서 들었던 이곳에 관한 풍문의 정확성과 그곳에서 만연하고 있는 이곳에 대한 불행한 이야기에 대해서, 그리고 당신의 내면에 형성되어 있던 세바스토폴 방어군에 대한 영웅적 행위에 대한 개념의 공정성에 대해 어느 정도 의심을 품게 될 것이다. 그러나 그런 의심을 품기 전에 요새로 직접 가서 세바스토폴 방어군을 만나보든지, 얼마 전까지 세바스토폴 회의장으로 쓰였던 곳의 계단 입구에 들것을 들고 병사들이 서 있는 맞은편 집으로 곧장 들어가보라. 당신은 그곳에서 세바스토폴 방어군들을 통해 무시무시하고도 비통한, 장엄하면서도 우스꽝스런, 그리고 우리의 정신을 깨우쳐주는 놀라운 광경을 목격하게 될 것이다.

당신은 회의실 안에 있는 큰 홀로 들어간다. 문을 여는 순간 당신은 일부는 침대 위에 그리고 대부분은 바닥에 누워 있는 환자들을 본다. 당신은 40~50명의 손발이 절단된 환자들과 중상자들의 상태를 보고 악취를 맡으며 기겁하게 될 것이다. 홀의 문지방에 서서 느끼는 당신의 감정을 절대 믿지 마라. 그 감정은 어리석은 것이다. 앞으로 더 걸어가라. 마치 고통당하고 있는 사람들을 **바라보러** 온 것 같은 느낌을 부끄러워하지 마라. 그들한테 가까이 가서 이야기하는 것을 부끄럽게 생각하지 마라. 불행한 사람들은 당신이 인간적으로 동정하며 자신의 얼굴을 바라봐주는 것을 좋아하고, 남들이 자신의 고통에 대해 이야기하면서 사랑과 동정의 말을 나누는 것을 좋아한다. 늘어선 침대 한가운데로 들어가서 비교적 성질이 까다롭지 않고 이야기를 나눌 수 있어 보이는, 고통스러워하는 정도가 다소 가벼운 환자의 얼굴을 찾아보라.

"자네는 어딜 다쳤나?" 당신은 침대에 앉아서 선량한 눈빛으로 당신을 바라보면서 자기가 있는 옆으로 가까이 오라고 청하는 듯한, 늙고 쇠약한 어떤 병사에게 다가가서 머뭇거리며 조심스럽게 물어본다. 내가 '조심스럽게 물어본다'라고 말한 이유는, 이렇게 함으로써 당신이 고통을 받는 자들에게 동정심뿐만 아니라 그들을 모욕하지나 않을까 하는 염려와 두려움, 그리고 깊은 존경심을 가질 수 있기 때문이다.

"다리를 다쳤어요." 병사가 대답한다. 그를 덮은 담요의 주름을 보는 순간 당신은 그 병사의 무릎 위쪽의 허벅지 일부가 없다는 사실을 알게 된다. "하나님이 보호해주셨어요." 부상병이 덧붙여 말한다. "이제 퇴원하고 싶어요."

"그런데 자네는 부상당한 지 꽤 오래되었나?"

"네, 6주 지났습니다. 나리!"

"지금도 많이 아픈가?"

"아닙니다. 지금은 아프지 않아요. 괜찮습니다. 날씨가 나쁠 때, 장딴지가 조금 뻐근하기는 하지만, 괜찮습니다."

"도대체 자네는 어쩌다가 부상을 당했나?"

"제5방어선에서 첫 번째 포격 때 부상을 당했습니다, 나리. 제가 이렇게 대포의 방향을 돌리고 다른 포문 쪽으로 옮기려던 중이었습니다. 그때 **그것이** 저의 다리를 때리더군요. 마치 구멍에 다리가 빠지는 느낌이었죠. 그런데 보니까 한쪽 다리가 달아나버렸어요."

"그 순간 아프지 않던가?"

"괜찮았어요. 단지 무엇인가 뜨거운 것이 저의 다리를 찌르는 것 같았어요."

"그래, 그다음에는?"

"그리고 난 다음에는 아무렇지 않았습니다. 그저 피부에 무엇이 스쳐서 조금 아프고 당긴다는 느낌이 들었습니다. 나리, 무엇보다도 **이것저것 많은 것을 생각하지 말아야 돼요.** 아무것도 생각하지 않으면 그건 별것이 아닙니다. 자꾸만 사람들이 이것저것을 생각하니까 큰 문제가 되는 겁니다."

이때 회색 옷을 입고 검은 머릿수건을 두른 여자가 당신에게 다가온다. 그녀는 당신과 수병 사이의 대화에 끼어들며 수병에 관한 상세한 이야기를 하기 시작한다. 그가 받은 고통, 4주일 동안 지속되었던 그의 절망적인 상태, 부상을 당하고서도 아군의 포병 중대가 일제히 사격을 시작한 것을 보기 위해 그가 들것을 멈추게 하였던 것, 대공들이 그와 대화를 하고 그에게 25루블을 하사했다는 것, 그리고 그가 대공들에게 만일 자기가 더 이상 일을 계속할 수 없을 지경이 되면, 젊은 군인들을 가르치기 위해서 다시 방어선으로 가고 싶다고 말했던 것에 대해서 그녀는 당신에게 이야기하기 시작한다. 여자는 이 모든 것을 단번에 이야기하고 나서, 자신과 당신과의 대화를 마치 듣지 않는 것처럼 돌아앉아 베개에서 실밥을 뜯고 있는 수병을 쳐다본다. 그녀의 눈에는 어떤 열정적인 희열이 반짝이고 있다.

"제 마누라입니다, 나리!" 수병은 당신에게 '그녀를 용서하십시오. 아시겠습니다만, 아낙네들이 하는 짓이란 어리석은 소리나 하는 것 아닙니까?'라고 말하는 듯한 표정을 지으면서 말한다.

당신은 이제 세바스토폴 방어군을 이해하기 시작한다. 당신은 이 같은 사람 앞에서 자신이 어쩐지 부끄러워지는 것을 느끼게 된다. 그에게 동정과 놀라움을 표현하기 위해 많은 것들을 말하고 싶을 것이다. 그러나 당신은 할 말을 찾지 못하거나 머릿속에 떠오르는 말에 만족하지 못하고, 침묵 속에서 이 무의식적인 위대함에, 영혼의 그 단단함 앞에, 그리고 자신의 공적에 대한 강한 수치심 앞에 머리를 조아리게 된다.

"그럼 하루라도 빨리 완쾌되기를 하나님께 빌겠네." 당신은 그에게 말하고 바닥에 누워 참기 어려운 고통 속에서 죽음을 기다리는 것같이 보이는 다른 환자 앞에 멈춰 선다.

금발인 이 사람은 얼굴이 부었고 창백하다. 그는 등을 편 채 왼손을 밑으로 떨어뜨리고 지독하게 고통스런 표정을 지으며 드러누워 있다. 바짝 마른 채 조금 열려 있는 입에서 숨이 곧 넘어갈 듯한 가냘픈 숨소리가 흘러나오고, 주석같이 파란 눈동자는 위로 치켜뜨고 있다. 붕대를 칭칭 감은 오른손 끝부분이, 옆으로 미끄러져 내려온 담요 밑으로 삐져나와 있다. 시체에서 나는 역겨운 냄새가 당신을 더욱 강하게 자극한다. 고통을 당하고 있는 중상자들의 수족에서 나오는 열기가 당신의 영혼을 파고드는 듯한 느낌을 받을 것이다.

"어이쿠, 저 사람 의식을 잃은 거 아닌가요?" 친척이나 되는 듯이 당신을 따라다니며 상냥하게 바라보고 있는 부인에게 당신이 묻는다.

"아니에요, 아직은 듣고 있어요. 그런데 상태가 정말 좋지 않군요." 그녀는 소곤대며 말한다. "제가 방금 저 사람한테 차를 먹였어요, 저랑은 아무 상관이 없는 사람이지만 참 가련해요. 그런데 차를 거의 들지 않았어요."

"자네, 기분은 좀 어떤가?" 당신은 그에게 묻는다.

부상자는 당신의 목소리가 나는 쪽으로 눈을 돌리기는 했지만, 당신을 보지도 못하고 당신의 말을 알아듣지도 못한다.

"가슴이 탑니다."

당신은 조금 더 떨어진 곳에서 속옷을 갈아입는 늙은 병사를 응시한다. 그의 얼굴과 몸뚱이는 갈색빛을 띠고 있으며 뼈만 앙상하게 남아 있다. 그의 팔 하나는 송두리째 없다. 한쪽 팔이 어깨에서 잘려 나갔다. 그는 꿋꿋하게 앉아 있다. 그는 회복되었다. 그러나 생기를 잃은 흐리멍덩한 시선, 무시무시할 정도의 허약함, 그리고 얼굴의 주름살을 통해 이 노인이 생애의 대부분을 고통 속에서 지낸 인간이라는 것을 당신은 알게 된다.

당신은 맞은편에서 열로 인해 두 볼이 새빨개진 채 침대 위에 누워 고통스러워하고 있는 창백하고 우아한 여인의 얼굴을 보게 된다.

"이 사람은 수병의 부인인데, 지난 5일에 벌인 결전에서 방어선에 있는 남편에게 점심을 갖다주다가 다리에 포탄을 맞아 부상당했습니다." 여자 안내원이 당신에게 말한다.

"그래서, 절단했단 말이오?"

"무릎 위까지 잘라냈습니다."

이제 당신의 신경이 튼튼하다면 왼쪽 문을 열고 들어가보라. 이 방에서는 붕대를 갈며 수술을 하고 있다. 당신은 그곳에 있는 침대 옆에서 팔꿈치까지 피투성이가 된 채 창백하고 침통한 표정을 짓고 일하는 군의관들을 볼 것이다. 침대 위에는 클로로포름에 마취되어 있는 부상병 한 명이 두 눈을 뜬 채로 누워서 마치 헛소리를 하듯 아무 의미 없는 이야기를 지껄이기도 하고, 때로는 짤막하지만 가슴을 뭉클하게 만드는 이야기도 하는 것을 볼 수 있다. 군의관들이 자신들은 혐오하지만 환자에게는 유익한 절단 수술을 시행하고 있다. 당신은 날카롭게 구부러진 메스가 희고 건강한 몸속으로 파고 들어가는 것을 볼 것이다. 그리고 갑자기 정신이 든 부상병이 무시무시한 비명을 지르면서 악담을 퍼붓는 것을 볼 것이다. 보조군의관이 절단한 팔뚝을 한쪽 구석으로 내던지는 것도 볼 것이다. 그리고 당신은 같은 방에서 들것에 누워 전우가 수술 받는 것을 보면서, 육체적으로 고통스러워서라기보다는 오히려 자기 차례를 기다린다는 것이 정신적으로 더욱 고통스러워 몸을 웅크리고 신음하는 부상병을 볼 것이다. 당신은 여기서 심장을 도려내는 듯한 광경을 목격할 것이다. 당신은 군악을 연주하고 북을 울리면서 깃발을 휘날리고 말을 타고 있는 장군들의 당당하고 멋지고 찬란한 대열에서가 아니라, 전쟁의 진정한 표현이라고 말할 수 있는 피와 고통과 죽음 속에서의 전쟁을 목격할 것이다.

이 고통의 방에서 밖으로 나온 후, 당신은 신선한 공기를 가슴 깊이 들이마시고는 분명 유쾌한 감정을 느끼면서 자신이 건강하다는 사실에 만족감을 느낄 것이다. 그러나 이와 동시에 이 같은 고통을 조용히 생각해보면 자신의 존재라는 것이 아무것도 아니라는 것을 감지하게 되고, 아무 망설임 없이 태연하게 참호로 걸어갈 것이다…….

'이처럼 많은 사람들이 죽고 많은 사람들이 고통을 당하고 있는 것에 비하면, 나처럼 보잘것없는 벌레 같은 존재들이 죽거나 고통을 받는 것이 무슨 의미가 있단 말인가?' 라고 당신은 생각할 것이다. 그러나 맑은 하늘과 밝게 빛나는 태양, 아름다운 도시, 문이 열려 있는 교회, 사방에서 무리 지어 몰려다니는 군인의 풍경은 당신의 마음을 가볍게 하고, 사소한 일에 마음을 쓰고 현실 문제에 몰두하는 평상시의 상태로 되돌릴 것이다.

당신은 장밋빛 관을 메고 음악에 맞추어 깃발을 펄럭이며 교회에서 나오는 어떤 장교의 장례식 행렬을 만나게 될지도 모른다. 그리고 어쩌면 참호에서 발포하는 대포 소리가 당신의 귓전에 울려 퍼질지도 모른다. 그러나 그 소리는 당신이 조금 전에 느꼈던 생각을 다시 불러일으키지는 못할 것이다. 장례식 행렬은 당신에게 아름답고 용감한 구경거리로 여겨질 것이며 포성역시 아름답고 용감한 소리로 들릴 것이다. 그리고 당신은 이같은 광경과 포성을 보고 들으면서, 그것들을 조금 전에 수술실에서 명확하게 느꼈던 고통과 죽음에 대한 생각과 결코 연결시키지 않을 것이다.

교회와 바리케이드를 지나 당신은 매우 활기차게 살아 숨 쉬는 도시의 중심부로 들어간다. 거리 양편에는 상점과 선술집의 간판이 걸려 있다. 상인들, 모자를 쓰거나 머릿수건을 동여맨여인네들, 그리고 화려하게 차려입은 장교들이 활보하고 있다. 이런 장면들은 당신에게 주민들의 정신력이 굳건하고, 자신감이 넘치고, 안전하다는 것을 말해주고 있다.

만약 당신이 수병과 장교의 의견을 듣고 싶으면, 오른편에 있는 선술집으로 들어가면 된다. 그곳에서 당신은 전날 밤에 벌인사건, '페니카'에 관한 이야기, 24일에 벌인 전투(인케르만에서 1854년 10월 24일에 벌인 전투—옮긴이)에 대한 이야기, 커틀릿이값만 비싸고 질은 형편없다는 이야기, 그리고 동료들 가운데 누가 전사했다는 이야기들을 틀림없이 들을 수 있을 것이다.

"제기랄, 요즘 우리 상황이 안 좋아!" 녹색 목도리를 목에 두르고 수염을 기르지 않은 희끗한 금발의 해군 장교가 낮고 굵직한 목소리로 말한다.

"어디가 그렇다는 거야?" 그의 동료가 묻는다.

"제4방어선." 젊은 장교가 대답한다. 그러면 당신은 '제4방어선'이라고 말할 때, 밝은 금발의 장교를 아주 유심히 그리고 무척이나 존경하는 마음으로 바라볼 것이다. 그의 지나친 경솔함, 두 손을 과장되게 흔들어대는 행위, 그리고 지나치게 큰 그의 웃음소리와 목소리는 당신으로 하여금 불쾌감을 유발시킬 것이지만, 이는 위험에 처한 젊은 사람들에게서 흔히 나타나는 일종의 독특한 기분인 것이다. 그러고는 그가 포탄과 총탄이 부족해서 제4방어선이 불리한 상황에 처했다고 당신에게 말할 것으로 짐작할 것이나, 그는 길이 진흙탕이어서 상태가 좋지 않다고 말할 것이다. "포대가 이동하는 것이 불가능해." 그는 장딴지까지 진흙이 묻은 군화를 보여주면서 말할 것이다. "그런데 오늘 훌륭한 지휘관이 전사했어. 이마에 정통으로 맞았어." 다른 장교가 말할 것이다. "그게 누군가? 미튜힌인가?" "아니야, 다른 사람이야." "이봐, 송아지 커틀릿을 줄 거야 말 거야? 이런 사기꾼 같은 놈!" 그는 선술집 하인에게 소리친다. "미튜힌이 아니고 아부로시모프였어. 참 용감했어. 여섯 차례나 전투에 참여했는데."

또 다른 식탁의 모서리에는 완두콩을 곁들인 커틀릿을 담은 접시와 '보르도'라고 불리는 크림 지방에서 생산한 시큼한 포도주 한 병을 앞에 놓고 보병 장교 두 명이 앉아 있다. 별을 두 개 단 붉은색 칼라의 군용 외투를 입은 젊은 장교가 별을 달지 않은 검은색 군용 외투를 입은 늙은 장교에게 아르마 전투(1854년 9월 8일에 벌인 전투로 러시아군이 패배—옮긴이)에 관해 이야기하고 있다. 술이 거나하게 취한 젊은 장교가 이야기하는 도중에 가끔씩 말을 잇지 못하고 불안한 시선을 보이는 것으로 미루어, 전투가 계속되는 동안 자신의 역할이 상당히 컸다는 그의 말이 진실과는 꽤 거리가 있다는 것이 분명해 보인다. 그러나 당신은 앞으로 러시아 어느 곳에서나 접할 수 있는 이런 종류의 이야기를 듣는 데 별 흥미를 느끼지 못할 것이다. 그리고 당신은 한시라도 빨리 여러 가지 이야기를 당신에게 전해줄 제4방어선으로 가보고 싶을 것이다. 누구나 자신이 제4방어선에 있었다는 것을 말할 때는 무척 만족스럽고 자랑스럽게 이야기한다. "나는 제4방어선에 가고 있소"라고 말할 때 사람에 따라서 마음속에 가벼운 흥분이나, 지나칠 정도의 냉담함이 드러나는 것을 분명히 감지할 수 있다. 누군가를 농담으로 놀리고 싶으면, "너 같은 놈은 제4방어선에 보내야 되는데"라고 말하면 된다. 길에서 들것에 실린 부상병을 보고 "어디에서 오는 거요?"라고 물으면, 대부분 "제4방어선에서요"라고 대답한다. 일반적으로 이 무서운 방어선에 대해선 두 가지 상이한 견해가 있다. 그곳에 한 번도 가본 적이 없는 사람들은 누구든지 제4방어선은 피할 수 없는 확실한 무덤이라고 확신하며 말하고, 머리털이 희끗한 해군 소위같이 그곳에 거주하는 사람들은 제4방어선 이야기가 나오면 "그곳은 건조하다 혹은 불결하다, 움막 안이 덥다 혹은 춥다"라고 말한다.

당신이 선술집에서 보낸 삼십 분 동안 날씨는 급작스레 변했다. 바다에 흩어져 있던 안개가 회색빛의 처량하고 축축한 먹구름과 뭉치면서 태양을 가렸다. 하늘에서 안개처럼 뿌연 빗줄기가 떨어져 지붕과 거리와 군인의 외투를 적시고 있다.

또 다른 바리케이드를 지나 입구에서 오른편으로 돌아 큰길을 따라 위쪽으로 올라간다. 이 바리케이드 뒤편에 양쪽으로 늘어선 집들은 텅 비었고 간판도 없다. 문짝은 판자로 가려져 있고 창문은 깨져 있으며 어떤 곳은 벽 모서리가 부서지거나 지붕이 깨진 채로 있다. 온갖 슬픔과 궁핍을 맛본 노병처럼 보이는 이 건물들은, 어찌 보면 오만하게 혹은 경멸하는 듯한 표정으로 당신을 응시하고 있다. 당신은 길가에 나뒹구는 포탄이 발에 걸리기도 하고, 폭탄에 의해 파헤쳐진 물웅덩이에 빠지기도 한다. 당신은 거리에서 사병들, 카자크 척후병들, 그리고 장교들의 무리와 마주친다. 그리고 가끔 여자나 아이도 만난다. 그런데 그 여자는 모자를 쓰고 있지 않다. 그리고 수병의 아내는 낡은 모피 외투에 군화를 신고 있다. 길을 따라 더 올라가서 나지막한 언덕을 내려가면, 당신 주변에는 집이라곤 전혀 보이지 않고 대신 깨진 돌조각, 널빤지, 끈적거리는 진흙, 그리고 통나무 더미가 널려 있다. 당신은 가파른 산비탈 위에 여기저기 도랑이 파헤쳐진 시커멓고 더러운 공간을 본다. 바로 당신 앞에 있는 그곳이 제4방어선이다……. 눈에 띄게 사람들이 줄어든 이곳에서는 여자들을 거의 볼 수 없고, 군인들만이 바쁘게 걸어 다닌다. 길가에는 핏방울이 떨어져 있다. 당신은 들것을 들고 있는 사병 네 명과 군용 외투가 피투성이가 된 채 들것에 누워 있는 창백하고 누렇게 뜬 얼굴을 볼 것이다. 만일 당신이 "어디를 다쳤소?"라고 물으면, 운반병은 화가 난 듯 당신을 쳐다보지도 않고 그냥 발이나 팔을 다쳤다고 말할 것이다. 그것은 부상병이 경상이었을 때 그렇고, 만약 들것 위에 있는 부상병의 머리가 보이지 않고 그가 이미 사망했거나 중상을 입었으면 침통한 얼굴을 하고 아무 대답도 하지 않을 것이다.

산 위에 오른 순간, 멀지 않은 곳에서 들리는 포탄과 폭탄의 윙윙거리는 소리들이 당신을 불쾌하게 그리고 깜짝 놀라게 만들 것이다. 이전에 도시에서 들었던 포성의 의미가 이곳에서는 확연히 다르다는 것을 불현듯 깨달을 것이다. 그리고 갑자기 당신 머릿속에 무엇인지 모를 기쁜 생각이 살며시 번뜩일 것이다. 이제는 관찰하는 것보다 당신의 특유한 개성이 더 많이 당신을 지배하기 시작할 것이다. 당신은 주위를 둘러싸고 있는 모든 것에 점차 무관심하게 되고, 무엇인가 결단을 내리지 못하는 불쾌감이 갑자기 당신을 사로잡을 것이다. 그러나 당신이 손을 흔들며 끈적거리는 진흙탕을 헤치고 산 밑으로 미끄러져 내려오면서 당신 옆을 웃으며 뛰어가는 사병을 유심히 바라보노라면, 당신 내면의 작은 목소리와 위험한 상황에서 발생하는 비굴한 마음이 침묵할 것이다. 이제 당신은 그 비굴한 마음을 접고 자신도 모르게 가슴을 펴고 머리를 치켜들고 미끄럽고 끈적끈적한 진흙투성이의 산 위로 올라가게 될 것이다. 산 위로 올라가면 좌우에서 윙윙거리는 탄환 소리 때문에 당신은 길과 평행하게 나 있는 참호 속으로 들어가는 것이 좋지 않을까 하는 생각을 할 것이다. 그러나 참호 속은 누런 진흙탕이 무릎까지 가득하고 악취가 너무 심하기 때문에 당신은 틀림없이 산길을 택할 것이다. 그리고 다른 사람들도 마찬가지로 **그 길을 택해 걸어가는 것**

을 보게 될 것이다. 스무 보쯤 가면 당신은 사방이 흙 포대, 제방, 움막, 화물마차, 토굴로 둘러싸여 있고, 그 토굴 위에 무쇠로 만든 대포들이 설치되고 포탄이 가지런히 놓여 있는 울퉁불퉁하고 지저분한 진흙탕 광장으로 들어서게 된다. 이 모든 것을 보는 순간 당신은 그것들이 아무런 목적이나 연관성 없이 무질서하게 널려 있다고 생각할 것이다. 어떤 곳에는 수병이 대포위에 앉아 있고, 광장 한가운데는 못쓰게 된 대포가 반쯤 진흙탕에 파묻혀 있으며, 또 어떤 곳에서는 총을 들고 대포 옆을 지나다가 끈적끈적한 진흙탕 속에 발이 빠져 꺼내려고 애쓰는 병사도 있다. 온통 진흙탕인 사방 어느 곳에서나 깨진 유리조각, 폭발하지 않은 포탄, 폭탄, 그리고 병영의 흔적을 쉽게 찾아볼수 있다. 이 모든 것은 붉고 끈적끈적한 진흙탕 속에 묻혀 있다. 당신은 멀지 않은 곳에 포탄이 떨어지는 소리를 들을 것이며, 벌 떼처럼 윙윙거리는 소리, 혹은 휘파람 같은 소리, 혹은 악기의 현에서 빠르게 나는 소리 같은 총소리를 들을 것이다. 때로는 당신의 온몸을 전율하게 만드는 지독할 정도로 무시무시한 소총의 굉음을 들을 것이다.

'그렇다, 여기가 바로 제4방어선이구나. 바로 이곳이 무시무시하고 정말로 섬뜩한 곳이로구나.' 당신은 혼자 생각할 것이다. 이때 당신은 자랑스러운 감정은 약간만 느끼고 대신 짓눌린 공포의 감정을 많이 느끼게 된다. 그러나 실망하지 마라, 여기는 아직 제4방어선이 아니다. 이곳은 야조노프스키 방어선으로 비교적 안전하며 아주 무시무시한 곳은 아니다. 당신이 제4방어선으로 가려면 보병 한 사람이 허리를 굽히고 지나갈 수 있는 좁은 참호를 따라 오른편으로 접어들면 된다. 이 참호를 따라가면서 당신은 들것과 수병, 그리고 삽을 든 사병을 만날지도 모른다. 당신은 지뢰선과 두 사람이 겨우 허리를 굽히고 기어들 수 있는 진흙탕 참호를 볼 것이다. 그리고 거기서 흑해함대 소속 부대의 초병들을 볼 것이다. 그들은 이곳에서 구두도 갈아 신고, 음식도 먹고, 파이프 담배도 피우면서 지낸다. 당신은 여기저기서 악취를 풍기는 진흙탕, 야영의 흔적, 각양각색의 모양을 하고 있는 쇳조각이 나뒹구는 것을 볼 것이다. 삼백 보가량 더 가면 당신은 다시 포병 중대가 있는 곳으로 나오게 된다. 구덩이가 파이고, 진흙을 담아 넣은 포대 자루가 널려 있고, 포차 위에 놓여 있는 대포와 흙으로 만든 제방으로 둘러싸인 광장으로 나간다. 어쩌면 당신은 이곳 참호 제방 밑에서 카드게임을 하고 있는 다섯 명가량의 해군 사병과 해군 장교 한 사람을 볼지도 모른다. 그 장교는 당신이 처음으로 이곳에 왔기 때문에 호기심을 느끼고 있다는 것을 눈치채고, 자기들이 설치해놓은 것과 당신의 흥미를 끌 만한 모든 것을 기꺼이 보여줄 것이다. 그는 대포 위에 앉아 아무 일도 없다는 듯이 태연하게 누런 종이로 담배를 말아 피우기도 하고, 포안을 하나 둘씩 점검하면서 아주 침착하게 당신과 대화를 나눌 것이다. 당신 머리 위에서 윙윙거리는 소리를 내는 총성이 이전보다 더욱 심해졌음에도 불구하고, 그의 태도가 너무도 침착하고 태연스러워 당신은 마음의 안정을 찾고 장교의 이야기에 대해 조심스럽게 묻기도 하고 듣기

도 할 것이다. 그 장교는 당신이 묻기만 하면 5일에 발생한 포격
사건에 대한 이야기와, 그의 포병 중대에서 쓸 만한 대포라고는
하나밖에 없었고 중대 포병들 가운데 살아남은 사병은 여덟 명
뿐이었다는 것과, 다음 날인 6일 아침에는 모든 대포가 **증기를
내뿜었다**(당시 수병들은 '발포하다'라는 말 대신에 '증기를 내뿜었다'
라고 말했다)는 이야기를 들려줄 것이다. 5일에 수병들의 움막에
포탄이 떨어져 열한 명의 사상자가 났다는 이야기도 하고, 이곳
에서 30∼40사젠밖에 떨어지지 않는 곳에 있는 적의 대포와 참
호를 포안을 통해 당신에게 보여줄 것이다. 이때 나는, 당신이
적군을 보려고 포안에 얼굴을 내밀 때 윙윙거리는 탄환 소리로
인해 당신이 아무것도 보지 못하지 않을까 하는 염려가 든다.
그러나 만일 당신이 볼 수만 있다면, 당신으로부터 아주 가까운
곳에서 하얀 연기를 뿜어내는 백색 돌로 만든, 보병과 수병들이
'거시기'라고 부르는 적군의 방어물을 보고 매우 놀랄 것이다.

　해군 장교는 허영심 때문인지 아니면 자기만족 때문인지 잘
모르겠으나, 아마도 당신의 눈앞에서 대포를 몹시 쏘아대고 싶
어 할 것이다. "포술장과 포수는 대포 있는 곳으로!"라고 소리
치면, 열네 명가량의 수병 가운데 어떤 병사는 담배 파이프를
주머니에 넣고, 또 다른 병사는 건빵을 씹으면서 징이 박힌 군
화로 포차를 밟고 대포 쪽으로 가까이 가서 장전할 것이다. 이
병사들의 얼굴, 태도, 그리고 동작을 자세히 살펴보라. 광대뼈
가 나오고 햇볕에 그을린 얼굴의 주름살에서, 근육에서, 떡 벌
어진 어깨에서, 큼직한 군화를 신은 두툼한 발에서, 침착하고 담

대한 동작 하나하나에서 러시아의 저력을 구성하고 있는 단순성과 강인성을 발견하게 될 것이다. 그러나 이 같은 중요한 특징 이외에도 당신은 이곳에 있는 모든 사람의 얼굴로부터 위험함, 비참함, 그리고 전쟁의 고통이 그들의 가치, 고귀한 정신, 그리고 감정과 의식에 흔적을 남겼다는 것을 인식할 것이다.

갑자기 당신의 청각뿐 아니라 몸 전체를 뒤흔드는 무시무시한 굉음이 당신의 간담을 서늘케 하면서 온몸을 떨게 만들 것이다. 그 소리에 뒤이어 당신은 멀어져가는 포탄의 날카로운 소리를 들을 것이다. 짙은 화약 연기가 당신과 포차와 포차 주위를 오가는 수병의 검은 형체를 뒤덮는다. 포를 쏘면서 떠들어대는 수병들의 이야기를 들으면서, 당신은 기대하지 않았던 수병들의 흥분한 감정의 표출을 보게 될 것이다. 이것은 각자의 마음속에 담겨 있는 증오와 복수심일 것이다. "정통으로 **포안**에 맞았다. 두 명이 죽은 것 같은데…… 저쪽으로 운반하는군." 당신은 기뻐하며 외치는 소리를 들을 것이다. "그런데 저놈이 화가 났으니 이제 이곳으로 쏘아대겠군"이라고 누군가 말할 것이다. 그러자마자 곧 눈앞에 펼쳐지는 섬광과 연기를 당신은 보게 될 것이다. 참호 제방 위에 서 있던 초병이 "대포다!"라고 소리 칠 것이다. 그리고 뒤이어 포탄이 당신 옆으로 쉿소리를 내면서 땅에 떨어져 구덩이를 만들고, 진흙탕과 돌조각이 튀어 올라 당신 주변을 뒤덮을 것이다. 포병 중대장은 이 포탄을 보고 화를 버럭 내며 제2번과 제3번 대포에 장전하라는 명령을 하달한다. 적군도 우리를 향해 응사한다. 당신은 흥미로운 감정을 느끼면서 여러 가지 재미있는 장면을 보게 될 것이다. 초병이 다시 "대포다!"라고 외치면 당신은 전과 똑같은 대포 소리와 폭발 소리, 그리고 파편이 튀는 소리를 들을 것이다. 혹은 "박격포다!"라고 외치면 당신은 공포와는 별 관계가 없는 듯한 규칙적이고 상쾌한 포탄 소리를 들을 것이다. 당신에게 접근하면서 가속도를 내는 박격포탄 소리를 듣는 순간 흑색의 둥근 물체가 땅에 부딪히는 소리와 포탄이 터지면서 맹렬히 울려 퍼지는 폭음을 들을 것이다. 그리고 쇠붙이 소리와 날카로운 소리를 내면서 파편들이 사방으로 튈 것이다. 공중에는 돌조각이 날아다니고 당신은 진흙탕을 뒤집어쓸 것이다. 이런 소음을 들으면서 당신은 공포와 쾌감이 혼재된 이상야릇한 감정을 동시에 느낄 것이다. 포탄이 날아드는 바로 그 순간에 당신은 이 포탄이 당신을 죽일 것이라는 생각을 하게 된다. 그러나 자존심이 당신을 받쳐주고 있어서 어느 누구도 당신이 느끼는 공포심을 알아채지 못한다. 만일 포탄이 당신에게 부상을 입히지 않고 지나치면, 다시 원기를 얻고 형언할 수 없이 즐겁고 유쾌하기까지 한 감정이 순간적이긴 하지만 당신을 사로잡을 것이다. 그래서 당신은 생과 사를 건 위험한 도박판에서 무엇인가 독특한 희열을 맛볼 수 있다. 이제 당신은 포탄이나 폭탄이 당신 가까이에 떨어져주기를 바란다. 그러나 초병이 크고 굵직한 목소리로 "박격포다!"라고 다시 외치면, 당신은 또다시 포탄이 윙윙거리며 날아들어 폭발하는 굉음과 더불어 병사의 신음에 놀라게 될 것이다. 당신은 피와 진흙투성이로 범벅이 된, 왠지 인간 같지 않은 이상한 형상의 부상병에게 급히 들것을 가지고 달려간다. 수병 가슴의 일부분이 떨어져 나갔다. 진흙탕으로 뒤덮인 수병의 얼굴에는, 이런 상황에 처한 사람들한테서만 볼 수 있는 그 어떤 놀라움과 엄살을 부리는 것처럼 보이는 고통스러운 표정이 깃들어 있다. 그러나 들것을 가지고 달려가서 부상당하지 않은 그의 옆구리를 들것 위로 눕힐 때, 당신은 그에게서 기쁨과 자만심, 그리고 말로 표현할 수 없는 어떤 사상으로 가득한 표정을 읽게 될 것이다. 그의 두 눈은 아주 선명하게 불타오르고, 이를 악물고 가까스로 머리를 치켜세우는 것을 볼 것이다. 그리고 들것을 들어 올릴 때 그는 잠시 멈추라고 요구하며, 떨리는 나약한 목소리로 "여보게들, 용서하게"라고 동료들한테 말하면서 또 무엇인가를 더 이야기하려 한다. 어떤 감동적인 다른 말을 하려고 애쓰지만, "여보게들, 용서하게!"라는 말만을 되풀이할 뿐이다. 그러자 수병 동료 한 명이 그에게 다가가서 부상병이 그에게 맡겨 됐던 군모를 그의 머리에 씌워주고 조용히 아무렇지도 않은 듯 손을 흔들며 대포가 있는 쪽으로 돌아간다. "이곳에서 이런 장면은 하루에만 7~8건씩이나 되는걸요." 해군 장교가 당신 얼굴에 드러난 겁먹은 표정을 보며 대답한다…….

이제 당신은 세바스토폴 방어군들이 요새를 방어하는 것을 목격한 후, 좀 이상한 이야기지만 차분하고 고양된 기분으로 어떤 이유에서인지 윙윙거리는 포탄과 탄환 소리에 더 이상 신경을 쓰지 않고 폐허가 된 극장을 향해 유유히 걸어간다. 당신은 세바스토폴이 결코 점령당할 수 없다는 신념과 러시아 민중의 힘은 흔들리지 않는다는 중요하고도 기쁜 확신을 마음속에 품게 된다. 세바스토폴이 점령당하지 않는다는 이 확신은 수많은 참호의 빗장과 흉장, 교묘하게 만들어놓은 참호, 지뢰와 첩첩히 쌓인 대포로부터 기인한 것이 아니라, 당신이 쉽게 이해할 수 없는 병사들의 눈빛과 말투, 그들의 태도, 그리고 세바스토폴 방어군들의 영혼 속에 존재하고 있는 것이다. 그들이 긴장하지 않고 너무나도 태연하게 이 모든 것을 열심히 수행하고 있기에, 필요하다면 그들은 이런 종류의 일을 수백 번 이상이라도 할 수 있다고 당신은 확신할 것이다……. 그들은 모든 일을 다 해낼 수 있다. 그들에게 이런 일을 하도록 만드는 것은, 당신이 경험했던 사소한 감정이나 허영심 내지는 망각심이 아니라, 그 무엇인가 다른 엄숙한 감정일 것이다. 즉, 한 번도 아니고 수백 번씩 죽을 고비를 넘기면서 포탄이 날아드는 상황에서 침착하게 지속적으로 방어하며 경계임무를 수행하고, 진흙탕의 환경 속에서도 태연하게 임무를 수행하는 그들이 갖고 있는 감정은 숭고한 것이다. 인간이란 단지 십자 훈장, 영웅 칭호, 혹은 위협 등으로 인해 이런 무시무시한 환경을 택할 수 있는 존재가 결코 아니다. 그와 다른 고상하고 충동적인 원인이 있는 것이 분명하다. 그것은 드물게 표출되는, 러시아 사람들의 내면에 수줍게 숨어 있는, 그리고 가슴속 깊이 간직되어 있는 감정이라고 말할 수 있다. 다시 말해 그것은 바로 조국에 대한 사랑인 것이다. 세바스토폴 요새도 없었고, 정규 군대도 없었고, 그것을 방어할

물질적 자원도 없었던, 하지만 세바스토폴이 함락되리라는 걱정이 전혀 없었던 첫 침공 시기에, 고대 그리스 시대에나 어울릴 영웅인 코르닐로프가 부대를 시찰하면서 "제군들은 죽는 한이 있어도 세바스토폴을 적에게 넘겨주어서는 안 된다"라고 말하자, 미사여구를 모르는 우리 러시아 병사들이 "목숨을 바치겠습니다! 만세!"라고 대답했던 그 이야기를 한마디 할 필요가 있다. 그 이야기는 지금 당신에게 아름다운 역사적 전설로 끝나는 것이 아니라 확실한 사실로 증명되고 있다. 당신은 분명히 당신이 지금 보고 있는 이 사람들을, 조국이 위험에 처했을 때 사기를 잃지 않고 오히려 사기가 충만한 채 이 도시만을 위한다기보다는 조국 전체를 위해 기꺼이 죽음을 각오하고 있는 영웅으로 간주할 것이다. 러시아 민중이 영웅이 된 세바스토폴 서사시는 위대한 역사적 흔적으로 오랫동안 러시아에 남을 것이다…….

벌써 저녁노을이 물들고 있다. 어둠이 깃들기 전 하늘을 덮고 있던 회색빛 먹구름 뒷전에서 갑자기 모습을 드러낸 태양이 연보랏빛 먹구름, 평평하고 넓게 퍼지는 잔잔한 물결 때문에 가볍게 흔들리고 있는 함정과 보트로 뒤덮인 푸른 바다, 도시의 하얀색 건물들, 그리고 길거리에서 분주히 움직이는 사람들을 붉은빛으로 물들인다. 거리에서 군악대가 연주하는 오래전 왈츠곡이 방어선에서 울려 퍼지는 포성과 이상야릇한 조화를 이루면서 바닷물 위로 울려 퍼진다.

세바스토폴, 1855년 4월 25일

1855년 5월의
세바스토폴

1855년 5월의 세바스토폴

/

세바스토폴 방어선에서 최초의 포탄이 폭음을 내며 적의 작업장을 폭파한 지 벌써 여섯 달이 지났다. 그 후로 수천 발의 폭탄, 포탄, 탄환이 방어선에서 참호로, 참호에서 방어선으로 끊임없이 날아들었고 죽음의 천사가 지속적으로 그 위를 날고 있다.

자존심 있는 수천의 사람들이 능욕 당했고, 수천의 사람들이 만족스러워하며 거드름을 피웠고, 그리고 수천의 사람들이 죽음의 포옹 속에서 잠들었다. 얼마나 많은 별 모양의 훈장, 안나 훈장, 그리고 블라디미르 훈장을 붙였다가 떼어냈는가! 그리고 장밋빛 관과 이를 덮은 천이 얼마나 많았던가! 그럼에도 포성은 아직도 방어선에서 울려 퍼지고 있다. 프랑스 군인들은 피할 수 없는 두려움과 미신의 공포를 느끼면서 활짝 갠 저녁에 누렇게 파헤쳐진 세바스토폴의 방어선과 그것을 따라 움직이고 있는 아군 수병의 검은 움직임을 자기네 진영에서 바라보며, 마치 분노한 듯 불쑥 튀어나온 무쇠로 만든 대포 포안의 수를 세고 있다. 항해사인 아군 수병 하사는 그들처럼 전신소의 망루에 올라가 알록달록한 색깔의 군복을 입은 프랑스 군인들의 모습, 그들의 대포, 천막, 젤료나야 산을 따라 움직이는 대열, 그리고 참호 속에서 뿜어 나오는 연기를 관측하고 있다. 세계 각국에서 각양각색의 종족들이 서로 다른 욕망을 품고 이 숙명의 장소로 떼를 지어 몰려들었다.

그런데 외교로 해결하지 못한 문제를 화약이나 피로 해결하기란 더욱 어렵다.

나에게는 다음과 같은 기발한 생각이 자주 떠오르곤 한다. 만약 교전 중에 있는 양쪽 군대에 각각 자국의 사병을 한 명씩 고향으로 돌려보내자고 제안한다면 어떻게 될 것인가? 그리고 이같은 희망을 기발한 것이라고 생각한다면, 우리가 그것을 실행하지 못할 이유가 무엇이겠는가? 쌍방이 서로 병사 한 명씩을 돌려보내고, 그다음에 또 다른 병사를 한 명씩 돌려보내고, 또다시 병사를 한 명씩 돌려보내고, 이런 식으로 쌍방에서 병사가 한 명씩만 남을 때까지 돌려보내자는 것이다(양쪽 군대의 화력이 같고, 양을 질로 대신할 수 있다는 가정 하에서 말이다). 그러고 나서 이성을 갖춘 대표자들이 이 정치적 문제가 정말로 복잡하여 전쟁으로밖에는 해결할 방도가 없다고 판단되면, 마지막 이 두 병사에게 한 명은 도시를 공격하게 하고 다른 한 명은 그것을 방어하게 하면 되는 것이다.

이 같은 나의 생각을, 당신들은 억지에 지나지 않는다고 말할지 모르지만, 그것은 옳은 것이다. 실제로 러시아 군인 한 명이 연합군의 대표 한 명과 싸우는 것과 8만 명이 8만 명을 상대로 전쟁을 치르는 것과 무슨 차이가 있단 말인가? 30만 5천 명 대 30만 5천 명은 왜 안 된단 말인가? 13만 5천 명과 13만 5천 명의 대결은 왜 안 된단 말인가? 2만 명과 2만 명은 왜 안 된단 말인가? 그리고 한 명과 한 명은 왜 안 된단 말인가? 어느 한 경우가 결코 다른 경우보다 더 합리적이라고 말할 수는 없다. 오히려 후자가 훨씬 인도적이기 때문에 더욱 합리적이라고 할 수 있다. 다음 둘 중 하나는 분명하다—전쟁 자체가 미친 짓이거나, 아니면 무슨 까닭에서인지 이 미친 짓거리를 받아들이고 수행하는 인간 자체가 비이성적 창조물이란 것이다.

2

포위된 세바스토폴 시내의 길거리에 있는 숙소 근처에서 군악대가 연주를 하고 있다. 군인들과 부인네들이 무리를 지어 길거리를 한가롭게 거닐고 있다. 봄의 밝은 태양이 아침에 프랑스 군대의 작업장 위로 떠오른 후 방어선으로 이동하고, 다시 도시의 니콜라예프스카야 병영 위로 옮겨가서 즐거운 듯 모든 사람을 한결같이 비추다가, 은빛 섬광을 발하며 조용히 끊임없이 출렁거리는 푸른 바다 위로 기울고 있다.

키가 크고 허리가 좀 구부정한 보병 장교 한 명이 아주 하얗다고 할 수는 없지만 그런대로 깨끗하다고 할 수 있는 장갑을 한쪽 손에 끼면서 모르스카야 거리의 좌측에 위치한 자그마한 수병 숙소의 작은 문을 열고 나왔다. 그는 깊은 생각에 잠긴 듯 자신의 발밑을 바라보면서 좁은 길을 따라 산으로 향하고 있었다. 이마가 보기 흉할 정도로 좁은 이 장교의 표정은 그가 지적 능력 면에서는 좀 우둔한 편이지만 무척 세심하며 정직할 뿐만 아니라 질서를 좋아한다는 것을 보여주고 있었다. 그의 체격은 별로 신통치 못하다. 다리가 길어 동작이 느린 편이고, 행동하는 데 수줍음이 많은 것 같았다. 머리에는 그리 낡지 않은 군모를 쓰고 야릇한 보랏빛 얇은 천으로 만든 군용 외투에 외투 아래쪽으로 금시계 줄이 드러나 보였고, 혁대가 달려 있는 바지를 입고 뒤축 여러 곳이 좀 닳기는 했지만 반짝거리는 송아지가죽 군화를 신고 있었다. 그러나 보병 장교들한테서는 흔히 볼 수 없는 이 같은 것들을 지녔기 때문이라기보다는, 그의 표정에서 풍기는 것으로 보아 경험이 풍부한 군인이라면 그가 보통 보병 장교와는 전혀 다른 신분이 높은 장교라는 것을 한눈에 알 수 있었다. 만약 그의 얼굴 윤곽이 순수한 러시아 태생의 그것과 달랐더라면 사람들은 그를 틀림없이 독일인으로 간주했을 것이다. 그리고 그가 부관이나 연대 보급관(그렇다면 군화에 박차를 달고 있었을 것이다), 아니면 전시에 기병대나 근위대에서 잠시 전출된 장교일 거라는 생각이 들었을 것이다. 사실 그는 기병대에서 전출되어 온 장교였다. 그는 오솔길을 따라 올라가면서 자신의 전우였다가 퇴역하여 지금은 T 현에서 지주를 하고 있는 친구로부터 온 편지를 떠올리며, 그 친구와 그의 부인이자 자신의 여자 친구인, 창백한 얼굴에 파란 눈을 가진 나타샤에 대해 생각하고 있었다. 그는 친구가 쓴 편지 가운데 이 대목을 기억했다.

《인발리드》(당시 발행되고 있던 러시아 군인신문으로 '상이군인' 혹은 '노병'을 뜻한다—옮긴이) 신문이 우리 집에 배달되면, 푸프카(퇴역한 기병 장교는 자신의 부인을 이렇게 불렀다)는 허겁지겁 현관으로 뛰어나가 신문을 집어 들고 객실인 정자로 달려가서(자네도 기억하고 있겠지만, 우리 연대가 이 도시에 주둔하고 있었을 때 내가 자네와 함께 즐겁게 겨울밤을 지냈던 그 객실 말일세) **S자형 안락의자**에 앉아 얼마나 열심히 **자네들의** 영웅적 공적에 대한 글을 읽고 있는지 알기나 하나? 아마 자네는 상상도 못 할 걸세. 집사람이 걸핏하면 자네 이야기를 한다네. "미하일로프 씨 말이죠, 그분은 **너무나 좋은 사람**이에요. 앞으로 그분을 만나게 되면 키스를 퍼부어주겠어요. 그분은 지금 **방어선에서 전투를 하고 있으니까,** 틀림없이 게오르기 십자 훈장을 받게 될 거예요. 그러면 그분에 관한 기사가 신문에 나게 될 거예요"라고 그녀가 말하더군. 그러니 나는 당연히 자네를 시기할 수밖에 없지……. 또 다른 대목에서 그는 이렇게 썼다. 그런데 우리들한테 배달되는 신문이 너무 늦게 들어오고, 입소문으로 전해오는 소식이 많기는 하지만 믿을 만한 것이 못 된단 말일세. 자네도 알다시피 그 왜 **음악을 한다는 처녀들이** 그러는데, 어제 나폴레옹이 우리 카자크 병사들에게 잡혀서 페테르부르크로 호송되었다더군. 그런데 자네는 내가 그것을 얼마나 굳게 믿고 있는지 이해할 걸세. 페테르부르크에서 온 사람(그는 수상으로부터 특수 임무를 부여받고 파견된 인물인데 얼굴이 아주 곱살하게 생겼어. 그리고 믿을 만한 사람이 없는 이 도시에서 이런 사람은 자네가 상상도 할 수 없을 만큼 우리에게는 의지가 되는 사람일세)이 확실하게 말하는데, 우리 군대가 예브파토리야를 점령하여 **프랑스 군대는 발라클라바와 연락이 두절되었고,** 이 전쟁에서 우리 군인은 2백 명밖에 죽지 않았는데 프랑스 군인은 1만 5천 명이나 죽었다는 거야. 집사람은 그 이야기를 듣고 어찌나 기뻐하던지 하루 종일 **술을 마시고,** 자기가 예감했던 대로 자네가 그 전투에 참가해 수훈을 세웠을 거라고 말하더군…….

내가 의도적으로 강조한 말과 표현들, 그리고 편지의 전반적인 문체를 염두에 둔 상태에서, 뒤축이 닳은 군화를 신고 있는 보병 준대위(준대위는 9등관인 대위와 11등관인 중위 사이에 위치한 무관 10등관의 명칭—옮긴이) 미하일로프, 지리에 대해 이상한 개념을 갖고 있는 퇴역한 지주, 자신들에게 **의지가** 된다는 그의 친구, S자형 안락의자에 앉아 있는 창백한 얼굴의 여자 친구(어쩌면 심지어 불결한 손톱을 길게 기른 나타샤를 연상할 수도 있다), 그리고 일반적으로 경멸스럽고 할 일 없이 빈둥거리는 지저분한 시골의 사교생활에 관한 글로 미루어, 눈치가 빠른 독자라면 예절의 관점에서 볼 때 틀림없이 불건전한 선입관을 갖게 될 것이다. 그러나 표현할 수 없는 슬픈 향락의 추억을 갖고 있는 준대위 미하일로프는 시골에 있는 창백한 얼굴의 여자 친구에 대한 기억을 더듬고 있었다. 그리고 저녁마다 정자에서 친구와 함께 대화를 나누던 것과 서로의 **감정을** 토로했던 것을 회상했다. 미하일로프는 마음씨 착한 친구와 둘이서 서재에 앉아 1코페이카를 걸고 자주 내기를 하곤 했는데, 내기에 져서 화를 내며 카드를 치던 친구를 나타샤가 비웃던 일도 생각해냈다. 그는 이 두 사람에 대한 우정을 회상하고 있었다(어쩌면 그는 창백한 얼굴의 그녀에 대해 더 많은 것을 회상하고 있었는지도 모른다). 이들의 얼굴이 제각기 표정을 짓고 놀라울 정도로 감미롭고 즐거운 장밋빛을 띤 채 그의 상상 속에서 번득였다. 그래서 그는 회상하는 도중에 미소를 지으면서 그에게는 무엇보다 **사랑스런** 편지가 들어 있는 호주머니를 손으로 만지작거렸다. 이런 회상은 준대위 미하일로프에게 상당히 매력적인 것이었다. 그가 보병연대에서 생활한 이후에 드나들던 사교계는, 무도회에서 귀부인들의 파트너로 활약하던 이전의 사교계와 무도회 파트너로서 좋은 대우를 받던 T 도시의 사교계와 비교할 때, 상당히 질이 낮았다.

그가 이전에 드나들던 사교계는 지금의 그것보다는 훨씬 수준이 높았다. 그는 마음을 터놓게 되면 동료인 보병 장교들에게 이전에 자기 전용마차가 있었고, 지사의 저택에서 개최된 무도회에서 춤을 추었으며, 총독과 같이 카드게임을 했다는 것을 이야기하곤 했다. 그들은 그의 말을 반박하거나 모순을 꼬집어 들려 하지 않고, 다만 그의 말이 조금 의심스럽다는 듯한 표정을 지으면서 그가 이야기하는 것을 들었다. 그러나 매우 온순하고 사람을 좋아하며 신중한 성격의 소유자인 그는 보드카를 마시는 동료들과의 주연, 4분의 1코페이카짜리 싸구려 노름, 그리고 그들의 친분관계가 전반적으로 조잡한 것에 대해 노골적으로 경멸하지는 않았다.

여러 가지를 회상하면서 보병 준대위 미하일로프는 은연중에 공상과 희망을 품고 있었다. '나타샤가 얼마나 놀라며 기뻐할까.' 뒤축이 닳은 군화를 신고 좁은 길을 걸으면서 그는 생각했다. '그녀가 갑자기 《인발리드》 신문에서 내가 제일 먼저 적의 포대로 돌격하여 게오르기 훈장을 받았다는 기사를 읽게 된다면! 나는 고참이니까 보병 대위로 승진할 거야. 그렇게 되면 금년 중으로 소령으로 진급하는 것은 그리 어렵지 않을 거야. 그동안 많은 병사들이 전사했고, 이번 전투에서도 아군 동료들이 틀림없이 많이 사망할 테니까. 그리고 또다시 전투가 일어나게 되면 나 같은 유명인사에게 연대를 맡기게 될 거야…… 그러면 중령이 되고…… 가슴에는 안나 훈장을 달고…… 그리고 대령이 되는 거지…….' 그의 공상이 나래를 펴면서 그는 장군이 되었다. 그리고 그때쯤이면 친구는 고인이 되고 자신은 미망인인 나타샤를 방문할 수 있게 되리라고 상상했다. 바로 그때 길가에서 연주하는 군악대의 음악 소리가 한층 더 분명하게 그의 귓전에 날아들고, 무리를 지어 걸어 다니는 사람들이 그의 눈에 들어왔다. 제정신이 들자 그는 자신이 이전처럼 별 의미도 없는, 어설픈, 그리고 수줍음을 타는 보병 준대위라는 사실을 인식했다.

3

　　그는 선 채로 연주 중인 군악대 옆쪽에 자리한 막사로 다가갔다. 같은 연대에서 나온 병사들이 악사들을 위해 악보지지대 대신 그들의 손으로 악보를 펼쳐 들고 있었다. 그들 주변에는 서기, 사관후보생, 아이들을 데리고 온 부모, 그리고 **낡은** 외투를 입고 있는 장교들이 음악을 듣는다기보다는 오히려 군악대를 구경하려는 듯 원을 만들며 서 있었다. 막사 주위에 있는 사람들은 대부분이 수병, 부관, 그리고 흰 장갑과 새 외투를 입고 있는 장교였고, 그들 가운데 일부는 서 있기도 하고, 앉아 있기도 하고, 주변을 돌아다니기도 했다. 길가의 오솔길에는 다양한 부대의 장교들과 각양각색의 옷을 입은 여인들이 거닐었다. 여인네들 가운데 극히 일부는 모자를 쓰고 있고, 대부분은 머릿수건을 했다(모자나 머릿수건을 쓰지 않은 여인들도 있었다). 그런데 나이를 먹은 부인들은 거의 없고 모두가 젊은 여자들이었다. 하얀 꽃이 만발한 향기 짙은 아카시아 나무가 늘어선 가로수 길에는 군중들로부터 떨어진 사람들이 몇 명씩 무리 지어 앉아 있거나 거닐었다.

　　길거리에서 만난 미하일로프 준대위에게 다가와 힘차게 손을 내밀고 악수하는 같은 연대의 오브조고프 대위와 수슬리코프 대위를 제외하곤 특별히 그를 반겨주는 사람은 아무도 없었다. 오브조고프는 낙타털로 짠 바지를 입고 반들반들하게 닳은 외투를 걸치고 장갑을 끼지 않은 채 얼굴이 빨갛게 상기되어 땀을 흘리고 있었다. 반면 수슬리코프는 어찌나 소리를 크게 질러대는지 함께 걷기가 창피스러울 정도였다. 특히 흰 장갑을 끼고 있는 장교들 앞에서는 더욱 창피했다. 미하일로프 준대위는 장갑을 낀 장교들 가운데 한 사람인 부관과 인사를 나눴다. 서로가 잘 알고 있는 동료의 집에서 부관을 두 차례나 만났던 것이다. 게다가 하루에도 여섯 번씩이나 만나서 악수를 하는 처지인 오브조고프와 수슬리코프와 함께 거닌다는 것이 그에게 무슨 재미가 있겠는가. 미하일로프는 그들과 함께 걸으면서 **음악을** 들으러 온 것이 아니었다.

그는 방금 전에 자신과 인사를 나눈 부관에게 다가가서 그의 일행들과 함께 이야기를 나누고 싶었다. 오브조고프 대위, 수슬리코프 대위, 파쉬테쯔키 중위, 그리고 그 밖의 장교들에게 자신이 그들과 대화하고 있는 것을 보여주려는 의도는 결코 아니었다. 다만 그들이 기분 좋은 사람들인데다 여러 가지 소식을 알고 있어, 혹시나 그들로부터 새로운 소식을 들을 수 있지나 않을까 해서였다…….

그런데 미하일로프 준대위가 망설이며 그들에게 다가가지 못하는 것은 무슨 까닭일까? 그는 생각했다. '만약 그들이 별안간 내 인사를 받지 않으면 어떻게 하지. 혹은 내 인사만 받고 나 같은 것은 안중에 없다는 듯 자기들끼리 이야기를 계속하면 어떻게 하지. 혹은 나만 달랑 남겨두고 모두들 가버려서, 저기 있는 **귀족들** 가운데 나 혼자만 남게 되면 어쩌지.' 이 **귀족들**이라는 단

어(계급이 어떻든 간에 선택받은 상류사회를 의미한다)는 그런 것들
이 존재해서는 안 된다고 여겨지는 러시아의 방방곡곡에, 허영
으로 가득한 사회의 모든 계층에 침투하여(이 한심스럽고 추악한
탐닉이 시대와 장소를 막론하고 침투하지 않은 곳이 어디 있겠는가?)
상인, 관리, 서기, 장교 사이에, 그리고 사라토프, 마마드이쉬,
빈니짜 등 인간이 거주하고 있는 모든 공간이라면 어디를 막론
하고 온 천지에 퍼져 있었다. 그리고 **귀족이든 귀족이 아니든 간에**
가릴 것 없이 그들의 머리 위로 시시각각 죽음이 몰려오고 있는
데도 불구하고, 포위된 도시인 세바스토폴에는 사람들이 많은
탓에 허영심이, 다시 말해 **귀족들이** 더욱 만연했다.

오브조코프 입장에서 미하일로프 준대위는 **귀족**이다. 왜냐하
면 그는 깨끗한 외투를 입고 장갑을 끼고 있기 때문이다. 그런
데 오브조코프 대위는 그의 그러한 차림을 다소 존경하면서도
이를 시기했다. 그리고 미하일로프 준대위 입장에서 부관 칼루
긴은 **귀족**이다. 왜냐하면 그는 부관이고 다른 부관들을 '너'라
고 부르기 때문이다. 미하일로프는 부관에 대해 두려움을 갖고
있으나 결코 호감은 갖고 있지 않았다. 부관인 칼루긴 입장에서
는 노르도프 백작이 귀족이었다. 그런데 그는 백작을 마음속으
로 시종무관이라고 폄하하며 경멸했다. **귀족**이란 단어는 소름끼
치는 낱말이다. 조보프 소위가 참모 장교와 나란히 앉아 있는
자기 동료 곁을 지나면서, 웃기지도 않은데 억지로 웃어야 하는
이유는 무엇인가? 비록 자기가 **귀족**은 아니지만 그들보다 못할
것이 없다는 것을 표출하기 위해서다. 무엇 때문에 저 참모 장

교는 맥없이 거드름을 피우는 목소리로 말하고 있는가? 그것은 **귀족**인 그가 소위와 대화를 하면서 자신이 매우 관대하다는 것을 상대방에게 보여주기 위해서다. 사관생도가 왜 사귈 마음이 조금도 없는 처음 보는 여자를 뒤쫓아 가면서 손을 흔들며 윙크를 하는 걸까? 그가 장교들한테 모자를 벗고 예의를 표하는 것은, 자신은 **귀족**이고 그렇게 함으로써 본인 스스로 유쾌한 기분에 빠지는 것을 과시하기 위함이다. 무엇 때문에 저 포병 대위는 마음씨 착한 전령을 함부로 대하고 있는 것일까? 그는 한 번도 **귀족들**에게 아첨한 적이 없으며, **귀족들**에게 그렇게 할 필요가 없다는 것을 다른 사람들에게 보여주기 위해서다.

허영, 허영, 도처에 온통 허영뿐이다. 심지어 죽음을 맞이하는 순간에도, 숭고한 신념을 갖고 죽을 각오를 하는 사람들 사이에도 허영이 난무한다. 허영! 그것은 우리 세대의 대표적 특징이며 독특한 병이다. 어찌하여 이런 사람들은, 천연두나 콜레라에 대해 열심히 이야기하는 것같이 허영의 열정에 대해서는 이야기를 하지 않는 것인가? 왜 우리 시대에는 세 종류의 부류만이 존재하는 것일까? 첫째, 허영은 원천적으로 당연히 존재하는 것이기에 이를 정당하게 받아들이고 이에 복종하는 부류. 둘째, 허영은 불행한 것이지만 어쩔 수 없이 이를 받아들이는 부류. 셋째, 무의식적으로 허영의 영향 아래 노예처럼 행동하고 있는 부류. 호머나 셰익스피어는 사랑, 명예, 고뇌에 대해 이야기하고 있는데, 어찌하여 우리 시대의 문학에는 시종일관 '상류사회의 유행을 따르는 속물'과 '허영'을 주제로 한 소설이

판을 치고 있는가?

미하일로프 준대위는 망설이며 두 차례나 **귀족**들이 모여 있는 곁을 지나치다가 세 번째에야 큰마음을 먹고 그들에게 다가갔다. 그 무리는 장교 네 명으로 이루어져 있었다. 미하일로프와 안면이 있는 부관 칼루긴, 칼루긴의 입장에서 약간 더 귀족인 부관 갈리친 공작, 네페르도프 대령, 그리고 기병 대위 프라스쿠힌이었다. 그런데 네페르도프 대령은 소위 **112명의 속물** 중 한 사람으로 퇴역했다가 애국심 혹은 공명심 때문에 다시 복무하기 시작했다고 하는데, 실상은 남들이 재복무하니까 그냥 따라 했던 것이다. 그리고 역시 **122명의 속물** 가운데 한 사람인 프라스쿠힌 기병 대위는 나이가 지긋한 모스크바 독신자 모임의 멤버로 이곳에서 다른 사람들과 어울리는 것을 못마땅하게 생각하며, 아무것도 하지 않으면서 상부의 모든 지시를 비난하기만 하는 인물이다. 칼루긴의 기분이 매우 좋은 상태였다는 것이 미하일로프에게는 다행스러웠다(방금 전에 장군이 상당히 신뢰하는 듯한 태도로 그와 이야기를 나누었고, 페테르부르크에서 막 도착한 갈리친 공작은 그의 숙소에 머물고 있었다). 그래서 그는 미하일로프 준대위에게 손을 내미는 것을 굴욕적인 행위로 생각하지 않았다. 그러나 미하일로프와 방어선에서 자주 만났고, 그와 함께 포도주와 보드카도 여러 번 마셨으며, 카드게임을 하여 그에게 12루블 50코페이카를 빚지고 있던 프라스쿠힌은 그에게 손을 내밀어야 할지 말아야 할지에 대해 결정을 내리지 못하고 있었다. 프라스쿠힌은 아직까지 갈리친 공작과 친밀한 사이가 아니었으므로, 공작 앞에서 일개 보병 준대위와 자기가 알고 지내는 사이라는 것을 드러내고 싶지 않아서 미하일로프에게 가볍게 머리만 숙여 인사를 표했다.

"대위," 칼루긴이 말했다. "언제 방어선으로 다시 돌아갑니까? 우리가 슈바르쪼프 보루에서 만났던 것을 기억합니까? 그때는 상당히 무더웠어, 그렇죠?"

"네, 무더웠습니다." 허리를 굽히고 참호를 따라 방어선으로 빠져나갔던 그날 밤 용맹스럽게 들리는 군도 소리를 내면서 당당하게 걸어오던 칼루긴을 만났을 때, 자신이 비참한 모습을 하고 있었다는 것을 기억해내면서 미하일로프는 대답했다.

"실은 제가 내일 그곳으로 가기로 되어 있습니다. 우리 중대에 환자가 있어서요." 미하일로프는 이야기를 계속했다. "한 장교가……." 그는 자기가 순번은 아니지만 제8중대장이 지금 앓고 있기 때문에 자신이 네프시트세츠키 중위를 대신하는 것이 의무라고 생각하고 지금 방어선으로 가고 있다고 말하려 했다. 그러나 칼루긴은 그의 말을 끝까지 듣지 않았다.

"그런데 내 생각에는 며칠 안에 무슨 일이 일어날 것 같아요." 칼루긴이 갈리친 공작에게 말했다.

"아, 그럼 지금은 아무 일도 없을 것 같다는 말씀입니까?" 미하일로프는 칼루긴과 갈리친을 번갈아 쳐다보면서 조심스레 물었다. 아무도 그의 질문에 대답하지 않았다. 이맛살을 찌푸린 갈리친은 자기 모자 옆으로 눈길을 떨어뜨린 채 한동안 침묵하다가 말했다.

"붉은색 머릿수건을 쓴 저 처녀는 참 아름답군. 저 처녀를 모르나, 준대위?"

"저 처녀는 제 숙소 근처에 사는 수병의 딸입니다." 준대위는 대답했다.

"저 처녀를 가까이 가서 잘 살펴봅시다."

갈리친 공작은 한쪽 팔을 칼루긴의 팔에, 다른 팔은 준대위의 팔에 끼고서 앞장섰다. 그는 자신이 팔짱을 끼는 것이 미하일로프에게 큰 만족을 줄 것이라고 확신했는데, 실제로 그의 생각은 꼭 맞아떨어졌다.

미신을 신봉하는 미하일로프 준대위는 전투에 나가기 전에 여자들과 놀아나면 큰 재앙을 당할 것이라고 믿고 있었다. 그런데 이번에는 바람둥이처럼 행동했다. 그러자 갈리친 공작과 칼루긴은 이 같은 그의 행동을 의아하게 생각했고, 동시에 붉은색 머릿수건을 쓴 처녀도 상당히 당황해하고 있었다. 그녀는 미하일로프 준대위가 자신의 창문 옆을 지나갈 때마다 얼굴을 붉혔던 것을 여러 번 보았다. 프라스쿠힌은 뒤따라 걸으면서 갈리친 공작의 팔을 쿡쿡 찌르며 프랑스어로 자신의 다양한 견해를 피력했다. 그러나 길이 좁아 한꺼번에 네 명이 나란히 걸을 수가 없게 되자, 그는 뒤에서 혼자 걸어가야만 했다. 그리고 두 번째 길모퉁이에 도달했을 때 그는 자기에게 다가와 말을 건넨 세르뱌긴의 팔에 자신의 팔을 끼고 걸을 수 있었다. 용감하기로 소문난 해군 장교 세르뱌긴 역시 **귀족의** 무리에 끼고 싶어 했다. 그리고 용감하기로 소문난 이 장교는 여러 차례 프랑스 병사들을 때려죽인 그의 억센 팔을, 세르뱌긴뿐 아니라 여러 사람에게 평판이 좋지 않은 인물인 프라스쿠힌의 팔에 기꺼이 끼었다. 그런데 프라스쿠힌이 **이** 해군 장교와 친하다는 것과 그가 유명한 용사라는 것을 갈리친 공작에게 소곤소곤 말했을 때, 어제 제4방어선에서 자기가 있는 곳으로부터 스무 보가량 떨어진 곳에 포탄이 떨어진 것을 체험했던 갈리친 공작은 자기도 용맹성에 있어서 이 사람보다 못할 것이 없다고 말했다. 그는 명성이라는 것은 거저 얻어지는 경우가 많다고 생각하기에 세르뱌긴에게 아무런 관심도 두지 않았다.

미하일로프 준대위는 일행과 어울리며 함께 걸어 다니는 것이 너무도 기뻐서, T 현에서 온 **사랑스런** 편지와 곧 방어선으로 출발해야 한다는 우울한 생각과 가장 중요한 일과인 일곱 시가 되면 숙소로 돌아가야 된다는 것조차 잊고 있었다. 그들은 미하일로프의 시선을 피해 자기들끼리만 이야기를 하면서 그에게 이제 그만 다른 곳으로 가보라는 암시를 주었다. 모두가 떠날 때까지 있었던 미하일로프 준대위는 그들과의 만남에 대해 상당히 만족하고 있었다. 어젯밤 처음으로 제5방어선의 참호 속에서 하룻밤을 지낸 그는 영웅이나 된 듯 자족하며 무척 자랑스러워했다. 그리고 스스로를 영웅으로 여기면서 황홀경에 빠져 있는 사관생도인 페스트 남작의 옆을 지나치면서, 그가 의심쩍어하는 듯한 거만한 표정을 짓고 자기 앞에서 모자도 벗지 않고 몸을 꼿꼿하게 펴고 있었으나 미하일로프 준대위는 조금도 화를 내지 않았다.

4

미하일로프 준대위가 숙소에 들어서자마자 전혀 다른 생각들이 불현듯 그의 뇌리를 스치며 지나갔다. 진흙으로 바닥이 울퉁불퉁하고 종이를 발라 막은 틀어진 창문이 있는 자신의 숙소로 들어서자, 그는 한쪽 벽에 걸려 있는 그리스 신화에 나오는 여전사가 수놓인 양탄자, 툴라(중부 러시아의 도시—옮긴이)제 권총 두 자루가 걸려 있는 낡은 침대, 그와 함께 기거하는 사관생도의 사라사 염색을 한 담요가 깔려 있는 또 다른 지저분한 침대, 기름기가 낀 지저분한 머리털에 몸을 긁어대면서 바닥에서 일어난 하인 니키타, 자신의 낡은 군용 외투와 군화, 그리고 방어선에 갈 때 가져가려고 준비해놓은 군용 가방에서 삐쭉 튀어나온 치즈 끄트머리와 보드카를 담은 흑맥주병의 가느다란 주둥이가 눈에 들어왔다. 그 순간 그는 두렵고 무서운 느낌에 사로잡힌 채 자신이 중대를 인솔해 방어선으로 가서 그곳 참호에서 하루를 지내야 한다는 사실을 깨달았다.

'어쩌면 이번엔 내가 죽을지도 모르겠다는 느낌이 든다.' 준대위는 생각했다. '무엇보다도 내가 가지 않아도 되는데 자진해서 나선 것이 맘에 걸린단 말이야. 자청한 사람은 언제나 죽기 마련인데. 도대체 망할 놈의 네프시트세트스키는 어디가 아프단 말인가? 그놈의 자식 하나도 아프지 않으면서 저 대신 딴 사람을 죽이려고 그러는 것이 분명해. 나는 필시 죽게 될 거야. 그러나 만일 죽지 않는다면, 분명히 표창을 받게 될 거야. 네프시트세스키 중위가 앓고 있으니 저를 대신 보내주십시오, 라고 내가 말했을 때 연대장은 무척 흡족해하는 것 같았어. 소령으로 진급하는 것은 불가능할지 모르지만 블라디미르 훈장쯤은 틀림없이 받을 거야. 어쨌든 내가 방어선에 가는 횟수만도 열세 번이나 되지 않는가. 오, 열셋이라! 좋지 않은 숫잔데, 틀림없이 죽게 될 거야. 죽을 것이라는 생각이 든다. 그렇지만 누군가 가야만 한다. 중대를 소위보에게 맡길 수는 없지 않은가? 내게 무슨 사고가 발생한다 하더라도 어쩔 수 없다. 아무튼 우리 연대의 명예와 전군의 명예가 달려 있다. 그곳으로 가는 것이 나의 **의무다**……. 그렇다, 그것은 의무인 것이다. 하지만 불길한 예감이 든다.' 미하일로프 준대위는 방어선으로 갈 때마다 정도의 차이는 있었지만 매번 이 같은 예감이 그의 머릿속에 떠올랐던 것을 잊고 있었다. 게다가 그는 전투에 참가하는 사람이면 누구나 정도의 차이는 있지만 이 같은 예감을 경험하게 된다는 것을 알지 못했다. 일반적으로 생각이 깊지 못한 사람들이 의무감에 대해 강한 의문을 품게 되는 것처럼 미하일로프 준대위 역시 그러했다. 그러나 그는 의무라는 개념 덕분에 마음을 진정시킨 다음, 책상 앞에 앉아 최근 금전 문제로 서먹서먹해진 부친에게 작별편지를 쓰기 시작했다. 십 분 동안 편지를 쓰고, 눈물이 촉촉이 밴 채 책상에서 일어나, 이전부터 알고 있던 기도문을 혼잣말로 중얼거리면서(왜냐하면 자신의 하인 앞에서 큰 소리로 기도를 드린다는 것이 수치스럽게 여겨졌기 때문이다) 군복을 갈아입기 시작했다. 그는 돌아가신 어머니가 유품으로 남긴, 자신이 상당히 믿고 의지했던 미트로파니 성상에 입을 맞추고 싶었다. 그러나 니키타 앞에서 성상에 입 맞추는 것이 창피해서, 그는 언제든지 단추를 끄르지 않고도 쉽게 꺼낼 수 있도록 자신의 프록코트 호주머니에 성상을 넣었다. 성격이 급하고 거친 하인은 술에 취한 채 새 프록코트를 그에게 건넸다(하인은 미하일로프 준대위가 방어선에 갈 때마다 입던 낡은 프록코트를 아직까지도 수선해놓지 않았다).

"왜 프록코트를 수선하지 않았어? 밤낮 그저 잠만 자다니!" 미하일로프가 화를 내며 말했다.

"잠자는 게 어때서요?" 니카타는 투덜거리며 대꾸했다. "날마다 개새끼처럼 뛰어다니니 피곤합니다. 그런데 절더러 자지 말라니요."

"너 또 술 취했지, 그치?"

"나리 돈으로 마신 것도 아닌데, 왜 야단이십니까?"

"닥쳐, 개새끼야!" 준대위는 당장이라도 하인을 내리칠 것 같은 동작을 하며 소리쳤다. 12년 동안 니키타의 응석을 받아주며 그와 함께 생활했지만, 이전부터 느끼고 있던 니키타의 거칠고 무례한 언동을 더 이상 참을 수 없었던 준대위는 마침내 버럭화를 냈다.

"개새끼라고요! 개새끼!" 하인은 되풀이했다. "왜 개새끼라고 욕을 하십니까, 나리? 지금이 어느 때입니까? 욕을 하실 것까진 없잖아요."

미하일로프는 자기가 가야 할 곳을 상기하고는 부끄러운 마음이 들었다.

"니키타, 너는 정말 누구든지 흥분하게 만드는 소질이 있어." 그는 누그러진 목소리로 말했다.

"이 편지는 아버님한테 보낼 거야. 건드리지 말고 탁자에 그대로 둬." 그는 얼굴을 붉히며 덧붙였다.

"알겠습니다." **'자신의 돈으로'** 사서 마신 술기운이 올라서인지 감상에 젖은 니키타는 눈물을 참으며 대답했다.

숙소 입구의 계단에서 준대위가 "잘 있어, 니키타"라고 말하자, 니키타는 참았던 울음을 갑자기 터뜨리면서 자기 주인에게 달려들어 그의 손에 입을 맞추고, "안녕히 다녀오십시오, 나리" 하고 훌쩍이며 말했다.

입구의 현관에 서서 이를 보고 있던 수병의 늙은 미망인은 여자로서 이 같은 감상적인 장면에 한몫 끼지 않을 수 없었다. 노파는 지저분한 옷소매로 눈시울을 닦으면서, 무엇 때문에 이들이 이 같은 고통을 받고 괴로워하는가, 그리고 왜 자기처럼 가난한 사람이 과부가 되어야 하는가에 대한 푸념을 늘어놓았다. 그리고 그녀는 니키타에게 골백번 넘게 이야기했던 자신의 불행에 대해 또다시 넋두리하기 시작했다. 그녀의 남편이 최초의 포격이 있었던 날 사망한 것, 교외에 있던 그녀의 집이 완전히 박살난 것, 그리고 그 밖의 것들에 대해 이야기했다(그녀는 지금 주인집의 셋방에서 살고 있었다). 준대위가 떠나자 니키타는 파이프 담배를 피워 물고, 주인집 소녀에게 보드카를 사 오라고 부탁했다. 그리고 니키타는 언제 자신이 울었냐는 듯 울음을 멈추고는, 웬 물통을 그 노파가 망가트렸느니 어쩌느니 하면서 그녀에게 욕설을 퍼붓기 시작했다.

'어쩌면 부상만 당할지도 모른다.' 준대위는 해가 진 저녁 무렵 그의 중대를 인솔하여 방어선 쪽으로 걸어가면서 혼자 생각했다. '그런데 어디를 어떻게 부상당하게 될까? 여긴가, 아니면 여기?' 그는 마음속으로 복부와 흉부를 짚으면서 생각했다. '그런데 만약 여기에 맞는다면.' 그는 다리의 위쪽 부분을 가리키며 생각했다. '큰일은 나지 않겠지, 그래도 꽤 아플 거야. 그런데 여기를 당하면, 그땐 파편만으로도 끝장이야!'

그러나 준대위는 허리를 굽힌 채 참호를 따라 걸어서 무사히 엄폐호에 도달했다. 날은 완전히 어두워졌다. 공병 장교와 함께 일하도록 부하 병사들을 작업장으로 보내고, 그는 참호 제방 밑 움푹 파인 곳에 앉았다. 포격은 그리 심하지 않았다. 이따금씩 아군 진영과 적진에서 섬광이 번득이고, 번쩍이는 포탄의 도화관에서 화염이 치솟으며 별이 쏟아질 듯한 어두운 밤하늘에 밝은 반원을 그리고 있었다. 그리고 모든 포탄은 준대위가 움푹 파인 곳에 앉아 있는 엄폐호로부터 훨씬 뒤편과 오른편에 떨어졌다. 어느 정도 마음을 가다듬은 그는 가져온 치즈와 보드카를 먹고 마신 후 담배를 피웠다. 하나님에게 기도를 드리고 나자 그는 한숨 자고 싶다는 생각이 들었다.

5

갈리친 공작, 네페르도프 대령, 길가에서 이 두 사람과 함께 만난 사관생도 페스트 남작, 그리고 누구도 초대하지 않았고 아무도 말을 걸지 않았는데도 그들로부터 떨어지려 하지 않았던 프라스쿠힌은 차를 마시러 칼루긴의 집으로 향했다.

"그런데 자네는 바시카 멘델리에 관한 이야기를 나한테 아직 다 들려주지 않았는데." 칼루긴은 외투를 벗고 창가에 있는 푹신하고 안락한 의자에 앉아 풀 먹인 깨끗한 네덜란드제 셔츠의 칼라 단추를 풀어헤치면서 말했다. "그래, 그 사람 결혼생활은 어땠나?"

"여보게들, 웃기는 일이라네. Je vous dis, il y avait un temps oú on ne parlait que de ça à Pétersbourg(내가 자네에게 말할 것이 있는데, 한때 페테르부르크의 사람들은 온통 이 일에 대해서 이야기를 했다는군)." 갈리친 공작은 그랜드피아노에서 벌떡 일어나 칼루긴 옆에 있는 창가로 가 앉으며 웃음을 짓고 말했다. "웃기는 일이야. 나는 그 모든 일을 상세하게 알고 있지." 그는 유쾌하고, 재치 있고 당당하게 어떤 사람의 사랑 이야기에 대해서 말하기 시작했다. 그러나 우리에게 그 이야기는 별로 흥미 없는 것이므로 소개하지 않기로 하겠다.

갈리친 공작뿐만 아니라 창가나 그랜드피아노 앞에 앉아 있기도 하고, 앉아서 발을 쳐들기도 한 이들은 놀랍게도 길가에서와는 전혀 다른 사람들처럼 여겨졌다. 그들이 보병 장교들에게 보여주었던 우스꽝스러운 과장과 거만한 태도는 전혀 찾아볼 수 없었다. 이곳에 모인 그들은 자기네끼리만의 천진난만한 모습이었고, 특히 칼루긴과 갈리친 공작은 무척이나 사랑스럽고 단순하며 쾌활하고 순진한 어린아이 같았다. 그들의 대화는 페테르부르크의 동료들과 지인들에 관한 것이었다.

"마슬로프스키는 어떻게 됐나?"

"누구를 말하는 건가? 근위창기병, 아니면 근위기병 말인가?"

"나는 그 두 사람을 모두 알고 있어. 근위기병 마슬로프스키는 내 부대에서 근무할 때 학교를 갓 졸업한 어린아이였지. 그때 그의 형은 창기병 대위였지?"

"아! 오래전 이야기네."

"그래, 그자는 아직도 그 집시 여자하고 사귀나?"

"아니야, 오래전에 끝났어." 이런 종류의 이야기가 이어졌다.

이윽고 갈리친 공작은 그랜드피아노로 가서 집시 노래를 멋들어지게 불렀다. 프라스쿠힌은 어느 누구도 청하지 않았는데도 이중창을 부르기 시작했다. 그런데 화음이 너무도 잘 맞아 모두들 그에게 노래를 더 부르라고 요청했고, 그는 그들의 요청에 대단히 만족스러워했다.

하인이 크림을 넣은 차와 비스킷이 담긴 은쟁반을 들고 들어왔다.

"공작님께 드리게." 칼루긴이 말했다.

"그런데 생각해보니 좀 이상하단 말이야." 갈리친이 찻잔을 들고 창가 쪽으로 걸어가면서 말했다. "우리는 포위당한 이 도시에 있으면서 **그랜드피아노**도 치고, 크림을 넣은 차도 마시고, 정말이지 페테르부르크에서도 쉽게 소유할 수 없는 이런 근사한 저택에서 살고 있으니 말이야."

"그래, 이런 것조차도 없다면 어떻게 되겠나." 어떤 것에도 만족하지 못하는 늙은 대령이 말했다.

"무엇인가를 기다려야 하는 이 심정은 정말 참을 수가 없어. 날이면 날마다 사람들이 죽어 나가는 것을 계속해서 지켜봐야 하고, 게다가 끝도 없으니 말이야. 그러니 이런 진흙탕 속에서 살면서 이만한 시설을 누리지 못하면 어떻게 견디나……."

"아군 보병 장교들은 어떻게 지내나?" 칼루긴이 물었다. "그들이 방어선 엄폐호 속에서 사병들과 함께 기거하면서 사병들처럼 보르쉬(고기와 야채를 넣고 끓인 수프—옮긴이)를 먹고 지낸다니, 대체 어떻게 된 거야?"

"난 이해할 수가 없어. 솔직히 말해서 그 말을 믿을 수가 없어." 갈리친이 말했다. "더러운 속옷에 이투성이가 되어 가지고 며칠씩이나 손도 씻지 못한 그들이 어떻게 용감할 수가 있나? 그래 가지고서는 cette belle bravoure de gentilhomme(귀족의 훌륭한 용기)가 생겨날 수가 없어. 절대 그럴 수 없어."

"그래요, 그들은 용기가 무엇인지도 모르고 있어요." 프라스쿠힌이 말했다.

"아니 당신, 어떻게 그런 헛소리를 하는 거요." 칼루긴이 화를 내며 그의 말을 가로막았다. "나는 여기서 당신보다 그들을 훨씬 더 많이 보아왔소. 그리고 그들이 바로 진정한 영웅이며, 존경받을 만한 사람들이라고 나는 언제 어디서나 소리 높여 말합니다. 비록 보병 장교들이 열흘씩이나 옷을 갈아입지 못해 이가 득실거린다는 것은 사실이지만 말이오."

바로 그때 보병 장교가 방 안으로 들어왔다.

"저는…… NN 장군으로부터 명령을 받고 왔습니다……. 장군…… 아니, 각하를 뵐 수 있습니까?" 겁을 잔뜩 먹은 그는 경례를 하면서 말했다.

칼루긴이 일어났다. 칼루긴은 보병 장교의 경례에 답례도 하지 않고 경멸하는 듯한 정중하고 형식적인 미소를 띠면서 **그에게** 좀 기다려달라고 말했다. 그리고 그로부터의 답변도 들으려 하지 않고, 앉으라고 의자를 권하지도 않고, 별 관심도 보이지 않은 채 갈리친에게 몸을 돌려 프랑스어로 이야기하기 시작했다. 가엾은 보병 장교는 방 한가운데 서서 이 고귀한 사람들을 어떻게 대해야 할지, 그리고 장갑을 끼지 않은 자신의 양손을 어떻게 해야 할지 몰라 하며 몹시 당황스러워했다.

"아주 긴급한 용건입니다." 잠시 침묵하던 보병 장교가 말문을 열었다.

"아! 그래요." 칼루긴이 말했다. 그리고 여전히 경멸하는 듯한 미소를 지으며 군용 외투를 걸치고 장군의 방문 쪽으로 그를 안내했다.

"Eh bien, messieurs, je crois que cela chauffera sette nuit(여보게들, 오늘 밤에 격전이 벌어질 것 같은데)." 칼루긴이 장군의 방에

서 나오며 말했다.

"아이코, 무슨 말인가? 뭐라고? 출격이라고?" 모두들 그에게 묻기 시작했다.

"난 잘 모르겠어. 자네들은 곧 알게 될 걸세." 칼루긴이 수수 께끼 같은 미소를 지으면서 대답했다.

"이거 봐, 내게 말해주게나." 페스트 남작이 말했다. "만일 무 슨 일이 일어나면 나는 T 연대와 함께 제일 먼저 출격해야 하는 몸이야."

"그래, 그럼 몸조심하게나."

"그렇다면 우리 사령관도 방어선으로 갈 테니까, 나도 꼭 가 야 되겠는데." 프라스쿠힌이 군도를 허리춤에 차면서 말했다. 그러나 아무도 대꾸하지 않았다. 그래서 그는 가야 할지 말아야 할지를 스스로 결정해야만 했다.

페스트 남작은 앞으로 있을 전투를 생각하면서 가슴이 덜컥 내려앉는 것 같았다. 그러나 용기를 내어 군모를 비스듬히 쓰고 힘찬 걸음걸이로 프라스쿠힌과 네페르도프와 함께 밖으로 걸어 가면서 "내 생각엔 아무 일도 없을 것 같아"라고 말했다. 프라스 쿠힌과 네페르도프 역시 두려움을 느끼면서 각자 갈 길을 서둘 렀다. 프라스쿠힌과 페스트 남작이 자신들을 카자크인이라고 상 상하면서 카자크 말안장에 달린 등자에 발을 얹고 안장에 올라 탄 후 몸을 굽혀 길을 따라 질주하려는 찰나에 칼루긴이 창가에 서 "잘 가게. 또 만나세. 오늘 밤에 다시 만나세"라고 소리쳤다.

"여보게, 잠깐만!" 사관생도는 자기에게 무슨 말을 했는지 알아보려고 소리쳤다. 이내 카자크 말발굽 소리는 어두움 속으로 사라졌다.

"Non, dites moi, est-ce qui'l y aura vèritablement quelque chose cette nuit(아니, 대답해보게. 오늘 밤에 무슨 일이 일어나는 게 정말인가)?" 칼루긴과 함께 창가에 걸터앉은 갈리친은 방어선 위로 날아가는 포탄을 바라보면서 칼루긴에게 물었다.

"내가 자네한테는 말할 수 있네. 그런데 자넨 방어선에 여러 번 갔었잖아?"(갈리친은 단 한 번을 제외하곤 제4방어선에 간 적이 없었는데도 동의의 표시로 고개를 끄덕였다.) "아군의 조망대 맞은 편 쪽에 참호가 있지." 칼루긴은 군사적인 문제에 관한 자기의 판단이 항상 옳다고 생각하고 있었지만, 사실은 전문가가 아니었으므로 제대로 알지 못하는 축성학의 표현을 잘못 사용하면서 아군과 적군의 작업 상태와 향후 벌일 전투 계획에 대한 이야기를 시작했다.

"그런데 적군이 우리 엄폐호 부근에다 포를 퍼붓기 시작했네. 아이코! 저건 아군이 쏜 건가, **적군**이 쏜 건가? 저기 떨어졌네." 그들은 창가에 앉아 공중에서 십자를 그으며 교차되는 포탄의 선과 순식간에 검푸른 하늘을 밝게 비춰주는 포탄의 섬광과 흰 화약 연기를 바라보고 점점 격렬해지는 포격 소리를 들으면서 말했다.

"Quel charmant coup d'oeil! a(참 멋진 광경이네, 그렇지)?" 칼루긴은 자기 손님의 주의를 아름다운 이 광경에 돌리게 하면서 말했다. "그런데 말이야, 어느 것이 포탄이고 어느 것이 별인지

도통 구분할 수가 없단 말이야."

"그래, 난 지금 저것이 별인 줄 알았는데, 그놈이 내려와 저기서 터지니 말일세. 그런데 저 큰 별의 명칭은 뭔가? 꼭 포탄처럼 생겼군."

"이것 봐, 나는 하도 포탄에 익숙해져서, 러시아로 돌아간 후 밤하늘에 보이는 별들은 모두가 포탄이라고 생각될 정도야."

"그런데 내가 이번 전투에 꼭 출격해야만 하는 건가?" 잠시 침묵한 뒤 갈리친 공작이 말했다. 이처럼 포격이 치열한 상황에서 자신이 그곳에 가야 된다는 생각을 하며 그는 온몸에 전율을 느꼈고, 동시에 어떠한 경우라도 한밤중에는 절대 그곳으로 파견되지 않을 것이라고 자위했다.

"그만하게, 이 사람아! 그렇게 생각하지 말게. 그리고 나부터도 절대 자네를 보내지 않을 거야." 칼루긴이 말했다. 그는 갈리친이 그곳에 가게 되는 일은 절대로 없으리란 것을 잘 알고 있었다.

"여보게! 앞으로도 이런 기회는 얼마든지 있다네."

"진심으로 하는 말인가? 그럼 자네는 내가 이번에는 가지 않아도 된다고 생각하나, 응?"

이때 이들이 바라보고 있던 방향에서 포성이 울리고는 무지막지한 총성이 나면서 조그만 불꽃 수천 개가 끊임없이 빛을 발하며 온 전선을 비추었다.

"드디어 치열한 전투가 시작되었군!" 칼루긴이 말했다. "나는 저런 총소리를 들으면 가만히 있을 수가 없어. 왠지 기분이 뒤

숭숭하단 말이야. 저기서 '돌격'이라는 소리가 들리는데." 그는 멀리 방어선에서 천천히 들려오는 수백의 사람이 내는 "와-와-와-와-와" 하는 소리에 귀 기울이면서 말했다.

"저 '돌격'이라는 외침은 어느 편에서 나는 건가? 적군의 소린가, 아군의 소린가?"

"잘 모르겠어. 총소리가 잠잠한 것을 보니 육박전이 시작된 모양이야."

이때 카자크 병사를 거느린 연락 장교가 창 밑에 있는 입구 계단 쪽에 당도한 후 말에서 내렸다.

"어디서 왔나?"

"방어선에서 왔습니다. 장군님을 뵈려고요."

"가자, 그런데 어떻게 진행되고 있나?"

"적군이 우리 엄폐호를 공격했고…… 점령당했습니다……. 프랑스군이 예비 부대를 대대적으로 투입해 아군을 공격하고 있습니다……. 아군은 이제 2개 대대밖에 남아 있지 않습니다." 저녁에 다녀갔던 바로 그 연락 장교가 숨을 헐떡이다가 가까스로 숨을 고르고는 성급히 문 쪽으로 걸어가면서 말했다.

"그래, 퇴각했단 말이오?" 갈리친이 물었다.

"아니요." 다소 짜증을 내면서 연락 장교는 대답했다.

"1개 대대가 제때에 투입되어 적군을 격퇴시키긴 했지만, 연대장을 비롯한 많은 장교들이 전사했습니다. 그래서 증원 부대를 요청하는 명령을 받고서……"라고 말하면서 그는 칼루긴과 함께 장군이 있는 방으로 들어갔다. 그러나 우리는 그들의 뒤를 더 이상 따라가지 않을 것이다.

오 분 뒤, 칼루긴은 벌써 카자크산 말 위에 올라타 있었다(그리고 모든 부관은 카자크인들에게서만 볼 수 있는 승마 자세를 취했는데, 나는 그들이 무슨 까닭인지 상당히 유쾌한 기분이라는 것을 알아차렸다). 그리고 전투 결과에 대한 소식을 기다리라는 장군의 명령과 몇 가지 명령을 하달하기 위해 그들은 방어선으로 황급히 말을 달렸다. 전투에 참여하지 않은 구경꾼들이 전투가 임박했다는 징조로 인해 흔히 느끼는 엄청난 흥분에 사로잡힌 갈리친 공작은 아무 목적도 없이 길가에서 우왕좌왕하고 있었다.

6

병사들은 부상병들을 들것에 실어 나르기도 하고 그들의 팔을 부축하기도 하면서 무리를 지어 걸어가고 있었다. 어둠이 거리를 덮었다. 이따금씩 병원이나 장교들이 앉아 있는 창가에서 불빛이 비칠 따름이었다.

여느 때와 마찬가지로 대포의 굉음과 소총을 발사하는 소리가 방어선으로부터 들려왔고, 불꽃이 캄캄한 밤하늘에 퍼지고 있었다. 연락 장교들이 질주하는 말발굽 소리, 부상병의 신음 소리, 들것에 부상병을 실어 나르는 병사들의 발소리와 말소리, 그리고 깜짝 놀란 아낙네들이 포격하는 것을 구경하려고 현관 계단에 나와 떠들어대는 소리가 가끔씩 들려왔다.

아낙네들 사이에는 우리가 이미 알고 있는 니키타, 그와 벌써 화해해버린 수병의 늙은 부인, 그리고 열 살 난 그녀의 딸도 끼어 있었다.

"하나님 맙소사, 성모 마리아여!" 노파는 마치 불덩이처럼 끊임없이 한쪽에서 다른 쪽으로 날아가고 있는 포탄을 바라보더니 한숨을 지으며 중얼거렸다. "너무 무시무시해, 정말 무서워! 어머나, 맨 처음 포격 때에도 저렇지는 않았는데. 저것 봐, 저 망할 놈의 것이 어디에 떨어지는 거야. 교외에 있는 우리 집 바로 위에 떨어지네."

"아니에요, 그렇지 않아요. 아린카 아줌마네 정원으로 계속해서 떨어지는데요." 그녀의 딸이 말했다.

"그건 그렇고, 주인님은 지금 어디에, 어디에 계실까?" 아직도 술이 덜 깬 니키타가 마치 천천히 노래를 부르는 것처럼 말했다. "내가 왜 이토록 주인님을 좋아하는지, 나도 잘 모르겠어. 비록 그분이 가끔 나를 때리기도 하지만, 그래도 난 그분을 엄청나게 좋아한단 말이야. 이런 말을 하면 안 되지만 만일 주인님이 이 망할 놈의 전투에서 전사한다면, 아줌마, 나한테 무슨 일이 일어날지 나도 정말 알 수 없단 말이야. 하나님께 맹세코 정말이야! 한마디로 말해 주인님은 참 훌륭하신 분이야! 카드게임을 하는 저런 자들과는 비교할 수도 없어, 저게 뭐야 한마디로 제기랄이야!" 니키타는 불을 환하게 켠 주인의 방 창문을 가리키며 말을 맺었다. 그 방에는 미하일로프 준대위가 없는 사이에, 지바드체프스키 사관생도가 훈장을 받은 기념으로 손님 둘을 초청해 주연을 베풀고 있었다. 손님들이란 우그로비치 소위와 잇몸에 염증만 생기지 않았더라도 지금쯤 방어선에 가 있을 네프시트세트스키 중위였다.

"별들이, 별들이 저렇게 날아다니네." 니키타가 입을 다문 후, 잠시 침묵이 흐르더니 소녀가 밤하늘을 쳐다보며 말했다. "저기 봐, 아직도 날아가네. 어째서 저렇게 날아가는 거야? 응, 엄마?"

"이젠 우리 집도 박살나겠구나." 노파는 소녀의 물음에 대답도 하지 않고 한숨을 쉬면서 말했다.

"엄마, 그런데 오늘 아저씨하고 거기 갔었는데요." 말이 많은 소녀가 노래를 부르는 듯한 목소리로 말을 이었다. "저렇게 큰 포탄이 출입구를 부수고 방 안으로 날아들더니 방에 있는 장롱 바로 옆에 떨어졌어요. 포탄이 저렇게 크니 들어다가 내칠 수도 없어요."

"남편도 있고 돈도 있는 사람들은 벌써 멀리 떠나버렸지." 노파가 말했다. "그런데 우리는 이곳에 남아서, 아이고 슬프고 원통해라. 집 한 채도 남기지 않고 모두 부숴버리는구나. 망할 놈들 같으니, 아이고 하나님 맙소사!"

"그런데 오늘 우리가 막 밖으로 나왔을 때 날아온 포탄이 땅바닥에서 터지면서 튀어나온 파편에 죽을 뻔했어요."

"저 노파에게 십자 훈장을 줘야 돼." 사관생도가 말했다. 그는 다른 장교들과 함께 현관 입구에 나와서 양쪽 군인들이 서로 총격을 벌이는 광경을 보고 있었다.

"할멈, 장군한테 가봐." 네프시트세트스키 중위가 그녀의 어깨를 가볍게 두드리면서 말했다. "정말이야!"

"Pójdę na ulicę zobaczić co tam nowego(나는 시내로 가서 무슨 새로운 소식이 있나 알아봐야겠어)." 그는 계단을 내려가면서 말했다.

"A my tym czasem narijmy się wódki, bo coś dusza w pięty ucieka(그렇다면 그동안 우리는 보드카를 한잔 해야겠네. 그렇지 않고서는 무서워서 견딜 수가 없어)." 지바드체프스키 사관생도가 쾌활하게 웃으면서 말했다.

7

들것에 실려 오는 부상병들과 서로 몸을 의지한 채 자기들끼리 큰 소리로 이야기를 주고받으면서 걸어오는 부상병들이 점점 더 많아졌다. 갈리친 공작은 이들과 마주쳤다.

"여보게, 그놈들 정말 지독하게 밀려오더군." 총 두 자루를 어깨에 멘 키 큰 병사가 굵직한 목소리로 말했다. "알라, 알라(터키군과 교전할 때 그들이 '알라, 알라!'라고 소리치며 공격하는 것에 익숙해진 러시아 군인들은 프랑스군 역시 돌격할 때 이렇게 소리친다고 표현했다)라고 떠들어대며 어찌나 밀려오는지. 겹겹이 쌓여 있었지. 어떤 놈들은 총에 맞아 죽기도 하고 어떤 놈은 자빠져 있는데, 어쩔 도리가 없더군. 수없이 많았어……"

그런데 이때 갈리친 공작이 병사의 말을 가로막았다.

"자네 방어선에서 오는 길인가?"

"네, 그렇습니다, 장교님."

"그래, 거기는 어떤가? 이야기 좀 해보게나."

"무슨 일이 벌어졌냐면요, 놈들의 **강력한 병력**이 말씀입죠, 장교님, 방어선 벽을 넘어 마구 밀려들었습니다. 그래서 완전히 끝장이 났습니다."

"어떻게 끝장이 났단 말인가? 그래, 자네들이 적군을 물리쳤단 말인가?"

강력한 병력이 노도처럼 밀려드는데 어떻게 그놈들을 물리칠 수가 있겠습니까? 아군은 당했고, 증원 부대는 오지도 않았어요."(병사는 잘못 알고 있었다. 왜냐하면 참호가 아직도 아군의 수중에 있었기 때문이다. 이 같은 실수는 누구나 하게 된다. 전투에서 부상당한 병사들은 언제나 아군이 패하고, 전쟁터는 온통 피투성이로 물들었다고 생각하기 일쑤다.)

"그런데 왜 나한테는 적군을 격퇴시켰다고 말했지?" 갈리친은 분노하며 말했다.

이때 어둠 속에서 흰 군모를 쓴 장교가 갈리친 공작이라는 것을 알아챈 네프시트세츠키 중위는 방어선에서 돌아온 병사들과 이야기를 나누고 싶은 심정으로 그에게 다가갔다.

"상황이 어떻게 진행되고 있는지 알아보셨습니까?" 그는 공작에게 거수경례를 하고 정중하게 물었다.

"지금 내가 물어보고 있는 중이야." 갈리친 공작이 대답했다. 그는 다시 총 두 자루를 어깨에 멘 병사 쪽으로 몸을 돌렸다. "자네가 이리로 온 후에 격퇴시켰을지도 모르지, 안 그래? 자네 그곳을 떠난 지 오래됐나?"

"지금 막 떠나오는 길입니다, 장교님." 병사가 대답했다. "잘 모르긴 하지만, 참호는 틀림없이 적의 수중에 들어갔을 겁니다. 아군이 완전히 당했을 겁니다."

"그래, 자네들은 치욕적이지도 않은가? 참호를 순순히 넘겨주다니, 말도 안 돼!" 갈리친이 말했다. 그는 이같이 태평스럽게 말하는 병사에게 몸을 돌려 "그래, 자네들은 굴욕적이지도 않은가?"라고 되풀이했다.

"아, 지독한 놈들입니다! 공작님께서는 이놈들을 이해하기 힘드실 겁니다." 네프시트세츠키 중위가 끼어들면서 말했다. "제가 감히 말씀드리겠습니다만, 이런 인간들한테는 긍지, 애국심, 감정 같은 것은 이야기하지 않는 편이 훨씬 좋습니다. 보시다시피 지금 이곳으로 걸어가고 있는 무리들 가운데 부상병다운 부상병은 10분의 1도 되지 않습니다. 그 나머지는 전부 어떻게 해서든지 전쟁터를 떠나려는 **부실한 놈들**입니다. 비겁한 놈들! 이봐 그렇게 당하는 것은 수치야, 수치란 말이야! **우리** 참호를 넘겨주다니!" 그는 병사들에게 몸을 돌리면서 말했다.

"**강력한 병력**이 밀려오는데 어떻게 할 수 있습니까!" 병사 한 사람이 투덜거리며 말했다.

"장교님들!" 이때 들것에 누운 채 그들과 나란히 지나가던 병사가 말하기 시작했다. "모든 병사들이 죽어가는 판국인데, 어떻게 넘겨주지 않을 수 있습니까? 우리 군대도 힘이 있다면 결단코 넘겨주지는 않았을 겁니다. 어쩔 수 없지 않습니까? 저도 한 놈을 찔러 죽였는데, 다른 놈이 저를 한 방 먹이더군요…….
아, 자네들 좀 살살해. 좀 평평하게, 여보게들, 좀 더 평평하게
들고 가라고…… 아, 아, 아!" 부상병이 신음했다.

"그런데 정말로 부실한 잉여인간들이 많이 돌아오고 있네."
역시 총 두 자루를 메고 걸어오는 키 큰 병사 한 사람을 멈춰 세
우고 갈리친이 말했다. "자네는 왜 오는 건가? 어이, 정지!"

병사는 발걸음을 멈추고 왼손으로 모자를 벗었다.

"자네는 어디로, 그리고 무엇을 하러 가는 건가?" 갈리친은
그에게 엄중하게 소리쳤다.

"이런 쓸모없는 놈……."

그러나 그 병사에게 바짝 다가갔을 때, 갈리친은 병사의 오른
손이 소매 속으로 들어가 있고 팔꿈치 위까지 피투성이가 되어
있는 것을 알아차렸다.

"부상당했습니다, 장교님!"

"어떻게 부상당했나?"

"여긴데, 틀림없이 총알에 부상당한 것 같습니다." 병사는 자
신의 머리로 오른팔을 가리키면서 말했다.

"그리고 여기 머리는 무엇에 의해 이렇게 되었는지 잘 모르겠
습니다." 그는 머리를 숙여 피투성이가 되어 엉겨 붙은 후두부
쪽 머리털을 보여주었다.

"그런데 그 총 한 자루는 누구 건가?"

"프랑스제 총입니다, 장교님. 제가 뺏은 겁니다. 그런데 저 병
사를 호송하는 일만 아니었어도 저는 결코 이리로 오지 않았을

겁니다. 제가 같이 오지 않으면 저 병사가 얼마 안 가서 쓰러질 것 같아서요." 그는 자신보다 조금 앞서서 소총에 의지한 채 왼쪽 발을 질질 끌면서 걸어가고 있는 병사를 가리키면서 말했다.

"야, 인마! 너 **어디로** 가는 거야." 네프시트세트스키 중위가 자기 쪽으로 걸어오는 다른 병사에게 소리쳤다. 그는 이런 열성을 드러내서 권위 있는 공작의 마음에 들기를 원했다. 이 병사도 역시 부상병이었다.

갈리친 공작은 갑자기 네프시트세트스키 중위의 행동에 강한 수치심을 느꼈고, 그에 못지않게 자신에게도 커다란 수치심을 느끼기 시작했다. 그는 얼굴이 화끈 달아오르는 것을 느꼈다. 이런 현상은 그에게 자주 일어나는 일이 아니었다. 그는 중위로부터 몸을 돌리고, 부상병들에게 더 이상 질문을 한다거나 그들을 관찰하지 않기로 마음먹고 야전병원으로 향했다.

그는 걸어오는 부상병들과 들것에 사상자들을 실어 나르는 병사들 사이를 힘들게 비집고, 야전병원 현관 입구로 들어가서 첫 번째 방 안을 둘러보았다. 방 안의 광경을 목격한 그는 자신도 모르게 얼른 뒤돌아서 길가로 뛰어나왔다. 방 안의 광경은 정말 처참했다!

8

천장이 높고 어두컴컴한 커다란 방에는 그저 양초 네 개가 비추고 있을 뿐이었다. 군의관들은 촛불을 들고 부상병들을 진찰하고 있었다. 방 안에는 문자 그대로 부상병들이 꽉 들어차 있었다. 부상병들을 쉴 새 없이 들것에 운반하던 병사들은 빈자리가 없어 가엾은 부상병들을 피에 흥건히 젖은 맨바닥 위에 차례대로 빽빽하게 붙여놓고는 다른 부상병들을 운반하기 위해 다시 나가는 것이었다. 부상병이 없는 빈자리에 엉겨 붙은 피 냄새, 수백 명의 뜨거운 숨소리, 그리고 들것을 운반하는 병사들의 땀 냄새가 혼합되어 뭔지 알 수 없는 독특하고 강렬한 악취가 풍기고 있었다. 방에는 양초 네 개가 희미하게 타오르고 있었다. 찢어지는 듯한 비명 때문에 갖가지 신음, 한숨 소리, 그리고 쉰 목소리가 가끔씩 끊기면서 온 방 안을 가득 매우고 있었다. **간호사들**에게서는 공연히 눈물을 흘리면서 동정심을 표현하는 여성다운 모습을 전혀 찾아볼 수가 없었다. 대신 그들은 침착한 얼굴에 활달한 표정을 짓고 약, 물, 붕대, 탈지면을 들고 피투성이가 된 채 군용 외투와 셔츠를 입은 부상병들 사이를 분주히 돌아다녔다. 침통한 표정을 하고 양 소매를 걷어붙인 군의관들은 부상병들 앞에 무릎을 꿇고, 옆에서 조수들이 비춰주는 촛불에 의지하면서, 무시무시한 신음을 내는 부상자들의 애원은 아랑곳하지 않고 총상을 당한 부위를 손으로 헤집으며 그 속을 들여다보고, 힘이 빠져 축 늘어진 손발을 가지런히 내려놓았다. 갈리친이 이 방에 들어섰을 때, 군의관 한 명이 문 옆에 있는 책상에 앉아서 부상자 명단에 벌써 532번째 이름을 기입하고 있었다.

"S연대 제3중대 사병 이반 보가예프, fraturea femois comlicata(대퇴부 복합 분쇄)!" 방 한쪽 끝에서 다른 군의관이 부러진 다리를 들여다보면서 소리쳤다. "이 환자를 저쪽으로 눕히도록."

"아이고, 아버지, 당신은 우리들의 아버지입니다!" 한 병사가 자기를 건드리지 말아달라고 군의관에게 애원하면서 소리쳤다.

"Perforatio capitis(두개골 천공)."

"N 보병연대의 세묜 네페르도프 중령님, 조금만 참으세요. 그런데 도저히 안 되겠습니다. 저, 그만두겠습니다." 세 번째 군의관이 가엾은 중령의 머릿속을 갈고리같이 생긴 바늘로 후비면서 말했다.

"아, 더 이상 하실 필요가 없습니다. 하나님, 좀 더 빨리, 좀 더 빨리 데려가주세요. 하나님!"

"Perforatio pectoris(흉부 천공)······. 세바스티안 세료다, 사병인데······ 어느 연대 소속이지? 그렇지만 기입하지 마. moritur(죽을 거야) 그자를 저쪽으로 옮기도록." 군의관은 눈을 치켜뜨고 쉰 소리를 내는 병사 곁에서 물러서면서 말했다······.

치료가 끝난 부상병들을 병원으로, 그리고 사망한 부상병들을 작은 예배당으로 운반하려고 기다리는, 들것을 나르는 사병 사십 명이 말없이 문간에 서서 가끔씩 한숨을 쉬며 이 광경을 지켜보고 있었다······.

9

　방어선으로 가는 길에서 칼루긴은 많은 부상병들과 마주쳤다. 그러나 이런 장면을 본다는 것이 실제 전투에서 사람에게 상당히 나쁜 영향을 끼칠 수 있다는 것을 경험을 통해 알고 있는 그는, 그들에게 이것저것 물으려고 걸음을 멈추지 않았을 뿐 아니라, 그들에게 아무런 관심도 돌리지 않으려고 애썼다. 그는 방어선으로부터 말을 몰고 달려오는 연락 장교와 산기슭에서 마주쳤다.

　"조브킨! 조브킨! 잠깐만 멈추시오."

　"아니, 어쩐 일이십니까?"

　"어디에서 오는 길이오?"

　"엄폐호에서 오는 길입니다."

　"그런데 거기는 어떻소? 전투가 치열합니까?"

　"지옥입니다. 참담합니다!"

　그리고 연락 장교는 말을 몰고 저 멀리 사라졌다. 사실 총격은 별로 심하지 않았지만, 포격은 다시 불이 붙은 듯 치열해지고 있었다.

　"아, 꺼림칙하네." 칼루긴은 알 수 없는 불길함을 느끼면서 잠시 생각에 잠겼다. 그는 이런 상황에서 흔히 생각하게 되는 죽음에 대한 불길한 예감을 느꼈다. 그러나 칼루긴은 미하일로프 준대위 같은 사람과는 달리 자존심이 강하고, 단단한 통나무와 같은 기질을 갖춘, 한마디로 용감한 인물이었다. 그는 처음 느낀 감정에 굴복하지 않고, 스스로를 격려하기 시작했다. 칼루긴은 진군하라는 나폴레옹의 명령을 부대에 전달하고 머리가 피투성이가 된 채 돌아온 그의 부관이 이렇게 말했던 것을 떠올렸다.

"Vous êtes blessé(자네 부상당했나)?" 나폴레옹이 부관에게 물었다.

"Je vous demande pardon, sire, je suis tué(용서하십시오, 폐하. 저는 죽습니다)." 그 말을 끝으로 부관은 말에서 떨어지며 현장에서 숨졌다.

칼루긴은 이 프랑스 부관이 아주 훌륭하다고 생각하고 있었다. 심지어 그는 자신이 이 부관과 상당히 닮은 데가 있다고 믿었다. 칼루긴은 채찍으로 말을 후려갈기면서 좀 더 위풍당당한 **카자크식 승마법**으로 달렸다. 그는 자신의 뒤쪽에서 등자 위에서서 속보로 말을 달리는 카자크 병사를 돌아보았다. 완벽한 용사처럼 칼루긴은 힘차게 말을 달려 자신이 멈추어야 한다고 마음먹은 곳에 말을 멈추고 내렸다. 그곳에서 그는 돌무더기에 앉아서 파이프 담배를 피우고 있는 병사 네 명을 만났다.

"자네들은 여기서 무엇을 하고 있는가?" 그는 그들에게 소리쳤다.

"부상병을 운반했습니다, 장교님. 그리고 잠시 쉬고 있는 중입니다." 그들 가운데 한 명이 등 뒤로 파이프 담배를 감추고 모자를 벗으면서 대답했다.

"이렇게 마냥 쉬기만 해서 되겠나! 각자 자기 위치로 돌아가.

꾸물대면 내가 연대장한테 말하겠다."

그들과 함께 참호를 따라 언덕으로 올라가면서 그는 한 발짝 옮길 때마다 부상병들과 마주쳤다. 언덕 위에 올라가서, 왼쪽으로 나 있는 참호 쪽으로 방향을 틀고 계속 걸었다. 몇 발짝 걸어가던 그는 자기 혼자만 걷고 있다는 것을 깨달았다. 그로부터 그리 멀지 않은 참호에 포탄의 파편이 윙윙거리는 소리를 내며 떨어졌다. 다른 포탄이 그의 앞쪽에서 솟구치며 곧장 그에게로 날아올 것만 같았다. 갑자기 두려움을 느낀 그는 황급히 몇 발짝을 달려가서 땅 위에 엎드렸다. 그러나 그가 엎드린 장소에서 멀리 떨어진 곳에 포탄이 터진 것을 확인하고, 자신의 행동에 화가 났다. 그는 혹시 다른 사람들이 자신이 엎드려 있는 것을 보지나 않았을까 염려하며 사방을 두리번거리면서 일어났다. 다행히 주위에는 아무도 없었다.

일단 공포라는 감정이 내면에 들어오게 되면 쉽게 다른 감정에 자리를 양보하지 않는다는 것을 그는 잘 알고 있었다. 허리를 절대로 굽히지 않는다는 것을 항상 자랑하던 그였지만 거의 기다시피 하며 빠른 걸음으로 참호로 달려가고 있었다. '아, 기분이 영 좋지 않아! 불길한 징조야.' 돌에 걸려 넘어진 후 그는 생각했다. 그리고 숨이 가빠오고 온몸에 땀이 배어 있는 것을 인식한 그는 스스로에 대해 상당히 놀라고 있었다. 그는 이제 더 이상 자신의 감정을 억누르지 않겠다고 굳게 마음먹었다.

갑자기 그의 앞쪽에서 누군가의 발소리가 들려왔다. 그는 황급히 허리를 펴고 머리를 들고 군도 소리를 당당하게 내면서,

이전의 조급한 걸음과는 전혀 다른 여유로운 걸음걸이로 걸었다. 이제 그는 자신도 몰라볼 만큼 다른 사람으로 변했다. 맞은 편에서 공병 장교와 수병이 걸어오고 있을 때, 공병 장교가 포탄이 점점 더 밝게 빛을 내며 빠른 속도로 다가오고 있는 것을 보고 손으로 가리키면서 "엎드리시오!"라고 소리치자, 칼루긴은 그가 외치는 소리에 본능적으로 놀랐지만, 머리만 살짝 숙이고 그냥 앞으로 걸어갔다.

"저것 봐요, 용감한 분이네요!" 떨어진 포탄을 냉철하게 바라보며 경험을 통해 그 포탄의 파편이 참호까지 도달하지 못한다는 것을 간파한 수병이 말했다. "엎드리려고도 하지 않네요."

이제 조그만 공터를 지나 몇 걸음만 더 가면, 칼루긴은 방어선을 지휘하는 사령관의 엄폐호에 도착할 터였다. 바로 이때 칼루긴은 의식이 혼탁해지고 다시 어리석은 두려움에 휩싸이기 시작했다. 심장이 맹렬하게 뛰기 시작했고, 피가 머리로 솟구쳤다. 그는 엄폐호까지 부지런히 뛰어갔다.

"아니 왜 그렇게 숨을 헐떡이는 거요?" 칼루긴이 장군에게 명령을 전달할 때, 장군이 그에게 물었다.

"급히 뛰어오느라고 그렇습니다, 각하!"

칼루긴은 포도주 한 잔을 들이켜고 담배를 피우기 시작했다. 육박전은 이미 끝났고, 양측에서 맹렬한 포격만 계속하고 있었다. 엄폐호 속에는 방어선 사령관인 N 장군과 프라스쿠힌을 포함해 장교 여섯 명이 앉아서 여러 가지 상세한 이야기를 나누고 있었다. 하늘색 벽지를 바른 참호 안의 방에는 소파와 침대, 서류가 놓여 있는 책상, 그리고 벽시계가 걸려 있었고, 성상 앞에는 등불이 켜져 있었다. 칼루긴은 엄폐호 내부를 둘러본 후, 천장을 받친 직경 1아르신(러시아의 척도 단위로 1아르신은 약 71.12센티미터이다—옮긴이)의 두툼한 대들보를 쳐다보았다. 참호에서 희미하게 들려오는 포성을 들으면서, 칼루긴은 용서받지 못할 나약함을 왜 두 번씩이나 드러냈는지 자신도 도저히 이해할 수 없다고 생각했다. 그는 자신의 행동에 화를 냈고, 자신을 시험하기 위해 다시 위험한 상황에 자신을 노출하고 싶었다.

"당신을 여기서 만나게 되니 반갑소, 대령." 그는 큼직한 콧수염을 기르고 게오르기 훈장이 달려 있는 참모 장교 외투를 입고 있는 해군 장교에게 말했다. 그 해군 대령은 엄폐호 안으로 들어와 적군에 의해 파괴당한 아군 포대의 포안 두 곳을 수리할 사역병들을 보내달라고 장군에게 요청하고 있던 참이었다. "장군님이 제게 확인해보라고 그랬는데," 포병 사령관인 대령이 장군과 이야기를 마치자 칼루긴이 말했다. "귀하의 포대가 적군 참호에다 포탄을 발포할 수 있는지요?"

"대포 한 문만 가능합니다." 대령은 퉁명스럽게 대답했다.

"아무튼 가서 좀 봅시다."

대령은 눈살을 찌푸리며 신경질적으로 말했다.

"밤새 그곳에서 서서 지내다가 잠시 쉴까 하여 이곳으로 왔습니다." 대령이 말했다. "혼자 가보시면 안 됩니까? 거기 제 부관인 카르쯔 대위가 있는데 당신한테 모든 것을 보여줄 겁니다."

대령은 벌써 6개월 이상이나 가장 위험한 포병대대를 지휘하고 있었다. 그리고 엄폐호가 없었던 당시에도 후방으로 나오지 않고, 처음 포위당했을 때부터 방어선에서 기거해왔던 터라 그는 **수병들**로부터 용맹스럽다는 평판을 받고 있었다. 그래서인지 대령의 거절은 칼루긴을 상당히 놀라게 만들었을 뿐 아니라, 그를 경탄시켰다.

'이것이 바로 명성이라는 것이구나.' 칼루긴은 생각했다.

"그렇다면 나 혼자 가겠습니다." 그는 다소 빈정거리는 목소리로 대령에게 말했다. 그러나 대령은 그의 말에 아무런 신경도 쓰지 않았다.

칼루긴은 자신이 방어선에서 지낸 시간이 이것저것 다 합쳐서 오십 시간밖에 되지 않는다는 것과 대령은 그곳에서 6개월이나 기거했다는 것을 미처 생각하지 못했던 것이다. 더욱이 칼루긴은 아직도 화려한 허영심, 포상에 대한 기대, 명성에 대한 소망, 그리고 모험에 대한 매력에 끌려 있었지만, 대령은 그런 단계를 벌써 다 초월한 인물이었다. 그도 처음에는 허영에 들뜨기도 했고, 용감성을 드러내 보이기도 했고, 모험을 시도하기도 했고, 포상과 명예를 갈망했을 뿐 아니라, 그것을 얻기도 했다. 그러나 이제는 그런 자극제들이 그에게서 효력을 상실했고, 전투에 대해서도 다른 시각을 갖게 되었다. 그는 자신의 의무를 정확하게 수행하면서 생존의 우연성이 상당히 희박하다는 것을 알아차렸고, 6개월 동안 방어선에서 지내다보니 꼭 필요한 경우가 아니면 생존의 우연성에 모험을 걸지 않게 되었다. 그래서 일주일 전에 포병대대에 와서, 지금 칼루긴을 안내하면서 쓸데없이 그와 함께 포안으로 머리를 집어넣기도 하고 흙더미 위로 기어 오르기도 하는 젊은 해군 대위가 대령보다 열 배나 더 용감한 것 같았다.

포병대대를 시찰하고 다시 엄폐호로 돌아오는 길에 칼루긴은 연락 장교들을 거느리고 망루로 올라가고 있던 장군과 마주쳤다.

"프라스쿠힌 대위!" 장군이 말했다. "수고스럽겠지만 오른편 엄폐호로 내려가 작업 중인 M 연대 제2대대에 작업을 중지하고, 몰래 그곳에서 빠져나와서 산 밑에서 예비 부대와 함께 대기 중인 소속 연대에 합류하라고 전달해주게, 알겠나? 그리고 자네가 연대까지 인솔하도록."

"알겠습니다."

프라스쿠힌은 엄폐호가 있는 곳으로 뛰어갔다. 포격이 차츰 뜸해졌다.

10

"여기가 M 연대 제2대대인가?" 흙포대를 짊어지고 나르고 있던 병사와 우연히 마주친 프라스쿠힌이 물었다.

"그렇습니다."

"대대장은 어디 계신가?"

누군가 대대장을 찾고 있다고 짐작한 미하일로프는 구덩이에서 기어 나왔다. 그는 프라스쿠힌을 상관으로 오해하고 거수경례를 하고서 그에게 다가갔다.

"장군께서 명령을 내리셨는데…… 귀대는…… 이동하시오
……. 가급적 빨리…… 중요한 것은 조용히…… 후퇴하시오
……. 후퇴가 아니고, 예비…… 예비 부대가 있는 곳으로 이
동하시오……." 프라스쿠힌은 적군의 포탄이 날아오는 방향을
힐끗힐끗 쳐다보면서 더듬거리며 말했다.

미하일로프는 그가 프라스쿠힌이라는 것을 알아채고는 손을
내리고 나서, 사태가 어떻게 진행되고 있는가를 깨닫고는 병사
들에게 명령을 전달했다. 대대원들은 기뻐하며 술렁거렸다. 모
두들 군용 외투를 걸치고 총을 집어 들고 이동하기 시작했다.

이런 상황을 경험하지 못한 사람들은, 세 시간 동안 지속됐던
포격전을 끝내고 참호와 같은 위험한 곳에서 후퇴할 때 병사들
이 느끼는 기쁨을 상상하지 못할 것이다. 미하일로프는 세 시간
동안 몇 번이나 피할 수 없는 자신의 최후에 대해 생각했고, 그
의 마음속에 품고 있는 지인들에게 여러 번 작별키스를 퍼부었
다. 그는 자신이 전사할 것이고 더 이상 이 세상 사람이 아닐 것
이라고 굳게 믿었던 생각으로부터 차츰 벗어나 마음의 안정을
찾게 되었다. 그러나 이 같은 생각도 잠시뿐이었다. 참호에서
빠져나와 프라스쿠힌과 함께 대대 선두에 서서 후퇴할 때, 그는
달음박질치려는 자신의 발을 억제하느라 애를 써야만 했다.

"잘 가게." 참호에 남은 다른 소속 대대장인 소령이 그에게 말
했다. 그는 이 소령과 참호 가까이에 있는 작은 구덩이에서 함
께 치즈를 먹고 지내던 사이였다. "행운이 깃들기를."

"자네도 무사히 빠져나오길 바라네. 이젠 포격도 잠잠해지는 것 같네."

그러나 이 말이 끝나기가 무섭게 적군은 참호에서 아군이 이동하고 있는 것을 눈치챈 듯, 한층 더 자주 대포를 쏘아대기 시작했다. 아군도 이에 응사하기 시작해 포격은 다시 치열해졌다. 별은 하늘 높이 떠 있었지만 밝게 빛나지는 않았다. 캄캄한 밤이었다. 눈앞이 보이지 않을 정도로 어두웠지만, 발포할 때 나오는 불꽃과 포탄이 폭발할 때 발생하는 불빛이 순간적으로 물체를 비추곤 했다. 병사들은 아무 말 없이 무의식적으로 앞서가는 사람을 따라가면서 걸음을 재촉했다. 마른 길을 정연하게 걸어가는 그들의 발소리, 총검이 부딪히는 소리, 그리고 겁 많은 한 사병이 "하나님, 하나님! 이게 대체 무슨 일입니까!"라고 기도하며 한숨짓는 소리만이 포성 속에서 들릴 뿐이었다. 가끔씩 부상병들의 신음과 "들것 가져와"라고 외치는 소리가 들렸다(한밤중에 포탄이 떨어져 미하일로프가 지휘하던 중대에서 스물여섯 명의 낙오자가 발생했다). 저 멀리 희미하게 보이는 수평선에서 섬광이 번쩍이자, 방어선의 초병이 "대포다!"라고 소리쳤다. 그러자 포탄이 중대 상공에서 윙윙거리다 땅바닥에 떨어지면서 폭발해 돌멩이가 사방으로 흩날렸다.

'젠장! 어떻게 조용히 빠져나가라는 거야?' 미하일로프 옆에서 걸어가던 프라스쿠힌이 뒤쪽을 계속해서 바라보면서 생각했다……. '나는 명령을 전달했으니까, 앞으로 뛰어가는 편이 더 낫지 않을까……. 그렇지만 안 되지. 이 새끼가 나중에 나를 겁

쟁이라고 말할지도 몰라, 마치 어제 내가 이놈에 대해 말했던 것처럼. 될 대로 되라. 그냥 나란히 걷자.'

'그런데 왜 이자는 나하고 같이 걸어갈까?' 미하일로프는 자기의 입장에서 생각했다. '내가 아는 바로, 이자는 항상 불행을 가져다줄 것만 같아. 저기서 포탄이 이리로 똑바로 날아오는 것 같네.'

수백 보를 걸었을 때 그들은 칼루긴과 마주쳤다. 그는 장군의 명령을 받고 작전 진행사항을 점검하기 위해 군도 소리를 당당하게 내면서 참호가 있는 곳으로 가는 길이었다. 미하일로프를 만난 그는 현장에 꼭 가보고 오라는 명령을 받은 것이 아니었으므로, 자기가 굳이 가지 않아도 그곳에 있던 장교들한테 모든 것을 상세하게 알아볼 수 있으리라 생각했다. 그리고 미하일로프는 실제로 그곳의 진행상황을 상세하게 이야기해주었다. 이야기하는 도중에 가끔씩 아주 멀리서 적군의 포탄이 떨어지곤 했는데, 포탄이 날아올 때마다 미하일로프는 머리를 움츠리고 주저앉으며 '포탄이 이리로 곧장 날아오고 있다'라고 확신하는 듯한 행동을 보여줌으로써 칼루긴을 다소 흥겹게 만들어주었다.

"저것 보시오, 준대위. 저것이 곧장 이리로 오고 있소." 칼루긴은 빈정대는 말투로 미하일로프를 툭툭 치면서 말했다. 그들과 함께 얼마 동안 걸어가다가 칼루긴은 엄폐호로 통하는 참호 속으로 방향을 틀었다. '저 대위 같은 사람을 용감하다고 말할 순 없지.' 그는 엄폐호 입구로 들어서면서 생각했다.

"뭐 새로운 소식이라도 있습니까?" 혼자 방 안에서 저녁을 먹고 있던 장교가 물었다.

"아무것도 없습니다. 별일은 없을 것 같습니다."

"아니 별일이 없을 거라니요? 장군께서 방금 전에 다시 망루 위로 가셨습니다. 연대가 곧 도착할 겁니다. 저기 들리시죠? 또 총격이 시작되었군요. 가지 마세요. 장교님은 갈 이유가 없지 않습니까?" 그곳으로 가려고 준비하고 있는 칼루긴에게 장교가 말했다.

'나는 지금 그곳으로 꼭 가야 하는데.' 칼루긴은 생각했다. '하지만 오늘 나는 위험한 상황을 너무 많이 접했어. 내가 chair à canon(대포 밥)이 될 필요는 없지 않은가.'

"그러면 내가 여기서 그들을 기다리는 편이 더 좋겠군요." 그는 말했다.

이십 분이 지나자 장군이 측근 장교들을 인솔하고 돌아왔다. 그들 가운데 페스트 남작은 있었지만 프라스쿠힌은 보이지 않았다. 참호는 결국 아군 병사들이 탈환해 점령했다.

전투에 관한 상세한 보고를 들은 후, 칼루긴은 페스트와 함께 엄폐호에서 나왔다.

11

"자네 외투에 피가 묻었군. 정말 자네 육박전을 했나?" 칼루긴이 그에게 물었다.

"아이고, 여보게, 처참했어! 상상해보게나……." 페스트는 자기가 중대를 인솔한 일, 중대장이 전사한 일, 프랑스 군인을 찔러 죽인 일, 그리고 자기가 전투에 참가하지 않았더라면 분명히 참패했을 것이라는 등등의 이야기를 하기 시작했다.

그의 이야기의 요점은 중대장이 전사를 했다는 것과 자신이 프랑스 군인 한 명을 죽였다는 것이었는데, 거짓말이 아니었다. 그러나 세부적인 것을 말하는 과정에서 사관생도인 그는 상상력을 동원해 과장하거나 허풍을 떨기도 했다.

그는 무의식적으로 자랑을 해댔다. 사람들이 전쟁을 치를 때, 일어났던 모든 일은 언제 어디서 누구와 무슨 일이 있었는지를 분명하게 기억하지 못할 정도로, 마치 안개와 같은 희미한 환각 상태에 빠져버리기 때문에, 발생했던 일을 상세히 이야기할 때는 되도록 자신에게 유리하게 전달하는 것이다. 그런데 실제로 발생했던 상황은 다음과 같았다.

사관생도가 돌격에 참여할 것을 명령받은 대대는 어떤 석벽 근처에서 두 시간 동안 포탄 세례를 받고 있었다. 얼마 후 대대장이 앞쪽에서 무엇인가를 말하자, 중대장들이 분주히 움직이기 시작했고, 대대원들은 참호 제방에서 빠져나와 이동했다. 그리고 백여 걸음 정도 전진한 후, 중대별로 종대로 정렬했다. 페스트에게는 제2중대의 우익을 맡으라는 명령이 하달되었다.

사관생도는 자신이 지금 어디로 가서 무엇을 하려는지도 전혀 모른 채, 등골이 오싹한 전율과 알 수 없는 무시무시한 일이 그를 기다리고 있다는 것을 느끼며 무의식적으로 숨을 죽이고 어둠 속의 저 먼 곳을 멍하니 바라보고 있었다. 그러나 아직 총격전이 벌어지지 않았기 때문에 그리 두렵지는 않았다. 오히려 자기가 요새를 벗어나 들판의 전쟁터에 서 있다는 사실이 이상하고 기묘하게 느껴졌다. 다시 대대장이 앞쪽에서 무엇인가를 말했다. 그리고 장교들이 소곤거리며 명령을 전달하기 시작했다. 엎드리라는 명령에 제2중대는 땅에 엎드렸다. 페스트가 엎드렸을 때 어떤 막대기가 손에 닿았다. 제2중대장만은 엎드리지 않았다. 키가 그리 크지 않은 그는 군도를 빼어 휘두르면서 부하들에게 계속해서 명령을 하달하면서 중대 앞에서 분주히 움직이고 있었다.

"제군들! 정신 차려, 용감해야 한다! 총은 쓰지 말고 칼로 그 놈들을, 그 악당 놈들을⋯⋯. 내가 '돌격'이라고 소리치면 내 뒤를 따르라. 한 명도 낙오하지 말고⋯⋯ 중요한 것은 협력이다⋯⋯. 우리의 진면목을 보여주자. 진흙탕에 얼굴을 처박지 말고, 알겠나, 제군들! 우리의 아버지이신 황제를 위하여!" 그는 욕을 섞어가며 양손을 마구 내두르면서 훈시했다.

"우리 중대장의 성이 무엇인가?" 페스트가 자기 옆에 나란히 엎드려 있는 어떤 사관생도에게 물었다. "참 용감한 사람이네!"

"그래요, 전투할 때는 항상 저러세요. 마치 죽음을 각오한 사람처럼 용감하시죠." 사관생도가 대답했다. "저분의 성은 라신코프스키입니다."

바로 이때 중대 앞에서 느닷없이 불꽃이 일어나면서 무시무시한 폭음이 울려 퍼졌고, 온 중대원들의 귀가 멍멍해졌다. 그리고 돌덩어리와 나무 조각 파편이 소리를 내며 공중으로 흩어졌다(오십 초 후에 돌덩어리 하나가 떨어지면서 어떤 병사의 다리를 부러뜨렸다). **이동 장치를 갖춘** 포대에서 발사한 포탄이었는데 중대에 명중한 것으로 보아 프랑스군이 아군 중대원들이 엎드려 있는 것을 눈치챈 모양이었다.

"포탄을 퍼붓는구나! 개새끼들…… 눈에 띄기만 해라, 러시아 삼각총검의 맛을 보여줄 테다. 저주받을 놈들!" 중대장이 큰 소리로 떠들어댔다. 그의 목소리가 너무나 컸기 때문에 대대장은 그에게 조용히 하라고 명령했다.

그리고 제1중대가 일어났고, 뒤따라 제2중대가 일어났다. 총을 앞으로 겨누라는 명령이 떨어졌고 대대원들은 앞으로 행진했다. 페스트는 너무나 무서워서 시간이 얼마나 흘렀는지, 어디로 걸어가고 있는지, 그리고 누구한테 가고 있는지 하나도 모를 지경이었다. 그는 술에 취한 사람처럼 걸어갔다. 그런데 갑자기 사방에서 불꽃 수백만 개가 번뜩이며 총알이 날아가는 소리와 폭발음이 들렸다. 모두들 고함치며 돌진했으므로 페스트도 소리를 지르며 어디론가 달리기 시작했다. 그러다가 그는 뭔가에 다리가 걸려 그 위에 쓰러졌다. 그것은 중대장이었다(중대장은 전방에서 부상을 당해 쓰러졌는데, 사관생도를 프랑스 군인으로 오인하고 그의 다리를 움켜잡았던 것이다). 넘어졌던 페스트가 다리를 빼고 일어났을 때, 어둠 속에서 어떤 사람이 그의 등에 부딪쳤고, 이로 인해 그는 넘어질 뻔했다. 이때 또 다른 사람이 "**그놈이야!** 무얼 보고 있는 거야?"라고 소리쳤다. 누군가가 소총을 들어서 총검으로 부드러운 부위를 찌르는 소리가 들렸다. "Ah! Dieu(아이고! 하나님 맙소사)!" 누군가가 찢어지는 듯한 무서운 목소리로 외쳤다. 비로소 페스트는 자신이 프랑스 병사를 찔러 죽였다는 것을 깨달았다.

식은땀이 온몸에 흘렀다. 그는 열병에 걸린 사람처럼 몸을 떨면서 총을 내던졌다. 그러나 이런 상태는 그저 일순간일 뿐이었다. 그는 자신이 영웅이라고 생각했다. 그는 다시 총을 집어 들고 대열에 합류하여 '돌격'을 외치면서 죽은 프랑스 병사가 누워 있는 곳으로부터 멀리 뛰어가고 있었다. 이때 어떤 병사가 죽은 프랑스 병사에게서 군화를 벗겼다. 대략 스무 발짝을 지나서 그는 참호 속으로 뛰어 들어갔다. 그곳에는 대대장과 아군들이 있었다.

"제가 한 놈을 찔러 죽였습니다." 그는 대대장에게 말했다.

"훌륭합니다, 남작……."

12

"그런데 말이야, 프라스쿠힌이 죽었어." 숙소로 향하고 있는 칼루긴을 배웅하면서 페스트가 말했다.

"그럴 리가 있나!"

"무슨 소리야, 내가 직접 봤어."

"아무튼 또 만나세, 나는 급한 일이 있어서."

칼루긴은 숙소로 돌아오면서 '너무나 만족스럽다'고 생각했다. '내 당직 때 처음으로 찾아온 행운이다. 상당히 좋은 일이야. 내가 이렇게 살아 있고 몸까지 성하다니. 포상 추천을 받을 것이고, 틀림없이 금장한 군도를 받을 거야. 암, 그렇지. 나는 그것을 받을 자격이 충분하지.'

필요한 모든 것을 장군에게 보고한 후, 그는 자기 방으로 향했다. 방에 들어서니, 갈리친 공작이 벌써 와서 그를 기다리고 있었다. 그는 칼루긴의 책상 위에 있던 『고급매춘부의 사치와 궁핍』(프랑스 작가 발자크의 장편소설. 이 책은 당시 상당히 많이 배포되었고, 무슨 이유에서인지 젊은이들 사이에서 특히 대중적 인기를 누리던 작품들 중 하나다)이라는 책을 읽으면서 그를 기다리고 있었다.

칼루긴은 위험에서 벗어나 관사에 와 있다는 것이 무척이나 기뻤다. 잠옷을 입고 침대에 누워, 그는 갈리친에게 전투에 관한 이야기를 꾸밈없이 그리고 상세하게 들려주었다. 칼루긴이 이같이 상세하게 이야기해주는 것은 자신이 용감하며 유능한 장교라는 것을 증명하기 위해서였다. 그러나 내가 이 점에 대해 여기서 구차하게 설명하는 것은 아무 쓸모가 없다. 왜냐하면 누구나 그것을 알고 있으며 의심할 하등의 권리나 이유가 없기 때문이다. 그러나 이제 고인이 된 기병대위 프라스쿠힌은 예외로 하는 것이 좋겠다. 프라스쿠힌은 칼루긴과 팔장을 끼고 걸어 다니는 것을 행복하게 여겼다. 그리고 그는 어제 어떤 친구에게 칼루긴은 좋은 사람이지만, 우리들 사이에서 알려진 바로는 방어선으로 가는 것을 무척이나 싫어한다고 은밀히 귀띔했던 것이다.

프라스쿠힌은 칼루긴과 헤어진 후 미하일로프와 나란히 걸었다. 위험이 훨씬 덜한 곳에 도착하자 그는 생기를 되찾은 것 같았다. 바로 그때 미하일로프는 자기 뒤쪽에서 번득이는 섬광을 목격한 초병이 "박격포다!"라고 외치는 소리와 뒤에서 걸어오던 어떤 사병이 "대대원들을 향해 곧장 날아온다!"라고 외치는 소리를 들었다.

미하일로프는 주위를 둘러보았다. 밝은 빛을 내는 포탄이 마치 하늘 한가운데 머물러 있는 것 같았고, 그것이 어디로 향하고 있는지 전혀 종잡을 수 없을 것 같았다. 일순간에 벌어진 일이었다. 포탄은 점점 더 빨라지고, 한층 더 가까워지고 있었다. 포탄의 도화선에 붙은 불꽃이 보였고 쉭쉭거리는 소리를 내며 대대 한복판으로 곧장 떨어지고 있었다.

"엎드려!" 누군가 소리를 질렀다.

미하일로프는 배를 땅에 깔고 엎드렸다. 프라스쿠힌도 본능적으로 땅바닥에 웅크리고 허리를 굽힌 채 눈을 감았다. 그가 들은 것은 포탄이 어딘가 아주 가까운, 딱딱한 땅 위에 떨어지는 소리뿐이었다. 한 시간처럼 여겨졌던 일 초가 지나갔다. 포탄은 터지지 않았다. 프라스쿠힌은 자신이 쓸데없이 겁을 먹은 것에 대해 무척 당황하고 있었다. 그는 어쩌면 포탄이 먼 곳에 떨어졌고, 자신에게만 도화선에서 나는 쉭쉭거리는 소리가 들리는지도 모른다고 생각하며 눈을 떴다. 그리고 자기가 12루블 50코페이카의 빚을 지고 있는 미하일로프가 자기 다리 주위에 달라붙어서 자기보다 아주 낮게 땅바닥에 엎드리고 있는 모습을 보고, 거만스러운 만족감을 느꼈다. 바로 이때 그의 눈은 그가 있는 곳에서 1아르신 거리에서 빛을 내며 나뒹굴고 있는 포탄의 도화선과 마주쳤다.

공포, 다른 모든 상념과 감정을 사그라지게 만드는 냉혹한 공포가 그의 전신을 뒤덮었다. 그는 두 손으로 얼굴을 가리고 무릎을 꿇고 엎드렸다.

또 일 초가 지났다. 그 일 초 사이에 모든 감정, 상념, 희망, 그리고 회상의 세계가 그의 상상 속에서 어렴풋이 떠올랐다.

'누가 죽을 것인가? 나인가, 아니면 미하일로프인가? 아니면 둘 다 함께 죽을 것인가? 만약 내가 부상을 입는다면, 어디를? 머리에 부상을 입으면 모든 것이 끝장이다. 그러나 다리를 부상당해 절단하게 된다면, 마취를 시켜달라고 해야지. 그러면 그런대로 살아남을 수는 있다. 그런데 미하일로프만 죽게 될지도 모른다. 그렇게 되면 나는 우리가 함께 걸어가고 있던 것, 그가 별안간 당한 것, 그리고 내가 피투성이가 된 것을 사람들에게 말할 것이다. 아니다, 포탄이 내게 더 가까이 있으니 내가 죽게 될지도 모른다.'

여기서 그는 벌써 갚았어야만 되는, 오래전에 페테르부르크에서 미하일로프한테 빌렸던 12루블 50코페이카가 생각났다. 저녁에 불렀던 집시의 노래도 떠올랐다. 그가 사랑했던 여인이 보랏빛 리본을 단 모자를 쓰고 그의 환상 속에 나타났다. 5년 전에 모욕을 당하고 아직까지 복수를 하지 않은 사람의 모습도 떠올랐다. 그것들과 더불어 수천 가지 회상이 서로 얽히며 떠오르고 죽음을 기다리는 초조함과 두려움이 느껴지는 이 순간에도 그는 삶을 포기하지 않았다. '어쩌면 폭발하지 않을지도 모른다'라는 생각을 하면서 그는 필사적으로 눈을 뜨려 했다. 그러나 그 순간 감긴 눈꺼풀 사이로 붉은 화염이 그의 눈을 가격하고, 어떤 물체가 무시무시한 폭음을 내며 가슴 한복판을 세차게 두들겼다. 그는 어디론가 날아가다가 군도에 걸려 발이 접질리면서 옆으로 쓰러졌다.

'다행이다! 타박상을 입었을 뿐이다'라고 처음에 그는 생각했다. 그리고 손으로 가슴을 만져보려 했다. 그러나 두 손은 꽁꽁 묶여 있고, 머리는 무엇인가가 강하게 짓누르는 것 같았다. 병사들이 어른거렸다. 무의식적으로 그들을 헤아렸다. '하나, 둘, 셋, 그리고 소매를 걷어 올린 군용 외투를 입은 장교.' 그는 생각했다. 그리고 섬광이 그의 눈에서 번득였다. '어떤 포를 쏘는 것일까? 박격포인가? 아니면 대포인가?' 하고 그는 생각했다. '틀림없이 대포에서 쏘는 걸 거야. 또 발포하는구나. 저기 병사들이 오고 있네. 다섯, 여섯, 일곱, 모두들 내 옆으로 지나가는구나.' 그는 갑자기 그들이 자기를 밟고 지나갈까 봐 두려웠다. 타박상을 입었다고 소리 지르고 싶었으나, 그의 입은 너무 말라서 혀가 입천장에서 떨어지질 않았다. 무시무시한 갈증이 그를 괴롭혔다. 가슴둘레가 흥건히 젖어 있는 것을 느꼈다. 얼마나 젖었던지 마치 물을 연상시키는 듯했다. 그는 흥건히 젖어 있는 것을 마시고 싶었다. '넘어졌을 때 심하게 다쳐 피가 흐르고 있는 것이 틀림없어'라고 그는 생각했다. 계속해서 어른거리며 자기 옆으로 지나가는 병사들이 자기를 밟을까 봐 몹시 두려웠다. 그는 젖 먹던 힘까지 다해서 '나를 데려가줘요'라고 소리치고 싶었다. 그러나 그 소리는 나오지 않고 신음만 흘러나왔다. 자신의 신음을 들으면서 그는 공포를 느꼈다. 그리고 붉은 섬광이 두 눈 속에서 번득였다. 병사들이 자신의 몸 위에 돌을 쌓아 올려놓는 것 같다는 생각이 들었다. 번득이는 섬광은 차츰 줄어들고, 그의 몸 위에 놓인 돌은 한층 더 무겁게 그를 짓눌렀다. 돌을 치우려고 애쓰던 그의 몸은 이내 축 늘어졌고, 이제는 더 이상 아무것도 보지 못하고, 듣지 못하고, 생각하지 못하고, 느끼지 못했다. 가슴 한복판에 파편을 맞은 그는 현장에서 숨졌다.

13

미하일로프는 포탄을 보고 땅에 엎드린 후, 실눈을 뜨고 프라스쿠힌과 마찬가지로 두 번 정도 눈을 떴다 감았다 하면서 포탄이 떨어져 폭발하지 않은 이 초 동안에 헤아릴 수 없는 이런저런 생각을 했다. 그는 마음속으로 하나님에게 기도를 드렸다. '주여, 당신 뜻대로 하소서! 그리고 나는 왜 군대에 들어온 것인가.' 이와 동시에 또 다른 생각을 했다. '전투에 참여하기 위해 보병으로 전속했지. T 시의 기병연대에 남아서 나타샤와 함께 시간이나 보내는 편이 더 좋았을 텐데…… 지금 이게 뭐람!'

그는 하나, 둘, 셋, 넷 하고 수를 세기 시작하면서, 만약 짝수에서 터지면 살 것이고 홀수에서 터지면 죽을 것이라고 생각했다. 포탄이 터졌을 때 그는 '모든 것이 끝났어! 죽는구나!'라고 생각했다(그는 짝수까지 세었는지, 혹은 홀수까지 세었는지 기억하지 못했다). 머리로 전해지는 충격과 지독한 통증을 느낀 그는 두 손을 꼭 쥐고 '하나님, 저의 죄를 용서하여 주십시오!'라고 말하고, 비틀거리며 일어나다가 의식을 잃고 쓰러졌다.

정신이 들었을 때 처음 느낀 것은 코에서 피가 흐르고 있다는 것과 이전보다 훨씬 가볍게 느껴지는 두통이었다. '내 영혼이 몸에서 빠져나가고 있구나'라고 생각했다. '저세상은 어떨까? 하나님! 저의 영혼을 평안하게 받아주소서. 그런데 한 가지 이상한 것은 내가 죽어가고 있음에도 불구하고 어떻게 병사들의 발소리와 총소리를 명료하게 들을 수 있는 거지'라고 그는 생각했다.

"들것을 가져와! 어이! 중대장이 사망했어!" 누군가 외치는 목소리가 그의 머리 위에서 들려왔다. 그는 고수 이그나티예프의 목소리라는 것을 알아차렸다.

누군가가 그의 어깨를 잡았다. 눈을 떠보니 검푸른 하늘과 별들, 그리고 연속해서 날고 있는 포탄 두 개가 보였다. 이그나티예프와 총을 메고 들것을 든 병사들, 그리고 참호의 제방이 보였다. 이제야 그는 아직 자신이 저세상으로 떠나지 않았다는 것을 알게 되었다.

튀어 오른 돌멩이가 그의 머리에 가벼운 부상을 입혔던 것이다. 맨 처음 그는 유감스러운 듯한 느낌이 들었다. 자신은 조용히 **저세상으로** 갈 준비를 하고 있었는데, 포탄과 참호, 병사들과 유혈 등이 보이는 현실세계로 돌아온 것이 몹시 불쾌할 따름이었다. 두 번째로 그는 자신이 살아 있다는 것에 무한한 즐거움을 느꼈다. 세 번째로 그는 한시라도 빨리 방어선을 떠나고 싶은 갈망과 두려움을 느꼈다. 고수는 중대장의 머리를 손수건으로 동여매고 그의 팔을 부축해가며 야전병원으로 향했다.

'그런데 나는 어디로, 그리고 왜 걸어가고 있는 것일까?' 잠시 후 정신을 차린 준대위는 생각했다. '내 임무는 중대와 함께 남아 있는 것인데, 이렇게 떠나면 안 된다. 게다가 우리 중대는 곧 적의 사정거리로부터 벗어나게 될 텐데. 중대원들과 함께 이곳에 남아 있으면 틀림없이 포상을 받을 텐데.' 어떤 목소리가 그에게 속삭였다.

"됐어, 이 사람아." 그는 어떻게 해서라도 이곳을 벗어나고 싶어 하는, 자기를 거들고 있는 고수의 팔에서 자신의 팔을 빼면서 말했다. "나는 야전병원으로 가지 않고 중대와 함께 남아 있겠다."

그리고 그는 발걸음을 돌렸다.

"중대장님, 제대로 치료하고 상처에 붕대를 감아야 합니다." 소심한 이그나티예프가 말했다. "지금은 흥분하셔서 아무것도 아닌 것이라고 생각되지만, 그냥 내버려두면 악화될 것입니다. 보세요. 지금 여기는 전투가 한창이잖아요. 정말이에요, 중대장님."

미하일로프는 결정을 내리지 못한 채 잠시 걸음을 멈추었다.

그는 이그나티예프의 충고에 따르고 싶었으나, 최근 야전병원에서 목격했던 어떤 장면이 그의 뇌리에 떠올랐다. 당시 손에 대수롭지 않은 상처를 입은 한 장교가 치료를 받으러 야전병원에 왔다. 군의관들은 그를 바라보면서 빙그레 웃었다. 심지어 구레나룻을 기른 어떤 군의관은 "이런 상처로는 절대 죽지 않습니다. 그리고 포크에 찔리는 것이 이것보다 더 아플 것입니다"라고 말했다.

'어쩌면 군의관들이 내 상처를 보고 그때와 똑같이 냉소를 지으며 무슨 말을 할지도 모른다.' 이렇게 생각한 준대위는 고수의 설득을 뿌리치고 중대로 되돌아갔다.

"그런데 나하고 같이 걷던 프라스쿠힌 연락 장교는 어디 있나?" 중대로 돌아와서 그는 중대를 인솔하고 있는 준위에게 물었다.

"잘 모르겠는데, 아마 전사하신 것 같습니다." 준위는 준대위가 돌아옴으로써 자신이 중대에 남은 유일한 장교였다고 말할 수 있는 기회를 상실하게 되자, 상당히 불만스러워하면서 마지못해 대답했다.

"전사야, 부상이야? 어떻게 자네가 모른단 말인가? 그는 우리와 함께 행군하고 있었잖아. 왜 그를 데려오지 않은 건가?"

"이렇게 전투가 격렬한데, 어떻게 그를 이리로 데려올 수 있었겠습니까!"

"아니, 어떻게 그런 말을 할 수 있나, 미하일로 이바노비치." 미하일로프는 역정을 내며 말했다. "살아 있는 그를 어떻게 버려둘 수가 있고, 만일 그가 사망했더라도 시신은 가져와야 되는 것 아닌가? 그리고 알다시피 그는 장군님의 연락 장교야. 아직 살았을지도 몰라."

"그가 살아 있다고요? 말씀드리겠는데, 제가 직접 가서 확인했습니다." 준위가 말했다. "용서하십시오! 우리 병사들을 인솔하기에도 바빴습니다. 저 망할 놈들! 또다시 포탄을 퍼붓기 시작하네." 그는 쭈그리고 앉으면서 말했다. 미하일로프도 따라 앉았다. 앉을 때의 움직임으로 인해 머리에 엄청난 통증을 느낀 그는 손으로 머리를 움켜쥐었다.

"가서 데려오게. 아직 살아 있을지도 모르잖나." 미하일로프가 말했다. "그게 우리의 **의무**란 말이야. 미하일로 이바느이치!"

미하일로 이바느이치는 아무 대답이 없었다.

'그래, 만약 프라스쿠힌이 훌륭한 장교였다면, 그때 데리고 왔을 텐데. 지금 병사들을 보내야 하는데, 어떻게 보냈단 말인가? 포탄이 이처럼 무섭게 퍼붓고 있으니, 병사들이 개죽음 당할지도 모른다.' 미하일로프는 생각했다.

"제군들! 도랑에 있는 부상당한 장교를 데려오기 위해 다시 되돌아가야 한다." 그는 별로 크지 않은 목소리로 명령했다. 그는 병사들에게 이 명령을 따르라고 하는 것이 그들에게 상당히 불쾌하게 여겨질 것이라고 생각했다. 아니나 다를까, 누구를 지명하지 않아서인지, 어느 누구도 그의 명령을 따르려 하지 않았다.

"어이, 하사! 이리 나와."

그러나 하사는 그의 말을 듣지 못하기라도 한 것처럼 계속해서 행군하고 있었다.

'그래, 그자는 이미 죽었을지도 몰라, 괜한 사람을 희생시킬 만한 **가치가 없는** 자야. 그리고 그자를 제대로 돌보지 않은 나에게 책임이 있어. 내가 직접 가서 그자가 살아 있는지 죽었는지를 알아보는 것이 나의 **의무다**.' 미하일로프는 자신에게 말했다.

"미하일 이바느이치! 중대를 인솔하게. 나는 나중에 따라가겠다." 그가 말했다. 그리고 한 손으로 군용 외투를 걷어 올리고, 다른 손으로는 그가 특별히 믿고 소중히 간직하고 있는 미트로파니야 성상을 만지작거리며 두려움에 떨면서 참호를 따라 재빨리 뛰어갔다.

미하일로프는 동료가 사망한 것을 확인하고 나서, 가쁘게 숨을 몰아쉬며 통증이 심해지기 시작하는 머리에서 풀려나온 붕대 조각을 손으로 누른 채 되돌아왔다. 미하일로프가 중대원과 합류했을 때 중대는 이미 적의 유효 사거리에서 거의 벗어난 산기슭에 당도해 있었다. 지금 유효 사거리에서 **거의** 벗어났다고 말하는 것은 가끔씩 포탄이 날아왔기 때문이다(그날 밤 움막에 앉아 있던 어떤 해군 대위가 포탄의 파편에 목숨을 잃었다).

준대위는 생각했다. '내일은 야전병원에 가서 부상자 명단에 등록해야지.' 이때 달려온 위생병이 그에게 붕대를 감아줬다. '그래야 내가 포상자로 뽑히는 데 도움이 될 거야.'

14

　두 시간 전까지만 하더라도 사지가 멀쩡하고 여러 가지 희망과 소원을 가슴속에 품고 있던 병사 수백 명이 선혈이 낭자한 채 손발이 굳어버린 시체로 변해, 방어선과 참호 사이에 경계를 이루며 이슬이 촉촉이 내리고 꽃이 피어 있는 골짜기와 세바스토폴에 있는 죽은 자의 예배당 평평한 마루 위에 누워 있었다. 그리고 병사 수백 명 가운데 일부는 꽃이 피어 있는 골짜기에 널브러진 시신들 사이에서 바싹 마른입으로 저주의 말을 내뱉거나 기도를 드리고 있었고, 또 다른 일부는 들것이나 침대 위, 그리고 야전병원의 마룻바닥에서 피투성이가 된 채 뒹굴고 뒤척이면서 신음을 내뱉었다. 그러나 모든 것은 어제와 마찬가지로 변함이 없었다. 샛별이 사푼 산 위에서 반짝이고, 깜박이는 별들은 서서히 빛을 잃기 시작했다. 낮게 깔린 하얀 안개가 출렁이는 소리를 내는 검은 바다에서 피어오르고, 진홍빛 새벽노을이 동쪽에서 타오르고, 가느다란 적자색 먹구름은 밝은 보랏빛 수평선을 따라 흩어지고 있었다. 어제와 마찬가지로 온 세상의 모든 것은 생기를 되찾아 기쁨과 사랑과 행복을 약속하면서 더욱 힘차게 흘러가며 아름답게 빛나고 있었다.

15

    다음 날 저녁에 저격병 군악대의 음악이 다시 거리에 울려 퍼졌다. 장교들과 사관생도들, 그리고 젊은 여인들이 또다시 축제일을 맞이한 듯 막사 주위와 하얀 아카시아꽃이 향기를 발하는 가로수 길을 따라 산책하고 있었다.

    칼루긴과 갈리친 공작, 그리고 어떤 대령은 막사 근처에서 팔짱을 끼고 거닐며 어제 있었던 전투에 대해 이야기하고 있었다. 항상 그렇듯 대화의 초점은 전투에 관한 것이 아니라, 본인이 전투에 참여했다는 것과 본인이 발휘했던 용맹성에 관한 것이었다. 그들의 얼굴과 목소리는 마치 어제 발생했던 전투에서 입은 손실이 각자의 마음을 비통하게 만들었다는 듯 심각하고 슬퍼 보였다. 그러나 사실대로 말하자면 그들 가운데 어느 누구도 아주 친한 사람을 잃지는 않았으므로(과연 군대 생활에서 진정으로 친한 사람을 사귈 수 있을까?), 그들의 슬픈 표정은 타인들에게 보여주어야만 된다고 생각하는 차원의 형식적인 것이었다. 칼루긴과 대령은 훌륭한 인물임에도 불구하고 자신들이 매번 금으로 장식한 군도를 수여받고 소장으로 진급할 수만 있다면, 이 같은 전투를 매일 치를 수 있다고 생각하는 것 같았다. 나는 개인의 공명심을 위하여 수백만 명을 죽이는 침략자를 악한이라고 부르기를 좋아한다. 그렇다, 양심을 걸고 페트루쇼프 준위와 안토노프 소위 같은 자들에게 물어보라. 그들은 새끼 나폴레옹이나 새끼 악당쯤 되는 자들이기에, 불필요한 훈장을 수여하거나 봉급의 3분의 1을 더 준다면, 지금 당장이라도 전투를 벌여 수백 명의 목숨을 희생시킬 준비가 되어 있는 자들이다.

"미안하지만 그렇지 않소." 대령이 말했다. "처음엔 왼편에서 시작되었습니다. **당신도 알다시피, 내가 거기 있었잖아요.**"

"아, 그래요." 칼루긴이 말했다. "**나는 거의 오른편에 있었어요. 나는 두 번이나 그곳에 갔었는데, 한 번은 장군님을 찾으러 갔고, 두 번째는 엄폐호를 시찰하러 갔었죠. 거긴 상당히 무더웠죠.**"

"그래, 맞아. 칼루긴 말이 맞아." 갈리친 공작이 대령에게 말했다. "자네도 알겠지만, 오늘 B라는 친구가 내게 자네가 용감하다는 것을 말해주었어…… 자네는 아주 훌륭한 사람이라고."

"다만 손실이 컸어, 너무 컸어." 의례적인 슬픈 말투로 대령이 말했다.

"**내 연대에서는 사백 명이나 당했어. 내가 이렇게 살아 나온 것이 기적이지.**"

이때 이들 맞은편 길모퉁이에서, 뒤축이 닳은 군화를 신고 붕대로 머리를 동여맨 연보랏빛 형상의 미하일로프가 나타났다. 그는 이들을 보자 매우 당황스러워했다. 어제 칼루긴 앞에서 머리를 수그리고 무릎을 구부렸던 일이 떠올랐다. 그와 동시에 그들 앞에서 자신이 부상당한 척하는 것으로 오해받지 않을까 하는 생각이 뇌리를 스쳤다. 그래서 만약 이들이 자기를 보지 않았다면, 그냥 숙소로 줄행랑을 쳐서 머리에 맨 붕대를 풀 때까지 밖으로 나오지 않을 작정이었다.

"Il fallait voir dans quel état je l'ai rencontré hier sous le feu(내가 어제 포탄 세례를 받던 곳에서 그를 만났을 때, 그가 어떤 상태였는지 보았어야 했는데)." 미하일로프가 그들과 마주쳤을 때, 칼루긴은 미소를 지으며 말했다.

"그래, 준대위도 부상당했소?" 갈리친이 미소를 지으며 말했다. 그 미소는 '그래, 자네 어제 날 보았지? 내가 어떠했는지?'라는 것을 의미하는 듯했다.

"예, 돌멩이로 약간 부상을." 미하일로프는 얼굴을 붉히면서 '보았습니다. 그리고 당신은 용감했었고, 나는 상당히 그렇지 못했다는 것을 고백합니다'라고 말하는 듯한 표정을 지었다.

"Est-ce que le pavillon est baissé déjà(그래, 벌써 깃발을 내렸는가)?" 특별히 어느 누구에게 관심을 돌리지 않은 상태에서 갈리친 공작은 준대위의 군모를 바라보며 교만한 표정을 지으면서 물었다.

"Non pas encore(아닙니다. 아직 안 내렸습니다)." 미하일로프는 자기도 프랑스어를 말할 줄 안다는 것을 그에게 보여주려고 프랑스어로 대답했다.

"그럼 휴전 상태가 아직도 지속되고 있다는 말이오?" 갈리친이 그에게 정중히 러시아어로 말했다. 이 말은 준대위에게 '자네 프랑스어로 말하는 것이 힘들 텐데 이렇게 단순하게 러시아어로 이야기하는 편이 훨씬 좋지 않나'라고 충고하는 말처럼 들렸다. 그리고 부관들은 그를 남겨둔 채 가버렸다.

준대위는 어제와 마찬가지로 자신이 매우 고독하다는 것을 느꼈다. 그래서 그는 마주치는 사람들에게 대충 인사만 할 뿐이었고, 그들과 함께 어울리려 하지 않았다. 그는 카자르스키 동상 옆에 홀로 앉아 담배를 피우기 시작했다.

페스트 남작도 거리에 나와 있었다. 그는 자기가 휴전협상에 참석하여 프랑스 장교들과 말을 주고받았다는 것과, 대화하던 도중에 한 프랑스 장교가 자기에게 "S'il n'avait pas fait clair encore pendant une demi-heure, les embuscades auraient été reprises(반시간만 더 어둠이 계속되었더라면, 참호를 다시 탈환했을 겁니다)"라고 말했을 때 프랑스 장교에게 "Monsieur! je ne dis pas non, pour ne pas vous donner un démenti(장교님! 제가 당신 말에 이의를 제기하지 않는 이유는 당신과 다투는 것이 싫기 때문입니다)"라고 말했다는 것과, 자기가 협상 대화를 멋들어지게 진행했다는 것에 대한 자랑을 늘어놓고 있었다.

실제로 그가 휴전협상에 참석한 것은 사실이다. 프랑스인들과 이야기를 나누고 싶었지만(프랑스인들과 대화를 한다는 것은 참으로 유쾌한 일이다), 그는 그렇게 재치 있는 이야기는 한마디도 하지 못했다. 사관생도인 페스트 남작은 오랫동안 전방을 거닐다가 근처에 있던 프랑스 군인에게 단지 "De quel régiment êtesvous(당신은 어느 연대 소속이오)?"라고 묻는 것이 고작이었다. 그리고 프랑스 군인은 이에 답변을 했을 뿐 더 이상의 대화는 없었다. 그가 전방으로 아주 깊숙이 들어갔을 때, 한 프랑스 초병이 그가 프랑스 말을 알아들으리라고는 꿈에도 생각하지 못하고, 제삼자에게 말하는 식으로 "Il vient regarder nos travaux ce sacréc(이놈이 우리 동태를 살피러 왔군, 이 망할 놈의 자식)……" 이라고 말했다. 휴전협상에 흥미를 잃은 사관생도 페스트 남작은 자신의 숙소로 돌아가면서 조금 전에 프랑스 초병이 한 말을 곰곰이 생각했다. 거리에는 큰 소리로 떠들고 있는 조보프 대위, 괴로운 표정을 짓고 있는 오브죠고프 대위, 아첨하는 빛이라곤 조금도 찾아볼 수 없는 포병 대위, 그리고 행복한 사랑에 빠져 있는 사관생도가 있었다. 바로 이 어제의 인물들은 조금도 변함없이 거짓과 허영, 그리고 경솔함과 더불어 생활하고 있었다. 단지 프라스쿠힌과 네페르도프를 비롯한 몇몇 사람들의 얼굴이 눈에 띄지 않을 뿐이었다. 그러나 그들을 기억하며 생각하는 사람은 아무도 없었다. 운반하여 씻기고, 땅속에 파묻고 할 겨를도 없이 그들의 시신은 그냥 땅바닥에 나뒹굴었다. 그리고 한 달만 지나면 그들의 부모나 처자식들이 그들을 잊는 것처럼, 그들이 지금 존재하고 있든지 혹은 존재하고 있지 않든지, 모든 사람이 그들에 대해 조만간 깨끗하게 잊게 될 터였다.

"이자를 몰라볼 뻔했네, 이 노인네 말이야." 시신을 묻고 있던 병사가 가슴이 박살난 시체의 어깨를 메고 일어나면서 말했다. 시체의 머리는 퉁퉁 부었고, 얼굴은 거무튀튀하게 변색되었고, 눈알이 툭 튀어나와 있었다. "등에다 업게, 마로즈카. 그렇지 않으면 두 동강 나겠어!"

"에이, 고약한 냄새!" 그들은 바로 이런 냄새를 사람들에게 남겨주고 떠나는 것이다…….

16

아군의 방어선과 프랑스군의 참호에는 흰 깃발이 걸리고, 그 가운데 위치하고 있는 꽃이 만발한 골짜기에는 병사들이 운반해 짐마차에 실어놓은 시체들이 군화가 벗겨진 채 부패한 얼굴에 회색이나 하늘색 군복을 입은 상태로 산더미처럼 쌓여 있다. 시체에서 풍기는 지독하게 역겨운 냄새가 대지를 가득 메운다. 세바스토폴뿐 아니라 프랑스군 진영에서도 군중의 무리가 이 광경을 보려고 몰려나왔다. 그들은 측은한 동정심과 강렬한 호기심을 드러내면서 서로를 바라보고 있다.

이 사람들이 자기네들끼리 무어라고 말하는지 들어보자.

러시아 군인들과 프랑스 군인들이 둘러 모인 곳에서 한 젊은 장교가 서투르지만 그런 대로 알아들을 수 있는 프랑스어로 말하면서 근위병 시신에 메여 있는 가방을 살펴보고 있다.

"Э сеси луркуа се уазо ном(이 새가 왜 여기에 있는 거요)?"

"Parce que c'est une giberne d'un régiment de la garde, monsieur, qui porte l'aigle impérial(그건 이것이 근위대의 가방이고, 그 가방에는 쌍두 독수리 문장이 그려져 있기 때문입니다)."

"Э ву де ла гард(그러면 당신도 근위대 소속이요)?"

"Pardon, monsieur, du sixiéme de ligne(아닙니다, 죄송하지만

저는 제6전방 부대 소속입니다)."

"Э сесч у аште (그런데 이건 어디서 구입했소)?" 러시아 장교가 담배를 피우고 있는 프랑스 병사의 노란색 목제 담뱃갑을 가리키며 물었다.

"A Balaclave, monsieur! C'est tout simple-en bois de palme (발라클라브에서 구입했습니다. 그냥 싸구려입니다. 종려나무로 만든 거예요)."

"예쁘군요!" 장교는 자기가 하고 싶은 말을 마음대로 하지 못하고, 단지 자신이 알고 있는 단어만을 이용해 말했다.

"Si vous voulez bien garden cela comme souvenir de cette rencontre, vous m'obligerez (우리가 만난 기념으로 이 물건을 받아주신다면 정말 고맙겠습니다)." 예의 바른 프랑스 병사가 담배 한 모금을 내뿜고는 러시아 장교에게 가볍게 목례하며 담뱃갑을 건넨다. 장교도 자기 담뱃갑을 그에게 준다. 그러자 프랑스 군인과 러시아 군인을 막론하고 그 자리에 모여 있던 모두가 만족스러운 미소를 짓는다.

이때 장밋빛 셔츠에 군용 외투를 걸친 러시아 보병이 뒷짐을 지고 호기심이 가득한 쾌활한 표정으로 자신의 뒤에 있는 병사들과 함께 프랑스 병사에게 다가가서 파이프 담뱃불을 빌려달라고 요청한다. 프랑스 병사는 자신의 파이프에 불을 댕긴 후, 파이프 안에 있는 담뱃불을 러시아 병사의 파이프에 털어 넣는다.

"담배가 좋군." 장밋빛 셔츠를 입은 병사가 말한다. 그리고 이를 바라보는 사람들이 미소 짓는다.

"Oui, bon tabac, tabac turc, et chez vous tabac russe? bon(네, 좋은 담배입니다. 터키산이죠. 그런데 당신은 러시아 담배를 갖고 있습니까? 좋은 담배입니까?)" 프랑스 병사가 묻는다.

"러시아 담배도 좋습니다." 장밋빛 셔츠를 입은 병사가 말하자, 그곳에 모여 있는 사람들이 한바탕 웃어댄다. "프랑스 것은 좋지 않아. 봉쥬르, 무슈." 장밋빛 셔츠를 입은 병사가 자기가 알고 있는 프랑스어를 총동원해 한꺼번에 말하자, 프랑스 병사는 배를 잡고 깔깔대며 웃는다. 프랑스 군인들도 웃는다.

"Ils ne sont pas jolis ces bêtes de russes(러시아 놈들 참 추하게 생겼네)." 프랑스 군인들 가운데서 한 주아브 보병(아랍 옷을 입은 프랑스 외인 부대 보병—옮긴이)이 말한다.

"De quoi de ce qu'ils rient donc(대체 저놈들 왜 웃는 거야)?" 얼굴이 까무잡잡한 프랑스 병사 한 명이 러시아 병사들에게 다가가며 이탈리아 억양이 섞인 프랑스어로 말한다.

"카프탄(옷자락이 긴 러시아 농민의 외투—옮긴이) 좋아요." 활달한 러시아 병사가 수가 놓인 주아브 보병의 옷자락을 보면서 말한다. 모두들 다시 웃음을 터뜨린다.

"Ne sortez pas de la ligne, à vos places, sacré nom(경계선 밖으로 넘어가지 말고 제자리로 돌아가, 빌어먹을 놈들)······." 프랑스 하사가 소리친다. 그러자 프랑스 병사들이 노골적으로 불만을 표하며 흩어진다.

프랑스 장교들이 모여 있는 곳에서는 러시아의 젊은 기병 장교가 프랑스 이발사의 속어를 늘어놓고 있다. "Comte Sazonoff, que j'ai beaucoup connu, monsieur(내가 잘 알고 있는 사조노프 백작에 대한)" 이야기다. 한쪽에만 견장이 달려 있는 프랑스 장교가 말한다. "C'est un de ces vrais comtes russes, comme nous les aimons(그는 우리가 좋아하는 실제 러시아 백작들 가운데 한 사람입니다)."

"Il y a un Sazonoff que j'ai connu, mais il n'est pas comte, a moins que je sache, un petit brun de votre âge à peu près(나도 사조노프라는 사람을 알고 있어. 그런데 내가 알기로 그는 백작이 아니야. 검은 머리에 키가 작고 나이는 당신 연배쯤 되네)." 러시아 기병 장교가 말한다.

"C'est ça, monsieur, c'est lui. Oh, que je voudrais le voir ce cher comte. Si vous le voyez, je vous pris bien de lui faire mes compliments. Capitaine Latour(그래, 바로 그분이야. 오, 사랑스런 그 백작님을 다시 만날 수만 있다면. 만일 그분을 만나게 되면 안부를 꼭 전해주세요. 라투르 대위)." 그는 고개 숙여 인사하며 말한다.

"N'est ce pas terrible la triste besogne, que nous faisons? Ça chauffait cette nuit, n'est-ce pas(우리가 벌였던 이 비참한 전투는 너무 살벌하지 않아요? 어젯밤은 참 격렬했어요. 안 그래요)?" 러시아 기병 장교가 시체를 가리키며, 대화를 지속하려는 의도를 갖고 말한다.

"Oh, monsieur, c'est affreux! Mais quels gaillards vos soldats, quels gaillards! C'est un plaisir que de se battre contre des gaillards comme eux(아, 정말 지독했어요! 그런데 당신네 병사들은

대단해요, 정말 대단해요! 그런 대단한 군인들과 전투를 한다는 자체만으로도 만족합니다)!"

"Il faut avouer que les vôtres ne se mouchent pas du pied non plus(고백하건대, 당신네 병사들도 참으로 대단했습니다)." 러시아 기병 장교는 자신이 상당히 괜찮은 사람이라고 상상하며 고개 숙여 인사한 후, 만족스러워한다.

이제 어떤 열 살 난 소년을 관찰하는 것이 좋을 듯하다. 그 아이는 아버지한테 물려받은 낡은 카르투즈 모자(테가 없는 남자용 모자—옮긴이)를 쓰고 맨발에 단화를 신고 멜빵 한 줄만 달려 있는 남경목면으로 만든 짧은 바지를 입고 있다. 아이는 휴전이 되자마자 제일 먼저 방어막을 넘어 프랑스 병사와 땅바닥에 나뒹굴고 있는 시체를 호기심을 갖고 바라보며 골짜기에서 서성 거리다가, 죽음의 계곡을 온통 뒤덮고 있는 하늘색 야생화를 뜯고 있다. 얼마 후 큼지막한 꽃다발을 만들어 집으로 돌아오는 길에 아이는 바람이 몰고 온 냄새 때문에 코를 막고 쌓여 있는 시체 더미 옆에 서서, 바로 앞에 있는 머리가 없는 무시무시한 시체를 바라보고 있다. 한동안 움직이지 않고 서 있던 그 아이는 가까이 다가가서 딱딱하게 굳은 채 축 늘어진 시체의 손을 한쪽 발로 건드렸다. 손이 살짝 흔들렸다. 아이는 다시 한 번 힘껏 그 손을 건드렸다. 손이 흔들리며 다시 제자리로 돌아간다. 갑자기 아이는 비명을 지르며 꽃다발에 얼굴을 파묻고 정신없이 요새 쪽으로 뛰어간다.

그렇다, 방어선과 참호 위에 흰 깃발이 나부끼고, 꽃이 만발한 골짜기에는 악취를 풍기는 시체들이 가득하다. 아름다운 태양이 푸른 바다로 내려앉는다. 출렁이는 푸른 바다는 황금빛 햇살을 반영한다. 수천의 사람이 무리 지어 바라보고, 이야기하고, 서로에게 미소를 보내고 있다. 그리고 이 사람들이―바로 위대한 사랑의 율법과 자기희생을 설파하는 그리스도인들이―자신들이 저지른 만행을 바라보면서, 어떻게 그들에게 생명을 주고 각자의 영혼 속에 죽음의 두려움 대신에 선과 미를 향한 사랑을 불어넣어준 그리스도 앞에서 회개하며 무릎을 꿇고 엎드려 형제로서 기쁨과 행복의 눈물을 흘리며 서로를 포용할 수 있단 말인가? 결코 아니다. 그들은 포용하지 않을 것이다. 휴전의 하얀 깃발이 내려지면, 죽음과 공포의 대표들이 다시 발포될 것이며, 또다시 무고한 피를 흘릴 것이며, 신음과 저주의 목소리가 진동할 것이다.

이제 내가 이야기하고 싶었던 것은 다 말했다. 그러나 무거운 상념이 나를 휘어잡는다. 이런 이야기는 말할 필요조차 없는 것이었을지도 모른다. 아마도 내가 이야기한 것은 각자의 영혼 속에 무의식적으로 감추어진 사악한 진리들 가운데 하나일지도 모른다. 그리고 마치 흔들어 섞을 필요가 없는 포도주의 해로운 침전물처럼 되지 않기 위해서, 그리고 더 이상 해악을 끼치지 않기 위해서, 이 사악한 진리를 폭로해서는 안 되는 것인지도 모른다.

과연 어느 곳에 우리가 거부해야 할 악의 얼굴이 있단 말인가? 이 소설에서 본받아야 할 만한 선의 얼굴은 과연 어디에 있단 말인가? 이 소설에서 누가 악한이고, 누가 주인공이란 말인가? 모든 사람이 선하고, 동시에 모든 사람이 악하다.

화려한 용맹성(귀족의 용맹)과 모든 행위의 원동력인 허영심을 갖춘 칼루긴, **기독교 신앙과 황제와 조국을 위한 전투에서** 전사한 단순하고 남에게 해를 끼치지 않는 프라스쿠힌, 소심하고 식견이 좁은 미하일로프, 그리고 확고한 신념이나 원칙이 결핍된 어린아이같이 유치한 페스트, 이들 어느 누구도 이 소설에서 악한이 될 수 없고, 또한 주인공 역시 될 수 없다.

내 소설의 주인공은, 내가 혼신을 다해 사랑했던 주인공은, 그 모든 아름다움 속에서 재현하려고 애를 썼던 주인공은, 과거나 현재나 미래나 영원토록 아름다운 그 주인공은, 다름 아닌 그리스도의 진리인 것이다.

1855년 6월 26일

1855년 8월의
세바스토폴

1855년 8월의 세바스토폴

1

8월 하순, 두반카야(세바스토폴의 종착역)와 바흐치사라이 사이의 협곡이 많은 세바스토폴 진입로를 따라 뜨거운 먼지를 뽀얗게 일으키면서 장교용 사륜짐마차 한 대가 천천히 지나가고 있었다(어디에서도 찾아볼 수 없는 특이한 모양의 사륜짐마차인데, 유대식 반개 짐마차, 러시아식 짐마차, 그리고 러시아식 포장마차의 혼합 형태를 띠고 있었다).

이 짐마차의 앞좌석에는 졸병(1917년 러시아혁명 이전에 장교들이 하인처럼 부리던 사병—옮긴이)이 고삐를 잡고 웅크리고 앉아 있었다. 그는 남경목면 프록코트를 입고 아주 낡고 쭈글쭈글한 장교 모자를 쓰고 있었다. 뒷좌석에는 여름용 군용 외투를 입은 보병 장교가 말 덮개를 씌운 보따리와 짐짝 위에 앉아 있었다. 앉아 있는 자세로 보아 그 장교는 작달막한 키에 어깨가 딱 벌어졌고, 어깨 넓이보다 가슴에서 등까지의 두께가 더 두꺼워서 몸통이 두툼하고 단단해 보였다. 특히 유난히도 발달한 목과 뒤

통수는 탄탄했고, 허리가 없어 보였다. 그렇다고 배가 나온 것
은 아니었고 오히려 마른 편이었다. 그리고 누렇게 뜬 얼굴에는
병색이 완연했다. 얼굴의 붓기와 나이에 걸맞지 않는 가벼운 주
름만 없었다면 그의 얼굴은 상당히 아름다웠을 것이다. 그런데
주름살과 붓기가 뒤엉켜 있는 그의 얼굴에는 선명하지는 않지
만 알 수 없는 우울한 표정이 깃들어 있었다. 활기에 넘치는 그
의 작은 갈색 눈동자는 뻔뻔스럽다는 느낌마저 들었다. 숱이 많
은 콧수염이 넓게 자라지 않고 한곳에 몰려 있어서 마치 수염
끝부분이 뜯겨 나간 것처럼 보였다. 그리고 턱과 특히 광대뼈가
있는 곳에 난 수염은 이틀씩이나 면도를 하지 않아 상당히 텁수
룩해 보였다. 이 장교는 5월 10일에 벌인 전투에서 파편으로 머
리에 부상을 입어 붕대를 감고 있었다. 일주일 전쯤에 완쾌된
그는 심페로폴에 있는 병원에서 퇴원해 부대로 복귀하는 중이
었다. 그는 포성이 한창인 곳에 주둔한 연대 소속이었다. 그러
나 그는 자신의 연대가 세바스토폴에 주둔하고 있는지, 아니면
세베르나야 혹은 인케르만에 주둔하고 있는지 정확하게 알지
못하는 상황이었다. 멀리서 총성이 들렸다. 특히 산으로 가로막
히지 않은 곳에서 바람이 불지 않을 때에는 총성이 마치 아주
가까운 곳에서 선명하게 들리는 것 같았다. 천지를 뒤흔드는 듯
한 폭발 소리가 자신도 모르게 온몸을 전율하게 만들었고, 북을
두드리는 듯한 가벼운 소리가 굉음 때문에 이따금씩 끊겼다가
다시 들리곤 했다. 그 소리들은 천둥이 치면서 소나기가 억수로
내릴 때 나는 소리처럼 사방에서 울려 퍼지다가 하나로 합쳐지

곤 했다. 모든 사람이 한결같이 격렬하다고 말했던 포격 소리가 들려왔다. 가능하면 빨리 도착하고 싶은 마음에 장교는 졸병을 재촉했다. 세바스토폴로 식료품을 전달하고 부상병을 후송하는 러시아 농민의 커다란 짐마차가 맞은편에서 빠르게 달려오고 있었다. 짐마차에는 회색빛 외투를 입은 보병과 검은 외투를 입은 수병, 붉은색 터키 모자를 쓴 그리스 용병, 그리고 턱수염을 기른 예비병들로 가득 차 있었다. 장교가 탄 짐마차는 멈추지 않으면 안 되었다. 움직이지 않는 짙은 구름처럼 노상에 떠다니는 먼지가 장교의 눈과 귀를 뒤덮으며 땀에 젖은 그의 얼굴에 달라붙었다. 장교는 얼굴을 찡그리며 가늘게 실눈을 뜨고 약간 화난 표정으로 짐마차를 타고 가는 부상자들의 얼굴을 바라보았다.

"아, 몸이 나약해 보이는 저자는 우리 중대원인 것 같은데요."
졸병이 주인에게 몸을 돌리고 부상병들을 가득 싣고 지나치는 짐마차를 가리키며 말했다.

짐마차 앞쪽에 양털 모자를 쓴 텁석부리 러시아인이 비스듬히 앉아 있었다. 그는 채찍 손잡이에 팔꿈치를 기대고 채찍을 팔에 둘둘 감고 있었다. 그의 뒤편에는 다섯 명가량의 병사가 흔들거리는 짐마차 위에 여기저기 흩어져 앉아 있었다. 아주 지저분한 셔츠 위에 군용 외투를 걸치고 끈으로 한 손을 동여맨 병사의 얼굴은 창백하고 야위어 보였다. 짐마차 한가운데 꼿꼿하게 앉아 있던 그는 장교를 보자 모자에 손을 갖다 댔다. 그러나 이내 자신이 부상병이라는 것을 떠올리고는 머리를 긁적이는 시늉을 했다. 그와 나란히 있던 또 다른 병사는 짐마차의 바닥에 드러누워 있었다. 짐마차의 옆을 가로막은 막대기를 붙잡고 있는 바싹 마른 그의 두 손과 위로 쳐들린 채 노끈 뭉치같이 보이는 두 무릎만이 눈에 띄었다. 퉁퉁 부은 얼굴을 한 세 번째 병사는 머리에 붕대를 매고 군모를 높직하게 쓴 채, 두 다리를 바퀴가 있는 곳으로 비스듬히 뻗고 두 손을 무릎에 대고 졸고 있는 것 같았다. 그곳을 지나치던 장교가 그에게 시선을 돌렸다.

"돌주니코프!" 장교가 소리를 질렀다.

"네." 병사는 눈을 뜨고, 군모를 벗으면서 대답했다. 그의 목소리는 마치 병사 이십여 명이 한꺼번에 소리 지르는 것처럼 굵직했다.

"자넨 언제 부상당했나?"

흐리멍덩한 병사의 두 눈에 갑자기 생기가 돌았다. 아마도 상관을 알아본 모양이었다.

"건강하시니 다행입니다, 중대장님!" 병사는 낮고 굵직한 목소리로 대답했다.

"지금 우리 연대는 어디에 주둔하고 있나?"

"세바스토폴에 주둔하고 있었는데, 수요일에는 이동한다고 그랬습니다, 중대장님!"

"어디로?"

"잘 모르겠지만…… 십중팔구는 세베르나야로 이동했을 겁니다, 중대장님! 최근에 말입니다." 그는 군모를 쓰면서 질질 끄는 듯한 목소리로 말했다. "포격이 시작되었습니다. 다른 건다 떠나서 정말 포탄을 많이 쏘아댑니다. 그 소리가 항만까지 들립니다. 요즘엔 총격전이 벌어지고 있습니다. 정말 난리가 아닙니다……."

그다음에 부상병이 한 말을 더 이상 들을 수는 없었지만 그의 얼굴 표정과 몸짓으로 보아, 피해를 당한 사람이 원한을 품고 저주의 말을 하는 것 같았다.

지금 지나가고 있는 코젤리초프 중위는 비범한 장교다. 다른 사람들이 이렇게 생활하고 저렇게 행동한다고, 그도 다른 사람들을 따라 대충 이런저런 생활을 하고 행동을 하는 인물이 아니다. 그는 자기가 하려는 것을 반드시 실천에 옮기는 인물이다. 다른 사람들은 그가 행하는 것이 상당히 좋은 것이라는 확신을 갖고 그를 따라 했다. 그는 재주가 많은 사람이었다. 영리하고, 다재다능하고, 노래도 잘 부르고, 기타도 잘 쳤다. 말도 재치 있게 하고, 글재주도 좋았다. 특히 연대 부관으로 근무할 때 공문서를 자주 썼기 때문에 글재주가 아주 훌륭했다. 그러나 무엇보다도 그는 천성적으로 자존심이 강했다. 이런저런 재주라기보다 타고난 천성에 근거한 그의 자존심은 상당히 예리하고 놀랄 만큼 독특했다. 남성사회와 군대사회에서 형성된 그의 자존심은 군 생활과 직결되어 있었다. 그는 자신이 우두머리 노릇을 하지 못하는 곳에는 절대 끼어들지 않았고, 남들과 비교할 때 자신이 그들보다 우월하다는 것을 드러내기를 좋아했다.

"어떻게 그럴 수가! **모스크바**(당시 육군 연대의 많은 장교들이 반은 경멸하고 반은 다정하게 병사들을 부를 때 '**모스크바**', 혹은 '**맹세**'

라는 단어를 사용했다)가 쓸데없이 지껄이는 말이지만 그래도 잘 명심해야겠다!" 중위가 중얼거렸다. 마음속에서 느끼는 알 수 없는 무기력한 중압감, 부상병을 수송하는 장면, 그리고 들려오는 포격 소리는 그로 하여금 병사가 던진 말을 자연스럽고 확실하게, 그리고 실감나게 만들었다. **"저 모스크바는 웃기는 놈이야 …… 가자, 니콜라예프, 마차를 몰아…… 너 자고 있구나!"** 그는 군용 외투의 깃을 손으로 쓸어내리며 졸병에게 잔소리를 했다.

니콜라예프는 말없이 고삐를 잡아당겼다. 짐마차는 속도를 내며 달리기 시작했다.

"말에게 잠깐 동안 사료를 먹이고, 오늘은 더 멀리 이동하자." 장교가 말했다.

2

타타르식 가옥의 부서진 돌벽 조각들이 도로에 널린 두반카야 거리로 접어들자, 코젤리초프 중위는 길가에 운집해 있는 세바스토폴로 포탄과 폭탄을 운반하는 수송대와 마주치고 마차를 멈추었다.

보병 두 명이 길 근처에 쌓여 있는 돌무더기 위에 앉아 뽀얀 먼지 속에서 수박과 빵을 먹고 있었다.

"자네, 어디 멀리 가나?" 그중에 한 병사가 빵을 씹으면서, 자그마한 배낭을 어깨에 메고 그들 옆을 지나가고 있는 병사에게 물었다.

"시골에서 출발해 우리 중대로 향하는 길이요." 수박을 바라보며 배낭을 고쳐 메고 있는 병사가 대답했다. "우리 중대는 거의 3주 동안 건초가 있는 곳에서 작업을 하고 있었는데, 알다시피 모두 전선으로 불려 가게 되었소. 그런데 우리 연대가 지금 어디에 주둔하고 있는지 도무지 알 길이 없소. 지난주에 코라벨리나야로 이동했다고 하는데, 혹시 들어본 적이 있소?"

"지금 시내에 있어. 시내에 주둔하고 있다고." 늙은 마차 사역병이 접는 칼로 덜 익어서 속이 하얀 수박을 맛있게 파먹으면서 말했다. "우리는 오늘 정오에 시내에서 나왔거든. 거긴 무시무시해. 여기 어디 건초 더미 속에서 하루쯤 지내다가 그리로 가게나. 그때쯤에는 상황이 좀 나아질 걸세."

"그게 무슨 말이오?"

"아니 저 소리가 안 들리나? 지금 사방에서 난리야. 성한 데가 한 군데도 없어. 아군이 얼마나 당했는지 말도 할 수 없을 정도야!" 이렇게 말하며 늙은 사역병은 손을 흔들어대고는 군모를 고쳐 썼다.

지나가던 병사는 깊은 생각에 잠기더니, 머리를 흔들면서 혀를 찼다. 그는 군화의 장딴지 근처에서 파이프를 꺼내, 피우고 남은 담뱃재를 털어낸 후 새로 담배를 채우지 않고 담배를 피우고 있는 병사에게 불씨를 얻어 담뱃불을 붙이고 군모의 챙을 들어 올리며 인사했다.

"하나님 같은 존재는 아무도 없지! 자, 그럼 안녕!" 하고 그는 말하고 등에 걸친 배낭을 고쳐 멘 후 길을 떠났다.

"어이, 좀 더 있다 가는 것이 좋을 텐데!" 수박을 긁어 먹고 있던 늙은 병사가 확신에 차서 천천히 말했다.

"매일반이오." 지나가던 병사는 무리 지어 있는 짐마차의 바퀴 사이를 지나가면서 중얼거렸다. "당신들은 밤을 새우기 위해 수박을 샀나 본데, 맙소사 다른 사람들이 뭐라 하겠나."

3

코젤리초프가 짐마차를 몰고 역참에 도달했을 때는 많은 사람들로 붐비고 있었다. 그가 역참 계단 입구에서 처음 만난 사람은 삐쩍 마른 아주 젊은 역참지기였다. 그는 자기 뒤를 따라오는 장교 두 명과 언쟁을 벌이고 있었다.

"사흘이 아니라, 열흘을 기다려야 합니다! 장군들도 기다리는 판국인데, 나 참!" 역참지기는 그들에게 빈정대면서 말했다. "당신들한테 말을 내줄 수가 없단 말입니다."

"정말 말이 없다면, 아무에게도 말을 내주지 말아야지! ……그런데 왜 짐을 싣고 온 종놈한텐 말을 내주었소?" 두 명 가운데 나이가 많은 장교가 찻잔을 들고 소리쳤다. 그는 역참지기에게 **너**라는 단어를 사용하지 않고 있지만, 언제든지 **너**라고 말할 수 있다는 것을 각인시키는 것 같았다.

"역참지기 나리, 한번 생각해봐요." 젊은 장교가 더듬거리면서 말했다. "우린 그냥 재미삼아 다니는 사람이 아니오. 당신도 알다시피 우린 소집되었단 말이오. 정 그렇다면 크람페르 장군님께 보고할 거요. 아니, 이게 뭐요…… 그래, 장교라는 신분이 우습게 보입니까?"

"자네는 항상 일을 그르치게 만들어!" 나이가 많은 장교가 신경질을 내며 그의 말을 가로막았다. "자네는 그저 내가 하는 것을 훼방만 놓고 있어. 저런 작자들과 대화를 할 때는 수완이 있어야 돼. 저자는 존경심 같은 것은 이미 내동댕이친 사람이야. 이봐, 빨리 말을 가져오란 말이야!"

"그랬으면 오죽 좋겠습니까, 장교님들, 대체 어디서 말을 구한단 말입니까?"

역참지기는 잠시 침묵하다가 갑자기 화를 버럭 내며 두 손을 흔들면서 말했다.

"저도 다 이해합니다. 그런데 저더러 어떻게 하란 말입니까! 그런데 말입니다…… (장교들의 얼굴에는 희망의 빛이 깃들었다) 이달 말까지만 기다리세요. 전 더 이상 여기에 있지 않을 겁니다. 여기에 있으니 차라리 말라호프 구릉으로 가는 편이 훨씬 나아요. 제기랄! 상부에서 그런 명령을 내리려면 맘대로 해보라지. 어느 역참을 가더라도 쓸 만한 마차라곤 하나도 없습니다. 게다가 말들에게 먹일 건초라곤 벌써 삼 일째 구경도 하지 못하고 있는 실정입니다."

이렇게 말하고 역참지기는 문을 닫고 들어가버렸다.

코젤리초프는 다른 장교들과 함께 대합실 안으로 들어갔다.

"까짓 것, 뭐 어때." 방금 전까지만 해도 흥분했던 나이가 많은 장교가 나지막한 목소리로 젊은 장교에게 말했다. "석 달이나 여행했는데, 좀 더 기다려보세. 잘될 거야."

담배 연기가 자욱한 지저분한 대합실 안은 장교들과 트렁크로 꽉 차 있었다. 코젤리초프는 창가에 자리를 잡고 걸터앉아 사람들의 얼굴을 바라보고 그들의 이야기에 귀 기울이며 담배를 말기 시작했다. 대합실 입구 오른쪽에 있는 기름때로 찌들고 구부러진 테이블 주위에 장교들이 옹기종기 앉아 있었다. 테이블 위에는 녹이 쓴 청동 사모바르 두 개와 다양한 종이에 쌓인 설탕이 놓여 있었고, 수염을 기르지 않은 젊은 장교가 찻잔에 물을 붓고 있었다. 그는 부인용 실내복을 수선해 솜을 넣고 누빈 것 같은 아시아식 짧은 실내복을 입고 있었다. 그 또래의 젊은 장교 네댓 명이 대합실 구석에 앉아 있었다. 그들 가운데 한 장교는 모피 외투를 머리 밑에 괴고 소파 위에 누워 자고 있었고, 또 다른 장교는 식탁 옆에 서서 한쪽 팔이 없는 장교에게 구운 양고기를 썰어주고 있었다. 다른 장교 두 명 가운데 한 사람은 부관용 외투를 입고 있었고, 남은 한 사람은 보병용 얇은 외투를 입고 있었다. 여위어 보이는 보병 장교는 한쪽 어깨에 가방을 메고 페치카가 붙어 있는 침대에 앉아 있었다. 이 두 장교가 다른 장교들을 바라보는 모습과 가방을 메고 있는 장교가 고급 궐련을 피우면서 만족해하고 있는 것으로 미루어, 그들은 전방에서 근무하는 보병 장교가 아닌 것 같았다. 그들의 태도에서 다른 장교들에 대한 경멸감은 드러나지 않았지만, 그들은 돈이 있다는 것과 장군들과 친분이 가깝다는 것을 은근히 드러내며 차분하게 만족스러워하고 있는 듯했다. 게다가 이런 감정을 내심 감추었으면 하면서 자기우월감을 드러내고 있었다. 그리고 입술이 두툼한 젊은 군의관과 독일인 같은 인상을 풍기는 포병 장교가 소파 위에서 자고 있는 젊은 장교의 발에 몸이 거의 닿을 정도로 가까이 앉아 돈을 세고 있었다. 네댓 명의 졸병도 있었다. 일부는 졸고 있었고, 나머지는 문가에서 트렁크와 보따리를 챙기고 있었다. 코젤리초프가 아는 사람은 한 명도 없었다. 그러나 그는 호기심을 품고 그들의 이야기에 귀 기울였다. 그는 군사학교에서 막 나온 것이 분명한 젊은 장교들에게 마음이 끌렸다. 무엇보다도 그들은 군사학교를 졸업하고 얼마 있다가 세바스토폴에 있는 포병 중대로 부임할 자신의 동생을 연상시켰기 때문이다. 그런데 코젤리초프는 어디에선가 본 적이 있는 것 같이 생각되는 가방을 멘 장교를 보면서 그가 꺼림칙하고 뻔뻔하다는 느낌이 들었다. 심지어 코젤리초프는 '만약 그가 무슨 이야기를 걸어오면, 콧대를 꺾어버리겠다'라고 생각하면서, 창가 근처 페치카가 붙어 있는 침대 쪽으로 걸어가서 앉았다. 첫눈에 그는 이 두 장교가 참모 장교라는 것을 알아차렸다. 코젤리초프는 전방에 있는 진실하고 훌륭한 장교들이 그러하듯 참모 장교들을 싫어했고, 심지어 그들에 대해 분노마저 느끼고 있었다.

"그런데 이거 참 황당하고 속상하군." 젊은 장교들 가운데 한 명이 말했다. "거의 다 와 가지고 목적지까지 갈 수 없다니 말이지. 지금쯤 전투가 한창 벌어지고 있을 텐데 참전하지 못하는 것 아니야."

이렇게 말하는 젊은 장교의 카랑카랑한 목소리와 앳된 얼굴에 깃든 반점 모양의 선홍빛 홍조, 그리고 그의 예견이 혹시 현실이 될까 하며 걱정하는 모습에서 사랑스럽고 젊은 수줍음을 발견할 수 있었다.

한쪽 팔이 없는 장교가 얼굴에 미소를 짓고 그를 바라보며, "괜찮아요, 아직 늦지 않았어요. 날 믿어봐요"라고 말했다.

젊은 장교는 느닷없이 얼굴에 밝은 미소를 짓는 팔이 없는 장교의 깡마른 얼굴을 존경하듯 바라보고는 말없이 다시 차를 마시기 시작했다. 한쪽 팔이 없는 장교의 얼굴과 태도, 그리고 속이 비어 축 늘어진 외투 소매에서 그의 마음이 평온하다는 것을 감지할 수 있었다. 그가 어떠한 행동이나 대화를 할 때 '모두 훌륭해, 나는 모든 것을 다 알고 있어, 내가 하려고 마음먹으면 모든 것을 할 수 있어'라고 말하는 듯한 표정을 읽을 수 있었다.

"어떻게 하지." 젊은 장교는 아시아식 짧은 실내복을 입은 동료에게 다시 물었다.

"여기서 하룻밤을 묵을까, 아니면 **우리** 말을 타고 갈까?"

동료는 말을 타고 가자는 제안에 반대했다.

"이봐요, 대위님." 그는 떨어진 칼을 줍고 차를 가득 따른 후, 한쪽 팔이 없는 장교를 향해 몸을 돌리며 말했다. "사람들이 그러는데, 세바스토폴의 말 값이 굉장히 비싸다고 그러더군요. 그래서 우리는 심페로폴에서 함께 돈을 걷어서 말을 샀습니다."

"내 생각엔 당신들이 비싸게 샀을 것 같은데, 안 그런가?"

"잘 모르겠습니다, 대위님. 마차까지 합쳐서 90루블을 지불했는데, 비싸게 산 겁니까?" 그는 자신을 쳐다보고 있던 코젤리초프와 모두를 바라보면서 말했다.

"늙은 말이 아니라면 과히 비싼 것은 아닙니다." 코젤리초프가 말했다.

"정말입니까? 그런데 사람들은 우리한테 비싸게 샀다고 그러더군요…… 그게 발을 조금 절기는 하지만 곧 좋아질 거라고 했어요. 그런데 아주 튼튼한 놈이에요."

"당신들은 어느 군사학교에서 왔소?" 동생에 대해 알고 싶었던 코젤리초프가 물었다.

"우리는 지금 귀족 연대에서 왔습니다. 일행은 여섯 명이고요, 모두 자원해 세바스토폴로 가는 길입니다." 입담이 좋은 장교가 말했다. "단지 걱정되는 것은 우리 포병 중대가 어디 있는지를 모른다는 겁니다. 어떤 사람들은 세바스토폴에 있다고 말하고, 또 다른 사람들은 오데사에 있다고 말하더군요."

"심페로폴에서 알아볼 수 있었을 텐데, 물어보지 않았나요?" 코젤리초프가 물었다.

"그들도 모른다고 하더군요……. 동료 한 사람이 어떤 사무실에 가서 알아보려 했는데, 어찌나 거친 욕지거리를 해대는지…… 상상해보십시오, 얼마나 불쾌했는지. 담배라도 한 대 태우시겠어요?" 그는 이때 담배를 꺼내려 하는 팔이 없는 장교에게 말했다.

그는 약간 비굴하고 기쁜 표정으로 팔이 없는 장교를 친절하게 대했다.

"그런데 당신은 세바스토폴에서 오셨습니까?" 그는 말을 계속했다.

"아이고, 정말 놀랍습니다! 저희가 페테르부르크에 있을 때 얼마나 당신들에 대해, 그리고 모든 영웅에 대해 생각하고 있었는데요!" 그는 코젤리초프에게 몸을 돌리며 존경심과 친절함을 표하면서 말했다.

"그러다 당신네들 그냥 돌아가게 되면 어쩌겠소?" 중위가 물었다.

"우리도 걱정입니다. 생각해보세요. 말도 샀고 술과 커피주전자, 그리고 그 밖의 필요한 모든 것을 마련하느라 수중에 한 푼도 안 남았습니다." 그는 자기 동료들을 쳐다보면서 낮은 목소리로 말했다. "그러니 우리가 되돌아간다면 꼴이 뭐가 되겠습니까?"

"당신들은 여비를 받지 않았습니까?" 코젤리초프가 물었다.

"예." 그는 속삭이듯 대답했다. "거기에 도착하면 주겠다고 그러던데요."

"그러면 증명서는 가지고 있습니까?"

"저도 증명서가 필요하다는 것은 알고 있습니다. 그런데 모스크바에서 상원의원을 하시는 저의 숙부를 방문했을 때, 그분이 그러는데 그곳에 가면 준다고 그러시더군요. 만약 그렇지 않았다면 그분이 직접 써주셨을 겁니다. 증명서는 받게 될까요?"

"틀림없이 받게 될 겁니다."

"저도 아마 받을 거라고 생각합니다." 그는 의심스러운 말투로 말했다. 그의 목소리는 그가 이십여 개나 되는 역참을 거치는 동안 동일한 질문을 던졌고, 그때마다 다양한 답변을 들었으므로 이젠 어느 누구의 말도 잘 믿지 않게 되었다는 것을 증명하는 것 같았다.

"어떻게 주지 않을 수가 있나요." 현관에서 역참지기와 말다툼을 벌였던 장교가 대화를 나누고 있는 사람들에게 갑자기 다가와서, 옆에 앉아 있는 참모 장교들까지도 청중으로 대하면서 말했다. "나도 이분들과 마찬가지로 야전 부대로 가려고 하는데, 좋은 자리도 박차고 바로 이 세바스토폴로 보내달라고 애걸복걸 했습니다. 그리고 페테르부르크에서 여비로 136루블을 받았습니다. 그런데 벌써 150루블 이상을 써버렸어요. 생각해보세요, 석 달 동안 800베르스타를 여행했으니. 지금 이분들은 두 달째 여행을 하고 있어요. 저는 돈이 충분해서 별 걱정은 없었습니다만, 만약 돈이 없었더라면 어떻게 됐겠어요?"

"정말 석 달씩이나 걸렸습니까?" 누군가가 물었다.

"하지만 어쩔 수 없잖아요." 이야기하던 장교가 말을 계속했다. "내가 그곳에 가기를 열망하지 않았더라면, 좋은 자리까지 마다하며 보내달라고 요청하지는 않았을 겁니다. 그랬더라면 이렇게 여행길에서 지내게 되지도 않았을 겁니다. 내가 겁을 먹어서 이러는 것은 절대 아닙니다…… 그런 일은 있을 수가 없습니다. 예를 들어 저는 페레코프에서 2주일이나 지냈습니다. 우리가 아무리 떠나고 싶어도, 역참지기들은 우리를 상대조차 하려 들질 않아요. 급행마차도 꼼짝하지 못하고 있습니다. 이건 분명히 운명입니다……. 제가 아무리 떠나려 해도 운명이니까 어쩔 수가 없어요. 정말이지 포격 소리 때문에 제가 뭉그적거리고 있는 것이 결코 아닙니다. 서두르나 서두르지 않으나 매한가지니까요. 제가 아무리 애간장을 태워도……."

이 장교가 지나칠 정도로 열심히 자신이 늦어진 이유를 변명하며 스스로를 정당화하려고 애쓰는 것으로 미루어볼 때, 그는 잔뜩 겁을 집어먹고 있는 것 같았다. 특히 그의 연대가 주둔하고 있는 곳에 대해, 그리고 그곳의 위험한 정도에 대해 묻는 것을 보면 겁을 먹고 있다는 것이 더욱 분명했다. 같은 연대에 소속된 팔이 없는 장교가 이틀 동안 연대에서 죽어나간 장교가 열일곱 명이나 된다고 그에게 말하자, 그의 얼굴은 창백해졌고 아무 말도 하지 못했다.

이 장교는 6개월 전까지만 하더라도 겁쟁이라고 불리는 사람이 아니었다. 그런데 그는 지금 두려움에 떨고 있는 겁쟁이가 되었다. 그에게 많은 변화가 일어났던 것이다. 많은 사람들이 과거에 경험했던 그 같은 변화를 미래에도 그는 다시 경험하게될 것이다. 그는 육군사관학교가 있는 어느 현에 거주하면서 안정된 지위를 누리며 행복하게 살고 있었다. 그런데 동료들이 보낸 편지나 신문에 실린 세바스토폴 영웅들의 전투에 관한 기사를 읽으면서 그의 가슴속에 명예심뿐만 아니라 이에 못지않은 애국심도 함께 타올랐던 것이다.

이런 감정 때문에 그는 무척 많은 것을 희생했다. 자신이 정착했던 곳, 8년에 걸쳐 장만한 폭신한 안락의자를 갖춘 주택, 그리고 친구들을 포기하고, 화려한 결혼에 대한 희망도 접었다. 이 모든 것을 내버리고 그는 명예로운 불멸의 영광과 훈장을 꿈꾸면서 전방으로 가겠다는 서류를 제출했다. 지원서를 제출한 지 두 달이 지나서 **상부 명령에 의해** 정부로부터 보조금을 받을 것인가를 묻는 질의서를 받았다. 그는 받지 않겠다고 회신했다. 비록 그의 애국심이 두 달 동안에 어느 정도 식긴 했지만, 그는 참을성 있게 임명장을 기다렸다. 그리고 또 두 달이 지나서 프리메이슨 비밀단체에 가입했느냐는 질문을 포함해 이와 유사한 질문들을 담은 질의서를 받았고, 그는 그런 일이 없다고 회신했다. 결국 다섯 달이 지나서야 그에게 임명장이 전달되었다. 5개월 동안 그의 친구들은 규정이 바뀔 때마다 새롭게 확인하는 과정에 대해 불만을 토로했고, 그가 전방으로 가려는 의도는 어리석은 짓이라고 그를 설득하기 시작했다. 먼지투성이 얼굴로 다섯 번째 역참에 도착했을 때 그는 정신을 차렸다. 그곳에서 열두 시간을 소비하며 말을 기다리는 동안 세바스토폴에서 온 전령으로부터 그곳의 처참한 상황을 전해들은 후, 그는 자신의 경솔함을 깨닫고 자신이 내린 결정을 후회했다. 그리고 앞으로 닥칠 상황에 대해 두려운 감정을 갖고, 자신이 마치 희생양이라도 되는 것처럼 생각하며 목적지를 향해 여행하고 있었던 것이다. 그는 석 달 동안 여러 역참을 지나칠 때마다 오랫동안 기다려야만 했고, 세바스토폴에서 온 장교들이 전하는 무시무시한 이야기를 듣는 순간 그의 공포심은 더욱 커졌다. P 시에서 전투를 상상하며 절망적인 임무를 부여받을지라도 이를 반드시 수행하겠다고 각오했던 이 주인공은 마침내 두반카야에 도착하면서 비참한 겁쟁이로 변해버렸던 것이다. 그리고 1개월 전에 사관학교를 졸업한 어떤 젊은이를 만난 그는, 지금 이 시간이 자기 생애의 마지막 순간일 것이라고 생각하고 될 수 있는 대로 천천히 가려고 애쓰고 있었다. 역참에 도착할 때마다 그는 침대와 여행용 트렁크를 정리한 후, 마음에 드는 사람들과 카드게임을 하거나 시간을 때우기 위해 슬픈 사연을 담은 책을 읽곤 했다. 그리고 역참지기가 말이 준비되지 않았다면서 말을 내주지 않으면 상당히 기뻐했다.

그가 만약 P 시에서 방어선으로 곧장 달려왔더라면 그는 진정한 영웅이 되었을 것이다. 그러나 그가 러시아 장교들한테서 흔히 찾아볼 수 있는 인물이나, 어렵고 위험한 상황에서 마음의 동요가 없이 차분하고 참을성 있는 인물이 되기 위해서는 아직도 많은 정신적 고통을 겪어야만 될 것이다. 그런데 그에게서 이런 열성을 다시 불러일으킨다는 것은 상당히 어려운 일이었다.

6

"어느 분이 보르쉬를 시키셨나요?" 마흔 살가량의 상당히 지저분하고 뚱뚱한 역참지기 부인이 보르쉬를 들고 대합실로 들어오면서 큰 소리로 말했다.

그 순간 모든 대화가 멈췄고, 대합실에 있던 사람들의 시선이 부인에게 쏠렸다. P 시에서 온 장교는 그녀를 바라보고 젊은 장교에게 윙크했다.

"아, 그건 코젤리초프가 주문한 건데." 젊은 장교가 말했다. "그를 깨워야겠군. 이보게, 일어나서 점심 먹어." 그는 소파에 잠들어 있는 장교에게 가까이 다가가 그의 어깨를 흔들면서 말했다. 보기 좋은 검은색 눈동자에 두 뺨에 홍조를 띠고 있는 열일곱 살가량의 소년이 소파에서 벌떡 일어나 눈을 비비면서 대합실 한가운데로 걸어갔다.

"죄송합니다." 일어나면서 군의관과 부딪친 그는 은방울을 굴리는 듯한 찰랑찰랑한 목소리로 말했다.

코젤리초프 중위는 그가 자기 동생이라는 것을 당장 알아차리고 동생에게 달려갔다.

"나 몰라보겠니?" 미소를 지으며 그가 말했다.

"어! 깜짝이야." 동생은 소리치며 형에게 키스를 퍼부었다.

형제는 세 번 키스했다. 그러나 세 번째 키스를 할 때 두 사람은 세 번씩이나 키스를 해야 할 이유가 있을까 생각하며 몹시 쑥스러워했다.

"야, 이거 참 반갑다!" 형이 동생을 쳐다보며 말했다.

"계단 입구로 가서 이야기하자."

"어서 가요. 저 보르쉬 먹고 싶지 않아요……. 페데르손, 자네가 대신 먹게나." 동생은 친구에게 말했다.

"너 먹고 싶은데 그러는 거 아니야?"

"아냐, 먹고 싶지 않아."

계단 입구로 나오자 동생은 형에게 이런저런 질문을 마구 해댔다. "형, 그런데 어떻게 된 건지 말 좀 해봐." 그는 형을 만나서 기쁘다는 말만 할 뿐, 자신에 대해서는 아무 말도 하지 않았다.

이야기를 시작한 지 오 분쯤 지나서 그들은 잠시 침묵했다. 형은 왜 **우리** 모두가 기대했던 근위대에 들어가지 않았느냐고 동생에게 물었다.

"아, 그건 말이야." 동생은 지난 일을 회상하며 얼굴을 붉히면서 대답했다. "그것 때문에 아주 망쳐버렸어. 이렇게 되리라고는 상상도 하지 못했어. 졸업하기 바로 전에 친구들과 셋이서 담배를 피우러 갔었는데, 형도 잘 알고 있잖아, 왜 수위실 뒤에 있는 방 있잖아. 형이 다닐 때도 아마 마찬가지였을 거야. 다들 거기서 담배를 피웠잖아. 거기까지는 좋았는데, 그 사기꾼 같은 수위 놈한테 들켰지 뭐야. 그리고 그놈이 달려가서 당직 장교에게 고자질했고(우리가 보드카 사 먹으라고 여러 차례 돈도 주었는데), 당직 장교는 우리가 있는 곳으로 살금살금 다가왔지. 그를 보자마자 친구들은 담배를 버리고 옆문으로 도망쳤는데, 나만 도망치지 못해. 당직 장교가 나한테 기분 나쁜 소리를 해대기에, 나도 지지 않고 대들었지 뭐야. 그랬더니 그가 교장에게 일러바쳤어. 그 사건 때문에 품행에서 나쁜 점수를 받았어. 다른 과목들은 상당히 우수한 점수를 받았는데 말이야. 기계학은 12점이나 받았어. 뭐 그렇게 된 거야. 그래서 군대에 가게 됐고, 나중에 근위대로 전속시켜주겠다고 했지만 난 그렇게 하는 것이 싫어서 그냥 전쟁터로 보내달라고 요청했던 거야."

"그랬었구나!"

"정말이야, 장난삼아 한 이야기가 아니야. 그곳이 너무 지긋지긋해서 한시라도 빨리 세바스토폴로 가고 싶었던 거지. 거기에서 운만 좋으면 근위대보다 더 빨리 승진할 수도 있잖아. 근위대에서 10년은 있어야 대령으로 승진하는데, 여기서 토트레벤(세바스토폴 방어전에서 공을 세운 인물—옮긴이) 같은 사람은 2년 만에 중령에서 장성으로 진급했잖아. 설령 여기서 전사하는 일이 있더라도, 뭐 할 수 없지!"

"그래!" 미소를 지으며 형이 말했다.

"그런데 있잖아, 형." 동생은 무엇인가 상당히 부끄러운 이야기라도 하려는 듯이 얼굴을 붉히면서 말했다. "이런 건 다 쓸데없는 소리야. 내가 이리로 보내달라고 한 이유는, 다름 아니라 이곳에선 사람들이 조국을 위해 죽어가고 있는데, 페테르부르크에서 한가롭게 생활한다는 것이 왠지 부끄럽다는 생각이 들었어. 그리고 형하고 함께 지내고 싶은 마음도 있었고." 그는 상당히 쑥스러워하는 태도로 말했다.

"너 참 웃기는 놈이구나!" 형은 그를 바라보지 않고 담뱃갑을 꺼내면서 말했다. "그런데 우리는 함께 있지 못할 거야."

"근데 형, 사실대로 말해봐. 방어선이 그렇게 무서운 곳이야?" 동생이 갑자기 물었다.

"처음엔 무섭지. 그런데 얼마 지나고 나면 익숙해져, 뭐 그런 거지. 가보면 알게 될 거야."

"그리고 하나만 더 말해줘. 세바스토폴이 점령될 것 같아? 내 생각엔 절대 점령당할 것 같지 않은데."

"글쎄, 하나님만이 알겠지."

"형 그런데 말이야, 한 가지 속상한 게 있어. 참 재수가 더럽게 없었어. 우리가 이리로 오는 도중에 짐을 통째로 도둑맞았어. 그런데 그 안에 내 군모가 있었거든. 지금 입장이 난처하게 됐어. 임지에 도착해서 상관 앞에 나갈 때 어떻게 해야 할지 모르겠어. 형도 알겠지만, 지금 군모 모양이 바뀌어서 여러 가지로 다른 점이 많잖아. 매번 더 좋은 쪽으로 바뀌잖아. 형한텐 다 말해줄 수 있어……. 모스크바에선 다니지 않은 데가 없었거든?"

동생인 코젤리초프, 즉 블라디미르는 형 미하일과 닮은 데가 무척이나 많았다. 그런데 그것은 연한 빛깔의 싱싱한 장미꽃과 시들어가는 장미꽃의 비슷한 점과 같은 것이었다. 관자놀이 근처에 곱슬곱슬한 동생의 머리털은 숱도 많고 짙은 갈색이었다. 희고 부드러운 뒤통수를 덮고 있는 머리털은 제비추리였다. 유모의 말을 빌리자면 그것은 행운의 표시였다. 부드럽고 하얀 얼굴에는 혈기왕성한 젊음의 홍조가 깃들어 있는데, 보통 때는 감추어져 있다가도 어떤 때는 활활 타오르면서 마치 영혼이 살아 움직이는 것처럼 보였다. 그의 두 눈은 형의 것보다 더 크고 광채를 띠었으며, 습기를 약간 머금은 것 같았다. 그의 두 뺨과 수줍게 미소를 지으면서 하얗게 빛나는 치아를 드러내고 있는 붉은 입술 위로는 솜털이 나 있었다. 그의 어깨는 널찍하니 균형이 잘 잡혀 있었고, 단추를 풀어 헤친 군용 외투 속에는 깃을 세운 붉은 셔츠가 보였다. 현관 난간에 팔꿈치를 기댄 채 손에 담배를 들고 형 앞에 서 있을 때, 그의 얼굴과 몸짓에는 천진난만한 기쁨이 깃들어 있었다. 한없이 바라보고 싶다는 생각이 들 정도로 멋진 소년이었다. 그는 형을 만난 것이 무척이나 기뻤고, 형을 영웅이라고 생각하며 존경과 긍지를 느끼면서 바라보고 있었다. 그러나 형이 프랑스어를 말하는 능력과 상류계급과 어울리며 사교춤을 추는 능력이 결여되어 있다는 점이 그에겐 다소 부끄럽게 느껴졌다. 그리고 가능하다면 형에게 그것을 가르쳐주고 싶다는 생각을 품고 있었다(그러나 동생 역시 그런 능력을 갖추고 있지 못했다). 이런 생각은 미소년들을 좋아해 명절날 그들을 초대했던, 페테르부르크의 어느 귀족 부인의 저택과 모스크바의 어느 상원의원 저택에서 열린 무도회에서 그가 느꼈던 것이었다.

7

한동안 이야기를 나누고 비록 서로가 사랑하고 있지만 뭔가 공통적인 것이 적다는 것을 인식한 두 사람은 일상생활 속에서 자주 경험하는 감정을 느낀 후 상당히 오랫동안 침묵했다.

"자, 그럼 짐을 가져와라. 이제 떠나자." 형이 말했다.

동생은 갑자기 얼굴을 붉히면서 우물쭈물거렸다.

"세바스토폴로 곧장 가는 거예요?" 그는 잠시 침묵하다가 물었다.

"응, 그래. 너 짐 별로 없지. 짐 챙겨라."

"좋아요! 지금 떠나요." 동생은 길게 한숨을 쉬고 대합실로 들어갔다.

그러나 그는 문을 열지 않고 현관에 서서 처량하게 머리를 떨어뜨리고 깊은 생각에 잠겼다.

'지금 곧장 세바스토폴로, 그 지옥 같은 곳으로 간단 말이야. 무섭다! 그러나 어차피 마찬가지다. 언제 가든 가기는 가야 한다. 그래도 지금은 형하고 같이 가는 게 아닌가…….'

문제는 지금 짐마차에 앉게 되면 내리지도 못하고 그냥 세바스토폴로 가게 된다는 것이었다. 더 이상 어떤 우연한 사건도 그를 이곳에 잡아둘 수 없게 됐다는 것이 그로 하여금 다가올 위험에 대해 깊이 생각하게 만들었다. 위험한 상황이 가까이 다가오고 있다고 생각하니, 그의 마음은 불안해졌고 동요하기 시작했다. 그러나 그는 마음을 진정시키고 대합실 안으로 들어갔다. 십오 분이 지나도록 동생이 나오지 않자, 형은 그를 불러내려고 대합실 문을 열고 들어갔다. 동생 코젤리초프는 잘못을 저지른 학생처럼 풀이 죽은 채, P 시에서 온 장교와 이야기를 주고받고 있었다. 형이 문을 열었을 때, 그는 완전히 정신이 나간 상태였다.

"금방 나갈게요!" 그는 형에게 손을 흔들면서 말했다. "거기서 좀 기다려요."

일 분이 지나자 동생은 밖으로 나왔다. 그리고 한숨을 쉬면서 형에게 다가갔다.

"형 그런데, 나 형하고 같이 갈 수 없어." 그가 말했다.

"뭐라고? 그게 무슨 소리냐!"

"형에게 모두 사실대로 말할게, 미샤(미하일의 애칭—옮긴이) 형! 우리 일행 중에는 돈을 가진 사람이 하나도 없었어. 그래서 우리는 P 시에서 온 준대위에게 빚을 졌어. 창피해 죽겠어!"

형은 얼굴을 찌푸리고 오랫동안 침묵했다.

"너 빚을 많이 졌니?" 그는 천천히 동생을 바라보면서 물었다.

"응, 많아……. 근데, 아주 많지는 않아. 하지만 너무 창피해. 세 번째 역참에서 그 사람이 나 대신 계산을 했고, 내가 그 사람 설탕도 썼고…… 그래서 어떻게 해야 될지 모르겠어……. 게다가 카드게임을 했는데…… 그 사람한테 적지 않은 빚을 졌어."

"아이고 이 못된 놈 같으니, 볼로쟈(블라디미르의 애칭—옮긴이)! 그래 나를 만나지 못했으면 어떻게 할 뻔했니?" 형은 그를 쳐다보지도 않고 엄하게 말했다.

"내가 세바스토폴에 도착하면 부임수당을 받아서 갚으려 했지. 그렇게 할 수 있잖아? 그러니까 내일 그 사람하고 함께 떠나는 게 좋을 것 같아."

형은 지갑을 꺼낸 후, 약간 손을 떨면서 10루블짜리 지폐 두 장과 3루블짜리 지폐 한 장을 꺼냈다.

"여기 이게 내 돈 전부다." 그는 말했다. "네가 진 빚이 얼마나?"

형 코젤리초프가 그것이 자기가 가진 돈의 전부라고 말했지만, 사실은 진실이 아니었다. 그는 만약의 경우를 대비해 소맷귀에 꿰매 둔 금화 네 닢을 갖고 있었다. 그러나 그는 어떤 일이 생겨도 이 돈만은 쓰지 않겠다고 맹세했던 것이다.

그는 동생 코젤리초프가 카드게임에서 P 시에서 온 장교에게 진 빚과 설탕 값을 합쳐 8루블밖에 되지 않는다는 것을 알았다. 형은 돈을 건네면서 돈이 없을 때는 카드게임을 하면 안 된다고 타일렀다.

"무슨 카드게임을 했었니?"

동생은 아무 대답도 하지 않았다. 형의 질문은 동생에게 자신의 정직함을 의심하는 것같이 들렸다. 자기 자신에 대한 분노, 의심을 불러일으킨 자신의 행동에 대한 수치심, 그리고 자신이 그렇게도 좋아했던 형으로부터 받은 모욕이, 감수성 강한 그에게 병적인 감정을 불러일으켰다. 목구멍까지 치밀어 오른 슬픔이 더 이상 참을 수 없는 상태가 되었다는 것을 느끼면서, 동생은 아무 말도 하지 않았다. 그는 돈을 쳐다보지도 않은 채 받아 들고 친구들에게 갔다.

8

두반카야에 있는 다리 위에서 술을 팔고 있는 병사에게 보드카 두 잔을 사 마시고 기운을 차린 니콜라예프는 말고삐를 잡아당겼다. 마차는 벨리베크를 가로질러 세바스토폴로 향하는 군데군데 그늘지고 돌이 많은 길을 따라 질주했다. 형제는 상대방에 대해 생각하면서 서로의 다리를 부딪치면서도 굳게 입을 다물고 침묵했다.

'형이 왜 나를 모욕했을까?' 동생은 생각했다. '형이 정말 그런 말을 하지 않을 수가 없었단 말인가? 형은 내가 마치 도둑놈인 것처럼 생각했던 것 같아. 게다가 지금도 화가 나 있는 것 같아서 영원히 화해를 하지 못할 것 같아. 그렇지만 우리가 함께 세바스토폴로 간다는 것은 너무나 기분이 좋아! 두 형제가 서로 의좋게 적군과 싸우는 것이다. 나이 많은 형은 교육을 많이 받지는 못했지만 용감한 군인이고, 동생은 젊지만 멋진 군인이다 ……. 일주일만 지나면 모든 사람에게 내가 더 이상 풋내기가 아니라는 것을 증명해 보일 거야! 나는 더 이상 얼굴도 붉히지 않고, 대장부의 얼굴로 바뀌겠지. 콧수염도 많지는 않지만 그때

쯤이면 상당히 자랄 거야.' 동생은 양쪽 입가에 난 솜털 같은 콧수염을 쓰다듬었다. '어쩌면 우리가 그곳에 도착하자마자 형과 함께 전투에 참가할지도 몰라. 형은 틀림없이 당당하고 용감할 거야. 형은 말을 많이 하지 않으면서도 다른 사람들보다 훨씬 더 임무를 잘 수행할 거야. 내가 알고 싶은 것이 있는데,' 그는 계속 생각했다. '나를 마차 맨 끝자리에 앉힌 것이 고의적인 것일까, 아닐까? 형은 내가 거북해하고 있다는 걸 알면서도 모른 체하는 것 같아. 자, 우리는 이제 곧 도착할 거야.' 그는 자신이 거북해하고 있다는 것을 형이 눈치채지 못하게 하려고 마차 끝자리에서 꼼짝하지 않고 앉아서 다시 생각에 잠겼다. '이 길로 곧장 방어선으로 가서 나는 총을 들고 형은 중대를 지휘하는 거야. 그리고 우리는 함께 진군하겠지. 프랑스 병사들이 느닷없이 우리한테 달려들 거야. 나는 총을 쏘고 또 쏴. 수많은 적군들이 쓰러져. 총을 쏘고 있는 나에게 그들이 달려들어. 더 이상 총을 쏠 수 없게 돼. 이제는 가망이 없어. 그때 갑자기 형이 군도를 휘두르며 내 앞으로 달려와. 그러자 나는 다시 총을 들고 병사들과 함께 달려가. 프랑스 군인들이 형에게 달려들어. 그 순간 내가 뛰어들어 프랑스 군인을 한 놈 한 놈 처치하고 형을 구해내게 돼. 한 손을 부상당했지만 나는 다른 손으로 소총을 들고 돌진해. 이때 형이 내 옆에서 총에 맞아 쓰러져. 나는 잠시 멈추어 서서 슬프게 형을 바라보며 흥분해 소리를 질러. 나를 따르라, 복수를 하자! 이 세상에서 내가 그 누구보다도 사랑하는 형을 잃었다. 복수를 하자, 적군을 섬멸하자. 우리 모두가 여기서 전사할 각오를 하고! 모두들 소리를 지르며 나를 따라 돌진해. 그러자 펠리시예(세바스토폴 전투에서 프랑스군을 이끌었던 프랑스 장군―옮긴이)를 포함해 그곳에 있는 모든 프랑스 군대가 달려나와 우리를 대적해. 아군이 그들을 무찌르지만 이제 나도 두세 번 부상을 입고 쓰러져. 그들 모두가 내게 달려들어. 고르차코프(세바스토폴 전투 중 크림군 총사령관을 역임한 인물―옮긴이)가 달려와서 내 소원이 무엇이냐고 물어. 나는 아무것도 원하는 것이 없어. 다만 한 가지 소원이 있다면, 형 옆에 드러누워 함께 죽고 싶다고 말해. 그러자 모두들 나를 운반해 피투성이가 된 형의 시신 옆에 놓아줘. 나는 몸을 반쯤 쳐들고 이렇게 말하는 거야. 그래, 당신들은 진실로 조국을 사랑했던 이 두 사람의 진가를 이해하지 못할 것이다. 지금 이 두 사람은 여기서 죽어간다……. 하나님 이들을 용서하소서!'

이런 공상이 얼마만큼 실현될 것인지는 아무도 모른다!

"형, 육탄전 해본 적 있어?" 형과 이야기하고 싶지 않았던 것을 까맣게 잊고 동생은 갑자기 형에게 물었다.

"아니, 아직은 한 번도 해보지 못했어." 형이 대답했다. "우리 연대에서 2천 명이나 희생당했는데 모두가 작업하다가 그렇게 됐어. 나도 작업하다가 부상당했어. 전쟁은 네가 생각하는 것과 전혀 달라, 볼로쟈!"

'볼로쟈'라고 부르는 말이 동생을 감동시켰다. 그는 자기를 모욕하려는 생각이 털끝만큼도 없는 형에게 해명하고 싶은 마음이 들었다.

"미샤 형, 나한테 화난 건 아니죠?" 그는 잠시 침묵한 후 말했다.

"무엇 때문에 화를 내?"

"아냐, 그냥. 아까 우리 사이에 있었던 일 때문에, 됐어."

"전혀 그렇지 않아." 형은 동생에게 몸을 돌리고 그의 다리를 가볍게 두드리면서 말했다.

"내가 형을 화나게 했다면 용서해줘. 미샤 형."

그리고 동생은 갑자기 눈에 고이는 눈물을 감추려고 얼굴을 돌렸다.

9

"저게 세바스토폴이야?" 동생이 말했다. 산등성이에 올라가자 그들 앞에는 돛대가 달린 선박들이 늘어서 있는 항만, 멀리 적군의 함대가 떠 있는 바다, 하얀 해안가 근처에 있는 포병 부대, 병영, 수도관, 도크, 그리고 시가지 건물들이 펼쳐졌다. 흰빛과 연보랏빛의 연기가 도시를 감싸고 있는 누런 산을 따라 끊임없이 피어오르고, 칙칙한 수평선으로 지고 있는 장밋빛 석양이 빛을 발하고 있었다.

볼로쟈는 떨리는 기색 없이 오랫동안 자신이 상상했던 바로 그 무시무시한 곳을 바라보았다. 그의 마음에는 오히려 심미적 기쁨이 가득했고, 이제 반시간만 지나면 그곳에 도착하게 된다는 영웅적 자기만족을 느끼면서 이 황홀하고 진기한 전경을 바라보았다. 그는 연대와 중대의 배치 장소를 반드시 숙지할 필요가 있었기 때문에 세베르나야에 도착하기 전까지 주의를 집중해 형이 근무할 연대의 마차 대열을 바라보고 있었다.

마차 대열을 지휘하는 장교는 수병들의 가족들이 건립한 소위 **신도시**라고 부르는 널빤지로 만든 막사 근처에 거주하고 있었다. 그 막사들은 완전히 건조되지 않은 떡갈나무 가지를 얽어서 만든 큼지막한 천막과 나란히 있었다.

형제는 누렇게 더럽혀진 셔츠를 입고 접었다 폈다 하는 식탁 앞에 앉아서 큰 묶음의 지폐를 세고 있는 어떤 장교를 만났다. 식탁 위에는 담배꽁초를 쑤셔놓은 식은 찻잔, 보드카와 얇게 썬 빵과 마른 철갑상어 알이 담긴 쟁반이 놓여 있었다. 그런데 이 장교의 인품이나 대화하는 태도에 대해 말하기 전에, 그의 막사 내부를 자세히 살펴봄으로써 그의 생활상과 근무방식에 대해 미리 알아둘 필요가 있다. 상당히 크고 튼튼하며 편리한 구조를 갖춘 새로 만든 막사에는 널빤지로 서툴게 만든 식탁과 의자가 놓여 있었다. 마치 장성급과 연대장들을 위해 만든 것처럼, 막사의 옆면과 위쪽은 나뭇잎이 떨어지는 것을 방지하기 위해 세 조각의 양탄자로 둘러싸여 있었다. 비록 볼품은 없었으나, 그 양탄자는 아마도 값비싼 새 양탄자임에 틀림 없었다. 말을 탄 여자 기수 문양이 수놓인 양탄자 아래쪽에는 철제 침대가 놓여 있었고, 그 위에는 부드러운 견직물로 만든 선홍색 이불, 닳아서 너덜거리고 지저분한 가죽 베개, 그리고 너구리가죽 외투가 놓여 있었다. 식탁 위에는 은테를 두른 거울, 은으로 만든 상당히 불결해 보이는 솔, 뿔로 만들어져 있고 기름기에 전 머리털이 끼어 있는 이가 빠진 빗, 은촛대, 금빛을 띠는 붉은 라벨이 붙어 있는 술병, 표트르 1세의 초상화가 그려져 있는 금시계, 금반지 두 개, 어떤 뇌관이 들어 있는 작은 상자, 빵 껍질, 그리고 여기저기 카드가 흩어져 있었다. 침대 밑에는 영국산 흑맥주 빈 병과 따지 않은 흑맥주 병들이 놓여 있었다. 이 장교는 연대의 마차 대열과 말 사료를 관리하고 있었다. 그는 자신의 가장 친한 친구와 함께 기거하고 있는데, 중개상인인 그의 친구는 상거래 일을 담당하고 있었다. 두 형제가 들어섰을 때, 중개상인은 막사 안에서 잠을 자고 있었고, 마차 대열 담당 장교는 월말을 앞두고 공금을 계산하고 있었다. 마차 대열 담당 장교는 굉장한 미남이었고 늠름해 보였다. 후리후리한 키에 콧수염을 기른 그는 고매하며 품위가 있어 보였다. 그러나 땀이 밴 듯한 얼굴과 자그마한 회색빛 눈을 덮은 붓기(그는 온몸에 흑맥주를 부은 것 같았다)와 끈적끈적한 기름을 바른 머리털에서부터 담비가죽 단화를 신은 큼지막한 발에 이르기까지 모든 것이 무척이나 불결하고 보기 흉하다는 인상을 주었다.

"돈이구나, 돈!" 형 코젤리초프가 막사로 들어와서 자신도 모르게 욕심을 품은 눈빛을 하고 돈 뭉치를 바라보며 말했다. "절반만 꿔줬으면 좋겠는데요, 바실리 미하일르이치!"

마차 대열 담당 장교는 도둑질을 하다가 발각된 사람처럼 앉아서 돈을 긁어모은 후, 얼굴을 찡그리고 손님을 바라보며 고개를 숙여 인사했다.

"아이고, 내 돈이라면 얼마나 좋겠나……. 이 돈은 공금이야! 그런데 자네하고 함께 온 사람은 누구야?" 그는 옆에 있는 상자 속에 돈을 감추고, 볼로쟈를 똑바로 쳐다보면서 말했다.

"얘는 내 동생인데, 군사학교에서 이리로 오는 길입니다. 그리고 우리 연대가 어디에 주둔하고 있는지 알아보려고 들렀습니다."

"앉으시오." 그는 손님을 쳐다보지도 않고 일어나 천막 속으로 들어가면서 말했다. "뭐 좀 마시지 않겠소? 흑맥주는 어떻소?" 그는 천막 안에서 말했다.

"방해가 되지는 않았습니까, 바실리 미하일르이치!"

몸집이 큰 마차 대열 담당 장교가 그들을 대하는 태도에는 조심성이 없는 반면, 형이 그에게 공손하게 대하는 것을 보고 볼로쟈는 몹시 놀랐다.

'틀림없어, 이 사람은 모든 사람들로부터 존경을 받는 장교일 거야. 아마도 순수하고 아주 용감하며 손님 대접하는 것을 좋아하는 사람일 거야.' 그는 공손히 소파에 앉으면서 생각했다.

"그런데 우리 연대는 도대체 어디에 주둔하고 있습니까?" 형이 천막에다 대고 물었다.

"뭐라고?"

그는 되물었다.

"오늘 제이페르가 나한테 왔었는데, 그 사람 말로는 어제 제 5방어선으로 이동했다고 그러던데."

"확실한가요?"

"아마도 내 말이 틀림없을 거야. 그런데 누가 알아? 그 작자는 거짓말을 밥 먹듯 하는 사람이니! 자, 흑맥주 한잔 합시다." 마차 대열 담당 장교는 계속해서 천막 속에서 말했다.

"그럼, 자네도 한잔 하지, 오시프 이그나티이치?" 그는 천막 속에서 계속 말했다. 잠을 자고 있는 중개상인에게 말하는 것 같았다. "자, 이제 그만 자게. 벌써 여덟 신데."

"아니 왜 그래! 난 자고 있지 않았어." 이그나티이치는 느리고 가는 목소리로 기분이 좋은 듯 L자를 R자로 흐릿하게 발음하면서 대답했다.

"어서 일어나, 자네가 없으니까 지루해서 그러는 거야."

그리고 마차 대열 담당 장교는 손님이 있는 곳으로 나왔다.

"흑맥주 가져와, 심페로폴!" 그는 소리쳤다.

거만한 표정의 졸병은 막사 안으로 들어와 장교를 툭 밀치면서 흑맥주를 내놓았다.

"그런데," 마차 대열 담당 장교는 흑맥주를 컵에 따르면서 말했다. "신임 연대장이 부임했는데, 병사들에게 지급할 돈이 필요하대."

"제 생각에 그분은 새 시대의 특별한 인물인 것 같습니다." 코젤리초프는 정중하게 술잔을 잡으면서 말했다.

"그래, 새 시대 인물이지! 그런데 아주 구두쇠인 것 같아. 전임 연대장은 우렁찬 목소리로 연대를 지휘했는데, 이번 연대장은 마치 노래를 부르는 것 같아. 그럴 필요가 없는데."

"그건 그래요."

동생은 그들이 무슨 이야기를 하는지 도무지 알아들을 수가 없었다. 그러나 형은 자신이 생각하고 있는 것을 말하는 것이 아니라, 이 장교가 흑맥주를 대접하고 있으니까 그냥 맞장구를 치고 있는 것이라고 어렴풋이 짐작했다.

흑맥주 병은 이내 비워졌고 대화는 그런 식으로 상당히 오랫동안 지속되었다. 이때 막사 커튼이 젖혀지면서, 키가 그리 크지 않고 훤칠하게 생긴 장교가 들어왔다. 그는 여러 무늬가 수놓인 파란색 비단 실내복을 입고 붉은 테와 휘장이 달린 모자를 쓰고 있었다. 검은 콧수염을 쓰다듬으면서 양탄자를 바라보던 그는 장교들이 경례를 하자, 어깨를 살짝 움직여 예의를 표했다.

"한 잔 주게나, 나도 한 잔 마셔야지!" 그는 식탁 옆에 앉으면서 말했다. "이건 뭐야. 젊은이, 자네 페테르부르크에서 왔나?" 그는 볼로쟈를 바라보면서 상냥하게 말했다.

"네, 그렇습니다. 세바스토폴로 가는 길입니다."

"자원했나?"

"네."

"열의가 대단하군, 그런데 난 도대체 이해할 수가 없어!" 중개상인이 말했다. "허락만 한다면 나는 당장 걸어서라도 페테르부르크로 떠날 거야. 이런 개 같은 생활은 정말 질색이야!"

"왜 당신은 이곳을 싫어하시는 겁니까?" 형 코젤리초프가 그를 쳐다보며 물었다. "어째서 이곳의 삶이 당신에게 정상적인 삶이 아니라고 생각하십니까?"

중개상인은 그를 쳐다보고는 얼굴을 돌렸다.

"이렇게 위험하고('세베르나야에 앉아 있으면서 위험하다느니 어쩌느니 말하고 있으니'라고 코젤리초프는 생각했다.) 궁핍한 생활 속에서는 얻는 것이 하나도 없습니다." 그는 볼로쟈만을 쳐다보면서 말을 계속했다. "그리고 당신네들의 의욕은 대단한 것이지만 나는 당신네들을 이해할 수가 없소. 이익이 되는 어떤 것이라도 있다면 모르지만, 이게 뭐냔 말이오. 그래, 당신 나이에 느닷없이 불구자가 되어 한평생을 지낸다면 좋겠소?"

"돈이 필요해서 이곳에 근무하는 사람도 있고, 명예를 위해서 근무하는 사람도 있습니다!" 형 코젤리초프는 화가 난 목소리로 끼어들었다.

"먹을 것도 없는 판에 명예가 무슨 소용이 있습니까!" 중개상인은 경멸하는 듯이 웃으면서 마차 대열 담당 장교를 향해 말했다. 그러자 마차 대열 담당 장교도 함께 웃었다.

"이봐, 〈루치야〉 한 곡 좀 틀어보게, 우리가 들을 테니." 그는 축음기 박스를 가리키면서 말했다. "나는 그 곡이 좋아……."

"그런데 형, 바실리 미하일르이치는 좋은 사람이야?" 어둠이 짓든 후, 막사에서 나와 세바스토폴로 마차를 몰고 한참 가다가 볼로쟈가 형에게 물었다.

"아니, 그자는 단지 지독한 구두쇠에 불과해. 지독한 놈이지! 그놈은 한 달에 적어도 300루블은 벌 거야! 그런데도 돼지처럼 생활하고 있어, 너도 봤잖아? 그리고 그 중개상인이란 놈, 내가 그냥 놔두지 않을 거야. 언젠가 한번 두들겨 패줄 거야. 터키에서 온 그 사기꾼 놈은 1,012루블이나 벌었어……." 그리고 코젤리초프는 고리대금업에 대해 (솔직히 말해) 어떤 특별한 악감정을 품고 장황하게 이야기하기 시작했다. 그는 고리대금업 자체가 악이기 때문에 그것을 비난하는 것이 아니라, 고리대금업을 하면서 이익을 보는 사람들이 존재한다는 것에 대해 개탄하고 있었다.

10

거의 한밤중이 다 되어 항만에 걸쳐 있는 커다란 다리 근처로 다가갔을 때 볼로쟈의 기분은 썩 나쁘지는 않았으나, 무엇인지 모를 답답함이 가슴속에 밀려들었다. 그가 이제까지 보고 듣고 경험했던 것들―쪽나무로 마루를 깐 밝고 큼직한 군사학교의 심사실, 유쾌하고 선량한 동료들의 말소리와 웃음소리, 새 제복, 7년 동안 익숙하게 보아왔던 황제, 그리고 작별할 때 눈물을 흘리면서 자신들을 그의 아들이라고 불렀던 다정한 황제―에 대해 느끼던 감정과는 거리가 멀었다. 그가 꿈꾸었던 고상하고 멋진 무지갯빛 상상과는 전혀 다른 것이었다.

"자, 이제 다 왔다!" 미하일로프스카야 포병 중대 근처에 도착한 후 짐마차에서 내리면서 형이 말했다. "다리를 통과해도 좋다는 허락이 떨어지면 곧장 니콜라예프스카야 병영으로 가자. 너는 아침까지 그곳에 있어. 나는 연대로 가서 네가 근무할 포병 중대가 어디에 있는지 알아보고 내일 너를 데리러 올게."

"왜 그래? 같이 가는 게 좋지 않아?" 볼로쟈가 말했다. "나도 형하고 함께 방어선에 갈래. 뭐, 매일반 아닌가. 익숙해질 필요도 있고. 형이 가는 곳은 나도 갈 수 있어."

"가지 않는 게 좋겠다."

"아니야, 형 제발. 나도 어느 정도는 알고 있어……."

"가지 말라는 내 충고를 들어, 그렇지 않으면……."

하늘은 맑고 어두웠다. 별과 끊임없이 날아가는 포탄과 탄환의 불꽃은 어둠 속에서 빛을 발하고 있었다. 회색의 커다란 포병 중대 건물과 다리가 시작되는 곳이 어둠 속에서 모습을 드러냈다. 대포가 발사되는 소리와 폭발하는 소리가 문자 그대로 매초마다, 때로는 연속해서 때로는 일시에, 아주 큰 소리를 내며 대기를 진동시키고 있었다. 굉음이 울려 퍼지는 뒤편 항만에서 흘러나오는 음울한 파도 소리가 마치 포탄 소리에 맞장구를 치고 있는 듯했다. 바다에서 바람이 불어왔고 습한 냄새가 풍겼다. 형제는 다리가 있는 곳으로 다가갔다. 어떤 비정규 군인이 서투르게 총을 겨누면서 소리쳤다.

"누구냐?"

"군인이다!"

"통과할 수 없다!"

"그럴 리가 있나! 우리는 통과해야 한다."

"장교님께 요청하시오."

닻 위에 앉아 졸고 있던 장교가 일어나면서 통과시키라고 명령했다.

"저쪽에서 이리로 오는 것은 안 되지만, 저쪽으로 가는 것은 괜찮아. 근데 다들 한꺼번에 어디로 가는 거야!" 장교는 입구로 몰려드는 흙 포대를 잔뜩 실은 짐마차들을 향해 소리쳤다.

제1가교로 내려가던 도중에 형제는 큰 소리로 이야기하며 걸어오고 있는 병사들과 마주쳤다.

"탄약을 받았으니까, 이제 상황은 완전히 달라질 거야. 그러니까……."

"어이, 이보게!" 다른 사람의 목소리가 들렸다. "세베르나야로 가봐, 완전히 딴판이야! 분위기가 완전히 달라."

"더 말해봐!" 첫 번째 병사가 말했다. "바로 얼마 전에 지랄 같은 포탄이 날아와서 수병 두 명의 다리를 부러뜨렸지. 그러니 더 지껄이지 않는 게 좋을 거야."

형제는 제1가교를 통과하고 여기저기에 물이 고여 있는 제2가교 입구에 멈춰 서서 짐마차가 오기를 기다렸다. 들판에서 약하게 느껴졌던 바람이 이곳에서는 매우 세찼다. 통나무 교각에 부딪히며 소음을 내는 파도가 닻과 굵은 닻줄 위에서 여러 갈래로 흩어지면서 발판을 적셨다. 오른편에는 안개 속 검은 바다가 지평선 너머 회색빛을 발하고 있는 별들로부터 분리된 채, 끝없이 평평하고 검은 선을 그리며 술렁거렸다. 저 멀리 어디선가 적군 함대에서 불빛이 새어 나왔다. 왼편에는 아군 군함의 무리가 검게 보였고, 군함의 뱃전을 때리는 파도 소리가 들려왔다. 세베르나야에서 소음을 내면서 빠른 속도로 움직이고 있는 기선도 보였다. 기선 근처에서 폭발한 포탄 불꽃이 갑판에 높게 쌓인 흙포대와 그 위에 서 있는 두 사람, 그리고 하얀 포말과 기선이 가르는 물보라를 순간적으로 비추었다. 다리 가장자리에는 수병 한 사람이 셔츠만을 걸친 채, 발을 물속에 드리우고 앉아서 가교를 수리하고 있었다. 앞쪽에 보이는 세바스토폴 상공에서는 불꽃들이 서로 교차하면서 무시무시한 굉음을 냈다. 파도가 가교 오른편을 치면서 튀어 올라 볼로쟈의 발을 적셨다. 병사 두 명이 가교 위에 고인 물웅덩이를 첨벙거리면서 그의 옆을 지나갔다. 갑자기 무엇인지 꽝 하고 폭발하면서 앞쪽에 펼쳐진 가교와 그 위로 지나가는 짐마차들, 그리고 기병대원들을 밝게 비추었고, 그와 동시에 파편들이 소리를 내며 바닷물 속으로 떨어지면서 거품을 일으켰다.

"미하일 세묘느이치!" 어떤 기병이 형 코젤리초프 앞에서 말을 멈추고 말했다. "벌써 다 회복되셨나요?"

"보시다시피 다 나았소. 그런데 당신은 어디로 가는 길이오?"

"탄약을 가지러 세베르나야로 갑니다. 오늘은 연대 부관 대신 제가 갑니다……. 아군은 이제나저제나 돌격 명령을 기다리고 있는데…… 병사의 탄약통에 탄환이 다섯 발씩밖에 없었거든요. 이는 아주 훌륭한 조치입니다!"

"그런데 마르초프는 어디 있소?"

"어제 한쪽 다리를 절단했습니다……. 시내에 있는 병실에 누워 있어요……. 어쩌면 그를 만날 수 있을 겁니다. 야전병원에 있으니까요."

"우리 연대가 제5방어선에 있다는데, 정말입니까?"

"예, M 연대와 교체했습니다. 야전병원을 방문해보세요. 우리 연대의 병사들도 있는데, 당신을 안내할 겁니다."

"참, 모르스카야에 있는 내 숙소는 온전합니까?"

"아이고, 웬걸요! 오래전에 폭탄 세례를 받아 모두 부서졌어요. 당신은 지금의 세바스토폴을 알아보지 못할 겁니다. 여인들과 선술집, 그리고 음악 같은 것은 이제 흔적도 없어요. 어제 마지막으로 다들 소개했어요. 지금은 아주 황량해요……. 그럼, 이만 가보겠습니다!"

그리고 기병 장교는 황급히 말을 몰고 떠났다.

볼로쟈는 갑자기 공포를 느꼈다. 지금 당장이라도 포탄이나 파편이 날아와 그의 머리를 정통으로 맞힐 것 같은 생각이 들었다. 축축한 습기를 머금은 어둠, 갖가지 소리들, 그리고 특히 투덜대는 듯한 파도 소리가 마치 그에게 '더 이상 앞으로 가지마라, 어떤 좋은 것도 너를 기다리고 있지 않다, 너의 다리는 항만 너머 러시아 땅을 다시는 밟지 못할 것이다, 지금이라도 당장 돌아서서 무시무시한 죽음의 공간으로부터 될 수 있는 한 멀리 피해라'라고 말하는 것 같았다. '그러나 어쩌면 이미 늦었을지도 몰라. 벌써 다 결정된 거야.' 한편으로는 이런 생각을 하면서 또 다른 한편으로는 군화 안으로 새어 들어와 발을 적시는 바닷물 때문에 그는 온몸을 떨었다.

볼로쟈는 한숨을 쉬고 형으로부터 조금 물러섰다.

"하나님, 저를 죽이시렵니까? 정말 저를? 하나님, 저를 불쌍히 여겨주시옵소서!" 그는 나지막이 소곤대면서 성호를 그었다.

"볼로쟈! 자, 가자." 짐마차가 다리 위에 접어들었을 때 형이 말했다. "포탄을 봤지?"

형제는 다리 위에서 부상병들과 흙 포대를 실은 여러 대의 짐마차와 마주쳤다. 그중에서 가재도구를 잔뜩 실은 한 대는 여자가 몰고 있었다. 다리 저편에서는 아무도 그들의 통행을 저지하지 않았다.

형제는 본능적으로 니콜라예프스키 연대의 방어벽에 몸을 기대고 머리 위에서 터지고 있는 포탄 소리와 공중에서 떨어지는 파편 소리를 들으면서, 아무 말 없이 포병 중대가 있는 곳으로 접근했다. 포병중대가 주둔한 곳에는 성상이 놓여 있었다. 그곳에서 형제는 볼로쟈가 군무해야 할 제5경포병 부대가 코라벨리나야에 주둔하고 있다는 사실을 알게 되었다. 그리고 그들은 비록 위험하지만 형이 근무할 제5방어선으로 가서 함께 하룻밤을 보내고, 다음 날 아침에 포병 중대로 가기로 결정했다. 좁은 길로 들어서자, 병사들이 포병 중대의 방어벽에 몸을 붙인 채 쭈그리고 앉아 잠을 자고 있었다. 형제는 병사들의 다리를 넘어 마침내 야전병원에 도착했다.

11

그들은 환자들이 누워 있는 첫 번째 방으로 들어갔다. 침대가 나란히 놓여 있는 그 방에는 병원 특유의 무척 꺼림칙하고 독한 냄새가 배어 있었다. 그들은 마음씨가 착해 보이는 간호사 두 명과 마주쳤다.

쉰 살가량 되어 보이는 간호사는 검은 눈동자에 근엄한 표정을 짓고서 붕대와 가제를 들고 그녀를 따라다니는 소년 위생병에게 무엇인가를 지시하고 있었다. 스무 살가량 되어 보이는 금발의 젊은 간호사는 얼굴빛이 하얗고 부드러운 표정에 무척이나 예뻤다. 흰 모자 밑으로 보이는 그녀의 얼굴에는 왠지 모를 애처로움이 깃들어 있었다. 앞치마 주머니에 두 손을 넣고 고개를 수그린 채 나이 많은 간호사 옆에서 걷고 있는 그녀는 마치 나이 많은 간호사로부터 뒤처지는 것을 두려워하고 있는 것 같았다.

코젤리초프는 그들에게 어제 다리를 절단한 마르초프가 어디에 있는지 물었다.

"P 연대 분이시죠?" 나이 많은 간호사가 물었다. "친척이세요?"

"아니요, 동료입니다."

"그렇군요! 이분들을 안내해드려." 그녀는 프랑스어로 젊은 간호사에게 말했다. "이리로 오세요." 그녀는 위생병과 함께 부상병이 있는 곳으로 향했다.

"가자, 뭘 그렇게 쳐다보니!" 눈썹을 치켜세우고 고통스러운 표정을 지으면서 그곳을 떠나지 못하고 있는 볼로쟈에게 형이 말했다. "자, 가자."

볼로쟈는 형을 따라가며 계속해서 사방을 둘러보다가 무의식적으로 이렇게 말했다.

"아이고, 하나님 맙소사! 아이고, 하나님!"

"이곳에 온 지 얼마 안 되나 봐요?" 한숨을 짓고 탄식하며 그들을 따라가는 볼로쟈를 가리키며 간호사가 형 코젤리초프에게 물었다.

"예, 지금 막 도착했습니다."

미모의 간호사는 볼로쟈를 쳐다보더니 갑자기 울음을 터뜨렸다.

"오 하나님, 이 모든 것이 언제 끝난단 말입니까!" 그녀는 절망적인 목소리로 말했다.

그들은 장교 전용 입원실로 들어섰다. 마르초프는 팔꿈치까지 힘줄이 불거진 손을 머리 위에 얹고 있었다. 통증을 느끼면서도 이를 악물고 소리 지르지 않으려는 표정인 그는 누렇게 뜬 얼굴을 하고 드러누워 있었다. 양말을 신은 그의 한쪽 발이 이불 밖으로 삐져나와 있었다. 그는 발작을 하면서 발가락을 꼼지락거렸다.

"그래, 좀 어떠세요?" 간호사는 가늘고 부드러운 손으로 벗어진 그의 머리를 살짝 올리고, 베개를 고쳐주면서 물었다. 볼로쟈는 그녀의 손가락에 반지가 끼워져 있는 것을 보았다. "동료 분들이 면회 왔어요."

"당연히 아프지." 그는 화를 내며 말했다. "내버려둬요, 괜찮으니까!" 양말 속에서 그의 발가락이 더욱 빨리 움직였다. "안녕하세요! 그런데 죄송하지만 성함이 어떻게 되시나요?" 그는 코젤리초프를 쳐다보며 말했다. "아이고, 그렇지, 미안해요.

여기에 있으면 모든 것을 다 잊어버리게 되죠." 코젤리초프가 자기 이름을 대자 그는 말했다. "당신하고 함께 있었죠." 그는 귀찮다는 듯이 볼로쟈를 바라보며 반기는 기색도 하지 않고 말했다.

"이 사람은 내 동생인데, 지금 막 페테르부르크에서 도착했습니다."

"음! 난 여기서 **완벽하게** 근무했죠." 그는 얼굴을 찌푸리면서 말했다. "아, 너무 아프다! ……빨리 죽었으면 좋겠는데."

그는 발을 쳐들고 뭐라고 중얼거리더니 두 손으로 얼굴을 가렸다.

"이제 그만 나가주세요." 간호사는 눈물을 글썽거리며 조용히 말했다. "상태가 심각합니다."

형제는 세베르나야에 있을 때부터 함께 제5방어선으로 가기로 결정했었다. 그러나 니콜라예프스키 포병 중대에서 나오면서 그들은, 마치 쓸데없이 위험한 상황에 처할 필요가 없다는 것을 약속이나 한 듯, 아무 말도 하지 않고 가자 소속 부대로 가기로 했다.

"볼로쟈, 너 혼자 찾아갈 수 있지?" 형이 말했다.

"그리고 니콜라예프가 너를 바래다줄 테니 아무 일도 없을 거야. 나도 혼자 갈 거고, 내일 들를게."

마지막 작별을 고하며 헤어질 때 두 형제는 아무 말도 하지 않았다.

12

포성은 조금도 누그러지지 않고 계속되었고, 볼로쟈와 말없이 그의 뒤를 따라오는 니콜라예프가 함께 걷는 예카테리닌스카야 거리는 아주 한산하고 조용했다. 무참히 파괴된 큰 저택의 하얀 벽들이 이어져 있는 넓은 도로와 돌조각들이 사방에 널려 있는 보도만이 어둠 속에서 보일 뿐이었다. 가끔 병사들과 장교들이 눈에 띄었다. 해군 본부 근처에서 왼쪽으로 접어들자, 녹색 받침대로 받친 아카시아 가로수들과 흙먼지를 참혹하게 뒤집어쓴 잎사귀들이 벽 뒤편에서 타오르고 있는 밝은 불빛에 의해 비춰졌다. 볼로쟈는 숨을 헐떡이면서 그의 뒤를 따라오는 니콜라예프와 자신의 발소리를 선명하게 들을 수 있었다. 그는 아무것도 생각하지 않으려 했다. 미모의 간호사, 양말 속에서 꼼지락거리던 마르초프의 발가락, 어둠, 포탄, 그리고 갖가지 형태의 죽음 등이 그의 상상 속에 희미하게 떠올랐다. 젊고 감수성이 강한 그의 영혼은 움츠러들었고, 밀려드는 고독감과 위험에 직면한 순간 자신의 운명에 대한 타인의 무관심을 생각하면서 고통스러워했다. '죽음을 맞이하게 되면, 나 혼자 괴로워하며 고통스러워할 것이다. 어느 누구도 나를 위해 울어주지 않을 것이다!' 이전에 그가 명예롭게 생각했던 영웅적인 행동에 대한 공감과 그것을 실행하려 했던 활력은 어디론가 사라지고 이런 생각만이 그의 뇌리에 맴돌았다. 포탄들은 점점 더 가까운 곳에서 폭음을 내며 폭발했다. 니콜라예프는 침묵하며 한숨만 깊게 몰아쉬었다. 코라벨리나야로 향하는 다리를 건널 때 그는 어떤 물체가 폭음을 내면서 그로부터 멀지 않은 항만 쪽으로 날아가는 것을 보았다. 그 물체는 잠깐 동안 연보라색 물결을 환하게 비춘 후 사라지면서 물보라를 일으켰다.

"보세요, 아직 사라지지 않고 있어요!" 니콜라예프가 말했다.

"그래." 자신도 모르게 그는 예기치 않은 아주 가느다란 그리고 울먹이는 목소리로 말했다.

그들은 부상병을 실은 들것과 흙 포대를 실은 연대 짐마차들과 마주쳤고, 코라벨리나야에서는 어떤 연대와 마주쳤다. 말을 탄 병사들이 그들 옆으로 지나갔다. 그들 중 한 사람은 카자크 병을 대동한 장교였다. 말을 급히 몰던 그 장교는 볼로쟈를 보자 말을 멈추고 그의 얼굴을 잠시 들여다본 후, 다시 몸을 돌려 채찍을 휘두르며 멀리 가버렸다. '난 혼자다, 혼자야! 내가 존재하든 안 하든, 다른 사람들에겐 아무 상관이 없다.' 가엾은 소년은 겁에 질린 채 생각했다. 그는 진정으로 울고 싶어졌다.

그들은 어떤 하얀색 높은 벽을 지나 산등성이로 올라갔다. 그리고 포탄의 빛이 끊임없이 비추고 있는 길목으로 들어섰다. 그곳에는 파괴된 자그마한 집들이 있었다. 술에 취한 여자가 수병과 함께 작은 문에서 나오면서 그와 부딪쳤다.

"왜냐하면, 그 사람은 정말 멋진 사람이었거든요." 그녀가 중얼거렸다. "죄송합니다. 멋진 장교 나리!"

가엾은 소년의 마음은 한층 더 아팠다. 검은 수평선 위에서 섬광이 더 자주 번쩍였고, 포탄도 더 자주 쉭쉭 소리를 내면서 그의 근처에서 터졌다. 니콜라예프는 깊은 한숨을 쉬고 갑자기 말을 하기 시작했다. 볼로쟈에게 그의 목소리는 왠지 죽은 자가 말하는 것처럼 들렸다.

"시골에서 바삐 이곳으로 말을 달려왔는데, 달리고 또 달려서 왔는데, 어디 갈 데가 없네요! 약삭빠른 사람들은 그저 약간만 부상을 입어도 병원 신세를 지고 있어요. 그러니 그게 좋은 거죠, 더 이상 뭐가 필요합니까?"

"그래, 하지만 어쩌겠나. 형은 지금 건강해졌는데." 볼로쟈가 대답했다. 그는 대화를 통해서라도 자신을 사로잡고 있는 감정을 몰아내고 싶었다.

"건강하다고요! 아직도 환자예요, 건강하긴 뭐가 건강하단 말입니까! 멀쩡하게 건강한 사람들과 약삭빠른 사람들은 이런 때 병원에 처박혀 있답니다. 이런 곳에 있다는 것이 대체 뭐가 기쁘단 말입니까? 다리나 팔이 절단 나는 것이 고작일 텐데. 이건 정말 죄악입니다. 이곳 도시와는 달리 방어선은 정말 무시무시한 곳입니다. 모두들 기도하며 걷고 있어요. 젠장, 악마 같은 놈이 당신 옆을 지나가고 있어요." 니콜라예프는 가까이서 윙윙거리는 파편 소리에 주의를 기울이면서 말했다. "이번에도," 니콜라예프는 이야기를 계속했다. "장교님께서 당신을 모시고 가라고 당부했어요. 저희들의 일이란 빤한 것입니다. 명령을 받으면 이를 수행하는 거죠. 그런데 말입니다, 중요한 것은 제가 짐마차를 어느 사병한테 맡겨놓았다는 것입니다. 게다가 짐도 풀어놓은 채로 말입니다. 그래 놓고 니콜라예프, 가봐라, 가서 확인해. 만일 물건이 없어지게 되면, '니콜라예프, 다 네놈 책임이야'라고 말한단 말입니다."

몇 발짝을 더 걸어가자 광장이 앞에 보였다. 니콜라예프는 말없이 한숨을 쉬었다.

"저기가 장교님이 근무하실 포병 중대입니다!" 그가 불쑥 말했다. "초병한테 가서 물어보세요. 그가 잘 가르쳐줄 겁니다." 볼로쟈는 앞으로 걸어 나갔다. 니콜라예프의 한숨 소리가 더 이상 들리지 않았다.

이제 그는 자신이 완전히 혼자라는 것을 느꼈다. 죽음에 직면한 위험 앞에서 홀로 고독을 느끼게 되자, 그는 지독하게 무겁고 차가운 돌덩이가 가슴을 짓누르는 것 같았다. 그는 광장 한복판에 서서, 혹시 누가 자기를 보지나 않을까 하며 사방을 살피고, 두 손으로 머리를 감싸고 겁에 질린 상태에서 중얼거렸다. "하나님! 정말로 저는 겁쟁이인가요, 비겁하고 혐오스럽고 아무것도 아닌 겁쟁이인가요? 얼마 전까지만 하더라도 저는 조국과 황제를 위해서 기쁘게 목숨을 바치겠다고 생각했습니다. 그런 제가 명예롭게 죽을 수 없단 말입니까? 아닙니다. 저는 불행하고 가련한 존재입니다!" 그리고 볼로쟈는 자신이 느끼고 있는 환멸과 절망에 대한 진실한 감정을 품고 초병에게 다가가 포병 연대장의 숙소를 물은 뒤 그곳으로 향했다.

13

초병이 알려준 포병 연대장의 숙소는 마당이 있는 자그마한
이층집이었다. 종이를 발라 붙인 창문에서 촛불이 희미하게 비
쳤다. 졸병은 현관 계단에 앉아서 파이프 담배를 피우고 있었다.
그는 포병 연대장에게 보고를 하고 다시 나와 볼로쟈를 방 안으
로 안내했다. 두 창문 사이에 있는 깨진 거울 밑에 책상과 의자
몇 개가 놓여 있었고, 책상 위에는 공문서가 어질러져 있었다.
그리고 깨끗한 침구가 마련된 철제 침대가 놓여 있었고, 그 주위
에는 자그마한 양탄자가 깔려 있었다.

방문 근처에는 커다란 콧수염을 기른 잘생긴 상사가 군도를
차고 십자가와 헝가리 메달을 단 군용 외투를 입고 서 있었다.
그리고 키가 크지 않은 마흔 살가량의, 부은 뺨에 붕대를 붙인
참모가 얇은 천으로 만든 낡은 군용 외투를 입고 방 한가운데에
서 서성거렸다.

"제5경포병 중대에 배속된 준위 코젤리초프 2세는 연대장님
께 영광을 가지고 신고합니다." 볼로쟈가 방 안으로 들어서면서
자신이 외우고 있던 문구를 기억해내며 말했다.

포병 연대장은 그냥 덤덤하게 그의 경례에 답하고, 악수도 청
하지 않고 그에게 앉으라고 말했다.

조심스레 사무용 책상 옆에 있는 의자에 앉은 볼로쟈는 우연
히 손에 닿은 책상 위에 놓인 가위를 만지작거렸다. 포병 연대

장은 뒷짐을 쥔 채 고개를 숙이고 이따금 가위를 만지작거리는 그의 손을 바라볼 뿐, 아무 말 없이 무엇인가를 회상하는 사람처럼 방 안을 왔다 갔다 하고 있었다.

포병 연대장은 상당히 뚱뚱한 사람이었다. 그의 머리는 뒤통수까지 홀떡 벗어져 있었고, 텁수룩한 콧수염이 입술을 가리고 있었다. 그의 커다란 갈색 눈은 유쾌해 보였고, 통통한 손은 예쁘고 깨끗해 보였다. 걸을 때마다 확신에 가득 찬 것처럼 보이는 바깥으로 휜 그의 다리는 다소 뽐내는 듯 보였다. 그는 부끄러움을 모르는 사람 같았다.

"그래." 그는 상사 앞에서 멈춰 서서 말했다.

"그럼, 내일부터 말에게 1가르네츠(1가르네츠는 약 3.28리터─옮긴이)씩 사료를 더 주도록. 그렇지 않으면 말들이 마를 테니까. 자네 생각은 어떤가?"

"사료 양을 늘리는 것이 좋겠습니다, 각하! 요사이 귀리 값이 내리기 시작했습니다." 상사는 바지의 이음매에 붙이고 있던 손가락을 가볍게 움직이면서 대답했다. 좋다는 의미를 내포하고 있는 그의 손가락 움직임은 대화의 진행을 돕는 것처럼 보였다. "아, 그리고, 말 사료 담당 프란시슈크가 어제 저에게 보낸 편지가 있습니다. 마차굴대를 거기서 살 필요가 있다고 합니다. 사람들 말로는 값이 싸다고 그러는데, 어떻게 하면 좋겠습니까?"

"그럼 구입해야지. 그자도 돈을 갖고 있잖아." 포병 연대장은 다시 방 안을 왔다 갔다 하기 시작했다. "그건 그렇고, 자네 짐은 어디 있나?" 그는 볼로쟈 앞에 갑자기 멈춰 서서 물었다.

스스로를 겁쟁이라고 생각하는 가엾은 볼로쟈는 남들의 시선과 말 한마디에 신경을 쓰면서 겁쟁이에 지나지 않은 자신을 경멸하고 있었다. 그는 포병 연대장이 벌써 자신의 비밀을 꿰뚫어 보고 우롱하고 있는 것처럼 생각되었다. 당황한 그는 얼떨결에 자기 짐이 그라프스카야에 있으며, 내일 형이 자기에게 짐을 갖다 주기로 약속했다고 대답했다.

그러나 연대장은 그의 말을 끝까지 듣지 않고, 상사를 쳐다보며 물었다.

"준위가 묵을 숙소는 어딘가?"

"준위님이요?" 상사가 말했다. 볼로쟈는 상사가 자신에게 던진 시선에서 '준위 따위가 뭔데, 어디 묵게 할 만한 가치나 있나?'라는 느낌을 받고 몹시 당황했다. "글쎄요, 연대장님. 아래층에 있는 준대위 방에 함께 묵는 것이 가능하긴 한데." 그는 잠시 생각하고 계속해서 말했다. "지금 준대위가 방어선에 있으니까, 침대가 비어 있습니다."

"그게 좋겠군. 당분간 그렇게 하는 것이 편하겠지?" 포병 연대장이 말했다. "내 생각엔 준위가 피곤할 것 같으니, 내일 이야기하는 것이 낫겠네."

볼로쟈는 일어나서 경례했다.

"차 한잔 하겠나?" 포병 연대장이 말했을 때 볼로쟈는 이미 문 근처에 가 있었다.

"사모바르를 준비하게."

볼로쟈는 경례를 하고 밖으로 나왔다. 대령의 졸병은 그를 아래층으로 인도해 장식이 하나도 없는 지저분한 방으로 그를 안내했다. 방 안에는 쓸데없는 물건들이 어지럽게 널려 있었고, 깔개와 이불도 없는 철제 침대가 놓여 있었다. 침대 위에는 장밋빛 셔츠를 입은 사람이 두툼한 군용외투를 덮고 자고 있었다.

"표트르 니콜라이치!" 졸병은 잠자고 있는 사람의 어깨를 흔들면서 말했다. "준위님께서 이 침대를 사용하기로 했으니 이제 일어나세요……. 이분은 우리 부대 사관생도입니다." 졸병은 준위를 쳐다보면서 말했다.

"아, 걱정 마세요. 괜찮습니다!" 볼로쟈가 말했다. 키가 크고 건장한 어린 사관생도는 곱상하고 아둔해 보였다. 그는 잠이 완전히 깨지 않은 상태에서 침대에서 일어나 군용외투를 걸치고 밖으로 나갔다.

"전 괜찮습니다. 마당에 누워서 자겠습니다." 그는 중얼거렸다.

이런저런 생각을 하며 홀로 남은 볼로쟈가 처음 느낀 것은 자신의 정신 상태가 무질서하고 기쁨을 느끼지 못하다는 것에 대한 환멸이었다. 그는 자신을 둘러싸고 있는 모든 것과 특히 무엇보다도 자기 자신을 망각하기 위해 빨리 잠들고 싶었다. 촛불을 끄고 침대에 누웠다. 그는 어려서부터 느껴 온 어둠에 대한 공포에서 벗어나려고 군용 외투를 머리 위까지 푹 뒤집어썼다.

그러나 별안간 포탄이 날아와 지붕을 뚫고 자기를 죽일지도 모른다는 생각이 떠올랐다. 그가 귀를 기울였을 때 그의 머리 위에서 포병 연대장의 발소리가 들렸다.

'만일 유탄이 날아온다 하더라도,' 그는 잠시 생각했다. '먼저 위층에 떨어진 다음에 나에게 떨어질 거야. 적어도 나 혼자만 죽는 건 아니야.' 이런 생각이 그를 다소 안심시켜주었다. 그는 막 잠이 들려다 다시 깼다. '그런데 한밤중에 느닷없이 세바스토폴이 함락되고, 프랑스 놈들이 이리로 쳐들어오면 어떻게 하지? 나는 어떻게 방어하지?' 그는 일어나서 방 안을 이리저리 걷기 시작했다. 위험에 대한 실질적인 공포가 어둠에 대한 신비스런 공포를 압도했다. 말안장과 사모바르 외에 방 안에는 단단한 물건이 하나도 없었다. '나는 비겁한 놈이다. 겁쟁이다, 지독한 겁쟁이다!' 그는 불현듯 생각했다. 그리고 그는 다시 자신에게 엄청난 환멸, 심지어 혐오감을 느꼈다. 그는 침대에 누워 아무런 생각도 하지 않으려고 애썼다. 그때 방 안에 하나밖에 없는 창문 유리를 끊임없이 흔들어대는 포격 소리가 상상 속에 낮에 받은 인상을 떠올리게 만들면서 다시 위험을 연상시켰다. 부상병들의 유혈이 낭자한 모습이 떠올랐고, 방 안으로 날아드는 포탄과 파편이 눈에 보였다. 그리고 죽어가고 있는 자기에게 붕대를 감아주면서 자신의 얼굴 위로 눈물을 흘리고 있는 낮에 만난 마음씨 좋은 미모의 간호사가 어른거렸다. 또 군청 소재지에서 그를 떠나보낸 후 눈물을 흘리며 기적을 이루어주는 성상 앞에서 기도를 드리고 있을 그의 어머니가 떠올랐다. 이런저런 생각에 그는 다시 잠을 이룰 수 없을 것 같았다. 바로 이때 그의 머릿속에 모든 것을 이루어주고 모든 기도를 들어주는 전지전능한 하나님이 떠올랐다. 그는 무릎을 꿇고 성호를 그으며, 그가 어린 시절에 배웠던 기도하는 방법에 따라 두 손을 포갰다. 이 행동은 그에게 오랫동안 잊고 있던 기쁜 감정을 다시 불러일으켰다.

'제가 죽어야만 된다면, 제가 없어져야만 된다면, 주님 뜻대로 하소서.' 그는 기도했다. '조금이라도 빨리 죽게 하소서. 그러나 만일 저에게 결핍되어 있는 용감함과 강인함이 필요하다면, 그것들을 저에게 주셔서 참을 수 없는 수치와 치욕으로부터 벗어나게 하소서. 그리고 주님의 뜻을 이루기 위해 제가 무엇을 해야 하는지 가르쳐주옵소서.'

어린아이처럼 어리석고 겁에 질린 그의 마음이 갑자기 담대해지고 밝아지면서, 그는 새롭고 넓은 수평선을 발견한 것 같은 느낌을 받았다. 비록 짧은 순간이었지만 그는 많은 것을 생각하고 느꼈다. 계속되는 포탄의 굉음과 폭탄의 소음, 그리고 유리창을 흔드는 소리가 들리는 가운데 그는 편안하게 잠들었다.

'위대하신 하나님! 이 무시무시한 죽음의 장소에서 방금 전까지 아침식사와 목에 걸 게오르기 훈장에 대한 것만 생각하다가 지금은 당신이 저와 함께하고 계심을 느끼고 있습니다. 공포에 떨고 있는 장군으로부터 니콜라예프스키 포병 중대의 맨바닥에 쓰러져 고통과 굶주림, 이와 벼룩으로부터 괴로움을 당하면서 그 고통에 대한 보상인 기대하지 않았던 죽음을 한시라도 빨리 달라고 무의식적으로 요구하는 일개 병사에 이르기까지 모두를 위해 주님께 기도드립니다. 비록 이 기도가 무지와 흐릿한 후회와 고통에서 오는 단순하고 가련하고 절망적인 것일지라도, 기도를 들으시는 분은 오직 주님 한 분이십니다! 그렇습니다. 당신 자녀들의 애절한 기도를 들으실 때 주님은 결코 피곤치 않으며, 주님은 그들의 영혼 속에 인내와 책임감과 희망의 기쁨을 불어넣어줄 위로의 천사를 도처에 보내주실 것입니다.

15

형 코젤리초프는 길가에서 자기 연대의 병사를 만나 그와 함께 곧장 제5방어선으로 향했다.

"중대장님, 방호벽 밑에 몸을 숙이고 이동하십시오!" 병사가 말했다.

"왜?"

"위험합니다, 중대장님. 저기 포탄이 날아오잖아요." 병사는 포탄이 굉음을 내며 길 건너편에 있는 마른 땅에 떨어지는 소리를 들으면서 말했다.

코젤리초프는 병사의 말을 듣지 않고 용감하게 길 한복판으로 걸어갔다.

거리에 있는 모든 것은 이전과 변함없었다. 횟수가 좀 더 잦았지만, 포화, 폭음, 신음, 부상병들과의 만남, 포병 중대, 흉장, 그리고 참호는 그가 봄에 세바스토폴에 있었던 때와 똑같았다. 그런데 지금은 이 모든 것이 한층 더 처참해 보였으며 동시에 더욱 활기찬 것 같았다. 거리에 늘어선 집들에는 포탄의 흔적이 더 많아졌고, 쿠신의 집(야전병원)을 제외하고 창가에 불빛이 비치는 집이 하나도 없었고, 거리에는 여자가 한 사람도 없었다. 이전에 그에게 익숙했던 한가로운 모습은 전혀 찾아볼 수 없었고, 고통스러운 기다림과 피로와 긴장감만이 널려 있었다.

그는 마지막 참호에 다다랐다. 자신들의 전임 중대장을 알아본 P 연대 병사들의 목소리가 들려왔다. 포탄이 발사될 때 방호벽에 바짝 달라붙어 있는 제3중대원들의 모습이 순간적으로 비쳤고 나지막한 말소리와 소총이 찰가닥거리는 소리가 들렸다.

"연대장님은 어디 계신가?" 코젤리초프가 물었다.

"해군 장교님들과 함께 엄폐호에 계십니다, 중대장님!" 병사가 친절하게 대답했다. "제가 안내해드리겠습니다."

병사는 여러 참호를 거친 후 어떤 참호의 도랑 쪽으로 코젤리초프를 안내했다. 도랑에는 한 수병이 파이프 담배를 태우며 앉아 있었다. 그의 뒤편으로 문이 보였고 문틈으로 불빛이 새어 나왔다.

"들어가도 되나?"

"허락을 받아 오겠습니다." 수병이 문을 열고 안으로 들어갔다. 두 사람의 대화가 문 뒤쪽에서 들려왔다.

"만일 프러시아가 계속해 중립을 지킨다면 말입니다." 한 사람의 목소리가 들렸다. "그렇다면 오스트리아도 역시……."

"오스트리아가 어떻게 한단 말이야." 또 다른 목소리가 들렸다. "슬라브 영토가…… 그래, 들어오라고 해."

코젤리초프는 이 엄폐호에는 한 번도 들어와본 적이 없었다. 그는 엄폐호가 너무나도 호화스럽게 장식되어 있는 것을 보고 놀랐다. 바닥에는 판자가 깔려 있었고 문은 커튼으로 가려져 있었다. 양쪽 벽에는 침대 두 개가 놓여 있고, 한쪽 구석에는 금빛 옷을 입은 커다란 성모상이 걸려 있었으며, 그 앞에는 장밋빛 램프가 타오르고 있었다. 침대 위에는 해군 장교가 옷을 입은 채 잠들어 있었다. 지금 막 마개를 딴 포도주 두 병이 놓여 있는 식탁 앞의 또 다른 침대에 새로 부임한 연대장과 부관이 앉아서 이야기를 나누고 있었다. 비록 코젤리초프가 겁쟁이도 아니고, 이전의 지휘자나 연대장에게 지은 죄 역시 전혀 없었다 하더라도, 얼마 전까지 자신의 동료였던 장교가 신임 연대장이라는 것을 확인한 순간 갑자기 무릎이 떨렸다. 연대장은 침대에서 상당히 거만하게 일어나서 그의 말을 들었다. 게다가 그 자리에 함께 앉아 있던 부관은 '나는 당신 연대장의 친구란 말이야. 당신은 내게 볼일이 없어. 나는 당신한테 어떤 예의도 차리지 않을 거고, 또 그럴 필요도 못 느껴'라는 표정과 시선을 코젤리초프에게 보내는 것 같았다. 코젤리초프는 연대장을 쳐다보면서 생각했다. '이상하다. 그가 연대를 맡은 지 기껏해야 7주밖에 안 되는데, 그를 둘러싸고 있는 모든 것—그의 복장, 태도, 시선—에서 연대장의 권위가 느껴진다. 이런 권위는 그의 연령, 복무 기간, 그리고 전쟁에서 이룩한 공로보다 오히려 그의 재력으로부터 생겨난 것 같다. 바로 이 바트리쉐프라는 작자는 우리들하고 함께 몰려다닐 때는 때가 잘 타지 않는 셔츠를 기껏해야 일주일에 한 번 정도 갈아입었고, 손님을 초대하지 않고 혼자서 고기경단이나 만두를 먹곤 했는데! 그런데 지금은! 폭이 넓은 소매가 달린 프록코트와 네덜란드제 셔츠를 입고, 10루블짜리 시가를 손가락에 꽂고, 탁자 위에는 6루블짜리 포도주가 놓여 있다. 그는 이 모든 것을 심페로폴에 있는 보급계를 통해 믿을 수 없을 정도의 싼값으로 구입한 것이다. 그리고 그의 시선에는 돈 많은 귀족들에게서나 풍기는 냉정함과 오만함이 깃들어 있다.' 코젤리초프는 그의 표정에서 '예전에 나는 너의 동료였지만 이제는 내가 연대장이라는 사실을 명심하도록. 그리고 너는 월급의 3분의 1인 60루블을 쓰지만 나는 1만 루블이나 쓰고 있다는 것을 기억해. 게다가 내 위치에 오르려면 반평생을 바쳐야 된다는 것도 잘 기억하게'라고 말하는 것 같았다.

"꽤 오랫동안 치료를 받았군." 연대장은 코젤리초프를 냉정하게 바라보며 말했다.

"병석에 오래 있었습니다, 연대장님. 지금까지도 상처가 완전히 아물지 않았습니다."

"그렇다면 와도 허사가 아닌가." 연대장은 미심쩍은 눈초리로 장교의 건장한 육체를 바라보며 말했다. "그런데 자네 임무를 수행할 수 있겠나?"

"예, 할 수 있습니다."

"그렇다면 매우 반가운 일이군. 그러면 자네가 이전에 맡고 있던 제9중대를 자이쩨프 준위로부터 인수받으시오. 지금 당장 발령할 테니."

"알겠습니다."

"그곳에 가서 연대 부관을 내게 보내시오." 연대장은 이제 신고가 끝났다는 것을 코젤리초프가 느낄 수 있도록 가볍게 인사를 하며 말을 맺었다.

코젤리초프는 엄폐호에서 나오면서 중얼거렸다. 그리고 마치 병에 걸려 몸이 불쾌하고 거북하고 속이 상한 것 같은 표정을 지으며 어깨를 으쓱거렸다. 그가 속상해했던 것은 연대장 때문이 아니라(그것 때문은 결코 아니었다), 자신과 자신의 주위에 있는 모든 것에 대해 불만스러웠기 때문이다. 군대의 규율과 규율의 조건인 복종 관계가 모든 법적 관계와 마찬가지로 그것이 상호간에 꼭 필요한 것이냐 아니냐 하는 문제가 아니다. 상급자의 군 경험과 전투에서의 공로, 그리고 도덕적인 면에서의 우월성 등이 뛰어난 경우 하급자는 군의 규율을 흔쾌히 받아들일 수 있다. 그러나 우리 인생사에서 자주 일어나는 것처럼 우연이나 금전적인 관계를 기초로 한 상급자가 발생할 경우, 상급자는 자만하게 될 뿐 아니라 다른 한편에서는 감추어진 선망 혹은 원망의 대상이 된다. 따라서 집단을 하나로 결합시키는 유익한 작용보다는 분열시키는 결과를 초래한다. 스스로가 하급자들로부터 존경을 받을 수 있는 내적 능력이 결핍되어 있다고 생각하는 상급자는 하급자들과 어울려 지내는 것을 본능적으로 두려워한다. 그는 외적으로 근엄한 체하면서, 하급자들로부터의 비판을 회피하려고 애쓴다. 그리고 하급자들은 상급자가 권력을 가지고 자신들을 모욕하는 것에만 신경을 쓰기 때문에 상급자에 대한 올바른 비판을 가하지 않게 된다. 따라서 좋은 결과를 얻을 수 없게 되는 것이다.

16

코젤리초프는 동료 장교들에게 가기 전에, 자기 중대가 주둔하고 있는 곳을 점검하고 중대원들과 인사를 나누기 위해 제9중대로 향했다. 흙 포대로 구축한 흉장, 다양한 참호, 그의 옆에 떨어지는 포탄, 도중에 발에 걸려 넘어질 뻔했던 파편과 포탄. 끊임없는 포화에 의해 비춰지고 있는 이 모든 것은 그에게 너무나도 익숙한 것이었다. 3개월 전 바로 이 방어선에서 근무하며 지내던 2주일 동안에 그의 기억 속에 생생하게 새겨졌던 것들이었다. 그 당시 무시무시한 상황도 많았지만, 과거에 대한 일종의 매력이 그의 기억 속에 떠올랐다. 그는 마치 이곳에서 지냈던 2주일이 유쾌했던 것처럼 느껴졌다. 그는 만족스러운 표정을 지으며 낯익은 장소와 물건들을 바라보았다. 그의 중대는 제6방어선으로 향한 방어벽을 따라 배치되어 있었다.

코젤리초프는 제9중대가 주둔하고 있는 입구가 완전히 개방된 기다란 엄폐호 속으로 들어갔다. 엄폐호 속은 발을 들여놓을 틈도 없었고, 입구부터 병사들로 가득했다. 한쪽에서는 어떤 병사가 누워서 붙잡고 있는 구부러진 양초가 바람에 나부끼며 비치고 있었다. 또 어떤 병사는 그 촛불 근처에서 책을 더듬거리며 읽고 있었다. 어두컴컴한 엄폐호 속에서 책을 읽는 그 병사의 더듬거리는 목소리를 열중해서 듣고 있는 병사들이 머리를 쳐들고 있는 것이 보였다. 그 책은 초등학교용 철자 교과서였다. 엄폐호 속으로 들어섰을 때 코젤리초프에게 다음과 같은 말이 들려왔다.

"죽음의 공포는…… 인간이 태어날 때부터 갖고 있는 감정이다."

"양초가 있는 곳에서 좀 떨어지게." 말소리가 들렸다. "멋진 책이야."

"하나님…… 나의……." 낭독자는 계속했다.

코젤리초프가 상사는 어디 있냐고 묻자, 낭독자는 읽는 것을 멈추었다. 한동안 침묵한 뒤에 늘 그러하듯 병사들은 움직이기 시작하고 기침을 하며 코도 풀었다. 낭독자 주위에 있는 무리 속에서 단추를 채우며 벌떡 일어난 상사는 발 디딜 틈도 없는 병사들의 다리와 다리 사이를 건너서 장교 앞으로 나왔다.

"잘 있었나, 상사! 여기 모인 병사들이 전부 우리 중대원인가?"

"무사히 회복되기를 기원했습니다! 드디어 오셨군요, 중대장님!" 상사는 기뻐하며 다정하게 코젤리초프를 바라보며 대답했다.

"건강은 회복되셨나요, 중대장님? 참 다행입니다! 중대장님이 안 계셔서 무척이나 적적했습니다."

중대원들이 코젤리초프를 상당히 좋아하고 있었다는 것이 분명했다. 엄폐호 깊숙한 곳에서 여러 병사들의 목소리가 들렸다. "전임 중대장님께서 오셨어. 부상당하셨던 코젤리초프 미하일 세묘느이치 말이야." 몇몇 병사들이 그에게 다가왔고, 고수는 그에게 경례를 했다.

"잘 있었나, 오반츄끄!" 코젤리초프가 말했다. "모두들 건강한가? 제군들!" 그는 목청을 높여 말했다.

"회복되기를 기원했습니다!" 엄폐호 안에 목소리가 울려 퍼졌다.

"자네들은 모두 어떻게 지냈나?"

"좋지 않아요, 중대장님. 프랑스 놈들이 이기고 있습니다. 치사하게 참호 속에서 쏘아대다가는 다시 숨곤 합니다. 들판으론 좀처럼 나오지 않아요."

"어쩌면 운 좋게 놈들이 들판으로 나올지도 몰라, 제군들!" 코젤리초프가 말했다. "내가 자네들하고 함께 놈들을 격파한 것이 어디 한두 번인가. 다시 한 번 무찔러보자."

"중대장님, 기꺼이 하겠습니다." 몇몇 병사들이 말했다.

"뭐, 놈들이 용감하긴 하지만, 놈들의 중대장은 형편없어, 그 정도로 용감해 가지고는 어림도 없지!" 고수가 크지는 않지만 들릴 만한 정도의 목소리로 다른 병사에게 몸을 돌리면서 말했다. 고수는 마치 그에게 중대장의 말을 정당화하고, 놈들에게는 자랑할 것이나 그럴싸한 것이 없다는 것을 확신시키려는 듯했다.

동료 장교들을 만나기 위해 코젤리초프는 엄폐호에서 나와서 방어 병영으로 향했다.

17

　해군, 포병, 보병 장교들이 병영 내부의 큼직한 방에 모여 있었다. 일부는 잠을 자고 있었고, 일부는 상자나 포차 위에 앉아서 이야기를 나누고 있었다. 그리고 한쪽 귀퉁이에서 큰 무리를 이루고 있는 장교들이 바닥에 산양가죽으로 만든 망토 두 개를 깔고 흑맥주를 마시면서 카드게임을 하고 있었다.

　"어! 코젤리초프 아니야, 코젤리초프! 잘 왔네! ……부상당한 데는 어떤가?" 여기저기에서 장교들이 말했다. 장교들은 그를 상당히 좋아하는 것 같았고, 그가 돌아온 것을 무척이나 기뻐하는 것 같았다.

　코젤리초프는 친구들과 악수를 나누고, 카드게임을 하고 있는 시끌벅적한 장교들의 무리에 합류했다. 그들은 코젤리초프와 친하게 지내는 사이였다. 물주인 갈색 머리의 미남 장교는 호리호리한 체격에 윤기가 없는 기다란 코에다 덥수룩한 콧수염을 기르고 있었다. 그는 문장이 새겨진 큼직한 금반지를 낀 하얗고 여윈 손가락으로 카드를 돌리고 있었다. 조금 흥분한 것처럼 보이는 그는 카드를 장난삼아 아무렇게나 돌렸다. 그의 오른편에는 백발을 한 소령이 턱을 손으로 받치고 누워 있었다. 술이 잔뜩 취한 그는 될 대로 되라는 양 50코페이카를 걸고는 계산을 하고 있었다. 왼편에는 땀을 흘리며 얼굴이 벌게진 장교가 쭈그리고 앉아 억지웃음을 짓고 있었다. 그는 자신의 패가 이기자 주변 사람들에게 농담을 던졌다. 그리고 승마용 바지의 호주머니에 한 손을 집어넣고 쉴 새 없이 꼼지락거리더니 상당한 액수를 걸었다. 그런데 그가 건 것이 현금이 아니었기 때문에 갈색머리 미남 장교는 이맛살을 찌푸리며 신경질을 냈다. 방 안에는 어떤 대머리 장교가 지폐 뭉치 다발을 들고 왔다 갔다 하고 있었다. 비쩍 마른 이 장교는 심술 사나워 보이는 커다란 입에 얼굴은 창백했고 수염이 없었다. 가진 돈을 한꺼번에 다 거는 그는 걸 때마다 돈을 땄다.

코젤리초프는 보드카 한 잔을 마시고 카드게임을 하고 있는 사람들 곁에 앉았다.

"돈을 걸지 그래, 미하일 세묘느이치!" 물주가 그에게 말했다. "아마 돈을 많이 가지고 왔을 텐데."

"내가 돈이 어디 있나. 시내에서 몽땅 날렸어."

"그럴 리가 있나! 심페로폴에서 어떤 놈의 돈을 싹 쓸었을 텐데, 안 그래?"

"정말이야, 조금밖에 없어." 코젤리초프가 말했다. 그리고 그는 사람들이 그의 말을 믿어주기를 바라면서, 단추를 풀고 놓인 카드를 집었다.

"한번 해보겠나, 별로 나쁜 것도 아닌데! 모기 같은 놈들도 이런 짓거리를 하는데. 한잔 들이켜고 용기를 내보게."

잠깐 사이에 그는 보드카 석 잔과 흑맥주 몇 잔을 마셨다. 그리고 완전히 도박판 분위기에 말려들었다. 마음이 무너지면서 현실을 망각한 그는 마지막 남은 3루블을 다 잃고 말았다.

땀을 뻘뻘 흘리고 있는 키가 작은 장교는 150루블을 빚지고 있다고 계산서에 적혀 있었다.

"아아, 재수 없는 날이네." 그는 새 카드를 뽑아들면서 말했다.

"돈을 가져오라고 하지 그래." 물주가 패 돌리던 것을 잠시 멈추고 그를 바라보며 말했다.

"미안하지만, 내일 갖다주겠소." 땀을 흘리고 있는 장교는 일어나서 빈 호주머니를 열심히 뒤적거리면서 말했다.

"흥!" 물주는 투덜거렸다. 그리고 화를 내며 카드를 오른쪽과 왼쪽으로 다 돌리고 나서 "그렇게 하면 안 되"라고 말하고 카드를 내려놓았다. "난 그만두겠어. 그렇게 하면 안 되는 거야, 자하르 이바느이치." 그는 말했다. "우리는 현금을 걸고 노름을 하는 거지, 나중에 주기로 하고 외상으로 하는 것은 아니잖아."

"그래서 당신 날 의심하는 거야? 이상한 사람이네, 정말!"

"그럼 누구한테 받으란 말이오?" 그때 8루블을 딴 소령이 투덜대며 말했다. 그는 술에 상당히 취한 상태였다. "나는 이제까지 20루블도 더 잃었소. 그런데 지금 내가 이겼는데 받을 게 없다니."

"지금 돈이 없는데 어떻게 하란 말입니까?" 물주가 말했다. "판돈이 하나도 없지 않습니까?"

"내가 알게 뭐요!" 소령이 일어나면서 소리쳤다. "나는 명예

를 걸고 당신하고 노름을 한 거지, 저런 작자들하고 하는 것이
아니잖소."

땀을 흘리는 장교가 갑자기 열을 올리면서 말했다. "내일 갚
겠다고 말했잖아요. 당신이 어떻게 나에게 그런 불손한 말을 할
수 있는 겁니까?"

"나는 하고 싶은 말을 한 겁니다! 명예를 아는 사람이 그렇게
행동하면 안 됩니다!" 소령이 소리쳤다.

"그만하세요, 표도르 표도르비치!" 모두들 소령을 말리면서
말했다. "그만하세요!"

그러나 소령은 사람들이 자기를 위로하며 말리려 할 때, 의도
적으로 화를 내려고 작정한 듯했다. 그는 갑자기 벌떡 일어나서
비실거리며 땀을 흘리고 있는 장교에게 다가갔다.

"내가 무례한 말을 하고 있다고? 나는 당신보다 나이도 많고
황제를 위해 20년이나 봉사한 사람이야. 무례하다고? 야, 이 애
송이 같은 놈아!" 그는 한층 더 언성을 높이면서 고래고래 소리
를 질렀다. "이런 못된 놈의 자식!"

그런데 이런 추잡스러운 장면은 곧 막을 내릴지도 모른다. 내
일 당장 이 사람들은 기쁘고 자랑스럽게 죽음을 향해 돌진해 확
고하고 편안한 상태로 죽음을 맞이할지도 모른다. 그러나 냉정
한 상상력이 위협받고 있는, 모든 인간적인 것이 결핍되어 있
는, 그리고 빠져나갈 희망이 전혀 없는 환경 속에서 유일한 탈
출구는 모든 것을 망각하고 스스로의 의식을 파괴하는 것뿐이
다. 모든 이의 영혼 밑바닥에 자리 잡고 있는, 스스로를 영웅으

로 간주하는 숭고한 불꽃은 밝게 타오르기도 전에 미리 지쳐버리지도 모른다. 그러나 운명의 시간이 다가오면 이 불꽃은 활활 타오르며 위대한 행위를 밝게 비쳐줄 것이다.

18

다음 날에도 격렬한 포격은 누그러질 줄 모르고 계속됐다. 오전 11시경 볼로쟈 코젤리초프는 포병 장교들과 함께 앉아 낯선 얼굴을 대하고, 주변을 관찰하면서 그들에게 질문도 하고 이야기를 나누면서 어느 정도 분위기에 익숙해지기 시작했다. 대화를 나누면서 느낀 어느 정도 교양이 있고 겸손한 포병 장교들은 그의 마음에 들었고 존경심마저 들었다. 그리고 수줍음이 많고 순수하며 아름다운 볼로쟈의 용모 역시 장교들의 마음을 사로잡았다. 전통적인 구식 포병술을 교육받은 대위는 포병 중대에서 최고참 장교였다. 그는 작은 키에 불그스레한 머리털, 그리고 우크라이나식의 앞머리에 관자놀이까지 찢어진 예리한 눈을 갖고 있었다. 귀부인의 비위를 잘 맞추는 사람같이 보이는 그는 학자인 체하며 이야기를 했다. 대위는 볼로쟈에게 포병술과 새로 발명한 병기에 대해 물어보면서, 그의 젊음과 미모에 대해 부드럽게 농담을 건넸다. 볼로쟈는 그가 자신을 친자식처럼 대하는 것에 유쾌한 기분을 느끼며 만족스러워했다. 헝클어진 머리에 찢어진 군용 외투를 입고 우크라이나 사투리로 말하는 젊은 쟈덴코 소위는 마치 싸울 태세인 양 화를 내면서 상당히 큰 소리로 이야기했다. 그러나 겉으로 보이는 그의 난폭한 행동과 달리 속내는 친절하고 선량한 사람이라는 것을 간파한 볼로쟈 는 그가 마음에 들었다. 쟈덴코는 언제든지 도움을 주겠다고 볼 로쟈에게 말하고, 세바스토폴에 있는 대포들은 제대로 된 것이 하나도 없다고 그에게 설명했다. 눈썹이 높이 치켜 올라간 체르 노비츠키 중위는 어느 누구보다도 예의가 있어 보였다. 새것은 아니지만 정성껏 꿰맨 아주 깨끗한 프록코트 안에 보이는 그의 비단 조끼에 금줄이 살짝 드러나 보였다. 그러나 그는 볼로쟈의 마음에 들지 않았다. 그는 볼로쟈에게 황제와 국방성 장관이 무 엇을 하고 있느냐고 꼬치꼬치 캐물은 후, 부자연스런 기쁜 표정 을 지으면서 세바스토폴에서 일어난 영웅적인 업적, 애국심이 결핍되어 있다는 것, 그리고 무모한 명령이 떨어지고 있다는 것 등을 이야기하면서 개탄했다. 대체로 그는 충분한 지식과 지혜 와 고상한 감정을 보여주었지만, 웬일인지 볼로쟈에게 이 모든 것은 부자연스럽고 남에게 전해들은 이야기처럼 들렸다. 볼로 쟈는 다른 장교들이 체르노비츠키와는 거의 대화를 하지 않는 다는 것을 알아차렸다. 그리고 어제 그가 깨운 사관생도 블란그 역시 그곳에 있었다. 그는 말없이 구석에 홀로 앉아서 우스꽝스 런 이야기가 들리면 웃고, 장교들이 무엇인가를 잊었을 때는 그 것을 생각나게 해주고, 보드카를 가져오라고 지시하면 가져오 고 또한 장교 모두에게 담배를 말아주기도 했다. 병사들은 그의 성을 여성화해 **블란가**라고 불렀는데 그는 볼로쟈가 자신을 애송이처럼 대하지 않고 다른 장교와 마찬가지로 겸손하고 정중하게 대하기 때문인지, 혹은 볼로쟈의 보기 좋은 상큼한 외모 때문인지, 그에게 푹 빠져 있었다. 순진하고 바보같이 보이는 신임 장교의 얼굴에서 눈을 떼지 못하고 볼로쟈가 원하는 바를 지레짐작하고 선수를 치면서 그는 황홀감이라도 느끼고 있는 것 같았다. 이런 상황을 눈치챈 장교들은 블란그의 행동을 웃음거리로 삼았다.

점심시간이 되기 전에 방어선에서 돌아온 준대위가 그들 무리에 합류했다. 금발에 민첩한 준대위는 불그스레한 콧수염과 구레나룻을 기른 미남 장교였다. 그는 러시아인에게도 지나칠 정도로 정확하고 유창한 러시아어를 구사했다. 그는 근무할 때나 일상생활을 할 때나 항상 언행이 일치하는 인물이었다. 근무를 훌륭히 수행할 뿐만 아니라 동료들로부터 인정도 받는 그는 금전관계 역시 아주 확실했다. 인간적인 측면에서 이 모든 것은 아주 훌륭했지만, 무엇인가 부족한 것이 있었다. 이상적인 독일계 독일인과 이상야릇하게 대조를 이루고 있는 모든 독일계 러시아인처럼 그는 상당히 실용적인 인물이었다.

"여기 우리 영웅이 나타나셨군!" 크라우트가 박차 소리를 내면서 손을 흔들며 유쾌한 표정으로 방 안으로 들어오자 대위가 말했다. "뭘 마시겠나, 프리드리히 크레스티야느이치? 차 아니면 보드카?"

"저는 벌써 차를 준비하라고 지시했는데요." 그가 대답했다. "하지만 영혼을 기쁘게 하기 위해서 보드카를 조금 마실 수도 있죠. 만나게 돼서 대단히 반갑습니다. 잘 지냅시다." 일어서서 그에게 인사를 건네는 볼로쟈에게 말했다. "준대위 크라우트입니다. 제가 방어선에 있을 때 상사한테 당신이 어제 저녁에 도착했다는 말을 들었습니다."

"어제 당신의 침대를 사용했습니다. 대단히 고맙습니다."

"편안하게 주무셨습니까? 침대 다리 하나가 부러졌는데 누구한테 수리해달라고 할 수가 없어요. 지금처럼 포위된 상태에서는 말입니다. 어떻게 손을 좀 봐야 되는데."

"그래, 당직은 잘 마쳤소?" 쟈덴코가 물었다.

"네, 아무 일 없었습니다. 그런데 스크보르초프가 당했습니다. 그리고 어제 포차의 측면이 박살나서 포차 하나를 **수리했습니다.**"

그는 자리에서 일어나 걷기 시작했다. 위험에서 막 벗어난 사람들이 느끼는 기쁨을 누리고 있는 것처럼 보였다.

"저기, 드미트리 가브릴르이치." 크라우트는 대위의 무릎을 흔들면서 말했다. "어떻게 지내십니까? 승진에 대해 아직 회답이 없습니까?"

"아직 아무런 소식이 없네."

"앞으로도 아무 소식이 없을 겁니다." 쟈덴코가 말했다. "전에 제가 그럴 거라고 말씀드렸잖아요?"

"왜 아무 소식도 없다는 거야?"

"왜냐하면 보고서를 엉터리로 작성했기 때문이죠."

"아이고, 정말로 언쟁을 좋아하는 친구일세!" 크라우트는 쾌활하게 미소 지으면서 말했다. "진짜 고집불통인 우크라이나 사람이군. 그렇게 성질을 내니, 곧 중위로 승진하겠네."

"아니요, 승진 못 할 겁니다."

"블란그, 내 파이프에다 담배 좀 재주게나." 그는 사관생도에게 고개를 돌리고 말했다. 사관생도는 잽싸게 파이프를 가지러 뛰어갔다.

크라우트는 모든 사람에게 활기를 불어넣었다. 그는 포격에 관한 이야기를 하고 나서, 자기가 없을 때 일어났던 일을 일일이 물어보면서 사람들과 대화를 나누었다.

19

"그래, 어떻습니까? 이제 자리를 잡았습니까?" 크라우트가 볼로쟈에게 물었다. "실례지만 이름과 부칭은 어떻게 됩니까? 당신도 알다시피 우리 포병들한테는 이렇게 물어보는 습성이 있습니다. 그리고 말은 구입했습니까?"

"아니요." 볼로쟈가 말했다. "어떻게 해야 좋을지 모르겠어요. 대위님께 말씀드렸는데, 말도 없고 돈도 없습니다. 게다가 사료비와 여비도 없어요. 당분간 연대장님의 말을 빌려 쓰려고 하는데, 거절하실까 봐 걱정됩니다."

"아폴론 세르게이치 말입니까?" 크라우트는 입술을 씰룩거리며 의구심을 드러내는 어조로 말하면서 대위를 쳐다보았다. "불가능할 텐데!"

"뭐, 거절당할 것 같지만," 대위가 말했다. "여기서는 말이 사실상 필요 없지. 한번 부딪쳐보는 것도 괜찮겠네. 내가 지금 물어보지."

"아이고, 연대장님을 아직도 잘 모르시나 본데." 쟈덴코가 끼어들었다. "다른 건 모르지만, 그것은 빌려줄 겁니다. 내기할래요?"

"자네가 항상 반대 의견을 내세운다는 것을 다들 익히 알고 있어."

"내가 잘 알고 있기 때문에 반대하는 겁니다. 연대장님은 다른 것에는 인색하지만, 말은 빌려줄 겁니다. 왜냐하면 거절해봤자 아무런 이득이 없으니까요."

"왜 이득이 없다는 거야. 귀리 값으로 8루블이 드는데!" 크라우트가 말했다. "말을 유지하는 비용이 안 드니까, 이득이 있는 거야!"

"스크보레츠에게 부탁해보세요, 블라디미르 세묘느이치." 크라우트의 파이프 담배를 가지고 온 블랑그가 말했다. "훌륭한 말이에요!"

"사순절에 자네가 타고 가다 도랑 속에 빠졌던 그 말 말인가? 응, 블랑그?" 준대위가 웃으면서 말했다.

"아니죠. 귀리 값으로 8루블이 든다니, 대체 무슨 말씀을 하시는 거예요." 쟈덴코가 다시 시비를 걸며 말했다. "서류에는 10루블 50코페이카라고 적혀 있어요, 물론 말을 빌려주는 것과는 아무 상관이 없는 것이지만."

"그렇다면 연대장님에게 남는 것이 거의 없겠군! 만일 자네가 포병 연대장이 된다면, 시내로 말을 타고 가지 못하게 하겠군!"

"만일 제가 연대장이 된다면, 말들에게 4가르네츠씩 사료를 줄 겁니다. 사료비를 적당히 쓰고 나머지는 절대 챙기지 않을 테니까, 걱정하지 마십시오."

"어디 나중에 두고 보자고!" 준대위가 말했다. "당신도 돈을 챙길 것이고, 그리고 여기 있는 사람들도 포병 중대를 지휘하게 되면 아마 모두 잉여분을 챙길 겁니다." 그는 볼로쟈를 가리키면서 덧붙였다.

"프리드리히 크레스티야느이치, 당신은 무슨 근거로 모든 사람들이 사리사욕을 채울 거라고 생각하십니까?" 체르노비츠키가 물었다. "어쩌면 이분들은 재산이 있을지도 모르는데, 왜 그런 짓을 할 것이라고 생각하십니까?"

"아닙니다, 저는 그저…… 죄송합니다, 대위님." 귓불까지 빨개지면서 볼로쟈가 말했다. "그런 짓거리는 고상하지 않은 것이라고 생각합니다."

"어허! 저런 뻔뻔스러운 사람 좀 보게!" 크라우트가 말했다. "대위가 될 때까지 근무해봐요. 어디 그런 말이 나오나."

"어쨌든 마찬가지입니다. 제 돈이 아니면 그것을 가져서는 안된다고 생각합니다."

"젊은이, 그럼 내가 말해볼게." 준대위는 좀 더 진지한 어조로 말하기 시작했다. "알다시피 자네가 포병 중대를 지휘하면서 임무를 수행할 때, 평상시엔 말을 관리하는 데 500루블, 전시에는

7천에서 8천 루블이 생겨. 좋아. 그리고 전통적으로 포병 연대장은 병사들의 급식비에는 전혀 관여하지 않아. 만일 자네가 어리석은 상관이라면, 수중에 아무것도 남아 있지 않겠지. 그런데 이제부터 자네는 돈을 쓸 곳이 상당히 많아지지. 첫째 말굽 교체 비용(그는 한 손가락을 구부렸다), 둘째 치료비(그는 또 다른 손가락을 구부렸다), 셋째 운영비, 넷째 말을 관리할 때 드는 비용 500루블, 그리고 마차 수리비용 50루블, 경우에 따라서 병사들 외투 칼라도 바꿔줘야 하고, 사료비도 많이 들고, 장교들을 접대하는 비용도 들고, 중대장 체면 유지비도 들 것이고. 사륜마차, 모피 외투, 그 밖의 이런저런 것들이 필요할 거고…… 끝이 없지……."

"그리고 중요한 것은," 내내 침묵하던 대위가 끼어들었다. "무엇이냐 하면, 블라디미르 세묘느이치. 이를테면 나처럼 한 달에 200루블이나 300루블을 받으면서 20년 동안 근무하는 사람을 생각해봐. 그래, 그동안 근무한 공로를 생각해서 노년기에 빵 한 조각쯤은 살 수 있도록 해줘야 되지 않나? 중개상들은 일주일에 수만 루블을 벌고 있는데."

"그래, 정말 그래!" 준대위가 말했다. "너무 성급하게 판단하지 말고, 오랫동안 근무해보게."

볼로쟈는 자신이 별 생각 없이 경솔하게 말한 것에 부끄러움을 느꼈다. 그래서 그는 말없이 중얼거리면서, 쟈덴코가 열을 올리며 항변하고 있는 것을 묵묵히 듣기만 했다.

그들의 언쟁은 식사가 준비되었다는 것을 전하러 대령의 졸병이 들어왔을 때 중단되었다.

"그리고 아폴론 세르게이치에게 포도주를 내놓으라고 하세요." 체르노비츠키가 단추를 채우면서 대위에게 말했다. "그래, 그 사람은 왜 그렇게 인색할까? 죽으면 그만인데 말이야!"

"자네가 직접 말해." 대위가 대답했다.

"아닙니다. 대위님이 고참 장교시잖아요, 모든 게 순서가 있지."

20

어제 볼로쟈가 대령을 처음 만났던 바로 그 방에는 식탁이 벽에서 조금 떨어져 있고 지저분한 식탁보가 덮여 있었다. 포병 연대장은 그에게 악수를 청하고 그의 여정과 페테르부르크에 대해서 물었다.

"그럼, 보드카를 마실 사람은 마시세요! 준위는 보드카를 마시지 않을 겁니다." 그는 볼로쟈에게 미소를 지으면서 말했다.

오늘 포병 연대장은 어제처럼 그렇게 엄격해 보이지 않았다. 그는 손님을 좋아하는 친절한 주인 행세를 하며 오래된 동료 같은 표정을 지었다. 그럼에도 불구하고 나이 든 대위를 비롯해 언쟁을 좋아하는 쟈덴코에 이르기까지 모든 장교가 연대장의 눈치를 보면서 담소를 나누었고, 한 명씩 번갈아가며 보드카를 마시면서 그에게 존경심을 표했다.

점심식사로 쇠고기 몇 조각, 후춧가루를 뿌리고 월계수 잎을 띄운 수프가 담긴 큰 그릇과 겨자를 곁들인 폴란드식 고기파이와 만든 지 좀 오래된 버터를 발라 구운 고기만두가 준비되었다. 식탁 위에 냅킨은 없었고, 양철과 나무로 만든 숟가락과 컵 두 개, 그리고 병 주둥이가 잘려 나간 술병이 놓여 있었다. 그러나 점심식사는 지루하지 않았고, 대화도 끊기지 않았다. 처음에는 포병 중대가 참전했던 잉케르만 전투에 대해 이야기하면서 전투에서 받은 인상과 패배의 원인에 관해 각자 견해를 피력했다. 그러다가 연대장이 말문을 열자 모두들 침묵했다. 이윽고 대화는 경기관포의 구경이 작다는 이야기와 신식 대포에 대한 이야기로 자연스럽게 옮겨졌다. 이때 볼로쟈는 포병술에 관해 자신의 지식을 말할 기회를 얻었다. 대화는 현재 진행되고 있는 참혹한 세바스토폴의 전황에만 한정되지 않았다. 모든 사람이 제각기 이 화제에 대해 많은 것을 염두에 두고 있었지만, 말로 표현하려 하지 않았다. 게다가 볼로쟈가 맡은 임무에 대한 이야기도 전혀 하지 않았으므로 그는 상당히 놀랐고 실망스러웠다. 마치 그가 세바스토폴에 온 목적이 단지 연대장 숙소에서 점심식사나 하면서 경기관포에 관해 대화하기 위한 것처럼 느껴졌다.

점심을 먹는 도중 연대장 숙소로부터 그리 멀지 않은 곳에 포탄이 떨어졌다. 마치 지진이 발생했을 때처럼 방바닥과 벽이 흔들렸고, 창문은 화약 연기로 뒤덮였다.

"페테르부르크에서 자네는 이런 경험을 하지 못했을 거야. 그러나 여기서는 이런 뜻밖의 일이 자주 발생하네." 포병 연대장이 말했다. "블란그, 어디에 떨어졌는지 확인해봐."

밖에 나가 확인하고 돌아온 블란그는 광장에 떨어졌다고 보고했다. 그리고 포탄에 관한 이야기는 더 이상 하지 않았다.

점심식사가 끝나기 바로 직전에 포병 중대의 늙은 서기가 봉투 세 장을 들고 방 안으로 들어와서 포병 연대장에게 전달했다. "**상당히 중요한** 겁니다. 방금 카자크병이 포병 사령관으로부터의 전갈을 가져왔습니다." 모든 장교는 몹시 궁금한 표정을 지으며, 봉투를 뜯고 **상당히 중요한** 서류를 꺼내 든 연대장의 손가락을 바라보았다. 대체 무슨 일일까? 모두들 스스로에게 질문을 던졌다. 철수하라는 명령일 수도 있고, 모든 포병 중대를 방어선으로 이동하라는 명령일 수도 있었다.

"또 그거야!" 연대장은 화를 내며 서류를 책상 위에 내던졌다.

"무슨 일입니까, 아폴론 세르게이치?" 고참 장교가 물었다.

"어딘가 주둔하고 있는 박격포 중대로 장교 한 명과 포수 한 명을 보내달라는 거야. 지금 우리는 장교가 네 명밖에 없는데다, 포수도 전열을 짜기에 턱없이 부족한 형편인데." 포병 연대장이 투덜거렸다. "여기도 모자라는 형편에 또 요구를 하니. 그러나 아무튼 누군가 가긴 가야 되는데, 제군들." 그는 잠시 침묵하고 나서 말했다. "7시에 로가트카로 떠나라는 명령이야…… 누군가 가야만 하는데……. 준위를 보낸다! 결정은 제군들이 하시오." 그가 말했다.

"그런데 준위는 아직 경험이 전혀 없는데." 체르노비츠키가 볼로쟈를 가리키면서 말했다.

포병 연대장은 아무 말도 하지 않았다.

"제가 가겠습니다." 볼로쟈는 식은땀이 그의 등과 목에 흐르는 것을 느끼며 말했다.

"안 돼, 왜 가겠다는 거야!" 대위가 볼로쟈의 말을 가로막았다. "물론 누구도 거절할 수 없지만, 동시에 어느 누구에게도 강요할 사안이 아니야. 그러니 만일 연대장님이 우리에게 위임해 주신다면 지난번처럼 제비뽑기로 결정하겠습니다."

모두들 찬성했다. 크라우트는 종이를 찢어 돌돌 말아서 모자 속에 집어넣었다. 대위는 우스갯소리를 하면서, 용기를 북돋기 위해서 연대장에게 포도주를 내놓으라는 요청을 하기로 다짐했다. 쟈덴코는 침울하게 앉아 있었다. 볼로쟈는 미소를 짓고 있었고, 체르노비츠키는 자기가 반드시 뽑힐 거라고 말했다. 크라우트는 아주 태연했다.

볼로쟈가 첫 번째로 제비를 뽑았다. 그는 모자 속에서 다른 종이보다 조금 긴 종이를 잡았다. 그 순간 그의 머릿속에는 다른 종이로 바꿔야겠다는 생각이 들었다. 그는 조금 짧고 약간 두툼한 종이로 바꿔 잡았다. 종이를 꺼내 펼치자 '간다'라는 글자가 적혀 있었다.

"제가 뽑혔네요!" 그는 한숨을 쉬며 말했다.

"그래, 무사히 갔다 오게. 오자마자 포화 세례를 받게 되었네." 연대장은 선한 미소를 지으며 당황해하고 있는 준위의 얼굴을 바라보면서 말했다. "빨리 떠날 채비를 하게. 그리고 좀 밝은 표정을 하게나. 블란그가 포병 상사 대신 자네와 함께 갈 걸세."

21

블란그는 자기가 지명된 것을 크게 만족스러워하며 신바람 나게 뛰어다니며 떠날 채비를 했다. 복장을 갖추고 그는 볼로쟈에게 접는 침대, 모피 외투, 오래된 『조국 잡기』(19세기 중엽에 발행된 문학잡지—옮긴이), 알코올램프용 커피포트, 그리고 기타 잡동사니 물건들을 가지고 가라고 일러주었다. 대위는 볼로쟈에게 우선적으로 박격포 사격용 『교본』에 있는 고도표를 정확하게 복사하라고 충고했다. 볼로쟈는 즉시 그 일에 착수했다. 그는 비록 위험에 대한 두려움과 자신이 겁쟁이가 될 것이라는 염려 때문에 조금 불안했지만, 놀랍게도 어제와는 비교가 안 될 정도로 불안한 감정이 훨씬 경미해졌다는 것을 느꼈다. 이처럼 경미해지게 된 원인은 지금이 낮이라는 것과 그가 활동을 하고 있다는 것, 그리고 가장 중요한 원인은 공포라는 것이 모든 강렬한 감정이 그렇듯 오랫동안 지속되지는 않는다는 것 때문이었다. 다시 말해 그는 공포를 극복할 수 있었던 것이다. 7시쯤 되자, 태양이 니콜라예프스키 병영 뒤로 모습을 감추기 시작했다. 포병 상사가 볼로쟈에게 와서 병사들이 떠날 채비를 마치고 그를 기다리고 있다고 알려주었다.

"명부를 **블란그**에게 전달했습니다. 그에게 받으십시오, 장교님!" 상사가 말했다.

스무 명가량의 포병이 소지품도 없이 단검만을 차고 숙소 모통이에서 기다리고 있었다. 볼로쟈는 사관생도와 함께 그들에게 다가갔다. '병사들에게 짤막한 연설을 해야 되나, 아니면 제군들 안녕한가! 같은 간단한 인사만 해야 되나, 아니면 아무 말도 하지 말까.' 그는 잠시 생각했다. '그래, 제군들 안녕한가! 하는 말을 못 할 이유가 뭔가. 이 정도는 말해야겠다.' 그는 낭랑한 목소리로 당당하게 "제군들 안녕한가!"라고 외쳤다. 병사들은 즐거운 듯이 응답했다. 젊고 신선한 목소리가 모든 사람의 귀에서 기분 좋게 울려 퍼졌다. 볼로쟈는 병사들 선두에 서서 용감하게 걸었다. 그의 심장은 마치 몇 베르스타를 단숨에 달렸을 때처럼 고동쳤으나, 그의 발걸음은 가벼웠고 상쾌했다. 그가 말라호프 구릉에 도달했을 때, 숙소에서는 그처럼 용감하게 보였던 블란그가 볼로쟈에게서 한 발짝도 떨어지려 하지 않았다. 그는 윙윙거리며 여기저기서 터지는 포탄과 폭탄들이 마치 그에게 정통으로 날아오는 것 같은지, 머리를 잔뜩 수그리고 볼로쟈 곁에 바짝 달라붙곤 했다. 병사들 가운데 몇몇도 그와 같은 행동을 취하곤 했다. 전반적으로 병사들의 얼굴에는 공포나 어떤 불안감이 깃들어 있었다. 그런 모습은 도리어 볼로쟈에게 자신감과 용기를 불어넣어주었다.

'이제 내가 그동안 쓸데없이 두려워했던 말라호프 구릉에 도착했다! 이젠 포탄한테 고개를 숙이지 않고 지나갈 수 있다. 나는 남들처럼 겁을 먹고 있지 않아! 따라서 나는 겁쟁이가 아닐지도 몰라.' 볼로쟈는 속으로 약간의 자기만족과 희열을 느끼면서 생각했다.

그러나 어둠이 깃들 무렵 방어선 사령관을 만나러 코르닐로프 포병 중대로 갔을 때 우연치 않게 눈에 들어온 광경으로 인해 그의 대담함과 자기만족감은 이내 흔들리기 시작했다. 흉장 근처에서 수병 네 명이 군화도 신지 않고 군용 외투도 입지 않은 채 피투성이 시체가 된 병사의 손과 발을 잡고 흉장 너머로 던지려고 흔들고 있었다(포격이 시작된 지 이틀째 되는 날, 방어선에서는 시체를 치울 시간이 없었기 때문에 포병 중대에 방해가 되지 않도록 시체를 참호에 내던지고 있었다). 시체가 흉장 꼭대기에 부딪힌 후 천천히 참호 속으로 떨어지는 광경을 목격하는 순간 볼로쟈는 멍하니 서 있었다. 그때 방어선 사령관이 그를 만나 명령을 하달하고 그가 가야 할 포병 중대와 포수가 가야 할 엄폐호로 인도할 병사를 붙여주었다. 나는 우리의 주인공이 이날 밤 얼마나 큰 공포와 위험과 실망을 체험했는지에 대해 더 이상 이야기하지 않겠다. 그곳에는 그가 기대하고 있었던, 볼코프 들판에서 보았던 정확하고 질서정연하게 정돈된 대포 대신에 포탄으로 파괴되어 표준기도 없는 박격포 두 문만이 덩그러니 놓여 있었다. 그중 하나는 포탄에 맞아 사용이 불가능했고, 나머지 하나는 부서진 포차의 나뭇조각 위에 놓여 있었다. 포차를 고치려해도 다음 날 아침까지는 수리병을 찾을 수가 없었다. 그리고 포탄 역시 『교본』에 규정된 중량을 갖춘 것이 하나도 없었다. 포격이 치열해지면서 볼로쟈가 **명령**을 내릴 수 있는 병사 두 명이 부상당했고, 그 역시 스무 번가량 죽을 고비를 넘겼다. 다행스럽게도 키가 무척 큰 해군 포술장이 그의 조수로 임명되었다. 박격포 곁에 붙어 있다시피 한 포술장은 박격포가 기능을 발휘할 수 있다는 것을 볼로쟈에게 확신시켜주었다. 그는 한밤중에 등불을 들고 방어선을 마치 자기 채소밭이나 되는 듯이 돌아다니면서 볼로쟈에게 내일까지 모든 것을 정비하겠다고 약속했다. 안내하는 병사가 그를 데리고 간 엄폐호는 돌을 깔아 만든 2평방 사젠 크기에 두께가 1아르신 정도 되는 목재를 덮어씌운 길쭉한 구덩이였다. 볼로쟈는 이 구덩이 안에 그의 병사들과 함께 앉아 있었다. 1아르신밖에 되지 않은 엄폐호 입구를 보고 밖에서 블란그가 제일 먼저 엎드리며 달려 들어갔다. 급하게 들어가느라 돌바닥에 자빠질 뻔했던 그는 구석에 웅크리고 앉았고, 밖으로 나가고 싶어 하지 않는 듯했다. 병사들 가운데 몇몇은 벽 옆에 자리를 잡고 파이프 담배를 피우기 시작했다. 볼로쟈는 구석으로 자신의 접는 침대를 밀어 넣고 촛불을 켠 후, 담배를 피우면서 침대에 누웠다. 포성과 총성이 엄폐호 위에서 끊임없이 들려왔다. 그러나 천장에서 흙이 떨어질 정도로 세차게 엄폐호를 흔들어대는 근처에 위치한 아군 대포의 포성을 제외한 나머지 소리는 그다지 크게 들리지 않았다. 엄폐호 안은 조용했다. 병사들은 새로 부임한 장교를 약간 불편하게 생각하면서 서로가 서로에게 옆으로 조금 비켜달라거나, 담뱃불을 빌려달라고 소곤댔다. 돌 틈 사이에서 쥐가 무엇인가를 갉고 있는 소리가 들려왔다. 아직도 정신을 차리지 못한 블란그는 두려움에 떨며 사방을 멍하니 두리번거리다가 갑자기 큰 한숨을 내쉬었다. 한 자루 촛불이 비추고 있는, 병사들로 꽉 들어차 있는 한쪽 구석에 놓인 침대 위에서 볼로쟈는 아늑한 감정을 느끼고 있었다. 그 감정은 마치 그가 어린아이였을 때 숨바꼭질을 하면서 장롱이나 어머니의 치마 속에 기어 들어가서, 숨도 크게 쉬지 못하고 귀를 기울이며 어둠을 무서워하면서도 무엇인지 모를 쾌감을 느꼈던 때의 그것과 유사했다. 그는 다소 기분이 나빴지만 한편으론 유쾌했다.

22

십 분 정도 지나자 어느 정도 대담해진 병사들이 이야기를 주고받기 시작했다. 장교의 침대와 촛불이 놓여 있는 근처에는 포병 상사 두 명을 포함해 비교적 주요 인물들이 모여 있었다. 상사 중에 한 사람은 게오르기 훈장을 제외한 모든 훈장을 받은 백발의 늙은 상사였고, 또 다른 사람은 싸구려 궐련만을 피우는 강제 모병 출신의 젊은 상사였다. 장교의 시중을 항상 자신의 의무처럼 생각하고 있는 고수와, 포수들과 기병들도 가까이 앉아 있었다. 그림자가 진 엄폐호 입구 근처에는 **하급 병사**들이 모여 있었다. 급작스럽게 엄폐호 안으로 들어온 어떤 병사의 이야기를 듣고 병사들이 시끌벅적하게 웅성거리기 시작했다.

"여보게, 길가에 좀 더 앉아 있지 그랬어? 처녀들이 노래 부르는 것이 그리 유쾌하지 않았던 모양이지?" 어떤 병사가 말했다.

"시골에서는 들어보지도 못했던 멋진 노래를 부르더군." 엄폐호 속으로 들어온 병사가 웃으면서 말했다.

"바신은 포탄을 좋아하지 않는 모양이군! 물론 그럴 테지!" 귀족 출신의 어떤 병사가 한쪽 구석에서 말했다.

"천만에! 필요하다면 언제라도 변할 수 있어." 바신은 천천히 말했다. 그가 이같이 말할 때 다른 병사들은 침묵하고 있었다. "놈들이 24일엔 무지막지하게 쏘아댔지. 피해를 입지는 않았지만 개죽음 당할 뻔했어. 그런데도 지휘부는 왜 우리 동료들한테 고맙다는 말을 하지 않는 거야."

"그런데 멜리니코프는 지금 밖에 앉아 있어." 누군가가 말했다.

"그래? 그럼 멜리니코프를 들여보내." 늙은 상사가 말했다. "그러다가 진짜로 개죽음 당할지도 몰라."

"멜리니코프는 어떤 사람인가요?" 볼로쟈가 물었다.

"아, 우리 소대에 미련한 병사 한 명이 있습니다. 그자는 어찌된 영문인지 도통 겁이 없어요. 지금도 밖에서 돌아다니고 있답니다. 한번 보세요. 꼭 **곰처럼** 생겼습니다."

"그자는 주술을 부릴 줄 알아요." 또 다른 구석에서 바신의 느릿느릿한 목소리가 들려왔다.

멜리니코프가 엄폐호 안으로 들어왔다. 그는 뚱뚱하고(병사들 가운데 뚱뚱한 사람을 발견하기란 쉽지 않다) 붉은 머리에 이마가 툭 튀어나왔고 하늘색 맑은 눈을 소유한 미남이었다.

"그래, 자네는 포탄이 무섭지 않은가?" 볼로쟈가 물었다.

"포탄이 왜 무섭다는 겁니까!" 멜리니코프는 어깨를 으쓱거리고 머리를 긁적이며 대답했다. "저는 절대 포탄 때문에 죽지는 않는다는 것을 잘 알고 있습니다."

"그래서 자네는 이곳에서 살고 싶다는 건가?"

"예, 그러고 싶습니다. 여기가 재미있잖아요!" 그는 느닷없이 웃음을 터뜨리면서 말했다.

"그래, 그렇다면 출격할 때 자네를 뽑아야겠군! 괜찮다면 내가 장군한테 부탁드릴까?" 볼로쟈가 말했다. 그러나 실상 이곳에는 그가 아는 장군이 한 명도 없었다.

"좋습니다! 그렇게 해주세요!"

그리고 멜리니코프는 다른 병사들 뒤에 숨었다.

"여보게들, 노스키 게임(진 사람의 코를 카드 패로 때리는 카드게임—옮긴이) 하세! 누구 카드 가진 사람 있나?" 서두르는 듯한 그의 목소리가 들렸다.

그로부터 얼마 지나지 않아 한쪽 구석에서 카드게임이 시작되었다. 코를 때리는 소리, 웃음소리, 그리고 패를 돌리는 소리가 들려왔다. 볼로쟈는 호감을 얻기 위해 고수가 준비한 사모바르로 상사들과 함께 차를 마시며 농담도 하고 이런저런 이야기도 나누었다. 그리고 그들이 그에게 존경심을 표하는 데 대해 크게 만족했다. 귀족 출신 장교인 볼로쟈가 **순수한** 사람이라는 것을 눈치챈 병사들도 이야기에 함께 끼어들었다. 그중에 한 병사가 믿을 만한 수병이 전한 이야기라며 다음과 같이 말했다. 황제의 동생 키스텐틴이 우리를 구원하러 미국 함대를 이끌고 와서 2주일간 휴전협정을 체결한다는 것이다. 그리고 휴전협정 기간 동안 이를 어기고 어느 한쪽에서 발포를 할 경우, 한 발마다 75코페이카의 벌금을 물기 때문에 세바스토폴 요새의 포위가 얼마 가지 않아 풀릴 것이라고 말했다.

볼로쟈의 눈에 비친 바신은 구레나룻을 기르고 선량하게 생긴 커다란 눈에 호리호리하고 키가 작은 인물이었다. 그는 병사들 앞에서 자신이 휴가 갔던 이야기를 꺼냈다. 집에 도착했을 때 사람들은 휴가 나온 그를 보고 매우 기뻐했으나, 얼마 지나지 않아 아버지는 그를 일터로 내몰기 시작했고, 산림경비대 중위는 그에게 자신의 부인을 마차로 데려다주는 일을 시켰다는 것이다. 모두들 바신이 이야기하기 시작했을 때에는 조용했다가 나중엔 깔깔대며 한바탕 웃음을 터뜨렸다. 그의 이야기는 볼로쟈를 더 없이 즐겁게 만들었다. 볼로쟈는 더 이상 공포도, 엄폐호 안이 비좁은 것에 대한 불만도, 그리고 악취도 느끼지 못했을 뿐 아니라 오히려 마음이 더없이 가벼워졌고 기분이 상쾌해졌다.

이미 많은 병사들이 누워서 코를 골고 있었다. 블란그도 바닥 위에 몸을 길게 펴고 누웠고, 늙은 상사도 군용 외투를 깔고 성호를 그으면서 취침기도를 하고 있었다. 그때 볼로쟈는 바깥 상황을 점검하기 위해 엄폐호 밖으로 나가려고 일어섰다.

"발을 오므려!" 병사들은 그에게 길을 내주기 위해 서로에게 소리쳤다.

잠을 자는 줄 알았던 블란그가 느닷없이 고개를 쳐들고 볼로쟈의 군용 외투 자락을 움켜잡았다.

"안 됩니다. 절대 나가시면 안 됩니다!" 그가 당장이라도 울음을 터뜨릴 듯한 애절한 말투로 말했다. "장교님은 밖에 포탄이 떨어지고 있다는 것을 잘 아시잖아요? 여기 계시는 편이 더 나은데……."

그러나 그의 간청에도 아랑곳없이 볼로샤는 엄폐호에서 나와 입구 문턱에 앉았다. 그곳에는 벌써 멜리니코프가 나와서 군화를 갈아 신고 있었다.

엄폐호 속에 있다가 나오니 공기가 한층 더 맑고 신선했다. 밤은 청명하고 고요했다. 대포 소리와 더불어 흙 포대를 나르는 수레바퀴 소리와 탄약고 위에서 일하고 있는 병사들의 이야기 소리가 들려왔다. 머리 위에는 별이 빛나는 높은 하늘이 보였고, 그 하늘을 따라 포탄의 불꽃이 끊임없이 질주하고 있었다. 왼쪽으로 1아르신 떨어진 다른 엄폐호로 통하는 자그마한 입구에 수병들의 다리와 등이 보였고, 술에 취한 목소리도 들려왔다. 앞쪽에는 높이 솟아 오른 탄약고가 보였고, 그 옆으로 허리를 굽히고 있는 병사들의 모습이 어슴푸레 보였다. 탄약고 꼭대기에는 끊임없이 소리를 내면서 날아가는 포탄과 탄환 밑으로, 검은 외투를 입고 주머니에 손을 넣고 병사들이 포대로 운반해 온 흙을 발로 밟고 서 있는 키가 큰 사람이 보였다. 점점 더 자주 날아드는 포탄은 탄약고 근처에 떨어졌다. 그러자 흙을 나르는 병사들이 몸을 구부리며 옆으로 피하곤 했다. 그러나 검은 형체의 인물은 동요하지 않고 태연히 흙을 발로 밟고 있었다.

"저 검은 형체는 누군가?" 볼로샤는 멜리니코프에게 물었다.

"잘 모르겠는데요. 가서 알아보고 오겠습니다."

"가지 마. 그럴 필요 없어."

그러나 멜리니코프는 볼로쟈의 말에 아랑곳하지 않고 검은 형체가 있는 곳으로 다가갔다. 그는 한참 동안 아무 일 없다는 듯이 그의 옆에 서 있었다.

"장교님, 탄약고를 지키는 초병입니다!" 그가 돌아와서 말했다. "포탄으로 탄약고에 구멍이 났기 때문에 보병들이 흙을 운반하고 있습니다."

이따금씩 포탄이 똑바로 날아와 엄폐호 문을 맞출 것 같다는 생각이 들기도 했다.

그럴 때마다 볼로쟈는 구석에 몸을 숨겼다가, 다시 날아오지 않을까 염려하며 머리를 내밀어 위를 쳐다보곤 했다. 블란그는 볼로쟈에게 엄폐호 안으로 들어오라고 여러 차례 졸랐으나, 그는 세 시간 동안이나 밖에 앉아서 자신의 운명을 시험하고, 포탄이 날아오는 것을 관찰하면서 어떤 만족감을 느끼고 있었다. 한밤중이 되었을 때 그는 어디에서 얼마만큼의 포탄이 발사되고, 또한 그 포탄들이 어디로 떨어지는지를 알게 되었다.

23

열 시간을 숙면하고 다음 날인 27일에 볼로쟈는 원기가 넘치고 생생한 모습으로 아침 일찍 엄폐호에서 나왔다. 블란그 역시 그와 함께 밖으로 기어 나오려 했으나, 첫 번째 포탄 소리가 들리자 재빨리 허리를 굽히고 머리로 들이밀면서 다시 엄폐호 안으로 허겁지겁 들어가는 바람에 밖으로 나가려던 병사들을 한바탕 웃겼다. 바신과 늙은 상사, 그리고 몇몇 병사들만이 참호쪽으로 걸어갔고, 나머지 병사들은 그러지 못했다. 대부분의 병사들은 아침의 맑은 공기를 마시기 위해 악취가 나는 엄폐호로부터 빠져나와, 어제 저녁처럼 맹렬한 포격에도 아랑곳하지 않고 엄폐호 입구나 흉장 밑에서 서성이고 있었다. 멜리니코프는 먼동이 틀 무렵부터 아무렇지도 않은 듯이 위쪽을 바라보면서 이쪽 포병 중대에서 저쪽 포병 중대로 산책하고 있었다.

노병 두 사람과 유대인같이 보이는 곱슬머리의 젊은 병사가 엄폐호 입구에 앉아 있었다. 젊은 병사는 땅바닥에 뒹구는 총알 하나를 집어 들고 이를 돌멩이로 두드려 넓적하게 만든 다음, 칼로 다듬어 게오르기 훈장과 비슷한 십자 훈장을 만들었다. 두 노병은 대화를 나누면서 그가 십자 훈장을 만드는 것을 쳐다보고 있었다. 십자 훈장은 아주 훌륭하게 만들어졌다.

"이봐, 여기에 얼마 동안 더 있다 보면," 그들 가운데 한 명이 말했다. "강화조약이 체결되고 모두들 제대하게 될 걸세."

"천만에요! 제대하려면 아직 4년이나 더 있어야 돼요. 세바스토폴에 온 지 이제 5개월밖에 되지 않았어요."

"그렇다면 제대 날짜는 생각할 수도 없겠군." 다른 병사가 말했다.

이때 포탄이 소리를 내면서 이야기를 하고 있던 병사들 위로 날아와, 참호를 따라 그들 쪽으로 다가오던 멜리니코프로부터 1아르신밖에 떨어지지 않은 곳에 떨어졌다.

"하마터면 멜리니코프가 당할 뻔했어." 어떤 병사가 말했다.

"난 죽지 않아요!" 멜리니코프가 대답했다.

"자, 용감한 자네에게 내가 이 십자 훈장을 수여하겠네." 십자 훈장을 만든 젊은 병사가 멜리니코프에게 그것을 주면서 말했다.

"그렇지 않네, 여기에서의 1개월을 1년으로 간주하라는 명령이 있었어." 대화는 계속 진행되었다.

"어쨌든 강화조약이 체결되면 **바르샤바에서** 폐하의 열병식이 거행될 거고, 제대는 하지 못하더라도 무기한 휴가는 받을 거야."

이때 금속성 소리를 내는 시뻘건 탄환이 날아와 머리 위를 지나쳐 돌에 부딪쳤다.

"조심해, 그러다가 저녁이 되기도 전에 **아주** 죽을지도 몰라." 병사들 가운데 한 명이 말했다.

그러자 모두들 웃음을 터뜨렸다.

그런데 저녁때까지는 고사하고 두 시간 동안 벌써 두 명이나 목숨을 잃었고, 다섯 명은 부상을 당했다. 그런데도 나머지 병사들은 계속해서 농담을 주고받고 있었다.

아침녘에 정말로 박격포 2문이 발포할 수 있는 상태로 수리되어 있었다. 9시쯤 볼로쟈는 방어선 사령관이 지시한 대로 부하들을 소집하고, 그들을 인솔해 포병 중대로 향했다.

전투가 임박하자 병사들은 어제와 달리 두려워하는 모습을 조금도 보이지 않았다. 다만 블란그만이 두려움을 극복하지 못하고 몸을 움츠리고 있었다. 바신도 얼마 동안은 평정을 잃고 안절부절못하며 몸을 웅크렸다. 그러나 볼로쟈는 기뻐하며 어찌할 바를 모르고 있었다. 그의 머릿속에는 위험하다는 생각이 전혀 들지 않았다. 자신이 성실하게 임무를 수행하고 있으며, 겁쟁이가 아니고 용감한 사람이라는 확신, 호기심 가득한 눈빛으로 자신을 바라보는 스무 명가량의 부하를 거느리고 있다는 지휘관으로서의 감정이 그로 하여금 용감한 자라는 인식을 스스로 갖게 만들었다. 심지어 그는 자신의 용감함을 과시하면서 병사들의 시선을 끌기 위해 일부러 사격용 발판 위에 올라가 외투의 단추를 풀어헤쳤다. 때마침 이곳에서 8개월 동안 근무하면서 병사들의 용감한 행동을 자주 목격했던 방어선 사령관이 우연히 자신의 구역을 시찰하다가 넋을 잃은 채 볼로쟈를 바라보았다. 외투 자락을 열어 젖히고, 하얗고 부드러운 목덜미와 붉은색 셔츠를 드러내 보이며 볼로쟈는 상기된 얼굴에 눈빛을 반짝이며 분주히 손을 놀리면서 찰랑거리는 목소리로 "제1포문 발포, 제2포문 발포!"라고 외친 후, 흉장 위로 올라가 발포된 포탄이 어디에 떨어지는지 바라보았다. 11시 반쯤 되어서야 양측의 포격이 잠잠해졌다. 그러나 12시 정각이 되자 말라호프 언덕과 제2, 제3, 제4 방어선에서 격전이 다시 시작되었다.

항만 앞쪽에 자리 잡고 있는 인케르만과 세베르나야 요새 중간에 위치한 전신소 근처 언덕에 수병 두 명이 서 있었다. 그중 한 명은 장교인데, 그는 망원경으로 세바스토폴 요새를 바라보고 있었다. 또 다른 사람은 카자크병과 함께 커다란 도로 표지판 쪽으로 걸어가고 있었다.

밝게 빛나는 태양이 항만 위에 높이 떠서 따스한 햇살을 반짝이면서 정박해 있는 함정과 움직이고 있는 돛단배와 보트를 어루만지고 있었다. 가볍게 불어오는 산들바람은 전신소 근처에 있는 떡갈나무의 마른 잎을 살며시 흔들어댔고, 돛단배의 돛을 부풀게 만들며 물결을 흔들고 있었다. 세바스토폴은 이전과 똑같은 모습이었다. 아직 준공되지 않은 예배당, 원주, 해안도로, 산 위쪽으로 난 가로수 길, 화려한 도서관 건물, 선박의 돛으로 가득한 푸른색 항만, 그림같이 아름다운 수도관의 아치, 그리고 이따금 포화로 발생한 보라색 불빛에 의해 빛나는 구름같이 피어오르는 파란 화약 연기 등이 예전과 똑같았다. 여전히 아름답고 자랑스러운 도시인 세바스토폴의 한쪽은 구름 같은 노란 연기로 뒤덮인 산으로 둘러싸여 있고, 반대쪽은 햇빛에 일렁이는 푸른 바다로 둘러싸인 채 항만 저편에 모습을 드러내고 있었다. 기선이 내뿜는 검은 연기의 띠가 길게 늘어선 수평선 위로 바람을 기약하는 길쭉하고 하얀 구름이 넓게 퍼져 있었다. 요새를 따라, 특히 왼쪽에 위치한 산등성이를 따라 갑자기 뭉게뭉게 피어오르는 하얀 연기는 번쩍이는 섬광과 더불어 다양한 모양을 형성하면서 하늘을 검게 물들이고 있었다. 연기는 요새의 여기저기서 피어올랐다. 산등성이에, 적군의 포대 위에, 도시 위에,

그리고 하늘 높이 피어올랐다. 포탄이 터지는 소리는 끊이지 않았고, 온 천지에 울려 퍼지면서 대지에 진동했다.

12시가 되자 연기는 차츰 뜸하게 피어올랐고, 굉음으로 인한 대지의 진동도 한결 수그러졌다.

"그런데 제2방어선에서는 전혀 응사하고 있지 않군." 말을 타고 있던 기병 장교가 말했다. "모두 파괴되었군! 몸서리치네!"

"말라호프 포대도 적군이 세 발을 쏠 때 겨우 한 발을 응사하고 있네." 망원경으로 바라보고 있던 장교가 대답했다. "응사를 하지 않는 것을 보고 있으니 화가 치미네. 적군의 포탄이 코르닐로프스카야 포대에 정통으로 떨어졌는데도 아군은 응사하고 있지도 않아."

"12시가 가까워지면 놈들이 포격을 멈출 거라고 내가 말했지. 오늘도 그래. 자, 아침식사나 하러 가세…… 모두들 우리를 기다리고 있을 거야…… 더 이상 들여다볼 것도 없어."

"가만히 있어, 방해하지 마!" 망원경으로 세바스토폴 쪽을 유심히 바라보고 있던 장교가 대답했다.

"무슨 일이야? 어떻게 된 거야?"

"참호에 있는 모든 프랑스 병사들이 출동하기 시작했어."

"그래, 그런 것 같군." 해군 장교가 말했다. "프랑스 병사들이 출동하고 있다는 신호를 보내야 돼."

"저기 좀 봐! 참호에서 빠져나왔어."

프랑스 포대에서 빠져나온 검은 점들이 산등성이에서 내려와 협곡을 가로질러 방어선 쪽으로 진격하는 것이 육안으로 보였다. 이 점들의 앞부분은 벌써 아군 전선 근처에 검은 띠를 형성하고 있었다. 발포하면서 발생한 하얀 연기가 마치 이곳저곳에서 날뛰는 것처럼, 방어선 여기저기서 피어올랐다. 바람은 마치 빗줄기가 창문을 때리듯이 극성스럽게 퍼붓고 있는 총소리를 실어 날랐다. 포화의 연기 속에서 검은 점들이 점점 더 가깝게 전진하고 있었다. 발포 소리는 더욱 격렬해졌고, 지속적으로 들려오는 굉음과 한데 어우러졌다. 하얀 연기는 더욱 자주 발생했고 전선을 따라 퍼져 나가면서 군데군데 보랏빛 구름을 형성했다. 그리고 그 속에서 불꽃과 검은 점들이 번뜩였다. 온갖 소음들이 한데 어울려 폭음 속에 용해되었다.

"돌격!" 창백해진 장교는 해군 장교에게 담배 파이프를 건네면서 소리 질렀다.

말을 탄 카자크 병사들과 장교들이 달려 나갔고, 사령관은 참모들과 함께 마차를 타고 그들 옆으로 달려갔다. 모든 병사의 얼굴에는 침통한 흥분과 알 수 없는 공포가 깃들어 있었다.

"놈들이 빼앗다니, 어림도 없지!" 말을 탄 어떤 장교가 말했다.

"아이코, 깃발이! 저것 좀 봐! 저것 좀 봐!" 또 다른 장교가 망원경에서 눈을 떼고 흥분해 숨을 헐떡거리면서 말했다. "프랑스 깃발이 말라호프 포대 위에 꽂혀 있네!"

"그럴 리가!"

25

그날 밤 형 코젤리초프는 잃었던 돈을 한 차례 따기도 했지만, 결국 소매 속에 꿰매두었던 금화까지 홀랑 날리고 아침녘이 되어서야 제5방어선 병영에서 속상하고 고통스러운 가운데 깊은 잠에 빠졌다. 바로 그때 여러 사람들이 시끄럽게 떠들어대는 운명의 외침이 들렸다.

"비상!"

"주무시면 안 됩니다. 미하일 세묘느이치! 돌격!" 누군가가 외치는 소리가 들려왔다.

"어린 학생이 장난치는 게 틀림없어." 외치는 소리를 곧이듣지 않고 눈을 뜬 채 그는 지껄였다.

그러나 갑자기 특별한 이유도 없이 창백하고 놀란 얼굴로 이 구석 저 구석을 뛰어다니고 있는 한 장교를 보고서야 그는 모든 상황을 이해했다. 이처럼 위급한 상황에서 중대로 돌아가려 하지 않는다면 겁쟁이로 취급할지 모른다는 생각이 그를 자극했다. 그는 혼신을 다해 중대로 달려갔다. 포격은 이미 끝났고 총격전이 절정에 달해 있었다. 총탄은 소총을 쏘듯이 한 발씩 날아오는 것이 아니라, 가을에 새 무리가 떼를 지어 머리 위로 한꺼번에 날아가듯 무더기로 날아왔다. 어제 그의 중대가 주둔했던 곳은 온통 연기로 휩싸였고, 적군의 외침과 함성만이 들려올 뿐이었다. 부상을 당한 병사들과 부상을 당하지 않은 병사들이 떼를 지어 그의 앞쪽으로 달려왔다. 서른 발짝 정도 전진했을 때, 그는 자신의 중대원들이 흉장에 바짝 달라붙어 있는 것을 발견했다. 그들의 놀라고 창백한 얼굴은 말로 표현할 수 없을 지경이었다. 다른 병사들의 얼굴도 마찬가지였다.

공포감이 코젤리초프에게 밀려들었고 섬뜩한 전율이 온몸에 퍼졌다.

"슈바르츠가 점령당했어요." 어떤 젊은 장교가 공포에 질려 이를 딱딱 부딪치며 말했다. "모든 것이 끝장났어요!"

"쓸데없는 소리 하지 마." 코젤리초프는 성질을 내며 말했다. 스스로의 몸짓으로 본인의 사기를 높이면서 그는 철제로 만든 무딘 작은 군도를 휘두르며 소리쳤다.

"모두 전진! 돌격!"

우레와도 같은 그의 목소리는 자신의 사기를 북돋아주었다. 그는 흉장을 가로질러 앞으로 달려갔다. 병사 오십여 명이 소리를 지르며 그의 뒤를 따랐다. 흉장을 벗어나 엄폐물이 없는 공지로 나왔을 때 탄환은 우박처럼 쏟아졌다. 그는 총알 두 발을 맞았다. 그러나 어느 부위에 총알을 맞았는지, 스쳤는지, 아니면 부상을 입었는지 확인할 겨를이 없었다. 앞쪽 연기가 자욱한 곳에서 파란색 제복과 빨간색 바지가 어른거리면서 러시아인의 목소리와는 다른 어떤 외침이 들려왔다. 프랑스 병사 한 명이 흉장 위에서 모자를 흔들면서 무언가를 외치고 있었다. 코젤리초프는 전사할 것을 각오했다. 그의 각오는 자신에게 용기를 북돋아주었다. 그는 앞으로 달려갔다. 몇몇 병사들이 그와 나란히 달렸다. 또 다른 병사들이 옆쪽에서 뛰어들면서 합류했다. 파란색 제복을 입은 프랑스 병사들은 자기들의 참호 쪽으로 도주하면서 여전히 같은 거리를 유지했다. 발밑에는 부상병과 전사자들이 쓰러져 있었다. 바깥쪽 참호까지 달려갔을 때 코젤리초프의 눈앞에 보이는 모든 사물이 갑자기 아물거리기 시작했다. 가슴에 통증을 느낀 그는 사격용 발판 위에 앉아, 파란색 제복을 입은 무리들이 혼비백산하며 자신들의 참호로 도망가는 모습과, 들판 여기저기에 빨간색 바지에 파란색 제복을 입은 전사자들이 쓰러져 있고 부상병들이 기어 다니는 광경을 바라보면서 큰 희열을 느끼고 있었다.

반시간쯤 지나서 그는 자신이 부상당해 니콜라예프스카야 병영 근처 들것 위에 누워 있다는 것을 알아차렸다. 그는 통증을 느끼지 않았지만, 찬물을 마시고 조용히 누워 있고 싶었다.

작은 키에 뚱뚱하고 텁수룩한 검은색 구레나룻을 기른 군의관이 그에게 다가와 그의 군용 외투 단추를 풀었다. 코젤리초프는 군의관이 부상당한 부위를 치료하는 과정을 지켜보고 그의 얼굴을 쳐다보았다. 아무런 통증도 느껴지지 않았다. 군의관은 코젤리초프의 셔츠로 상처를 덮고 외투 자락에 자신의 손가락을 문지른 후, 아무 말 없이 그를 바라보고는 다른 부상병에게 갔다. 코젤리초프는 자기 눈앞에서 일어나는 일을 무의식적으로 쳐다보고만 있었다. 잠시 후 그는 제5방어선에서 일어났던 일을 회상했다. 자신의 의무를 성실히 수행했고 군복무를 하는 동안 처음으로 훌륭한 행동을 취했다고 평가하며, 어느 누구도 자신을 비난할 수 없을 것이라는 확신을 갖고 스스로 만족스러워했다. 군의관은 부상당한 다른 장교에게 붕대를 감아주면서, 십자가를 들고 옆에 서 있는 붉은 구레나룻이 텁수룩하게 난 군목에게 코젤리초프를 가리키며 뭐라고 말했다.

"뭡니까, 나는 죽는 겁니까?" 군목이 다가오자 코젤리초프가 물었다.

군목은 아무런 대답도 하지 않고 그냥 기도문을 읽고 그에게 십자가를 건네주었다.

죽음은 코젤리초프를 당황하게 만들지 않았다. 그는 맥이 풀린 두 손으로 십자가를 받아 들고 입술에 갖다 댄 후 울음을 터뜨렸다.

"프랑스 놈들이 모든 곳에서 격퇴되었습니까?" 그는 군목에게 물었다.

"도처에서 아군이 크게 승리했습니다." 군목은 부상당한 그를 괴롭히지 않으려고 말라호프 구릉에 이미 프랑스 깃발이 휘날리고 있다는 것을 숨기면서 승리라는 단어에서 **문자 O**를 강조하며 대답했다.

"다행입니다, 하나님께 영광을." 자신의 두 뺨에 눈물이 흘러내리는 것도 모르는 그는 자신이 영웅적인 과업을 수행했다는 것을 인식하고, 형언할 수 없는 환희를 느끼면서 말했다.

그때 불현듯 동생에 대한 생각이 그의 뇌리를 스쳤다. '하나님, 그 아이에게도 이 같은 행복을 주옵소서.' 그는 생각했다.

26

그러나 볼로쟈를 기다리고 있는 운명은 그렇지가 못했다. 그가 바신의 이야기를 듣고 있을 때, 병사들이 "프랑스 놈들이 쳐들어온다!"라고 소리쳤다. 볼로쟈는 순간적으로 피가 심장으로 역류하고, 두 뺨이 창백하게 얼어붙는 것 같았다. 일순간 그는 꼼짝하지 않고 서 있었다. 그러나 그가 주위를 둘러보았을 때, 병사들이 아주 태평스럽게 군용 외투의 단추를 여미고 한 명씩 나오는 것이 보였다. 멜리니코프였으리라 생각되는 병사가 농담을 했다.

"이보게들, 빵하고 소금을 갖고 가게."

볼로쟈는 그에게서 한 발짝도 떨어지지 않으려 하는 **블란그**와 함께 엄폐호에서 빠져나와 포대가 있는 곳으로 달려갔다. 아직까진 양측의 포격이 시작되지 않고 있었다. 병사들의 태평스런 표정보다는 오히려 자신의 감정을 솔직하게 표현하는 사관생도의 겁에 질린 비참한 표정이 그에게 자극이 되었다. '그래, 내가 저런 친구를 닮을 수는 없지.' 그는 잠시 생각하고 박격포가 설치되어 있는 참호 제방 쪽으로 달려갔다. 프랑스 병사들이 탁 트인 들판에서 아군의 방어선으로 돌진하는 모습과 햇빛에 반짝이는 총검을 들고 가까운 참호 안에서 분주히 움직이는 프랑스 병사들의 모습이 또렷하게 보였다. 의용병 군복을 입은 키가 작고 어깨가 딱 벌어진 병사가 대검을 휘두르며 구덩이에서 뛰어나와 앞으로 돌진했다. "산탄 발사!" 볼로쟈는 사격용 발판에서 내려오면서 소리쳤다. 그러나 병사들은 그의 명령이 떨어지기도 전에 이미 발포 준비를 하고 있었다. 제1박격포와 제2박격포에서 발사된 산탄이 그의 머리 위로 윙윙거리는 금속성 소리를 내며 날아갔다. "제1박격포! 제2박격포!" 볼로쟈는 화약 연기 속에서 위험을 불사하고 두 박격포 사이를 왔다 갔다 하면서 지휘하고 있었다. 아군의 소총 소리와 어수선한 고함 소리가 옆에서 들려왔다.

갑자기 옆쪽에서 몇몇 사람들의 절망에 찬 절규의 목소리가 들려왔다. "놈들이 우회해서 쳐들어온다!" 볼로쟈는 소리가 나는 쪽을 돌아다보았다. 스무 명가량의 프랑스 병사가 뒤에서 홀연히 나타났다. 붉은색 터키모자를 쓰고 검은 수염을 기른 잘생긴 병사가 선두에 서서 달려오고 있었다. 그들은 포대가 있는 곳으로부터 열 발짝 정도 떨어진 곳에 멈추어 서서 사격을 가하고, 다시 앞쪽으로 달려들었다. 그 순간 볼로쟈는 화석처럼 굳어버렸다. 그가 정신을 차렸을 때, 파란색 제복의 프랑스 병사들이 그의 앞에 있는 참호 제방 위에 서 있었고, 심지어 어떤 프랑스 병사는 흉장에서 뛰어 내려와 아군 대포의 포구를 폐쇄하고 있었다. 그의 주위에는 겁에 질린 블란그와 총에 맞아 죽은 멜리니코프뿐이었다. 블란그는 갑자기 지렛대를 움켜쥐고 악에 받친 표정에 두 눈을 부릅뜨고 앞으로 달려 나갔다. "제 뒤를 따라오세요. 블라디미르 세묘느이치! 제 뒤를! 이제 다 끝났습니다!" 블란그는 뒤에서 달려드는 프랑스 병사들을 향해 지렛대를 휘두르면서 절망적인 목소리로 외쳤다. 악에 받친 사관생도의 모습은 프랑스병들을 당황하게 만들었다. 그는 앞에 있던 프랑스 병사의 머리를 내리쳤다. 그러자 프랑스 병사들이 본능적으로 물러섰다. 블란그는 계속 사방을 두리번거리면서 "저를 따라 오세요! 블라디미르 세묘느이치! 서 있지 말고요! 달리세요!"라고 외쳤다. 볼로쟈는 아군 보병들이 프랑스 병사들을 향해 총을 쏘고 있는 참호 쪽으로 달렸다. 참호 속으로 뛰어 들어간 그는 존경스런 블란그가 어떻게 되었는지 알아보려고 그곳에서 얼굴을 내밀었다. 볼로쟈가 서 있던 곳에는 무엇인가가 군용 외투에 덮여서 놓여 있었다. 그곳은 아군을 향해 사격을 가하고 있는 프랑스 병사들에게 완전히 점령당해 있었다.

27

블란그는 제2방어선에서 자신의 포병 중대를 발견했다. 박격 포대로 갔던 스무 명 가운데 단지 여덟 명만이 살아남았다.

그날 밤 8시경 블란그는 중대원과 함께 병사와 대포 그리고 말과 부상병을 가득 실은 기선을 타고 세베르나야로 이동했다. 포격이 이루어지고 있는 곳은 한 군데도 없었다. 이전과 마찬가지로 하늘에는 별들이 반짝이고 있었다. 그러나 강풍이 불어와 바다 물결이 출렁였다. 제1, 제2 방어선에는 지면을 따라 섬광이 번뜩였고, 폭음이 대기를 진동시켰고, 포화는 공중으로 날아오르는 이상하게 생긴 검은 물체와 돌덩이들을 비쳐주었다. 도 크 근처에서 무엇인가가 불타오르고 있었고, 바닷물 속에 붉은 화염이 반영되었다. 니콜라예프스키 포대에서 발생한 불꽃이 사람들로 북적이는 다리를 비추었다. 큼직한 불기둥이 멀리 알 렉산드로프스카야 포대가 위치한 연안의 물 위로 솟아오르며 그 위에 떠 있는 연기구름 밑을 비추고 있는 것 같았다. 그리고 침착하고 오만하게 보이는 불꽃이 이전처럼 저 멀리 바다 위에 떠 있는 적군 함대를 비추고 있었다. 싱그러운 바람이 항만에 잔잔한 물결을 일으켰다. 화재로 인한 불빛 속에 천천히 물속으 로 깊게 가라앉고 있는 아군 함정의 돛이 보였다. 갑판 위에는 사람의 말소리가 들리지 않았다. 좌우로 갈라지는 물결 소리, 단순한 증기 소리, 말들이 코를 쿵쿵거리며 발굽을 구르는 소 리, 대위가 명령하는 소리, 그리고 부상병의 신음이 들렸다. 하 루 종일 아무것도 먹지 않은 블란그는 호주머니에서 빵조각을 꺼내서 씹기 시작했다. 그러다 문득 볼로쟈가 생각나자, 그는 옆에 있던 병사들에게 들릴 정도로 크게 울기 시작했다.

"저것 좀 봐, 빵을 먹으면서 우네. 우리 **블란그** 말이야." 바신 이 말했다.

"이상한데!" 다른 병사가 말했다.

"저것 봐, 우리 병영이 불타고 있네." 그는 한숨을 쉬면서 말 했다. "저기서 우리 동료들이 얼마나 많이 죽었을까. 프랑스 놈 들은 천벌을 받을 거야!"

"어찌됐건 하나님 덕분에 우리가 살아서 빠져나왔어." 바신이 말했다.

"그렇지만 굴욕적이잖아!"

"뭐가 굴욕적이라는 거야? 저놈들이 저기서 어슬렁거린단 말이지? 어디 두고 보자! 우리가 다시 탈환할 거야. 비록 우리 동료들이 많이 죽었지만, 하나님께 맹세컨대 폐하께서 명령만 내리시면 즉시 탈환할 거야! 그래, 우리가 네놈들을 그냥 놔둘 줄 아니? 천만의 말씀! 이놈들아, 거기는 참호도 다 파괴되고 황량한 벽밖에 남은 것이 없어. 네놈들이 언덕 위에 깃발은 날릴 수 있을지 모르지만, 도시는 절대 점령하지 못해. 기다려라. 네놈들한테 진짜로 한번 본때를 보여줄 테니. 어디 두고 보자." 그는 프랑스군을 향해 소리쳤다.

"당연히 그렇게 될 거야." 다른 병사가 확신에 찬 목소리로 말했다.

세바스토폴 방어선을 따라, 얼마나 많은 기간 동안 예사롭지 않은 활력적인 삶을 불살랐던가, 얼마나 많은 기간 동안 영웅들이 하나 둘씩 죽어갔던가, 그리고 얼마나 많은 기간 동안 공포와 증오와 희열이 넘쳐흘렀던가! 이제 세바스토폴 방어선에는 아무도 없다. 모든 것이 사멸했고, 야만적이었고, 무시무시했다. 그러나 잠잠하지는 않았다. 아직도 파괴는 계속되고 있었다. 폭격으로 인해 파헤쳐지고 울퉁불퉁해진 대지 위에 산더미같은 아군과 적군의 시체를 짓누르고 있는 부서진 포차, 영원히 침묵하고 있는 육중한 대포, 무시무시한 힘으로 틀어박혀 반쯤 파묻힌 포탄과 폭탄, 첩첩히 겹쳐진 시신, 구멍 난 통나무 조각과 엄폐호에서 떨어져 나온 파편, 그리고 회색과 파란색 외투를 입은 시체들이 뒹굴고 있었다. 그리고 이 모든 것은 아직도 대지를 진동하는 폭발에 의해 흔들렸고, 붉은 화염에 의해 비춰지고 있었다.

적군은 위협적인 세바스토폴에서 이해할 수 없는 그 무엇인가가 일어나고 있는 것을 인식했다. 방어선에서 발생하는 폭발과 죽음과 같은 침묵이 그들을 전율하게 만들었다. 그들은 아직도 낮에 러시아군이 보여준 완강하고 침착한 저항 때문에, 러시아군이 그곳에서 사라졌다는 것을 믿으려 하지 않았다. 그래서 그들은 움직이지 않고 침묵하며, 부들부들 떨면서 음산한 밤의 종말이 오기를 고대하고 있었다.

음산한 어둠이 깔린 한밤중에 항만의 물결을 가르면서 요란스럽게 출렁거리며 세베르나야로 향하는 세바스토폴 방어군은 마지막 결전을 치르지 말고 적군에게 넘겨주라는 명령을 받았다. 그들은 수많은 용감한 동료들을 잃은 곳으로부터, 자신들의 피로 물든 곳으로부터, 그리고 배나 되는 강력한 적군으로부터 11개월 동안 사수했던 곳으로부터 벗어나 반대쪽으로 이동하고 있었다.

퇴각 명령이 떨어졌을 때 러시아 병사들은 첫 번째로 알 수 없는 고통스런 감정을 느꼈다. 그리고 두 번째로 느낀 감정은 적군이 그들을 추격할지도 모른다는 공포감이었다. 전투에 익숙했던 장소에서 모든 것을 버리고 떠났기 때문에, 병사들은 자신들이 무방비 상태에 놓여 있다고 판단하고 어둠 속에서 강풍으로 흔들리는 다리 입구에서 요란스럽게 서두르고 있었다. 보병, 수병, 마차, 그리고 의용군들은 무리 지어 이동하면서 총검을 부딪치고 난리법석을 떨었다. 말을 탄 기병 장교들이 무리를 헤쳐 나가고 있었고, 주민들과 졸병들은 그들이 들고 온 짐 보따리를 통과시켜달라며 애원하고 있었다. 퇴각을 서두르는 포병은 포차 바퀴 소리를 요란하게 내며 항만을 통과하고 있었다. 모두가 각자 여러 가지 일로 상당히 분주했지만, 그들 모두는 자신들을 보호하기 위해 가능한 한 빨리 이 무시무시한 죽음의 장소에서 벗어나려는 생각을 품고 있었다. 파블로프스카야 해안 거리에서 치명상을 입고 돌바닥에 누워 하나님에게 죽여달라며 간청하고 있는 5백 명가량의 부상자, 말을 타고 지나가는 장군을 위해 안간힘을 쓰며 빽빽하게 걸어가고 있는 무리들을 밀어내는 의용군들, 꿋꿋하게 도하를 지휘하며 성급하게 서두르는 병사들을 제지하고 있는 어떤 장군, 이동하고 있는 포병대대에 끼어들려고 애쓰고 있는 무리 때문에 숨이 막힐 것 같은 어떤 수병, 병사 네 명에 의해 들것에 실려 운반되다가 길이 막혀 니콜라예프스카야 포대 근처에 내버려진 부상당한 장교, 이해가 가지 않는 상관의 명령에 의해 16년 동안 다루었던 대포를 동료들의 도움을 받아 가파른 언덕에서 항만으로 던져버린 포병, 그리고 군함의 현문을 파괴하고 민첩한 동작으로 보트를 저으며 도망치는 수병들. 모두가 가능한 한 빨리 이 무시무시한 죽음의 장소에서 벗어나려는 생각을 품고 있었다. 다리 건너편으로 무사히 빠져나간 병사들은 제각기 모자를 벗고 성호를 그었다. 그러나 그들은 안도감과는 전혀 다른, 무겁고, 더욱 고통스럽고, 그리고 더욱 깊은 어떤 감정을 느꼈다. 그것은 후회, 치욕, 그리고 원한과 같은 감정이었다. 세베르나야에서 거의 모든 병사들은 버리고 온 세바스토폴을 바라보며, 가슴속에 형언할 수 없는 비통함을 느끼고 한숨을 지으며 적군을 위협하고 있었다.

12월 27일 페테르부르크

1855년 8월 4일
초르나강 전투에
관한 노래

1855년 8월 4일 초르나강 전투에 관한 노래

1855년 8월 4일,
우리 고지를 점령하려는
귀신에 홀렸다. (2회 반복)

남작 브레프스키 장군이
고르차코프에 도착했다.
거나하게 취한 상태로. (2회 반복)

"공작, 이 고지들을 고수하라,
나와 함께 격전지로 들어가지 마라.
내가 보고하지 않을 것이다." (2회 반복)

높은 계급의 견장을 단 모든 사람이
회의를 하려고 모였다.
심지어 플라츠-베크-코크까지. (2회 반복)

경찰서장 플라츠-베크-코크는
그에게 말한 것을,
아무것도 생각해낼 수 없었다. (2회 반복)

그들은 오랫동안 생각하고, 예상했다.
지형학자들은 큰 종이 위에
많은 것을 썼다. (2회 반복)

거창하게 종이 위에 써내려갔다.
그들은 협곡에 대해서는 미처 생각하지 못했다.
협곡을 따라서 쳐들어온다는 것을……. (2회 반복)

공작들과 백작들이 말을 타고 떠났다,
볼쇼이 방어선으로.
그들의 뒤를 따라 지형학자들도 떠났다. (2회 반복)

어떤 공작이 말했다. "떠나라, 리프란디."
리프란디가 말한다. "싫어. 됐어,
나는 안 갈 거야. (2회 반복)

똑똑한 사람은 그곳으로 갈 필요가 없어,
레아드, 너나 그곳으로 가라.
나는 여기서 바라보겠다……." (2회 반복)

갑자기 레아드가 말없이
아군을 이끌고 똑바로 다리 쪽으로 향했다.
"자, 돌격." (2회 반복)

베이마른이 울며 애원했다,
조금만 더 기다리겠다고.
"안 돼, 지금 전진해라." (2회 반복)

우샤코프 장군은,
조금도 서두르지 않고,
무엇인가를 기다렸다. (2회 반복)

그는 기다리고 또 기다렸다.
작은 강을 건너기 위해
호흡을 가다듬고 준비했다. (2회 반복)

아군이 "돌격" 하고 소리를 지르기 시작했다.
지원군이 도착하지 않았다고
누군가 거짓말을 했다. (2회 반복)

벨레프초프 장군이
깃발을 흔들었다.
그의 얼굴이 거의 보이지 않았다. (2회 반복)

페쥬히느이 구릉에
아군 세 개 중대가 도착했다.
그런데 적군은 연대급 규모였다……. (2회 반복)

아군의 숫자는 많지 않았다,
프랑스군은 우리의 세 배였다,
구원군은 불투명했다. (2회 반복)

아군은 기다렸다. 지평선에서
구원군 종대가 아군을 지원하기 위해 나타날 것이다.
아군은 신호를 보냈다. (2회 반복)

그곳에는 사켄 장군이
성모 마리아에게
아직도 찬양을 드리고 있었다. (2회 반복)

아군에게 퇴각 명령이 떨어졌다,
R…… 그들의 어머니,
누가 그들을 이곳으로 데리고 왔는가. (2회 반복)

눈보라

눈보라

/

저녁 6시가 지났다. 나는 차를 마시고 나서 역참을 떠났다. 그 역참의 이름은 지금 기억할 수 없지만 노보체르카스카 근방에 있는 돈스키 보이스크 제믈랴 지역(돈 강 유역의 카자크인 거주지—옮긴이)의 어느 곳이었다. 내가 털외투와 담요를 뒤집어쓰고, 알료샤와 나란히 썰매마차를 타고 있었을 때 이미 하루가 저물어가고 있었다. 우리 뒤편에 있는 역참은 따뜻하고 평화롭게 보였다. 아직 눈이 내리는 것도 아닌데 하늘에는 별 하나 보이지 않았다. 우리 앞으로 펼쳐진 깨끗한 눈으로 뒤덮인 평원과는 대조되게 하늘은 여느 때와 달리 검은색을 띠고 낮게 드리워져 있었다.

역참을 벗어난 우리는 검은 형태를 띤 풍차들을 지나갔다. 그중 한 풍차의 커다란 날개가 강풍에 기우뚱거리며 돌고 있었다. 길은 점점 더 험난하고 울퉁불퉁해졌다. 좌측에서 한층 더 심하게 불어오는 바람에 말꼬리와 갈기가 옆으로 휘날렸고, 마차의 썰매와 말발굽 편자가 일으키는 눈이 세차게 휘감기며 위쪽으로 올라갔다. 말방울 소리가 희미하게 들렸고, 한 줄기 찬바람이 소맷귀를 통해 내 등을 파고들었다. 밤새도록 길을 잃고 헤매다가 얼어 죽지 않으려면 역참을 떠나지 않는 것이 좋을 것이라고 말했던 역참지기의 조언이 떠올랐다.

"길을 잃을 것만 같네, 안 그런가?" 내가 마부에게 물었다. 그러나 아무런 답변도 오지 않자, 나는 좀 더 분명한 질문을 던졌다. "그래, 마부, 다음 역참에 무사히 도착할까? 혹시 길을 잃게 되는 건 아닐까?"

"누가 알겠습니까?" 그는 고개도 돌리지 않고 답했다. "보시다시피 눈보라가 이렇게 휘몰아치니, 도통 길이 보여야 말이죠. 하나님 맙소사!"

"그럼, 자네 이야기를 좀 들어봐야겠군. 자네 생각에 마차를 다음 역참까지 몰고 갈 수 있을 것 같은가?" 나는 다시 물었다. "도착할 수 있을까?"

"반드시 도착해야죠." 마부가 이 말을 하고 나서 또 다른 말을 계속해서 지껄였지만, 강풍 때문에 알아들을 수가 없었다.

나는 우리가 들렀던 역참으로 되돌아가고 싶은 생각은 전혀 없었다. 그러나 돈스키 보이스크 제믈랴 지역과 같은 황량한 초원에서 추위와 눈보라 속에 밤새도록 길을 헤맨다는 것은 상상하기도 싫었다. 또한 어둠 속이라 마부의 얼굴을 잘 살펴볼 수는 없었지만, 웬일인지 그는 내 마음에 들지도 않았고 내게 신뢰감도 주지 않았다. 그는 두 다리를 모으고 마부석 한복판에서 옆으로 비스듬히 앉아 있었다. 그의 키는 상당히 컸고, 목소리는 꽤 느렸다. 마부들이 흔히 쓰지 않을 것 같은 그의 커다란 모자가 사방으로 흔들리고 있었고, 말을 모는 솜씨도 어색했다. 그는 마치 마부를 기다리고 있는 하인처럼 두 손으로 고삐를 붙잡고 있었다. 무엇보다도 손수건으로 귀 주변을 동여맨 것 때문에 도무지 믿음이 가지 않았다. 한마디로 말해, 앞자리에 앉아 심상치 않게 흔들리고 있는 마부의 구부러진 등허리가 마음에 들지 않았고, 우리에게 전혀 행운도 따를 것 같지 않았다.

"그런데 제 생각에는, 되돌아가는 것이 좋을 것 같습니다." 알료샤가 나에게 말했다. "헤매봤자 좋을 게 아무것도 없습니다!"

"하나님 맙소사! 보시다시피 눈보라가 이렇게 휘몰아치고 있으니, 길이고 뭐고 보여야 말이지. 눈이 온통 앞을 가려서······ 하나님 맙소사!" 마부가 투덜거렸다.

십오 분도 채 달리지 않았을 때, 마부는 말을 멈추고 알료샤에게 고삐를 건네주었다. 그리고 서툰 솜씨로 마부석에서 발을 빼고, 큰 장화로 눈을 밟으면서 길을 찾으러 걸어갔다.

"아니? 자네 어딜 가는 건가? 길을 잃어버린 건가?" 내가 물었다. 그러나 마부는 그의 눈으로 불어 닥친 바람 때문에 얼굴을 다른 쪽으로 돌린 채, 아무 대답도 하지 않고 썰매마차에서 멀어져 갔다.

"그래, 어떤가? 길은 찾았나?" 그가 돌아오자마자 나는 그에게 물었다.

"길이 없습니다." 우리가 길을 잃어버린 것이 마치 나의 잘못이나 되는 듯, 그는 원망스러운 표정을 지으며 갑자기 내게 퉁명스럽게 말했다. 그리고 다시 천천히 그의 큼직한 다리를 앞좌석으로 집어넣고 얼어붙은 장갑으로 고삐를 움켜잡았다.

"어떻게 해야 되나?" 마차가 다시 움직이기 시작하자 내가 물었다.

"어떻게 하긴요? 그냥 가는 거죠, 뭐."

그리고 우리는 이전과 동일한 속도로, 어떤 곳에서는 눈 속에 썰매마차의 4분의 1 정도가 빠지기도 하고 또 다른 곳에서는 살짝 굳어 있는 눈의 표면을 가르면서 천천히 달렸다.

날씨가 추었음에도 불구하고, 옷깃 위에 떨어진 눈이 무척이나 빨리 녹아내렸다. 밑에서 몰아치는 눈보라는 한층 더 심해졌고, 하늘에서는 드문드문 싸락눈이 내리기 시작했다.

우리는 완전히 길을 잃은 것이 분명했다. 이미 십오 분가량을 더 달렸는데도 1베르스타마다 서 있는 이정표가 보이지 않았다.

"그래, 자넨 어떻게 생각하나?" 다시 마부에게 물었다. "우리가 역참까지 갈 수 있는가?"

"어느 역참을 말씀하시는 겁니까? 말이 가는 대로 내버려두면 되돌아갈 수는 있을 겁니다. 그놈들이 우리를 끌고 갈 겁니다. 그러나 저쪽 역참으로 간다는 것은 아마도…… 스스로 목숨을 끊으려는 행동일 겁니다."

"그렇다면 되돌아가도록 하세." 내가 말했다. "그러다 정말……."

"정말, 되돌아가시겠다는 겁니까?" 마부가 물었다.

"그래, 그래, 되돌아가세!"

마부가 말고삐를 놓았다. 말들은 한층 더 빠르게 달렸다. 우리가 가는 방향이 바뀌었다는 것을 눈으로는 확인할 수 없었지만, 바람의 방향은 바뀌었고 얼마 안 가서 풍차들이 내리는 눈 속에서 보이기 시작했다. 원기를 다시 찾은 마부가 이야기를 시작했다.

"언젠가 눈보라 속에서 저쪽 역참으로 되돌아가는 길이었는데," 그가 말했다. "건초 더미 속에서 밤을 지새우고 다음 날 아침에야 겨우 목적지에 도착했었죠. 그나마 건초 더미 속에서 지낸 것이 감지덕지였죠. 그렇지 않았다면 모두 동사했을 겁니다. 날씨가 상당히 추웠으니까요. 그런데 그중 한 사람은 다리에 동상을 입고 3주일을 앓다가 결국 죽었습니다."

"그런데 지금은 그리 춥지도 않고 눈보라도 잠잠해진 것 같아." 내가 말했다. "혹시 다시 갈 수 있지 않을까?"

"날씨는 포근하지만 눈보라는 여전한데요. 지금 날씨가 약간 포근해진 것 같지만, 눈보라는 아직도 대단합니다. 급행 마차와 비슷한 부류의 마차라면 억지로라도 갈 수 있겠죠. 이 마차로는 거의 불가능합니다. 아마 승객이 동사하게 될 겁니다. 그러면 다음에 제가 당신을 무슨 낯으로 대한단 말입니까?"

2

바로 이때 우리들 뒤에서 빠른 속도로 달려오고 있는 삼두마차 몇 대의 방울 소리가 들렸다.

"우편마차의 방울 소리입니다." 마부가 말했다. "역참을 통틀어 저런 마차는 단 한 대밖에 없습니다."

그런데 바람 소리에 날려 분명하게 들려오는 삼두마차의 방울 소리는 상당히 아름다웠다. 그 소리는 깨끗하고 선명하고 깊었고, 약간 떨리는 듯했다. 내가 나중에 알게 된 것이지만 그것은 사냥꾼이 사용하는 말방울이었다. 세 개의 방울 중에 가운데 달려 있는 큼직한 방울은 현악기의 제5현음과 같은 소리를 냈고, 자그마한 두 개의 방울은 제3현음과 같은 소리를 냈다. 대기 속에서 울려 퍼지는 이 방울 소리는 황량하고 텅 빈 초원에서 말로 표현할 수 없을 정도로 신비스럽고 아름다웠다.

"우편마차가 달리는 겁니다." 세 대의 삼두마차 가운데 맨 앞에 달리는 마차가 우리와 나란히 지나가자 마부가 말했다. "그래, 길은 어떤가? 지나갈 만하던가?" 하고 그가 맨 뒤에 있는 마부에게 소리쳤다. 그러나 그는 아무 대답도 하지 않고 자신의 말에게 고함만 치고 있었다.

우편마차가 우리 옆을 통과하자, 방울 소리는 바람에 날리며 순식간에 사라졌다.

아마도 우리 마부는 창피했을 것이다.

"그럼, 따라가겠습니다. 나리!" 마부가 나에게 말했다. "그들이 지나간 뒤라, 마차의 썰매 흔적이 선명하게 보일 겁니다."

나는 동의했다. 그래서 우리는 다시 바람을 거슬러 방향을 돌려 깊숙이 빠지는 눈길을 따라 앞으로 달렸다. 썰매마차의 흔적을 보기 위해서 나는 길 옆쪽을 바라보고 있었다. 약 2베르스타까지는 흔적이 선명하게 보였다. 그다음엔 마차의 썰매 밑으로 약간 울퉁불퉁한 면만 보이기 시작했다. 그러더니 얼마 지나지 않아 그것이 흔적인지 단지 눈으로 만들어진 층인지 도저히 분간할 수 없었다. 너무 오랫동안 썰매마차 밑의 눈〔雪〕을 쳐다보고 있었더니, 눈이 많이 피로해졌다. 그래서 나는 다시 앞쪽을 똑바로 바라보기 시작했다. 우리가 세 번째 이정표를 본 지가 한참 지났는데 네 번째 이정표는 나타나지 않았다. 우리는 이전처럼 바람을 거슬러 달리기도 했고, 바람을 등에 지고 달리기도 했고, 왼쪽으로 달리기도 했고, 오른쪽으로 달리기도 했다. 마부는 우리가 우측으로 벗어났다고, 나는 좌측으로 벗어났다고, 그리고 알료샤는 우리가 아주 반대 방향으로 달리고 있다고 말했다. 몇 번씩 가던 길을 멈추고 마부는 마차에서 내려 그의 큼직한 발로 길을 찾으러 성큼성큼 걸어가곤 했다. 그러나 모든 것이 헛수고였다. 나도 눈앞에 보이는 것이 혹시 길이 아닌가 하여 한번 내려가보았다. 그러나 내가 바람을 거슬러 여섯 발자국 정도 걸어가보니 사방에는 동일한 형태의 희고 단조로운 눈의 층만이 널려 있었다. 그리고 내가 이것을 길로 착각했었다는 것을 깨닫고 뒤를 돌아보니 썰매마차가 보이지 않았다. 나는 "마부! 알료슈카(알료샤의 애칭—옮긴이)!" 하고 소리쳤다. 그러나 입 쪽으로 똑바로 불어오는 바람이 내 목소리를 가로채어 순식간에 내가 있는 곳에서 다른 먼 곳으로 휘몰아쳐 가는 것을 느꼈다. 나는 썰매마차가 있던 곳으로 걸어갔다. 그러나 그곳에도 썰매마차는 없었다. 오른쪽으로 가보았으나 역시 없었다. 나는 기억하기조차 수치스러울 정도로 통렬하게 절규하는 목소리로, 그리고 필사적인 목소리로 "마부!" 하고 다시 소리를 질렀다. 바로 그때 내가 있는 곳에서 서너 걸음 뒤편에 그가 서 있었다. 채찍을 들고 옆으로 비뚤어진 큼직한 모자를 쓴 그의 검은 모습이 불쑥 내 앞에 나타났다. 그는 나를 썰매마차가 있는 곳으로 안내했다.

"그래도 다행입니다. 날씨가 포근하니까요." 그가 말했다. "추위가 닥쳐오면 큰일입니다! ……하나님, 맙소사!"

"말들을 자유스럽게 내버려두지, 그러면 되돌아갈 것 같네." 내가 썰매마차에 올라타면서 말했다. "무사히 도착하게 되겠지? 마부?"

"도착하도록 해야죠."

그가 고삐를 풀고 가운데 매어놓은 말의 안장 밑 탄자를 때리자, 말들은 우리를 끌고 다시 어디론가 달려갔다. 삼십 분가량 달렸다. 갑자기 우리 앞에서 울리는, 귀에 익은 사냥꾼의 말방울 소리가 들렸다. 그리고 또 다른 두 개의 방울 소리도 들려왔다. 이번엔 그들이 앞쪽에서 우리를 향해 달려오고 있었다. 역참에 벌써 우편물을 부려 놓고, 마차 꽁무니에 보조용 말들을 매어 달고 자신들의 역참으로 되돌아가는 세 대의 삼두마차였다. 사냥꾼의 말방울을 달고 있는 큰 말들이 끄는 우편마차는 우리의 앞쪽에서 빠른 속도로 달려왔다. 삼두마차의 마부 한 사람이 마부석에 앉아서 가볍게 소리치고 있었다. 짐을 싣지 않은 뒤쪽에 있는 썰매마차에는 마부 둘이 나란히 앉아서 큰 소리로 유쾌하게 이야기를 나누고 있었다. 그들 가운데 한 사람은 파이프 담배를 피우고 있었기 때문에, 불꽃이 바람에 날리면서 얼굴의 한 면을 비추고 있었다.

그들을 바라보자 내가 겁을 먹고 있는 것이 창피하게 느껴졌는데, 나의 마부도 똑같은 감정을 느꼈음이 틀림없다. 왜냐하면 우리들은 이구동성으로 "저들의 뒤를 따라가자"고 말했기 때문이다.

3

마지막 삼두마차가 지나가기 직전에 우리 마부가 서툴게 마차의 방향을 돌리다가 달려오는 마지막 마차에 끌려가는 말들의 끌채에 부딪혔다. 그 때문에 끌채에 묶인 말고삐들이 풀리면서 말들이 옆쪽으로 도망치듯 달아났다.

"이런 사팔뜨기 같은 놈, 마차를 똑바로 몰아야지, 마차가 지나가는 쪽으로 몰다니, 이런 악마 같은 놈!" 키가 작은 마부가 거친 목소리로 욕을 했다. 그의 목소리와 삼두마차에 앉아 있는 체격으로 미루어 노인인 것 같았다. 그는 삼두마차에서 뛰어내려 나의 마부에게 거칠고 심한 욕설을 퍼붓고는 떨어져 나온 말들을 잡으러 뛰어갔다.

그러나 그는 말들을 쉽게 잡을 수가 없었다. 마부는 말들을 계속해서 따라갔다. 그러자 순식간에 말들도 마부도 하얀 눈보라 안개 속으로 사라졌다.

"바실리! 암갈색 말을 이리로 보내주게. 이런 식으로는 잡을 수가 없어." 그의 목소리가 들려왔다.

상당히 키가 큰 사람이 삼두마차에서 내려와, 가만히 마차에 매인 말들을 풀었다. 그리고 그중 말 한 마리의 고삐를 휘어잡아 올라타고는 사각사각 눈 밟는 소리를 내며 동료의 소리가 나는 방향으로 서둘러 말을 달렸다.

우리 마차는 다른 삼두마차 두 대와 함께 힘차게 달렸다. 방울 소리를 울리며 선두에서 전속력으로 질주하는 삼두마차를 뒤따라 길도 모르는 채 우리는 달렸다.

"어이구! 그놈들을 잡으러 가다니!" 우리 마부가 말들을 잡으러 뛰어가는 마부에게 말했다.

"그 말들이 돌아오지 않는다면 그놈은 야생마야. 그렇기 때문에 아무리 쫓아가더라도 헛수고야."

우리 마부는 삼두마차 두 대를 뒤쫓으면서 한결 기분이 좋아졌고 유쾌해져서 말이 많아진 것 같았다. 나는 잠을 자고 싶은 생각이 없어서, 마부에게 그가 어디서 왔고, 어떻게 이곳까지 오게 되었고, 그동안 무엇을 했었는지를 물었다. 그는 나와 동향인 툴라 출신으로, 키르피치 마을에 있는 영지의 농노였는데, 농사짓기에 농토가 적합하지 않았고 그곳에 콜레라가 만연해 밀 농사를 그만두고 이곳으로 이주했다고 했다. 그리고 그의 집에는 군대에 간 셋째 이외에 동생이 둘 더 있는데 식량이 크리스마스 이전에 다 떨어져서 허드렛일을 하면서 가까스로 생활을 꾸려나갔다고 했다. 그리고 둘째는 결혼을 한 몸이라 집안 살림을 맡고 있고, 자기는 홀아비이고, 매년 자기 고장에서 많은 마부들이 이곳으로 오고 있다고 말했다. 그리고 자기는 마부 노릇을 해본 적은 없지만, 동생을 도우려고 우체국에 들어왔다는 것이다. 이곳에서 살면서 그런대로 1년 수입이 지폐로 120루블 정도인데 그중에 100루블을 집으로 보낸다는 것이다. 그리고 이곳에서 생활하는 것은 괜찮은 편이지만 '마부들이 무척 거칠고, 욕을 입에 달고 산다'고 말했다.

"그 마부 말입니다, 욕지거리까지 할 건 없잖아요. 하나님! 제가 일부러 그의 말들을 풀어줬습니까? 제가 누구한테 악한 짓을 하는 사람입니까? 무엇 때문에 그 말들을 쫓아간단 말입니까! 저절로 돌아올 텐데, 공연히 말들을 쫓아가다간 자신도 길을 잃고 헤매게 될 겁니다." 하나님을 경외하는 그가 말했다.

"그런데 저 앞에 검게 보이는 것은 무엇인가?" 우리 앞에 있는 몇 개의 검은 물체를 보고 내가 물었다.

"아, 짐마차입니다. 멋진 행렬이죠!" 그가 말했다. 물건을 잔뜩 싣고 그 위에 덮개를 덮은 거대한 짐마차들이 줄지어 나란히 지나가고 있었다. "지금 짐마차를 몰고 있는 사람은 없어요. 모두가 자고 있기 때문이죠. 그런데도 길을 벗어나지 않으니, 참 영리한 말들입니다. 저도 한때 무리를 지어 저런 마차를 몰아본 적이 있어서 잘 알고 있습니다." 그가 덧붙였다.

덮개가 있는 위에서부터 마차의 썰매가 있는 곳까지 눈으로 뒤덮인 채, 사이좋게 이동하고 있는 거대한 짐마차를 바라보는 것이 무척 신기했다. 맨 앞에서 달리는 짐마차의 꼭대기 덮개에 쌓인 손가락 두 개 높이만큼의 눈만이 간간이 움직일 뿐이었다. 그런데 우리 마차가 짐마차 근처를 지나가면서 방울 소리를 내자, 짐마차에서 어떤 모자 같은 것이 잠시 솟아올랐다. 큰 얼룩말이 목을 길게 빼고 등을 팽팽하게 한 채, 완전히 눈으로 덮인 길을 따라 걸으면서 눈이 쌓여 하얗게 된 멍에 밑의 갈기를 흔들다가 우리 마차가 나란히 지나가자, 눈이 덮인 한쪽 귀를 쫑긋 세웠다.

아무 말 없이 다시 반시간을 달리고 나서, 마부는 나에게 몸을 돌렸다.

"그런데 나리께서는 어떻게 생각하십니까, 우리가 제대로 달리는 것 같습니까?"

"모르겠는데." 내가 대답했다.

"전에는 바람이 이쪽에서 불었는데, 지금은 날씨가 좀 괜찮네요. 아닙니다. 지금 우리는 잘못된 방향으로 가고 있어요. 길을 잃은 것 같아요." 그는 아주 태연하게 말했다.

그는 세상에 둘도 없는 지독한 겁쟁이였지만 일행이 많기 때문에, 자기가 길 안내인이 되거나 책임을 질 필요가 없다고 생각하고 태평하게 마음을 먹고 있는 것이 틀림없었다. 그는 설사 길을 잃더라도 자신과는 아무런 상관이 없다는 듯, 앞서 가는 마부가 잘못을 하고 있다고 말하곤 했다. 이따금씩 앞서 가는 삼두마차가 어떤 때는 왼편에서 또 어떤 때는 오른편에서 보였고, 가끔 멈추곤 하는 것도 보였다. 어쩌면 우리가 한정된 공간 속에서 맴돌고 있을지도 모른다는 생각이 들었다. 평원밖에 없는 초원이지만 가끔 나에게는 앞서 가는 삼두마차가 산 위로 오르거나 비탈진 산을 따라 내려가는 것처럼 느껴졌다. 마치 환영을 보고 있는 것 같았다.

몇 시간이 더 지나자, 저 멀리 지평선 위에 움직이는 것같이 느껴지는 기다란 점이 내 시야에 들어왔다. 그러나 얼마 후 그것은 다름 아닌 우리가 지나쳤던 바로 그 짐마차 무리라는 것을 알 수 있었다. 눈은 여전히 삐걱거리는 마차의 썰매를 덮고 있었고, 그 가운데 몇 대는 움직이지조차 않고 있었다. 사람들은 여전히 덮개 밑에서 잠들어 있었다. 맨 앞에 가는 얼룩말은 좀 전처럼 콧김을 불고 길 냄새를 맡으며 귀를 곤두세웠다.

"보세요. 우리는 빙빙 돌기만 했습니다. 또다시 짐마차가 있는 곳으로 왔단 말입니다!" 우리 마부는 불만스러운 말투로 말했다. "급행마차의 말들은 영리한데, 저놈은 바보처럼 마차를 몰고 있어요. 이렇게 밤새도록 길을 헤매다가는 결국 우리 말들은 꿈쩍도 하지 않고 멈춰 서게 될 겁니다."

그는 기침을 했다.

"다시 돌아가지요, 나리. 일단 위험에서 벗어나는 것이 좋을 듯합니다."

"자네 왜 그러나? 어디든지 도착하겠지."

"어디에 도착한단 말씀입니까? 초원에서 밤을 지새우게 될 겁니다. 이렇게 눈보라가 치는데…… 하나님 맙소사!"

앞서 가는 마부도 길을 잃은 것이 분명했다. 그가 길을 찾으려 하지도 않고 기분 좋게 계속 소리를 지르며 전속력으로 달리고 있다는 사실이 나를 놀라게 했지만, 나는 그들과 떨어지고 싶지 않았다.

"저 사람들을 따라가세." 내가 말했다.

마부는 말을 몰았다. 그러나 그는 이전처럼 적극적으로 그들을 따라가고 싶어 하지 않았고, 나와 더 이상 이야기를 하려 들지 않았다.

눈보라는 한층 더 심해졌다. 하늘에서 싸락눈이 드문드문 내리고 있었다. 점점 추워지기 시작했다. 코와 뺨에 한층 더 한기를 느꼈고, 차가운 바람이 털외투 밑으로 파고들어서 나는 자주 소매를 여며야만 했다. 썰매마차가 가끔씩 얼어붙은 눈 덩어리에 부딪혀 눈 조각이 튀어 오르곤 했다. 나는 잠도 자지 않았고, 우리는 600베르스타나 달렸다. 우리가 이렇게 길을 잃고 헤매다 결국엔 어떻게 될까 하는 걱정을 하면서, 나도 모르는 사이에 눈이 감기고 마침내 잠이 들었다. 내가 눈을 떴을 때에는 밝은 빛이 하얀 평원을 비추는 것 같았다. 지평선이 현저하게 넓어졌고 낮게 드리운 검은 하늘이 순식간에 사라져버린 것이다. 도처에 눈이 쌓여 생긴 구불구불한 하얀 선이 보였다. 앞서 가는 삼두마차들은 한층 더 분명하게 보였다. 그리고 하늘을 바라보았을 때, 구름은 흩어져 있었고 지금 막 떨어지는 눈이 마치 하늘에 걸려 있는 것처럼 보였다. 깜빡 잠이 든 순간에 떠오른 달이 엉기성기 떠 있는 구름과 떨어지는 눈을 걷어 젖히고 밝고 차가운 빛을 던지고 있었다. 우리 썰매마차와 말과 마부, 그리고 앞에서 달리고 있는 삼두마차 세 대가 분명하게 보였다. 첫 번째 삼두마차에는 마부 한 사람이 여전히 마부석에 앉아서 상당히 빠른 속도로 급히 마차를 몰고 있었고, 두 번째 삼두마차에는 두 명의 마부가 고삐를 잡지 않은 채 자신들의 외투로 바람막이를 만들어 끊임없이 파이프 담배를 피워댔는데, 그 불빛이 새어 나오고 있었다. 세 번째 삼두마차에는 아무도 보이지 않는 것으로 보아, 마부가 잠들어 있는 것 같았다. 내가 잠에서 깨어났을 때 맨 앞에서 달리는 마차의 마부는 마차를 멈추고 길을 찾고 있었다. 우리가 마차를 멈추려 했을 때, 바람 소리와 더불어 상당히 많은 양의 눈이 공중에서 날아오는 소리가 선명하게 들렸다. 눈보라 속에서 달빛을 받으며 손에 채찍을 들고서 마차에 쌓인 눈을 털고 있는 중키의 마부가 투명한 안개 속에서 앞뒤로 움직이다가, 다시 마차가 있는 곳으로 다가와서 몸을 옆으로 구부리며 앞좌석으로 뛰어오르는 것이 보였다. 그리고 윙윙거리는 바람 소리와 함께 큼직하고 멋들어진 마부의 목소리와 방울 소리가 들려왔다. 앞서 가던 마부가 길이나 건초 더미의 흔적을 찾으러 마차에서 내려오면, 두 번째 마차의 마부들 가운데 한 사람이 앞 마차의 마부에게 우렁찬 목소리로 이렇게 외쳤다.

"이봐, 이그나슈카! 우리가 완전히 왼쪽으로 가고 있어. 이런 날씨에는 좀 더 오른쪽으로 마차를 몰아야 해." 혹은 "왜 이렇게 바보같이 빙빙 돌고만 있어, 눈은 내리고 있지만 길을 잘 찾아 봐." 혹은 "이봐, 오른쪽으로, 오른쪽으로 가! 저것 좀 봐, 뭔가 검게 보이는데 이정표일지도 몰라." 혹은 "왜 이렇게 헤매고 있어? 왜 헤매느냔 말이야? 얼룩말을 풀어서 앞장서게 만들어. 그놈이 길을 찾을 걸세. 그게 최선의 방법이야!"

이런 충고를 한 마부는 자신이 직접 말을 풀어서 길을 찾으려고 애쓰지도 않았고, 외투를 뒤집어쓴 채 코빼기도 비치지 않았다. 그가 충고하는 말에 비위가 거슬린 이그나슈카가 길을 알면 당장 앞장서라고 소리치자, 그는 만일 자신이 급행마차를 몬다면 즉시 길을 찾을 수 있다고 대답했다.

"하지만 이런 눈보라 속에서 내 말은 앞장설 수가 없어." 그가 소리쳤다. "내 말은 좋지가 않단 말이야!"

"그러면 참견하지 마!" 이그나슈카가 기분 좋게 말을 향해 휘파람을 불면서 대답했다.

충고자와 함께 같은 썰매마차에 앉아 있던 다른 마부는, 끊임없이 타고 있는 그의 파이프 담배와 우리가 마차를 멈추곤 했을 때 들려오는 그의 한결같고 끊임없는 이야기 소리로 미루어볼 때, 아직 잠이 든 건 아닌 것 같았다. 그는 충고자와는 달리 이그나슈카에게 아무 말도 하지 않았다. 그는 충고자인 옆에 있는 마부에게 이야기를 하고 있었던 것이다. 그러나 이그나슈카가 예닐곱 차례나 마차를 멈추자, 그는 이그나슈카의 뒤를 따라가는 자신의 썰매마차가 계속해서 멈추는 것에 화를 내며 마부에게 소리쳤다.

"그래, 또 왜 멈추어 서는가? 자네는 길을 찾을 수 있다고 생각했나? 눈보라가 몰아치는 이런 날씨에! 측량 기사가 오더라도 결코 길을 찾지 못할 걸세. 말들이 끌고 가는 데로 내버려두면 되는 거야. 얼어 죽지는 않을 걸세……. 그렇게 하세, 알겠나!"

"무슨 소리야! 작년에 마부가 거의 얼어 죽다시피 했는데!" 우리 마부가 대답했다.

세 번째 삼두마차의 마부는 깊이 잠들어 있었다.

다시 마차가 멈췄을 때, 충고자가 소리쳤다.

"필리프! 여보게, 필리프!" 대답이 없자, 그는 다시 말했다. "벌써 얼어 죽었을 리는 없는데? 이그나슈카, 자네가 가서 확인해보게."

무슨 말이든지 잘 듣는 이그나슈카가 썰매마차가 있는 곳으로 다가가서 잠들어 있는 마부를 흔들었다.

"이것 보게, 브랜디를 반병이나 마시더니 이 친구 아주 녹아 떨어졌군! 얼어 죽었나, 말 좀 해보게!" 그는 마부를 마구 흔들면서 말했다.

잠들어 있던 마부가 중얼거리면서 욕지거리를 퍼부었다.

"살아 있네, 살아 있어, 여보게들!" 이그나슈카가 말하고 나서, 다시 앞으로 뛰어갔다. 그리고 우리는 다시 마차를 달렸다.

얼마나 속력을 냈던지, 우리 삼두마차에 매인 줄이 팽팽하게 당겨지면서 그 줄에 매여 있는 자그마한 암갈색 말이 여러 차례 휘청거리며 달렸다.

$$5$$

이미 한밤중이 되었다고 생각하고 있을 때, 도망친 말들을 쫓아갔던 노인과 바실리가 우리가 있는 곳으로 다가오고 있었다. 달아난 말들을 쫓아가서 잡은 그들이 다시 돌아온 것이다. 그런데 나는 어둡고 눈보라가 몰아쳐 아무것도 보이지 않는 허허벌판에서 어떻게 달아난 말들을 다시 잡을 수 있었는지 무척이나 궁금했다. 노인은 팔 뒤꿈치와 다리를 흔들며 가운데서 달리는 말 위에 앉아 속력을 내며 달려왔다(다른 두 마리 말은 멍에를 하고 있었다. 눈보라가 칠 때 말들을 내버려두면 안 되는 것이다). 그는 우리 마차와 나란히 달리면서, 또다시 우리 마부에게 욕설을 퍼붓기 시작했다.

"이봐, 사팔뜨기 악마야! 똑바로 해……."

"어, 미트리치 아저씨," 두 번째 썰매마차에서 마부가 소리쳤다. "살아 있었네. 이리로 오세요."

그러나 노인은 그들에게 대꾸도 하지 않고 계속 욕을 해댔다. 그리고 이제 충분하다고 생각했는지 두 번째 썰매마차로 다가갔다.

"다 잡았어요?" 마부들이 그에게 물었다.

"당연하지, 안 잡고 놔둘 줄 알았어!"

자그마한 그의 몸집이 말 잔등에서 미끄러지듯 눈길 위로 내려오더니 마차 쪽으로 뛰어갔다. 그는 순식간에 마차에 올라앉더니 가장자리에 두 발을 걸쳤다. 키가 큰 바실리는 이전처럼 조용히 이그나슈카가 타고 있는 맨 앞쪽 썰매마차에 앉아서 그와 함께 길을 찾기 시작했다.

"저것 봐, 입이 저렇게 거칠어서야…… 하나님 맙소사!" 우리 마부가 투덜거렸다.

이 일이 있은 후, 우리는 오랫동안 마차를 멈추지 않고 차갑고 투명한 달빛이 어른거리는 눈보라 속에 펼쳐진 하얀 초원을 따라 달렸다. 졸다가 눈을 떴을 때, 눈보라가 휘몰아치는 가운데 마부의 생뚱맞은 모자와 눈 덮인 그의 등허리, 그리고 팽팽하게 당겨진 마구의 가죽 끈 사이에서 동일한 거리를 유지하며 흔들거리는 말머리와 동일한 방향에서 지속적으로 불어오는 바람에 한쪽 편으로 휘날리는 말의 검은색 갈기가 시야에 들어왔다. 그리고 오른편에 짧은 줄을 연결한 채 달리고 있는 적갈색 말의 꼬리와 굴림대가 가끔 마차의 부목과 부딪히곤 했다. 아래쪽을 내려다보면 마차의 썰매가 변함없이 쌓인 눈을 헤치면서 전진하고 있었고, 불어오는 바람은 모든 것을 위쪽으로 힘차게 밀어올리고 있었다. 뭔가 새로운 것은 전혀 찾아볼 수가 없었다. 이정표도, 건초 더미도, 담장도 보이지 않았다. 앞쪽에는 여전히 일정한 거리를 유지하면서 삼두마차들이 달려가고 있었다. 왼쪽이나 오른쪽이나 모든 곳이 하얗게 보였다. 어느 곳을 돌아다보아도 백설뿐이었다. 때로는 지평선이 한없이 멀리 있는 것같이 보였고, 때로는 사방이 단지 두 발자국 안에 들어 있는 것같이 느껴지기도 했고, 때로는 하얗고 높은 담장이 오른편에서 나타나서 썰매마차 옆으로 달려가는 것처럼 보이기도 했고, 때로는 그것이 갑자기 사라졌다가 앞쪽에서 불쑥 튀어나와 다시 저 멀리 도망치듯 사라지는 것처럼 보이기도 했다. 위쪽을 바라보는 순간, 모든 것이 더욱 밝게 느껴졌다. 마치 눈안개를 뚫고 별이라도 볼 수 있는 것같이 느껴졌다. 그러나 별들은 시야에서 한층 더 높은 곳으로 사라지고, 얼굴과 털외투 위로 내리는 눈만이 보일 뿐이었다. 아무리 쳐다보아도 하늘은 이전과 마찬가지로 온통 하얗고, 색깔도 전혀 없고, 단조롭기만 했다.

바람 부는 방향이 때때로 바뀌는 것 같았다. 머리 위에서 불어와 두 눈이 하얀 눈으로 뒤덮였고, 어떤 때는 옆에서 불어와 짜증이 날 정도로 외투깃이 머리를 덮거나 얼굴을 우스꽝스럽게 가렸고, 어떤 때는 쉭쉭거리는 소리를 내면서 뒤쪽에서 불어왔다. 눈 위를 달리는 말발굽 편자와 썰매에서는 사각사각 하는 소리가 끊임없이 들려왔고, 깊숙이 쌓인 눈 속을 달릴 때는 희미하게 사라져가는 듯한 방울 소리가 들렸다. 그리고 가끔 불어오는 바람을 뚫고 얼어붙은 하얀 눈 조각 위를 달릴 때는 이그나슈카가 부르는 힘찬 휘파람 소리와 불협화음을 내는 제5현음과 같은 방울 소리가 어우러졌다. 이 소리들은 평원의 썰렁한 느낌을 순식간에 기쁨으로 전환시키는 듯했다. 이 소리들이 지속적으로 울려 퍼지자 나도 모르는 사이에 상상의 날개가 펼쳐졌다. 한기로 나의 한쪽 다리는 무감각해지기 시작했다. 다리를 따뜻하게 하려고 몸을 잔뜩 웅크리자, 외투깃과 모자 위에 쌓여 있던 눈이 옷 속으로 들어왔다. 한기 때문에 나는 전율했다. 그러나 외투로 몸을 감싸고 있었기 때문에 그런대로 따스하고 안락한 기분을 느꼈고, 이내 졸음이 쏟아지기 시작했다.

6

회상과 상념이 빠른 속도로 나의 상상을 자극했다.

'두 번째 썰매마차에서 계속해 소리를 지르고 있는 충고자는 도대체 어떤 인물일까? 아마도 수염이 새빨갛고 다리가 짤막하고 단단하게 생긴 사람일 거야. 우리 집에 있는 늙은 하인 표도르 필리프이치처럼 생겼을 것 같아.' 그리고 나는 큼직한 우리 집 계단에서 하인 넷이 리넨으로 덮은 그랜드피아노를 끙끙대며 운반하고 있는 것을 상상했다. 표도르 필리프이치가 남경목면 프록코트의 소맷자락을 걷어붙이고 피아노 페달 하나를 들고 앞으로 달려가서, 현관문 빗장을 풀고 리넨을 잡아당기고, 사람들의 다리 사이로 왔다 갔다 하며 하인들을 밀어제치고, 그들을 귀찮게 하면서 계속해서 소리를 질렀다.

'그 밑으로, 네 앞쪽으로, 거기 앞쪽으로! 그래, 그렇게. 뒷부분을 들어 올려, 위로, 위로. 문을 통과해! 그래, 그렇게.'

'표도르 필리프이치 씨, 좀 가만히 계세요! 우리가 할 수 있어요.' 난간에 몸이 껴서 얼굴이 온통 새빨개진 정원사가 그랜드피아노의 한쪽 모서리를 붙잡고 마지막 기운을 내면서 짜증을 내며 말했다.

그러나 표도르 필리프이치는 아랑곳하지 않았다.

'그래, 그게 뭐야?' 나는 의아했다. '저자는 모든 일에서 자기가 항상 필요한 존재라고 생각하고 있는 것일까? 아니면 하나님으로부터 물려받은 당당함과 설득력 있는 언변에 대해 스스로 자만하고 있는 것일까? 후자가 틀림없다.' 나는 갑자기 연못을 회상했다. 피로에 지친 농노들이 무릎까지 물속에 담그고 그물로 바닥을 훑고 있었다. 그러자 또 표도르 필리프이치가 금붕어 한 마리를 담은 물통을 들고 연못가로 달려가 하인들에게 소리를 질렀다. 그는 가끔 금붕어를 손으로 움켜잡고 연못으로 달려가서 흙탕물을 퍼내고 깨끗한 물로 갈곤 했다. 그런데 지금은 7월 중순이다. 나는 태양이 작열하는 가운데 정원의 갓 베어낸 풀밭 위를 걷고 있다. 나는 무엇인가를 필요로 하며 이를 갈망할 정도로 상당히 젊다. 나는 연못 근처 찔레나무와 자작나무가 있는 내가 좋아하는 곳으로 가서, 낮잠을 자려고 드러누웠다. 그곳에 드러누웠을 때의 느낌을 나는 기억한다. 나는 가지가 많은 찔레나무의 붉은 기둥 사이로 바싹 마른 낟알이 깔린 검은 땅과 맑고 파랗게 비치는 연못의 수면을 바라봤다. 그때 느낀 것은 바로 천진난만한 자만심과 슬픔이었다. 내 주위에 있는 모든 것은 너무나 멋지다. 그리고 그 아름다움이 나를 강렬하게 자극한다. 나는 내 자신이 멋있다고 생각한다. 그러나 어느 누구도 나를 존경하지 않고 있다는 것이 불만스러웠다. 날씨가 무더웠다. 나는 마음을 달래려고 잠을 청했다. 그러나 파리들이, 참을 수 없을 정도로 많은 파리들이 이곳에서 안정을 취하려는 나를 가만 내버려두지 않고 달라붙었다. 그들은 땀이 흘러 내리고 있는 내 손을 귀찮게 하고 있었다. 내가 있는 곳에서 멀지 않은, 햇볕이 내리쬐는 곳에서 벌들이 윙윙거리고 있다. 노랑나비들이 힘에 부친 듯 이 풀에서 저 풀로 넘나들고 있다. 나는 하늘을 바라본다. 눈이 부신다. 태양은 머리 위에 높이 떠 있고, 조용히 흔들리고 있는 울창한 자작나무 가지의 신선한 잎사귀 사이로 쨍쨍 내리쬐고 있다. 상당히 무더운 날씨다. 손수건으로 눈을 가렸다. 후텁지근하다. 파리들이 땀이 흐르는 나의 팔에 묻어 흘러내릴 것만 같다. 참새들이 자주 찔레나무 덤불 속으로 몰려들었다. 그중 한 마리가 내게서 1아르신 떨어진 땅으로 내려와 서너 차례 무엇인가를 쪼더니, 나뭇가지를 흔들고 즐겁게 재잘거리다가 덤불로 날아간다. 다른 한 마리도 땅 위로 내려와 나를 화살처럼 쏘아보고 지저귀다가, 첫 번째 새를 뒤따라 날아간다. 젖은 옷을 두들기는 빨래방망이 소리가 연못가에서 울려 퍼진다. 멱을 감고 있는 사람의 웃음소리와 말소리, 그리고 물 튀기는 소리가 들려온다. 바람이 스치는 소리가 내게서 멀리 떨어져 있는 자작나무 끝에서 들려온다. 가까운 곳에서 연못의 수면을 스치는 바람 소리가 들려오고, 찔레나무 가지 위의 꽃잎들이 흔들리며 움직인다. 그리고 신선한 한줄기 바람이 수건 끝자락을 들어 올리고 땀에 젖은 내 얼굴을 간질거리며 불어왔다. 바람이 들어 올린 수건 틈새로 파리 한 마리가 날아와서 놀란 듯 날갯짓을 하고 습기가 있는 입가 쪽으로 기어간다. 바싹 마른 나뭇가지 하나가 나의 등을 찔렀다. 그래, 여기 드러누워서는 안 된다. 가서 먹을 감자! 바로 그때 덤불 근처에서 서두르는 발소리와 여인들의 목소리가 들려왔다.

"이런! 어쩌면 좋아! 남자가 한 명도 없네!"

"뭐라고!" 태양이 비추는 곳으로 뛰어가면서 나는 소리친다. 나의 옆으로 뛰어가는 하녀에게 묻는다. 그녀는 사방을 두리번거리면서 손을 흔들고 저쪽으로 뛰어간다. 그런데 이때 105세나 된 마트레나 노파가 머리에서 흘러내린 수건을 손에 쥐고, 명주실로 짠 양말을 신은 한쪽 다리를 질질 끌면서 연못가로 절뚝거리며 뛰어간다. 두 소녀가 서로 손을 잡고 달린다. 아버지에게서 물려받은 프록코트를 입은 열 살 난 소년이 그중 한 소녀의 삼베 치마를 잡는다.

"무슨 일이야?" 나는 그들에게 묻는다.

"농부가 물에 빠졌어요."

"어디에?"

"연못에요."

"누군데? 우리 농부인가?"

"아니요, 지나가던 농부예요."

큰 장화를 신은 마부 이반이 방금 베어놓은 풀밭 위로 미끄러지듯 달린다. 그리고 뚱뚱한 영지 관리인이 숨을 헐떡이며 연못을 향해 달려간다. 나도 그들의 뒤를 따라 달린다.

'내가 연못에 뛰어들어 물에 빠진 농부를 구하면 모두들 상당히 놀랄 것이다.' 내가 이렇게 속삭였던 것을 나는 기억한다. 나는 정말 그렇게 하고 싶었다.

"도대체 어디야, 어디?" 나는 연못가에 무리 지어 있는 하인들에게 물었다.

"저기 저쪽이요, 아주 깊은 곳이에요. 저쪽 제방 근처예요. 멱을 감는 곳 근처입니다." 빨래를 하던 하녀가 젖은 옷을 빨랫줄에 널면서 말했다. "저는 그 사람이 솟구쳐 오르는 것을 봤어요. 그런데 솟구쳤던 그 사람이 다시 물속으로 가라앉았다가 또다시 올라와서 '아이고, 나 죽는다!' 하고 소리치더니 다시 물속으로 가라앉더니만 그 자리에 수포만 떠올랐어요. 바로 여기서 농부가 익사하는 것을 봤어요. 그리고 저는 '아이고, 농부가 물에 빠져 죽는다' 하고 고함을 쳤죠."

말을 끝마치자 빨래를 하던 하녀가 어깨 위에 빨래방망이를 걸치고 몸을 좌우로 흔들면서 좁은 길을 따라 걸어갔다.

"이런, 고약한 일이 있나!" 영지 관리인 야코프 이바노프가 말했다. "귀찮게 지방재판소로 가서 진술하게 만드네."

낫을 든 농부 한 사람이 연못가에 떼를 지어 몰려 있는 아낙네들과 아이들 그리고 노인들 사이를 비집고 들어와서 낫을 버드나무 가지에 걸어놓고 천천히 옷을 벗기 시작했다.

"도대체 그 사람은 어디에 빠졌어?" 마치 내가 그곳으로 뛰어들어 무엇인가를 하려는 듯 사람들에게 물었다.

그러나 사람들이 가리킨 곳엔 잔잔한 연못의 표면이 이따금씩 불어오는 바람에 물결치고 있었다. 나는 그가 어떻게 하다가 빠졌는지 알 수가 없었다. 여느 때처럼 조용하고 아름답고 잔잔한 연못이 한나절 햇빛에 반짝이고 있었다. 나는 아무것도 할 수 없었고, 어느 누구도 놀라게 할 수 없었다. 게다가 나의 수영 실력도 서툴렀다. 그런데 농부는 머리 위로 셔츠를 벗더니 곧장 연못으로 뛰어들었다. 모두가 한 가닥 희망을 걸고 숨을 멈추고 그를 바라보았다. 그러나 농부는 물이 어깨에 차는 곳까지 들어가더니, 다시 천천히 되돌아와 셔츠를 입었다. 그 역시 수영을 할 줄 몰랐다.

사람들이 계속해서 모여들었고 그 숫자도 한층 더 많아졌다. 아낙네들은 서로 몸을 기대고 있었다. 어느 누구도 도움을 주지 못했다. 방금 도착한 사람들이 탄식을 했고, 그들의 얼굴에는 놀라움과 실망의 표정이 역력했다. 오래전에 도착한 사람들은 서 있는 것이 피곤해서인지 풀밭 위에 앉았고, 몇몇은 돌아갔다. 마트레나 할머니는 딸에게 난로 덮개를 덮었느냐고 물어보았다. 아버지의 프록코트를 입은 소년은 열심히 물속으로 돌을 던지고 있었다.

그런데 이때 집에서부터 표도르 필리프이치를 따라온 그의 개, 트레조르카가 뒤를 바라보며 멍멍 짖더니 산 밑으로 달렸다. 산에서 뛰어내려오며, 뭐라고 떠들어대는 필리프이치의 모습이 찔레꽃 화단에서 보였다.

"다들 서서 뭣들 하는 거야?" 그가 성급하게 프록코트를 벗으면서 소리를 질렀다. "사람이 빠졌는데 이렇게들 서 있기만 해! 밧줄 좀 가져와!"

모두가 희망과 공포의 감정을 품고 표도르 필리프이치를 바라보았다. 그는 하인의 어깨를 손으로 잡고 왼쪽 발끝으로 오른쪽 구두의 뒤꿈치를 벗겼다.

"저기 사람들이 서 있는 저쪽입니다. 버드나무 있는 곳에서 약간 더 오른쪽입니다. 표도르 필리프이치, 저기 저쪽이요." 누군가 그에게 말했다.

"알았어!" 그가 대답하고, 많은 아낙네들 앞이라 수치스러운 듯 허리를 굽히고 벗은 셔츠와 십자가를 소년 정원사에게 건넸다. 그리고 베어놓은 풀밭 위를 힘차게 밟으며 연못가로 걸어갔다.

트레조르카는 자신의 주인이 무엇 때문에 저렇게 빠른 동작으로 움직이는지 이유를 알지 못한 채, 사람들이 떼 지어 있는 근처에서 서성이며 제방을 따라 나 있는 풀을 뜯어먹다가, 그를 쳐다보더니 갑자기 큰 소리로 짖으며 자기 주인을 따라 물속으로 뛰어들었다. 처음에 보이는 것은 포말과 우리가 있는 곳까지 튀어 오르는 물방울뿐이었다. 그리고 표도르 필리프이치는 멋지게 손을 좌우로 흔들면서 하얀 등을 물에 넣었다 뺐다 반복하며 몇 사젠을 쏜살같이 헤엄쳤다. 트레조르카는 허겁지겁 허우적거리다가 되돌아와 사람들이 모여 있는 곳에서 온몸을 흔들며 물기를 털고 풀밭에 자빠져서 몸을 뒹굴었다. 표도로 필리프이치가 헤엄치고 있을 때, 마부 두 명이 나뭇가지에 둘둘 말려 있는 그물을 가지고 버드나무 쪽으로 달려갔다. 표도르 필리프이치는 갑자기 손을 위로 쳐들고 한 번, 두 번, 그리고 세 번씩이나 잠수를 했다. 주위에서 그에게 던지는 질문에 아무 대답도 하지 않은 채 매번 입에서 물줄기를 뿜고 머리털을 멋들어지게 흔들어댔다. 드디어 그가 연못가로 나왔다. 내 생각에 그는 그물 치는 것을 지시하려는 것 같았다. 사람들이 그물로 바닥을 훑었다. 그러나 익사한 사람은 없고, 수초와 그 속에 끼여 있는 자그마한 금붕어 몇 마리뿐이었다. 사람들이 다시 그물로 바닥을 훑고 있을 때, 나는 그들이 일하는 곳 가까이로 다가갔다.

그들을 지시하고 있는 표도르 필리프이치의 목소리와 물에서 흔들리는 젖은 밧줄 소리, 그리고 공포의 한숨 소리만 들려올 뿐이었다. 물에 젖은 채 오른편에 매어 있는 밧줄은 한층 더 많은 수초로 뒤덮였고, 점점 더 물가에서 멀어졌다.

"이제 한번 힘을 모아 다 같이 끌어내보자!" 표도르 필리프이치가 외치는 소리가 들렸다. 물에 젖은 그물 끝이 보였다.

"무엇인가 걸렸어. 끌려 나오는 게 묵직한데, 여보게들." 누군가 말하는 소리가 들렸다.

그러자 이때 금붕어 두세 마리가 끼여 있는 그물의 끝부분이 물에 젖은 채 수초를 짓누르면서 연못가로 끌려 나왔다. 팽팽해진 그물 속의 물이 소용돌이치며 살짝 흔들리더니 무엇인가 허연 것이 드러나 보였다. 쥐 죽은 듯 조용한 가운데 그리 크지는 않지만 듣기에는 충분한 공포의 한숨 소리가 무리들 가운데서 흘러 나왔다.

"자, 힘을 합쳐 끌어냅시다!" 표도르 필리프이치의 단호한 목소리가 들렸고, 익사자가 그물망 속에서 잘려 나간 수초와 수초 줄기 위에 얹혀 버드나무 쪽으로 끌려 나왔다.

이때 나는 비단 옷을 입은 마음씨 고운 나의 아주머니를 바라보았다. 그녀는 이처럼 무시무시한 광경과는 어쩐지 어울리지 않는 보라색 양산을 들고, 당장이라도 눈물을 터뜨릴 것 같은 표정을 짓고 있었다. 지금 이 상황에선 국화꽃이 아무짝에도 쓸모가 없다는 것을 깨닫고 실망하는 그녀의 표정이 기억난다. 그리고 그녀가 나에게 천진난만하고 이기적인 사랑이 담겨 있는 "애, 이제 가자, 아이 끔찍해라! 그런데 넌 여전히 혼자서 멱을 감는구나!"라는 말을 했을 때, 나는 고통스런 수치감을 느꼈다.

눈부시게 빛나고 이글거리는 태양이 발밑의 대지를 바싹 태우고 있었다. 태양은 마치 연못의 수면 위에서 흔들거리는 듯했고, 커다란 금붕어들은 연못의 제방을 건드렸으며, 금붕어 떼가 잔잔한 연못 한가운데서 몰려다니는 와중에, 반짝거리는 물살을 헤치며 연못 한가운데 위치한 갈대숲으로 헤엄치고 있는 물오리들을 송골매 한 마리가 쳐다보며 하늘에서 맴돌았고, 양털같이 하얀 뭉게구름이 지평선 위에 떠 있었으며, 그물에 의해 제방 위쪽으로 끌려 나온 진흙이 조금씩 다시 물속으로 사라지고 있었다. 그리고 연못 건너편에서 빨래방망이 소리가 다시 들려왔다.

그런데 그 소리는 마치 두 개의 방망이가 세 번째 방망이와 한데 어울려 화음을 만들어내는 듯했다. 그 소리가 나를 더할 나위 없이 괴롭혔다. 그때 나는 그 방망이 소리가 다름 아닌 표도

르 필리프이치가 울리는 썰매마차의 방울 소리라는 것을 깨달
았다. 고통스런 방망이 소리는 얼어붙는 나의 다리를 짓누르고
있었다. 나는 잠에서 깨어났다.

우리 마차가 무척이나 빠른 속도로 덜컹거리며 위로 튀어 올
랐기 때문에 내가 잠에서 깨어난 것 같았다. 바로 그때 내 옆에
서 두 사람이 말하는 소리가 들려왔다.

"이것 보게, 이그나트(이그나슈카의 원래 이름—옮긴이)! 이그
나트!" 우리 마부의 목소리가 들렸다. "이 손님을 좀 태우고 가
게, 어쨌든 자넨 역참으로 가야만 하잖아. 나는 마냥 자네 뒤꽁
무니나 쫓아가고 있으니! 이 손님을 태우고 가게!"

이그나트의 목소리가 나의 귓전에 들렸다.

"내가 무엇 때문에 그 손님을 책임져야 하나? 보드카 반 슈토
프(1슈토프는 12.3리터—옮긴이)라도 낼 텐가?"

"뭐, 보드카 반 슈토프 말인가! ……반 슈토프라, 그렇게 하
지."

"이봐, 보드카 반 슈토프야!" 다른 사람의 목소리가 들렸다.
"반 슈토프를 마시고 말들을 한번 골탕 먹여볼까!"

나는 눈을 떴다. 성가실 정도로 너풀거리며 떨어지는 눈이 여
전히 나의 눈 속에 어른거렸다. 전처럼 앞에서 달리고 있는 마차
가 보였다. 그런데 내 옆으로 어떤 썰매마차가 달리고 있었다.
우리 마차는 이그나트의 마차와 상당히 오랫동안 나란히 달리고
있었던 것이다. 그런데 다른 썰매마차에서 누군가 보드카 1슈토
프 정도가 아니면 그의 제안을 받아들이지 말라고 떠들어댔다.

이그나트가 갑자기 삼두마차를 세웠다.

"옮겨 태우게. 까짓것, 자네 운이 텄네. 내일 도착하면, 보드카 반 슈토프를 내놓게. 그리고 가득 따라주게."

우리 마부는 그에게 전혀 어울리지 않는 활발한 동작으로 눈바닥 위로 펄쩍 뛰어내린 후, 내게 고개를 숙이고 이그나트의 마차에 옮겨 앉으라고 말했다. 나는 대찬성이었다. 그리고 하나님을 경외하는 우리 마부는 나의 반응에 너무 기뻐하며, 사람들에게 감사한 마음을 전하고 싶어 했다. 그는 내게 절을 하고, 알료샤와 이그나슈카에게 감사하다고 말했다.

"아이고, 하나님 감사합니다! 전능하신 하나님 감사합니다! 밤새도록 달렸는데 길이 나타나야 말이죠. 저 사람이 당신을 모실 겁니다, 나리. 제 말은 거의 움직이지 않아요."

그리고 그는 힘찬 동작으로 물건들을 이그나슈카 마차로 옮겨 실었다. 물건을 옮겨 싣는 동안에 나를 어디론가 날려 보낼 듯한 휘몰아치는 바람을 뚫고 두 번째 썰매마차로 걸어갔다. 두 명의 마부는 외투깃을 위로 올리고 바람이 불어오는 방향으로 몸을 기울이고 있었고, 삼두마차는 4분의 1 정도 눈에 파묻혀 있었다. 외투 속은 비교적 아늑했다. 노인은 여전히 다리를 하늘로 치켜든 채 누워 있었고, 이야기꾼은 그의 이야기를 계속하고 있었다.

"근위대 사령관이 감옥에 있는 마리야를 만났을 때, 마리야가 이렇게 말했어. '장교님, 이제 전 당신이 필요 없어요. 사랑할 수도 없고요, 당신도 알다시피 당신은 제 애인이 아니에요. 제

애인은 말이죠, 바로 그 왕자님입니다…….' 바로 이때……."

그가 말을 계속하려다 나를 보더니 잠시 입을 다물고 파이프 담배를 한 모금 뿜어냈다.

"나리, 제 이야기를 들으러 오셨습니까?" 내가 충고자라고 말했던 다른 마부가 내게 말했다.

"응, 그래. 여기가 분위기도 좋고 참 편하네." 내가 말했다.

"뭘요! 그냥 심심해서 아무렇게나 지껄이고 있는 겁니다."

"그런데 자네들 지금 우리가 어디에 있는지 혹시 아나?"

마부들은 이 질문을 과히 좋아하지 않는 것 같았다.

"글쎄요, 어디 알 수가 있습니까? 아마도 칼므이크(다게스탄 북쪽과 카스피해 서쪽에 위치한 몽고 계통의 칼므이크인이 거주하는 지역―옮긴이) 근처인 것 같습니다만." 충고자가 대답했다.

"그럼 어떻게 해야 하나?" 내가 물었다.

"뭘 어떻게 합니까. 이렇게 가노라면 언젠가 이곳에서 벗어날 수도 있겠죠." 그는 다소 불만스러운 말투로 말했다.

"그렇다면 만약 우리가 벗어나지도 못했는데 말들이 지쳐서 눈 속에 멈춰 서게 되면 어떻게 하지?"

"그렇게 되면, 어떻게 해볼 도리가 없죠."

"그럼 다 얼어 죽는 건가?"

"물론 그럴 수도 있죠. 건초 더미가 눈에 띄지 않으니까요. 어떻게 하다 칼므이크 사람들이 거주하는 지역까지 오게 된 것 같습니다. 첫째로 우리가 할 일은 길을 찾는 겁니다."

"그런데 동사하실까 봐 상당히 걱정인 모양이네요, 나리?" 노인이 떨리는 목소리로 말했다.

비록 그가 조롱하는 말투로 내게 말했지만, 그 역시 추위에 떨고 있었다.

"점점 더 추워지는군." 내가 말했다.

"거참, 나리도! 저처럼 달려보세요. 그럼 몸이 후끈후끈해질 겁니다."

"우리가 우선 할 일은 맨 앞의 썰매마차를 뒤쫓아 가는 겁니다." 충고자가 말했다.

7

"떠날 준비가 다 되었습니다!" 알료샤가 우리 썰매마차에서 소리쳤다.

눈보라가 너무나 심해서 나는 몸을 앞으로 바싹 구부리고 두 손으로 외투 자락을 움켜잡은 채, 바람에 날려 너풀거리며 떨어지는 눈 위로 간신히 몇 발자국을 떼면서 우리 썰매마차로 걸어갔다. 썰매마차의 짐을 다 옮겨 실은 우리 마부는 나를 쳐다보더니 모자를 벗었다. 그러자 몰아치는 강풍이 그의 머리털을 솟구치게 만들었다. 그는 내게 보드카 한 병을 요구했다. 그런데 그는 내게서 아무것도 기대하고 있지 않은 것 같아 보였다. 내가 그의 제안을 거절했을 때 그는 조금도 섭섭하게 생각하질 않았다. 심지어 그는 나의 거절에 대해서도 감사했다. 그리고 모자를 눌러쓴 후 나에게 "원컨대 무사히 도착하시길 바랍니다, 나리"라고 말했다. 그리고 그는 고삐를 잡아당기고 혀를 차면서 우리로부터 떠났다. 곧이어 이그나슈카도 온몸을 뒤척이며 말을 향해 소리를 질렀다. 또다시 말발굽 소리와 고함 소리, 그리고 말방울 소리가 우리가 멈췄을 때 유별나게 불어 대던 바람 소리를 대신했다.

썰매마차를 바꿔 타고 십오 분 동안 나는 잠을 자지 않고 새 마부와 말을 흥미롭게 바라보았다. 이그나슈카는 꼿꼿하게 앉아서 끊임없이 몸을 흔들며, 양 다리를 꼰 채로 가끔 말을 향해 채찍을 흔들면서 소리를 질렀다. 그는 몸을 앞으로 구부리고, 오른편으로 계속 흘러내리는 말의 멍에를 고치곤 했다. 그는 키가 그리 큰 편은 아니었지만 체격은 좋았다. 양가죽 외투를 허리띠로 묶지 않아서, 그의 외투깃이 거의 뒤로 젖혀진 채 목덜미가 완전히 드러나 있었다. 그의 장화는 모직이 아니라 가죽으로 만든 것이었다. 계속해서 다시 고쳐 쓰고 있는 그의 모자는 작았다. 그의 귀는 머리털로만 가려져 있었다. 그의 동작 하나하나에 힘이 있었고, 그의 내면에서 솟아나오는 힘을 드러내려는 강한 의지가 엿보였다. 우리가 앞으로 전진하면 할수록 그는 더욱더 자주 몸을 바로 세워 자세를 고치고, 발로 바닥을 두들기면서 나와 알료샤에게 말을 걸곤 했다. 내 생각이지만 그는 자신이 자신감을 잃을까 내심 두려워하는 것 같았다. 비록 말들이 그의 지시를 잘 따르기는 했지만, 한 발자국씩 옮길 때마다 길이 더욱 험해졌기 때문에 말들은 달리기가 싫은 것 같았다.

그래서 그는 말들에게 채찍을 휘둘렀다. 그러자 순하고 털이 많이 난 한가운데 있는 말이 두 번 정도 비틀거리다 이내 놀라며 털로 덮인 머리를 거의 방울 밑에다 처박다시피 하고 앞으로 달렸다. 오른편에서 멍에에 가죽 장식을 달고 있는 말도 비틀거렸다. 그 말은 분명히 갈팡질팡하고 있었다. 채찍질이 가해지자 강한 천성을 가진 그 말은 자신의 무력함을 원망하기라도 하듯 화를 내며 머리를 쳐들고 달렸는데, 그 모습이 마치 고삐를 늦춰달라고 요구하는 듯했다. 눈보라와 추위는 점점 더 심해졌고, 말들은 점차 기운을 잃어갔고, 길은 한층 더 험해졌다. 그리고 우리가 어디에 있는지, 우리가 제대로 역참을 향해 가고 있는지, 그리고 눈보라를 피할 수 있는 피난처를 향해 가고 있는지도 모르는 상태에서 달리고 있는 것이 무척이나 두려웠다. 자연스럽고 경쾌하게 울려 퍼지는 방울 소리와 마치 햇빛이 비치는 추운 세례일 정오에 명절을 보내려고 시골길을 달리듯이 날렵하고 멋들어지게 외치는 이그나슈카의 고함 소리를 들으니 우스꽝스럽기도 했고 이상하기도 했다. 다시 말해 우리가 계속 달리고 있다는 것과 어디론가 쏜살같이 달리고 있다는 것을 생각하니 이상한 생각이 들었다. 이그나슈카는 무시무시한 가성으로 간격을 두면서 어떤 노래를 크게 불러대기 시작했고, 노래가 끊어지는 중간중간에 휘파람을 불었다. 그의 휘파람 소리를 들으며 나는 알 수 없는 이상야릇한 두려움을 느끼고 있었다.

"야! 그 목청 한번 멋들어지네, 이그나슈카." 충고자의 목소리가 들려왔다.

"잠깐만 말을 멈추게!"

"뭐라고?"

"멈-추-란 말이야!"

이그나슈카가 말을 멈췄다. 또다시 모든 것이 조용해졌다. 바람은 윙윙거리며 소리를 냈고, 눈은 빙빙 돌면서 썰매마차 위로 수북이 떨어지기 시작했다. 충고자가 우리에게 다가왔다.

"아니, 왜 그래?"

"그래, 지금 어디로 가고 있는 거야?"

"알게 뭐야!"

"발이 얼어붙기 때문이지. 자네는 발을 동동 구르고 있는 거지?"

"그래, 도통 움직일 수가 없어."

"그럼, 자넨 여기서 내리게. 저쪽에 무엇인가 보이는군. 칼므이크인의 천막인 것 같아. 거기서 발이라도 좀 녹이게."

"좋아, 말을 좀 잡고 있게."

그리고 이그나슈카는 충고자가 가리켜준 방향으로 걸어갔다.

"뭐든지 한번 가볼 필요가 있습니다. 과연 그것이 있는지 확인해봐야죠. 공연히 계속해서 말을 몰고 갈 필요는 없습니다!" 충고자가 나에게 말했다.

"저것 좀 보십쇼. 말들이 저렇게 땀을 흘리고 있지 않습니까!"

이그나슈카가 그곳에 가 있는 시간이 너무 오래 걸려서, 나는 그가 길을 잃은 것이 아닌가 걱정되고 겁이 났다. 충고자는 태연한 목소리로 나에게 눈보라가 칠 때나 말을 풀어서 길을 찾게 할 때, 그리고 가끔 별을 보고 길을 찾을 때 어떻게 해야 하는지를 말해주었다. 그리고 만일 자신이 말을 몰았더라면 벌써 오래전에 역참에 도착했을 거라고 말했다.

"그래, 어때, 있던가?" 그가 이그나슈카에게 물었다. 그는 거의 무릎까지 눈 속에 빠진 채 가까스로 발길을 옮기며 돌아왔다.

"있기는 있어. 어떤 유목민의 천막이야." 숨을 헐떡이면서 이그나슈카가 대답했다.

"하지만 조금 낯선 천막이야. 여보게, 우리는 프롤곱스카야 별장으로 돌아가야만 할 것 같아. 좀 더 왼쪽으로 마차를 몰아야겠어."

"왜 그렇게 서둘고 있나! 저건 우리 역참 뒤편에 있는 유목민 천막이란 말이야." 충고자가 반박했다.

"아니야, 그게 아니라니까!"

"나는 척 보면 다 알아. 만일 그것이 아니라면, 타므 코가 금방 나타날 거야. 조금 더 오른쪽으로 몰아야 돼. 그러면 큰 다리가 있는 곳으로 빠져나가게 될 거야. 8베르스타 정도만 달려."

"글쎄, 그게 아니라니까! 나도 잘 알아!" 이그나슈카가 화를 내며 말했다.

"에이, 이 사람! 마부가 되려면 아직 멀었어!"

"뭐가 어떻다는 거야! 그럼 자네가 내려서 직접 확인해보게."

"아니, 내가 왜 내려! 나는 다 알고 있단 말이야."

이그나슈카는 분명히 화가 난 것 같았다. 그는 아무 말 없이 마부석에 뛰어올라 다시 마차를 몰았다.

"이것 좀 보게, 내 다리가 움직이지 않네. 아직도 녹지 않았군." 그는 알료샤에게 그렇게 말하고, 계속 발을 구르면서 자신의 발을 녹이려고 애쓰며, 장화 안으로 들어온 눈을 털어냈다.

잠이 쏟아졌다.

8

'이젠 얼어 죽는가 보다'라고 나는 잠결에 생각했다. '동사는 항상 잠을 자면서 시작된다고 하던데, 동사하는 것보다는 익사하는 편이 훨씬 더 좋다. 나를 그물 속에서 끌어내줘. 그런데 동사든 익사든 다 마찬가지야. 내 등을 콕콕 찌르고 있는 이 막대기만 제거하면, 편하게 잠을 잘 수 있을 텐데.'

나는 잠시 모든 것을 망각했다.

'그런데 이 모든 것이 어떻게 끝나게 될까?' 나는 의식적으로 불현듯 눈을 뜨고 하얀 공간을 쳐다보면서 말했다. '도대체 어떻게 끝날 것인가? 말들이 곧 움직이지 않게 될 거라고 다들 생각하고 있는데 만일 우리가 건초 더미를 찾지 못하고 그렇게 된다면 우리는 모두 얼어 죽게 될 것이다.' 고백하건대 다소 겁을 집어먹고 있기는 했지만, 우리에게 무엇인가 심상치 않은 비극적인 사건이 일어났으면 하는 욕망이, 내 마음속에서 일어나고 있는 작은 공포심보다 훨씬 강했다. 아침녘에 말들이 반쯤 얼어붙은 상태로 우리들을 이름 모를 먼 시골로 끌고 가는 과정에 우리 중 몇몇 사람이 동사해버린다 하더라도 그리 나쁠 것 같지 않았다. 이 같은 공상을 떠올리고 있을 때, 다른 여러 가지 공상들이 무척 빠르기는 했지만 선명하게 내 머릿속에서 어른거렸다. 말들이 멈춰 섰다. 눈이 더욱 많이 내려 말의 멍에와 귀만이 보일 뿐이다. 그런데 이그나슈카가 느닷없이 삼두마차를 몰고 나타나, 우리 옆을 지나간다. 우리는 그에게 우리들을 함께 데려가달라고 애원하며 소리친다. 그러나 우리 목소리는 바람결에 날려 아무에게도 들리지 않는다. 이그나슈카는 미소를 짓고, 말을 향해 소리치고 휘파람을 불면서, 우리들이 있는 곳에서 벗어나 눈 덮인 어느 골짜기로 사라진다. 노인은 말 위에 올라타고 팔 뒤꿈치를 앞뒤로 흔들면서 달린다. 그러나 그는 꼼짝하지 않고 제자리에 서 있다. 큰 모자를 쓴 우리 마부가 그에게 달려들어, 그를 바닥으로 끌어내리고 발로 밟아 눈 속에 처박는다. '너는 마법사지' 하고 그가 소리친다. '네 이놈, 거짓말쟁이! 함께 길을 찾아보자.' 그러나 노인은 머리를 눈보라가 몰아치는 곳으로 불쑥 내민다. 그는 늙은 토끼 새끼처럼 힘없는 늙은이가 아니다. 그는 우리가 있는 곳으로부터 멀리 달아난다. 충고자인 표도르 필리프이치는 우리 모두를 빙 둘러앉히고 눈이 우리를 완전히 뒤덮는다 할지라도 아무 일도 없을 것이라고 말한다. 우리는 따뜻해질 것이라고 말한다. 정말로 우리는 훈훈하고 안락하다고 느낀다. 다만 목이 마르다. 나는 여행용 식량 상자를 꺼내 모두에게 설탕을 넣은 럼주를 대접하고, 나 자신도 편안하게 마신다. 이야기꾼은 무지개에 관한 어떤 이야기를 하고 있다.

그러자 하늘에는 눈 덮인 천장과 무지개가 보인다. 내가 말한다. '이제 각자 눈 속에 작은 방을 만들고 잠을 자도록 합시다!' 눈은 모피처럼 폭신하고 따뜻하다. 나는 방을 만들어 그 속으로 들어가고 싶었다. 그런데 여행용 식량 상자 속에 들어 있는 내 돈을 보고 표도르 필리프이치가 말한다. '잠깐만! 돈을 좀 줘, 이러나저러나 죽을 텐데, 안 그래!' 하고 나의 다리를 붙잡는다. 나는 그에게 돈을 주면서, 나를 가만히 놔달라고 부탁한다. 그러나 그들은 이 돈이 전부가 아닐 것이라고 판단하고, 나를 살해하려 든다. 나는 노인의 손을 움켜잡고 형언할 수 없는 달콤함을 느끼면서 그의 손에 키스를 하기 시작한다. 노인의 손은 부드럽고 달콤했다. 처음엔 나의 손을 뿌리치던 그가 나에게 자신의 한쪽 손을 건네고 다른 손으로는 나를 애무하고 있다. 그런데 표도르 필리프이치는 나에게 다가와 나를 위협한다. 나는 내 방으로 뛰어간다. 그러나 그것은 방이 아니고, 하얗고 긴 복도다. 그때 누군가 내 다리를 잡는다. 나는 다리를 빼낸다. 나를 붙잡은 사람의 두 손에는 나의 옷과 피부 조각이 남는다. 나는 추위와 수치심을 느낀다. 양산과 의료가방을 들고 있는 아주머니가 익사자를 팔로 부축하고 내 앞으로 다가온다. 나는 더 큰 수치심을 느낀다. 그들은 웃고 있고, 내가 보내는 신호를 알아채지 못한다. 나는 썰매마차 안으로 뛰어든다. 내 두 다리가 눈 위로 끌려간다. 그런데 팔 뒤꿈치를 흔들면서 노인이 내 뒤를 쫓아온다. 노인이 가까이 다가왔을 때, 앞쪽 어디선가 두 개의 방울 소리가 울려 퍼진다. 그리고 내가 그들에게 달려갔을 때,

내가 구조되었다는 것을 알게 된다. 방울 소리는 한층 더 크게 울려 퍼진다. 그러나 노인이 나를 쫓아와서 자신의 배를 내 얼굴 위에 올려놓는다. 그래서 나는 방울 소리를 거의 들을 수가 없다. 나는 다시 그의 손을 움켜잡고 키스하기 시작한다. 그런데 그 노인은 노인이 아니라 익사자였다……. 그는 소리친다. '이그나슈카, 멈춰! 아흐메트키나 건초 더미가 저기 있단 말이야! 가서 봐!' 너무나 무시무시했다. 아니야! 깨어나는 게 좋겠다…….

나는 눈을 떴다. 바람이 불어 알료샤의 외투 자락이 내 얼굴을 건드렸다. 내 무릎에는 아무것도 덮여 있지 않았다. 우리는 황량하고 딱딱하게 얼어붙은 눈 조각 위를 달리고 있었다. 제3현음을 내는 방울 소리는 제5현음을 내는 방울 소리와 함께 어우러지며 대기 속으로 명료하게 울려 퍼졌다.

나는 건초 더미를 바라보았다. 그러나 건초 더미 대신 발코니가 달린 집과 뾰족탑이 있는 요새의 벽이 내 시야에 들어왔다. 나는 이 집과 요새를 바라보는 데 더 이상 흥미가 일지 않았다. 내가 가장 원했던 것은 내가 달렸던 하얀 복도로 돌아가는 것과 교회당 종소리를 듣는 것과 노인의 손에 키스를 하는 것이었다. 나는 다시 눈을 감고 잠을 잤다.

9

　나는 아주 깊은 잠을 잤다. 제3현음을 내는 썰매마차의 방울 소리는 계속 들려왔다. 그 소리는 마치 꿈속에서 나를 향해 개가 짖으며 달려드는 것 같기도 했고, 내가 피리 같은 악기가 된 듯하기도 했으며, 내가 지은 프랑스 시 같기도 했다. 때로는 제3현음이 끊임없이 나의 오른편 발꿈치를 누르고 있는 형틀 같기도 했다. 그것이 너무 아파서 나는 발을 문지르면서 잠에서 깨어나 눈을 떴다. 다리가 얼어붙기 시작했다. 밤은 여전히 밝고 혼란스럽고 하얗게 보였다. 한결같은 움직임이 나와 썰매마차를 흔들어댔다. 이그나슈카는 여전히 비스듬히 앉아서 발을 구르고 있었다. 말은 계속해서 목을 길게 빼고 발굽을 가까스로 들어 올리며 눈이 깊게 쌓인 곳을 달리고 있었 고, 흔들리는 말 꼬리는 말의 배를 건드리고 있었다. 가운데 있는 말은 머리털을 나부끼면서 멍에에 매여 있는 고삐를 끌어당겼다 늦췄다 하면서 한결같이 달리고 있었다. 그러나 이 모든 것은 이전보다 더 많은 눈으로 덮여 있었다. 앞쪽과 옆쪽에서 휘몰아치는 눈은 고삐와 무릎까지 눈에 빠진 말의 다리를 뒤덮었고, 위쪽에서 내리는 눈은 외투깃과 모자 위에 쌓였다. 왼편에서 혹은 오른편에서 불어오는 바람은 내 외투깃과 이그나슈카의 외투 자락, 그리고 갈기를 강하게 흔들어대며 멍에 위와 마차의 축에서 윙윙거리는 소리를 냈다.

날씨는 상당히 추워졌다. 내가 외투깃에 움츠렸던 얼굴을 쳐들자 차가운 싸락눈이 휘몰아치면서 속눈썹과 코와 입속으로 파고들고 두 뺨으로 날아들었다. 주위를 바라보니 모든 것이 백설로 뒤덮인 채 빛을 발하고 있었고, 희미한 빛과 하얀 눈을 빼고 아무것도 보이지 않았다. 두려움이 증폭되기 시작했다. 알료샤는 썰매마차 맨 밑바닥에 앉아 머리를 두 다리 사이에 파묻고 잠들어 있었다. 그의 등에는 온통 눈이 층을 이루며 수북하게 쌓여 있었다. 그러나 이그나슈카는 아직 기운을 잃지 않았다. 그는 끊임없이 말고삐를 잡아당기며 가끔 소리를 지르면서 발을 굴렀다. 방울 소리는 여전히 멋지게 울리고 있었다. 말들은 콧김을 불어댔다. 말들은 한층 더 자주 비틀거렸지만, 그래도 차분하게 달리고 있었다. 이그나슈카는 펄쩍 뛰면서 장갑을 흔들며 가늘고 긴장한 목소리로 노래를 부르기 시작했다. 노래가 채 끝나지도 않았는데, 그는 삼두마차를 멈추고 앞 안장 위로 고삐를 내던졌다. 바람이 사납게 윙윙거렸다. 마치 작은 삽으로 끼얹듯이 눈이 외투 자락 위로 뿌렸다. 나는 주위를 둘러보았다. 세 번째 삼두마차가 우리 뒤에 보이지 않았다(그 마차는 어디엔가 멈춰 있었다). 두 번째 썰매마차 근처의 눈안개 속에서 노인이 발을 구르고 있는 모습이 보였다. 이그나슈카는 썰매마차에서 두세 발 물러서더니 눈 위에 앉아 혁대를 풀고 장화를 벗기 시작했다.

"자네 뭘 하는 건가?" 내가 물었다.

"신을 고쳐 신어야겠습니다. 그렇지 않으면 두 다리가 얼어붙을 것 같아서요." 그는 대답하면서 자신의 일을 계속했다.

뺨을 외투깃에서 떨어뜨려 그가 하는 짓을 쳐다보기엔 너무도 추운 날씨였다. 나는 그냥 똑바로 앉아서 말을 바라보았다. 그 말은 몸이 너무 괴롭고 피곤한 듯 한쪽 발을 뒤로 빼고 눈에 뒤덮여 있는 꼬리를 흔들었다. 이그나슈카가 썰매마차에 뛰어올랐을 때 흔들리는 충격으로 인해 나는 다시 정신이 들었다.

"그런데 지금 여기가 어딘가?" 나는 물었다. "아침까지는 달릴 수 있을까?"

"걱정 마십시오. 제가 모셔다드릴 겁니다." 그는 대답했다.

"지금 중요한 건 장화를 고쳐 신고 발을 따뜻하게 하는 것입니다."

그리고 그는 다시 마차를 몰았다. 방울 소리가 울리기 시작했고 썰매마차가 또다시 흔들거렸다. 바람은 썰매 밑에서 윙윙거리는 소리를 냈다. 그리고 우리는 다시 끝없이 넓은 눈의 바다를 뚫고 지나가기 시작했다.

10

나는 깊은 잠에 빠져 있었다. 알료샤가 나를 발로 흔들어 깨워 내가 눈을 떴을 때는 이미 아침이었다. 밤보다 추위가 더 극심한 것 같았다. 하늘에서 눈은 더 이상 내리지 않았다. 그러나 건조하고 세찬 바람이 들판에서 계속 눈보라를 일으켰고, 말발굽과 썰매 밑을 말라붙게 만들었다. 오른편 동쪽 하늘에는 육중한 진청색 구름이 덮여 있었다. 그러나 그 위에 밝은 적황색을 띤 구름이 비스듬히 떠오르고 있었다. 머리 위로 지나가는, 빛을 머금은 하얀 구름 뒤편에는 창백한 푸른빛이 감돌고 있었다. 왼편 하늘에 떠 있는 밝은 구름은 가볍게 움직이고 있었다. 주위의 들판에는 날카로운 층을 이루고 있는 두꺼운 백설이 널려 있었다. 저쪽 어딘가 푸른 언덕 위로 자그마한 싸락눈 가루가 날아가고 있었다. 썰매마차와 사람, 그리고 짐승의 발자국이 눈에 띄지 않았다. 말과 마부의 잔등이 만들어내는 윤곽과 색깔이 하얀 설경 속에서 분명하고 강렬하게 보였다. 이그나슈카의 진청색 모자테, 외투깃, 머리털, 그리고 장화가 눈으로 덮여 하얗게 보였다. 썰매마차도 온통 눈으로 덮여 있었다. 가운데 있는 말의 머리와 갈기의 오른쪽 부분은 완전히 눈에 쌓여 있었다. 옆에 있는 말의 다리는 무릎까지 눈에 덮여 있었고, 말 엉덩이걸이의 오른쪽은 말이 흘린 땀과 눈이 얼어 엉겨 붙어 있었다. 그리고 말의 털은 박자를 맞추듯이 어떤 악상을 연상시키며 흔들거렸다. 옆에 있는 말도 여전히 달리고 있었다. 푹 꺼진 채 들쭉날쭉하는 말의 배와 축 처진 귀만 보아도 그동안 얼마나 고생을 했는지 알 수 있었다. 단 하나의 새로운 물체가 내 시선을 끌었다. 그것은 이정표였다. 이정표 오른쪽에서 바람이 힘차게 휘몰아치며 이정표 위에 쌓인 눈을 왼편 바닥으로 쓸어내리고 있었다. 우리가 마차를 타고 열두 시간 동안 밤새도록, 진행하는 방향도 모른 채 쉬지도 않고 줄곧 달리다가, 이제야 길을 제대로 찾게 된 것이 무척이나 놀라웠다. 마차의 방울은 한층 더 경쾌하게 울리고 있었다. 이그나슈카는 옷깃을 여미면서 소리를 질렀다. 뒤쪽에서는 말들의 콧소리가 들렸고, 노인과 충고자의 삼두마차 방울 소리가 울렸다. 그러나 초원에서 잠을 자고 있던 세 번째 마차와 마부들은 찾아볼 수 없었다. 반 베르스타를 달리자 눈에 덮이지 않은 삼두마차의 선명한 썰매 자국이 보였고, 그 위에 이따금씩 말들이 흘린 장밋빛 핏방울이 보였다. 그것은 말들이 채찍에 맞아 흘린 피였다.

"어이, 필리프! 보다시피 이번에도 해냈어!" 이그나슈카가 말했다.

간판이 붙어 있는 작은 술집이 도로변에 나타났다. 그 집의 지붕과 창문은 온통 눈으로 뒤덮여 있었다. 술집 근처에는 땀에 흠뻑 젖은 상태로 머리를 떨어뜨린 회색 말들이 매어져 있는 삼두마차가 하나 서 있었다. 입구에 쌓인 눈은 말끔하게 치워져 있었고, 문 옆에는 눈삽이 세워져 있었다. 그러나 바람은 여전히 눈 쌓인 술집 지붕 위로 강하게 휘몰아치고 있었다. 우리 마차의 방울 소리를 듣고, 붉은 머리에 키가 큰 마부가 손에 포도주잔을 들고 우리 쪽으로 걸어오면서 뭐라고 소리를 질렀다. 이그나슈카는 나를 쳐다보며 마차를 잠시 멈추는 것을 허락해달라고 말했다. 그때 나는 처음으로 그의 얼굴을 제대로 보았다.

11

그의 머리털과 체격은 길쭉한 코에 거무튀튀한 얼굴일 거라는 내 짐작과는 완전히 다른 모습이었다. 그는 두루뭉술한 코에 명랑해 보일 정도로 둥근 얼굴, 커다란 입, 그리고 맑고 밝은 하늘색 눈을 갖고 있었다. 그리고 그의 두 뺨과 목은 천 조각으로 문지른 듯이 빨갰다. 그의 눈썹과 속눈썹, 그리고 얼굴 아랫부분에 난 솜털은 눈으로 뒤덮여 완전히 하얗게 변해 있었다. 역참까지 기껏해야 반 베르스타밖에 남지 않았기 때문에 우리는 마차를 멈춰 세웠다.

"서두르게." 내가 말했다.

"잠깐이면 됩니다." 이그나트가 마부석에서 뛰어내려 필리프에게 다가가며 대답했다.

"자, 들게, 친구." 그는 오른손 장갑을 벗어 채찍과 함께 눈 위로 내동댕이치고, 머리를 뒤로 젖히며 보드카를 순식간에 들이켜면서 말했다.

아마도 퇴역한 카자크 병사인 것이 분명해 보이는 술집 주인이 보드카 반병을 손에 들고 밖으로 나왔다.

"누구한테 줄까?" 그가 말했다.

키가 크고 비쩍 마른, 염소 턱에 눈빛이 초롱초롱한 바실리와 뚱뚱하고 머리털과 턱이 희고, 텁수룩한 수염이 난 충고자가 달려가서 한 잔씩 마셨다. 노인도 역시 술을 마시는 무리를 향해 달려갔지만 그에게는 술을 주지 않았다. 그래서 그는 자신의 마차로 돌아와서 말의 잔등과 허리를 쓸어주고 있었다. 노인은 내가 상상했던 바로 그런 사람이었다. 작은 키에 여윈 얼굴, 푸른 빛이 도는 얼굴엔 주름살이 많았다. 부드러운 턱과 날카로운 코를 지녔고 누런 치아 사이는 벌어져 있었다. 그는 마부용 새 모자를 쓰고 있었다. 그러나 짧은 외투는 해져 있었고, 타르도 묻어 있었으며 어깨 부분과 옷깃 여기저기가 터져 있었다. 그의 외투는 펠트로 만든 큰 장화 속으로 집어넣은 삼베로 짠 바지의 무릎을 덮지 못할 정도로 짧았다. 그래서 그는 몸을 따뜻하게 하기 위해 얼굴을 찡그리며 온몸을 굽히고, 얼굴과 두 다리를 떨면서 썰매마차 근처에서 수선을 떨며 돌아다녔던 것이다.

"어때, 미트리치, 반병만 들지 그래. 몸을 덥게 하는 데는 이게 최고야." 충고자가 그에게 말했다.

미트리치는 한 잔 들이켰다. 그리고 자기 말의 말 엉덩이걸이와 멍에를 고치고, 나에게 다가왔다.

"저, 나리." 그는 희끗희끗한 머리털이 난 머리에서 모자를 벗고 굽실굽실 인사를 하면서 말했다. "당신과 함께 밤새도록 길을 찾아 헤매다가 이제 길을 찾았는데, 보드카 반병만 하사해 주신다면 고맙겠습니다. 나리! 보드카만이 몸을 덥힐 수 있습니다." 그는 비굴한 웃음을 지으면서 말했다.

나는 그에게 25코페이카를 주었다. 술집 주인이 보드카 반병을 가지고 와서 노인에게 내밀었다. 그는 채찍을 쥔 장갑을 벗어놓고, 검고 자그마한 손을 술잔으로 가져갔다. 그의 손에는 약간 푸른빛이 감돌았다. 그런데 그의 엄지손가락은 마치 남의 손가락처럼 자신이 의도한 대로 움직이지 않았다. 그는 잔을 잡지 못하고 술을 눈 위로 쏟았다.

다른 마부들이 웃음을 터뜨렸다.

"저것 보게, 미트리치가 얼어붙은 모양이야. 술잔도 잡지 못하는 걸 보니 말이야."

미트리치는 자신이 술을 쏟은 것에 대해 무척 화를 냈다. 마부들은 술잔에 술을 다시 따라 그의 입에다 부었다. 그러자 이내 마음이 풀어진 그는 술집으로 달려가 파이프 담배에 불을 붙이고, 사이가 벌어진 누런 치아를 드러내고 웃으며 말끝마다 욕지거리를 하기 시작했다. 그가 보드카 반병의 마지막 잔을 마시고 나자, 마부들은 제각기 삼두마차로 흩어졌다. 그리고 우리는 다시 달리기 시작했다.

눈은 한층 더 하얗게 보였고 밝게 빛났다. 너무 밝아 눈이 부실 정도였다. 오렌지 색깔의 광선이 점점 더 높이, 점점 더 밝게 하늘 위로 퍼졌다. 태양의 붉은 띠가 진청색 구름을 뚫고 지평선 위에 나타났다. 하늘은 점점 더 높아지고 밝아졌다. 역참 근처를 지나칠 때 황토색 자국이 보다 선명하고 명확하게 드러났다. 어떤 곳은 움푹 파여 있었다. 나는 추위로 오그라든 대기 속에서 무언지 모를 상큼하고 경쾌한 느낌을 받았다.

나의 삼두마차는 무척 빨리 달렸다. 가운데 있는 말의 머리와 목은 멍에 위에서 휘날리는 갈기와 더불어 빠르게 흔들거렸다. 그리고 삼두마차에 달려 있는 사냥꾼이 사용하는 방울 속에 있는 추는 더 이상 방울을 경쾌하게 때리지 않았고 방울 안쪽의 금속을 긁어대고 있었다. 양편에 있는 온순한 말들은 사이좋게 고삐를 끌어당기며 힘차게 달려가면서 자신들의 말꼬리를 흔들며 배와 엉덩이걸이를 가볍게 치고 있었다. 달리는 도중에 가끔 말들이 눈 더미 속에 빠졌다가 다시 잽싸게 빠져나올 때마다 그들의 눈은 눈〔雪〕으로 덮이곤 했다. 이그나슈카는 테너 목소리로 유쾌하게 소리를 질렀다. 건조한 냉기가 썰매 밑에서 퍼져 나왔다. 뒤쪽에서는 마치 명절날인 듯 크게 울리는 두 개의 방울 소리가 들려왔고, 술에 취한 마부들의 떠드는 소리도 들려왔다. 나는 뒤를 돌아보았다. 털이 땀에 젖어 몸에 바싹 달라붙은 회색 말들이 목을 길게 빼고 한결같이 숨을 헐떡이면서, 구부러진 재갈을 물고 눈 위에서 달리고 있었다. 필리프는 채찍을 흔들면서 모자를 고쳐 썼고, 노인은 이전과 마찬가지로 다리를 걸친 채 썰매마차 한가운데 누워 있었다.

이 분이 지나서 썰매마차들은 깔끔하게 정리된 역참의 입구에 끼익 하는 소리를 내며 멈춰 섰다. 온통 눈으로 덮인 이그나슈카가 차가운 대기를 들이마시고, 상쾌한 얼굴을 나에게 돌렸다.

"드디어 도착했습니다, 나리!" 그가 말했다.

1856년 2월 11일

두 경기병

두 경기병

M. N. 톨스토이 백작부인에게 바침

······조미니, 조미니,

그런데 보드카에 대해서 아무 말도 하지 않는다······.

D. 다브이도프 (19세기 러시아 시인 다브이도프의

『어떤 늙은 경기병의 노래』에서 발췌한 부분이고, 조미니는

19세기에 활동한 프랑스 장군─옮긴이)

1800년대의 일이었다. 당시는 철도, 포장도로, 가스, 스테아린 양초, 나지막한 스프링 소파, 니스 칠을 하지 않은 가구, 안경을 낀 실의에 빠진 젊은이들, 자유를 부르짖는 여성 철학자, 그리고 오늘날처럼 우글거리는 매력적인 창부들이 존재하지 않던 시절이었다. 당시는 모스크바에서 나들이 음식을 준비해 스프링이 없는 짐마차나 여행용 사륜마차를 타고 페테르부르크로 향할 때, 마차의 말방울과 커틀릿과 부브릭(두꺼운 가락지 모양의 빵─옮긴이)에 의지하며 뿌옇게 먼지가 날리는 길이나 진흙탕 길을 주야로 여드레 동안 달리던 시절이었다. 당시는 기나긴 가을 저녁에 동물의 기름으로 만든 양초 한 자루가 이삼십 명이나

되는 가족 구성원을 비추던 시절이었고, 무도회의 샹들리에에 밀랍과 경랍으로 만든 양초를 사용하던 시절이었고, 가구를 좌우대칭으로 배치하던 시절이었다. 당시는 우리 아버지들의 얼굴에 주름살과 흰 머리카락이 없었던, 여자 문제로 결투를 하였던, 실수로 혹은 고의로 떨어진 손수건을 주워주려고 방 저편 구석에서 달려들었던, 짧은 허리에 큰 소맷자락이 너풀거리는 옷을 입은 우리 어머니들이 심지를 뽑아 집안일을 할 사람을 결정하였던, 그리고 매혹적인 창부들이 환한 대낮에는 부끄러워 몸을 숨기던 시절이었다. 당시는 유럽의 프리메이슨 비밀 공제 조합 일파인 마르티네스와 투겐드분드 등이 활동하던 순박한 시절이었다. 밀로라도비치(19세기 초에 활동한 러시아 장군—옮긴이), 다브이도프, 그리고 푸슈킨이 활약하던 바로 그 시절에, 현청 소재지인 K 시에서 열린 지주들의 모임에서는 귀족 선거를 실시했다.

1

"홀 안은 예전과 마찬가지군." 경기병 모자에 모피 외투를 걸친 젊은 장교가 여행용 썰매마차에서 내려 K 시의 고급 호텔로 들어서면서 말했다.

"성대한 모임입니다, 나리." 경기병 장교가 투르빈 백작이라는 것을 졸병으로부터 전해 들은 호텔보이가 그를 '나리'라고 부르면서 말했다. "아프레모프스카야 여지주께서 따님과 함께 야회에 참가하시기로 약속이 되어 있습니다. 그러니 방이 비는 대로 11호실로 안내해드리겠습니다." 백작 앞쪽에 서서 주위를 살피던 그가 복도를 따라 사뿐히 걸으면서 말했다. 홀 안에 걸려있는 거무스름하게 보이는 알렉산드르 황제의 초상화 근처에 놓여 있는 조그마한 테이블 앞쪽 소파에 그 지방의 귀족 몇몇이 앉아서 샴페인을 마시고 있었고, 맞은편에는 장사꾼처럼 보이는 손님들이 파란 털외투를 걸치고 앉아 있었다.

방 안에 들어선 백작은 자기가 데리고 온 **블류헤르**라고 부르는 큼직한 회색 밀라노 개를 부른 후, 아직 칼라에 서리가 그대로 남아 있는 군용 외투를 벗어던지고 보드카 한 잔을 주문했다. 그리고 파란색 비단 가운을 걸치고 테이블 쪽으로 다가가서, 거기 앉아 있는 사람들과 이야기를 하기 시작했다. 그들은 멋진 외모와 솔직한 태도를 취하고 있는 방금 도착한 그에게 샴페인을 권했다. 보드카 한 잔을 들이켠 백작은 새로 만난 그들을 대접하려고 보드카 한 병을 다시 주문했다. 마부가 보드카 값을 받으러 들어왔다.

"사슈카." 백작이 소리쳤다. "저 사람에게 술값을 줘!"

사슈카와 같이 밖으로 나갔던 마부가 손에 돈을 쥐고 다시 돌아왔다.

"나리, 저는 성의를 다해 나리를 잘 모셨습니다! 그런데 50코페이카를 주기로 약속하시고, 25코페이카밖에 주지 않으셨습니다."

"사슈카! 그에게 1루블을 줘!"

사슈카는 눈을 내리깔고 마부의 발을 쳐다보았다.

"그 정도면 충분합니다." 사슈카는 낮은 목소리로 말했다. "그리고 저한테는 더 이상 돈이 없습니다."

백작은 수중에 단 두 장밖에 없는 5루블짜리 지폐를 지갑에서 꺼내서 그중에 한 장을 마부에게 주었다. 마부는 그의 손에 입을 맞추고 밖으로 나갔다.

"여기까지 쫓아오다니!" 백작은 말했다. "이제 5루블만 남았군."

"경기병 방식이군, 백작." 콧수염과 목소리, 그리고 상당히 방자한 발놀림으로 짐작컨대 귀족 출신 퇴역 경기병임에 틀림없는 어떤 사람이 미소 지으며 말했다. "오랫동안 머무를 예정입니까, 백작?"

"돈이 부족합니다. 만일 충분하다면 이런 곳에 머물지 않았을 겁니다. 게다가 방도 없고, 빌어먹을, 이런 형편없는 선술집 같은 곳에 머물다니……."

"실례지만, 백작." 경기병이 제의를 했다. "제 방을 함께 쓰시죠? 저는 이 호텔 7호실에 묵고 있습니다. 괜찮으시다면, 저희들과 함께 한 사흘쯤 지내시죠. 오늘 밤 귀족단장 댁에서 무도회가 있습니다. 그분도 상당히 기뻐하실 겁니다!"

"그렇게 하시죠, 백작!" 대화를 나누고 있던 사람들 가운데 어떤 미남 청년이 거들었다. "그리 서두르실 필요가 뭐 있습니까! 이런 일은 3년에 한 번 있는 일입니다. 선거 말입니다. 이 지방아가씨들도 한번 보시고요, 백작!"

"사슈카! 속옷을 줘. 목욕하러 가야겠다." 백작이 일어서면서
말했다. "목욕하고 다시 봅시다. 어쩌면 정말 귀족단장 댁으로
끌려갈지도 모르는 일이니."

그리고 그는 호텔보이를 불러 잠시 무슨 말을 하였다. 그러자
보이는 히죽 웃으면서 "그건 어느 분이나 다 마찬가지입니다"라
고 대답하고 나갔다.

"그럼 당신 방으로 트렁크를 옮기라고 지시하겠습니다." 백작
은 문 뒤편에서 큰 소리로 말했다.

"그렇게 하세요. 즐거운 시간 보내세요." 문 쪽으로 다가온 경
기병이 말했다. "7호실입니다. 기억하세요."

그의 발소리가 들리지 않게 되자, 경기병은 자기 자리로 돌아
와 관리 옆에 바싹 다가앉아서 그의 얼굴을 쳐다보며 말했다.

"저자가 바로 그 사람일 거야."

"그래?"

"내가 일전에 자네에게 말했던 결투를 즐겨하는 경기병이야.
투르빈이라는 유명한 사람이야. 그 사람이 나를 알아본 게 분명
해. 내길 해도 좋아, 확실히 나를 알아봤어. 옛날에 내가 군마를
징발하러 레베쟈니(러시아 중부에 위치한 도시로 가축 매매가 왕성
했던 곳—옮긴이)에 갔을 때, 우리는 3주일 동안 함께 어울려 진
탕 놀아난 적이 있었어. 거기서 한 번 장난을 쳤었지. 물론 우리
가 함께 저지른 일이었지. 그자는 그 일을 아주 잊어버린 듯한
얼굴을 하고 있어. 어쨌든 대단한 청년이야, 안 그래?"

"멋진 청년이야. 그의 태도도 참 괜찮아! 어디 나무랄 데가 없어." 미남 청년이 대답했다. "빨리도 친해졌다…… 어때, 스물다섯 살은 넘지 않은 것 같지?"

"아니, 겉으론 그 정도 돼 보여도 실제로는 스물다섯 이상일거야. 그런데 저자가 어떤 인물인지 알아? 미구노바를 유괴했던 자가 바로 저 사람이야. 사블린을 살해한 것도, 마트뇨프의 발을 붙들고 창문 밖으로 내던진 것도, 네스체로프 공작에게 3,000루블을 딴 것도 바로 저 사람이야. 그의 재주는 상당히 뛰어나. 그는 노름꾼에다 결투 전문가야. 그리고 여자를 유혹하는 데도 귀신이야. 그런데도 불구하고 그는 진정한 경기병 정신을 소유한 인물이야. 사람들은 우리 같은 사람에 대해서 이런저런 말을 많이 하지. 그런데 우리들처럼 진정한 경기병의 의미를 제대로 이해하는 사람들이 과연 있을까? 아, 그 시절이 정말 좋았는데!"

경기병은 옆에 있는 사람들에게 레베쟈니에서 벌어졌던 술판에 대해 이야기를 했지만, 실제로 그런 일은 있지도 않았을 뿐만 아니라 있을 수도 없는 일이었다. 왜냐하면 첫째, 그는 예전에 백작을 한 번도 본 적이 없었고, 백작이 군에 입대하기 2년 전에 이미 퇴역했기 때문이었다. 둘째, 경기병은 기병대에서 근무를 한 적이 없었으며, 4년 동안 벨료프스키 연대에서 아주 얌전한 사관생도로 지내다가 소위보로 진급하자마자 퇴역했기 때문이었다. 그리고 10년 전에 유산을 물려받은 후, 레베쟈니에 가서 군마 보충 장교들과 어울려 700루블을 탕진한 그는 경기병으로 재입대하려는 뜻을 품고 오렌지색 칼라의 경기병 제복을 미리 맞추려고까지 했었다. 기병대에 들어가려는 포부와 레베쟈니에서 군마 보충 장교들과 지낸 3주간은 그의 생애에서 가장 행복한 순간이었다. 그는 자신의 이런 희망을 처음에는 실현 가능한 것으로, 나중에는 추억으로 간주했다. 이제 그는 자신이 과거에 경기병이었다고 스스로 믿고 있었다. 그러나 그의 이런 허황된 생각이 온후하고 정직하고 훌륭한 인간으로서의 그의 가치를 결코 훼손시키지는 않았다.

"그래 기병대에서 근무하지 않았던 사람은 결코 우리들의 형제애를 이해하지 못해." 그는 의자에 걸터앉아 아래턱을 앞으로 내밀며 낮은 목소리로 말하기 시작했다. "자주 있었던 일이지. 기병중대 앞으로 말을 달리고 있었는데, 그냥 말을 타고 있는 것이 아니라, 마치 악마가 말을 모는 것 같았어. 이렇게 악마처럼 앉아 있었지. 열병을 할 때 기병 중대장이 말을 타고 내 옆으로 다가와서 '중위, 귀관이 없으면 아무것도 되지 않으니 중대 분열식을 잘 지휘하게'라고 말했어. 그래서 나는 '예, 잘하겠습니다!'라고 대답한 후, 돌아서서 호령을 내렸지. 아, 빌어먹을, 그 시절이 참 좋았는데!"

얼굴이 온통 시뻘게진 백작은 젖은 머리인 채로 목욕탕에서 나와 곧장 7호실로 향했다. 그곳에는 이미 경기병이 가운을 걸친 채 파이프 담배를 물고 앉아 있었다. 그는 자기에게 주어진 운명, 즉 유명한 투르빈과 같이 한방에 기거한다는 사실에 기쁨과 어떤 공포를 동시에 느끼면서 이런저런 생각을 하고 있었다. '혹시 어쩌면' 하는 생각이 그의 뇌리에 떠올랐다. '갑자기 그가 내 옷을 벗기고, 벌거벗은 채 나를 교외로 끌고 가서 눈 속에 처박든지, 아니면…… 내 몸에 타르를 칠하든지, 아니면 그냥 …… 아니야, 저 친구는 정의롭기 때문에 나를 그런 식으로는 대하지 않을 거야……' 하고 그는 자위했다.

"블류헤르에게 먹을 것을 좀 줘라, 사슈카!" 백작이 소리쳤다.

보드카를 한 잔 들이켠 듯 어느 정도 취기가 오른 사슈카가 들어왔다.

"그새를 못 참아 술을 들이켰군. 이런 못된 놈…… 블류헤르한테 먹을 것을 줘!"

"그렇다고 죽진 않습니다. 아직도 안색이 번지르르합니다!" 사슈카가 개를 쓸면서 대답했다.

"무슨 잔소리가 그렇게도 많아! 어서 먹을 거나 줘."

"백작님은 개만 걱정하십니까. 그리고 인간인 제가 술 한 잔 마신 것을 가지고 왜 이리 구박하십니까."

"이 녀석이, 맞을래!" 창문의 유리가 떨리고 경기병마저 무서운 생각이 들 정도의 목소리로 백작이 소리쳤다.

"백작님이, 사슈카는 오늘 뭣 좀 먹었나 하고 물어보시면 얼마나 좋아요. 뭐, 개가 사람보다 더 소중하시다면 절 때리십시오." 사슈카가 말했다. 바로 그 순간 사슈카는 얼굴에 무시무시한 주먹을 받고 쓰러지면서 칸막이에 머리를 부딪혔다. 그는 한 손으로 코를 움켜잡고 문밖 복도로 달려가다가 나무 상자에 걸려 나둥그러졌다.

"나리가 내 이를 부러뜨렸어." 사슈카가 피범벅이 된 코를 한 손으로 문지르며, 다른 손으로 자신의 몸을 핥고 있는 블류헤르의 등을 쓰다듬으면서 말했다. "나리가 내 이를 부러뜨렸단 말이야, 블류슈카(블류헤르의 애칭—옮긴이). 그래도 저분은 변함없이 내 백작님이셔. 저분을 위해서라면 불구덩이에도 뛰어들 수 있는데, 이게 뭐람! 저분은 백작님이시거든. 알겠어, 블류슈카? 배고프니?"

잠시 누워 있다가 일어나 개한테 먹을 것을 준 다음, 술이 깬 그는 백작의 차 시중을 들기 위해 다시 백작에게로 갔다.

"당신은 저를 모욕하고 있습니다." 칸막이 위에 두 다리를 올려놓고 침대 위에 누워 있는 백작 앞에 서서 경기병은 다소 겁을 먹은 듯한 목소리로 말했다. "노병이자 동료로서 말씀드리겠는데, 다른 사람에게서 돈을 빌리지 마십시오. 200루블 정도는 제가 기꺼이 제공할 용의가 있습니다. 지금은 100루블밖에 없지만, 오늘 안으로 돈이 들어올 겁니다. 당신은 그저 저를 모욕하고 있을 뿐입니다. 백작!"

"감사합니다." 백작은 경기병의 어깨를 도닥거리며 이내 그들 사이에서 이루어질 일련의 관계를 예감하면서 말했다. "감사합니다. 그럼, 이따가 무도회에 갑시다. 그런데 지금은 무엇을 할까요? 당신이 거주하고 있는 이 도시에 대해 이야기를 좀 해주시지요. 누가 좋은 사람이고, 누가 잘 놀고, 누가 카드게임을 하고 있는지?"

경기병은, 무도회에 좋은 사람들이 많이 온다는 것과, 새로 선출된 경찰서장 콜코프가 누구보다 잘 놀지만 경기병다운 배짱

이 없는 선량한 소인에 불과하다는 것과, 선거에 앞서 노래를 부르는 일류슈카라는 집시 합창단 가운데 스테슈카라는 여자의 인기가 이곳에서 대단하다는 것과, 오늘 밤 귀족단장의 저택에 모든 사람이 모여들 거라는 것 등에 대해 이야기했다.

"이곳 노름판은 상당히 큽니다." 그가 말했다. "돈놀이를 하고 있는 타지 사람인 루흐노프는 큰돈을 가지고 있습니다. 그리고 8호실에 묵고 있는 경기병 소위 일리인이 돈을 많이 잃었습니다. 아마 그곳에서는 벌써 노름판이 벌어졌을 겁니다. 매일 저녁마다 노름을 하지요. 그런데 백작, 일리인이라는 사람은 인색하지 않은 상당히 매력적인 사나이입니다. 그는 자신의 마지막 셔츠까지 사람들에게 다 벗어주는 사람입니다."

"그럼 그곳에 가서 그들이 어떤 사람들인지 한번 확인해봅시다." 백작이 말했다.

"갑시다! 그들도 무척 기뻐할 겁니다."

창기병 소위 일리인은 방금 전에 잠에서 깨어났다. 그는 전날 저녁 8시부터 다음날 아침 11시까지 꼬박 열다섯 시간을 앉아서 노름을 했던 것이다. 그는 상당히 많이 잃었는데, 자신이 정확하게 얼마나 잃었는지를 모르고 있었다. 왜냐하면 그는 오래전부터 자신의 돈 3,000루블과 공금 15,000루블을 섞어서 사용하고 있었고, 자신의 돈이 얼마만큼 축났는지 계산해보는 것이 두려워 이를 확인하려 들지 않았기 때문이다. 그는 거의 정오쯤 돼서야 아주 젊은 청년이 많은 돈을 노름판에서 잃고서 잘 만한 잠을, 꿈도 꾸지 않는 곤한 잠을 잤다. 저녁 6시, 투르빈 백작이 호텔에 도착한 바로 그 시간에, 그는 잠에서 깨어나 주변 마룻바닥에 널려 있는 카드, 초크, 그리고 방 한가운데 지저분하게 어질러져 있는 테이블을 보고, 두려운 마음으로 엊저녁의 노름판과 한순간 500루블을 잃은 마지막 카드 잭을 기억해냈다. 아직도 현실이 믿기지 않은 그는 베개 밑에서 돈을 꺼내 세기 시작했다. 그는 우골리와 트란스포르트 사이에 몇 차례 왔다 갔다 했던 지폐가 일부 있는 것을 알아채고, 노름판의 전 과정을 회상했다. 자기 돈 3,000루블은 벌써 다 잃었고 공금 가운데 2,500루블이 비어 있었다.

창기병은 나흘 밤을 계속해서 노름을 했었다.

그는 모스크바에서 공금을 받아 가지고 오던 길이었다. K 시에서 역참지기가 말이 없다는 핑계를 대며 그를 붙잡아두었는데, 이는 오래전부터 이곳을 지나가는 모든 승객을 하루 동안 붙잡아놓겠다는 약속을 호텔 주인과 체결했기 때문이었다. 연대에 부임할 때 필요한 물건을 사기 위해 모스크바에 있는 양친으로부터 3,000루블을 받은 젊고 명랑한 창기병은 선거를 치르는 동안 K 시에서 며칠을 보낸다는 것이 상당히 기뻤고, 자신도 한번 멋지게 놀아볼 심산이었다. 또 이곳에 사는 아는 지주를 찾아가 그의 딸에게 청혼할 생각을 품고 있었다. 그런데 그때

마침 어떤 경기병이 인사차 그를 찾아왔다. 그 경기병은 자신이 잘 알고 지내는 사악한 루흐노프와 다른 노름꾼들을 그에게 소개했다. 그날 저녁부터 노름에 빠지게 된 그는 아는 지주한테 가지 않았을 뿐 아니라, 더 이상 말에 대해 역참지기에게 물어보지도 않고 나흘 동안 방에서 나오지 않았던 것이다.

옷을 입고 차를 마신 후 그는 창가로 다가갔다. 자꾸만 생각나는 노름판의 유혹을 쫓아내기 위해 그는 잠시 산책이라도 하고 싶었다. 그는 군용 외투를 걸치고 거리로 나갔다. 태양이 빨간 지붕을 한 하얀 집 너머로 자취를 감추었고, 땅거미가 깔리기 시작했다. 포근한 날이었다. 진흙탕이 된 거리 위로 축축한 눈송이가 살며시 내려앉고 있었다. 갑자기 그는 하루 종일 잠을 잤다는 것과 하루가 이미 저물고 있다는 것에 대해 생각하면서 견딜 수 없는 슬픔을 느꼈다.

그는 생각했다. '지나간 오늘은 두 번 다시 돌아오지 않는다.'

그는 불현듯 자신에게 말했다. '내 스스로 내 청춘을 망가뜨려버렸다.' 그러나 그는 실제로 자신의 청춘이 망가졌다고 생각한 것이 아니라,─그는 결코 그런 생각을 해본 적이 없었다─단순히 그 구절이 그의 머릿속에 떠올랐을 뿐이었다.

'이제 어떻게 하나?' 그는 생각했다. '누구한테 돈을 빌린 후 이곳을 떠나야지.' 그때 어떤 귀부인이 보도 위를 걸어가고 있었다. '참 어리석은 귀부인이다.' 그는 생각했다. '누구한테 돈을 빌려야겠는데, 내 스스로 내 청춘을 망가뜨려버렸다.' 그는 시장 쪽으로 걸어갔다. 여우털 외투를 입고 있는 어떤 상인이 가게 문 옆에 서서 손님을 부르고 있었다. '8이 들어오지만 않았더라도 돈을 다시 찾을 수가 있었을 텐데.' 거지 노파가 그의 뒤를 따라오면서 우는소리로 구걸하고 있었다. '누구한테 돈을 빌려야 하는데.' 곰털 외투를 걸친 어떤 신사가 마차를 타고 지나가고 있었다. 경찰관이 서 있었다. '이상한 짓을 한번 해볼까? 총으로 그들을 쏘아버릴까? 아니다, 그런 일은 지긋지긋하다! 내 스스로 내 청춘을 망가뜨려버렸다. 아, 멋진 장식이 달린 말의 멍에 들이 걸려 있다. 삼두마차를 타볼까. 에이, 제기랄! 집으로 돌아가자. 얼마 후 루흐노프도 올 것이다. 노름이나 하자.' 그는 집으로 돌아와 다시 돈을 세어보았다. 첫 번째 세었을 때의 셈이 틀리지 않았다. 다시 한 번 세어보아도 역시 공금 2,500루블이 부족했다. '첫판에서 25루블을 걸고, 둘째 판에서는 통 크게 25루블의 7배를 걸고…… 다음에는 15배를, 그리고 30배를…… 60배를 걸 것이다……. 그렇게 해서 3,000루블을 따는 것이다. 그리고 그 멍에를 사 가지고 이곳을 떠나는 것이다. 그러나 악당 같은 놈들이 그렇게 호락호락 넘어가지는 않을 것이다. 내 스스로 내 청춘을 망가뜨려버렸다.' 루흐노프가 그의 방으로 들어왔을 때 창기병은 머릿속으로 이런 생각을 하고 있었다.

"일어난 지 오래되셨습니까, 미하일로 바실리이치?" 루흐노프는 바짝 마른 코에서 천천히 금테 안경을 벗긴 다음 그것을 빨간 실크 손수건으로 조심스레 닦으면서 물었다.

"아니요, 지금 막 일어났습니다. 잠을 푹 잤습니다."

"어떤 경기병이 이곳에 도착해서 자발리세프스키가 묵고 있는 방에 투숙하고 있다던데…… 혹시 못 들으셨나요?"

"아니요, 못 들었는데요……. 그런데 아무도 나타나질 않으니 어쩐 일이지요?"

"프라힌한테 들른 것 같아요. 이제 곧 나타나겠지요."

그가 말한 것처럼 얼마 후 사람들이 방으로 들어왔다. 언제나 루흐노프를 동반하는 수비대 장교, 커다란 갈색 매부리코에 눈이 움푹 들어간 그리스 상인, 그리고 매번 50코페이카만을 걸며 밤새도록 노름을 하는 뚱뚱하고 토실토실하게 살이 찐 양조장 주인인 지주가 그들이었다. 그들은 한시라도 빨리 노름을 시작하고 싶어 했다. 그러나 거물급 노름꾼들은 이런 이야기를 한마디도 하지 않았다. 특히 루흐노프는 모스크바의 협잡꾼에 대해서 차분한 목소리로 이야기를 하고 있었다.

"생각해봐요." 그가 말했다. "모스크바는 최초로 세워진 도시이자 수도인데, 밤마다 악마의 탈을 쓴 협잡꾼들이 갈고리처럼 기른 손톱으로 어수룩한 서민들을 위협하고 행인들을 약탈하고 있단 말이에요. 대체 경찰관은 무얼 하고 있는지 도무지 알 수가 없어요."

창기병은 협잡꾼에 관한 이야기를 주의 깊게 듣고 있었지만, 이야기가 끝나자 자리에서 일어나 카드를 내놓으라고 조용히 일렀다. 뚱뚱한 지주가 먼저 말을 꺼냈다.

"자, 여러분, 황금 같은 시간을 낭비하지 맙시다! 얼른 판을 벌입시다!"

"그래요, 어제 50코페이카씩 걸며 재미를 보신 것이 마음에 드신 모양이군요." 그리스인이 말했다.

"시작합시다." 수비대 장교가 말했다.

일리인은 루흐노프를 쳐다보았다. 루흐노프는 일리인의 눈을 쳐다보면서 악마의 탈을 쓴 갈고리 같은 손톱을 기른 협잡꾼에 대한 이야기를 계속했다.

"카드를 돌릴까요?" 창기병이 물었다.

"너무 이르지 않아요?"

"벨로프!" 얼굴을 붉히면서 창기병이 소리쳤다. "뭐 먹을 것 좀 가져와…… 전 아직까지 아무것도 먹질 않았어요…… 샴페인을 가져오고 카드도 내놓고."

이때 백작과 자발리세프스키가 방문을 열고 들어섰다. 알고 보니 투르빈과 일리인은 같은 사단에 소속되어 있었다. 이내 친해진 그들은 술잔을 부딪치며 샴페인을 들이켰고, 오 분이 지나자 벌써 서로를 '너'라고 부르는 사이가 되었다. 일리인은 백작이 자못 마음에 든 모양이었다. 일리인을 쳐다보며 백작은 줄곧 미소를 띠고 그가 어리다며 놀려댔다.

"아니, 멋진 창기병이야, 자네 콧수염, 콧수염 말이야! 아주 멋있어." 일리인의 입술 언저리에는 하얀 솜털이 나 있었다.

"여러분, 노름을 하실 작정인가 보네요." 백작이 말했다. "이봐, 일리인! 나는 자네가 이기기를 바라네. 내 생각에 자네는 타짜 같아!" 백작은 웃으면서 말했다.

"그래요, 시작할 작정입니다." 루흐노프가 카드 열두 장을 뽑으면서 대답했다. "한데, 백작님도 하시지 않겠습니까?"

"아니요, 오늘은 할 생각이 없습니다. 그렇잖으면 제가 여러 분들의 돈을 싹 쓸어버릴 겁니다. 제가 돈을 곱절로 걸면 어떤 물주이건 이내 거덜 납니다. 아주 절단이 나지요. 그런데 일전에 볼로쵸크 근방 역참에서 한 번 당한 적이 있습니다. 그곳에서 우연히 타짜인 반지를 낀 어떤 보병 장교를 만나서 돈을 몽땅 털렸답니다."

"그래 정말로 역참에 오랫동안 머물렀는가?" 일리인이 물었다.

"스물두 시간 정도 앉아 있었지. 그놈의 역참은 오랫동안 기억에 남을 거야! 그리고 그놈의 역참지기도 나를 잊지 못할 거야."

"어째서?"

"내가 그 역참에 도착했을 때 말이야, 더러운 상판대기를 한 협잡꾼 같은 역참지기가 달려 나와 말이 없다고 말하는 거야. 그런데 나만의 방법을 자네에게 알려주겠네. 나는 왜 말이 없는지 도무지 이해가 되지 않아서 외투도 벗지 않은 채 역참지기 방으로 향했어. 그의 사무실로 들어간 것이 아니라 역참지기의 살림방으로 말이지. 그리고 모든 문과 창문을 활짝 열어젖히라고 명령했어. 자네도 기억하겠지만 지난달에 추위가 얼마나 혹독했던가? 영하 20도는 되었을 거야. 역참지기가 이러쿵저러쿵 투덜대며 잔소리를 늘어놓으려 하자 그의 이를 한 방 갈겨버렸지. 방 안에 있던 노파와 계집아이들, 그리고 아낙네들이 고래고래 소리를 지르며 부엌 그릇들을 챙겨서 마을로 도망을 치려고 하더군……. 나는 문 옆에 버티고 서서 말했어. 내게 말을 내주면 떠나겠다. 그렇지 않으면 아무도 놓아주지 않고 모두를 꽁꽁 얼려서 죽여버리겠다고 말했지."

"그야말로 멋진 방법이군요!" 토실토실하게 살이 찐 지주가 웃으면서 말했다. "마치 바퀴벌레를 얼려서 죽이는 것과 같은 방법이네요!"

"내가 어쩌다 한눈을 팔고 잠시 바깥으로 나온 틈에 역참지기는 아낙네들과 함께 줄행랑을 쳐버렸어. 노파 한 사람만이 나한테 인질로 잡혀 있었는데, 난로 근처에서 줄곧 재채기를 하면서 하나님께 기도를 드리고 있었지. 얼마 후 우리는 협상에 들어갔어. 역참지기가 역참 근처에서 멀리 떨어진 곳에 서서 노파를 석방해달라고 설득하더군. 블류헤르가 역참지기를 잡을 수 있을 것 같아서 블류헤르를 풀어서 그놈을 잡았어. 그런데도 그 악당 놈은 이튿날 아침까지 내게 말을 내주질 않았어. 그러던 참에 그 보병 장교가 도착했던 거지. 그리고 나는 그자와 다른 방으로 가서 노름을 시작했지. 여러분, 블류헤르를 보셨나요? ……블류헤르! ……획!"

블류헤르가 뛰어 들어왔다. 노름꾼들은 전혀 다른 일을 하고 싶어 하는 눈치였지만 개를 보자 블류헤르를 칭찬하기 시작했다.

"그런데 여러분들은 왜 노름을 시작하지 않으십니까? 제가 방해가 되어서는 안 되지요. 전 워낙에 이야기꾼이라서." 투르빈이 말했다. "**사랑하느냐, 혹은 사랑하지 않느냐 하는 것은 좋은 일입니다.**"

3

루흐노프는 양초 두 자루를 자기 쪽으로 끌어당긴 후, 돈이 가득 든 두툼한 갈색 지갑을 꺼내 무슨 비밀스런 일을 하듯 천천히 테이블 위에 내려놓고 100루블짜리 지폐 두 장을 꺼내서 카드 밑에 끼어놓았다.

"어제처럼 물주는 200루블." 그는 안경을 고쳐 쓰고 카드 한 벌을 뜯으면서 말했다.

"좋습니다." 일리인은 그를 쳐다보지 않고 투르빈과 이야기를 나누면서 대답했다.

노름이 시작되었다. 루흐노프는 기계처럼 정확히 카드를 돌리다가 이따금 동작을 멈추기도 하고, 천천히 점수를 기록하거나 안경 너머로 위엄 있게 쳐다보기도 하고, 나지막한 목소리로 "이리 주시오"라고 말하기도 했다. 뚱뚱한 지주는 여러 가지 생각들을 누구보다도 큰 목소리로 혼잣말로 지껄이면서 카드의 귀퉁이를 접으며 통통한 손가락에 침을 바르곤 했다. 수비대 장교는 말없이 카드 밑에다 멋진 표시를 하고 테이블 아래에서 카드의 귀퉁이를 접고 있었다. 물주 옆에 비스듬히 앉은 그리스인은 움푹 들어간 시꺼먼 눈으로 카드게임을 응시하면서 무엇인가를 기대하고 있었다. 자발리세프스키는 테이블 옆에 서 있다가 갑자기 온몸을 움직이며 호주머니에서 10루블짜리인지 5루블짜리인지 지폐 한 장을 꺼내서 그 위에 카드를 내려놓고 손바닥을 치면서 "행운의 7을 줘요!"라고 말했다. 그는 서서 입술을 깨물고 이리저리 움직였다. 시뻘건 얼굴을 하고 카드가 나올 때까지 그는 지속적으로 온몸을 움직이고 있었다. 일리인은 자기 옆에 모직으로 만든 소파 위에 놓여 있는 오이를 곁들인 송아지 고기를 먹고, 프록코트에 손을 닦으면서 카드를 한 장 한 장 내려놓고 있었다. 소파에 앉아 있던 투르빈은 곧 카드게임에 문제가 있다는 것을 눈치채기 시작했다. 루흐노프는 창기병을 쳐다보지도 않았고, 그에게 말도 건네지 않았다. 다만 이따금씩 그의 안경이 창기병의 손 쪽으로 향하곤 했다. 그리고 창기병의 패는 대부분 지고 있었다.

"내가 이 카드를 죽여버릴 걸 그랬어." 루흐노프는 50코페이카씩 걸고 있는 뚱뚱한 지주의 카드를 가리키며 말했다.

"일리인의 카드를 죽이지 그래요. 제 건 뭐." 지주가 말했다.

실제로 일리인의 카드가 다른 사람의 것보다 더 자주 죽었다. 그는 신경질을 내며 진 카드를 테이블 밑에서 찢어버리고, 떨리는 손으로 다른 카드를 집어 들었다. 투르빈은 소파에서 일어나서 물주 옆에 앉겠다고 말했다. 그래서 그리스인은 다른 자리로 옮겨 앉았다. 백작은 의자에 앉아 눈을 떼지 않고 루흐노프의 손을 찬찬히 응시하기 시작했다.

"일리인!" 그는 갑자기 자신도 모르게 평상시의 목소리로 말했다. 그러나 평범한 그의 목소리는 다른 사람들의 목소리를 압도할 정도로 상당히 컸다. "자네는 어떻게 똑같은 카드만 집나? 노름을 할 줄 모르는군!"

"어떻게 하든 마찬가지야."

"그러니 잃을 수밖에. 자넬 위해 내가 대신 할게."

"아니야, 미안하지만 난 늘 혼자서 하는 버릇이 있어. 하고 싶으면 자네도 따로 하게."

"나는 노름을 하지 않겠다고 말하지 않았나. 난 그저 자넬 대신하고 싶을 뿐이네. 자꾸만 잃고 있는 것이 화가 나서 그래."

"그것도 다 자기 운이야!"

백작은 침묵한 채 팔꿈치를 괴고 다시 물주의 손을 열심히 주시하기 시작했다.

"치사하군!" 그는 갑자기 큰 소리로 느릿느릿 말했다.

루흐노프가 그를 돌아보았다.

"치사하군, 치사해!" 루흐노프의 눈을 똑바로 쳐다보면서 그는 더 큰 소리로 말했다.

"좋-지-않은데!" 루흐노프가 일리인의 높은 카드를 죽이자 투르빈이 다시 말했다.

"어째 마음에 드시지 않는가 보죠, 백작님?" 물주는 정중하면서도 냉정하게 그에게 물었다.

"그렇소, 당신이 일리인에게 셈펠리는 이기게 만들고 우골리는 죽이고 있으니까 치사하다는 겁니다."

루흐노프는 어깨와 눈썹을 가볍게 들어 올렸다. 그는 이 행동으로 모든 것이 운명의 소관이라는 메시지를 표현했다. 그리고 노름은 지속되었다.

"블류헤르, 획!" 백작은 일어나면서 소리쳤다. "녀석을 혼내

쥐라!" 그는 재빨리 덧붙여 말했다.

블류헤르는 소파 위에서 자신의 등으로 수비대 장교를 쳐서 거의 쓰러뜨릴 뻔하며, 뛰어 내려와 주인한테 달려갔다. 블류헤르는 주위 사람들을 훑어보며 마치 '누가 여기서 무례한 짓을 하고 있는 겁니까?'라고 물어보는 듯이 꼬리를 흔들며 으르렁거리기 시작했다.

루호노프는 카드를 내려놓고 의자를 들고 한쪽으로 비켰다.

"이래 가지곤 노름을 더 이상 못 하겠습니다." 그가 말했다. "나는 개를 무척 싫어합니다. 개집이라도 갖다 놔야지, 어떻게 노름을 하겠습니까!"

"특히 이런 개는 찰거머리라고 부르는 것 같아요." 수비대 장교가 맞장구를 쳤다.

"어떻게 하겠습니까? 카드게임을 할까요 말까요, 미하일로 바실리이치?" 루호노프가 주인에게 물었다.

"우리를 방해하지 말게, 백작!" 일리인이 투르빈을 향해 말했다.

"잠시 이리로 오게." 투르빈은 일리인의 손을 잡고 함께 칸막이 뒤쪽으로 갔다.

칸막이 뒤에서 보통의 목소리로 말하는 백작의 말은 너무나도 또렷하게 들려왔다. 그의 목소리는 옆의 세 번째 방에서도 들릴 정도로 상당히 컸다.

"대체 자네 머리가 돈 거 아니야? 안경을 쓴 사람은 타짜란 말이야."

"에이, 됐어! 무슨 말을 하고 있는 거야!"

"되긴 뭐가 됐다는 거야. 카드게임을 그만두게. 나야 아무래도 좋지만, 다음에 내가 직접 자네 돈을 따먹을 수도 있어. 하지만 자네가 돈을 잃고 있는 것이 너무나 안타까워서 그래. 게다가 자네는 공금도 갖고 있잖아?"

"응, 그런데 자넨 왜 그런 생각을 하나?"

"이봐, 나는 이 길로 지나다니면서 타짜들의 수법을 죄다 알고 있단 말이야. 자네에게 말하겠는데, 안경을 쓴 놈은 타짜야. 제발 부탁이니 그만두게나, 동료로서 자네에게 간청하네."

"알았어, 한 판만 하고 그만두겠어. 딱 한 판만."

"나는 그 한 판이라는 것이 어떻게 될지 잘 알고 있어. 자, 그럼 어디 보세."

그들은 돌아왔다. 일리인은 그 한 판에 큰돈을 걸었으나, 그의 카드가 죽으면서 그 돈을 날려버렸다.

투르빈은 테이블 한복판에 두 손을 올려놓았다.

"자, 이제 됐네! 가세."

"아니야, 난 갈 수 없어. 제발 날 내버려두게." 일리인은 투르빈을 쳐다보지도 않고 화를 내며 귀퉁이가 접힌 카드를 섞으면서 말했다.

"뭐, 맘대로 하게! 그게 그렇게 좋다면 몽땅 다 잃게나. 나는 떠날 시간이 됐네. 자발리셰프스키! 귀족단장 댁으로 당장 갑시다!"

그들은 밖으로 나가버렸다. 남은 사람들은 침묵했다. 루흐노프는 그들의 발소리와 블류헤르의 발톱 소리가 복도에서 사라질 때까지 카드를 돌리지 않았다.

"멍청한 놈!" 지주가 웃으면서 말했다.

"자, 이젠 방해를 받지 않겠지." 수비대 장교가 빠르게 속삭이듯 말했다.

카드게임은 계속되었다.

귀족단장의 저택에서 일하는 농노들로 구성된 악사들이 무도회를 위해 말끔히 치워놓은 간이식당에서 프록코트 소맷자락을 걷어 올리고 신호에 따라 옛날 폴란드 무곡 〈알렉산드르, 엘리자베타〉를 연주하기 시작했다. 백랍으로 만든 양초가 밝고 부드럽게 비추는 쪽나무를 깔아놓은 커다란 홀 안에서 손님들이 미끄러지듯이 춤을 추며 움직이기 시작했다. 가슴에 별 모양의 훈장을 달고 있는 예카테리나 2세 시절의 장군이었던 현 지사는 비쩍 마른 귀족단장의 부인과, 그리고 귀족단장은 현 지사의 부인과 짝을 지어 손을 잡고 춤을 추기 시작했다. 그리고 현의 관리들도 이들처럼 여러 형태로 짝을 지어 춤을 추고 있었다. 이때 자발리세프스키가 큰 칼라와 어깨에 화려한 견장을 단 파란색 연미복에 스타킹과 구두를 신고, 하늘색 승마복 바지에 금색 실로 박음질한 붉은색 경기병 외투를 걸치고, 콧수염과 칼라와 손수건에 재스민 향기를 풍기면서, 외투에 블라디미르 십자 훈장과 1812년 승전 기념 메달을 단 미남 경기병과 함께 홀 안으로 들어섰다. 키는 그리 크지 않았지만 백작의 용모도 상당히 늠름하고 수려했다. 그의 반짝거리며 밝게 빛나는 하늘색의 맑은 눈과 두꺼운 반지처럼 큼직하게 곱슬거리는 검붉은 색의 숱이 많은 머리카락은 그의 수려함에 두드러진 특색을 부여하고 있었다. 백작이 무도회에 참석한다는 사실은 이미 사람들에게 알려져 있었다. 호텔에서 백작을 만났던 미남 경기병이 귀족단장에게 이 소식을 미리 전해주었던 것이다. 그가 참석한다는 소식은 사람들에게 다양한 반응을 불러일으켰으나, 대체로 그리 유쾌한 것은 아니었다. '저 젊은이가 우리들을 웃음거리로 삼을지도 모른다'라는 것이 대다수 남자들과 나이 든 부인네들의 견해였고, '저 사람이 우리들을 유괴하면 어떡하나?'라는 것이 젊은 부인들과 아가씨들의 견해였다.

폴란드 무곡이 끝나자마자 춤을 추었던 각각의 쌍은 서로에게 인사를 하고, 여자들은 여자들 쪽으로 남자들은 남자들 쪽으로 갈라졌다. 자발리세프스키는 행복하고 자랑스러운 얼굴로 백작을 데리고 귀족단장 부인에게로 향했다. 귀족단장 부인은 경기병들이 사람들 앞에서 자신에게 좋지 않은 짓거리를 하지나 않을까 내심 걱정하며 겉으로 오만하고 얕잡아보는 듯한 태도를 취하면서 말문을 열었다. "정말 기뻐요! 춤을 추시겠습니까?"라고 말하면서 동시에 의심쩍은 눈빛을 띄고 그를 쳐다보았다. 그녀의 표정에는 '여자에게 모욕을 준다면 아주 비겁한 놈이야'라는 의미가 담겨 있었다. 그러나 백작은 친절함과 세심한 배려, 그리고 수려하고 뛰어난 외모를 통해 그녀의 편견을 금방 제거해버렸다. 오 분이 지나자 귀족단장의 부인은 자신의 표정을 통해 주위의 모든 사람에게 다음과 같이 말하고 있었다. '저는 이런 분들을 어떻게 다루어야 하는지를 잘 알고 있어요. 이분은 자신이 어떤 사람과 이야기를 하고 있는지를 방금 깨달았어요. 두고 보세요. 이분은 오늘 저녁 내내 저에게 상냥하게 대할 것입니다.' 그런데 바로 이때 백작의 부친을 잘 알고 있던 현 지사가 백작에게 다가와서 친절하게 그를 대하며 한쪽 편으로 데리고 가서 이야기를 나누었다. 현 지사의 이런 행동은 이곳 사람들에게 커다란 안도감을 심어주었을 뿐 아니라 백작의 명성도 드높여주었다. 얼마 후 자발리세프스키는 백작을 젊고 통통한 과부인 자신의 여동생에게 데리고 가서 소개했다. 그녀는 백작이 이곳에 도착할 때부터 자신의 커다랗고 새까만 눈으로 그를 눈여겨보고 있었다. 악사들이 왈츠를 연주하기 시작했을 때 백작은 과부에게 춤을 신청했다. 그리고 그는 훌륭한 춤 솜씨를 통해 모두의 편견을 완전히 불식시켜버렸다.

"춤을 아주 잘 추는 사람이야!" 어떤 뚱뚱한 여지주가 파란색 승마복 바지를 입고 홀에서 춤을 추고 있는 그의 발을 주시하고 마음속으로 하나, 둘, 셋을 세면서 말했다. "춤을 아주 잘 추는 사람이야!"

"저 발의 빠른 움직임을 봐요, 어쩜 저렇게 빨리 움직일까." 사교계에서 입버릇이 고약하기로 소문이 난 여자가 말했다. "어쩌면 저렇게 박차도 부딪치지 않고 빨리 움직일까! 놀라워요, 정말 훌륭해요!"

백작은 자신의 춤 솜씨로 현 내의 훌륭한 춤꾼 세 명의 빛을 바래게 만들었다. 빠른 동작에 상대방 여자를 아주 바싹 껴안는 것으로 정평이 나 있는 키가 크고 눈썹이 하얀 현 지사의 부관, 왈츠를 출 때 우아한 율동과 빠르고 경쾌하게 박차를 가볍게 두드리는 것으로 알려진 경기병, 그리고 약간 우둔하지만 뛰어난 춤 솜씨로 무도회의 중심적 역할을 담당하고 있는 문관이 바로 그들이었다. 실제로 이 문관은 무도회가 시작할 때부터 마칠 때까지 앉아 있는 모든 귀부인에게 차례로 파트너가 돼주기를 권유하며 잠시도 쉬지 않고 춤을 추는 인물이었다. 그리고 춤을 추다가 다소 지치면 흠뻑 젖은 유쾌한 얼굴을 하얀 손수건으로 닦기 위해서 이따금씩 스텝을 멈추곤 했다. 이 세 사람을 완전히 압도한 백작은 주로 세 부류의 귀부인들과 춤을 추었다. 부유하고 예쁘게 생겼지만 몸집이 크고 우둔한 여자, 그리 예쁘지는 않지만 보통의 마른 몸집에 의상을 잘 차려입은 여자, 그리고 아름답지는 않지만 날씬하고 상당히 영리한 여자가 바로 그들이다. 그리고 백작은 그 밖의 귀여운 여자들과도 춤을 추었다. 그러나 그 누구보다도 자발리세프스키의 여동생인 과부가 백작의 마음에 들었다. 그래서 그는 그녀와 카드리유(네 명이 한 조가 되어 사방에서 마주 보며 추는 프랑스 춤—옮긴이), 에코세즈(4분의 2박자로 비교적 템포가 빠른 춤—옮긴이), 그리고 마주르카(원형으로 둘러서서 여러 쌍의 사람들이 발을 구르며 발뒤꿈치로 바닥을 치며 추는 폴란드 춤—옮긴이)를 추었다. 그는 그녀와 카드리유를 추면서 그녀를 비너스나 다이애나 혹은 장미꽃이나 그 밖의 다양한 꽃들과 비교하면서 그녀의 환심을 사려고 애를 썼다. 그런데 그가 친절한 말을 건넬 때마다 과부는 눈을 다소곳이 내리깔고 하얀 목덜미를 숙인 상태로 자신의 하얀 모슬린 드레스를 쳐다보거나, 부채를 이 손에서 저 손으로 옮길 뿐이었다. "그만 됐어요, 백작님. 농담도 잘 하시네요"라고 말했을 때, 그녀의 약간 쉰 듯한 목소리는 너무나도 순수하고 우스꽝스러울 만큼 천진난만하게 들렸다. 그녀를 바라보고 있노라면 실제로 여자가 아니라 한 송이 꽃으로까지 보였다. 붉은 장미꽃이 아니라 머나먼 이국땅에 있는 처녀지의 눈 더미 속에서 홀로 피어난 향기가 없는 화려한 야생 백장미라는 생각이 들었다.

그녀의 순진함과 아무런 조건도 없는 자유로움과 청초한 아름다움이 백작에게 이런 이상야릇한 인상을 심어주었다. 그녀와 대화를 나누면서 백작은 아무 말 없이 여러 차례 그녀의 눈동자, 아름다운 손, 그리고 목덜미의 선을 바라보았다. 그때마다 그의 머릿속에는 그녀를 끌어안고 키스를 퍼붓고 싶은 욕망이 강렬하게 솟구쳐 올랐다. 그는 이런 욕망을 억제하느라고 애를 많이 쓰고 있었다. 과부는 자신이 그에게 준 인상을 알아채곤 상당히 만족스러워했다. 그런데 백작이 지나칠 정도로 상냥하고 친절하게 경의를 표했음에도 불구하고, 그녀는 백작의 거동에서 뭔가 불안한 공포감을 느끼고 있었다. 그녀의 환심을 사기 위해 그는 오르쉬아드(청량음료의 일종—옮긴이)를 갖다주려고 달려가기도 했고, 떨어진 그녀의 손수건을 주워주기도 했고, 어떤 나약한 지주가 앉아 있는 의자를 빼앗아서 그녀에게 권하기도 했다.

당시 유행했던 이 같은 친절과 애교가 상대방에게 별 효과가 없다는 것을 눈치챈 그는 우스꽝스런 일화들을 말하면서 그녀를 웃기려고 노력했다. 그녀가 분부만 내린다면, 지금 당장이라도 물구나무를 서고, 머리를 하늘로 쳐들고 수탉처럼 울부짖거나, 창문으로 뛰어내리거나, 얼음 구멍으로 뛰어들 용기가 있다고 단호하게 말하기까지 했다. 이 방법은 그에게 성공을 안겨주었다. 만족스러워한 과부는 놀랄 만큼 새하얗고 귀여운 치아를 드러내고 깔깔거리며 웃었다. 그녀는 자신의 파트너에게 완전히 빠져버렸다. 그리고 시간이 지날수록 백작 역시 그녀가 점점더 마음에 들게 되었다. 카드리유가 끝날 무렵에 백작은 정말로 그녀에게 푹 빠지고 말았다.

카드리유가 끝난 후, 오래전부터 그녀를 흠모해왔던 열여덟 살 난 청년—돈 많은 지주의 아들로 별 하는 일 없이 빈둥거리는 그는 조금 전 투르빈에게 의자를 빼앗겼던 젊은 지주였다—이 과부 쪽으로 다가오자 그녀는 그를 아주 쌀쌀하게 대했다. 그녀가 백작에게 표현했던 그 어쩔 줄 몰라 하던 태도의 10분의 1도 찾아볼 수가 없었다.

"당신은 좋은 분이세요." 청년에게 말을 하면서도 그녀는 투르빈의 등을 바라보며 내심 그의 상의에 늘어진 금줄이 몇 아르신이 되는지 생각하고 있었다. "당신은 좋은 분이세요. 저를 데리러 오겠다는 약속도 하셨고, 과자를 갖다주겠다는 약속도 하셨어요."

"그래서 제가 갔었습니다, 안나 표도로브나. 그런데 당신은 이미 무도회로 떠나시고 없더군요. 그래서 제일 좋은 과자를 놓고 왔습니다." 청년은 큰 키에 어울리지 않은 아주 가느다란 목소리로 말했다.

"당신은 언제나 핑계를 대곤 해요! 당신의 과자는 더 이상 필요 없어요. 제발 저를 더 이상 생각하지 마세요……."

"저는 벌써 다 알고 있습니다, 안나 표도로브나. 당신이 저를 대하는 태도가 달라졌다는 것을 말입니다. 그리고 그 이유도 알고 있습니다. 다만 그것이 좋지 않다는 것입니다." 청년은 이렇게 말을 하긴 했지만, 심한 흥분으로 그의 입술이 이상하리 만큼 상당히 빨리 움직였기 때문에 말을 맺을 수가 없는 것처럼 보였다.

안나 표도로브나는 그의 말을 듣지 않고 계속해서 투르빈을 바라보고 있었다.

근엄하고 뚱뚱한, 그리고 치아가 없는 늙은 귀족단장은 백작 곁으로 다가와 그의 손을 잡고 괜찮다면 서재로 가서 담배를 피우거나 술을 마시자고 권했다. 투르빈이 단장과 함께 홀에서 빠져나간 후, 안나 표도로브나는 홀 안에서 아무 할 일이 없다는 것을 인식하고 자신의 친구인 나이가 많고 볼품없게 생긴 단장 부인과 팔짱을 끼고 화장실로 갔다.

"그래, 어때? 친절해?" 단장 부인이 물었다.

"얼마나 무섭게 달라붙는지 몰라요." 안나 표도로브나는 거울 앞에 서서 자기 몸을 보면서 대답했다.

그녀의 얼굴은 환히 빛났고 눈가에는 미소가 담겨 있었다. 그녀는 심지어 얼굴을 살짝 붉히고, 갑자기 이번 선거 때 춤을 추었던 발레리나의 흉내를 내며 한쪽 발을 들어 올려 한 바퀴 돌리기까지 했다. 그리고 약간 쉰 듯한 귀여운 웃음소리를 내며 두 무릎을 붙이고 팔짝 뛰기까지 했다.

"어떻게 할까요? 그분이 저에게 선물을 달라고 부탁했어요." 그녀는 친구에게 말했다. "하지만 그 사람한테 아무것도 주지 않을 거-예-요." 그녀는 마지막 단어를 마치 노래를 부르듯 길게 말하고, 새끼 염소가죽으로 만든 팔꿈치까지 오는 긴 장갑을 낀 채로 한 손가락을 쳐들었다.

귀족단장이 투르빈을 데리고 갔던 서재에는 많은 종류의 보드카, 과실주, 샴페인, 그리고 술안주 등이 놓여 있었다. 그곳에서 귀족들은 담배 연기가 자욱한 가운데 선거에 대한 이야기를 하면서 앉아 있거나 주위를 서성이고 있었다.

"우리 현의 모든 명문 귀족 계급들이 선거를 통해 그에게 경의를 표한 이상," 벌써 어지간히 술을 마신 새로 피선된 경찰서장이 말했다. "그는 모든 사회 구성원 앞에서 절대 직무를 등한시해서는 안 됩니다. 절대로 안 됩니다……."

백작이 들어오자 그들의 대화는 끊겼다. 모두들 그와 인사를 나누기 시작했다. 특히 경찰서장은 두 손으로 오랫동안 그의 손을 잡고 무도회가 끝난 다음 자기들과 새로 문을 연 술집으로 함께 가자고 간곡히 청했다. 그가 귀족들을 대접하는 그 술집은 집시들이 나와서 노래를 부르는 곳이라고 설명했다. 백작은 꼭 참석하겠다고 약속하고, 그와 샴페인을 몇 잔 들이켰다.

"여러분들은 어째서 춤을 추시지 않습니까?" 백작이 방을 나가기 전에 그들에게 물었다.

"우리는 춤을 추는 사람이 아닙니다." 경찰서장이 웃으면서 대답했다. "우리는 술에 관심이 더 많습니다. 백작…… 나는 저 아가씨들이 성장해가는 모습을 모두 보았습니다. 백작! 그런데 이따금 나도 에코세즈 정도는 추곤 합니다. 백작…… 출 줄 압니다. 백작……."

"그럼, 지금 가서 춥시다." 투르빈이 말했다. "집시 앞에서 한바탕 놀아봅시다."

"웬만하면 하시지요, 여러분! 주인 양반도 위로해드릴 겸."

무도회가 시작할 때부터 서재에서 술을 마셨던 귀족 세 사람이 시뻘건 얼굴을 하고 검정 장갑이나 실크 장갑을 끼고 백작과 함께 홀로 가려고 했다. 바로 그때 그 나약한 청년이 새파란 얼굴을 하고 눈물을 가까스로 참으며 투르빈 쪽으로 다가와서 그들을 저지했다.

"당신은 자신이 백작이기 때문에 장바닥에서처럼 사람을 밀쳐도 된다고 생각하십니까?" 그는 가쁘게 숨을 몰아쉬면서 말했다. "그건 무례한 행동입니다……."

의지와는 상반되게 그의 입술이 다시 빨리 움직였기 때문에 그는 더 이상 말을 할 수가 없었다.

"뭐라고?" 갑자기 투르빈은 인상을 쓰면서 소리를 질렀다. "뭐라고? 이 어린놈이!" 백작은 그의 손을 움켜잡고 소리쳤다.

백작으로부터 손을 잡힌 청년은 울분보다는 공포로 인해 피가 머리로 솟구치는 느낌을 받았다. "그래, 결투라도 하고 싶나? 마음대로 해."

투르빈이 꼭 쥐고 있던 청년의 손을 놓아주자, 귀족 두 명이 그를 부축해 뒷문으로 데리고 나갔다.

"도대체 자네 어떻게 된 건가? 필경 술을 많이 들었군. 자네 아버지한테 말씀드려야겠어. 무슨 일이 있었나?" 그들은 청년에게 물었다.

"아니요, 전 술을 많이 마시지 않았습니다. 저 사람이 내게 부딪치고도 사과를 하지 않잖아요. 저 사람은 돼지 새끼입니다! 돼지 새끼!" 청년은 울먹이는 소리로 말했다.

하지만 그들은 그의 말을 듣지 않고 그를 집으로 데리고 갔다.

"참으시지요, 백작!" 투르빈의 편을 들면서 경찰서장과 자발리셰프스키가 그를 달래고 있었다. "애송이가 아닙니까? 아직 매를 맞을 나이예요. 이제 열여덟 살밖에 되지 않았어요. 알 수는 없지만 그에게 무슨 일이 있었나 봐요. 무엇이 그를 화나게 했을까요? 그의 부친은 입후보자로 존경할 만한 분입니다."

"미친놈 같으니, 하여튼 싫은 놈이야⋯⋯."

그러고 나서 백작은 홀로 돌아와 이전처럼 아름다운 과부와 함께 즐겁게 에코세즈를 추면서, 서재에서 같이 나온 사람들이 밟고 있는 스텝을 바라보고 껄껄대며 웃음을 터뜨렸다. 경찰서장이 춤을 추다가 사람들 한복판에서 미끄러지면서 나자빠지자 온 홀에서 떠나갈 듯한 폭소가 터져 나왔다.

5

안나 표도로브나는 백작이 서재에 가 있는 동안 오빠한테 가서 왠지 백작에게 흥미가 있다는 티를 내고 싶다는 생각을 하며 그에 대해 여러 가지를 물어보기 시작했다. "나하고 춤을 춘 그 경기병은 어떤 사람이야? 오빠, 말해봐요." 오빠는 동생에게 그 경기병이 아주 훌륭한 사람이라는 것을 설명하면서 이런저런 이야기를 해주었다. 백작이 이곳으로 오는 도중에 돈을 도난당했기 때문에 이곳에 머무르게 되었다는 것과, 자기가 100루블을 빌려주었지만 그것으로는 부족하기 때문에 동생이 200루블을 빌려줄 수 없겠느냐고 말했다. 그러나 이 일에 대해서는 아무한테도, 특히 백작에게는 절대로 말하지 말라고 당부했다. 안나 표도로브나는 지금 당장 돈을 보내겠다고 오빠에게 약속하고 이 일을 비밀에 부치기로 했지만, 웬일인지 에코세즈를 출 때 돈이 얼마나 필요한지 자기가 직접 백작에게 물어보고 싶은 마음이 들었다. 한참 동안 망설이다가 그녀는 얼굴을 붉히면서 용기를 내어 그에게 물었다.

"오빠가 저한테 말씀하시던데요, 백작님. 여행 중에 불행한 일을 당하셔서 수중에 돈이 없다고 하시던데, 만일 필요하시다면 제 돈을 빌려 쓰세요. 그러시면 제가 무척 기쁠 것 같아요."

이 말을 하고 나서 안나 표도로브나는 깜짝 놀라며 갑자기 얼굴을 붉혔다. 일순간 백작의 얼굴에서 쾌활한 기색이 사라져 버렸기 때문이다.

"당신 오빠는 바보로군요!" 그는 매섭게 말했다. "당신도 잘 아시지요, 남자가 남자를 모욕할 때는 총으로 결투를 하지만, 여자가 남자를 모욕할 때는 어떻게 한다는 것을?"

가련한 안나 표도로브나는 너무나 당황해서 목과 귀 언저리가 새빨갛게 달아올랐다. 그녀는 눈망울을 밑으로 떨구고 아무 말도 하지 못했다.

"모든 사람 앞에서 키스를 해야 됩니다." 백작은 몸을 숙여 그녀의 귀에다 대고 조용히 말했다. "당신의 귀여운 손등에라도 입을 맞추게 해주십시오." 그는 상대방 여자가 어쩔 줄 몰라 하며 쩔쩔매는 것을 애처롭게 생각하며 한참 동안 침묵한 후 나지막이 말했다.

"아, 그런데 지금은 안 돼요." 안나 표도로브나는 숨을 가쁘게 몰아쉬며 말했다.

"그럼 언제 가능합니까? 전 내일 아침 일찍 떠납니다…… 그것은 당신의 의무입니다."

"그렇다면, 더더군다나 안 됩니다." 안나 표도로브나는 미소를 지으면서 말했다.

"제가 당신의 손에 키스를 할 수 있도록, 오늘 저에게 당신을 만날 기회를 주십시오. 저는 그 기회를 반드시 갖겠습니다."

"대체 어떻게 그 기회를 갖겠다는 거죠?"

"그건 당신이 걱정할 일이 아닙니다. 당신을 만나기 위해서라면 저는 무슨 짓이라도 할 수 있습니다…… 그래도 괜찮겠죠?"

"좋아요."

에코세즈가 끝나고 사람들은 다시 마주르카를 추기 시작했다. 백작은 사람들과 마주르카를 추면서 손수건을 줍기도 하고, 한쪽 무릎을 꿇기도 하고, 바르샤바식으로 박차를 부딪치면서 뭔가 특별한 멋진 묘기를 연출해 보였다. 그래서 모든 노인들이 카드게임을 그만두고 그가 춤추는 것을 보기 위해 홀로 나왔다. 최고의 춤꾼이라고 자부했던 경기병도 자신의 패배를 인정했다. 사람들이 저녁을 먹고 나서 그로스파테르를 춘 다음 헤어지기 시작했다. 백작은 한시도 과부한테서 눈을 떼지 않고 있었다. 그녀를 위해서 얼음 구멍에라도 뛰어들 용기가 있다고 말했던 것은 결코 장난이 아니었다. 변덕인지, 사랑인지, 고집인지 알 수는 없지만, 이날 저녁에 그는 그녀를 만나서 자기 여자로 만들고 싶다는 한 가지 욕망에만 몰두하고 있었다. 안나 표도로브나가 단장 부인과 작별 인사를 하고 있는 것을 눈치챈 그는 하인방으로 달려갔다가 외투도 입지 않고 다시 나와 마차들이 대기하고 있는 마당 쪽으로 달려갔다.

"안나 표도로브나 자이쩨바 마님의 마차!" 그는 큰 소리로 외쳤다. 그러자 등이 여러 개 달린 4인승 마차가 움직이며 현관 계단 쪽으로 다가왔다. "멈춰!" 그는 무릎까지 빠지는 눈을 헤치고 마차 쪽으로 다가가면서 마부에게 소리쳤다.

"무슨 일입니까?" 마부가 물었다.

"마차를 타야겠다." 움직이는 마차의 문을 열고 기어오르려 애쓰며 그가 대답했다. "멈추지 못해! 빌어먹을 놈! 바보 같은 녀석!"

"바시카! 멈춰!" 마부가 맨 앞 칸에 앉아서 말을 모는 마부에게 소리치면서 마차를 세웠다. "도대체 왜 남의 마차를 타시려는 겁니까? 이건 안나 표도로브나 마님의 마차입니다. 나리의 마차가 아니잖습니까?"

"입 닥쳐, 바보 같은 놈! 여기 1루블 받아, 그리고 내려와서 문을 닫아." 백작이 말했다. 그러나 마부가 꿈작하지 않자, 그는 손수 발판을 내리고 문을 열고 들어와서 다시 문을 닫았다. 사륜마차들, 특히 누런 장식용 술을 단 사륜마차가 그러하듯 뭔가 썩는 듯한 퀴퀴한 냄새가 풍겼다. 백작은 화사한 장화와 승마바지를 입고 눈 속에 무릎까지 빠지는 바람에 두 발이 꽁꽁 얼어붙었고 냉기가 온몸을 파고들었다. 마부석에 앉아 있는 마부는 투덜대며 내릴 준비를 하는 것 같았다. 그러나 백작은 아무 소리도 듣지 못했고 아무것도 느끼지 못했다. 그의 얼굴은 뜨겁게 달아올랐고 심장은 격렬하게 뛰고 있었다. 긴장한 그는 누런 가죽 끈을 꼭 잡고 창문에 몸을 기댄 채 온 정신을 집중해 오직 한 가지에만 기대를 걸고 있었다. 그의 기대는 이내 이루어졌다. 현관 계단에서 고함 소리가 들렸다. "자이쩨바 마님의 마차!" 마부가 고삐를 가볍게 당기자 차체가 크게 흔들리며 불이 켜진 집의 창문들이 하나 둘씩 마차의 창문 옆으로 스쳐 지나갔다.

"이봐, 만일 네놈이 하인에게 내가 여기 있다는 걸 말했다간," 백작은 창문을 열고 앞쪽에 앉아 있는 마부에게 몸을 불쑥 내밀면서 말했다. "가만 내버려두지 않을 거야. 만일 입을 다물고 있으면 10루블을 더 주마."

그가 창문을 닫자 마차는 심하게 흔들리면서 멈추어 섰다. 그는 한쪽 구석에 몸을 웅크린 채 숨을 죽이고 눈을 반쯤 감았다. 어떤 이유에서인지 그의 기대가 실현될 것 같지 않다는 두려운 생각이 불현듯 들었다. 마차의 문이 열린 후, 덜그럭거리는 소리를 내며 발판이 차례로 내려오고 여인의 옷자락 스치는 소리와 빠른 발소리가 들리면서 재스민 향수 냄새가 퀴퀴한 마차 안으로 밀려 들어왔다. 그리고 단추를 잠그지 않은 외투 자락으로 백작의 한쪽 발을 스치면서 안나 표도로브나는 거칠게 숨을 몰아쉬면서 아무 말 없이 그의 옆자리에 앉았다.

그녀가 그를 보았는지, 혹은 보지 못했는지 아무도 단정할 수 없다. 심지어 안나 표도로브나 자신조차도 알 수 없었다. 그러나 그가 그녀의 손을 잡고 "자, 이제 당신의 손에 키스를 하겠습니다"라고 말하자 그녀는 전혀 놀라는 기색도 없이 묵묵히 그에게 손을 허락했다. 그는 장갑을 낀 손의 훨씬 위쪽에다 키스를 퍼부었다. 마차가 움직이기 시작했다.

"뭐라고 말 좀 해봐요, 화났어요?" 그가 그녀에게 말했다.

그녀는 아무 말 없이 한쪽 구석에 몸을 꼭 붙이고 있다가, 갑자기 울음을 터뜨리며 그의 가슴에 얼굴을 파묻었다.

6

백작이 안나 표도로브나의 죽은 남편의 소유물인 파란색 실크 안감을 댄 곰털 외투를 입고 그들과 합류했을 때는, 새로 선출된 경찰서장이 경기병과 귀족들을 데리고 새로 생긴 술집에서 집시의 노래를 들으며 오래전부터 술을 마시던 중이었다.

"백작 나리! 학수고대하고 있었습니다!" 검은 피부에 사팔뜨기인 집시가 반짝반짝 빛나는 치아를 드러내면서 현관에서 그를 맞으며 그의 외투를 벗기려고 달려들면서 말했다.

"레베쟈니를 떠나신 이후에 한 번도 뵙질 못했습니다…… 스테샤는 백작님 때문에 몸이 상당히 야위었습니다……." 갈색 얼굴에 벽돌빛 같은 붉은 홍조를 띠고 있는 스테샤는 그늘진 긴 속눈썹에 빛나는 검은 눈동자를 가진 몸매가 날씬한 집시 여자였다. 그녀 역시 백작을 맞으러 달려 나왔다.

"아! 백작님! 귀하신 양반! 이렇게 기쁠 수가!" 그녀는 상큼한 미소를 띠면서 귀엣말을 했다.

일류슈카도 상당히 기뻐하며 그를 맞으러 뛰어나왔다. 노파들과 아낙네들과 처녀들도 반갑게 뛰어나와 손님을 둘러쌌다. 그들 중에 일부는 백작의 친척인 척하는 자도 있었고 의형제인 척하는 자들도 있었다.

투르빈은 젊은 집시 여인들의 입술에 일일이 키스를 했다. 노파들과 남자들은 그의 어깨와 손에 입을 맞추었다. 귀족들 역시 술좌석이 절정에 달했다가 식어가고 있던 터라 손님의 방문을 무척이나 환영했다. 그들은 너무 많이 마셨기 때문에 이제 더 이상의 술은 신경을 흥분시키지 못하고 위에 부담만 주는 상황이었다. 사람들은 이미 저마다의 위세를 한껏 드러내고 멍하니 서로를 바라보고 있었다. 노래란 노래는 이미 다 불러댔고, 그 어떤 시끌벅적한 퇴폐적인 여흥이 각자의 머릿속에서 뒤엉켜져 있었다. 그래서 어느 누가 아무리 신기하고 대담한 짓을 한다고 해도, 사람들은 그 짓거리를 재미있거나 우스꽝스럽다고 생각하지 않았다. 꼴불견인 상태로 마룻바닥에 누워 있는 경찰서장은 어떤 노파의 다리 옆에서 버둥거리며 소리치기 시작했다.

"샴페인! ……백작님이 오셨어! ……샴페인! ……오셨다니까 ……자, 샴페인! ……샴페인을 욕조에 부어서 목욕을 해야지…… 귀족 나리들! 나는 점잖은 귀족 사회를 좋아합니다 …… 스테슈카(스테샤의 애칭―옮긴이)! 〈작은 길〉이란 노래를 불러봐."

경기병 역시 얼큰하게 취해서 기분이 좋았지만 경찰서장과는 다른 모습을 하고 있었다. 그는 한쪽 구석에 놓여 있는 소파에 앉아 있었다. 키가 크고 아름답게 생긴 집시 여인 류바샤 옆에 바싹 달라붙어 앉은 그는 취기로 인해 시력이 희미해지는 것을 의식하면서 눈을 깜박거렸다. 그는 머리를 흔들면서 같은 말을 되풀이하면서 귀엣말로 집시 여인한테 어디론가 같이 달아나자고 구슬리고 있었다. 류바샤는 그의 말이 재미있는 듯 미소를 지으면서도 약간 슬픈 표정으로 그의 말을 경청하고 있었다. 그녀는 간간이 맞은편 의자 뒤에 서 있는 사팔뜨기 남편인 사슈카에게 시선을 던지고 있었다. 경기병의 프러포즈에 대한 답변으로 그녀는 허리를 굽혀 그의 귀에 얼굴을 바짝 갖다 대더니 다른 사람들은 듣지 못할 정도로 나지막이 향수와 리본을 사달라고 소곤거렸다.

"만세!" 백작이 들어오자 경기병이 소리쳤다.

미남 청년이 근심에 잠긴 듯 차분한 걸음걸이로 방 안을 왔다 갔다 하며 〈후궁들의 반란〉의 주제곡을 부르고 있었다.

나이가 지긋한 어떤 귀족은, 그가 없으면 모든 것이 엉망이 되니 집으로 가지 말고 집시들이 나오는 술집으로 같이 가자는 다른 사람들의 간청에 못 이겨 이곳까지 오게 되었다. 그런데 그는 오자마자 소파에 쓰러지듯 드러누웠고, 아무도 그에게 관심을 갖지 않았다. 또 어떤 관리는 연미복을 벗고 테이블 위에 올라가 가부좌를 틀고 머리카락을 헝클어트리고 자신이 상당히 취해 있다는 것을 보여주고 있었다. 백작은 들어오자마자 셔츠의 칼라 단추를 끄르고 테이블 위에 반듯하게 앉았다. 백작이 도착해서 주연은 다시 활기를 띠기 시작했다.

방 안에 흩어져 있던 집시 여자들이 다시 원을 그리며 둘러앉았다. 백작은 선창자 스테슈카를 자신의 무릎에 앉히고 샴페인을 주문했다.

일류슈카가 기타를 들고 스테슈카 앞에 서서 집시들의 춤곡을 연주하기 시작했다. 〈내가 거리를 따라 걷는다〉, 〈오, 그대 경기병……〉, 〈들어봐요, 이해할 거예요……〉 등이 순서대로 연주

되면서 집시들이 노래를 부르기 시작했다. 스테슈카는 노래를 상당히 잘 불렀다. 그녀의 가슴속에서 흘러나오는 미끄럽고도 우렁찬 콘트랄토, 미소와 웃음, 정열적인 눈동자, 노래의 장단에 맞추어 절로 흔드는 그녀의 귀여운 발, 합창이 시작될 때 터져 나오는 절망적인 절규. 그녀의 노래는 강렬하게 울려 퍼지면서도 이따금씩 듣는 이의 애간장을 간절하게 태우는 듯했다. 그녀는 노래 속에서만 실제로 존재하는 듯했다. 일류슈카는 미소, 등, 다리, 그리고 온몸으로 노래에 공감을 표현하면서 기타로 반주를 하고 있었다. 그는 처음에 스테슈카의 노래를 경청하는 듯, 깊은 생각에 잠겨 노랫가락의 장단에 맞추어 머리를 조심스레 흔들었다. 그러다가 노래의 끝부분에서 아름다운 목소리가 길게 울려 퍼지자, 갑자기 그는 마치 자신이 세상에서 가장 위대한 사람이라도 되는 듯, 오만과 결의에 찬 표정을 지으며 몸을 꼿꼿하게 세웠다. 그리고 기타를 한쪽 발로 차올려 공중에서 한 바퀴 돌리고는 발을 구르면서 머리를 흔들고 얼굴을 찌푸리며 합창단을 둘러보았다. 머리에서 발뒤꿈치까지 모든 혈관이 요동치기 시작했다……. 그리고 온 힘을 다해서 저마다의 독특한 음색을 발하려고 애쓰는 스무 명의 정열적이고 강렬한 목소리가 공중에 울려 퍼졌다. 나이 많은 집시 여자들이 손수건을 흔들며 치아를 드러내고 의자 위로 뛰어 올라가, 박자와 장단에 맞춰 고함을 질렀다. 베이스들은 의자 뒤에 서서 고개를 숙여 목에 긴장감을 주면서 굵고 낮은 목소리를 연속해서 길게 뽑고 있었다.

스테샤가 고음의 가냘픈 소리를 내자, 일류슈카는 마치 그녀의 감정을 돋우려는 듯 기타를 그녀에게 바짝 가까이 갖다 댔다. 미남 청년이 흥에 겨워 하며 곧 변음 부분이 시작된다고 크게 소리쳤다.

무곡이 연주되자 두냐샤는 어깨와 가슴을 흔들며 백작 앞으로 걸어갔다가 다시 되돌아와서, 갑자기 몸을 돌려 앞쪽으로 미끄러지듯이 나아가고 있었다. 이때 투르빈이 자리를 박차고 일어나서 군복을 벗어 던지고 붉은색 셔츠만을 걸친 채, 그녀와 함께 박자를 맞춰 걸으면서 발로 재주를 부렸다. 집시들이 감탄하며 미소를 지은 채 서로의 얼굴을 쳐다보았다.

경찰서장은 가부좌를 틀고 앉아 주먹으로 가슴을 치면서 "만세!"라고 소리쳤다. 그리고 그는 백작의 한쪽 발을 부여잡고 자기에게 2,000루블이 있었는데 지금은 500루블밖에 남지 않았다는 것과 백작이 허락만 한다면 원하는 건 무엇이든지 다 해주겠다고 말했다. 소파 위에서 자다가 잠에서 깨어난 나이가 지긋한 귀족이 집으로 돌아가려고 했으나 사람들이 그를 놓아주질 않았다. 미남 청년은 어떤 집시 여자에게 왈츠를 추자고 사정하고 있었고, 경기병은 백작과의 우정을 과시하려고 자리에서 일어나 그를 끌어안았다.

"여보게, 친구!" 그가 말했다. "자네 왜 우리 곁을 떠났었어, 응?" 백작은 다른 생각을 하고 있는 듯 아무 말을 하지 않았다. "어딜 갔었어? 이런, 사기꾼 같은 녀석, 난 자네가 어딜 갔었는지 다 알고 있단 말이야."

투르빈은 왠지 그의 이런 격의 없는 태도가 마음에 들지 않았다. 백작은 미소도 짓지 않고 말없이 경기병의 얼굴을 쳐다보다가, 갑자기 그에게 입에 담을 수 없는 쌍스런 욕을 노골적으로 퍼부었다. 경기병은 어안이 벙벙해 한동안 그가 내뱉은 욕이 농담인지 진담인지, 그리고 어떻게 받아들여야 하는지 몰라 하며 당황했다. 마침내 그는 농담이라고 단정하고 미소를 띠면서 다시 어떤 집시 여자 쪽으로 가서 부활절 주간이 끝나면 그녀와 반드시 결혼하겠다고 설득하기 시작했다. 집시들은 두세 차례 노래를 부르고 춤을 한 번 더 추고 축가를 불렀다. 모두들 흥에 겨운 것 같았다. 샴페인은 계속해서 나왔다. 백작도 술을 많이 마셨다. 그의 눈은 취기로 가득했으나, 전혀 비틀거리지도 않았고 춤도 멋들어지게 추었으며 더듬거리지 않고 또박또박 말도 잘했다. 심지어 그는 합창단에 끼어들어 그들과 함께 노래를 부르기도 했다. 스테샤가 〈우정의 달콤한 홍분〉을 노래하자 그녀를 따라 불렀다. 한창 춤을 추고 있는데 술집을 경영하는 상인이 다가와 벌써 새벽 3시가 넘었으니 그만 돌아가달라고 부탁했다.

백작은 상인의 멱살을 움켜잡은 후, 그에게 무릎을 꿇고 춤을 추라고 명령했다. 상인은 거절했다. 그러자 백작은 상인을 물구나무 세운 후, 그에게 꼼짝하지 말라고 명령하고 그에게 샴페인을 천천히 쏟아 부었다.

벌써 날이 밝아오고 있었다. 백작을 제외하고 모두들 피로에 지쳐 얼굴이 누렇게 떴다.

"그런데 벌써 모스크바로 가야 할 시간이 다가오고 있군." 그는 갑자기 일어서면서 말했다. "모두 함께 갑시다. 나를 데려다주고, 차나 한잔 마십시다."

한 지주를 제외하고 모두 찬성했다. 그들은 현관 계단 옆에서 대기하던 썰매 세 대를 나누어 타고 백작이 묵고 있는 호텔로 향했다.

7

"말을 매라!" 백작은 모든 손님과 집시와 함께 호텔의 홀로 들어서면서 소리쳤다. "사슈카! 집시 사슈카가 아니라 내 하인 사슈카 말이야. 너 역참지기에게 가서 내일 나쁜 말을 내놓으면 내가 때려 죽인다고 전해. 그리고 차를 좀 내와! 자발리셰프스키! 차를 대접하는 것을 좀 도와줘. 나는 일리인한테 가서 어떻게 됐는지 알아보고 오겠네." 이렇게 말하고 투르빈은 복도로 나와 창기병의 방으로 향했다.

방금 노름을 끝낸 일리인은 돈을 다 털리고 소파 위에 엎드려 얼굴을 처박고 소파의 털을 한 가닥 한 가닥 뽑아서 입에 넣고 질근질근 씹다가 침과 함께 뱉고 있었다. 카드가 널려 있는 테이블 위에 세워진 양초 두 자루가―그중 한 자루는 이미 밑동의 종이까지 다 타들어갔다―창문으로 새어 들어오는 희미한 새벽 여명과 힘겹게 싸우고 있었다. 창기병의 머릿속에는 아무런 생각도 없었다. 도박에 대한 열정의 농무가 그의 영혼을 뒤덮고 있었다. 그는 잃은 것에 대한 후회는 하지 않았다. 대신 그는 지금 어떻게 해야 할 것인가, 무일푼으로 어떻게 떠나야 하나, 잃어버린 공금 15,000루블을 어떻게 갚아야 하나, 연대장에게 뭐라고 말할 것인가, 그리고 어머니와 동료들에게 뭐라고 말할 것인가를 생각하고 있었다. 그 순간 자신에 대한 혐오감과 공포감이 엄습해왔다. 그래서 그는 어떻게 해서라도 자기 자신을 망각해보려고 소파에서 일어나 마룻바닥의 틈새를 발로 밟으면서 방안을 왔다 갔다 하기 시작했다. 그러다가 노름판에서 일어난 상황들을 하나도 놓치지 않고 세세히 회상하기 시작했다. 그의 기억 속에 모든 것이 생생하게 떠올랐다. 그는 이제 이겼다고 생각하고 9를 밑에 놓고 스페이드 킹에 2,000루블을 걸었다. 오른쪽에 퀸, 왼쪽에 에이스, 그리고 다시 오른쪽에 다이아몬드 킹이 놓여 있었는데 다 죽고 말았다. 만일 오른쪽에 6, 왼쪽에 다이아몬드 킹이 있었다면 잃은 돈을 몽땅 되찾을 수 있었을 것이다. 만일 더블로 갔다면 1,500루블을 땄을 것이고, 그렇게 되면 연대장한테 멋진 말 한 마리도 사줄 수 있었을 것이다. 그리고 말 두 필과 경마차도 살 수 있었을 것이다. 자, 다음에는 무엇을 했을까? 아주 멋진 일이 벌어졌을 것이다!

그는 다시 소파 위에 누워서 털을 뽑아서 씹기 시작했다.

'왜 7호실에서는 저렇게 노래를 부르고 있는 걸까?' 그는 생각했다. '투르빈의 방에서 사람들이 신나게 노는 것이 틀림없어. 그리로 가서 술이나 마실까.'

바로 그때 백작이 들어왔다.

"그래, 어떻게 됐어? 다 잃었지, 이 친구야, 응?" 그가 소리쳤다.

'자는 체하자.' 일리인은 생각했다. '그렇지 않으면 저 친구하고 이야기를 해야 한다, 졸린다.'

투르빈은 그에게 다가와서 그의 머리를 쓰다듬었다.

"그래, 어떻게 됐어, 이 친구야, 졌지? 돈을 잃었지? 말해봐."

일리인은 대답을 하지 않았다.

백작이 그의 손을 잡아당겼다.

"잃었어. 그런데 그게 자네랑 무슨 상관인가?" 잠에 취한 그는 내키지 않는 목소리로 꼼짝하지 않고 투덜거렸다.

"전부 다?"

"그래. 참 재수도 없지. 몽땅 다 잃었어. 그게 자네랑 무슨 상관인가?"

"이봐, 친구로서 솔직하게 말해봐." 술기운이 퍼진 백작은 그를 안타까워하며 그의 머리를 쓰다듬으면서 말했다. "정말로 난 자네를 좋아하네. 사실대로 이야기해봐. 만일 공금을 다 잃었다면 내가 도와줄게. 늦기 전에…… 공금도 다 잃었지?"

일리인은 소파에서 벌떡 일어났다.

"자네가 나를 진정으로 위한다면, 아무 말도 하지 말고 나를 그냥 내버려두게. 왜냐하면…… 제발 아무 말도 하지 마……. 내 이마에 총알 한 방을 날리는 것만이 남았어!" 조금 전까지도 차분하게 멋진 말에 대해서 생각하고 있었던 그는 두 손을 머리에 얹고 눈물을 흘리며 절망적인 목소리로 말했다.

"아이고, 계집아이처럼 구네! 세상에 그런 일을 당해보지 않은 사람이 어디 있나! 걱정하지 마. 여기서 기다리고 있어."

백작이 방에서 나갔다.

"루흐노프는 어디서 묵고 있지? 그 지주 말이야." 그는 호텔 보이에게 물었다.

호텔보이는 백작을 그의 방으로 안내했다. 주인이 지금 막 돌아와서 옷을 갈아입고 있다고 말하는 루흐노프의 하인을 물리치고 백작은 방 안으로 들어갔다. 루흐노프는 가운을 걸친 채 테이블 앞에 앉아서 지폐 다발을 세고 있었다. 테이블 위에는 그가 좋아하는 라인 포도주 한 병이 놓여 있었다. 그는 도박판에서 돈을 딴 것을 자축하며 술을 마시고 있었던 것이다. 루흐노프는 마치 백작을 모르는 듯이 안경 너머로 쌀쌀맞고 단호한 눈초리로 쳐다보았다.

"저를 몰라보시는군요?" 백작은 당당한 걸음걸이로 테이블로 다가서며 말했다.

루흐노프는 그가 백작인 것을 알아채고 물었다. "무슨 일입니까?"

"당신과 한판 벌였으면 합니다." 투르빈은 소파에 앉으면서 말했다.

"지금이요?"

"네."

"다음에 합시다, 백작! 지금은 피곤해서 잠을 잘까 합니다. 술을 좀 드시지 않겠습니까? 좋은 술인데요."

"하지만 전 지금 한판 벌이고 싶습니다."

"지금은 노름을 할 생각이 전혀 없습니다. 혹시 누군가 같이 할 사람이 있을지도 모르지만, 저는 하지 않겠습니다. 백작! 죄송합니다."

"그럼 지금 하지 않겠다는 말씀인가요?"

루흐노프는 백작의 요구를 들어줄 수 없는 것이 유감스럽다는 듯 어깨를 살짝 들어 올렸다.

"절대로 하지 않겠다는 겁니까?"

그는 다시 똑같은 몸짓을 했다.

"제가 이렇게 부탁을 드립니다…… 어떻게 하시겠습니까?"

침묵.

"하겠습니까?" 백작이 두 번째로 물었다. "여봐요!"

동일한 침묵. 그리고 인상을 쓰면서 안경 너머로 백작을 쳐다보는 날카로운 시선.

"하겠습니까?" 백작은 한 손으로 테이블을 쿵 하고 치며 큰 소리로 외쳤다. 라인 포도주 병이 바닥으로 떨어지며 술이 쏟아졌다. "당신은 부정한 방법으로 돈을 따지 않았습니까? 세 번째로 묻습니다."

"하지 않겠다고 말씀드리지 않았습니까? 거참, 이상한 사람이네. 백작! 남의 목에 칼을 들이대는 것은 상당히 예의에 어긋나는 일입니다." 루흐노프는 눈을 부릅뜨고 말했다.

짧은 침묵이 흘렀다. 백작의 얼굴은 점점 더 창백해졌다. 갑자기 루흐노프의 머리에 무서운 일격이 가해졌다. 돈을 움켜쥐려고 애쓰던 그는 소파 위로 나동그라지며 찢어질 듯한 절망적인 목소리로 외쳤다. 항상 침착하고 위풍당당한 그의 모습에서 상상도 할 수 없는 절규가 터져 나왔다. 투르빈은 테이블 위에 놓여 있는 돈을 긁어모은 후, 지주를 도우려고 달려 들어온 그의 하인을 떠밀고 잽싼 걸음걸이로 방에서 나왔다.

"만일 명예 회복을 요구하신다면 언제든지 저를 찾아오세요. 기다리고 있겠습니다. 삼십 분 동안은 제 방에 있을 겁니다." 백작은 루흐노프의 방문을 다시 열고 말했다.

"협잡꾼! 강도!"라고 외치는 소리가 들렸다. "고소할 거야!"

일리인은 자기를 도와주겠다는 백작의 약속에는 전혀 관심을 두지 않고 자기 방 소파 위에 누워 있었다. 절망의 눈물이 그를 괴롭히고 있었다. 그의 마음속에 알 수 없는 착잡한 감정과 생각과 기억이 가득히 떠올랐고, 동시에 자신을 향한 친절한 백작의 동정심이 현실의 뇌리에서 지워지지 않고 있었다. 대신 희망에 넘치는 젊음과 명성, 그리고 사회적인 존경심과 사랑과 우정의 기대감 등이 완전히 사라져버렸다. 눈물이 더 이상 나오지 않았고, 냉정한 절망감만이 엄습해왔다. 그리고 자살에 대한 두려움이나 공포심이 전혀 들지 않았으며, 그의 집중력은 점점 희미해져가고 있었다. 바로 이때 백작의 당찬 발소리가 들려왔다.

투르빈의 얼굴에는 아직도 분노의 흔적이 엿보였고, 그의 손은 다소 떨리고 있었다. 그러나 그의 선하고 밝은 눈동자에는 자기만족감이 역력해 보였다.

"자! 돈을 찾아왔어!" 그는 테이블 위에 지폐 몇 다발을 내려놓으면서 말했다. "맞나 세어봐. 그리고 빨리 홀로 내려와. 지금

나는 떠나야 해." 그는 기쁨과 고마움이 넘쳐흐르는 창기병의
환한 표정을 모르는 척하며, 집시의 노래를 휘파람으로 불며
방을 나갔다.

8

허리띠를 질끈 동여매고 사슈카는 말이 준비되었다고 백작에
게 말했다. 그리고 그는 300루블이나 나가는 값비싼 백작의 군
용 외투와 칼라를 귀족단장의 집에서 당장 찾아오고, 지금 입고
있는 지저분한 파란색 내피의 곰털 외투는 다시 임자에게 갖다
주라고 백작에게 말했다. 그러나 투르빈은 자신의 외투를 찾을
필요가 없다고 말하고, 옷을 갈아입으러 자기 방으로 올라갔다.
경기병은 아무 말 없이 집시 여자 옆에 앉아서 딸꾹질을 하고
있었다. 경찰서장은 보드카를 주문하고 모두 함께 자기 집으로
가면 아내가 틀림없이 집시 여자들과 춤을 출 것이라고 호언장
담하면서, 사람들에게 아침식사를 하러 자기 집으로 가자고 권
했다. 젊은 미남 청년은 기타로는 플랫 음을 표현할 수 없지만
피아노로는 가능하다고 일류슈카에게 설명하고 있었다. 슬픈
표정을 짓고 한쪽 구석에서 차를 마시고 있는 어떤 관리는 지난
밤 자신의 방탕했던 행동을 부끄러워하는 듯했다. 집시들은 자
기네들끼리 집시의 언어로 말다툼을 하면서 백작에게 노래를
불러 축복해주자고 떠들썩거렸다. 그러나 스테샤는 그렇게 하

면 **바로라이**(집시의 언어로 높은 귀족인 백작 혹은 공작이라는 뜻—
옮긴이)가 화를 낼 것이라며 이를 반대하고 있었다. 전반적으로
요란했던 술판의 흥겨운 분위기는 차츰 사그라지고 있었다.

"그럼, 이별을 위해 마지막으로 한 곡을 부르고 각자 집으로
돌아갑시다." 떠날 채비를 하고 어느 때보다 산뜻하고 유쾌한
모습을 하고 홀로 내려온 백작이 말했다.

집시들이 빙 둘러서서 노래를 부르기 시작했을 때, 지폐 다발
을 들고 내려온 일리인이 백작을 잠시 옆으로 불러냈다. "공금
은 모두 15,000루블이었는데, 자넨 16,300루블을 내게 줬어."
그가 말했다. "그러니까 나머지는 자네 거야."

"좋아! 이리 주게!"

일리인은 소심한 표정을 지으며 백작에게 돈을 건네면서 무슨
말인가를 하려고 입을 씰룩거렸다. 그는 얼굴을 붉히고 눈물을
흘리면서 백작의 손을 꼭 쥐어 잡았다.

"가자! 일류슈카! 자, 여기 돈 있네. 노래를 부르면서 나를 시
내 입구까지만 전송해주게." 그리고 그는 일리인이 가지고 온
1,300루블을 그의 기타 위로 던졌다. 그런데 백작은 자신이 어
제 경기병에게 빌린 100루블은 잊고 있었다.

벌써 아침 10시가 되었다. 집시의 무리, 경찰서장, 경기병, 젊
은 미남 청년, 일리인, 그리고 파란색 내피의 곰털 외투를 걸친
백작이 호텔 문을 나섰을 때 해는 이미 지붕 꼭대기에 걸려 있
었다. 사람들은 거리를 왔다 갔다 하고 있었고, 장사꾼들은 이
미 가게 문을 열었고, 귀족들과 관리들은 마차를 타고 길을 달

리고 있었고, 귀부인들은 상점 앞을 기웃거리고 있었다. 눈이
녹을 정도로 맑고 따스한 날이었다. 꼬리를 짧게 묶은 말들이
모는 삼두 썰매마차 세 대가 질퍽거리는 진흙탕 길을 헤치고 현
관 계단에 도착하자 무리들이 삼삼오오 삼두마차에 올라탔다.
백작, 일리인, 스테샤, 일류슈카, 그리고 하인 사슈카가 맨 앞의
삼두마차에 탔다. 흥분한 블류헤르는 꼬리를 흔들며 가운데 서
있는 말을 보고 짖어댔다. 다른 사람들도 집시들과 함께 다른
삼두마차에 올라탔다. 호텔 앞에 나란히 서 있는 삼두마차에서
집시들이 합창을 하기 시작했다.

　삼두마차는 노랫소리와 방울 소리를 내며 맞은편에서 오는 삼
두마차들을 인도 위로 몰아내며 시내를 가로질러 질주했다.

　상인들과 행인들, 그리고 그들을 잘 아는 사람이나 모르는 사
람이나 모두가 벌건 대낮에 삼두마차를 타고 집시들과 노래를
부르며 거리를 질주하고 있는 귀족들을 바라보면서 자못 놀라
는 표정을 지었다.

　시내 입구를 벗어나자 삼두마차는 멈추었다. 그리고 모두들
백작과 작별 인사를 나누었다.

　이별주를 상당히 많이 마시고 줄곧 말을 몰던 일리인은 갑자
기 슬픈 표정을 지으며 백작에게 하루만 더 머물라고 사정했다.
그는 그것이 불가능하다는 것을 인식하고 눈물을 흘리며 자신
의 새로운 친구에게 키스를 하려고 달려들었다. 그리고 부대로
복귀하자마자 백작이 근무하는 연대의 경기병으로 전속시켜달
라는 청원서를 올리겠다고 다짐했다. 이에 유쾌해진 백작은 지

난밤부터 벌써 '너'라고 부르는 경기병을 눈구덩이 속으로 밀어 처넣었다. 그리고 블류헤르에게 경찰서장을 물라고 시키고, 스테샤를 꼭 끌어안고 모스크바로 같이 데리고 가고 싶다고 말한 후, 삼두마차 위로 뛰어올라 타고, 언제나 마차 가운데 앉고 싶어 하는 블류헤르를 자기 옆에 앉혔다. 사슈카는 다시 한 번 경기병에게 **그들로부터** 백작의 군용 외투를 찾아서 꼭 보내달라고 신신당부한 후 마부석으로 뛰어올랐다. 백작은 "자, 가자!"하고 소리치고 모자를 벗어 머리 위에서 흔들며 마부처럼 말들한테 휘파람을 불어댔다. 삼두마차들은 서로 다른 방향으로 흩어졌다.

누렇고 질퍽한 황톳길이 꼬불꼬불하게 나 있는 단조로운 설원이 눈앞에 펼쳐졌다. 투명한 껍질처럼 녹아내리는 눈 위에서 찬란한 태양이 기분 좋게 얼굴과 등을 비추며 빛나고 있었다. 땀을 흘리고 있는 말의 몸뚱이에서 김이 무럭무럭 솟아났다. 이따금씩 말방울 소리가 울려 퍼졌다. 어떤 농부가 썰매마차에 짐을 가득 싣고 눈이 녹은 길을 따라 달려오다가 말고삐를 급히 당기면서 한쪽 곁으로 비켜났다. 붉은 얼굴에 뚱뚱한 농부의 부인이 어린아이를 양가죽 외투 속에 품고 다른 썰매마차에 앉아서 말고삐의 끝을 잡고 꼬리털이 흩날리는 야윈 말을 몰고 있었다. 백작은 갑자기 안나 표도로브나가 생각났다.

"고삐를 돌려!" 그가 소리쳤다.

마부는 이해할 수 없었다.

"뒤로 돌려! 시내로 가! 어서!"

다시 시내로 들어온 삼두마차는 목조로 만든 자이쪼바 부인의

현관 계단에 당도했다. 계단을 뛰어올라가 현관문을 열고 들어
간 그는 응접실을 지나 아직도 잠들어 있는 과부의 손을 잡고
침대에서 일으켜 세운 후, 잠이 덜 깬 그녀의 귀여운 두 눈에 키
스를 퍼붓고 다시 뛰어나왔다. 안나 표도로브나는 잠결에 자신
의 입술을 빨면서 "무슨 일이에요?"라고 물었다. 삼두마차에 올
라탄 백작은 마부에게 출발하라고 소리쳤다. 그리고 더 이상 마
차를 멈추지 않고, 루흐노프, 과부, 그리고 스테슈카도 생각하
지 않고, 오로지 모스크바에서 그를 기다리고 있는 것만을 생각
하며 영원히 K 시를 떠났다.

9

그로부터 약 20년이 지났다. 많은 세월이 흘렀고, 무수한 사
람들이 죽었고, 많은 사람들이 태어났고, 성장했고, 늙어갔고,
또 많은 사상들이 생겨났다가 사라졌다. 즉, 옛날의 아름다운
것들과 추악한 것들이 소멸했고, 새롭고 아름다운 것들이 생겨
났고 미숙하고 추악한 것들이 다시 세상에 태어났다.

표도르 투르빈 백작은 이미 오래전에 거리에서 긴 수렵용 채
찍으로 후려쳤던 어떤 외국인과의 결투에서 사망했다. 아버지
를 꼭 닮은 그의 아들은 벌써 스물세 살의 미남 청년이 되어 근
위기병으로 근무하고 있었다. 이 젊은 투르빈 백작은 도덕적인
면에서는 아버지를 전혀 닮지 않았다. 그에게는 광포하고 정열

적인, 다시 말해 아버지의 방탕한 성품을 거의 찾아볼 수 없었다. 그는 총명했고, 훌륭한 교육을 받았고, 천성적으로 유능했고, 예의범절과 처세술이 뛰어났고, 인간관계와 주변 환경에 대해서 분별 있고 사리가 밝았고, 근위대 복무도 훌륭히 수행하고 있었다. 그는 스물세 살의 나이에 벌써 중위가 되었다……. 군복무를 하면서 실제 전투에 참전하는 것이 진급에 훨씬 더 유리하다는 것을 인식하고 경기병 연대로 전속해 대위 계급장을 달았고, 얼마 있다가 경기병 중대를 지휘하게 되었다.

1848년 5월에 S 경기병 연대는 K 시로 행군을 하게 되었다. 젊은 투르빈 백작이 지휘하는 경기병 중대는 안나 표도로브나의 마을인 마로조브카에서 하루 저녁을 묵게 되었다. 안나 표도로브나는 살아 있었지만 너무 많이 늙어서 더 이상 자신이 젊다고는 생각하지 않고 있었다. 이런 생각은 여자에게 많은 의미를 부여한다. 그녀가 비록 살이 많이 쪄서 젊게 보인다고는 하지만, 그녀의 허옇고 토실토실한 얼굴에는 굵고 부드러운 주름살이 져 있었다. 그녀는 시내를 거의 돌아다니지 않았다. 심지어는 경마차에 오르내리는 것도 힘들어했다. 그녀는 여전히 착하고 어수룩했다. 솔직히 말해서 그녀는 더 이상 자신의 아름다움을 뽐낼 처지가 아니었다. 자신의 딸인 스물세 살 난 예쁘장한 시골 처녀 리자와 함께 지내고 있는 그녀는, 우리에게 낯익은, 착한 마음씨 때문에 자신의 전 재산을 송두리째 날려버린 늙은 경기병 오빠와 함께 살고 있었다. 그는 완전히 하얀 머리털에 윗입술이 축 늘어졌으나, 콧수염만은 까맣게 물들여져 있었다.

그의 이마와 볼뿐 아니라 콧잔등과 목덜미에도 주름이 져 있었고 등도 굽어 있었다. 그럼에도 불구하고 그의 허약하고 꾸부정한 다리에는 여전히 옛 경기병의 당당함이 깃들어 있었다.

별 모양을 한 피나무가 우거진 정원 쪽으로 발코니 문과 창문이 열려 있는 낡고 아담한 집의 조그만 응접실에 안나 표도로브나가 가족들과 함께 앉아 있었다. 보라색 옷을 입은 백발의 안나 표도로브나가 둥근 마호가니 테이블 앞 소파에 앉아서 카드를 하고 있었다. 깨끗한 하얀 바지에 하늘색 프록코트를 입은 오빠는 창가에 앉아서 흰 면사로 뜨개질을 하고 있었다. 너무 늙어서 아무 일도 할 수 없고, 시력이 나빠져서 책도 읽을 수 없는 그에게 조카딸이 가르쳐준 뜨개질은 유일한 낙이였다. 안나 표도로브나의 양녀인 피모치카의 학업을 도우면서 리자는 동시에 뜨개바늘로 외삼촌의 양말을 짜고 있었다. 서쪽으로 넘어가는 마지막 햇살이 항상 그러하듯 피나무가 우거진 오솔길 사이를 뚫고 창문 가장자리와 그 옆에 놓여 있는 선반 위로 비스듬히 비추고 있었다. 정원과 방 안이 너무나 조용해서 창밖에서 날아가는 제비의 날갯짓 소리, 방 안에서 조용히 한숨을 쉬고 있는 안나 표도로브나의 숨소리, 그리고 노인이 발을 바꾸면서 끙끙대는 소리도 다 들릴 정도였다.

"이건 어떻게 하지, 리잔카(리자의 애칭—옮긴이)? 좀 가르쳐 다오. 죄다 잊어 먹어버렸어." 카드를 떼다 말고 안나 표도로브나가 말했다.

리자는 뜨개질을 하면서 어머니 쪽으로 다가가 카드를 들여다보았다.

"아이고, 카드가 뒤섞여버렸네. 어머니!" 카드를 다시 제자리에 놓으면서 그녀가 말했다. "이렇게 놓여야 돼요. 그런데 어머니가 원했던 대로 패가 떨어졌네요." 그녀는 카드 한 장을 테이블 밑으로 살짝 넣으면서 말했다.

"아니, 넌 언제나 잘됐다고 말하면서 나를 속이고 있지?"

"아니에요, 정말 패가 잘 떨어졌어요. 정말 잘됐어요."

"그래 됐다 됐어, 요것아! 그런데 차 마실 시간이 아직 안 됐니?"

"사모바르에 숯불을 넣으라고 일러뒀어요. 지금 가보죠. 이리로 가져오라고 할까요? 자, 이제 그만 공부를 끝내자, 피모치카. 그리고 나랑 달음박질하자."

그리고 리자는 문밖으로 나갔다.

"리조치카(리자의 또 다른 애칭—옮긴이)! 리잔카!" 외삼촌은 자기의 뜨개질바늘을 쳐다보면서 말했다. "또 코를 빠뜨린 모양이다. 이것 좀 손봐줘, 아가!"

"금방 갈게요, 곧 가요! 설탕을 부수기만 하면 돼요."

그녀는 삼 분이 채 되기도 전에 방 안으로 달려와서 외삼촌의 귀를 잡아당겼다.

"뜨개질을 하면서 코를 빠뜨리지 마시라고 했잖아요." 그녀는 웃으면서 말했다. "그리고 배우지 않은 것은 하지 마세요."

"그래 알았다. 어서 고쳐다오. 웬 이상한 매듭이었어."

뜨개질바늘을 잡은 상태에서 리자는 자신의 목도리에 달려 있는 핀을 뽑아 들었다. 그 순간 그녀의 목도리가 창문에서 살며시 불어오는 바람에 나부꼈다. 그녀는 핀으로 빠뜨린 코를 몇 번 잡아당긴 후 뜨개질바늘을 그에게 건네주었다.

"자, 이제 고쳐준 대가로 저에게 뽀뽀해주세요." 그녀는 목도리에 핀을 다시 꽂은 후, 불그스레하고 귀여운 한쪽 볼을 그에게 내밀며 말했다.

"외삼촌, 오늘은 차에다 럼주를 타서 드시죠? 오늘이 금요일이잖아요."

그녀는 다시 차를 끓이고 있는 방으로 갔다.

"외삼촌 이리 와보세요. 경기병들이 이리로 오고 있어요!" 그녀의 낭랑한 목소리가 들려왔다.

안나 표도로브나는 오빠와 같이 경기병들을 보려고 창문이 마을 쪽으로 나 있는 차를 끓이는 방으로 갔다. 창문을 바라보았으나, 경기병들은 보이지 않았고 그저 어떤 무리들이 움직이고 있는 것만이 뿌연 먼지 사이로 보일 뿐이었다.

"이거 어떻게 하지, 안나야!" 외삼촌이 안나 표도로브나에게 말했다. "집도 비좁고, 별채도 아직 다 지어지지 않았는데 말이야. 그렇지 않다면 장교들을 우리 집으로 초청하면 좋을 텐데. 경기병들은 언제나 저렇게 멋지고 쾌활하지 않니? 그들을 잠깐 만나기만 해도 좋을 텐데."

"저도 그들을 만나보면 정말 기쁘겠지만, 그들이 묵을 장소가 없다는 것을 오빠도 잘 아시잖아요. 내 침실, 리자의 방, 응접실, 그리고 오빠 방, 이게 다니 도대체 그들이 묵을 공간이 있어야죠.

한번 생각해보세요. 미하일로 마트베예프가 자신의 농가를 그들에게 내어줄지도 몰라요. 그의 농가가 깨끗하다고들 하던데."

"리조치카야, 그들 중에서 너의 신랑감을 찾아주고 싶다, 멋진 경기병 말이야!" 외삼촌이 말했다.

"괜찮아요. 저는 경기병보다는 창기병이 더 좋아요. 외삼촌도 창기병으로 근무하셨잖아요, 아닌가요? 저는 경기병들은 알고 싶지 않아요. 그들은 너무나 거칠고 모험을 즐기는 사람들이라고들 하던데."

리자는 얼굴을 살짝 붉히면서 낭랑한 목소리로 웃었다.

"저기 우스츄슈카가 달려가고 있네요. 그녀에게 물어볼게요." 그녀가 말했다.

안나 표도로브나는 우스츄슈카를 불러오라고 그녀에게 일렀다.

"일할 생각은 하지도 않고, 군인들이나 보려고 뛰어다니고 있으니." 안나 표도로브나가 말했다. "그래, 대체 장교들은 어디에 머물고 있던?"

"예렘킨든 씨 댁에 있어요, 마님. 두 분인데 상당히 잘생겼어요! 그중 한 분은 백작님이라고 하던데요."

"그분 성이 뭐라던?"

"카라로프인지 투르비노프인지, 잘 기억이 나지 않아요. 죄송해요, 마님."

"이런 바보 같은 계집, 그런 것도 모르다니, 그분의 성이 뭔지 알았으면 좋겠는데."

"마님, 제가 다시 가서 알아보고 올까요?"

"됐다. 그만둬라. 오빠는 그런 일을 알아보는 데 명수시죠? 오빠가 다닐로를 시켜서 갔다 오게 하세요. 장교들에게 뭐 필요한 것이 없느냐고 물어보도록 그에게 시키세요. 그리고 제가 직접 물어보라고 했다는 말도 정중하게 전하라고 하세요."

늙은 남매는 차를 끓이는 방 안에 놓여 있는 의자에 앉았다. 그리고 리자는 부순 설탕을 통에 넣으러 하녀 방으로 갔다. 거기서 우스츄슈카는 경기병에 대한 이런저런 이야기를 하고 있었다.

"아가씨, 그 백작님은 정말로 미남이에요." 그녀가 말했다. "새까만 눈썹이 꼭 게르빔 천사(구약성서에 나오는 지품천사— 옮긴이)를 닮았어요. 아가씨한테 정말로 잘 어울리는 신랑감이에요."

다른 하녀들도 그렇다는 듯 웃음을 지어 보였다. 창가에 앉아서 양말을 뜨고 있던 늙은 유모가 한숨을 내쉬면서 중얼중얼 기도를 하고 있었다.

"그러고 보니 경기병들이 무척이나 네 맘에 들었던가 보구나." 리자가 말했다. "하지만 넌 그럴듯하게 이야기만 잘하지. 자, 우스츄슈카, 그분들에게 모르스(과즙으로 만든 청량음료—옮긴이)를 좀 갖다주고 오렴. 경기병들에게 시큼한 걸 갖다드리고 와."

설탕 통을 들고 웃으면서 리자는 하녀 방을 나왔다. '그 경기병이 어떤 사람인지 한번 봤으면 좋겠어.' 그녀는 생각했다. '갈색 머리일까, 금발 머리일까? 내 생각엔 그분도 우리와 인사 나누는 것을 틀림없이 기뻐할 거야. 그냥 여길 지나쳐 가면 내가 여기서 그를 생각하고 있었다는 것을 모르겠지. 그런 사람들이 벌써 얼마나 많이 내 곁을 지나쳐 갔는지. 외삼촌과 우스츄슈카 외에는 아무도 나를 거들떠보지 않아. 내가 아무리 빗질을 하면서 머리 치장을 하고 멋진 옷을 입는다 하더라도 나에게 반하는 사람이 있어야지.' 그녀는 한숨을 쉬며 그녀의 통통한 하얀 손을 바라보면서 생각했다. '그 사람은 틀림없이 키가 크고 눈도 클 거야. 그리고 까만 콧수염도 있을 거구. 그런데 난 벌써 스물세 살이 되었는데 곰보인 이반 이파트이치 외에 어느 누구도 나를 사랑하려는 사람이 없어. 4년 전만 해도 나는 참 예뻤는데 말이지. 아무에게도 기쁨을 주지 못하고 이렇게 나의 아리따운 젊은 시절이 지나가버렸네. 아, 나는 정말 불행한 시골 처녀야.'

차를 따라달라는 어머니의 목소리가 잠시 동안 명상에 잠긴 그녀를 일깨웠다. 그녀는 머리를 설레설레 흔들고 차를 끓이는 방으로 들어갔다.

좋은 일은 항상 뜻하지 않게 우연히 발생한다. 그런데 인위적으로 노력하면 할수록 그 결과는 더욱 나빠지곤 한다. 시골에서는 애써 교육을 많이 시키려 하지 않는다. 그렇기 때문에 좋은 결과를 얻는 경우가 많다. 특히 리자의 경우가 그랬다. 그리 명석하지 않고 태평한 성격을 소유한 안나 표도로브나는 리자에게 교육을 많이 시키지 않았다. 음악은 물론이고 프랑스어도 가르치지 않았다. 고인이 된 남편 덕에 건강하고 훌륭한 딸아이를 낳은 그녀는 유모와 여자 하인에게 아이를 맡겨서 길렀다. 그녀에게 사라사 염색을 한 옷을 입히고 염소가죽 구두를 신겨 산책을 시켰고, 버섯과 딸기를 따러 보내기도 했고, 신학생을 가정 교사로 임명해 쓰기와 읽기, 그리고 산수를 가르쳤다. 열여섯 살이 되었을 때부터 그녀는 어느새 어머니의 삶의 동반자가 되 었을 뿐 아니라, 항상 명랑하고 착하고 활동적인 안주인의 역할 을 수행하게 되었다.

안나 표도로브나는 마음씨가 좋았기 때문에 늘 농노나 버려진 아이들을 데려다 길렀다. 리자는 열여섯 살 때부터 이런 일들을 하기 시작했다. 아이들에게 읽고 쓰는 것을 가르쳤고, 옷을 입 히고 함께 교회에 다녔고, 그들이 지나치게 나쁜 장난을 칠 때 는 야단을 치며 타이르기도 했었다. 그러다가 마음씨 착한 노쇠 한 외삼촌이 나타나자 그를 마치 어린아이 보살피듯 돌보았다. 그리고 하인들과 농부들이 리자에게 아프다는 이야기를 하면서 병을 고쳐달라고 요청했을 때, 박하나무, 말오줌나무, 녹나무 등을 이용해서 그들을 치료해주곤 했다. 그러다가 우연치 않게 리자가 가사를 도맡아 하게 되었다. 얼마 후 리자는 자연과 기 독교에서 찾을 수 있는 그 어떤 사랑에 대한 욕구가 일어나기 시작했다. 그러면서 리자는 활동적이고 순수하고 명랑한, 그리 고 신앙심 깊은 여자로 성장했다. 그러나 K 시에서 사 가지고 온 당시 유행하고 있는 모자를 쓰고 교회에서 그녀와 함께 지내 는 또래의 이웃 여자아이들을 보면서 리자는 그들처럼 작은 허 영을 누리고 싶다는 욕망을 품기도 했었고, 잔소리를 늘어놓는 어머니에 대해서 눈물이 날 정도로 울화가 치밀었던 적도 있었 다. 그리고 아주 조잡한 형태의 사랑에 대한 몽상도 꿈꾸었다.

그러나 유익하고 반드시 필요한 그녀의 활동이 마음속에서 그러한 것들을 몰아내었기 때문에, 스물세 살을 먹도록 그녀는 육체적으로나 정신적으로 아름다움이 가득한 채 성장하면서 항상 밝고 평온한 마음을 품고 생활했던 것이다. 리자는 중키에 약간 통통한 편이었다. 그리 크지 않은 갈색 눈에 눈꺼풀 부분이 얇고 거무스름한 빛을 띠고 있었다. 불그스름하고 길게 땋아 늘어뜨린 머리를 하고 있는 그녀는 다소 폭이 넓은 걸음걸이로 뒤뚱거리며 걸었다. 그녀가 일할 때나 일을 하지 않을 때나, 그녀는 자신의 표정을 통해 세상 사람들에게 '사랑할 사람이 있는 양심이 깨끗한 사람이 세상을 살아간다는 것은 참으로 행복하고 유쾌한 것이다'라고 말하는 것 같았다. 심지어 화가 나고 당황해서 불안해하며 슬픔에 잠길 때, 그녀는 눈물과 찌푸린 왼쪽눈썹과 꽉 다문 입술을 잠시 보여주고는 곧 희망을 품고 있을 때와 마찬가지로 양볼의 보조개와 입술 언저리에 미소를 띠었다. 그리고 삶 자체를 향유하는 습관이 몸에 밴 그녀의 눈동자에는 깨끗하고 선하고 정직한 광채가 빛나고 있었다.

10

  기병 중대가 마조로프카 마을로 접어들었을 때 태양은 이미 져버렸지만 대기는 아직도 뜨거웠다. 앞쪽으로 난 먼지가 자욱한 시골 길을 따라 무리에서 벗어난 얼룩소 한 마리가 빠른 걸

음으로 사방을 두리번거리면서 이따금씩 음매 하고 소리를 내
며 멈추어 서곤 했다. 그저 단순히 한쪽으로 다가가면 무리에
다시 합류할 수 있다는 것을 알지 못하는 것처럼 보였다. 늙은
농부들과 아낙네들, 그리고 아이들과 하인들이 길가로 몰려나
와 경기병들을 열심히 바라보고 있었다. 자욱하게 피어오르는
먼지 속에서 경기병들은 이따금 콧바람을 부는 검은색 말의 고
삐를 잡고 이동하고 있었다. 경기병 중대의 오른편에는 장교 두
명이 날렵한 검은색 말을 몰았다. 한 사람은 중대장 투르빈 백
작이었고, 또 다른 사람은 얼마 전에 진급한 사관생도 출신인
폴로조프라는 아주 젊은 청년이었다.

하얀색 칼라가 달린 제복을 입은 어떤 경기병이 마을에서 가
장 깨끗한 농가에서 나오면서 모자를 벗고 장교들 쪽으로 다가
갔다.

"우리 숙소는 어디로 정해졌나?" 백작이 물었다.

"중대장님의 숙소는," 그는 온몸을 떨면서 대답했다. "여기 촌
장집의 농가입니다. 깨끗하게 치워놨습니다. 지주의 저택에 머
물 수 있느냐고 요구했는데, 방이 없다고 합니다. 여지주가 아
주 나쁜 사람인 것 같습니다."

"그래, 됐어." 백작은 촌장집의 농가 앞에 멈춰서 말에서 내린
후, 두 다리를 쭉 뻗으며 말했다. "그래, 내 짐마차는 도착했나?"

"예, 도착했습니다, 백작님." 그는 농가의 문 앞에 서 있는 짐
마차를 모자로 가리키고, 장교들을 구경하려고 모여든 농부와
그의 가족들이 빼곡하게 서 있는 농가의 현관 쪽으로 달려가면

서 대답했다. 그는 서 있는 어떤 노파를 쓰러뜨리기까지 하면서 말끔히 치워놓은 농가의 문을 재빨리 열고, 백작이 들어갈 수 있도록 한쪽 옆으로 물러섰다.

농가는 제법 크고 널찍했으나 상당히 지저분했다. 지주처럼 옷을 입고 있는 독일인 하인이 농가 안에서 철제 침대를 펴고 침구를 깔고 트렁크에서 속옷을 꺼내고 있었다.

"에이, 참 더럽군!" 백작이 화를 내며 말했다. "댜덴코! 정말 더 좋은 곳을 잡을 수는 없었나? 지주네 집은 어딘가?"

"백작님께서 명령을 내리신다면, 사람을 보내도록 하겠습니다." 댜덴코가 대답했다. "그런데 그 집도 조그맣고 초라한 것이 농가보다 별로 좋아 보이지는 않습니다."

"됐네, 물러가게."

백작은 팔베개를 하고 침대 위에 누웠다.

"이오간!" 그는 하인을 불렀다. "또 침대 한가운데를 울퉁불퉁하게 만들어놨구나! 넌 잠자리 하나도 제대로 만들지 못하느냐?"

이오간은 잠자리를 다시 고치려고 했다.

"됐다. 이젠 필요 없어…… 내 잠옷은 어디 있느냐?" 그는 볼멘소리로 말했다.

그의 하인이 잠옷을 건네주었다.

백작은 그것을 입기 전에 옷자락을 살펴보았다.

"이게 뭐냐, 얼룩이 빠지지 않았잖아. 너처럼 시중을 못 드는 놈은 세상에 없을 거다!" 백작은 하인의 손에서 잠옷을 낚아채어 입으면서 말했다. "너, 일부러 그러는 거지? 차는 준비됐나?"

"구하지 못했습니다." 이오간이 대답했다.

"바보 같은 놈!"

그리고 백작은 아무 말 없이 가져온 프랑스 소설책을 읽기 시작했다. 이오간은 사모바르의 불을 높이기 위해 현관 복도로 들고 나갔다. 백작의 기분이 그리 좋지 않은 것 같았다. 아마도 꽉 조이는 제복과 먼지투성이의 얼굴에 피로가 많이 쌓인데다 상당히 굶주렸기 때문일 거라고 그는 생각했다.

"이오간!" 그가 다시 소리쳤다. "그 10루블짜리 계산서를 가져와봐. 시내에서 무엇을 구입했나?"

백작은 그가 내민 계산서를 보고, 구매품 가격이 너무 비싸다며 그에게 주의를 주었다.

"차에다가 럼주를 타라."

"럼주는 못 샀습니다." 이오간이 대답했다.

"잘한다! 럼주를 준비하라고 몇 번이나 당부했지!"

"돈이 모자랐습니다."

"왜 폴로조프는 구입했을 텐데? 그의 하인에게 돈을 빌려서라도 구입을 했었어야지."

"폴로조프 소위님 말입니까? 잘 모르겠는데요. 그분은 차와 설탕은 구입했는데."

"개자식! 썩 꺼져! 아주 화를 돋우고 있네……. 행군을 할 때는 항상 차에 럼주를 타서 마신다는 걸 잘 알고 있잖아."

"사령부에서 나리께 보낸 편지 두 통이 있습니다." 하인이 말했다.

백작은 누운 채 봉인을 뜯고 읽기 시작했다. 중대의 숙사를 배정하고 난 소위가 명랑한 얼굴을 하고 들어왔다.

"그래, 어떤가? 여긴 괜찮아 보이는군. 솔직히 말해서 난 너무 지쳤어. 그리고 날씨도 상당히 무덥고."

"아주 좋아! 지저분하고 악취가 나는 농가에서 자네 덕분에 럼주도 없이. 자네의 그 병신 같은 하인이 럼주를 사질 않았으니, 이놈도 따라서 사지 않았지 뭐야. 자네라도 사라고 말을 하지 그랬어."

그리고 그는 계속해서 편지를 읽었다.

"왜 럼주를 사지 않았나?" 소위가 현관 입구 복도에서 자기 하인에게 귀엣말로 물었다. "너 돈이 있었잖아?"

"그렇지만 어떻게 매번 저희가 물건을 구입해야 됩니까! 저 독일인 하인은 늘 파이프 담배만 물고 있어요."

백작이 미소를 지으면서 두 번째 편지를 읽는 것을 보니 나쁜 소식은 아닌 듯했다.

"그건 누구한테서 온 편지야?" 방 안으로 돌아온 폴로조프가 페치카 옆에 놓여 있는 널빤지 위에 자기 잠자리를 만들면서 물었다.

"미나에게서." 그에게 편지를 보여주며 백작은 유쾌하게 대답했다. "읽어보겠나? 참 매력적인 여자야! ……정말 우리 귀족 아가씨들보다 훨씬 나아…… 읽어봐, 얼마나 감정이 풍부하고 지혜가 넘치는지 몰라! ……단 한 가지 좋지 않은 건 돈을 부쳐달라고 하는 거야."

"그래, 그것은 좋지 않은 것 같아." 소위가 말했다.

"근데 실은 내가 그 여자에게 돈을 보내준다고 약속했어. 그런데 여기서 이렇게 행군을 하고 있으니…… 석 달쯤만 더 기병중대를 지휘하게 되면 돈을 부쳐줄 수 있어. 정말 하나도 아깝지가 않아. 참, 매력적인 여자야! ……안 그래?" 미소를 짓고, 그는 편지를 읽고 난 폴로조프의 표정을 살피면서 말했다.

"철자법이 맞지 않는 형편없는 글이지만 사랑스러운 내용이네. 그 여자는 백작을 상당히 좋아하고 있는 것 같아." 소위가 대답했다.

"그래! 그런 것 같아! 그런 여자들은 일단 사랑을 했다 하면 진지하게 하지."

"그런데 이 편지는 누구한테서 온 건가?" 그는 또 다른 편지를 읽고 백작에게 건네주면서 물었다.

"그러니까…… 카드게임을 하다가 내가 돈을 빌렸던 사람한테 온 편지인데, 아주 못된 놈이야. 벌써 세 번째 독촉을 하고 있어…… 지금은 돈을 갚을 수가 없어…… 웃기는 편지야!" 백작은 그 당시 일을 기억하는 것이 괴롭다는 듯 대답했다.

그러고 나서 두 장교는 한참 동안 침묵했다. 백작의 이런 기분에 영향을 받은 것이 확실해 보이는 소위는, 창문을 뚫어지게 바라보며 슬픈 표정을 짓고 있는 투르빈의 아름다운 외모를 가끔 쳐다보면서 차를 마시며 아무 말도 하지 않았다.

"뭐, 잘되겠지." 백작은 갑자기 폴로조프를 향해 몸을 돌리고 기분 좋게 머리를 흔들면서 말했다. "금년에 우리 연대에서 진급 발표가 있을 것 같은데, 출정에 참가하는 내가 다른 근위대 대위들을 앞질러서 진급할 수 있을 것 같아."

그들은 두 잔째 차를 마시면서 진급에 관한 이야기를 계속해서 나누고 있었다. 그때 늙은 다닐로가 들어와서 안나 표도로브나의 전갈을 전했다.

"그리고 나리께서 백작님이 혹시 표도르 이바느이치 투르빈 백작님의 자제분이 아니신지 물어보라고 하셨습니다." 그리고 죽은 백작이 오래전에 K 시를 방문했던 것을 기억하고 있는 다닐로는 자기 멋대로 다음과 같은 말을 덧붙였다. "안나 표도로브나 마님께서는 그분과 잘 아는 사이였습니다."

"그분은 나의 부친이네. 그리고 호의는 감사하지만 아무것도 필요 없다고 마님께 전하게. 그리고 혹시 마님 댁에 좀 깨끗한 방이 있으면 제공해줄 수 있는지 부탁드린다고 말씀드리게."

"아니, 왜 그랬어?" 다닐로가 나가자 폴로조프가 말했다. "여기서 하룻밤을 지내건 다른 곳에서 지내건, 다 마찬가지 아니야? 그분들에게 폐만 끼칠 것 같은데."

"무슨 소리야! 우리는 연기가 나는 농가를 어지간히 돌아다닌 것 같은데! ……이제 보니 자넨 실용적인 사람이 아닌 것 같아……. 비록 하룻밤을 지내더라도 다른 사람들처럼 편하게 지낼 수 있다면, 굳이 이를 마다할 이유가 있나? 오히려 그 사람들도 무척 기뻐할 걸세. 그런데 만일 그 지주 부인이 정말로 우리 아버지를 알고 있었다면, 상당히 꺼림칙할 것 같아." 백작은 반짝거리는 하얀 치아를 드러내고 웃으면서 말했다. "나는 늘 돌아가신 **아버지** 때문에 부끄러움을 당했어. 항상 어떤 스캔들이나 무슨 부채 관계에 대한 말을 들었거든. 그래서 아버지를 아는 사람들을 만날까 두려워. 그래도 그땐 좋은 세상이었지." 그는 진지한 표정을 지으며 말했다.

"그런데 자네에게 말하지 않은 것이 하나 있어." 폴로조프가 말했다. "일전에 경기병 여단장 일리인을 만난 일이 있었는데, 백작님을 몹시 보고 싶다며 부친을 상당히 좋아했다고 말씀하시던데."

"그 일리인이라는 작자도 아주 몹쓸 사람일 거야. 중요한 것은 말이야, 내 비위를 맞추려고 나의 아버지를 알고 있었다고 말하는 사람들은 모두가 아버지에 대해 듣기에도 거북스러울 정도의 일화를 퍽이나 재미있었던 것처럼 지껄여대고 있어. 그런 것들이 사실일지도 모르지. 하지만 나는 감정에 치우치지 않고 사물을 담담하게 관조하는 사람인데, 나와 달리 아버지는 지나칠 정도로 열정적인 사람이기 때문에 때때로 상당히 바람직하지 않은 짓을 저질렀을 거야. 그런데 이런 것들은 모두 시대가 빚어낸 산물이지. 아버지는 대단한 능력을 소유한 분이셨으니까 만일 우리 시대에 태어났다면 상당히 유능한 사람이 되었을지도 몰라."

십오 분 후에 여지주의 하인이 돌아와서 그녀의 집에서 하룻밤을 묵고 가라는 전갈을 전했다.

11

    안나 표도로브나는 경기병 장교가 표도르 투르빈의 아들이라는 것을 알고는 부산을 떨기 시작했다.

    "아아, 너무 보고 싶네! ……다닐로! 얼른 뛰어가서 내가 집으로 초대한다고 말씀드려." 그녀는 의자에서 일어나서 종종걸음으로 하녀 방으로 향하면서 말했다. "리잔카! 우스츄슈카! 리자야, 네 방을 준비해야겠다. 넌 외삼촌 방을 사용해라. 그리고 오빠는 어떻게 하지…… 오빠! 오빠는 응접실에서 주무세요. 하룻밤인데 어때요?"

    "난 괜찮다! 나는 바닥에서라도 잘 수 있어."

    "아버지를 닮았다면 미남일 거예요. 아이고, 그 귀여운 녀석, 많이 보고 싶네. 리자야! 너도 한번 봐봐…… 그의 아버지는 정말 미남이었어…… 테이블은 어디로 치울까? 그냥 여기다 놔." 안나 표도로브나는 분주히 설쳐댔다. "그리고 침대 두 개를 준비해라, 하나는 관리인한테서 빌려 오고. 그리고 명명일에 오빠가 내게 선물로 준 선반 위에 놓여 있는 수정 촛대를 가져와서 양초를 꽂고."

    마침내 만반의 준비를 갖추었다. 리자는 어머니의 간섭에도 불구하고, 두 장교를 위해서 나름대로 자기 방을 잘 정돈했다. 그녀는 물푸레나무 향이 배어 있는 깨끗한 시트를 꺼내서 침대에 깔았다. 그리고 침대 옆 작은 테이블 위에 물병과 양초를 갖다 놓으라고 이르고, 하녀의 방에 있는 향내가 나는 종잇조각을 태우고, 자신의 침구를 외삼촌 방으로 옮겼다. 이제 긴장이 다소 가라앉은 안나 표도로브나는 다시 자기 자리에 앉아서 카드를 들고 패를 떼려고 했으나, 그렇게 하지 못하고 카드를 손에 든 채 통통한 팔꿈치로 몸을 기대고 생각에 잠겼다. '세월이 유수같이 참 빠르게 흐르네!'라고 혼잣말로 소곤거렸다. '꽤 오래전의 일이었는데, 마치 지금 그 사람을 다시 만나는 것 같아. 아, 그이는 장난꾸러기였는데!' 그녀의 눈에서 눈물이 핑 돌았다. '지금의 리잔카는…… 하지만 리자는 그때의 나와는 전혀 딴판이야…… 좋은 아이지만, 나와는 달라…….'

"리잔카, 너 오늘 저녁에 모슬린 드레스를 입었으면 좋겠는데."

"그런데 정말 그분들을 초청하실 거예요, 어머니? 안 그랬으면 좋겠는데." 리자는 장교들을 만날 생각에 참을 수 없는 흥분을 느끼며 말했다. "초청하지 않는 것이 좋겠어요, 어머니!"

그런데 그녀는 사실 그들을 만나보는 것보다도, 내심 스스로 기대하고 있었던 가슴을 설레게 하는 그 어떤 행복을 두려워하고 있었다.

"어쩌면 그들이 우리를 알고 싶어 할지도 모르잖니, 리잔카!" 안나 표도로브나는 그녀의 머리를 쓰다듬으면서 이런 생각을 하며 말했다. '아니야, 이 나이 때의 내 머리카락은 이렇지 않았어…… 리잔카, 나는 네가 잘되기만을 원하고 있단다…….' 그녀는 자기 딸을 위해서 무엇인가를 몹시 원하고 있었다. 그러나 백작과의 결혼은 전혀 생각할 수가 없었다. 그리고 자신과 그의 아버지와의 관계를 그녀에게 똑같이 바랄 수도 없었다. 그러나 뭔가 그와 비슷한 것을 자기 딸에게도 어느 정도 바라고 있었다. 어쩌면 고인이 된 투르빈 백작과 같이했던 자신의 삶을 자기 딸에게도 경험하게 해주려는 생각을 품고 있었을지도 모른다.

경기병 출신인 외삼촌도 백작을 만난다는 사실에 조금 흥분해서 벤게르카(헝가리풍의 늑골 장식이 있는 경기병의 짧은 겉옷—옮긴이)와 하늘색 바지를 입고 나왔다. 그는 처녀들이 처음으로 무도회 드레스를 입었을 때처럼 상당히 들뜬 표정을 하고 응접실로 갔다.

"요즘 경기병들은 어떤지 봐야지! 고인이 된 백작은 진정한 경기병이었는데. 어디 두고 보지."

장교들은 뒷층계를 통해 자신들을 위해 마련된 방으로 들어와 있었다.

"자, 보게." 백작은 먼지가 묻은 장화를 신은 채 잘 정돈된 침대 위에 누우면서 말했다. "그래, 바퀴벌레가 우글거리는 농가보다 여기가 더 낫지 않은가!"

"좋기야 좋지. 그렇지만 주인 양반들한테 뭔가 신세를 지는 것 같아서……."

"쓸데없는 소리 하고 있네! 매사에 실용적인 사람이 되어야 해. 이 집 사람들도 무척 만족스러울 거야. 틀림없어…… 이 사람, 참!" 그가 소리쳤다. "창문에 뭐 칠 것을 좀 달라고 하게. 그렇지 않으면 한밤중에 바람이 들이칠 것 같아."

이때 노인이 장교들과 인사를 하려고 방 안으로 들어왔다. 그는 다소 얼굴을 붉히면서 자기가 고인이 된 백작의 친구였다는 것과 백작이 자기에게 호의적이었다는 것을 이야기했고, 심지어 여러 차례에 걸쳐 백작의 은혜를 입었다는 것까지 말했다. 그런데 그가 말하는 고인의 은혜라는 것이 자기가 빌려준 100루블을 그가 갚지 않았다는 의미인지, 그가 자기를 눈구덩이에 처박았다는 의미인지, 아니면 자기에게 욕지거리를 퍼부었다는 의미인지 아무런 설명도 하지 않았다. 백작은 경기병 출신인 노인에게 잠자리를 제공해준 데 대해서 정중하게 감사를 드렸다.

"집이 누추한 걸 용서하십시오, 백작(그는 하마터면 백작 나리라고 말할 뻔했다. 그 정도로 그는 오랫동안 상류계급 사람들과 교제를 하지 않았던 것이다). 제 동생 집이 협소합니다. 창문에 뭘 좀 치면 괜찮을 겁니다." 노인은 이렇게 말하고 나서, 커튼을 핑계 삼아 방을 나갔다. 하지만 실은 좀 더 빨리 장교들에 대한 이야기를 듣고 싶어서 그렇게 했던 것이다.

마음씨 착한 우스츄슈카는 창문에 치려고 여지주의 숄을 들고 들어왔다. 그리고 손님들에게 차를 드시지 않겠느냐고 물어보라는 여지주의 지시도 전했다.

좋은 잠자리는 백작의 기분을 흐뭇하게 만들었다. 그는 유쾌하게 웃으면서 우스츄슈카와 농담을 주고받았다. 그래서 우스츄슈카는 그를 장난꾸러기라고 부르기까지 했고, 그는 우스츄슈카에게 아가씨가 얼마만큼 예쁘냐는 등 이런저런 것을 물어보았다. 그리고 차를 들지 않겠느냐는 그녀의 질문에 대해서 아직 저녁식사가 준비되지 않았다면 지금 보드카와 안주가 될 만한 것과 셰리(스페인산 백포도주─옮긴이)를 갖다달라고 말했다.

리자의 외삼촌은 젊은 백작의 예의 바른 태도에 자못 기뻐하며, 요즘 사람들이 옛날 사람보다 훨씬 더 훌륭하다고 여동생에게 말하면서 젊은 장교들을 칭찬하고 있었다.

그런데 안나 표도로브나는 표도르 이바느이치 백작보다 더 훌륭한 사람은 없었다며 오빠의 말에 동의하지 않았다. 마침내 화가 난 그녀는 이런 말까지 했다. "오빠 입장에서는 가장 최근에 자신에게 친절하게 대하고 있는 사람이 더 좋겠죠. 물론 오늘날 사람들이 과거보다 더 영리해지긴 했지만, 표도르 이바느이치는 에코세즈도 잘 췄고 사람들에게 친절하게 대했기 때문에 모두들 그에게 넋을 잃을 정도였지요. 그리고 그분은 나 이외에 그 어느 누구도 거들떠보지 않았어요. 그러니까 옛날에도 상당히 훌륭한 사람들이 있었다는 거예요."

그때 보드카와 안주와 셰리를 달라는 말을 하녀로부터 전해 들었다.

"아니, 이 일을 어쩌지, 오빠! 오빠가 하는 짓은 늘 이 모양이야. 빨리 저녁을 차려야겠다." 안나 표도로브나가 말했다.

"리자야! 네가 좀 준비해라!"

리자는 버섯과 싱싱한 버터를 가지러 창고로 뛰어가서 요리사에게 크로켓을 만들라고 지시했다.

"오빠, 셰리는 있죠?"

"없어! 나한테는 없어."

"없다고요! 그럼 차에다 타서 마시는 건 뭐예요?"

"그건 럼주야, 안나 표도로브나."

"매한가지 아니에요? 그거라도 가져오세요. 마찬가지예요. 그런데 그분들을 이리로 부르는 것이 더 낫지 않을까요? 오빠가 잘 알고 있잖아요? 그렇게 한다고 그분들이 화를 낼 것 같지는 않은데."

퇴역 경기병은 백작의 훌륭한 성품으로 보아 그가 거절하지 않을 것이라고 말하고, 자기가 그들을 꼭 데리고 오겠다고 장담했다. 안나 표도로브나는 실내용 모자와 고급 실크로 만든 드레스로 갈아입으려고 자기 방으로 들어갔다. 그러나 리자는 너무 바빠서 이제까지 입고 있던 소매가 넓은 장밋빛 무명옷을 갈아입을 겨를도 없었다. 게다가 그녀는 상당히 흥분한 상태였다. 마치 시커먼 먹구름이 그녀의 마음에 나지막하게 드리워져 있는 것처럼 무엇인가 충격적인 것이 그녀를 기다리고 있는 듯했다. 잘생긴 경기병 백작은 그녀에게 쉽게 이해할 수 없는 새로운 어떤 존재이자 상당히 아름다운 존재로 여겨졌던 것이다. 그녀에게 그의 성격, 습관, 그리고 말투는 이제까지 한 번도 접해본 적이 없는 특이한 것이었다. 그가 생각하고 말하는 것은 지혜롭고 진실한 것이었고, 그의 외모는 아름답기 그지없었다. 그녀는 이런 사실들을 결코 의심하지 않았다. 만일 그가 안주와 셰리뿐 아니라 향내가 나는 샐비어 꽃을 물에 풀어 목욕을 하겠다고 요청했더라도 그녀는 놀라지 않았을 것이고, 그를 비난하지 않았을 것이고, 오히려 당연히 필요한 것이라고 믿었을 것이다.

퇴역 경기병이 여동생의 제안을 전달하자 백작은 이를 당장 받아들이고 머리 빗질을 한 후 외투를 걸치고 시가 케이스를 집어 들었다.

"가지." 그는 폴로조프에게 말했다.

"가지 않는 편이 더 낫다니까." 소위가 대답했다. "Ils feront des frais pour nous recevoir(그분들이 우리를 접대하기 위해 돈을 쓰게 될 거야)."

"어리석은 소리 하지 마! 그건 그 사람들을 행복하게 해주는 거야. 내가 다 알아봤어, 이 집엔 미모의 딸이 있다고…… 가자." 백작이 프랑스어로 말했다.

"Je vous en prie, messieurs(신사 분들, 당신들을 초대합니다)!" 퇴역 경기병은 자신이 프랑스어를 알고 있기 때문에 장교들이 주고받은 말을 자신도 이해할 수 있다는 것을 느끼게 해주려고 프랑스어로 말했다.

12

장교들이 방으로 들어오자 리자는 얼굴을 붉히며 그들을 쳐다보는 것조차 두려워하며 마치 차를 따르는 것에만 정신이 팔린 듯 눈을 내리깔고 있었다. 이와는 반대로 안나 표도로브나는 벌떡 일어나서 백작의 얼굴을 응시하면서 아버지와 이만저만 닮지 않았다고 말하고, 자신의 딸을 그에게 소개하고, 차와 잼과 시골 과자 등을 권하면서 그에게 말을 걸었다. 그녀는 볼품이 없고 겸손한 경기병 소위에게는 아무런 주의도 돌리지 않았는데, 소위는 그녀의 이런 태도를 무척이나 반기고 있었다. 왜냐하면 리자의 아름다움에 갑자기 충격을 받은 그는 예의에 어긋나지 않으면서 그녀의 아름다움을 자세히 뜯어볼 수 있었기 때문이다. 외삼촌은 백작과 여동생의 대화를 듣는 동안 입속에서 할 말을 준비하면서, 자신의 경기병 시절에 대한 옛이야기를 말할 기회를 기다리고 있었다. 백작은 차를 마시면서 리자가 기침을 가까스로 참을 정도로 독한 시가를 피웠다. 그는 말도 잘했고 상냥했다. 처음에 그는 그칠 줄 모르는 안나 표도로브나의 이야기 사이사이에 끼어들며 말을 거들곤 했으나, 나중에는 혼자서 이야기를 주도했다. 이야기하는 가운데 그가 속한 사회에서 비난받을 정도는 아니지만, 이곳에서는 받아들이기 다소 거북한 표현을 사용하곤 했다. 그때마다 안나 표도로브나는 놀라는 기색을 했고, 리자는 귀밑까지 새빨개지곤 했다. 그러나 이것을 눈치채지 못한 백작은 아무렇지도 않은 듯 자연스럽게 이야기를 계속했다. 리자는 말없이 컵에 차를 가득 따르고는 손님들에게 직접 전해주지 않고 그들 가까이에 갖다 놓고, 흥분이 가시지 않은 상태로 백작의 이야기에 열심히 귀를 기울이고 있었다. 그의 별 의미가 없는 단순한 이야기와 대화 도중에 가끔 더듬거리는 그의 말투가 흥분한 그녀의 마음을 진정시키고 있었다. 그런데 그녀는 그로부터 자신이 예상했던 해박한 이야기도 듣지 못했고, 그의 내면에서 기대했던 우아한 아름다움도 찾아볼 수 없었다. 심지어 그녀가 그에게 세 번째 찻잔을 건넸을 때, 그녀의 수줍은 눈길과 마주치자 그는 자신의 눈을 내리깔지 않고 차분하게 미소를 지으며 지나칠 정도로 침착하게 그녀를 쳐다보았다. 그러자 그녀는 그에 대해 약간의 반감을 품게 되었다. 그리고 얼마 안 가서 그녀는 그에게 특별한 것이 없다는 것과 자기가 본 여느 사람들과 조금도 다를 바가 없다는 것, 그리고 그는 두려워할 만한 가치가 없다는 것을 발견하게 되었다. 단지 그의 손톱이 깨끗하고 길쭉길쭉하다는 것 외에 특별히 아름다운 것도 없다는 것을 발견하게 된 것이다. 잠시 우수에 잠긴 후 그녀는 자기가 기대했던 꿈에 작별을 고하면서 서서히 홍분한 마음을 가라앉히게 되었다. 대신 아무 말 없이 자기를 계속해서 응시하고 있는 경기병 소위의 시선이 마음에 걸렸다. 그리고 '어쩌면 내가 기대했던 사람은 저 사람이 아니고, 바로 이 사람일지도 모른다'라는 생각을 했다.

13

차를 마신 후에 여지주는 손님들을 다른 방으로 초대한 후, 그곳에 마련된 자신의 자리에 앉았다.

"쉬고 싶지 않으세요, 백작?" 그녀가 물었다. "귀하신 손님들을 무엇으로 재미있게 해드린담?" 아직 잠자리에 들고 싶지 않다는 백작의 대답을 듣고 그녀가 말했다. "카드게임을 하시

지요, 백작. 저, 오빠가 어떤 카드게임을 할 건지 생각해보세요
……."

"동생도 프레페랑스(카드게임의 일종―옮긴이)를 할 줄 알잖
아." 퇴역 경기병이 말했다. "우리 다 같이 하지. 어때요, 백작?
그리고 당신도 같이 하시지요?"

장교들은 친절한 주인들께서 좋으시다면 무엇이든 다 하겠다
며 그의 제안에 동의했다.

리자는 자기 방으로 들어가서 자기가 쓰던 오래된 카드를 들
고 나왔다. 그녀는 그 카드로 안나 표도로브나의 치통이 곧 나
을 것인지 아닌지, 시내에 간 외삼촌이 오늘 돌아올 것인지 아
닌지, 그리고 이웃집 여자가 올 것인지 아닌지 하는 점들을 쳤
던 것이다. 두 달 이상이나 쓴 카드인데도 안나 표도로브나가
사용하는 카드보다 깨끗했다.

"돈을 조금만 건다면, 카드를 하지 않을지도 모르겠군요?" 외
삼촌이 말했다. "안나 표도로브나하고는 반 코페이카를 걸고 합
니다만…… 어쩌면 우리가 그녀에게 다 잃을 겁니다."

"아, 그럼 좋으실 대로 하시지요, 전 아무래도 좋습니다." 백
작이 대답했다.

"그럼, 지폐 1코페이카를 걸고 하시지요! 귀하신 손님들을 위
해서 하는 것이니, 손님들이 늙은 저에게서 돈을 따도록 하세
요." 안나 표도로브나는 자기 안락의자에 넓게 자리를 잡고 짧
은 부인용 망토를 펼치며 말했다.

'어쩌면 이들에게서 1루블을 딸지도 모른다.' 나이가 들면서

카드게임에 푹 빠진 안나 표도로브나가 생각했다.

"원하시면 타벨리카(카드게임의 일종—옮긴이)를 가르쳐드리지요." 백작이 말했다. "그리고 미제르(카드게임의 일종—옮긴이)도 가르쳐드리겠습니다. 이건 참 재미있는 게임입니다." 모두들 페테르부르크에서 유행하는 새로운 게임을 선호했다. 리자의 외삼촌은 그것을 잘 알고 있다면서 일종의 보스톤과 같은 게임인데 지금은 다 잊어버렸다고 말했다. 안나 표도로브나는 미제르를 전혀 몰랐다. 게임을 한참 하면서도 오랫동안 이해가 되지 않았던 그녀는 미소를 지으며 고개를 끄덕이고는 곧 알게 될 거라고 말했다. 안나 표도로브나는 에이스와 킹을 들고 미제르를 불렀으나 6점밖에 되지 않아 모두가 웃음을 터뜨렸다. 당황한 그녀는 수줍은 미소를 지으며 아직 새로운 게임에 익숙하지 않다고 서둘러 말했다. 그런데 그녀는 서서히 돈을 잃고 있었고, 게다가 그 액수도 점점 불어났다. 이것은 백작이 큰 도박을 할 때처럼 침착하게 게임을 하면서 분위기를 자기 위주로 잘 이끌었기 때문이었다. 그리고 그는 휘스트를 하면서 자신의 발로 테이블 밑을 차거나 해서 다른 사람들을 불편하게 만든다는 것을 인식하지 못하고 있었다.

리자는 다시 파스틸라(과즙, 꿀, 설탕 등으로 만든 과자—옮긴이)와 세 종류의 잼, 그리고 특별히 물기가 마르지 않도록 보관했던 달콤한 사과를 가져왔다. 그녀는 어머니 등 뒤에 서서 게임하는 것을 들여다보거나, 노련하고 자신만만하게 카드를 집어던지며 점수를 모으고 있는 백작의 장미빛이 감도는 손톱을 쳐다보고 있었다.

약간 흥분한 안나 표도로브나는 다른 사람들의 카드를 죽이고 7점까지 점수를 올렸으나, 아쉽게도 3점이 모자랐다. 그리고 오빠가 그녀의 카드를 뽑아 가서 그녀의 패가 꼬이게 되자 안나 표도로브나는 망연자실하며 안절부절못했다.

"괜찮아요, 어머니, 다음에 따시면 되잖아요!" 리자는 미소를 지으며 속상해하는 어머니를 달래며 말했다.

"외삼촌을 한번 혼내주세요. 그러면 쩔쩔매실 거예요."

"날 좀 도와주면 좋겠다, 리잔카!" 안나 표도로브나는 당황해하며 딸을 처다보고 말했다. "이걸 어떡해야 할지 난 모르겠다 ……."

"하지만 저도 그건 어떻게 해야 하는지 모르는데요." 리자는 속으로 어머니가 낼 돈을 생각하면서 대답했다. "그렇게 하시면 돈을 많이 잃어요, 어머니! 나중에는 피모츠카에게 옷을 사줄 돈도 다 잃게 될 거예요." 그녀는 웃으면서 말했다.

"네, 그렇게 하시다가는 은화 10루블을 금방 잃게 될 겁니다." 리자에게 말을 건네고 싶어 하는 소위가 그녀를 처다보며 말했다.

"우리 지폐(당시 동일한 루블이라도 지폐와 은화는 상당한 가치의 차이가 있었음—옮긴이)로 계산하는 거 아니에요?" 사람들을 처다보면서 안나 표도로브나가 말했다.

"저는 어떻게 하는 건지 잘 모르겠는데요. 지폐로는 계산할 줄 몰라서요." 백작이 대답했다. "지폐로는 얼마가 됩니까?"

"요즘 지폐로 계산하는 사람은 아무도 없어." 부싯돌을 만지작거리며 돈을 따서 신이 난 리자의 외삼촌이 맞장구를 쳤다.

여지주는 샴페인 두 잔을 들이켜고 얼굴이 빨개진 상태로 아무한테나 손을 내젓고 있었다. 심지어 흰 머리 한 줌이 모자 밑으로 삐져나왔는데도 이를 고치려 하지 않았다. 그녀는 자신이 100만 루블 정도를 잃고, 가산이 완전히 거덜 났다고 생각하는 것 같았다. 소위는 발로 자꾸만 백작을 툭툭 찼다. 백작은 여지주가 내야 할 돈을 적었다. 마침내 게임이 끝났다. 안나 표도로브나는 거짓말을 하며 자기의 점수를 늘리거나, 계산이 잘못됐다며 투덜거리면서 자신이 많은 돈을 잃은 것에 대해 두려워했다. 계산한 결과 그녀는 920점을 잃었다. "지폐로 환산하면 9루블이죠?" 안나 표도로브나는 여러 차례 되물었다. 그러나 놀랍게도 지폐로 22루블 50코페이카라는 것과 이 돈은 꼭 갚아야 된다는 것을 오빠가 설명할 때까지 그녀는 자기가 잃은 액수가 이렇게 큰 줄 모르고 있었다. 게임이 끝나자 백작은 자신이 딴 돈은 계산하지 않고 자리에서 일어나, 리자가 안주를 차리며 저녁 반찬으로 단지에서 버섯을 꺼내 접시에 가지런히 놓고 있는 창가 근처로 갔다. 그리고 소위가 저녁 내내 하고 싶어도 하지 못하던 일을 백작은 아주 차분하고 간단하게 해치우고 있었다. 그는 날씨에 대해서 그녀와 이야기를 하기 시작했다.

소위는 기분이 몹시 상했다. 그리고 안나 표도로브나도 자기를 특별하게 두둔해주던 리자가 백작과 단둘이서 창가에서 이야기를 나누고 있는 것을 보고 언짢아했다.

"저희가 게임에서 당신을 이런 식으로 이겨 상당히 죄송합니다." 폴로조프가 말문을 열었다. "이건 아주 파렴치한 짓입니다."

"게다가 백작이 우리에게 무슨 타벨리카인가 미제르인지 하는 것을 가르쳐주고 말이에요! 전 그런 것을 할 줄 몰라요. 지폐로 환산하면 어떻게 되죠. 모두 얼마죠?" 그녀가 물었다.

"32루블인가, 아니 32루블 50코페이카야." 돈을 따서 기분이 좋은 퇴역 경기병이 대답했다. "자, 어서 돈을 내놓으시지, 동생…… 돈을 내놔."

"다 드릴게요. 더 이상 저를 갖고 노시면 절대 안 돼요. 한평생이 걸려도 나는 이만한 돈을 못 딸 것 같아."

안나 표도로브나는 뒤뚱거리며 자기 방으로 들어가서 지폐 9루블을 가지고 돌아왔다. 늙은이의 집요한 요구 때문에 그녀는 그에게 돈을 건네주었다.

이런 상황에서 안나 표도로브나에게 말을 걸면 욕이나 먹지 않을까 하며 폴로조프는 노심초사하고 있었다. 그는 말없이 가만히 그녀 곁을 떠나 열려 있는 창가에서 이야기를 주고받고 있는 백작과 리자에게 다가갔다.

방 안의 저녁 식탁에는 지방으로 만든 양초 두 자루가 놓여 있었다. 촛불은 이따금 5월의 신선하고 훈훈한 밤바람에 흔들리고 있었다. 환하게 빛나는 정원 쪽으로 열려 있는 창문은 방 안의 분위기와는 사뭇 달랐다. 둥근 보름달이 서서히 황금빛 색조를 잃어가면서 높다란 피나무 꼭대기 위에 떠올랐다. 둥근달은 이따금씩 흘러가며 자신을 가리는 희끄무레한 엷은 구름을 더욱 밝게 비추고 있었다. 달빛에 반영된 연못의 수면이 오솔길 사이로 은빛을 발하고 있었고, 개구리 울음소리가 들려오고 있었다. 창문 바로 밑에 서 있는 라일락 나무의 습기 찬 꽃망울들이 향기를 발하며 살랑거리고 있었고, 새들이 푸드득거리며 날갯짓을 하고 있었다.

"참 좋은 날씨군요!" 백작은 리자 곁으로 다가가 나지막한 창턱에 걸터앉으면서 말했다. "제 생각에 당신은 산책을 많이 하시는 것 같아요."

"네." 어째서인지 리자는 백작과 이야기를 할 때 조금도 당황하지 않았다. "아침 7시경이면 집안일을 하기 위해 이리저리 왔다 갔다 하고, 피모츠카와 산책도 합니다. 그 앤 어머니의 양녀예요."

"시골에 사는 것이 참 좋아요!" 백작은 안경을 끼고 정원과 리자를 번갈아 바라보며 말했다. "한밤중에 달빛이 비칠 때 저와 산책을 하시지 않겠습니까?"

"싫어요. 3년 전 달이 뜨는 밤이면 언제나 외삼촌과 함께 산책을 했었어요. 그리고 외삼촌은 불면증이라는 이상한 병에 걸렸어요. 보름달이 뜨면 외삼촌은 잠을 이루지 못해요. 여긴 외삼촌 방인데, 정원 쪽으로 향해 있는 창문이 나지막해서 달빛이 곧장 들어와요."

"뜻밖인데요." 백작이 말했다. "전 이게 당신의 방인 줄 알았어요."

"아니에요, 오늘 밤만 여기서 잘 거예요. 제 방은 당신들이 묵고 있는 방이에요."

"정말입니까? ……아, 이럴 수가! ……폐를 끼쳐 대단히 죄송합니다." 백작은 진심으로 미안하다는 표시로 안경을 벗으면서 말했다. "당신께 폐를 끼치게 된다는 것을 미리 알았더라면……."

"폐는 무슨 폐예요! 도리어 전 무척 기뻐요. 외삼촌 방은 멋지고 근사하고, 창문도 나지막해서 참 좋아요. 잠들기 전까지 여기 앉아 있든지, 아니면 정원에서 산책을 할까 해요."

'참 멋있는 아가씨다!' 백작은 다시 안경을 끼고 그녀를 바라보며 그녀의 귀여운 발을 건드릴 양으로 창턱에 걸터앉아 생각에 잠겼다. '그녀는 만일 내가 원한다면 창가 옆 정원에서 자신이 만나줄 거라는 걸 간접적으로 내게 말한 것이다.' 리자는 백작의 매력적인 눈동자에 푹 빠져 있었다. 그래서 그는 그녀를 쉽게 정복할 수 있을 것이라고 생각했다.

"틀림없이 참 좋을 겁니다." 생각에 잠긴 그는 어두컴컴한 오솔길을 바라보며 말했다. "사랑하는 사람과 정원에서 이런 밤을 보낸다는 것 말입니다."

백작은 이 말과 동시에 발로 그녀의 발을 되풀이해 건드렸고, 이로 인해 리자는 상당히 당황했다. 그녀는 당황한 모습을 보이지 않기 위해 다른 말을 해야겠다고 생각하고 말문을 열었다. "그래요, 달빛이 비치는 밤중에 산책을 하는 것은 참 좋아요." 그러나 어쩐지 그녀는 뭔가 불편했다. 소위가 창가로 다가오자, 그녀는 버섯을 꺼낸 단지를 들고 창가를 떠나려 했으나, 그가 어떤 사람인지 알고 싶어졌다.

"참 아름다운 밤입니다!" 소위가 말했다.

'왜 이 사람들은 날씨에 대해서만 이야기할까'라고 리자는 생각했다.

"참 환상적이네요!" 소위가 말했다. "그런데 제 생각엔 이제 당신은 싫증이 났을 것 같아요." 자기 마음에 드는 사람에게 좀 달갑지 않은 말을 하는 특이한 버릇을 가진 소위가 덧붙여 말했다.

"어째서 그런 생각을 하세요? 똑같은 음식이나 똑같은 옷이라면 싫증이 나겠지만, 산책하는 것을 좋아하는 사람이라면 특히 지금처럼 달이 휘영청 떠 있을 때의 멋진 정원은 전혀 싫증이 나지 않아요. 외삼촌 방에서는 연못이 다 보여요. 그래서 저는 오늘 밤 그것을 볼 거예요."

"그런데 이곳에는 꾀꼬리가 없는 것 같군요?" 백작은 그녀와 사귀려는 것을 방해하려는 폴로조프의 의도를 간파하고 다소 불만스러워하며 그녀에게 물었다.

"아니에요, 전에는 늘 있었어요. 작년에는 사냥꾼들이 한 마리를 잡았고, 지난주에는 멋진 울음소리가 들렸는데, 갑자기 경찰서장이 방울을 울리며 마차를 타고 오는 바람에 놀라서 날아갔어요. 그리고 3년 전에는 외삼촌과 같이 숲 속 오솔길을 걷다가 앉아서 두 시간쯤 꾀꼬리 울음소리를 들었어요."

"이 수다쟁이가 당신들에게 뭐라고 지껄이고 있습니까?" 리자의 외삼촌이 이야기를 하고 있는 그들에게 다가오면서 말했다. "이제 저녁식사를 하시지요."

백작은 저녁식사를 하면서 음식 솜씨를 칭찬하고 맛있게 먹어주어 여지주의 언짢은 기분을 어느 정도 풀어주었다. 식사를 끝내고 장교들은 작별인사를 하고 자신들의 방으로 돌아갔다. 백작은 외삼촌과 악수를 하고, 놀랍게도 안나 표도로브나에게는 키스를 하지 않고 그냥 손만 잡았다. 그리고 리자의 손을 잡고 그녀의 두 눈을 똑바로 쳐다보며 상큼한 미소를 지었다. 그의 시선은 리자를 다시금 당황하게 만들었다.

'참 좋은 사람이다.' 그녀는 생각했다. '그런데 지나칠 정도로 자신밖에 모르는 사람이다.'

14

"그래, 자넨 어떻게 부끄럽지도 않은가?" 장교들이 방으로 들어선 후, 폴로조프가 말했다. "난 일부러 져주려고 테이블 밑으로 자네 발을 툭툭 쳤잖아. 그래, 자넨 어찌 그리 염치도 없나? 노파가 아주 넋을 잃었잖아."

백작은 껄껄거리며 웃어댔다.

"아주 우스운 노파야! 약이 바짝 오른 것 같아!"

그러고 나서 그는 다시 껄껄대며 웃기 시작했다. 그의 웃음소리는 너무나도 호탕해서 앞에 서 있던 이오간마저 눈을 내리깔고 한쪽으로 고개를 돌리고는 피식 웃을 정도였다.

"그녀의 가족들과 그녀의 친구 아들! ……하, 하, 하!" 백작이 계속해서 웃었다.

"그러지 마, 그렇게 웃는 것은 정말 좋지 않아. 난 여지주가 너무나 불쌍해." 소위가 말했다.

"어리석게 굴지 마! 자넨 아직 젊어! 어째서 자네는 내가 지기를 바라고 있었나? 그리고 내가 왜 져야 해? 서툴렀을 때는 나도 잃었어. 이봐, 10루블 정도 잃은 것은 적당하잖아. 실용적으로 인생을 살아야 해. 그렇잖으면 항상 바보 취급을 당한단 말이야."

폴로조프는 입을 다물었다. 그리고 그는 혼자서 몹시 순결하고 아름다운 리자를 생각하고 싶었다. 그는 옷을 갈아입고 자신을 위해 마련된 부드럽고 깨끗한 침대에 누웠다.

'명예니 영광이니 하는 것이 얼마나 하잘것없는 것인가!' 숄이 드리워져 있는 창문을 바라보며 그는 생각했다. 하얀 달빛이 창문을 통해 안으로 들어왔다. '조용한 곳에서 귀엽고 지혜롭고 순박한 아내와 같이 사는 것이 행복이다! 이것이 바로 흔들리지 않는 진정한 행복이다!'

그런데 그는 웬일인지 이런 꿈을 자기 친구에게 말하지 않았고, 심지어 백작이 그녀를 마음에 두고 있다는 것을 알고 있었음에도 그 시골 처녀에 대한 이야기를 한마디도 입 밖에 내지 않았다.

"왜 옷을 갈아입지 않나?" 그는 방 안을 왔다 갔다 하고 있는 백작에게 물었다.

"웬일인지 잠이 안 와, 촛불을 끄고 싶으면 꺼, 나도 곧 잘 거야." 그는 계속해서 왔다 갔다 하고 있었다.

"나도 잠이 안 오네." 폴로조프는 그 어느 때보다도 백작에 대한 불만과 적대감을 느끼면서 대답했다. '나는 다 짐작하고 있어.' 그는 천천히 투르빈을 바라보며 생각했다. '반질반질하게 빗질한 자네의 머릿속에 지금 무슨 생각이 들어 있는지. 자네가 그녀를 좋아하고 있다는 것을 나는 알고 있단 말이야. 그러나 자네는 그처럼 순수하고 순결한 사람을 진정으로 이해할 수 없어. 자네에겐 미나가 필요하고 대령의 견장 같은 것이 필요할 뿐이야. 그녀가 마음에 들었는지 한번 물어볼까?'

폴로조프는 백작 쪽으로 돌아누우려다가 다시 생각을 고쳐먹었다. 만일 리자에 대한 백작의 생각이 그렇다손 치더라도, 자신은 그와 다툴 만한 처지도 아니고 그의 생각에 동의할 처지도 못 됐다. 시간이 흐를수록 그는 백작의 올바르지 않은 행동에 대해 괴로움을 느끼면서도 그의 그런 행동에 자신도 점점 길들여지고 있었다.

"어딜 가나?" 백작이 모자를 쓰고 문 쪽으로 다가가자, 그가 물었다.

"모든 게 제대로 되어 있는지 확인하러 마구간에 좀 가봐야겠어."

'수상한데!' 자신의 머릿속으로 살금살금 기어 들어오는 친구에 대한 불합리한 질투심과 적대감을 쫓으려 애쓰면서, 그는 촛불을 끄고 다른 쪽으로 돌아누웠다.

안나 표도로브나는 평소처럼 성호를 긋고 오빠와 딸, 그리고 양녀에게 키스를 하고 자기 방으로 들어갔다. 여지주는 그녀의 삶에서 하룻밤 만에 이처럼 강렬한 인상을 받아본 적이 없었기 때문에 차분한 마음으로 기도를 드릴 수가 없었다. 고인이 된 백작에 대한 생각과 그토록 모질게 그녀의 돈을 딴 젊은이에 대한 쌉쌀한 기억이 생생하게 머릿속을 맴돌고 있었다. 하지만 그녀는 여느 때처럼 옷을 갈아입고 침대 옆 작은 탁자에 놓여 있는 크바스(다양한 곡물과 엿기름으로 만든 청량음료—옮긴이)를 한 잔 들이켜고 잠자리에 들었다. 그녀가 좋아하는 고양이가 방 안으로 살금살금 기어 들어왔다. 안나 표도로브나는 소리 나는 쪽으로 몸을 돌려 고양이를 쓰다듬으며 잠을 청했으나 도통 잠이 오질 않았다. '요놈의 고양이가 잠을 방해하네.' 그녀는 그렇게 생각을 하고 고양이를 쫓아버렸다. 고양이는 바닥으로 사뿐히 뛰어내려 그 보풀거리는 꼬리를 흔들면서 페치카 위에 놓여 있는 침대로 훌쩍 뛰어 올라갔다. 그런데 거기에는 방바닥에서 자던 하녀가 촛불을 끄고 램프에 불을 댕긴 후 얇은 펠트를 깔고 누워 있었다. 이윽고 하녀도 코를 골며 자기 시작했다. 그러나 안나 표도로브나는 여러 가지 생각 때문에 여전히 잠을 이루지 못했다. 눈을 감자 경기병의 얼굴이 떠올랐고, 눈을 뜨자 희미한 램프에 비친 천장과 탁자, 그리고 걸려 있는 하얀 옷가지에 그 경기병의 모습이 이상야릇한 형상을 하고 나타나는 것 같았다. 깃털 이불이 너무 덥다고 느껴졌고, 탁자 위에 놓인 시계 소리와 하녀의 코 고는 소리도 참을 수 없을 정도로 거슬렸다. 그녀는 하녀를 깨워 코를 골지 말라고 일렀다. 그리고 다시 자신의 딸, 고인이 된 백작, 젊은 백작, 그리고 카드에 대한 생각들이 이상야릇하게 그녀의 머릿속에서 뒤엉키고 있었다. 자신과 고인이 된 백작이 왈츠를 추는 장면, 통통한 하얀 어깨에 누군가 입을 맞추는 모습, 그리고 자신의 딸이 젊은 백작의 가슴에 안겨 있는 모습이 머릿속에 떠올랐다. 우스츄슈카는 다시 코를 골기 시작했다…….

'요새 사람들은 옛날과 너무 많이 달라. 그분은 나를 위해서라면 불구덩이 속에라도 뛰어들 용기가 있었는데. 또 그럴 만한 가치도 있었고. 그런데 이 청년은 돈을 땄다는 것에 기뻐하며 바보처럼 잠만 자고 있다니. 여자에게 치근거리지도 않아. 그분은 종종 무릎을 꿇고 이렇게 말하곤 했지. 당신이 원하는 건 무엇이나 다 하겠습니다. 지금 당장 죽을 수 있습니다. 무엇을 원하십니까? 그리고 만일 내가 그렇게 하라고 말했다면 정말 죽었을 거야.'

갑자기 누군가의 맨발 소리가 복도에서 들리더니, 숄을 어깨에 걸친 리자가 조심스레 몸을 떨면서 방 안으로 들어와 침대 위에 있는 어머니를 끌어안았다…….

어머니와 작별 키스를 하고 리자는 외삼촌이 쓰던 방으로 갔다. 흰 블라우스를 입고 숱이 많은 긴 머리채를 숄로 감싼 후 촛불을 끄고 창문을 올린 다음, 의자에 앉아 두 다리를 포갰다. 그리고 깊은 생각에 잠긴 채 은빛으로 빛나는 연못을 우울한 눈길로 바라보았다.

그러자 그녀의 일상적인 모든 습관과 관심거리가 갑자기 완전히 새로운 형태를 띠고 그녀 앞에 나타났다. 그 사랑을 잘 이해하지는 못하겠지만 그녀 마음의 일부분이 되어버린 변덕스런 노모, 노쇠하지만 친절한 외삼촌, 하인, 자기를 떠받들고 있는 농부, 젖소, 송아지, 몇 번이고 죽었다가 다시 살아나는 자연, 사랑을 하고 사랑을 받으며 성장했던 그녀의 안식처인 자연, 그리고 그녀에게 편안하고 상쾌하고 정신적인 휴식을 제공해주었던 자연. 이 모든 것이 일순간에 새롭게 변한 것 같았다. 이런 일상적인 것들이 이제는 지루하고 아무 쓸모도 없는 것처럼 생각되었다. 그리고 마치 누군가 그녀에게 이렇게 말하는 것 같았다. '이 바보야, 바보야! 20년 동안 넌 쓸데없는 짓만 해왔어. 무엇 때문에, 그리고 누구를 위해서 봉사를 한 거니? 너는 행복이 무엇인지도 모르니?' 그녀는 환하게 비치는 적막한 정원의 깊숙한 곳을 쳐다보면서 이런 생각에 잠겨 있었다. 이전에 생각했던 것보다 더 강렬한, 아니 훨씬 더 강렬한 생각이었다. 대체 무엇이 그녀로 하여금 이런 생각을 하게 만든 것일까? 누구나 예상했던 백작에 대한 사랑 때문일까? 그런데 그와 반대로 그는 그녀의 마음에 전혀 들지 않았다. 그녀는 차라리 소위에게 마음이 끌렸으나, 그는 어리석어 보였고, 가련해 보였고, 어쩐지 말주변도 없어 보였다. 그녀는 본의 아니게 그에 대해 아무런 생각도 하지 않았고, 대신 그녀가 분노와 적의를 품고 있는 백작의 형상이 머릿속에 떠올랐다. '아니야, 이건 아니다.' 그녀는 혼잣말을 했다. 그녀의 이상은 상당히 매력적인 것이었다. 그것은 한밤중의 자연 속에서 아름다움을 유지하면서 사랑받는 것이었고, 비록 어떤 조잡한 현실과 타협하더라도 절대 일그러지지 않는 그런 이상이었다.

처음에는 그녀의 관심을 끌 만한 사람이 없어서 고독하게 지냈으나, 하나님의 섭리로 모든 사람의 마음속에 담긴 사랑의 힘이 아직도 그녀의 가슴속에 온전히 남아 있었다. 그녀는 오랫동안 자신의 내면세계에 존재하는 사랑의 힘을 느끼고 있었고, 이따금 사랑이 담겨 있는 비밀스런 마음의 문을 열어 그 모든 것을 아낌없이 누군가에게 쏟아부을 생각을 하고 슬픈 행복을 느끼며 살아가고 있었다. 하나님, 그녀가 관 속으로 들어갈 때까지 그 보잘것없는 행복이나마 향유하도록 해주옵소서! 그런 행복보다 더 좋고 더 벅찬 행복이 세상에는 존재하고 있지 않다는 것과 그런 행복만이 어쩌면 유일하게 참된 것이라는 것을 그 누가 알겠습니까?

'오, 하나님!' 그녀는 생각했다. '정말로 제가 행복과 젊음을 헛되게 잃어버린 것일까요? 그리고 앞으로는 그것들을 다시 찾을 수 없을까요? ……불가능할까요? ……정말 그렇게 되는 겁니까?' 그리고 그녀는 환하게 비치는 보름달 주변의 밝고 드높은 하늘을 쳐다보았다. 하늘은 작은 별들과 달 쪽으로 이동하는 희끄무레한 물결 같은 먹구름으로 덮여 있었다. '만일 저 구름이 이동해 달을 덮는다면, 그건 내 생각이 사실이란 걸 의미하는 거야.' 그녀는 생각했다. 연기처럼 뿌얀 잿빛 구름이 밝은 보름달의 반쪽을 스치며 지나갔다. 그러자 풀과 피나무 꼭대기, 그리고 연못이 약간 어둑해졌고, 시꺼먼 나무의 그림자도 점점더 잘 안 보이게 되었다. 그리고 가벼운 산들바람이 마치 자연을 감싸고 있는 검은 그림자에 맞장구를 치듯이, 나뭇잎을 스치면서 이슬에 젖은 나무 잎사귀 냄새와 습한 대지의 냄새와 흐드러지게 피어난 라일락의 향기를 창문까지 전달해주었다.

'아니야. 이건 거짓말이야.' 그녀는 스스로를 위로했다. '만일 오늘 밤에 꾀꼬리가 운다면 내 생각은 모두가 쓸데없는 것이고, 체념할 것도 전혀 없는 거야.' 그녀는 생각했다. 그리고 보름달이 다시 만물을 환히 비추고 그들에게 생기를 불어넣었다가, 다시 먹구름이 보름달 위를 몇 차례 통과하면서 만물이 어둠 속에 잠겨버렸음에도 불구하고, 그녀는 누군가를 기다리며 오랫동안 말없이 앉아 있었다. 창가에 앉은 채 잠들어 있던 그녀는 연못의 수면 위로 나지막이 울려 퍼지는 꾀꼬리의 울음소리에 눈을 떴다. 시골 아가씨가 잠에서 깨어났다. 또다시 새로운 기쁨으로 충만한 그녀의 마음은 앞에서 평안하고 밝게 펼쳐지는 자연과의 그 은밀한 결합으로 다시 생기를 찾았다. 그녀는 두 손으로 턱을 괴었다. 피로하면서도 달콤하고 서글픈 감정이 그녀의 가슴을 짓눌렀다. 그리고 만족스러워하며 청순하기 그지없는 사랑의 눈물이, 순수한 위로의 눈물이 그녀의 두 눈에 가득 고였다. 그녀는 창턱에 두 손을 내려놓고 그 위에 머리를 얹었다. 그녀가 좋아하는 기도문이 자연스레 마음속에 떠올랐다. 그녀의 눈물 젖은 두 눈이 사르르 감겼다.

누군가의 손길이 그녀를 흔들어 깨웠다. 그녀는 잠에서 깨어났다. 그런데 그 손길은 부드럽고 기분 좋은 것이었다. 그 손은 그녀의 손을 힘껏 쥐었다. 잠에서 깨어난 그녀는 이것이 현실이라는 것을 깨닫고 외마디 비명을 지르며 벌떡 일어났다. 그리고 달빛에 젖은 채 창문 밑에 서 있는 사람이 백작이라는 것을 알아차리지 못한 채 그녀는 방에서 뛰쳐나갔다…….

15

그건 다름 아닌 백작이었다. 그는 처녀의 고함 소리와 울타리 너머에서 그녀의 고함 소리를 듣고 달려오는 파수꾼의 소리를 듣고, 도둑질하다 들킨 도둑놈처럼 이슬에 촉촉이 젖은 풀밭을 밟으며 정원 깊숙한 곳으로 줄행랑을 쳤다. '아아, 나는 바보다!' 자기도 모르게 그는 이런 말을 되뇌었다. '그녀를 놀라게 하다니. 좀 더 조용히 그녀를 깨웠어야 했는데. 아, 너무 서툴렀어!' 그는 걸음을 멈추고 귀를 기울였다. 파수꾼은 모래밭 위로 막대기를 질질 끌며 쪽문을 열고 정원 밖으로 향했다. 백작은 몸을 급히 숨겨야만 했다. 그는 연못으로 내려갔다. 그의 발밑에서 개구리가 갑자기 연못으로 뛰어드는 바람에 그는 깜짝 놀라며 전율했다. 그는 연못가에 물에 젖은 발로 쪼그리고 앉아서 자기가 저지른 행동과 생각을 되뇌어보았다. 그가 담을 뛰어넘어 그녀의 창가로 다가가 그녀의 희뿌연 그림자를 보았던 것, 귀를 쫑긋 세우고 바스락거리는 소리가 나면 그녀의 창가에서 몇 번이고 물러섰던 것, 자기가 미적거리기 때문에 그녀가 필히 짜증을 내며 기다리고 있을 것이라고 생각했던 것, 그녀가 자기와 밀회를 할 마음을 먹는다는 것은 거의 불가능하다고 생각했던 것, 그녀가 수줍음 때문에 자는 체하고 있을 것이라고 생각하고 마음을 단단히 먹고 창가로 다가가서 그녀를 바라보다가 무슨 까닭인지 갑자기 도망쳤던 것, 그리고 자신의 소심한 마음을 심히 부끄러워하고 다시 용감하게 그녀 곁으로 다가가 그녀의 손을 건드렸던 것 등을 되뇌어보았다. 파수꾼은 소리를 내면서 다시 쪽문을 열고 정원 안으로 들어왔다. 그녀 방의 창문이 쾅 하고 닫히고 커튼이 내려졌다. 이를 본 백작은 화가 치밀었다. 처음부터 모든 것을 다시 시작할 수만 있다면, 그는 어떤 희생도 치를 각오가 되어 있었다. 이제 다시는 그런 바보 같은 짓을 하지 않을 것이다……. '그녀는 멋진 아가씨다! 얼마나 참신한가! 참 매력적이다! 그런데 이렇게 좋은 기회를 놓쳐버리다니. 한심한 놈!' 그리고 잠이 달아난 그는 성난 사람처럼 결연한 걸음으로 피나무가 우거진 숲길을 따라 무작정 걸었다.

얼마 후 밤은 사람의 마음을 진정시키고 사랑의 욕구를 가라앉히는 차분함을 그에게 선사했다. 울창한 피나무 잎사귀 사이로 새어 들어오는 희뿌연 달빛이 여기저기 돋아 있는 풀과 마른 나뭇가지가 널려 있는 진흙길을 비추었다. 휘어진 나뭇가지가 달빛을 받아 마치 이끼가 낀 것처럼 보였고, 은빛으로 빛나는 나뭇잎이 이따금씩 소곤거렸다. 집 안은 불이 다 꺼져 있었고, 아무 소리도 들리지 않았다. 꾀꼬리의 울음소리가 달빛이 밝게 비추는 적막한 공간에 울려 퍼졌다. '아, 멋진 밤이다! 참 훌륭한 밤이다!' 백작은 상쾌한 정원의 냄새를 가슴 깊이 들이마시며 생각했다. '그런데 무엇인가 아쉽다. 내 자신에게, 그리고 다른 사람들에게 불만스럽다. 그리고 내 삶 자체도 불만스럽다. 그러나 그녀는 참 멋있고 사랑스럽다. 어쩌면 그녀는 슬픔에 잠겨 있을지도 모른다⋯⋯.' 이 부분에서 그는 공상의 나래를 펴기 시작했다. 아주 기묘한 상황에서 바로 이 시골 아가씨와 함께 정원을 걷고 있는 자신을 상상하고 있었다. 그리고 아가씨는 그가 사랑하는 미나로 바뀌었다. '정말 난 바보다. 그녀의 허리를 휘어잡고 키스를 했어야 했는데.' 후회를 하며 백작은 방으로 돌아왔다.

소위는 아직도 잠을 자지 않고 있었다. 침대에 누워 있는 그는 백작 쪽으로 얼굴을 돌렸다.

"자네 아직도 안 자나?" 백작이 물었다.

"응."

"무슨 일이 있었는지 이야기해줄까?"

"뭐라고?"

"아니야, 얘기하지 않는 편이 나을 것 같아⋯⋯ 얘기할까? 다리 좀 치워."

백작은 자신의 실패한 계략에 대해 더 이상 생각하지 않고, 생기 있게 미소를 지으며 친구의 침대 위에 앉았다.

"자네는 모르겠지만, 그 아가씨가 나에게 rendez-vous(밀회)를 신청했어."

"뭐라고?" 폴로조프가 침대에서 벌떡 일어나면서 소리쳤다.

"자, 들어봐."

"그래, 어떻게? 언제? 그럴 리가 없어!"

"저녁을 먹기 전에 우리가 프레페란스를 하고 있을 때 그녀가 내게 말했어. 밤중에 창가에 앉아 있을 테니 창문을 통해 자기 방으로 들어오라고. 실용적인 사람이란 바로 이런 거야! 자네가 여지주와 계산을 하고 있는 동안 나는 그 일을 한 거야. 그 이야기는 자네도 듣지 않았나, 오늘 밤 창가에 앉아 연못을 바라보고 있겠다고 하던 말. 자네가 있는 앞에서 말하지 않았던가?"

"그래, 그 말은 했지."

"그래, 그랬지. 그런데 그녀가 무슨 생각으로 그랬는지 나도 잘 모르겠어. 그녀가 그렇게 말했지만 선뜻 마음은 내키진 않았던 모양이야. 그런데 아주 어리석은 일이 일어났어. 이상하게도 내가 아주 바보 같은 짓을 했어!" 그는 자신에게 경멸적인 미소를 지으며 말했다.

"그래, 대체 무슨 짓을 했는데? 자네는 어디에 있었어?"

몇 번 머뭇거리다가 백작은 있었던 일을 소위에게 모두 이야기했다.

"내가 일을 그르치고 말았어. 더 용감했어야 했는데. 아가씨가 그만 소리를 지르면서 창가에서 도망쳐버렸어."

"그러니까 소리를 지르며 도망을 쳤단 말이지." 소위는 자신에게 강렬한 인상을 주고 있는 백작의 미소에 대한 답변으로 다소 어색한 미소를 던지면서 말했다.

"자, 이제 그만 자자." 소위는 문 쪽으로 등을 돌리고 말없이 십 분 동안 누워 있었다. 그의 마음속에 무슨 생각이 일어났는지 아무도 모른다. 소위가 다시 몸을 돌렸을 때, 그의 얼굴에는 근심과 결심의 빛이 서려 있었다.

"투르빈 백작!" 또박또박 끊어지는 목소리로 그가 말했다.

"왜 그래, 자네 잠꼬대하는 거야?" 백작이 나지막이 대답했다. "왜 그래, 폴로조프 소위?"

"투르빈 백작! 당신은 비열한 사람이야!" 폴로조프는 소리치고 침대에서 벌떡 일어났다.

16

다음 날 경기병 중대는 마을을 떠났다. 두 장교는 집주인도 만나지 않고, 작별인사도 하지 않고 떠났다. 그리고 두 사람은 서로 아무 말도 하지 않았다. 그들은 돌아오는 휴일에 결투를 하기로 약속했던 것이다. 그러나 참관인으로 내정된 마음씨도 착하고, 말도 잘 타고, 연대 내에서 병사들로부터 사랑을 받고 있는 경기병 대위 슐리쯔가 두 사람을 화해시켰다. 그래서 그들은 결투를 하지 않았다. 그리고 그 사연을 아는 사람은 연대 내에서 이 세 사람 외에 아무도 없었다. 투르빈과 폴로조프는 옛날처럼 절친한 사이는 아니지만, 아직도 오찬이나 파티 석상에서 서로를 '너'라고 부르며 지내고 있다.

1856년 4월 11일

강등병

— 카프카스의
추억으로부터

강등병

— 카프카스의 추억으로부터

우리 파견 부대는 전방에 주둔하고 있었다. 이미 전투도 끝났고, 숲 속의 수목도 베어냈고, 경계선을 확정하는 작업도 끝냈으므로, 지금은 요새로 복귀하라는 명령이 본부에서 내려오기만을 기다리고 있다. 메치크 계곡의 여울목이 끝나는 가파른 산등성이 비탈에 주둔하고 있는 우리 포병 중대는 전방에 펼쳐져 있는 평원을 포격할 수 있는 태세를 갖추고 있었다. 특히 저녁 무렵 마치 한 폭의 그림과도 같은 평원에는 러시아로 귀순한 카프카스 산사람(러시아군에 대항하는 카프카스 산악에 거주하는 소수 민족—옮긴이) 몇 명이 말을 타고 호기심에 가득한 채 러시아군의 진지를 먼발치에서 구경하려고 대포 사정거리 밖에 나타나곤 했다. 카프카스의 12월 해 질 무렵의 날씨는 언제나 그렇듯이 구름 한 점 없이 맑고 고요하고 상쾌했다. 왼쪽에 위치한 험준한 산봉우리 끝에 걸린 태양은 산허리에 흩어져 있는 막사들과, 이동하는 병사들의 대오와, 우리가 주둔하고 있는 곳에서 두 발짝 떨어진 토루 위에 육중하게 자리 잡고 목을 길게 늘어뜨린 대포 두 문을 붉게 물들이고 있었다. 왼쪽의 작은 언덕 위에 자리 잡고 있는 보병초소에 세워져 있는 소총과 보초, 그리고 병사의 무리가 모닥불에서 피어오르는 연기와 더불어 붉게 빛나는 저녁노을 속에서 또렷하게 드러났다. 여기저기 말발굽으로 파헤쳐진 검은 대지 위에 수많은 막사들이 하얗게 드러났다. 막사 뒤 숲 속에는 벌거벗은 플라타너스가 늘어서 있고, 그 근처에서 도끼 소리와 장작 타는 소리, 그리고 밑동이 잘린 나무가 넘어가는 소리가 쉴 새 없이 들려왔다. 여기저기 푸르스름한 연기가 담청색의 겨울 하늘을 향해 솟아오르고 있었다. 막사 근처와 여울목 언저리의 저지대에는 말에게 물을 먹이고 돌아오는 카자크 병사들, 경기병들, 그리고 포병들의 대화가 말발굽 소리와 말이 콧김을 부는 소리와 한데 어우러지며 시끌벅적하게 들렸다. 날씨가 추워지면서 모든 소음이 더욱 또렷하게 울려 퍼졌고, 맑고 투명한 대기 속에서 평야는 멀리까지 잘 보였다. 잘려 나간 옥수수의 그루터기로 인해 누렇게 보이는 들판에서 적군은 우리 병사들의 경계심을 불러일으키지 않고, 무리 지어 천천히 말을 타고 다녔다. 여기저기 수목 사이에는 높게 세워진 묘지의 비목과 산사람들의 부락이 보였다.

우리 막사는 대포에서 멀리 떨어지지 않은 전망이 좋고 위도가 높은 지점에 위치하고 있었다. 말끔히 청소되어 있는 막사 근처 포대 옆 공터에는 여러 가지 오락 시설이 설치되어 있었다. 또한 부지런한 병사들이 나뭇가지로 의자와 탁자를 만들어 그곳에 설치해놓았다. 이런 시설 때문에 우리의 동료인 포병 장교들과 몇몇 보병 장교는 저녁때마다 소위 클럽이라고 부르는 포대 옆 공터에 모였다.

상쾌한 저녁이었다. 우리는 여느 때처럼 게임을 하고 있었다. 나와 D 소위보와 O 중위가 한 팀을 이루었는데, 우리 팀이 연거푸 두 번을 졌기 때문에 이긴 팀의 장교를 등에 업고 공터 끝에서 끝까지 뛰어갔다 와야만 했다. 막사 안에 있던 다른 장교와 병사들이 이 장면을 보고 웃음을 터뜨렸다. 덩치가 크고 뚱뚱한 Sh 준대위가 입가에 미소를 짓고 발을 땅바닥에 끌며 왜소하고 말라서 헉헉거리는 O 중위의 등에 업혀 가는 모습은 우스꽝스럽기 짝이 없었다. 그러나 시간도 많이 지났고, 졸병들이 차 세 잔을 내왔기 때문에 우리는 여기서 게임을 끝내고 의자가 놓여 있는 곳으로 다가갔다. 그런데 그 근처에 굽은 다리에 작달막한 낯선 사내가 서 있었다. 그는 양피 외투를 걸치고 흰 털이 길게 늘어진 양피 모자를 쓰고 있었다. 우리가 의자 쪽으로 걸음을 옮기자, 그는 망설이듯 몇 번이나 모자를 벗었다 썼다 하면서 우리 쪽으로 다가오려는 기색을 보였다가는, 다시 머뭇거리고 있었다. 그러나 우리가 이미 눈치를 챘다는 것을 인식한 낯선 사내는 모자를 벗어 들고 Sh 준대위에게 다가갔다.

"아니, 자네 구시칸티니 아닌가! 어떻게 된 거야?" Sh 준대위는 아직도 O 중위의 등에 업혔을 때의 기분이 그대로 남아 있는지 상냥하게 미소를 지으며 말했다.

Sh 대위는 그 사내를 구시칸티니라고 불렀다. 그는 얼른 모자를 쓰고 양손을 외투 호주머니에 찔러 넣으려는 자세를 취했으나, 외투에는 호주머니가 한쪽에만 달려 있어서 그 조그맣고 귀

여운 한쪽 손을 어디에다 둘지 몰라 당황해했다. 도대체 이자가
누구인지(사관생도인지, 아니면 강등병인지?) 무척 궁금했다. 그래
서 나는 내 시선이(즉, 낯선 장교에 대한 내 시선이) 상대방을 곤혹
스럽게 만든다는 것을 깨닫지 못하고, 그의 복장과 용모를 뚫어
지게 쳐다보았다. 그는 서른 살쯤 되어 보였다. 그의 조그만 잿
빛 눈은 어딘지 모르게 게슴츠레해 보였고, 얼굴 위에 늘어진
지저분한 양피 모자의 하얀 털 사이로 불안하게 빛나고 있었다.
통통하고 균형이 잡히지 않은 그의 코는 푹 꺼진 양볼 사이에서
병적인 초조감을 드러내고 있었다. 숱이 적고 희끗하고 부드러
운 콧수염에 반쯤 덮인 그의 입술은 마치 이런저런 표정을 지으
려는 듯이 쉴 새 없이 움직였다. 그러나 그 표정은 도무지 이해
할 수 없는 것이었다. 그래서인지 그의 얼굴에는 무엇엔가 놀란
것 같고 안절부절못하고 서두르는 표정이 역력했다. 힘줄이 드
러난 여윈 목은 양피 외투에 가려진 채 파란색 털목도리로 감싸
여 있었다. 말이 양피 외투지, 깃과 한쪽 호주머니에 개가죽을
붙인 낡아빠진 반코트였다. 그는 줄무늬가 있는 회색 천으로 만
든 바지를 입고 목이 짧은 군화를 신고 있었다.

"아니, 괜찮습니다." 겁먹은 눈으로 나를 쳐다보며 다시 모자
를 벗으려는 그를 보고 나는 말했다.

그는 감사의 표정을 짓고 내게 머리를 숙였다. 그러고는 모자
를 고쳐 쓰고 호주머니에서 지저분한 담배쌈지를 꺼내 종이에
다 담배를 말기 시작했다.

얼마 전까지만 해도 사관생도였던 나는 젊은 장교들이 함부로

부러먹기 곤란할 정도로 나이가 많았고 재산도 없는 가난한 처지였다. 따라서 나는 나이를 먹고 자존심이 강한 자들에게 주어지는 정신적 고통을 충분히 이해하고 있었다. 그래서 나는 그런 위치에 있는 모든 사람을 항상 동정했고, 그들이 받는 정신적 고통의 정도를 판별하려는 마음에서 그들의 성격, 지능, 성향 등을 알아보려고 노력했다. 그런데 이 사관생도 혹은 강등병의 불안한 눈초리와 쉴 새 없이 변화하는 얼굴 표정으로 미루어볼 때, 그는 우둔하기는커녕 자존심이 상당히 강하고 무척이나 단단한 사람 같았다.

Sh 준대위는 나무토막 쓰러뜨리기 게임을 한 번 더 하자고 제의했다. 그러나 이번에는 등에 업고 뛰는 것 외에, 혹독하게 추웠던 금년 겨울에 우리 파견 부대에서 유행하던 글린트베인(적포도주에 럼주와 설탕과 향신료 등을 넣고 끓인 음료—옮긴이)의 재료인 포도주, 설탕, 계피, 박하 등을 구입할 대금도 진 편에서 내기로 했다. 구시칸티니에게도 함께 해보자고 Sh 준대위가 권유했는데, 게임이 시작됐을 때 그는 이 권유로 인해 생겨난 만족감과 일종의 공포감 사이에서 당황해하며 Sh 준대위를 한쪽 옆으로 끌고 가서 뭐라고 소곤거렸다. 마음씨가 착한 Sh 준대위는 토실토실한 커다란 손으로 자신의 배를 치면서 큰 소리로 말했다. "걱정할 것 없어. 난 자네를 믿어."

게임은 끝났고 낯선 사내가 낀 편이 이겼다. 우리 편인 D 소위보가 그를 업고 뛰게 되었는데, 소위보는 약간 얼굴을 붉히며 긴 의자 쪽으로 가서 업고 뛰는 대신에 궐련 한 개비를 그에게 주었다. 그동안에 우리는 글린트베인을 주문했다. 계피와 박하를 가지러 졸병을 보내고 부산을 떨고 있는 니키타의 목소리가 막사 쪽에서 들려왔다. 우리 일곱 명은 둥그렇게 모여 앉아 잔세 개를 돌려가며 차를 마시면서, 땅거미가 깔리기 시작하는 평원을 바라보고, 게임할 때 벌어진 갖가지 이야기를 하면서 웃음꽃을 피웠다. 양피 외투를 입은 낯선 사내는 대화에 끼어들지 않았고, 내가 몇 번이나 차를 권했는데도 굳이 사양하고 타타르인처럼 땅바닥에 주저앉아 담배를 종이에 말아 피우고 있었다. 그러나 그의 행동은 자연스럽게 나오는 것이 아니라, 자신이 어떤 행동을 하고 있다는 것을 타인에게 보여주기 위한 것 같았다. 내일쯤 예상한 대로 철수할지 모른다거나, 한바탕 전투가 벌어질지 모른다는 것에 대한 이야기들이 오가기 시작했을 때, 그는 갑자기 무릎을 꿇고 엉거주춤한 자세로 몸을 일으켜 세웠다. 그리고 Sh 준대위에게 고개를 돌려 그에게만 말하는 것 같은 태도로 자기는 현재 부관의 숙소에 기거하고 있는데 내일자 철수명령서에 자기가 직접 서명했다고 말했다. 그가 말하는 동안 우리 모두는 잠자코 있었다. 그는 분명히 겁을 먹고 주저하는 눈치를 보였지만 우리는 흥미로운 이 소식에 대해 몇 번이나 그에게 되풀이해 물었다. 그는 처음 한 말을 여러 차례 되풀이하다가, 나중에는 **그가 함께 지내고 있는** 부관과 같이 **앉아 있을 때** 상부에 그 명령이 전달됐다고 말했다.

"여보게, 자네가 거짓말을 하는 것이 아니라면 난 중대로 돌아가서 내일 명령을 하달해야 되네." Sh 준대위가 말했다.

"아니, 제가 왜 거짓말을 한다고 생각하십니까? ······저는 틀림없이······." 하급병사는 이렇게 말문을 열었다가, 갑자기 입을 다물어버렸다. 그는 준대위의 말에 모욕감을 느꼈는지, 잔뜩 미간을 찌푸리고 뭐라고 혼자 중얼거리면서 다시 담배쌈지를 꺼냈다. 그러나 그의 쌈지에는 담배 부스러기조차 남아 있지 않았으므로, 그는 Sh 준대위에게 **궐련 한 개비만 빌려달라고** 말했다. 우리들은 꽤 오랫동안, 원정에 참전한 사람이면 누구나 다 아는 단조로운 경험담들을 서로 이야기했다. 그리고 여느 때처럼 원정의 무료함과 지루함에 대해 불만을 토로하고, 사령부의 처사에 대한 이런저런 견해를 나누었다. 또 여느 때처럼 동료 중의 누군가를 칭찬하거나 동정하기도 하고, 도박판에서 누가 얼마를 땄고, 또 얼마를 잃었느니 하는 이야기들을 새삼스레 되풀이했다.

"그런데 우리 부관이 요즘 굉장히 많이 잃고 있는 모양이야." Sh 준대위가 말했다. "본부에서는 누구하고 하든지 언제나 따기만 했는데, 여기서는 최근 두 달 동안 연거푸 잃고만 있거든. 그 친구 이번 파견 근무에서는 엄청나게 잃었어. 내가 알기로는 현금으로 1,000루블, 물건으로 500루블 정도 잃었어. 무힌에게 땄던 양탄자, 니키타에게 땄던 권총, 보론초프(19세기 중엽에 카프카스 총독을 역임한 러시아 장군―옮긴이)한테 하사받은 사다에서 만든 금시계까지 죄다 날렸어."

"오히려 잘된 겁니다." O 중위가 말했다. "그 친구는 여태까지 속임수로 여러 사람의 돈을 땄거든요. 그 친구하곤 카드게임을 할 수가 없어요."

"다른 사람을 속였었지, 그런데 지금은 빈털터리가 됐어." Sh 준
대위는 선량한 너털웃음을 웃으면서 말했다. "여기 구슈코프도
그 친구와 함께 기거했는데, 그 친구가 구슈코프의 소지품까지
몽땅 털어갈 뻔했지. 여보게, 그렇지 않나?" 그는 구슈코프를
쳐다보며 말했다.

구슈코프는 히죽 웃었다. 그의 병적이고 가련한 웃음은 얼굴
표정을 완전히 바꾸어놓은 것 같았다. 이런 표정의 변화를 인식
한 순간, 문득 나는 전부터 저 사내를 알고 있고, 만난 적도 있
고, 구슈코프라는 그의 이름도 기억나는 것 같다는 생각이 들었
다. 그런데 언제 어떻게 그 사내를 만나게 되었는지는 도무지
기억이 나지 않았다.

"그래요." 구슈코프는 연방 두 손을 콧수염 근처로 가져갔다
가 수염을 만지지 않고 도로 내려놓으면서 대답했다. "파벨 드
미트리예비치는 이번 파견 근무에선 아주 운이 나쁜 모양입니
다. 계속해서 veine de malheur(실패의 연속입니다)." 그는 열심히
말하면서 깔끔한 프랑스어로 덧붙였다. 그가 말하는 것을 듣는
순간, 나는 어디선가 저 사내를 본 일이 있고 그것도 한두 번이
아니라는 생각이 다시 들었다. "저는 파벨 드미트리예비치를 잘
알고 있고 그분도 저를 상당히 신뢰하고 있습니다." 그는 계속
해서 말했다. "우리는 오래전부터 잘 아는 사이입니다. 다시 말
해 그분이 저를 대단히 좋아한다는 거죠." 부관과 오래전부터
친한 사이라는 것을 너무도 쉽게 말하는 것에 대해 그 스스로도

매우 놀라는 듯했다. "파벨 드미트리예비치의 도박 솜씨는 대단합니다. 그런데 어쩌다가 파산 상태까지 몰렸는지 그저 놀랍습니다. La chance a tourné(행운이 그에게서 등을 돌렸나 봐요)." 그는 특히 내 얼굴을 쳐다보며 말했다.

처음에 우리는 너그러운 태도로 구슈코프의 말을 주의 깊게 경청했으나, 그가 프랑스어를 섞어가며 이야기를 하는 바람에 모두가 그를 외면했다.

"나는 그 친구와 수천 번이나 도박을 했는데 정말 이상하단 말이야." O 중위는 특히 **이상하다**는 말을 강조하며 말했다. "나는 그 친구에게 카프카스 은전 한 닢도 따본 적이 없어. 그렇지만 내가 다른 사람들하고 게임을 할 때는 언제나 돈을 따거든. 도대체 그 까닭을 알 수가 없어."

"파벨 드미트리예비치는 정말 도박을 기막히게 잘해. 나는 꽤 오래전부터 그 친구를 알고 있어." 나는 말했다. 사실 나는 몇 년 전부터 그 부관을 알고 있었는데, 그가 장교로서 분에 넘치는 큰 도박을 하는 것을 수차례 보아왔다. 그리고 그의 약간 우울한 것 같으면서도 침착한 표정, 아름답고 단정한 용모, 느릿느릿한 우크라이나식 발음, 화려한 소지품, 값비싼 말, 태연하고 당당한 모습, 그리고 특히 도박판에서 자신의 흥분을 억제하며 침착하게 승부를 거는 솜씨에 나는 완전히 매료되었다. 솔직히 고백하건대, 내 카드 패를 잇달아 죽이는 다이아몬드 반지를 낀 그의 토실토실한 하얀 손을 바라보면서, 나는 그의 하얀 손, 다이아몬드 반지, 그리고 부관이라는 그 인간 자체에 대해 아무런 이유도 없이 화를 내며 못마땅하게 생각했었다. 그러나 나중에 그와 내기하는 사람들을 냉정하게 비교해봤을 때 그가 훨씬 더 영리하게 게임을 하고 있다는 것을 인정할 수밖에 없었다. 액수가 적은 판에서는 왜 배팅을 많이 하면 안 되는지, 이러저러한 경우에는 왜 일찍 죽어야 하는지, 그리고 현금을 걸고 하는 경우에 가장 중요한 조건은 무엇인지 등등 도박에 관한 일반적인 이론을 그로부터 듣고 나서, 그가 항상 게임에서 이기는 것은 그가 우리 가운데 누구보다도 총명하고 냉정하기 때문이라는 것을 분명히 알게 되었다. 그런데 이렇게 절제력이 강한 전형적인 도박꾼이 지금은 파견 부대에서 현금뿐 아니라 장교로서의 완전한 패배를 의미하는 소지품까지 몽땅 잃었다는 것이다.

"나하고 도박을 할 때 그 친군 이만저만 운이 좋은 게 아니야." O 중위가 말을 계속했다. "그래서 앞으론 절대 그 친구와는 도박을 하지 않기로 맹세했어."

"자네도 참 유별난 사람이야." Sh 준대위는 나를 보고 고개를 끄덕인 후, O 중위를 향해 말했다. "그 친구에게 300루블이나 잃다니!"

"그보다 더 많이 잃었습니다." O 중위는 성질을 내며 말했다.

"그런데 이제 와서 후회해봤자 아무 소용도 없어. 그 친구가 우리 연대 최고의 도박사라는 것은 오래전부터 다 아는 사실 아닌가." 터져 나오는 웃음을 간신히 참으면서 Sh 준대위가 말했다. "지금 여기 구슈코프가 와 있는데, 이 사람도 그 친구한테 도박을 배웠지. 실은 두 사람의 우정도 도박에서 출발했다네.

그렇지 않은가……." Sh 준대위가 온몸을 흔들며 크게 웃어대는 바람에 컵에 담긴 글린트베인이 땅바닥에 엎질러졌다. 구슈코프의 누르스름하고 여윈 얼굴이 갑자기 빨개졌다. 그는 여러 차례 입을 벌리며 두 손을 콧수염 근처로 가져갔다가 수염을 만지지 않고 도로 내려놓고, 허리를 엉거주춤하게 세웠다가 다시 내렸다 하다가 마침내 어색한 목소리로 Sh 준대위에게 말했다.

"그렇게 말씀하시지 마세요, Sh 준대위님. 당신은 제가 어떤 사람인지 잘 모르십니다. 더욱이 이렇게 초라한 외투를 걸치고 있는 제 꼴을 보고 있는 사람들 앞에서 그런 말씀을 하시면 곤란합니다. 왜냐하면……." 말을 계속하려다가 그는 갑자기 입을 다물었다. 그러고는 손톱에 때가 껴서 지저분하나 귀여운 손으로 콧수염과 머리털을 쓰다듬는가 하면, 코를 긁기도 하고, 눈을 비비기도 하고, 쓸데없이 볼을 문지르기도 했다.

"그게 무슨 소리야! 누구나 다 아는 사실인데." 자기가 건넨 농담에 만족한 Sh 준대위는 구슈코프가 흥분하고 있다는 사실을 눈치채지 못하고 말했다. 구슈코프는 혼잣말로 중얼거렸다. 그리고 오른쪽 팔꿈치를 왼쪽 무릎 위에 얹는 상당히 부자연스런 자세로 Sh 준대위를 흘끔 쳐다보면서 다소 경멸하는 듯한 미소를 입가에 지었다.

'그래.' 나는 그 미소를 보면서 생각했다. '나는 저 친구를 어디서 보았을 뿐만 아니라 서로 이야기도 주고받은 적이 있어.'

"저는 당신을 어디선가 만난 적이 있는 것 같은데요." Sh 준대위의 웃음소리가 그쳤을 때, 나는 구슈코프에게 말을 건넸다.

그러자 표정이 풍부한 그의 얼굴이 갑자기 환하게 빛났고, 생기가 넘치는 눈으로 나를 바라보았다.

"그래요. 저는 대번에 당신을 알아보았어요." 그는 프랑스어로 말했다. "1848년에 모스크바의 이바쉬나 누님 댁에서 자주 만났지요."

나는 그의 옷차림이 그때와 너무나 달라서 알아보지 못했다고 그에게 사과했다. 그는 일어나서 내 옆으로 다가오더니 약간 주저하면서 축축한 손으로 힘없이 내 손을 잡고는 내 옆에 앉았다. 그는 나를 만나게 된 것을 무척 기뻐하는 듯했으나, 그러면서도 나한테는 눈길을 주지 않고 그 어떤 적의를 품은 듯한 거만한 표정을 지으며 다른 장교들을 흘끔흘끔 쳐다보았다.

몇 년 전 화려한 응접실에서 연미복 차림으로 거들먹거리던 그의 모습을 지금 이 자리에서 내가 상기해주었기 때문인지, 아니면 그가 자신의 옛날 일을 상기함으로써 그의 마음속에 옛 추억이 떠올랐기 때문인지, 어쨌든 그는 얼굴은 말할 것도 없고 거동까지도 완전히 달라진 것 같았다. 지금 그의 태도는 왕성한 지성과 그 지성의 자각으로부터 나오는 유치한 자기만족감, 그리고 남을 멸시하는 것 같은 무관심에서 기인한 것 같았다. 그래서 나의 옛 지인은 지금 자신의 가련한 처지에도 불구하고, 내 마음속에 연민의 정은 고사하고 오히려 일종의 혐오감을 불러일으키고 있었다.

나는 그와 처음 만났을 때의 장면을 생생하게 기억하고 있었다. 1848년 모스크바에 체류하고 있을 때 나는 이바신의 저택을 자주 드나들었다. 이바신은 어렸을 때부터 나와 함께 성장한 아주 오래된 친구였고 우리는 계속 만나고 있었다. 그의 아내는 명랑하고 사랑스런 가정주부였는데, 내 마음에는 들지 않았다 ……. 처음으로 그녀를 알게 된 그해 겨울에 그녀는 내게 자못 자랑스러운 어조로 최근에 대학을 졸업한 자기 남동생에 대해 이야기하면서, 동생이 마치 페테르부르크 사교계에서 가장 교양 있고 인기 있는 청년인 양 자랑을 늘어놓았다. 돈 많은 부자이며 사회적으로 높은 지위에 있는 구슈코프의 부친에 관한 소문을 많이 들어왔고 그의 누나의 사람됨도 잘 알고 있었으므로, 나는 선입관을 가지고 젊은 구슈코프를 만났던 것이다. 어느 날 저녁, 나는 이바신의 집을 방문했는데 그곳에는 검은 연미복에 흰 조끼를 입고 흰 넥타이를 맨, 작달막한 키에 몹시 쾌활해 보이는 청년이 와 있었다. 그런데 집주인인 이바신은 나에게 그를 소개하는 것을 깜박 잊고 있었다. 마치 무도회에 참석하는 손님처럼 옷을 입은 젊은이는 모자를 손에 든 채 이바신 앞에서 공손하긴 하지만 다소 흥분한 어조로 헝가리 전쟁(1848~1849년에 러시아와 오스트리아가 헝가리를 침공한 전쟁—옮긴이)에서 수훈을 세운 어떤 유명한 인물에 대해 이바신과 논쟁을 벌이고 있었다. 그 유명한 인물은 결코 영웅이 아니며, 사람들이 말하는 것처럼 전쟁을 하기 위해 태어난 인물도 아니라고 구슈코프는 역설했다. 그는 다만 총명하고 교양 있는 사람일 뿐이라는 것이다. 지금도 기억하고 있는데, 나는 그 당시 대화에 끼어들어 구슈코프를 상대로 핏대를 올리면서 지성과 교양이란 항상 용기와 상반

되는 관계에 있다는 것을 예를 들어가면서 설명했다. 그러나 구슈코프는 용기란 요컨대 어느 정도 발전한 지성에서 분출되는 필연적인 결과라며 담담한 어조로 능수능란하게 나를 반박했다. 그래서 스스로 현명한 교양인임을 자처하고 있는 나였지만, 내심 그의 반론에 수긍하지 않을 수 없었다. 지금도 기억하고 있는데 우리의 토론이 끝났을 때, 이바신의 아내가 "이 아이가 내 동생입니다"라고 그를 나한테 소개했다. 그러자 그는 겸손한 미소를 지으면서 양피 장갑을 끼려던 조그만 손을 내밀며 지금처럼 약간 주저하는 태도로 가볍게 내 손을 잡았다. 비록 그에 대해 선입관을 갖고 있기는 했지만, 나는 공정하게 그를 대하지 않을 수 없었고, 또한 그가 총명하고 쾌활한 청년이기에 사교계에서 틀림없이 성공하리라는 그의 누나의 말에 동의하지 않을 수 없었다. 그는 예사롭지 않은 깔끔한 복장을 하고 있었고 신선하고 자신이 넘치는 겸손한 태도와 젊은 미소년과 같은 용모를 갖추고 있었다. 그래서 사람들은 그의 재치 있는 얼굴, 특히 언제나 미소를 잃지 않는 자기만족에 찬 표정, 그리고 타인에 대한 자신의 우월감을 일부러 감추려는 태도에서 그를 너그럽게 용서하지 않을 수 없었다. 그해 겨울에 그는 모스크바 사교계 여성들 사이에서 큰 인기를 누렸다는 소문이 있었다. 그의 누나 집에서 그를 만났을 때 젊은 용모에서 풍겨 나오는 행복감과 자기만족의 표정을 읽었고, 이따금 그의 입에서 흘러나오는 대담한 내용의 이야기를 들었을 때 나는 그러한 소문이 어느 정도 사실이라는 것을 수긍할 수 있었다. 나는 그와 여섯 번 정도 만났고 상당히 많은 이야기를 나누었다. 하지만 주로 그가 말을 했고, 나는 언제나 듣는 편이었다. 그는 대개의 경우 프랑스어로, 그것도 더없이 품위 있고 유창한 어투로 말했고, 상대방의 말을 끊을 때는 부드럽고 공손하게 말하며 끼어들었다. 대체로 그는 나를 포함한 모든 사람을 상당히 오만하게 대했다. 그러나 그가 오만하게 대하는 것을 당연하다고 믿고 있는 사람들처럼, 나 역시 그의 오만한 태도를 당연하게 받아들였다.

지금 그가 손을 내밀고 내 곁에 앉았을 때, 나는 그에게서 예전의 그 오만한 표정을 읽을 수 있었다. 그래서 그동안 내가 어디서 무엇을 했고, 어쩌다가 이런 곳까지 오게 되었는지 그가 거리낌 없이 내게 질문하는 것을 볼 때, 그가 상급자에 대해 응당 취해야 할 태도를 취하지 않는 것같이 생각되었다. 나는 처음부터 끝까지 러시아어로만 말하는데, 그는 프랑스어로 말했다. 그런데 그의 프랑스어는 옛날처럼 유창하지는 못했다. 대수롭지 않은 불상사(무슨 일 때문인지 나는 몰랐는데, 그 또한 이에 대해서 말하지 않았다) 때문에 그는 3개월의 금고형을 받았고, 그 후 카프카스의 N 연대에 배속되어 벌써 3년째 그 연대에서 일개 병사로 근무하고 있다는 것이다.

"당신은 믿지 않으실지 모르지만," 그는 프랑스어로 내게 말했다. "저는 이 연대의 장교들로부터 무척이나 시달림을 받았습니다. 조금 전에 우리가 이야기했던 그 부관과 이전부터 잘 아는 사이였던 게 천만다행이었습니다. 그분은 정말 좋은 사람입니다." 그는 겸손하게 말했다. "저는 지금 그분과 함께 기거하고 있는데, 그게 지금은 저한테 약간의 위안이 되고 있습니다. Oui, mon cher, les jours se suivent, mais ne se ressemblent pas(예, 그래요. 세월은 하루하루 지나갑니다. 지나간 세월을 다시 돌이킬 수는 없지요)." 이렇게 말하고 그는 별안간 우물거리다가 이내 얼굴을 붉히고 벌떡 일어났다. 바로 그 부관이 우리 쪽으로 걸어오고 있는 것을 발견했기 때문이었다.

"당신을 만나서 참 기쁩니다." 구슈코프는 내 옆자리에서 물러가며 속삭였다. "좀 더 많은 이야기를 나누고 싶습니다……."

나 역시 마찬가지라고 대답했으나, 사실 구슈코프는 나에게 동정심을 불러일으키지 않았고, 다만 힘들고 고통스런 연민의 정을 품게 만들었다.

그와 단둘이 대면하게 되면 무척 어색할 것이라고 나는 생각했다. 그러나 그에게 많은 것을 묻고 싶었다. 특히 그의 아버지가 상당한 부자인데 어째서 그렇게 초라한 복장을 하고 가난하게 지내고 있는지 묻고 싶었다.

부관은 구슈코프를 제외한 우리 장교 일동에게 인사를 하고 이제까지 강등병이 앉아 있던 내 옆자리에 앉았다. 언제나 차분하고 태연한, 그리고 돈도 많은 전형적인 도박사인 파벨 드미트리예비치는 내가 전에 알고 있던 전성기 때의 모습과는 전혀 다른 느낌을 주었다. 그는 마치 어디론가 급히 갈 데가 있는 사람처럼 초조한 눈빛으로 주위를 둘러보았다. 그리고 오 분도 채 지나기 전에, 그가 게임하자고 제안할 때마다 항상 거절해온 O 중위에게 반칙(카드게임의 일종—옮긴이)을 하지 않겠느냐고 제안했다. O 중위는 근무를 해야 되기 때문에 시간이 없다는 핑계를 대고 거절했지만, 사실은 파벨 드미트리예비치에게 남은 돈과 소지품이 거의 없다는 것을 알았기에, 설령 자기가 이긴다 하더라도 기껏해야 100루블도 딸 수 없는 상대에게 300루블이나 되는 돈을 가지고 덤벼든다는 것은 결코 현명한 짓이 아니라고 판단했기 때문이다.

"그런데 파벨 드미트리예비치," 카드게임을 하자고 다시 요청해온다면 회피하겠다고 생각하면서 중위가 말했다. "내일 출동한다는 말이 있던데 사실입니까?"

"모르겠어." 파벨 드미트리예비치가 대답했다. "단지 출동 준비를 갖추고 있으라는 명령은 내려왔어. 그런데 한판 벌이는 게 어때? 내가 갖고 있는 카바르다(북부 카프카스의 지명─옮긴이)산 말을 걸 테니."

"안 돼요, 지금은……."

"그 회색 말 말인데. 그만한 말은 어디에서도 구하기 힘들어. 그게 싫으면 현금으로 하지, 어떤가?"

"그런데 실은…… 제가 준비할 일이 있어서요." O 중위가 대답했다. "다름이 아니라, 만약 내일 부대가 이동을 하거나, 적의 습격이 있을 경우를 대비해 충분한 수면을 취할 필요가 있거든요."

부관은 일어섰다. 그리고 두 손을 호주머니에 찔러 넣고 공터를 이리저리 거닐기 시작했다. 그때 나는 그의 얼굴에서 내가 항상 부럽게 여겼던 침착하고 태연한 그의 표정을 발견할 수 있었다.

"글린트베인 한잔 하시지 않겠습니까?" 나는 그에게 말을 건넸다.

"좋소"라고 말하고 그는 내 곁으로 다가왔다. 구슈코프가 황급히 내 손에서 컵을 받아다가 부관에게 내밀었다. 그 순간 천막을 당기고 있는 줄에 발이 걸려 구슈코프는 컵을 떨어뜨리면서 땅바닥에 엎어졌다.

"이런 바보 같은 놈!" 컵을 받으려고 손을 내밀었던 부관이 말했다. 모두들 웃음을 터뜨렸다. 쓰러져도 다칠 것 같지 않은 짧은 다리를 툭툭 털고 일어나면서 구슈코프도 껄껄 웃었다.

"보다시피 곰이 은자를 시중들고 있어." 부관이 말했다. "이 친구 날마다 내 시중을 들어주는 건 고마운데, 덕택에 천막 기둥을 모조리 부러뜨리고 있네. 걸핏하면 저렇게 걸려 넘어지니."

구슈코프는 부관의 말을 들은 체도 하지 않고 우리들에게 사과하고는 '나를 이해해주는 건 당신뿐이야'라고 말하는 듯한 슬픈 미소를 지으며 내게로 시선을 돌렸다. 참으로 안타깝다는 생각이 들었다. 그러나 그의 보호자격인 부관은 무슨 사연 때문인지 자기 동거자에게 화를 내며 그에게 쉴 틈도 주지 않고 있었다.

"이봐, 약삭빠른 젊은이. 얼마나 뒹굴어야 성이 풀릴 건가?"

"부관님, 누구나 기둥에 걸려 넘어질 수 있습니다." 구슈코프가 대답했다. "부관님도 그저께 걸려 넘어지지 않았습니까?"

"난 말이야, 하급병사가 아니야. 내게 따지고 들지 마."

"이 사람은 장교니까 다리를 절고 다녀도 상관없지만," Sh 준대위가 끼어들었다. "하급병사는 모름지기 깡충깡충 뛰어다녀야 한단 말이야."

"이상야릇한 농담을 다 하시는군요." 구슈코프는 눈을 내리깔고 중얼거렸다. 그런데 부관은 자기 동거자에게 무관심할 수 없다는 듯이 그의 말에 귀를 기울이고 있었다.

"잠복 척후병을 또 내보내야 할 텐데, 어쩐다지?" 그는 눈짓으로 강등병을 가리키며 Sh 준대위에게 얼굴을 돌리면서 말했다.

"그럼, 또 애걸복걸하겠네요." 킥킥거리며 Sh 준대위가 대꾸했다. 구슈코프는 나를 쳐다보지 않고, 텅 빈 담배쌈지에서 담배를 꺼내는 시늉을 하고 있었다.

"여보게, 잠복 척후병으로 나갈 준비를 하게." Sh 준대위가 계속해서 웃으며 말했다. "오늘 척후병의 보고에 의하면 오늘 밤 적의 기습이 예상된다니까, 믿을 만한 병사를 보내야 해." 구슈코프는 무엇인가를 말하려 하다가 어정쩡한 미소를 지었다. 그리고 애원하는 눈초리로 Sh 준대위를 흘끗 쳐다보았다.

"저는 벌써 한 번 갔다 왔는데요. 물론 명령이라면 또 가겠습니다."

"음, 명령이야."

"그럼, 가겠습니다. 뭐 어려울 것 없어요!"

"그래, 아르군에서 했던 것처럼 잠복 지점에서 총을 버리고 도망치면 절대 안 돼." 이렇게 말하고 부관은 그에게서 얼굴을 돌렸다. 그리고 우리에게 내일 할 일을 지시하기 시작했다.

사실 우리는 이날 밤에 적이 우리 진지에 포탄을 퍼부을 것이며, 내일은 반드시 무슨 행동이 개시될 것이라고 믿고 있었다.

부관은 명령을 하달한 후 일상적인 화제에 대해 한참 동안 이야기를 하고, 갑자기 O 중위에게 판돈을 적게 걸고 한판 벌이자고 또다시 제안했다. O 중위는 뜻밖에도 흔쾌히 동의했다. 두 사람은 Sh 준대위와 함께 카드와 잘 만들어진 파란 테이블이 있는 부관의 막사로 들어갔다. 우리 중대의 지휘관인 대위는 잠을 청하러 자기 막사로 들어갔고, 다른 장교들도 제각기 흩어졌으므로 그 자리에 남은 것은 나와 구슈코프 두 사람뿐이었다. 나의 예상은 틀리지 않았다. 그와 단둘이 대면하게 되니 역시 어색하기 짝이 없었다. 그래서 나는 의자에서 일어나 포대 주위를 거닐기 시작했다. 그러자 구슈코프도 뒤처지거나 앞서거나 하지 않도록 불안하게 애쓰면서 말없이 나와 나란히 걸었다.

"방해가 되는 건 아닙니까?" 그는 부드럽고 애처로운 목소리로 말했다. 어둠 속이라 똑똑히 볼 수는 없었지만 그의 얼굴은 무척이나 우울하고 슬픈 표정을 띠고 있는 것 같았다.

"괜찮습니다!" 나는 대답했다. 그러나 그가 더 이상 아무 말도 하지 않았기 때문에 그에게 무슨 말을 해야 할지 몰랐다. 그래서 우리는 꽤 오랫동안 묵묵히 걸었다.

땅거미가 완전히 지고 캄캄한 밤이 되었다. 시커먼 산마루 위에 저녁노을이 어렴풋이 남아 있을 뿐 머리 위 검푸른 하늘에는 작은 별들이 반짝이기 시작했다. 여기저기서 모닥불들이 연기를 내며 붉게 타오르고 있었고, 바로 앞에는 잿빛 막사들이 늘어서 있었으며, 포대의 토루가 칙칙하고 검게 보였다. 병사들은 모닥불을 에워싸고 앉아서 나지막한 소리로 이야기를 하고 있었고, 모닥불 가까이에 있는 대포의 포신이 불빛에 반짝거렸고, 토루 위를 규칙적으로 왔다 갔다 하는 외투를 입은 보초의 모습도 불빛에 비쳐 보였다.

"당신은 도저히 상상도 하지 못하실 겁니다만, 당신 같은 분과 이렇게 이야기할 수 있다는 것이 저로서는 얼마나 기쁜 일인지 모릅니다." 아직 나와 아무런 이야기도 하지 않았는데 구슈코프는 이렇게 말했다. "정말이지 저 같은 처지에 있어보지 않은 사람은 도저히 이해하지 못할 겁니다."

나는 무슨 말을 해야 할지 몰랐다. 또다시 침묵이 흘렀다. 그는 분명히 많은 이야기를 하고 싶어 했고, 나 역시 그의 이야기를 듣고 싶었다.

"어쩌다가 이렇게…… 무엇 때문에 이런 고생을 하게 되었습니까?" 달리 적당한 말을 찾을 수 없었던 나는 마침내 말문을 열었다.

"정말 당신은 아직도 메텐닌과의 그 불행한 사건을 들어본 적이 없습니까?"

"아아, 그 결투 말입니까? 듣기는 좀 들었어요." 나는 대답했다. "카프카스에 온 지가 하도 오래돼서."

"아닙니다. 결투가 아니에요. 아무튼 어처구니없는 무시무시한 사건이었어요! 아직 모르신다면 죄다 말씀드리겠습니다. 누님 댁에서 당신을 만났던 바로 그해의 일이었습니다. 그때 저는 페테르부르크에 살고 있었습니다. 여기서 한 가지 말씀드릴 것이 있습니다. 그 당시 저는 사교계에서 상당한 지위를 누리고 있었습니다. 물론 굉장히 화려한 것은 아니었지만 말입니다. 아버지는 해마다 저에게 1만 루블씩을 주셨습니다. 1849년에 저는 투린의 대사관에 근무하기로 되어 있었지요. 저의 청이면 무엇이든지 다 들어주는 지위에 있었는데, 그것은 제 청을 들어주시려고 애쓰는 외삼촌 덕분이었습니다. 이제는 다 지나간 이야기지만, 저는 페테르부르크 상류사회에서 제법 인기가 있었기 때문에 아주 훌륭한 아가씨를 결혼 상대로 선택할 수도 있었습니다. 학창 시절에는 그저 남들처럼 공부했기 때문에 특별한 지식이나 교양 같은 건 없었습니다. 그러나 나중에 저는 많은 책을 읽었습니다. 특히 상류사회에서 화제가 될 만한 내용의 책들을 열심히 탐독했습니다. 그래서 저는 페테르부르크에서 상당히 유망한 젊은이들 가운데 한 사람으로 인정받게 되었던 겁니다. 그때 저를 더욱 유명하게 만든 것은 D 부인과의 관계였지요. 그 부인은 페테르부르크에서 아주 유명한 사람이었습니다. 그런데 당시 저는 너무 젊었기 때문에 그녀의 고마움을 그다지 높게 평가하지 않았습니다. 저는 너무 젊고 어리석었습니다. 하지만 저한테 더 이상 무엇이 필요했겠습니까? 그런데 그때 그 메테닌이 페테르부르크에서 훌륭한 평판을 갖고 있었는데……." 구슈코프는 이런 식으로 자신의 불행한 사건을 나에게 이야기했으나, 그것은 전혀 흥미가 없는 것이기 때문에 이만 생략하기로 하겠다. "저는 2개월 금고형을 받았습니다." 그는 이야기를 계속했다. "그동안 독방에 갇혀 있으면서 저는 여러 가지 일에 대해 곰곰이 생각해보았습니다. 그리고 감옥에 들어와 있으니, 과거와의 관계가 완전히 단절된 것 같아서 오히려 마음은 홀가분했습니다. 그런데 당신도 저의 아버지에 대해서 들으셨겠지만, 굳은 신념과 강철 같은 성격의 소유자인 아버지는 마침내 저의 상속권을 말소시키고 부자관계를 끊어버렸습니다. 아버지의 신념에 따르면 그렇게 할 수밖에 없었겠지요. 그 점에 대해서 저는 조금도 아버지를 원망하지 않습니다. 그분은 철두철미한 성격의 소유자였으니까요. 그리고 저는 아버지의 결정을 번복시키기 위한 어떠한 수단도 사용하지 않았습니다. 그 무렵 누님은 외국여행 중이었고, D 부인만이 당국의 허가를 얻어 저에게 편지를 보내면서 도움을 주겠다는 제의를 했지만 거절했습니다. 이런 상황에서 저의 마음을 다소나마 가볍게 해줄 수 있는 사소한 물건들, 이를테면 서적이라든가, 속옷이라든가, 음식물이라든가 하는 것들도 구입할 수가 없었습니다. 그곳에서 저는 많은 것을 깊이 생각하게 되었고, 이전과는 전혀 다른 눈으로 세상을 바라볼 수 있게 되었습니다. 이를테면 페테르부르크 사교계의 환락적인 요소라든가, 나에 대한 남들의 평판 같은 것에 더 이상 흥미도 없었고 아무런 매력도 느끼지 못했을 뿐 아니라 그런 것들을 우스꽝스럽게 여기게 되었습니다. 단지 제가 나쁜 놈이고, 경솔하고, 너무 젊고, 철이 덜 들었기 때문에, 저의 삶이 망가진 것이라고 생각하고 반성하며 앞으로 저의 앞길을 어떻게 개척해 나가야 할 것인가를 곰곰이 생각했습니다. 그리고 저는 그것을 이룰 수 있는 힘과 정력이 아직도 제게 남아 있다는 것을 감지했습니다. 얼마 후 저는 이미 말씀드린 것처럼 금고형을 마친 후 카프카스의 N 연대로 파송되었습니다. 처음에 저는 이렇게 생각했습니다." 그는 점점 흥분하면서 이야기를 계속했다. "카프카스에서의 야영 생활, 여기서 만나게 될 소박하고 성실한 사람들, 전투와 이에 따르는 위험, 이런 것들은 이제부터 새로운 삶을 시작하려는 저의 정신세계와 완전히 부합될 것이고, 물불을 가리지 않는 저를 보면 모두들 좋아하고 진심으로 존경해줄 것이고, 십자 훈장, 하사관 승진, 벌금의 면제 등의 단계를 거쳐 이 불행한 명예를 회복하고 다시 러시아로 돌아가게 될 것이라고 생각했습니다. 그런데 제가 여기 와서 맛본 환멸이 얼마나 큰 것이었는지 아마 당신은 상상도 하시지 못할 겁니다! ……우리 연대의 장교 사회가 정말로 어떠한지 당신은 아십니까?" 그는 꽤 오랫동안 침묵했다. 그는 이곳의 장교 사회가 얼마나 타락했는지 내가 잘 알고 있다는 대답을 기다리기라도 하는 눈치였다. 나는 장교 사회의 타락을 잘 알고 있었으나 그에게 아무런 대꾸도 하지 않았다. 내가 프랑스어를 알고 있기 때문에 나도 필시 장교 사회에 대해 반감을 품고 있으리라고 미리 단정 짓는 그의 태도가 못마땅했다. 그리고 그의 추정과는 정반대로 카프카스에서 여러 해 동안 살아온 나는 구슈코프의 요람격인 페테르브르크 상류 사회보다 이곳의 장교 사회를 훨씬 높게 평가하며 존경하고 있었다. 나는 그에게 이 점을 말하고 싶었으나, 그의 처지가 나의 발목을 잡았다.

"N 연대의 장교 사회는 이 연대의 장교 사회와는 비교가 되지 않을 만큼 열악합니다." 그는 말을 계속했다. "표현이 좀 지나쳤는지는 모르겠습니다만, 당신은 도저히 상상도 못 하실 겁니다. 사관생도나 병사들의 생활에 대해선 새삼스레 말할 것도 없지요. 참으로 가공할 만한 상태입니다! 저도 처음에는 그들한테 환영을 받았습니다. 이건 절대 거짓말이 아닙니다. 그러나 얼마 후 무슨 일 때문에 제가 그들을 경멸하게 되었을 때, 그들은 제가 자기들보다 훨씬 높은 수준이고 자기들과 전혀 다른 종류의 사람이라는 것을 깨닫고, 저한테 화를 내며 온갖 쓸데없는 일을 시키면서 분풀이를 하기 시작했습니다. 그래서 저는 당신이 상상도 할 수 없을 정도로 그들한테 많은 시달림을 받았습니다. 나중에는 본의 아니게 사관생도들과도 사이가 벌어져 많은 고통을 받았는데, 주요 원인은 제가 가난하다는 것 때문이었습니다. 저는 정말 옹색한 처지에 놓여 있습니다. 기껏해야 누님이 간혹 보내주는 것이 제 수입의 전부입니다. 제가 자존심을 버리고 아버지한테 돈을 보내달라는 편지를 썼다는 사실만 보아도 제 처지가 얼마나 비참했는지 알 수 있을 겁니다. 이런 생활을 5년 동안 지속하게 되면 누구나 우리 연대의 강등병 드로모프처럼 병사들과 어울려 술을 마시기 위해 장교들한테 3루블씩 돈을 꾸고는 차용증서 밑에다 '귀하의 충실한 드로모프'라고 서명하는 짓거리를 서슴지 않고 하게 될 겁니다. 그래서 이 같은 무서운 상태에서 벗어나려면 적어도 저와 같은 성격이 필요합니다."

그는 오랫동안 침묵하고 나와 나란히 걸었다. "담배 있습니까?" 그는 내게 말했다. "그런데 제가 어디까지 얘기했지요? 아, 그렇지. 결국 저는 그런 것들을 참을 수가 없었단 말입니다. 육체적으로 견딜 수 없었다는 것이 아닙니다. 비록 춥고 배고픈 병사들과 똑같이 생활했지만, 그래도 장교들은 저에게 어느 정도의 경의만은 표했으니까요. 그런 친구들한테도 영향을 줄 만한 어떤 위엄이 아직까지 저에게 남아 있었던 거지요. 그래서 그들은 저를 위병소 근무나 전투훈련 등을 시키지 않았습니다. 저도 아마 그런 것들은 견디기 힘들었을 겁니다. 하지만 정신적으로 무척 괴로웠습니다. 가장 큰 이유는 그런 상태에서 빠져나갈 수 있는 탈출구를 발견할 수 없었기 때문입니다. 저는 외삼촌에게 편지를 써서 가끔 전투에 참전할 수 있는 이 연대로 전속시켜달라고 부탁드렸습니다. 이 연대에는 아버지의 관리인 아들인 파벨 드미트리예비치가 있으니까 어느 정도 힘이 될 것이라고 생각했습니다. 외삼촌은 제 부탁을 들어주셨고, 그래서 저는 이 연대로 전속 오게 된 것입니다. 저쪽 연대에 있다가 이쪽 연대로 오니까 마치 제집에 온 기분이 들었습니다. 우선 파벨 드미트리예비치가 곁에 있고, 그는 제가 누구이며 어떤 사람인지 잘 압니다. '구슈코프는 당신도 알다시피 이러저런……' 운운하는 외삼촌의 소개장이 있었으니까요. 그런데 이렇다 할 아무런 교양도 없는 이곳 사람들을 사귀는 동안 저는 이런 점을 깨달았습니다. 즉, 그들은 재산이라든가 문벌 따위의 배경이 전혀 없는 자를 절대 존경하지 않는다는 것입니다. 그런데 제가 가난뱅이라는 걸 알게 되자, 저에 대한 그들의 태도는 점점 냉랭해졌고 나중에는 아예 경멸하다시피 하게 되었습니다. 참으로 무서운 일입니다! 하지만 사실인 걸 어떡합니까.

저는 이곳에 와서 실전에 참전도 했고, 포화 속을 헤쳐 나가는 모습을 제 자신에게 보여주기도 했습니다." 그는 계속해서 말했다. "그렇지만 도대체 언제쯤 이런 생활이 끝날 것인가? 제 생각 같아서는 끝날 날이 올 것 같지 않습니다. 그런데 저의 체력이나 에너지가 소진되어가고 있단 말입니다. 그리고 저는 전투나 야영생활에 대해서 많은 상상을 했었는데, 실제는 상상과 전혀 달랐습니다. 반코트를 걸치고, 세수도 하지 않은 얼굴로, 군화를 신고 잠복근무를 하러 나갑니다. 주정뱅이 강등병인 안토노프라는 놈과 함께 밤새도록 골짜기에 웅크리고 숨어 있습니다. 누군가가 수풀 속에서 느닷없이 저에게 총부리를 들이댈지 모르는 일입니다. 그게 안토노프건 누구건 매한가지입니다. 이쯤되면 용기의 문제가 아니지요. 정말 무서운 이야기입니다. 살인 행위나 다를 게 없단 말입니다."

"하지만 이번 전투로 당신은 하사관도 될 수 있고, 내년엔 사관생도도 될 수 있습니다." 나는 말했다.

"물론 그렇게 될 수도 있습니다. 그러기로 약속되어 있으니까요. 그렇지만 아직도 2년이나 더 있어야 되는데, 사실 그것도 확실한 것은 아니잖아요? 2년이란 세월을 어떻게 견디어낸단 말입니까. 저 파벨 드미트리예비치 밑에서의 제 생활을 한번 상상해보십시오. 카드게임, 저속한 농담, 떠들썩한 술판. 제 가슴속에 엉겨 있는 그 무엇인가를 털어놓고 이야기하려 해도 그들은 그걸 이해하기는커녕 오히려 저를 웃음거리로 만들기가 일쑤니까요. 그들이 타인과 대화를 하는 것은, 이를테면 상대방에게 자기 생각을 전달하기 위한 것이 아니라 상대방을 희롱하기 위해서 하는 겁니다. 그렇습니다. 모든 것이 다 그런 식이에요. 야만적이고 추악하다는 것 이외에 다른 말은 할 수가 없습니다. 그래서 결국 본인이 하급병사라는 걸 누구나 항상 느낄 수 있도록 행동해야만 합니다. 다시 말해 남들이 언제나 그렇게 느끼지 않을 수 없도록 행동해야만 합니다. 그래서 당신 같은 분과 이렇게 흉금을 터놓고 이야기를 한다는 것이 얼마나 기쁜지 당신은 아마 모르실 겁니다."

그런데 대체 나는 과연 어떤 인간인가, 라는 물음에 나 스스로가 확답을 할 수 없었으므로, 그에게 무슨 말을 해야 할지 답답했다…….

"뭘 좀 드시겠습니까?" 어둠 속에서 어느새 내 옆으로 다가온 니키타가 물었다. 그는 내 곁에 손님이 있는 것이 못마땅한 눈치였다. "만두와 소고기 구운 것이 좀 남아 있는데요."

"대위님은 식사하셨나?"

"벌써 오래전에 취침하셨습니다." 시큰둥한 얼굴을 하며 니키타가 대답했다. 먹을 것과 보드카를 내오라고 명령하자, 그는 불만스러운 듯 투덜거리며 자기 막사 쪽으로 어슬렁어슬렁 걸어갔다. 그는 막사에서도 여전히 뭐라고 중얼거렸다. 얼마 후 그는 여행용 트렁크를 우리가 있는 곳에 갖다 놓고 그 위에 촛불을 세워놓았다. 그리고 바람에 꺼지지 않도록 종이로 촛불을 감싸고, 냄비, 겨자가 담긴 병, 손잡이가 달린 철제 술잔, 쑥으로 담근 보드카 등을 트렁크 위에 늘어놓았다. 술상을 다 차려놓은 다음, 니키타는 불만스런 표정을 짓고 한동안 우리 곁에 서서 구슈코프와 내가 보드카를 마시는 것을 쳐다보았다. 촛불에 둘러싸인 종이에서 새어 나오는 어렴풋한 불빛을 통해 내가 분간할 수 있는 것은 바다표범가죽으로 만든 트렁크, 그 위에 놓인 음식, 구슈코프의 얼굴, 그의 반코트, 그리고 냄비에서 만두를 꺼내는 그의 작고 귀여운 손이었다. 주위는 칠흑같이 어두웠다. 그러나 찬찬히 들여다보면 시커먼 포대, 토루 위에 있는 초병, 군데군데 타오르는 모닥불, 그리고 머리 위에서 반짝이는 아름다운 별들을 구별할 수 있었다. 그리고 구슈코프의 슬픈 얼굴에서 수줍은 듯한 미소도 발견할 수 있었다. 자신의 모든 것을 고백하고 난 뒤에 그는 내 얼굴을 똑바로 쳐다보는 것이 조금은 어색했던 모양이었다. 그는 보드카를 한 잔 더 들이켜고 냄비 바닥을 박박 긁다시피 하며 게걸스럽게 먹어치웠다.

"그럼에도 불구하고 당신은 편안한 편입니다." 무슨 말이든 해야 할 것 같아서 나는 이렇게 말했다. "부관이 당신과 잘 아는 사이이기 때문입니다. 그리고 부관은 참 좋은 사람이라고들 하던데."

"그건 그렇습니다." 강등병이 대답했다. "무척이나 선량한 사람이지요. 그러나 단지 선량할 뿐입니다. 그에게서 교양 같은 것을 바라는 것은 무리한 요구입니다." 그는 갑자기 얼굴을 붉히기라도 한 것 같았다. "그가 아까 잠복 척후병 얘길 하며 농담하는 것을 들으셨죠?" 내가 몇 번이나 그의 말을 막으려 했음에도 불구하고 구슈코프는 계속해서 자기변명을 늘어놓기 시작했다.

자기는 절대 척후병으로 나갔다가 도망쳐 온 일도 없고, 부관이나 Sh 준대위가 말했던 그런 겁쟁이도 아니라고 변명했다.

"조금 전에 제가 말씀드렸습니다만," 반코트에다 손을 닦으며 그는 계속해서 말했다. "저런 사람들은 병사들에게, 특히 돈이 없는 병사들에겐 정중하게 대하지 않습니다. 그들에게 그것은 버거운 일입니다. 그런데 어찌된 일인지 벌써 다섯 달째 누님이 송금을 하지 않고 있고, 그래서인지 그들의 태도가 요즘 들어 변하고 있다는 것을 저는 잘 알고 있습니다. 이 반코트로 말하자면 제가 어느 병사한테서 구입한 것인데 따뜻하기는 고사하고 이렇게 낡아서(그는 낡아빠진 소매를 보여주었다), 그 병사의 불행을 동정하거나 존경하기는커녕 오히려 노골적으로 그를 경멸하게 됩니다. 병사들이 먹는 죽 한 그릇 외에는 아무것도 먹을 것이 없고, 변변하게 입을 것도 없는 궁색한 처지에 있는데도," 그는 고개를 숙이고 다시 자기 컵에 보드카를 따르고 계속해서 말했다. "그자는 제가 나중에 틀림없이 갚을 것이라는 것을 잘 알고 있으면서도 제게 돈을 빌려주겠다는 소린 절대 하지 않습니다. 제가 머리를 숙이고 애걸하기를 기다리고 있는 거지요. 그자에게 애걸할 수밖에 없는 제 마음을 당신은 짐작하실 겁니다. 만약 당신 같은 분이라면 단도직입적으로 이렇게 말할 것입니다. '솔직히 말씀드려서 저는 지금 동전 한 닢도 없습니다'라고 말입니다." 갑자기 그는 무슨 결단이라도 내린 듯, 내 눈을 응시하며 말했다. "당신에게 솔직히 말씀드려서, 저는 지금 비참한 형편에 처해 있습니다. 10루블만 빌려주실 수 없겠습니까?

누님이 곧 보내줄 것이고, 아버지도……."

"예, 그렇게 하지요." 선뜻 대답했으나, 내 속은 그와 정반대였다. 엊저녁에 카드게임에서 돈을 잃었기 때문에 나와 니키타의 돈을 합친대도 5루블 정도밖엔 남아 있지 않았다. 그래서 은근히 속상하고 화가 났다. "지금 가져오겠소." 나는 일어서며 말했다.

"아닙니다. 나중에 주셔도 좋습니다. 너무 염려하지 마십시오."

그러나 나는 들은 체도 하지 않고 이미 잠겨 있는 막사 안으로 기어 들어갔다. 거기에는 내 침대가 놓여 있었고 대위는 자고 있었다.

"알렉세이 이바느이치, 미안하지만 봉급날 갚을 테니 10루블만 빌려주십시오." 나는 대위를 흔들어 깨우면서 말했다.

"뭐라고, 또 잃었나? 카드게임을 절대로 하지 않겠다고 어제 결심하지 않았나." 잠이 덜 깬 목소리로 대위가 말했다.

"아니, 도박을 한 것이 아닙니다. 급히 쓸 데가 있어서 그러니 빌려주십시오."

"마카튜크!" 대위는 큰 소리로 자기 졸병을 불렀다. "금고를 이리 가져와."

"쉿, 조용하세요!" 천막 밖에서 들려오는 구슈코프의 발소리에 귀를 기울이며 나는 대위에게 말했다.

"뭐라고? 왜 조용히 하라는 거야."

"실은 그 강등병이 돈을 꿔달라고 해서요. 그 친구가 이 근처에 있어요."

"그런 줄 알았더라면 거절할 걸 그랬어." 대위가 말했다. "그 친구 내가 듣기로는 아주 형편없는 녀석이던데!" 그러면서도 대위는 내게 돈을 건넸고, 금고를 제자리에 갖다 놓고 막사를 잘 닫으라고 졸병에게 이르고는 다시 되풀이해서 말했다. "그런 줄 알았더라면 거절할 걸 그랬어." 그리고 그는 담요를 머리 위까지 뒤집어썼다. "합계 32루블이야, 알겠나?" 그는 내게 소리쳤다.

내가 막사에서 나왔을 때 구슈코프는 의자 주변에서 서성대고 있었다. 그가 촛불 옆을 지나칠 때마다 기다란 흰 털이 늘어진 괴상한 털모자를 쓴 작달막한 그의 모습이 어둠 속에 드러났다가 사라지곤 했다. 그는 내가 다가오는 것을 알아채지 못한 체했다. 나는 그에게 돈을 건넸다. 그러자 그는 고맙다고 말하고 지폐를 접어 바지주머니 속에 넣었다.

"제 생각에 지금 파벨 드미트리예비치의 막사에서는 도박판이 한창일 겁니다." 그는 다급하게 말했다.

"그래요, 나도 그렇게 생각하고 있어요."

"그 사람은 이상하게 게임을 합니다. 언제나 추가로 카드를 받는 것은 절대 하지 않아요. 딸 때도 있지만, 대신 잃을 때는 상당히 많이 잃습니다. 저번에 그것이 증명된 셈이죠. 저번 출정에서 그 사람이 잃은 액수는 물건까지 합쳐 1,500루블도 더 될 겁니다. 그런데 이전에는 언제나 따기만 했던 모양입니다. 그래서 아까 그 장교가 부관의 명예를 의심하는 말을 했던 겁니다."

"그래요, 그자는 그런 사람이에요…… 니키타, 적포도주 남은 것 있나?" 구슈코프가 계속 지껄이는 바람에 기분이 한결 나아진 나는 니키타에게 소리쳤다. 니키타는 또 투덜거렸으나 결국 포도주를 가져왔다. 그러고는 이번에도 구슈코프가 술을 들이켜는 꼴을 무척 못마땅한 듯이 바라보았다. 구슈코프는 다시여유 있는 태도를 취하기 시작했다. 그러나 나는 여전히 그가빨리 돌아가주기만을 바라고 있었다. 그가 얼른 자리를 뜨지 못하는 것은 돈을 받자마자 자리를 뜬다는 것이 다소 어색했기 때문인 것 같았다. 나는 잠자코 있었다.

"그런데 당신같이 재산이 있는 분이 카프카스까지 오게 된 것은 무슨 까닭입니까? 도무지 이해할 수가 없어요." 그는 나에게물었다.

그래서 나는 그에게 필시 기이하게 여겨질 수 있는 내 행동에대해 간단히 설명했다.

"저는 교양과 인연이 먼 이곳 장교들이 당신에게 매우 불쾌한존재일 것이라고 생각합니다. 당신은 그런 사람들과는 도저히어울릴 수 없을 겁니다. 설령 당신이 이곳에서 10년을 지낸다하더라도, 도박과 술과 훈장과 출정에 관한 이야기 외에는 아무것도 듣지 못할 겁니다."

이렇게 말하며 나를 자신의 처지와 동일하게 간주하려는 그의태도에 대해 나는 적지 않은 불쾌감을 느꼈다. 그래서 나는 정색을 하며 도박과 술과 출정에 대한 이야기를 좋아하고, 지금사귀고 있는 이곳 장교들보다 더 좋은 친구는 없다고 말했다.그러나 그는 끝내 내 말을 믿으려 하지 않았다.

"물론 그렇게 말씀하실 수도 있겠습니다만," 그는 계속해서 말했다. "여자가 없다는 것, 즉 상류사회의 귀부인들 말입니다. 이것이 결정적인 결함이 아닐까요? 단 일 분만이라도 좋으니 지금 어느 응접실에 들어가서 문틈으로나마 매력적인 여인을 바라볼 수만 있다면, 지금 당장 무엇이든지 아끼지 않고 죄다 내놓을 수 있을 것 같습니다."

그는 잠시 침묵했다가 다시 포도주 한 잔을 들이켰다.

"아! 언제 다시 페테르부르크의 사교계에서 당신을 뵐 수 있고, 언제 다시 친구들이며 귀부인들과 어울려 지낼 수 있게 되는지!" 병에 남은 마지막 술을 컵에 따라 단숨에 들이켜고 나서 그는 말했다. "이런, 실례했습니다. 당신도 좀 더 드시고 싶었을 텐데, 제가 좀 과음한 것 같습니다. 술이 약해서 금방 취하고 맙니다. 그런데 말이죠, 제가 전에 모르스카야 거리에 있는 큰 저택의 아래층에 살고 있었는데, 별로 많은 돈을 쓰지 않고도 방을 아주 근사하게 꾸밀 수가 있었습니다. 도자기와 꽃병과 멋진 은그릇 등은 아버지가 주셨기 때문입니다. 저는 매일 아침마다 마차를 타고 외출했습니다. 그리고 오후 5시면 어김없이 식사를 하러 어떤 여인의 집으로 마차를 타고 갔습니다. 그 여자는 주로 집에 혼자 있었습니다. 정말 매혹적인 여인이었습니다. 혹시 그 여자를 모르십니까?"

"네, 모릅니다."

"그녀는 여성스러움이 넘쳐흘렀고 매우 우아했습니다. 그리고 그 말할 수 없는 상냥함이란! 아, 저는 그때까지만 해도 제 자신의 행복을 제대로 평가할 만한 안목이 없었습니다. 극장에서 상연이 끝나면 집으로 돌아와 그녀와 함께 저녁을 먹곤 했습니다. 그녀와 함께 있을 때엔 따분함이라는 것을 결코 몰랐습니다. 항상 쾌활하고 사랑스러운 여자였습니다. 그런데 그녀와 함께 있다는 것이 얼마나 큰 행복인지 그때는 잘 몰랐습니다. 저는 그 여자에게 많은 잘못을 저질렀습니다. 그 여자를 자주 괴롭혔지요. 저는 너무도 잔인했어요. 아, 참 좋은 시절이었는데! 그런데 혹시 제 이야기가 지루하시지는 않습니까?"

"아니요, 전혀."

"그럼 우리의 저녁 시간이 어떠했는지 말씀드리겠습니다. 여느 때처럼 저는 그녀의 집을 방문했습니다. 계단도, 꽃병도, 모두가 눈에 익은 것들이었습니다. 그리고 문의 손잡이를 포함해서 모든 것이 저한테는 아주 사랑스럽고 친밀했습니다. 응접실, 그리고 그녀의 방…… 아, 다시는 그 상황으로 돌아갈 수 없을 겁니다. 그녀는 지금도 저에게 편지를 보내고 있습니다. 언제든지 그녀의 편지를 당신한테 보여줄 수 있습니다. 하지만 저는 옛날의 제가 더 이상 아닙니다. 저는 형편없이 망가졌습니다. 이젠 그녀에게 어울리지 않는 존재입니다……. 네, 그래요. 저는 아주 철저하게 망가진 놈입니다. 이제 저에겐 활력도 자부심도 없습니다. 심지어 품위까지도…… 그래요. 저는 아주 망가진 놈입니다! 하지만 괴로운 제 마음을 알아줄 사람이 아무도 없습니다. 모두가 코웃음을 치고 있습니다. 저는 타락한 인간입니다! 이제 다시는 일어설 수가 없습니다. 왜냐하면 저는 도덕적으로 타락했기 때문입니다……. 진창 속에…… 빠졌습니다

……." 그 순간 그의 말 속에는 진솔하게 절망감을 토로하는 진정성이 깃들어 있었다. 그는 시선을 딴 데로 돌린 채 꼼짝하지 않고 앉아 있었다.

"왜 스스로를 그렇게 비난합니까?" 나는 물었다.

"저는 추악한 인간입니다. 이곳 생활이 저를, 제 내면에 있는 모든 것을 빼앗아가버렸기 때문입니다. 지금 저는 자존심이 아니라 비열한 마음으로 살아가고 있습니다. 불행으로 얼룩진 존엄성도 저에게는 더 이상 존재하지 않습니다. 저는 쉴 새 없이 타인으로부터 모욕을 당하고, 그 모욕을 꾹 참고 지냅니다. 다시 말해 비굴해지고 있다는 겁니다. 이런 모욕은 제 마음에 흔적을 남깁니다. 그래서 성질이 점점 거칠어지고, 이전에 알고 있던 것을 모두 망각하게 됩니다. 프랑스어도 이제는 제대로 할 수 없게 되었습니다. 이제 저는 비열하고 추악한 인간으로 변모했다고 생각합니다. 이런 상태에선 도저히 싸울 수가 없습니다. 그러나 어쩌면 영웅이 될 수 있을지도 모릅니다. 저에게 연대와 금빛 견장과 나팔수만 주어진다면 말입니다. 그러나 짐승만도 못한 안톤 본다렌코 따위와 어깨를 나란히 하고 싸워야 하고, 저와 그자가 아무런 차이도 없고, 제가 당하든 그자가 당하든 매일반이라고 생각하니 정말 참을 수가 없습니다. 이해하시겠죠. 어떤 거지 같은 놈이 생각도 있고 감정도 있는 저를 죽인다. 더욱이 짐승만도 못한 안토노프 따위와 함께 죽음을 당한다 해도 전혀 불합리하지 않다는 겁니다. 아니 그보다 고상하고 훌륭한 인간에게 운명은 언제나 가혹한 법이니까, 총알을 맞는 건 안토노프가 아니라 오히려 저일 수도 있습니다. 얼마나 가혹한 처사입니까. 모두들 저를 겁쟁이라고 부르는 것을 잘 알고 있습니다. 그래요. 저는 겁쟁이입니다. 그 외에 아무것도 아닙니다. 그들의 눈에 비친 저는 겁쟁이일 뿐만 아니라 거지보다 더 가련한 존재입니다. 지금도 저는 당신에게 구걸해서 돈을 얻었습니다. 그러니까 당신은 저를 경멸할 권리를 갖고 있는 셈입니다. 아니, 이 돈을 도로 가져가십시오." 이렇게 말하고 그는 구겨진 돈을 나에게 내밀었다. "저는 당신에게서 존경을 받고 싶습니다." 그는 두 손으로 얼굴을 가리고 울음을 터뜨리고 말았다. 나는 뭐라고 말해야 좋을지, 그리고 어떻게 해야 좋을지 전혀 감을 잡을 수 없었다.

"제발 진정하십시오." 나는 그에게 말했다. "당신은 너무도 감상적이군요. 모든 것을 그런 식으로 심각하게 생각하지 마십시오. 그렇게 분석하지 말고 모든 것을 단순하게 바라보세요. 당신은 스스로에게 성질이 있다고 말했습니다. 자신을 믿으십시오. 그리고 조금만 더 참으십시오." 나는 그에게 이렇게 말했지만, 조금 어색했다. 이처럼 깊은 불행에 빠져 있는 사람을 나의 잣대로 판단하고 있다는 것에 대한 뉘우침과 그에 대한 연민의 정이 내 가슴을 아프게 만들었다.

"예, 그렇습니다." 그가 말했다. "이 지옥 같은 삶을 살면서 단한 번만이라도, 단 한마디만이라도, 동정과 충고와 우정이 담긴 말을, 지금 당신한테서 들은 것 같은 인간다운 말을 들을 수만 있다면, 저는 모든 것을 감수하고 견뎌낼 수 있을 겁니다. 그리고 제 자신을 굳게 믿고 기꺼이 군 생활을 수행할 수 있을 겁니다. 그러나 지금은 너무나 무섭습니다……. 죽음을 택하는 것이 저의 올바른 판단이라고 생각합니다. 게다가 이처럼 치욕적인 저의 삶과 세상에서 좋은 것만을 추구하다가 파멸해버린 제자신을 어떻게 사랑할 수가 있단 말입니까? 그런데 어떤 조그만 위험이 저에게 닥치면, 저는 갑자기 이 보잘것없는 생명을 마치 무슨 보물이라도 되는 것처럼 존귀하게 여기면서 저의 목숨을 지키려 든단 말입니다. 스스로 저를 통제할 수가 없다는 겁니다. 그러나 이제는 할 수 있습니다." 잠시 침묵하다가 그는 계속해서 말했다. "그 대신 너무나 큰 대가를 치러야 합니다. 저의 능력을 뛰어넘는 엄청난 노력이 필요합니다. 일반적인 조건 하에서 당신네들이 전쟁터에 출전할 때처럼 다른 사람들과 함께 싸운다면, 저도 얼마든지 용감합니다. 이 점은 제가 증명했습니다. 왜냐하면 저는 자존심이 강하고 오만하기 때문입니다. 물론 이것이 저의 결점이기도 하지만…… 저, 그런데 말입니다. 당신 막사에서 저를 재워줄 수 있습니까? 제 막사에선 밤새도록 도박을 할 테니 말입니다. 아무 곳이나 괜찮습니다. 바닥이라도 상관없습니다."

니키타가 잠자리를 준비하는 동안, 우리는 일어나서 다시 포대 근처를 거닐기 시작했다. 정말로 구슈코프는 술이 약한 모양이었다. 보드카와 포도주를 두 잔씩 마셨을 뿐인데 벌써 비틀거리고 있었다. 우리가 의자에서 일어나 촛불에서 멀리 떨어졌을 때, 나는 그가 이야기하는 동안 줄곧 손에 쥐고 있던 10루블짜리 지폐를 내가 알아차리지 못하게 슬쩍 자신의 호주머니 속에 쑤셔 넣는 것을 눈치챘다. 그는 계속 이야기를 하면서, 만일 당신처럼 동정해주는 분이 옆에 있어만 준다면 자기는 능히 재기할 수 있을 것 같다고 뇌까리는 것이었다.

우리가 잠자리에 들려고 막사 쪽으로 걸음을 옮기는 순간, 우리 머리 위로 포탄이 소리를 내며 날아가 그리 멀지 않은 곳에 떨어졌다. 조용히 잠들고 있는 야영지, 우리들의 대화, 그리고 갑자기 야영지 한복판으로 날아든 적군의 포탄. 하도 이상한 느낌이 들어 나는 잠시 어리둥절했다. 그때 토루에서 보초를 서고 있던 안드레예프가 내게로 달려왔다.

"놈들이 몰래 접근해 왔습니다! 저쪽에서 불빛이 보였습니다."

"대위님을 깨워야겠군." 나는 이렇게 말하고 구슈코프를 쳐다보았다.

구슈코프는 땅바닥에 거의 엎드릴 정도로 몸을 구부리고 무슨 말을 하려고 더듬거리기 시작했다. "이건…… 그런데 이건…… 저…… 이건…… 적…… 가소롭군." 그는 더 이상 입을 놀리지 못했다. 그리고 눈 깜짝할 사이에 어디론가 사라져버렸다.

대위의 막사에 촛불이 켜지면서 항상 잠이 깰 때마다 하는 그의 기침 소리가 들렸다. 작은 파이프 담배에 불을 붙이기 위해 화승간을 찾으며 대위는 천막에서 재빨리 나왔다.

"자네, 이게 어떻게 된 거야?" 그는 웃으면서 말했다.

"오늘 밤 나를 못 자게 하려는 속셈인가? 아까는 자네가 강등병을 데리고 오지를 않나, 이번엔 쉬아밀(19세기 중엽 러시아군에 대항해 카프카스 산악에 거주했던 소수민족의 우두머리 이름—옮긴이)이란 놈이 날 깨우지 않나. 그런데 어떻게 할까, 응사할까 아니면 그냥 무시할까? 이런 경우엔 어떻게 해야 하는지 명령서에 언급된 것이 있나?"

"전혀 언급되어 있지 않습니다. 저기 또 날아옵니다." 나는 말했다. "두 발이 한꺼번에 날아옵니다."

전방 우측 어둠 속에서 마치 두 개의 눈알 같은 불꽃이 타올랐다. 그리고 아군이 쏜 공포탄 한 발이 굉음을 발하며 우리 머리 위로 재빠르게 날아갔다. 인근 막사에서 병사들이 기어 나왔다. 그들은 기지개를 켜면서 시끄럽게 웅성웅성하며 시끌벅적거렸다.

"마치 꾀꼬리처럼 놈들의 포구가 울고 있네." 어떤 포병이 말했다.

"니키타를 불러." 여느 때처럼 웃음을 지으며 대위가 말했다. "이봐, 니키타! 어디 숨어 있을 생각은 하지 말고, 산 꾀꼬리(러시아군에 대항했던 카프카스 산악 지역의 소수민족을 지칭함—옮긴이)의 노랫소리나 들어."

"예, 알겠습니다." 대위 옆에 서 있는 니키타가 말했다.

"저도 그 산 꾀꼬리라는 놈을 본 적이 있는데, 전혀 무섭지 않습니다. 그런데 아까 여기서 대위님의 적포도주를 마시고 있던 그 손님은 그 소리를 무서워하며 허리를 굽히고 우리 천막 옆으로 쏜살같이 달아났습니다."

"어쨌든 포병 사령부에 갔다 와야겠어." 상관다운 진지한 어조로 대위가 말했다. "불빛을 목표로 해서 사격을 해도 좋은지 어떤지 확인해 가지고 오게. 효과가 없을지 모르지만, 괜찮을 거야. 수고스럽지만 가서 알아봐주게. 어서 말안장을 얹으라고 지시하게. 내 말을 타고 가게."

오 분 후 나는 대위의 말을 타고 포병 사령부로 향했다.

"조심하게. 암호는 '드이쉴로(쌍두마차의 두 마리 말 사이에 있는 수레채―옮긴이)'야." 언제나 빈틈없는 대위가 나한테 속삭였다. "암호를 모르면 보초선을 통과할 수 없을 걸세."

사령부는 여기서 반 베르스타 정도 떨어져 있었고, 막사 사이로 길이 나 있었다. 모닥불 근처를 벗어나자 주위는 온통 캄캄해서 말의 귀조차 분간할 수 없을 지경이었다. 때로는 아주 가깝게 보이기도 하고 때로는 무척 멀리 보이기도 하는 모닥불들이 눈앞에 가물거렸다. 고삐를 늦추고 말이 가는 대로 얼마쯤 앞으로 나갔을 때, 나는 여기저기 세워져 있는 하얀 막사들과 검은 말발굽 자국을 분간할 수 있었다. 세 번쯤 길을 묻고, 두 번 정도 막사 기둥에 부딪혔는데, 그럴 때마다 막사 안에서 욕설이 튀어나왔다. 그리고 두세 번 보초한테 정지를 당했다. 대략 삼십 분쯤 걸려서 나는 가까스로 사령부에 도착했다. 도중에도 두세 번 정도의 포성이 들렸지만 사령부가 있는 지점까지는 포탄이 날아오지 못했다. 그런데 적군이 포격을 중지했으므로 포병 사령관은 응사 명령을 내려주지 않았다. 나는 말고삐를 잡고 말을 끌면서 보병 막사 사이를 빠져나오고 있었다. 돌아오는 길에 불이 켜진 병사들의 막사 옆을 지나치면서 몇 번이나 발걸음을 늦추고 귀를 기울였다. 어릿광대가 하는 옛날이야기와 글을 읽을 줄 아는 병사의 책 읽는 소리가 들렸다. 그곳에서는 일개 분대나 되는 병사들이 모여서 책 읽는 소리를 경청하고 있었다. 또 다른 곳에서는 전쟁에 관한 이야기, 고향에 대한 이야기, 상관들에 대한 이야기 등이 들려왔다.

그런데 제3중대 막사 옆을 지나치는데, 아주 명랑한 목소리로 신나게 지껄이고 있는 구슈코프의 커다란 음성이 들려왔다. 그와 대화를 나누고 있는 상대 역시 구슈코프처럼 명랑한 목소리였는데, 그 말투로 보아 일개 병사는 아니었고 사관생도이거나 상사의 목소리였다. 나는 발걸음을 멈추었다.

"나는 오래전부터 그 사람을 잘 알고 있어." 구슈코프가 말했다. "내가 페테르부르크에 살고 있을 때, 그 사람은 가끔 우리 집을 방문하곤 했어. 나도 가끔 그 사람 집에 갔었지, 아무튼 상류사회 사람이야."

"자네 지금 누구 얘기를 하는 건가?" 누군가가 잔뜩 술에 취한 목소리로 물었다.

"그 공작 말일세." 구슈코프가 대답했다. "그 사람과 나는 친척 사이야. 그보다도 우리는 오랜 친구 사이지. 그런데 그런 사람하고 친분이 있다는 건 좋은 거야. 그 사람은 굉장한 부자야. 100루블 정도는 돈으로 생각하지도 않을 정도니까. 자, 이건 내가 누님이 돈을 보내주면 갚는다고 약속하고 그 사람한테서 빌린 돈이야."

"그럼, 빨리 심부름을 보내야지."

"지금 보내야지, 어이, 사벨리이치!" 구슈코프가 막사 입구 쪽으로 다가오면서 소리쳤다.

"여기 10루블이 있으니 술 파는 상인에게 가서 카헤틴스코예 (그루지야의 카헤티야 지방에서 생산한 포도주―옮긴이) 두 병하고, 또 뭘 사지? 여보게들, 말해봐!" 헝클어진 머리에 모자도 쓰지 않은 구슈코프가 막사 밖으로 나왔다. 그는 아까 입었던 반코트 소매를 걷어 올리고 바지주머니에 두 손을 찔러 넣고 막사 입구에 서 있었다. 저쪽에는 불빛이 있고, 이쪽은 어둠이 깔려 있었지만, 그래도 혹시 저쪽에서 나를 알아채지나 않았을까 내심 두근거렸다. 나는 소리를 내지 않고 슬그머니 그 자리를 떴다.

"거기 누구야?" 잔뜩 술에 취한 목소리로 구슈코프가 소리쳤다. 차가운 바깥바람에 취기가 가신 듯했다. "말을 끌고 서성거리는 놈, 너 누구야!"

나는 아무 대꾸도 하지 않고 묵묵히 도로 쪽으로 빠져나왔다.

1856년 11월 15일

지주의 아침

지주의 아침

1

열아홉 살 때 대학교 3학년 학생이었던 네흘류도프 공작은 자신의 영지로 가서 혼자 여름방학을 보냈다. 그리고 가을에 그는 자신의 숙모이자 친구인, 그리고 그가 이 세상에서 가장 사려 깊은 여자라고 믿고 있는 벨로레츠카야 백작 부인에게 어린아이처럼 서툰 필치로 편지를 써 보냈다. 다음은 프랑스어로 쓴 그의 편지를 러시아어로 옮긴 것이다.

"사랑하는 숙모님.

저는 제 일생의 운명이 걸려 있는 중대한 결심을 했습니다. 대학을 그만두고 시골에서 평생을 보내려 합니다. 왜냐하면 저는 시골에서 살아가도록 태어났다는 것을 깨달았기 때문입니다. 숙모님, 저를 비웃지 말아주세요. 숙모님은 제가 철부지라고 말씀하시겠지요. 사실 저는 아직까지도 어린아이일지 모릅니다. 그러나 저의 결정은 선을 행하고, 또한 선을 사랑하고자 원하는 저의 소명의식과 결코 상충되지 않습니다.

이 편지에서 밝히듯이 저는 말로 표현하기 어려운 혼돈 속에서 제가 할 일을 발견했습니다. 그 혼돈을 바로잡기를 갈망하며, 저는 농노들의 처참하고 불행한 상황 속에 큰 죄악이 존재하고 있다는 결론을 내렸습니다. 그리고 그 죄악은 노력과 인내로써 제거될 수 있다는 것도 깨달았습니다. 만일 숙모님이 제 농노인 다브이드와 이반을 보신다면, 그리고 그들이 자신들의 가족들과 어떻게 살아가고 있는지를 보신다면, 그리고 불쌍한 이 두 농노를 한 번만 보시게 된다면, 제가 숙모님에게 말씀드리려는 의도를 보다 쉽게 이해하실 수 있을 것입니다. 농노 칠백 명의 행복을 돌보고 하나님의 뜻에 따라 이들을 보살피는 것이 저의 신성하고 올바른 의무가 아니겠습니까? 쾌락이나 명예 때문에 그들을 난폭한 촌장이나 관리인들의 횡포 속에 방치해 둔다는 것은 죄악이 아닐까요? 제가 이처럼 성스럽고 선하고 우리들로부터 가장 가까운 곳에 있는 의무를 발견했는데, 무엇 때문에 구태여 다른 곳에서 유익함과 선을 행하고자 하겠습니까? 저는 스스로 훌륭한 지주가 될 수 있다고 굳게 믿고 있으며, 제가 의도하는 훌륭한 지주가 되는 데는 졸업증뿐 아니라 숙모님이 저에게 기대했던 관직도 필요가 없습니다. 사랑하는 숙모님, 저를 위해 야심찬 계획을 세우지 마시고, 제가 전혀 다른 길로 가버렸다는 것에 익숙해지도록 하세요. 그 길이야말로 저에게 훌륭한 길이라고 느끼고 있으며, 저를 행복으로 인도해주는 길이라고 믿고 있습니다. 저는 장래의 의무에 대해서 상당히 많이 상고해보았습니다. 그리고 저의 행동에 대한 규범을 만들었습니다. 만일 하나님께서 저에게 생명과 능력을 주신다면, 저는 이 소명을 반드시 완성할 것입니다.

이 편지를 바샤 형에게는 보여주지 마세요. 형이 조롱할까 봐 두렵습니다. 형은 항상 저에게 우월감을 갖고 있고, 저는 항상 형에게 양보했습니다. 그리고 바샤 형은 제 의도에 찬성은 하지 않더라도 이해는 해줄 것입니다."

백작 부인 역시 그에게 프랑스어로 쓴 답장을 보냈다.

"사랑하는 드미트리, 너의 편지에는 내가 전혀 의심치 않는 너의 아름다운 마음씨만이 가득하고, 그 외에 다른 것들은 전혀 찾아볼 수가 없구나. 하지만 사랑하는 드미트리야, 고귀한 품성 이라는 것은 어리석음보다 더 많은 해악을 우리의 삶에 끼치는 법이란다. 나는 네가 어리석은 짓을 한다거나, 너의 행동이 나를 실망시키고 있다는 따위의 이야기를 네게 하려는 것은 아니다. 그러나 심사숙고하라는 나의 충고가 너에게 교훈이 됐으면 한다. 드미트리야, 너는 시골에서 살아야 한다는 소명을 느끼고, 너의 농노들을 행복하게 해주는 훌륭한 지주가 되기를 갈망하는 글을 썼더구나. 나는 너에게 이런 말을 반드시 해주고 싶다. 1) 우리 인간들은 실수를 한 번쯤 저지른 다음에야 비로소 자신의 소명이 무엇인지를 깨닫게 된다는 것. 2) 다른 사람의 행복보다는 자기 자신의 행복을 도모하는 것이 훨씬 쉽다는 것. 3) 선한 지주가 되기 위해서는, 그렇게 되려고 애를 쓰기 이전에 먼저 자신에게 냉엄하고 엄격한 사람이 되어야 한다는 것.

너는 자신의 판단이 확고부동하고 심지어 그것을 삶의 원칙인 것처럼 간주하고 있지만, 드미트리야, 나는 그런 판단이나 원칙보다 경험이 더 중요하다고 믿는다. 그런데 나의 경험은 너의 판단이 다소 유치하다고 말하고 있다. 벌써 내 나이가 쉰이 되었구나. 나는 이제까지 많은 훌륭한 사람들을 만나보았지만, 명예와 재능을 소유한 젊은이가 선행을 구실로 시골에 틀어박혀 살겠다는 이야기는 일찍이 들어보지 못했다. 너는 항상 스스로를 독특한 사람이라고 믿고 싶겠지만, 너의 그 독특함이란 아무 쓸모도 없는 자부심에 불과하단다. 그러니 드미트리야, 좀 더 평범한 길을 택하도록 해라. 그 길은 너를 성공으로 인도해줄 것이고, 비록 너에게 성공 따위는 아무 쓸모도 없다고 하더라도 틀림없이 그 성공은 네가 그토록 사랑하는 선행을 얼마든지 이룰 수 있도록 만들어줄 것이다.

일부 농노들의 가난, 그것은 명백한 죄악이다. 혹은 사회나 부모가 스스로에 대한 의무를 게을리 하지 않는 범위 내에서 도와줄 수 있는 죄악일 것이다. 지혜와 선행에 대한 열정과 사랑을 가지고 있는 너는 무엇을 하든지 성공할 수 있을 것이다. 그러니 최소한 너에게 유익하고 명예가 되는 길을 선택하도록 해라.

너에게는 명예심 따위는 아예 없다고 말한 너의 진실성을 믿는다. 그러나 너는 스스로를 속이고 있을지도 모른다. 네 나이에 수단을 갖고 선행을 베푸는 것이 명예인 것이다. 그러나 인간이 실질적으로 자신의 열정에 만족하지 못하는 상태에 놓이게 되면, 선행은 반드시 불만족과 저속함으로 변질될 것이다. 아마 너도 자신의 계획을 포기하지 않는다면, 이런 것을 경험하게 될 것이다. 그럼 잘 지내라, 사랑하는 미챠(드미트리의 애칭—옮긴이). 너의 그런 어리석으면서도 고상하고 웅대한 계획을 알고 나서, 너를 더 많이 사랑하고 있다는 생각을 하게 된다. 실행하거라, 그러나 너도 알다시피 솔직히 말해 나는 너의 계획에 찬성할 수가 없구나."

이 편지를 받고 나서 젊은이는 그 내용에 대해 오랫동안 생각했다. 마침내 그는 아무리 사려 깊은 여자라도 실수를 할 수 있다는 결론을 내린 후, 대학교를 자퇴하고 시골에서 지주 생활을 하기로 결심했다.

2

그가 자신의 숙모에게 보낸 편지의 내용처럼 젊은 지주에게는 이미 자신의 영지 관리에 관한 행동규범이 마련되어 있었고, 그의 모든 생활과 업무는 시간과 날짜와 달에 따라 나뉘어져 있었다. 일요일에는 탄원자, 농노, 그리고 농민들을 비롯해 가난한 사람의 살림살이를 돌보고, 저녁에는 누구에게 어떤 도움을 줄 것인가 결정하는 농민회의의 동의를 얻어 그들에게 도움을 주는 데에 시간을 할애했다. 1년 넘게 이런 일을 해온 젊은이는 영지 관리에 관한 실질적인 지식이나 이론적인 지식에 있어서 더 이상 풋내기가 아니었다.

쾌청한 6월의 어느 일요일이었다. 네흘류도프는 커피를 마신 후, 『Maison rustipue(농장)』이라는 책의 한 챕터를 통독하고 코트 주머니에 수첩과 지폐 뭉치를 넣고 저택을 나섰다. 그의 저택은 원주 기둥들과 테라스를 갖춘 규모가 큰 농가인데 그는 아래층의 작은 방을 사용하고 있었다. 자신의 농가에서 대로변 양쪽에 자리 잡고 있는 마을로 향하는, 고풍스런 영국식 정원의 손질하지 않은 잡초가 자라고 있는 오솔길을 따라 걸으며 그는 마을로 향했다. 큰 키에 건장한 체격을 갖춘 젊은 네흘류도프는 숱이 많은 검붉은 곱슬머리에 광채가 나는 검은 눈동자와 깨끗한 두 볼과 붉은 입술을 갖고 있었고, 젊은 사람들에게서 흔히 볼 수 있는 거무스름한 솜털이 얼굴에 나 있었다. 그의 모든 동작과 걸음걸이에는 능력과 정력과 젊음의 관대한 자기만족이 드러나 보였다. 삼삼오오 짝을 지어 정장을 입고 예배당에서 나오는 노인네, 처녀, 어린이, 그리고 갓난애를 안은 아낙네 등이 공작을 보자 공손히 절을 하고 길을 비켜주면서 각기 집으로 돌아갔다. 거리에 들어서자 네흘류도프는 걸음을 멈추고 주머니에서 수첩을 꺼내, 맨 마지막 페이지에 어린아이 같은 필체로 쓴 몇몇 농노의 이름과 그들의 요구사항을 읽었다. '이반 추리세노크—각목을 요청했다.' 그는 마을로 접어들어 오른쪽에서 두 번째 농가 문 앞으로 다가갔다.

추리세노크의 농가는 반쯤 허물어진 건물인데, 구석구석이 썩었으며 양쪽 끝에 있는 기둥이 주저앉아 있었다. 기둥은 땅속에 틀어박혀 있었고, 흙과 진흙으로 빚어 만든 벽은 창문 두 개를 밖에서는 보이지 않을 만큼 가리고 있었다. 앞쪽에 나 있는 부서진 붉은색 환기용 창문에는 망가진 덧창문이 달려 있었다. 그리고 문은 반쯤 부서져 있었고 다른 창문은 작고 낮은데 솜으로 틀어막혀 있었다. 썩은 문지방에 낮은 문이 달린 마루방의 현관, 그 현관보다도 더 낡고 나지막한 건물, 문짝, 헛간 따위가 안채의 작은 집 옆에 나란히 붙어 있었다. 이 모든 것이 하나의 울퉁불퉁한 지붕으로 덮여 있었으나, 지금은 그것 대신 그냥 추녀 위에 썩어서 검게 변한 두툼한 짚단이 덮여 있었다. 짚단 위에는 군데군데 문살과 서까래가 얹혀 있었다. 집안 마당에는 썩은 나무 덮개로 덮여 있는 우물이 있고, 기둥의 썩은 쪼가리와 달구지의 바퀴 따위가 널려 있었다. 그리고 가축들이 휘저어서 항상 더러운 웅덩이가 있는데, 그 안에서 물오리 몇 마리가 물을 튀기고 있었다. 우물 근처에는 가지가 꺾이고 갈라진, 허옇게 색이 바랜 나뭇잎이 매달린 버드나무 두 그루가 서 있었다. 누군가 옛날에는 이곳을 멋있게 꾸몄을 것이다. 버드나무 아래 앉아 있는 여덟 살 된 금발 머리 계집아이의 발밑에서 두 살배기 아기가 기어 다니고 있었다. 그들 옆에서 꼬리를 치고 있던 강아지가 공작을 발견하자, 쏜살같이 대문 밑으로 들어가서 겁먹은 소리로 짖어댔다.

"이반, 집에 있나?" 네흘류도프가 물었다.

그의 목소리에 놀란 큰 계집아이는 아무 대답도 하지 못하고 눈을 동그랗게 떴고, 작은 계집아이는 울음을 터뜨렸다. 군데군데 찢어진 체크무늬 치마에 붉은색 낡은 허리띠를 동여맨 작달만한 노파가 문 안쪽에서 내다보았다. 그러나 노파 역시 아무 대답도 하지 않았다. 네흘류도프는 현관으로 다가가서 다시 물었다.

"집에 있습니다, 나리." 나이 든 아낙네가 어딘가 불안한 기색으로 그에게 다가와서 허리를 낮게 굽히고 카랑카랑한 목소리로 말했다.

네흘류도프는 그녀에게 인사를 하고 비좁은 현관을 거쳐 좁은 마당으로 들어섰다. 턱에 한 손을 대고 문 쪽으로 다가온 아낙네는 공작에게서 눈을 떼지 않은 채 조용히 머리를 흔들기 시작했다. 마당 안은 초라했다. 한쪽 구석에는 검게 변한 퇴비 더미가 쌓여 있었고, 퇴비 더미 위에는 썩은 짚과 쇠스랑, 써레 두 개가 아무렇게나 얹혀 있었다. 안마당 주위에는 추녀에 잇대어 만든 자그만 헛간 몇 채가 있었다. 그중 하나의 벽에는 쟁기와 바퀴 없는 달구지가 세워져 있었고, 사용하지 않는 텅 빈 벌통들이 수북이 쌓여 있었다. 또 다른 헛간은 지붕이 너무 낡아서 거의 쓰러질 것 같은 모양을 하고 있었고, 앞쪽 처마는 기둥이 아닌 퇴비 더미 위에 걸쳐 있었다. 추리세노크는 도끼로 쳐서 지붕을 떠받치고 있는 울타리를 부수는 중이었다. 이반 추리스(추리센크의 애칭―옮긴이)는 작은 키에 쉰 살쯤 먹은 농노인데, 볕에 그을은 기다란 구릿빛 얼굴과 허연 턱수염과 백발이 성성한 숱 많은 머리가 아름답고 인상적이었다. 반쯤 감긴 짙은 하늘색 눈은 지혜롭고 선량하며 편안해 보였다. 드문드문 난 붉은색 콧수염 밑에 있는, 웃을 때 가끔 드러나 보이는 작고 단아한 그의 입술은 스스로에 대한 잔잔한 신뢰와 주위의 사람들에 대한 다소 조소가 섞인 무관심을 드러내고 있었다. 쭈글쭈글한 피부, 깊숙이 파인 주름살, 목과 얼굴과 팔뚝에 불거져 나온 혈관, 그리고 부자연스럽게 활 모양으로 굽은 두 다리는 그가 얼마나 힘든 중노동을 하면서 살아왔는가를 보여주었다. 그는 양쪽 무릎에 파란색 누더기를 댄 하얀 삼베 바지와 등과 두 팔 부분이 해진 지저분한 셔츠를 입고 있었다. 셔츠의 옷고름에는 구리 열쇠가 낮게 매달려 있었다.

"하나님의 가호가!" 공작은 마당으로 들어서면서 말했다.

추리세노크는 그를 흘끗 쳐다보고는 하던 일을 계속했다. 그는 완력으로 울타리를 퇴비 더미 밑으로 쓰러뜨려 제거하고 나서야, 허리띠를 추켜올리면서 도끼를 통나무에 찍어놓고 마당 한가운데로 나왔다.

"안녕하십니까, 나리!" 그는 허리를 낮게 굽히고 머리를 매만지면서 말했다.

"고맙네, 자네 살림을 좀 돌아보려고 왔어." 네흘류도프는 사내의 옷차림을 찬찬히 살펴보면서 어린애처럼 상냥하고 수줍은 목소리로 말했다. "전번에 자네가 농민회 모임에서 요청한 각목을 좀 보여주지 않겠나?"

"각목이라고요? 아, 그 각목이요. 죄송하지만, 여기를 좀 보세요. 바로 여기를 조금 튼튼하게 할 생각입니다……. 어쨌든 이 구석이 무너져버렸어요. 그때 하나님 덕분에 다행히도 가축들이 이 자리에 없었습니다. 정말 위태롭게 걸쳐 있었습니다." 추리스는 다소 과장된 표정을 짓고, 무너져가는 낡은 헛간을 쳐다보며 경멸하듯 말했다. "오래전에 서까래도 처마기둥도 그리고 대들보도 다 썩어버렸고, 쓸 만한 목재가 하나도 없습니다. 목재를 구할 곳이라곤 한 군데도 없으니, 어떻게 해야 좋을지……."

"헛간 하나는 벌써 무너졌고 또 다른 하나도 곧 무너질 것 같네. 자네는 각목 다섯 개가 아니라, 서까래와 처마와 대들보가 필요할 것 같네." 공작은 마치 자기의 해박한 지식을 뽐내듯 말했다.

추리세노크는 침묵했다.

"자네한텐 각목이 아니라, 목재가 필요한 것이 틀림없어. 나에게 그렇게 말했어야 하는 건데……."

"그야 물론 필요하지만, 구할 데가 있어야죠. 일일이 나리 댁을 찾아갈 수도 없는 일이 아닙니까? 아쉬울 때마다 나리 댁으로 달려가는 버릇을 우리 이웃들이 갖게 되면, 우리 농노들은 장차 어떻게 되겠습니까? 그렇지만 나리께서 자비를 베풀어 댁의 탈곡장에 방치되어 있는 낡은 떡갈나무 가지를 제게 주신다면……." 그는 머리를 숙이고 발을 꼼지락거리며 말했다. "그렇게 해주신다면, 그것을 다듬고 깎아서 어떻게 하든지 한동안은 버티게 할 수 있을 것 같습니다."

"아니, 낡은 것을 깎아서? 자넨 모두가 낡고 썩었다고 말하지 않았나? 오늘은 이 구석이 허물어지고, 내일은 저기, 모레는 또 저기가 무너질 거고. 그렇다면 헛일을 하지 않기 위해서라도 모든 걸 새로 장만해야지. 그리고 이 집이 이번 겨울까지 버틸 수 있겠는지 한번 말해보게."

"그걸 제가 어떻게 압니까!"

"아냐, 자네는 어떻게 생각하고 있나, 무너져버릴까 아니면 괜찮을까?"

추리스는 잠시 생각에 잠겼다.

"죄다 무너져버릴 겁니다." 그가 불쑥 말했다.

"자, 이거 보게. 자네는 농민회 모임에서 각목 정도가 아니라, 집 전체를 증축해야 한다고 말했어야 했는데. 그랬더라면 난 자네를 기꺼이 도와주었을 거야……."

"나리, 정말 감사합니다." 추리세노크는 못 믿겠다는 듯이 공작을 쳐다보지도 않고 대답했다. "제가 바라는 건 그저 통나무 네 개와 각목을 주셨으면 하는 것뿐입니다. 그러면 그것을 다듬고 골라서 안채에 기둥도 세울 수 있을 테니까요."

"아니, 그럼 안채도 형편이 없단 말인가?"

"저와 마누라는 이제나 저제나 그 밑에 깔려 죽을 날만 기다리는 형편입니다." 추리스는 태연하게 말했다. "얼마 전에는 천장에서 대들보가 떨어져서 마누라가 죽을 뻔했습니다."

"그래, 죽었단 말인가?"

"마누라 잔등에 꿍 하고 소리가 날 정도로 강하게 떨어졌습니다, 나리. 그래서 밤새도록 꼼짝도 못 하고 누워 있었습니다."

"그래, 무사한가?"

"그저 그렇습니다. 지금도 여전히 끙끙 앓고 있답니다. 마치 태어날 때부터 아팠던 것처럼 말입니다."

"그래, 많이 아픈가?" 아까부터 문 앞에 선 채 남편이 자기에 대한 이야기를 꺼내자마자 새삼스레 신음을 내고 있는 아낙네를 보고 네흘류도프가 물었다.

"움직이기가 힘들 정도로 아픕니다." 아낙네는 자신의 더럽고 말라빠진 앞가슴을 가리키면서 대답했다.

"저런!" 젊은 공작은 어깨를 치키며 흥분해서 말했다. "몸이 그렇게 아픈데, 왜 병원에 가서 말하지 않았나? 병원은 아플 때 치료하라고 있는 것 아닌가? 그런 얘기도 들어보지 못했나?"

"물론 들었죠, 나리. 그런데 갈 시간이 없었습니다. 밭일이다, 집안일이다, 애들 뒤치다꺼리다, 어느 누구도 거들어줄 사람이 없었으니까요! 그리고 이건 저의 집안일이고 해서……."

3

네흘류도프는 농가 안으로 들어갔다. 울퉁불퉁하고 연기에 그슬린 문과 나란히 있는 벽 쪽에는 자질구레한 넝마와 빨래들이 걸려 있었고, 맞은편 벽에는 성상과 라브카(벽에 붙여 만든 침대 겸용의 긴 의자—옮긴이)가 놓여 있었으며 그 주변으로 반짝반짝 빛나는 붉은 벌레들이 우글거렸다. 악취가 나는 어두컴컴한 천장에는 커다란 틈새가 나 있었고, 기둥 두 개가 떠받치고 있는데도 천장이 많이 기울어져 있었다. 천장은 당장에라도 무너져 버릴 것만 같았다.

"아이고, 상태가 형편없군." 추리세노크의 얼굴을 쳐다보면서 공작이 말했으나, 추리세노크는 이 상태에 대해서 될 수 있으면 이야기를 꺼내고 싶지 않은 눈치였다.

"우릴 깔아뭉갤 거예요. 그리고 애들도……." 아낙네가 침상 밑에 놓여 있는 페치카에 몸을 기대고 울음 섞인 목소리로 말하기 시작했다.

"임자는 잠자코 있어!" 추리스는 꿈틀거리는 콧수염 밑에 보일까 말까 한 조소를 띄우며 그녀를 엄하게 꾸짖고 공작에게 몸을 돌렸다. "마누라나 집안 꼴을 보면 이성을 잃게 됩니다, 나리. 기둥이나 받침이나 모두가 다 저 모양이니…… 어떻게 해볼 도리가 없습니다!"

"이런 데서 어떻게 겨울을 지낼 수 있겠습니까? 아이고!" 아낙네가 넋두리를 했다.

"하긴 기둥을 다시 세우고 천장 널빤지를 새것으로 바꾸고," 그녀의 남편이 담담하고도 사무적인 표정으로 부인의 말을 가로챘다. "서까래도 갈아치운다면, 어떻게 이번 겨울을 견뎌낼 수는 있을 것 같은데…… 어쨌든 계속 살려면 집 전체를 기둥으로 받쳐야 됩니다. 여길 좀 보세요, 손을 한번 대보세요. 널빤지 한 장도 남아 있지 않게 될 겁니다." 그는 마치 그런 상태를 상상하는 것을 매우 만족스러워하는 듯한 태도로 말했다.

네흘류도프는, 추리스를 이런 상태로까지 몰아간 것과 자신이 좀 더 일찍 그를 찾아오지 않았다는 것에 대해 자책하며 고통스러워했다. 사실 네흘류도프가 영지로 내려온 이후부터 그는 농노들의 청원을 한 번도 거절하지 않았고, 누구든 필요하면 언제든지 그를 찾아올 수 있게 했던 것이다. 이 농노에 대하여 어떤 적의까지 느끼게 된 그는 너무 격분한 나머지 어깨를 움직이며 얼굴을 찡그렸다. 그러나 추리스를 둘러싸고 있는 가난의 모습과 이러한 가난 속에서도 말없이 자못 만족스러워하는 모습이, 그의 분노를 침울하고 암담한 감정으로 바꾸어놓았다.

"그래, 여보게 이반, 왜 자네는 일전에 나에게 말하지 않았나?" 그는 더럽고 울퉁불퉁한 긴 의자 위에 앉으면서 질책하듯 따졌다.

"감히 그럴 수가 있어야죠, 나리." 추리스는 시커먼 맨발로 울퉁불퉁한 흙바닥 위에서 이리저리 움직이면서 보일 듯 말 듯한 미소를 띠면서 대답했다. 그러나 그의 대답이 하도 태연스러웠기 때문에, 공작의 저택에 가지 못했었다는 그의 말을 액면 그대로 믿기는 어려웠다.

"우리 여자 농노들은 또 어떻게!" 아낙네가 훌쩍거리기 시작했다.

"어이구, 칠칠맞지 못하게." 추리스가 다시 그녀를 돌아보았다.

"어쨌든 이런 상태로 오막살이집에서 살 순 없어. 암, 큰일 날 소리지!" 네흘류도프는 잠시 침묵하고 나서 말했다. "그래서 말인데, 여보게……."

"무슨 말씀이신지요?" 추리스가 대답했다.

"자네는 내가 새로 짓고 있는, 아직 벽은 완성하지 못했지만, 돌로 지은 농가들을 보았나?"

"못 보았을 리가 있겠습니까?" 추리스는 하얀 치아를 드러내고 미소를 지으며 대답했다. "도대체 어떻게 그런 농가들을 지었을까, 하고 놀랄 정도로 아주 훌륭합니다. 아이들은 창고라도 짓는 줄 알고 저 안에다 보리를 넣으면 쥐가 파먹을 일이 없을 거라며 웃었습니다. 아주 근사한 농가입니다!" 그는 머리를 내저으며 냉소하는 듯한 얄궂은 표정으로 말했다. "한마디로 감옥 같습니다."

"그래, 습기도 안 차고 따뜻한, 정말 훌륭한 농가들일세. 불이 날 염려도 없고……." 지주는 농노의 조소가 다소 불만인 듯 얼굴을 찡그리며 대답했다.

"뭐 왈가왈부할 필요가 없습니다, 나리. 아주 훌륭한 농가입니다."

"그래, 그런데 그중의 한 채가 벌써 완성되었네. 그건 사방 10아르신 크기의 농가인데, 현관도 있고 헛간도 있네. 당장에라도 입주할 수 있는 모든 준비가 갖춰져 있어. 이 농가를 자네한테 넘겨줄 생각이네. 단 자네가 언젠가 돈을 갚는다는 조건으로 말이야." 지주는 자못 만족스러운 미소를 띠면서 말했다. 자기가 선행을 베풀었다는 생각에 그런 미소를 금할 수가 없었던 것이다. "자네, 이 낡은 농가를 헐어버리게." 그는 말을 계속했다. "헛간에 갖다 놓고 쓸 수도 있을 테니까, 마당에 세워놓은 것들은 모두 그 집으로 가져가도록 하게. 거긴 물도 참 좋고 채소밭도 일굴 수 있어. 농가 근처에 있는 삼단 밭도 떼어주겠네. 거기 가면 정말 보람 있게 살 수 있어! 어떤가, 물론 마음에 들겠지?" 네흘류도프는 자기가 이주에 관한 말을 꺼내자마자, 추리스가 꼼짝도 하지 않고 미소가 사라진 채 묵묵히 땅만 쳐다보고 있는 것을 발견하고 이렇게 물었다.

"나리 뜻대로 하십시오." 추리스는 얼굴을 들지 않고 대답했다.

이때 그의 아내가 아픈 곳을 찔린 것처럼 불쑥 앞으로 몸을 내밀고 무언가 말하려고 했으나, 남편이 그녀를 제지했다.

"나리 뜻대로 하십시오." 그는 공작을 뚫어지게 쳐다보고, 머리카락을 뒤로 흔들어 넘기면서 결연하고도 온순한 태도로 말했다. "그런데 새 집에서 산다는 것은 아무래도 안 될 것 같습니다."

"왜?"

"안 되겠습니다, 나리. 우릴 그 쪽으로 옮기시면, 여기서도 여의치가 못한데 거기에선 정말 농부답게 나리를 섬기면서 살아갈 수가 없습니다. 어떤 농노가 그렇게 할 것 같습니까? 거기서 생활한다는 것은 불가능합니다, 나리!"

"그건 왜?"

"한 푼도 남김없이 몽땅 다 털릴 겁니다, 나리."

"왜 거기서 생활하는 것이 불가능한 거야?"

"거기서 어떻게 생활하란 말씀입니까? 생각해보세요. 사람이 살지 않는 땅에다, 물이 어떤지도 모르고 목초 밭도 없습니다. 여기는 옛날부터 밭을 일궜던 기름진 땅이지만, 거기는 어떻습니까? 풀도 나무도 없는 거친 땅입니다! 울타리, 건조대, 헛간도 없습니다. 나리, 그런 곳으로 가면 그나마 남아 있는 재산도 몽땅 털리고 말 겁니다! 낯설고 새로운 곳이니까요……." 그는 곰곰이 생각하고는 완강히 머리를 흔들며 말했다.

네흘류도프는 농노를 설득하기 시작했다. 너 자신을 위해서라도 이주하는 편이 낫다. 울타리도 헛간도 지어주겠다. 그곳의 물은 아주 좋은 편이다……. 그러나 추리스의 의연한 침묵은 그를 당황하게 만들었다. 그리고 왜 그런지 그의 설득이 자꾸만 빗나가는 느낌을 받았다. 추리세노크는 반박하려 들지 않았다. 그 대신 저택에서 일하는 영감들이나 바보 알료샤를 그리로 이주시켜 농사를 시키는 편이 제일 좋겠다고 제안했다.

"그게 제일입니다!" 이렇게 말하고 그는 다시 미소를 지었다. "아주 간단한 일입니다, 나리!"

"사람이 살지 않는 땅이라서, 그리 간단한 일은 아니네." 꾹 참으면서 네흘류도프가 말했다. "여기만 해도 아주 옛날엔 사람이 살고 있지 않던 땅일세. 그런데 지금은 사람들이 살고 있지 않나! 거기도 마찬가지야. 다만 자네가 제일 먼저 가벼운 마음으로 그곳으로 이주하는 것이고. 당장 이사하도록 하게."

"나리, 그건 전혀 다른 문제입니다!" 추리스는 지주가 최종 결정을 내리지나 않을까 걱정스러운 듯 억척스럽게 대답했다. "여긴 농민회도 있고, 편안하고 익숙한 곳입니다. 길도 잘 닦여 있고, 연못도 있고, 마누라가 빨래를 하거나 가축들에게 물을 먹이는 데도 불편하지 않습니다. 여긴 옛날부터 농사를 짓던 땅이기에 남정네들이 일만 하면 먹고사는 데 아무 문제가 없습니다. 타작마당에다, 채소밭에다, 백양나무에다, 이건 모두 저의 부모님께서 심은 것들입니다. 아버지도 할아버지도 여기서 하나님께 영혼을 바쳤습니다. 저 역시 이곳에서 일생을 마감하고 싶을 뿐, 그 밖의 다른 욕심은 전혀 없습니다. 그러니 나리께서 이 농가를 고쳐서 살도록 도와주신다면, 평생 그 은혜는 잊지 않겠습니다. 아니, 제 소원을 안 들어주신다 해도, 저는 이 낡은 농가에서 어떻게 하든 끝까지 살아가겠습니다. 제발 부탁입니다." 그는 고개를 숙이고 말을 계속했다. "제발 우리를 이 보금자리에서 쫓아내지 말아주십시오, 나리."

추리스가 이렇게 말하고 있는 동안, 침상 밑 페치카 쪽에서 점점 더 강하게 흐느끼는 그의 아내의 울음소리가 들려왔다. 그리고 남편이 '나리'라고 부르는 그 순간에 그의 아내는 불쑥 앞으로 튀어나와 눈물이 그득한 채, 지주 앞에 꿇어 엎드렸다.

"제발 살려주세요, 나리. 나리는 우리의 아버지이고, 우리의 어머니이십니다! 우릴 어디로 보내시려는 겁니까? 우린 늙고 외로운 사람들입니다. 하나님처럼 자비스런 나리……." 그녀가 울음을 터뜨렸다.

네흘류도프는 긴 의자에서 일어나 그녀를 일으켜 세우려고 했으나, 그녀는 일종의 허탈감 비슷한 감정을 느끼면서 머리를 땅바닥에 대고 공작의 손을 뿌리쳤다.

"아니, 이게 무슨 짓인가! 일어나. 그렇게 싫다면 이주를 안 해도 좋아. 강제로 시키려는 것은 아닐세." 공작은 손을 내저으며 문 쪽으로 물러나면서 말했다.

네흘류도프가 다시 긴 의자에 앉았을 때, 집 안에는 침묵이 깔렸다. 침묵은 간간히 들려오는 그녀의 흐느낌으로 인해 이따금씩 깨어지곤 했다. 그녀는 다시 침상 밑으로 가서 셔츠의 소맷자락으로 하염없이 흘러내리는 눈물을 닦고 있었다. 젊은 지주는 이제야 비로소 이 허물어져가는 낡은 오막살이며, 옆에 구정물이 괴어 있는 부서진 우물이며, 찌그러진 외양간이며, 헛간이며, 비뚤어진 창 앞에 보이는 등걸이 갈라진 버드나무 따위가 추리스와 그의 아내에게 무엇을 의미하는지 깨닫게 되었다. 그는 답답하고 우울하면서도, 무언가 알 것 같은 기분이 들었다.

"여보게, 이반. 어째서 자넨 지난번 농민회의에서 새 집이 필요하다고 말하지 않았나! 난 지금 자네를 어떻게 도와줘야 할지 모르겠네. 첫 번째 모임에서 모두에게 분명히 말하지 않았나. 자네들이 만족하고 행복한 생활을 할 수만 있다면, 나는 이 시골에 파묻혀서 어떠한 희생이라도 감수할 준비가 되어 있다고 …… 난 결코 이 말을 어기지 않겠다고, 하나님 앞에 맹세했네." 젊은 지주가 말했다. 그런데 이런 식의 진심 어린 고백이 그 어떤 사람의 마음도 감동시킬 수 없다는 사실을, 더구나 말보다는 실천을 좋아하고 자신의 내심을 노출하는 것을 꺼리는 러시아인들을 감동시킬 수 없다는 것을 공작은 전혀 몰랐던 것이다.

그러나 이 단순한 청년은 자신이 지금 막 체험한 행복한 감정에 취해 스스로를 억제할 수 없었다.

추리스는 고개를 한쪽으로 기울이고 눈을 껌뻑거리면서 공작의 말을 주의 깊게 들었다. 이자가 하고 있는 말은 그렇게 좋은 것도 아니고 자기네와는 아무 상관이 없는 말이지만, 나리의 말씀이니 참고 들을 수밖에 없다는 듯한 태도였다.

"하지만 나라고 해서 모든 청탁을 다 들어줄 수는 없지. 가령 목재를 달라고 하는 사람들의 요청을 다 들어주면, 나는 빈털터리가 되어 정말 필요한 사람들을 돕지 못하게 되지. 그래서 농노들의 생활을 개선하기 위한 목적으로 나의 임야를 모두 농민회에 기증한 걸세. 그러니까 저 숲은 이제 나의 소유가 아니라 자네들 농노들의 것이고, 알다시피 이제는 내 마음대로 할 수 없는 것이지. 어쨌든 자넨 오늘 저녁 모임에 나오도록 하게. 내가 자네의 요청을 농민회의에서 말해줄 테니. 그렇게 해서 자네에게 새 집을 지어주도록 결정만 된다면 얼마나 좋은 일인가. 어쨌든 나한테는 목재가 하나도 없으니까. 난 정말 진심으로 자네를 돕고 싶네. 하지만 죽어도 이주는 안 하겠다니까, 이건 내 힘으로는 어쩔 수 없고 농민회가 처리할 일일세. 내 말을 알아듣겠나?"

"대단히 감사합니다, 나리." 추리스는 얼떨결에 대답했다. "그저 나리 댁의 목재를 조금만 주시면 되는데, 농민회라니…… 농민회 따위가 하는 일이야 뻔하지요!"

"아니야, 어쨌든 이따 오게."

"알겠습니다, 가지요. 못 갈 이유가 없지요. 그렇지만 농민회 따위에게 부탁하진 않겠습니다."

4

젊은 지주는 집주인에게 무언가 더 물어보고 싶은 것처럼 보였다. 그는 긴 의자에서 일어나지 않은 채, 머뭇머뭇하며 추리스를 쳐다보기도 하고 온기가 없는 텅 빈 페치카를 바라보기도 했다.

"참, 자네들 점심은 먹었나?" 마침내 그는 물었다.

추리스의 콧수염 밑에는 마치 공작의 그런 어리석은 질문을 비웃기나 하듯이 냉소적인 미소가 떠올랐다.

"무슨 점심 말씀이세요, 나리?" 가쁘게 숨을 몰아쉬면서 그녀가 물었다. "빵을 조금 갉아먹었지요. 그게 저희들 점심이니까요. 오늘은 뭘 사러 갈 틈이 없어서 야채즙을 만들어 먹었답니다. 크바스가 좀 있었는데, 그건 애들에게 줬습니다."

"오늘은 단식하는 날입니다, 나리." 추리스가 그녀의 말을 보충하며 말했다. "빵과 양파, 이게 저희 농노들의 음식입니다. 나리 덕분에 우리 집엔 아직 빵이 조금 남아 있지만, 다른 집에는 그것마저 없습니다. 게다가 금년엔 양파 농사가 잘되질 않았습니다. 일전엔 미하일네 채소밭으로 사람을 보냈는데, 양파 한 꾸러미에 1그로슈(1그로슈는 2코페이카―옮긴이)나 하는 형편입니다. 하지만 설령 값이 그렇다고 해도, 어디 사러 갈 곳이 없습니다. 부활절 이후로 여태까지 예배당에도 가보지 못했습니다. 성 니콜라이에게 드릴 양초를 구입할 돈도 없습니다."

네흘류도프는 소문이나 다른 사람들의 이야기를 들어서가 아니라, 실제 경험에서 자기 영지 안에 거주하는 농노들이 극빈하게 살아가고 있다는 것을 오래전부터 잘 알고 있었다. 그러나 이러한 현실이 그가 받아온 교육, 사고방식, 생활태도와는 너무나 거리가 먼 것이었으므로, 그는 가끔 이 사실을 잊곤 했다. 그래서 지금처럼 명확하게 현실을 다시 인식하게 되면, 자신이 선행을 게을리 했다는 죄책감에 참기 어려울 만큼 괴롭고 무겁고 우울한 기분이 되는 것이었다.

"왜 자네들은 이토록 가난한가?" 네흘류도프는 무심코 자기의 생각을 입 밖으로 뱉었다.

"가난할 수밖에 없지 않습니까, 나리? 가난하지 않은 것이 오히려 이상하지요. 우리들의 토지라는 것이 어떤지 잘 아시잖아요? 진흙과 모래투성이죠. 어쩌면 하나님의 노여움을 사서 그럴지도 모르죠. 콜레라가 유행하고 난 후부터 아주 오랫동안 곡식이 자라지 않습니다. 지금 경작하고 있는 땅이나, 앞으로 개간할 땅이나 할 것 없이 모두 점점 줄어만 갑니다. 대장원에 빼앗기기도 했고, 나리의 토지에 편입되기도 했으니까요. 우리 농노들은 어디에도 의지할 데가 없는 형편입니다. 이젠 기력도 없습니다. 게다가 제 아내는 몸도 아픈 처지에 한 해가 멀다 하고 딸년을 하나씩 낳지요. 그걸 다 먹여 살려야 합니다. 전 혼자서 이렇게 뼈가 휘도록 일을 하지만, 벌써 식구는 일곱이나 됩니다. '아마 내가 하나님께 무슨 큰 죄를 진 모양이다'라고 전 가끔 혼자 생각합니다. '하나님이 아이들을 일찍 데려가주신다면, 제가 덜 고생할 것이고, 애들도 이 세상에서 고생하는 것보다 오히려 나을지도 모르죠……."

"아이고!" 남편의 말을 증명이라도 하는 것처럼 그녀가 큰 소리로 탄식했다.

"제가 여기서 의지하고 있는 것은 이 아이뿐입니다." 추리스는 이때 마침 수줍은 듯이 살짝 문을 열고 들어온, 헛배가 부르고 까칠까칠한, 붉은색 머리카락을 길게 늘어뜨린 일곱 살가량의 소년을 가리키며 말했다. 소년은 놀란 듯이 흠칫 공작을 쳐다보곤 두 손으로 추리스의 셔츠에 매달렸다. "이 아이가 저의 유일한 조수입니다." 추리스는 거친 손으로 소년의 붉은색 머리카락을 쓰다듬며 카랑카랑한 목소리로 말했다. "하지만 언제 이놈이 한 사람 몫을 하게 되는지요. 저는 이제 힘에 부칩니다. 늙어가는 것은 괜찮지만, 치질이 있어서 궂은 날에는 엉엉 울고 싶을 지경입니다. 하기야 이젠 일을 그만두고 늙은이 행세를 할 때도 되긴 했죠. 저기 예르밀로프, 젬킨, 쟈브레프 같은 사람들은 저보다도 나이가 훨씬 아래지만, 벌써부터 밭일을 하지 않고 있으니까 말입니다. 그런데 전 일을 떠맡길 사람이 하나도 없습니다. 역시 제가 지은 죄 때문이지요. 하지만 먹고는 살아야 하니까, 이렇게 몸부림치고 있는 겁니다, 나리."

"난 정말 자네를 편하게 해주고 싶네. 그러자면 내가 어떻게 해야 하나?"

"어떻게 해야 하느냐고요? 뻔하죠. 나리네 밭을 갈아먹고 있으니까, 반드시 부역을 해야 합니다. 결국 이 아이가 크는 수밖에 별도리가 없습니다. 그러니 나리께서 자비를 베풀어서 이 아이를 학교에 보내는 문제만이라도 해결해주신다면, 용서해주십시오. 며칠 전에도 읍사무소에서 사람이 와서, 나리가 이 아이를 학교에 보내라고 말씀하셨다고 전하더군요. 제발 이 아이만은 면제해주십시오. 글쎄 이놈이 공부를 하면 얼마나 하겠습니까? 이 아이는 아직 아무것도 모르는 철부지입니다."

"아니, 그렇게는 안 돼." 공작이 말했다. "자네 자식도 이젠 사물을 이해할 수 있으니까 공부를 시켜야 해. 난 자네에게 좋은 일을 하는 거야. 생각해보게. 이 아이가 커서 한 가정의 가장이 되었을 때는 읽고 쓰는 것은 물론이고 성경도 읽을 수 있게 된다네. 그렇게 되면 자네 집안의 모든 일은 하나님의 도움을 받게 되지." 네흘류도프는 될 수 있는 대로 알아듣기 쉽게 설명하려고 애쓰면서, 동시에 왠지 얼굴을 붉히면서 더듬더듬 말했다.

"잘 알겠습니다, 나리. 나리께서 저희를 해롭게 하시지는 않을 테니까요. 그렇지만 이놈이 학교에 가게 되면 집을 볼 사람이 없습니다. 저하고 마누라가 부엌에 가 있는 동안, 이 녀석이 비록 나이는 어려도 소도 몰고 말에게 물도 먹이고 잔일도 합니다. 뭐니 뭐니 해도 이놈은 사내아이입니다." 추리스는 빙긋 웃으면서 마디가 굵은 손가락 두 개로 소년의 코를 풀어주었다.

"그럼에도 불구하고 자네가 집에 있을 때는 꼭 이 아이를 학교에 보내게, 알겠나?"

추리세노크는 한숨을 무겁게 내쉬고, 아무 대답도 하지 않았다.

5

"참, 전부터 자네에게 말하고 싶었던 것이 있는데," 네흘류도프가 말했다. "왜 자네는 퇴비를 밭에 주지 않나?"

"저희 집에 무슨 퇴비가 있겠습니까, 나리? 게다가 운반할 마차도, 가축도 없습니다. 저희 집에는 암말 한 마리와 망아지 한 마리뿐입니다. 송아지도 한 마리가 있었는데, 작년 가을에 여관집 주인한테 헐값으로 팔았습니다. 지금 집에 있는 가축은 이게 답니다."

"아니, 그렇게 가축이 없으면서 왜 송아지를 팔았나?"

"뭘로 먹여 기릅니까?"

"설마 소에게 먹일 짚마저 없다는 건가? 다른 집엔 모두 넉넉한 것 같은데."

"다른 사람들의 농토는 기름지지만, 저희 땅은 진흙투성입니다. 어떻게 할 도리가 없습니다."

"그렇다면 진흙 밭이 안 되게 퇴비를 줘야 하지 않나? 그렇게 하면 토지는 곡식을 생산해낼 것이고, 그 곡식으로 가축도 먹일 수가 있을 텐데."

"당연하죠. 그런데 가축이 없으니, 퇴비가 생길 리 있겠습니까?"

'이건 정말 cerde vicieux(악순환)이로군.' 네흘류도프는 생각했다. 그러나 이 농부에게 딱히 뭐라고 말해야 할지 전혀 생각이 나지 않았다.

"덧붙여 말씀드리겠는데, 나리, 수확이란 퇴비 때문이 아니라 전적으로 하나님의 뜻에 달려 있습니다." 추리스가 말했다. "작년 가을만 해도 퇴비를 주지 않은 밭에서는 6코프나(추수할 때 수확량으로 1코프나는 보통 60~100가마―옮긴이)를 수확했는데, 퇴비를 준 밭에서는 한 단도 수확하지 못했습니다. 이게 바로 하나님의 뜻이라는 거죠!" 그는 한숨을 쉬면서 말했다. "그리고 저희 집에서는 가축도 잘되지 않습니다. 6년 전부터 제대로 길러본 적이 없었으니까요. 지난여름에만 해도 송아지 한 마리가 죽어나갔고, 다른 한 마리는 먹일 것이 없어서 팔아치웠습니다. 재작년에도 아끼던 암소 한 마리가 죽었습니다. 목초지에서 집으로 몰고 왔을 땐 아무렇지도 않았는데, 갑자기 비실비실하더니 죽어버리고 말았습니다. 모두 제가 불운한 탓입니다!"

"이보게, 먹이가 없으니까 가축이 없다느니, 가축이 없으니까 먹이가 없다느니 하는 얘기는 집어치우게. 자, 이 돈을 가지고 암소를 사도록 해." 네흘류도프는 얼굴을 붉히면서, 헐렁헐렁한 주머니에서 구겨진 지폐 뭉치를 끄집어내어 세면서 말했다. "이 돈으로 암소를 사게. 먹이는 우리 집 창고에서 가져다 쓰고. 내 미리 말해둘 테니까, 알겠나? 다음 일요일까지는 꼭 암소를 사야 하네. 내가 확인하러 올 테니까."

추리스는 미소를 띠고 발을 꼼지락거리면서 돈을 받으려 하지 않았다. 그래서 네흘류도프는 돈을 탁자 위에 내려놓았다. 그의 얼굴은 이전보다 더 빨개졌다.

"대단히 감사합니다, 나리." 추리스는 여전히 냉소적인 미소를 띠면서 말했다.

그의 부인은 침대 밑에서 몇 번이고 깊은 한숨을 내쉬고 있었다. 기도를 드리고 있는 것 같았다.

젊은 공작은 따분해졌다. 그는 재빨리 긴 의자에서 일어나 추리스에게 따라오라고 손짓하며 현관 쪽으로 갔다. 자기가 선행을 베푼 사람의 모습을 보는 것은 상당히 즐거운 일이었기에 그는 농노와 금방 헤어지고 싶지 않았다.

"난 자네를 돕는 것이 즐겁네." 그는 우물 곁에 멈춰 서서 말했다. "내가 자네를 도와주는 것은 자네가 결코 게으름뱅이가 아니란 걸 잘 알기 때문이야. 열심히 일해보게. 그러면 나도 계속 도와줄 테니. 그렇게 되면 자네는 하나님의 은총으로 다시 잘살게 될 거야."

"다시 잘살게 된다는 이야기는 잘못된 거죠, 나리." 추리스는 진실한 태도로, 얼굴에 엄숙한 빛을 띠우면서 말했다. 다시 잘살게 된다는 표현이 그를 상당히 불편하게 만든 것 같았다. "아버지와 형제들과 함께 살 땐, 정말 저도 아무 부족한 것 없이 잘살았습니다. 그런데 아버지가 돌아가시고 형제들이 뿔뿔이 헤어진 후로 집안이 흔들리기 시작했습니다. 모든 상황이 점점 더 나빠졌습니다. 제가 혼자 살고 있기 때문에 일어난 문제입니다!"

"왜 형제들과 헤어졌나?"

"모두가 여편네들 때문이죠, 나리. 그 당시엔 나리의 할아버님께서 이미 세상을 떠나셨을 때인데, 그분만 살아 계셨어도 감히 그런 일은 일어나지 않았을 겁니다. 그땐 정말 모든 일에 규칙이라는 게 있었으니까요. 그분도 꼭 나리처럼 모든 일을 손수 처리하시는 성미라서, 감히 형제들끼리 갈라지겠다는 생각은 꿈에도 하지 못했습니다. 그분은 농노들끼리 말썽을 일으키는 것을 가장 싫어하셨으니까요. 그런데 그분이 돌아가신 후 관리인으로 임명된 안드레이 일리이치께서는, 이렇게 말씀드리긴 좀 그렇지만, 술주정뱅이에다 농노들의 사정도 도통 모르는 사람이었습니다. 저희 형제들이 그분에게 한두 번 찾아가서, 여편네들끼리 의가 좋지 않아서 살림이 엉망진창이니 분가하게 해 달라고 간청을 드렸습니다. 그랬더니 그분이 저희들을 마구 두들겨 패는 게 아니겠습니까. 어쨌든 그렇게 해서 저희 형제들은 결국 제각기 떨어져서 살게 된 것입니다. 얼마 후 집안에 일할 사내가 저밖에 남지 않았고, 그래서 집안 꼴이 이렇게 된 겁니다. 그 후로 규칙 같은 건 아주 없어졌고, 안드레이 일리이치께서 제멋대로 저희들을 착취했습니다. '가진 것을 전부 다 내놔!' 하는 식으로 그저 뺏어 가기만 했지 농노들이 그것을 어떻게 마련했는지 물어볼 생각도 하지 않았습니다. 게다가 인두세도 부과됐고, 자기 집 식당에서 쓸 물건들까지 거둬들였고, 토지는 점점 줄어만 갔고, 농사도 제대로 되지 않았습니다. 더구나 그 사람은 밭의 경계를 측량할 때, 저희 집의 기름진 땅을 빼앗아 나리네 땅에다 편입시켰지요. 그 악당은 실제로 저희 목에 칼을 꽂지만 않았을 뿐이지, 정말은 저희를 살해한 거나 다름없습니다! 나리의 아버님은 정말 훌륭한 어른이셨고 지금 천국에 계시지만, 불행히도 저희 농노들은 한 번도 뵙지를 못했습니다……
언제나 모스크바에 기거하셨으니까요. 그런데 바로 그것 때문
에 문제가 발생했습니다. 글쎄 눈이 녹아서 길이 아주 나쁠 때
에, 더구나 말에게 줄 먹이도 없을 때에, 나리를 모셔 올 마차를
내놓으라는 겁니다. 사실 나리를 모시는 데 마차가 꼭 필요한
물건이니, 저희는 아무런 불평도 하지 않았습니다. 어쨌든 당시
에는 모든 일에 규칙이 없었으니까요. 그런데 지금은 어떻습니
까? 지금은 저희 농노들이 얼마든지 나리의 얼굴을 뵐 수 있게
되지 않았습니까! 그래서 저희들도 모두 변했고, 심지어는 관리
인까지도 정신을 바짝 차리게 되었습니다. 저희 농노들은 이제
야말로 진정한 주인님이 계신 것 같다는 생각이 듭니다. 정말
저희 농노들은 나리의 자비심에 얼마나 감사하고 있는지 형언
할 수 없을 지경입니다. 옛날에 후견인이 관리하던 시절에는 실
제 주인이 없고, 대신 많은 사람들이 다 주인 행세를 했습니다.
안드레이 일리이치도, 그의 아내도, 경찰서의 서기도, 모두가 주
인이었습니다. 그래서 농노들은, 아, 당시 농노들은 정말 많은
고통을 받았습니다."

　　네흘류도프는 수치랄까, 아니면 양심의 가책이랄까, 그와 비
슷한 감정을 또다시 느꼈다. 그는 모자를 고쳐 쓰고 그곳을 떠
났다.

6

'유흐반카 무드렌느이(무드렌느이는 '영리한'이라는 형용사로 유흐반카의 별칭—옮긴이)가 말을 판매하기를 원함.' 네흘류도프는 수첩의 메모를 읽고 큰 도로를 지나 유흐반카 무드렌느이의 집으로 향했다. 유흐반카의 농가는 지주 저택의 타작마당에서 가져온 짚으로 꼼꼼히 덮여 있었고, 처마의 목재(이것 역시 지주의 임야에서 몰래 베어 온 것이다)도 금년 가을에 베어낸 짙은 회색 백양나무로 되어 있었다. 창틀에는 빨간 색칠을 한 덧창문이 두 개씩 달려 있었고, 출입구의 계단에는 차양이 덮여 있고, 나무에 조각을 새긴 난간까지 있었다. 현관과 헛간도 잘 정리되어 있었다. 그러나 농가 전체에서 풍기는 풍족하고 유복한 인상은 그 뒤로 보이는 쓰러져가는 외양간 때문에 그리 좋아 보이지는 않았다. 외양간은 대문 옆에 칸막이로 대충 막아서 만든 것으로 울타리도 제대로 없었고, 지붕 역시 널빤지만 걸쳐놓았고 짚으로 덮지 않은 상태였다. 네흘류도프가 계단을 향해 걸어가고 있을 때 맞은편 쪽에서 물이 가득 담긴 물통을 어깨에 멘 여자 농노 두 명이 걸어오고 있었다. 그중 한 명은 유흐반카 무드렌느이의 아내였고, 또 한 사람은 그의 어머니였다. 그의 아내는 통통하고 젖가슴이 유난히 볼록하고 혈색이 좋은 여자인데 넓은 뺨에 토실토실하게 살이 붙어 있었다. 그녀는 팔과 깃에 수를 놓은 깨끗한 셔츠에 똑같은 천으로 만든 앞치마와 치마를 입고 있

었다. 그리고 반장화를 신고 있었으며 구슬이 달린 멋진 모자에
는 빨간색 종이와 금박지, 은박지로 만든 테가 둘러져 있었다.

물지게 막대기의 끝부분은 흔들림없이 그녀의 넓고 튼튼한 어
깨 위에 단단하게 고정되어 있었다. 혈색이 좋은 얼굴, 그리고
굽은 등과 팔다리의 규칙적인 움직임으로 미루어볼 때, 그녀는
상당히 건강해 보였고 남자 못지않은 힘을 가진 것 같았다. 그
러나 유흐반카의 어머니는 며느리와는 달리 늙을 대로 늙어빠
져 산송장이나 다름없는 노파였다. 누덕누덕한 검은색 셔츠와
퇴색한 치마에 싸여 있는 그녀의 앙상한 몸은 앞으로 많이 굽어
있었고, 어깨에 메고 있는 막대기는 등 쪽으로 흘러 내려가 있
었다. 손가락이 모두 구부러진 그녀의 양손은 막대기를 쥐고 있
다기보다 차라리 달라붙어 있다고 할 정도였고, 영원히 손바닥
을 펴지 못할 것처럼 보였다. 그리고 양 손등에는 하나같이 이
상야릇한 흑갈색 검버섯이 피어 있었다. 누더기 헝겊으로 동여
맨 머리에는 빈곤과 늙음이라는 비참한 흔적이 엿보였다. 좁은
이마는 온통 주름살투성이였고, 눈썹은 다 빠져 없어졌고, 벌건
눈은 힘없이 땅바닥을 쳐다보고 있었다. 하나밖에 남아 있지 않
은 누런 치아가 움푹 파인 입술 밑으로 비쭉 솟아나 있었다. 그
치아는 흔들거리다가는 뾰족하게 튀어나온 턱에 부딪히곤 했
다. 얼굴의 하단에서 목까지 늘어져 있는 무수한 주름살은 그녀
가 얼굴을 움직일 때마다 덜렁거렸고, 마치 조그만 주머니 같아
보였다. 그녀는 거친 숨을 고통스럽게 몰아쉬었다. 그녀는 구부
러진 맨발을 땅 위로 힘들게 질질 끌고 있는 것처럼 보였지만,

규칙적으로 정확하게 두 발을 번갈아서 내딛고 있었다.

7

하마터면 공작과 부딪힐 뻔했던 젊은 아내는 물통을 내려놓고 머리를 숙여 인사를 하고 초롱초롱한 눈으로 흘끗 쳐다보았다. 그리고 셔츠 소매로 가벼운 미소를 살짝 가리고 쿵쿵거리며 계단으로 뛰어 올라갔다.

"어머니, 물지게 막대기를 나스타샤 아줌마에게 갖다줘요." 그녀는 문 앞에 잠시 멈춰 서서 아래쪽에 있는 노파를 향해 소리쳤다.

내성적인 성격인 젊은 지주는 근엄한 태도로 장밋빛 볼을 가진 이 여자를 쳐다본 후, 얼굴을 잔뜩 찡그리고 노파를 바라보았다. 노파는 구부정한 손가락으로 막대기를 물통에서 분리한 후, 그것을 어깨에 메고 옆집으로 향했다.

"자네 아들은 집에 있나?" 공작이 노파에게 물었다. 그녀는 구부러진 허리를 더 굽히면서 대답을 하려 했으나, 그 순간 갑자기 두 손을 입에 갖다 대고 심한 기침을 했다. 네흘류도프는 대답을 기다리지 않고 그냥 농가 안으로 들어갔다. 구석에 놓여 있는 긴 의자에 앉아 있던 유흐반카는 공작을 보자, 마치 무언가를 숨기려는 듯 페치카 쪽으로 급히 뛰어가서 침대 속에 무언가를 틀어박고는 입과 눈을 연방 움질거리며 공작에게 길을 비켜주려는 듯이 한쪽 벽에 바싹 달라붙으며 섰다. 붉은색 머리에 서른 살쯤 된 유흐반카는 균형 잡힌 호리호리한 몸매에 날렵한 콧수염을 기르고 있었다. 그를 보는 순간, 한 군데로 쏠린 눈썹 밑에 서두르며 불쾌하게 쏘아보는 듯한 갈색 눈과 항상 실룩거리는 얇은 입술, 그리고 앞니 두 개가 빠져서 빈 잇몸이 첫눈에 들어왔다. 그는 겨드랑이 밑에 진홍색 천을 댄 셔츠와 사라사 천으로 만든 줄무늬 바지를 입고 있었고, 주름이 잡힌 묵직한 장화를 신고 있었다. 유흐반카의 농가는 추리스의 농가만큼 좁지도 않고 어둠침침하지도 않았다. 그러나 숨이 막힐 정도로 연기나 모피 냄새가 풍기는 것 같았고, 농노의 작업복과 도구들이 흩어져 있기는 다른 농가와 마찬가지였다. 그런데 농가 안에 있는 물건 중에 두 개가 이상하게도 시선을 끌고 있었다. 그것은 바로 선반에 놓여 있는 찌그러진 조그만 사모바르와 성상 근처에 걸려 있는 검은색 액자였다. 지저분하게 깨진 유리 액자에는 제복을 입은 어떤 장군의 초상화가 들어 있었다. 네흘류도프는 사모바르와 장군의 초상화, 그리고 놋 파이프 끝이 살짝 보이는 침대를 날카로운 시선으로 바라보고 농노 쪽으로 몸을 돌렸다.

"잘 있었나, 예피판." 그는 유흐반카의 두 눈을 쳐다보면서 말했다.

"그동안 건강하셨습니까, 나리." 예피판은 무릎을 굽히고 말했다. 그는 마지막 단어를 발음할 때 목소리를 은근하게 낮췄다. 그렇게 말하면서 그는 공작의 몸을 비롯해서 집 안, 마루, 그리고 천장을 차례로 쳐다보았다. 그리고 그는 황급히 침대 쪽으로 달려가서, 겉옷을 끄집어내어 입기 시작했다.

"아니, 옷은 왜 입나?" 네흘류도프는 긴 의자에 앉으며 될 수 있는 한 엄격하게 예피판을 쳐다보려고 애쓰면서 말했다.

"송구스럽습니다, 나리. 어떻게 이런 꼴로…… 전 예의라는 걸 알고 있습니다……."

"나는 자네가 왜 말을 팔려고 하는지, 또 자네한테 말이 모두 몇 마리나 있으며, 도대체 어떤 말을 팔 생각인지 하는 것들을 알아보기 위해서 왔네." 공작은 마치 미리 질문을 준비해 오기나 한 것처럼 또박또박 말했다.

"나리, 저 같은 농노의 농가에 이처럼 왕림해주셔서 무어라고 감사를 드려야 할지……." 유흐반카는 장군의 초상화, 페치카, 공작의 장화, 네흘류도프의 얼굴, 그리고 그 밖의 물건들을 차례로 그리고 재빨리 쳐다보면서 대답했다. "저희는 언제나 공작님을 위해 하나님께 기도드리고 있습니다."

"대체 왜 말을 팔려고 하나, 응?" 네흘류도프는 목소리를 높이고 헛기침을 하며 다시 물었다.

유흐반카는 땅이 꺼질 듯이 한숨을 내쉬고 머리를 뒤로 흔들어 젖혔다(그의 시선은 또다시 온 집 안을 줄달음질쳤다). 그리고 긴 의자에 한가롭게 누워서 가볍게 소리를 내고 있는 고양이에게 시선이 미치자, "엊, 이놈의 고양이가"라고 소리치고는 황급히 공작을 쳐다보았다.

"그건…… 아무짝에도 쓸모가 없는 말입니다…… 좋은 말 같으면 제가 왜 팔겠습니까, 나리."

"말은 모두 몇 마리나 가지고 있나?"

"세 마리입니다, 나리."

"망아지는 없나?"

"있습니다, 나리! 한 마리 있습니다."

8

"그럼, 가보세. 자네 말들을 내게 보여줘. 어디 있나, 마당에 매놨나?"

"예, 그렇습니다, 나리. 제가 나리의 분부를 어길 리 있겠습니까? 어제 야코프 일리이치가 와서, 공작님께서 내일 들르실 예정이니 말을 들에 풀어놓지 말라고 당부했습니다. 제가 어디 감히 공작님의 분부를 어길 수 있겠습니까."

네흘류도프가 문 쪽으로 나가는 동안, 유흐반카는 침대에서 파이프를 꺼내어 페치카 뒤쪽으로 던져버렸다. 그는 공작이 쳐다보지 않을 때에도 여전히 불안하게 입술을 움질거리고 있었다. 비스듬히 걸쳐 있는 추녀 밑에 삐쩍 마른 회색 암말이 썩은 짚더미를 들척거리고 있었다. 발굽은 연한 하늘색이고 콧잔등은 꼭 무슨색이라고 꼬집어 말하기 어려운 야릇한 색을 띤 두 달밖에 안 된 가냘프고 여윈 망아지 한 마리가 여물 부스러기가 잔뜩 붙어 있는 어미말의 꼬리 근처를 떠나지 않고 있었다. 마당 한가운데에는 배가 통통한 큰 밤색 거세마 한 마리가 눈을 작게 뜨고 생각에 잠긴 듯 머리를 떨구고 서 있었는데, 겉으로 보기에도 농사짓는 말로는 썩 좋은 놈 같았다.

"자네가 가진 말은 이게 전부인가?"

"어디요, 나리. 저기 어미 말이 한 마리 더 있습니다. 그리고 망아지 한 마리도 더 있습니다."

"그건 나도 알고 있어! 그런데 어느 놈을 팔려고 하는 거야?"

"이놈입니다, 나리." 그는 꾸벅꾸벅 졸고 있는 거세마를 가리키고, 겉옷에 매달린 장식을 흔들면서 불안한 듯 눈과 입을 움질거리면서 대답했다. 거세마는 머리를 들고 천천히 꼬리를 그를 향해 흔들어댔다.

"저건 나이도 별로 먹지 않았고 아주 튼튼한 말처럼 보이는데." 네흘류도프가 말했다. "어디, 저놈을 잠깐 붙잡고 내게 이빨을 좀 보여주게. 늙은 말인가 어떤가 봐야겠어."

"저 혼자 힘으론 도저히 붙잡을 수가 없습니다, 나리. 가치도 없는 것이 여간 사나워야죠……. 그렇지만 이빨과 주둥이는 제법 튼튼하답니다…… 나리." 유흐반카는 기쁜 듯 싱글싱글 웃으며, 눈길을 사방으로 옮기면서 대답했다.

"쓸데없는 소린 집어치워! 붙잡아!"

그러나 유흐반카는 여전히 미소를 띤 채 움직일 기미도 보이지 않고 그대로 서 있었다. 화가 치민 네흘류도프는 "이봐, 어떻게 된 거야?" 하고 고함을 쳤다. 그는 마지못해 추녀 밑으로 달려가 말의 고삐를 풀면서 말을 놀라게 했다. 그리고 앞이 아니라 뒤에서 말을 몰기 시작했다.

그가 하는 행동을 바라보던 젊은 공작은 답답하기도 했고, 동시에 자신의 솜씨를 뽐내고 싶기도 했다.

"이봐, 고삐를 이리 내!" 그가 말했다.

"아닙니다, 나리. 감히 어떻게 그런 일을…… 그만두시라니까요."

그러나 네흘류도프는 곧장 말머리 앞으로 다가가서 불쑥 두 귀를 붙들고 밑으로 힘껏 잡아당겼다. 그러자 여태까지 온순하게 굴던 거세마는 거칠게 콧바람을 불고 소리를 내면서 몸부림을 쳤다. 자신이 다루기엔 말이 지나치게 힘이 세다는 것을 깨달은 네흘류도프가 유흐반카를 힐끗 쳐다보았을 때 그는 싱글싱글 웃고 있었다. 그 순간 공작의 머릿속에는 그 나이에 흔히 있을 수 있는 생각인, 유흐반카란 놈이 자기를 깔보고 조롱하기 위해서 일부러 그에게 말을 붙잡도록 했다는 생각이 문득 떠올랐다. 얼굴이 홍당무가 된 공작은 붙잡고 있던 말의 귀를 놓고, 고삐를 잡지 않은 채 말의 이빨을 들여다보았다. 말의 치열과 어금니 모두 온전했다. 이것이 무엇을 의미하는지 젊은 공작은 이미 배워서 잘 알고 있었다. 이 말은 분명히 젊은 말이었던 것이다.

이때 유흐반카는 추녀 밑으로 달려가서 그곳에 놓여 있는 쇠스랑을 집어서 마구간 벽에다 기대어놓았다.

"이리로 와!" 공작은 어린아이가 화를 낼 때와 같은 표정을 짓고 있었다. 얼굴에 드러난 분노와 저주를 가까스로 참으면서 공작은 울컥한 목소리로 소리쳤다. "대체 이 말이 어째서 늙었다는 거냐!"

"고정하십시오, 나리. 아주 늙은 말입니다. 스무 살쯤 된 말인
것 같습니다……."

"닥쳐! 자넨 거짓말쟁이에다 아주 나쁜 놈이야! 정직한 농노
라면 거짓말을 하지 않는 법이야." 네흘류도프는 목구멍까지 치
밀어 오르는 분노 때문에 눈물까지 보이면서 소리쳤다. 그러나
농노 앞에서 더 이상 고함치는 게 싫어서 입을 다물었다. 유흐
반카 역시 금방이라도 울음을 터뜨릴 것 같은 표정을 짓고, 코
를 훌쩍이고 머리를 가볍게 흔들면서 잠자코 서 있었다. "그래,
이 말을 팔아버린 다음에, 도대체 무엇으로 밭을 갈 생각인가?"
네흘류도프는 평상시의 음성을 회복하고 한참 동안 침묵하다가
말문을 열었다. "난 자네가 말을 부리고 밭을 갈 수 있게 도와주
기 위해서 일부러 여기 온 거야. 그런데 자네가 하나밖에 없는
소중한 말을 팔겠다고 하니, 그리고 다른 것보다 왜 자네는 내
게 거짓말을 하나?"

공작이 흥분을 가라앉히고 침착하게 묻자, 유흐반카는 말없이
가만히 있었다. 그는 꼿꼿이 선 채 여전히 입술을 움질거리며
계속해서 눈알을 이리저리 굴렸다.

"전 말입니다, 나리." 그가 대답했다. "밭일에 관해서라면 다
른 사람에게 별로 뒤지지 않습니다."

"그렇지만 무엇으로 밭을 가나?"

"그런 건 걱정 마십시오, 나리. 제가 어떻게든 처리할 테니까
요." 그는 거세마를 꾸짖어 저쪽으로 쫓으면서 대답했다. "돈이

필요하지 않다면 제가 왜 말을 팔려고 하겠습니까?"

"돈이 왜 필요한데?"

"빵이 하나도 없습니다, 나리. 그리고 이웃집에 진 빚도 있습니다."

"뭐라고, 빵이 없다고? 아니, 자식들이 줄줄이 달린 집에도 있는 빵이 왜 자식도 없는 자네 집엔 없단 말인가? 도대체 어디다 팔아먹었나?"

"죄다 먹어버렸습니다, 나리. 지금은 한 조각도 없습니다. 말은 가을에 다시 사겠습니다, 나리."

"말을 파는 것은 절대로 안 돼!"

"그럼 저희들은 어떻게 합니까, 나리? 빵도 없고, 말은 팔지도 못하게 하시고……." 그는 입술을 움질거리며 다른 쪽을 쳐다보다가, 갑자기 뻔뻔스러운 시선으로 지주의 얼굴을 쳐다보고 대답했다. "그렇다면 굶어 죽는 수밖에 없죠."

"뭐라고!" 네흘류도프는 얼굴이 새파랗게 변하면서 농노에 대한 개인적 악감정으로 소리쳤다. "자네 같은 농부는 그대로 둘 수 없어. 어디 두고 보자!"

"나리 마음대로 하세요." 유흐반카는 일부러 태연한 표정을 짓고 눈을 감으면서 대꾸했다. "나리를 제대로 모시지 못했다면 할 수 없는 일이지요. 그렇지만 저는 아무 잘못도 저지르지 않은 것 같습니다. 만일 제가 마음에 들지 않으시면, 나리께서 원하시는 대로 하십시오. 하지만 제가 왜 꾸중을 들어야 하는지 그 이유는 정말 모르겠습니다."

"이유를 말해줄까? 이처럼 마당은 열려 있고, 두엄에는 손도 대지 않고, 울타리도 다 망가져 있는데, 자네는 일도 안 하고 집 안에 편하게 앉아서 담뱃대나 빨고 있기 때문이지. 게다가 자네는 자네에게 살림을 물려준 어머니에게 빵 한 조각도 주지 않고, 아내가 시어머니를 때리는 것도 모른 체하고 있지 않나? 오죽하면 자네 어머니가 내게 와서 하소연을 하겠나!"

"잠깐만 나리, 담뱃대나 빨고 있다는 말씀은 이해할 수가 없습니다." 유흐반카는 담배만 피우고 있다는 말이 특히 억울한 듯 황급하게 변명했다. "비록 농노이지만 저에게 아무 말씀이나 하시면 안 됩니다."

"저런, 또 거짓말을 하고 있네! 내 두 눈으로 똑똑히 봤어
……."

"제가 무엇 때문에 감히 거짓말을 하겠습니까, 나리?"

네흘류노프는 입을 굳게 다물고 마당을 왔다 갔다 했다. 유흐반카는 한 자리에 서서 눈을 내리깔고 공작의 발뒤꿈치를 쳐다보고 있었다.

"자, 들어보게, 에피판." 네흘류도프는 농노 앞에서 걸음을 멈추고, 흥분을 감추려고 애쓰면서 어린아이 같은 부드러운 목소리로 말했다. "정말이지 이런 식으로 살아서는 안 되네. 자네는 스스로를 파멸시키고 있어. 잘 생각해보게. 자네가 정말 좋은 농부가 되려고 생각하거든, 이런 생활 태도를 버리고, 거짓말도 그만두고, 나쁜 습관도 고치고, 술도 그만 마시고, 어머니에게도 잘해야 하네. 나는 자네가 하는 일을 속속들이 다 알고 있어!

이제는 더 이상 지주의 임야에 가서 도벌하지 말고, 술집에 드나드는 것도 집어치우고 집안일에 마음을 쓰게. 한번 곰곰이 생각해봐. 그리고 만일 도움이 필요하면 내게 달려와서 어디에 무슨 물건이 필요하다고 이야기하게. 단, 정직하게 말해야지 거짓말을 해선 안 돼. 자네가 전부 다 정직하게 이야기하면, 힘자라는 데까지 자네를 도와주겠네."

"감사합니다, 나리. 잘 알겠습니다." 유흐반카는 공작의 말을 완전히 이해했다는 듯 미소를 지으며 대답했다.

그의 미소와 대답은 네흘류도프를 완전히 환멸로 이끌었다. 그리고 이 농노를 감동시켜 올바른 길로 가도록 잡아주겠다는 공작의 희망은 산산이 부서졌다. 게다가 또 권력을 가지고 있는 자기가 농노에게 설교를 한다는 것 자체가 그리 아름답지 못한 일이고, 자신이 말한 내용이 스스로 생각했던 바와 꼭 일치하는 것이 아닐지도 모른다는 생각이 들었다. 공작은 침통하게 머리를 떨구고 현관 쪽으로 나갔다. 문턱에 앉아 있는 노파가 큰 소리로 중얼거리고 있었다. 그녀는 방금 전에 들은 공작의 말에 동감을 표시하는 것 같았다.

"자, 이 돈으로 빵을 사도록 하게." 네흘류도프는 노파의 손에 지폐 한 장을 쥐여주면서 귓속말을 했다. "그렇지만 할멈이 직접 사야 돼. 유흐반카에게 주면 안 되네. 당장 이 돈으로 술을 사서 마셔버릴 테니까."

노파는 뼈만 앙상한 손으로 기둥을 붙잡고 일어나려고 했다. 그리고 공작에게 감사의 말을 하려고 머리를 움직이기 시작했다. 그러나 그녀가 일어났을 때, 네흘류도프는 이미 큰길 저편 끝에 가 있었다.

9

'다비드카 벨르이가 빵과 목재를 요청했음.' 수첩에는 유흐반 카 다음에 이렇게 적혀 있었다.

농가 몇 채를 지나고 나서, 네흘류도프는 골목길로 꺾어지는 지점에서 자신의 영지 관리인인 야코프 알파트이치를 만났다. 그는 멀리서부터 공작을 발견하곤 인조가죽으로 만든 모자를 벗고 엷은 비단 손수건을 꺼내 통통하고 불그스름한 얼굴을 닦기 시작했다.

"야코프, 모자를 쓰게…… 글쎄, 어서 모자를 쓰래도!"

"어디서 오시는 길이십니까, 나리?" 야코프는 모자를 손에 들고 햇볕을 가리면서 물었다.

"무드렌느이 집엘 다녀왔네. 그런데 그 친구는 어쩌다가 그 꼴이 되었나?" 큰길을 따라 걸으면서 공작이 물었다.

"무슨 일입니까, 나리?" 관리인은 사뭇 존경하는 태도로 일정한 거리를 두고 공작의 뒤를 따라가면서 물었다. 그리고 모자를 다시 쓰고 콧수염을 비비 꼬았다.

"왜라니? 그놈은 아주 형편없는 불량배이고, 게으름뱅이고, 거짓말쟁이인 데다가, 자기 어머니를 학대하고 있어. 그놈은 아주 골수까지 썩어빠진 불량배라 도저히 구제할 방법이 없는 녀석이야."

"전 잘 모르겠습니다, 나리. 어째서 그자가 나리께 그렇게 보였는지……."

"그의 여편네도 마찬가지야." 공작은 관리인의 말을 가로막았다. "아무래도 착하지 않은 여자 같아. 시어머니는 거지보다도 못한 옷을 입고 있고, 제대로 먹지도 못하고 있는데, 그 여자는 상당히 멋을 부리고 있거든. 그 녀석하고 똑같은 부류야. 그놈을 어떻게 처리해야 좋을지 모르겠네."

네흘류도프가 유흐반카의 아내에 대한 이야기를 꺼내자마자, 야코프는 상당히 당황하는 표정을 지었다.

"나리, 그자가 정말 그따위 짓을 했다면," 그는 말문을 열었다. "적당한 방법을 찾아야겠죠. 그자도, 일손이 하나밖에 없는 다른 농노들처럼 무척 가난하게 살고 있습니다. 그래도 그는 다른 농노들과 달리 자기 자신을 어느 정도 인식하고 있습니다. 영리하고 글자도 알고 있으며, 무엇보다도 정직합니다. 그리고 품 팔 사람을 모으러 갈 땐 언제나 따라나섭니다. 또 제가 관리를 맡은 이후 3년 동안이나 조합장 노릇을 하고 있습니다만, 별로 이렇다 할 잘못은 없었습니다. 3년째에 가서 야코프의 후견인의 뜻에 따라 면직이 되긴 했지만, 소작 일도 매우 부지런히 하고 있습니다. 그렇지만 과거에 도시의 우체국에서 근무한 경험이 있기 때문에 가끔 술을 마시는 버릇이 있습니다. 이 점에 대해서는 적당한 방법을 강구할 필요가 있습니다. 가끔 엉뚱한 짓을 해서 사람이 놀랠 때도 있지만, 이내 다시 정상으로 돌아오곤 합니다. 그런 일이 있고 나면, 자기도 기분이 좋아지고 집안일도 잘된다고 말합니다. 그렇지만 그자가 그렇게 마음에 안 드신다면, 제가 처리해야 하는데 그자를 어떻게 해야 할지 모르겠습니다. 그자가 점점 더 나쁜 쪽으로 가고 있다는 것은 분명합니다. 나리도 아시다시피 그는 치아가 두 개나 없어서, 군대에도 보낼 수 없습니다. 더구나 그건 그자 하나만의 문제가 아닙니다. 솔직히 말씀드리자면, 요즘 적지 않은 농노들이 아무것도 무서워하지 않는다는 겁니다……."

"그 얘긴 그만 하게, 야코프." 네흘류도프는 가볍게 미소를 지으면서 말했다. "그 일에 대해선 나와 자네가 그동안 수차례 이야기했던 문제니까. 이 일에 대해서 내가 어떻게 생각하고 있는지 자네도 잘 알고 있지 않나. 그러니까 자네가 뭐라고 말한다 해도 내 생각은 변함이 없네."

"물론 나리께서 모든 것을 잘 알고 계시지요." 야코프는 어깨를 흠칫하고 주인의 뒷모습을 쳐다보면서, 마치 그래 봐야 좋을 건 하나도 없다는 태도와 말투로 말했다. "그렇지만 그의 어머니에 대해선 근심하실 필요가 없습니다. 근심해봐야 헛일이니까요." 그는 계속해서 말했다. "물론 그 할멈이 유흐반카를 낳아서 가르치고 길렀고, 또 아들이 장성한 뒤에 장가를 들여 살림을 차려준 건 사실입니다만, 농노사회에서는 일단 아들이 장가를 들면 부모가 살림을 넘겨주는 것이 원칙입니다. 그런 다음엔 아들과 며느리가 집안의 주인이 되고, 어머니는 자기의 역량에 따라 스스로 먹을 것을 벌지 않으면 안 되지요. 물론 유흐반카 내외가 인정머리가 없는 것은 사실이지만, 그런 일은 농노사회에서는 흔히 있는 일입니다. 그렇기 때문에 솔직히 말씀드려서 그 할멈이 나리께 더 걱정을 끼쳐드린 셈입니다. 그 할멈이 영리한 살림꾼이긴 하지만, 쓸데없이 나리께 걱정을 끼쳐드려서야 되겠습니까? 언젠가 며느리와 싸웠다는 일만 해도 한두 번쯤 떠밀린 적이 있는지는 모르지만, 어쨌든 여자들끼리의 문제가 아닙니까! 나리께 걱정을 끼쳐드릴 게 아니라, 저희들끼리 화해를 했어야지요. 정말 공작님은 모든 일에 너무나 지나칠 정도로 마음을 쓰고 계십니다." 어느 정도 관대하고 친절한 태도로 묵묵히 앞서서 성큼성큼 걸어가고 있는 공작의 뒷모습을 보면서 관리인이 말했다. "참, 집으로 돌아가시겠네요?"

"아니, 다비드카 벨르이 농가로 가고 있어……. 아마 코졸이라는 별명으로 불리는 것 같은데?"

"네, 그 녀석 말씀이십니까? 역시 게으름뱅이지요. 코졸네 집안은 전부가 다 그 꼴이니까요. 정말 어떻게 다루어야 좋을지 도통 모르겠습니다. 별짓을 다 해도, 전혀 효과가 없으니 말입니다. 어제만 해도 저는 농노들의 밭을 한 바퀴 돌아보았습니다만, 그 녀석의 밭엔 아직 보리도 뿌리지 않은 상태입니다. 정말 저런 인간들을 어떻게 처리해야 합니까? 게으른 노인네나 아니면, 아이들이나 가르치라고 하겠지만, 어쨌든 상당히 게을러서 자기 밭이나 나리 밭이나 될 대로 되라는 식입니다. 후견인이나 저나 별별 수단을 다 써봤습니다. 경찰서에 끌고 가기도 했고,

나리 마음에는 들지 않겠지만, 벌을 주기도 했습니다."

"누구를? 정말 노인네에게 벌을 주었나?"

"예, 노인네에게. 후견인은 모든 농부가 보는 앞에서 여러 차례 볼기를 때렸습니다, 나리. 그런데 몸을 한 번 부르르 떨고 농가로 돌아가더니 예전과 똑같이 행동합니다. 본래 다비드카는 온순한 농노이지 멍텅구리는 아닙니다. 담배와 술도 안하는 사람입니다." 야코프가 설명했다. "그렇지만 주정뱅이나 다른 친구보다도 더 형편없습니다. 차라리 군인을 만들어버리든지, 아니면 유형지에 보내는 수밖에 없습니다. 이 코졸네 집안은 모두가 이 모양입니다. 저기 농가에 살고 있는 마트류쉬카도 같은 일가인데, 그 역시 손을 댈 수 없을 정도로 게으름을 피웁니다. 그런데 저에게 더 볼일은 없으십니까, 나리?" 관리인은 주인이 자기의 이야기를 듣지 않고 있음을 눈치채고 이렇게 물었다.

"없네. 가도 좋아." 네흘류도프는 건성으로 대답하고 다비드카 벨르이네 농가로 향했다. 마을 끝자락에 홀로 자리잡고 있는 다비드카의 농가는 약간 비스듬히 서 있었다. 농가 주위에는 마당도 없고 건조대도 없으며 헛간도 없었다. 한쪽 구석에 가축을 가두는 작고 더러운 우리가 하나 있을 뿐이었다. 다른 한쪽 구석에는 농가를 지을 때 필요한 나무토막이라든가 통나무 따위가 어수선하게 쌓여 있었다. 한때 농가 바깥마당이 있었던 곳에는 키가 큰 잡초들이 자라고 있었다. 울타리 앞쪽 진창에 자빠져서 꽥꽥 소리를 지르고 있는 돼지 한 마리를 제외하고는, 아무런 기척이 없었다.

네흘류도프는 부서진 창문을 두들겼으나 아무 대답이 없었기 때문에, 현관으로 돌아가서 "주인장?" 하고 큰 소리로 외쳤다. 그러나 이번에도 역시 아무 대답이 없었다. 그는 현관을 지나쳐서 텅 빈 외양간을 둘러본 다음, 문이 열려 있는 안채로 들어갔다. 붉은색 늙은 수탉 한 마리와 암탉 두 마리가 목덜미의 깃털을 푸르르 떨거나 발톱을 탁탁 털면서 마루나 의자 근처를 걸어다니고 있었다. 사람을 보자 놀란 닭들은 후다닥 날개를 펼치고 꼭꼭꼭 소리를 지르며 벽에다 몸을 부딪쳤고, 그중의 한 마리는 페치카 위로 올라갔다. 사방 6아르신밖에 되지 않는 농가에는 굴뚝이 부서진 페치카와 여름철이 되었는데도 그대로 방치되어 있는 베틀, 그리고 갈라진 검은색 탁자 등이 있었다.

비록 농가 안마당은 바싹 말라 있었으나, 일전에 온 비로 지붕과 천장에서 흘러내린 물이 문턱 앞쪽에다 지저분한 웅덩이를 만들어놓았다. 침대도 없었다. 이런 곳에서 사람이 살고 있으리라곤 도저히 상상도 할 수 없었다. 농가 바깥쪽도 안쪽처럼 황폐하기는 마찬가지였다. 그런데 이 농가에는 분명히 다비드카와 그의 가족이 살고 있는 것이다. 바로 그때 다비드카 벨르이는 6월의 더위에도 반외투를 머리 위까지 뒤집어쓰고 페치카의 한구석에서 깊은 잠을 자고 있었다. 좀 전에 놀라서 페치카 위로 올라갔던 암탉 한 마리가 아직도 흥분을 가라앉히지 못한 채 다비드카의 등 위를 걸어다니고 있었으나, 그는 여전히 잠에서 깨어나지 않았다.

농가에 아무도 없는 줄 알고 네흘류도프가 밖으로 나가려고 했을 때, 긴 숨소리가 들려왔다.

"이봐, 거기 누가 있나?" 공작이 물었다. 페치카 뒤에서 또다시 긴 숨소리가 들려왔다.

"거기 누군가? 이리로 나오게!"

공작의 외침에 마치 소의 울음소리 같은 하품 소리와 긴 한숨이 흘러나왔다.

"도대체 당신 누구야?" 페치카 위에서 꿈지럭거리며 외투 자락이 흘러내렸다. 그리고 다 떨어진 나무껍질로 만든 신발을 신은 큼직한 다리 한쪽이 내려오고, 이어서 또 다른 쪽 다리가 내려오더니 이윽고 다비드카 벨르이의 모습이 드러났다. 그는 페치카 위에 앉아서 커다란 주먹으로 천천히 마음에 내키지 않는 듯 두 눈을 비벼댔다. 그리고 하품을 하면서 느릿느릿 머리를 숙여 방 안을 둘러보다가, 공작의 모습을 발견하자 전보다는 약간 빠른 동작으로 몸을 움직이기 시작했다. 그러나 하도 꾸물거려서 네흘류도프가 물웅덩이에서 베틀까지 세 번이나 왔다 갔다 하는 동안에야 겨우 페치카에서 내려올 수가 있었다. 다비드카 벨르이는 '하얗다'는 뜻의 벨르이처럼 머리카락도, 몸도, 얼굴도, 모든 것이 온통 하얀색이었다. 그는 키가 크고 살찐 사내인데, 보통 배만 나온 농노들과는 달리 몸 전체가 뚱뚱했다. 그러나 그의 살찐 모습은 어딘가 물렁물렁하고 건강해 보이지 않았다. 밝고 조용한 하늘색 눈과 넓고 두드러진 턱을 가진 그는 꽤 미남인 편에 속했으나, 어딘지 모르게 병색을 띠고 있었다. 햇볕에 의한 그을음도, 혈색의 붉은 기미도 피부에 드러나지 않왔고, 전반적으로 그의 피부는 푸르스름한 누런빛을 띠고 있었다. 그리고 눈 가장자리에 연보라색 기미가 끼어 있어 얼굴 전체가 꼭 물에 불린 것처럼 퉁퉁하고 푸석푸석했다. 그의 손은 종기를 앓고 있는 사람의 것처럼 누르스름한 색으로 부어 있었고, 가늘고 흰 솜털로 덮여 있었다. 그는 잠을 너무 잤기 때문에 눈을 똑바로 뜨지 못했고, 또 하품을 연방 해대지 않고서는 제대로 서 있을 수도 없었다.

"그래, 자넨 남이 볼까 두렵지도 않나?" 네흘류도프가 말했다. "마당도 손질해야 하고, 자네한텐 빵도 없는데 대낮에 이렇게 낮잠만 자고 있단 말인가!"

다비드카는 잠에서 완전히 깨어나서야, 자기 앞에 지금 공작이 서 있다는 것을 깨달았다. 그는 아랫배에 두 손을 대고 머리를 숙인 채 몸을 약간 옆으로 기울이고서 손가락 하나 까딱하지 않고 그대로 서 있었다. 아무 말도 하지 않고 있었지만, 그의 얼굴 표정과 온몸의 동작은 마치 이렇게 말하고 있는 것 같았다. '알아요, 압니다. 그런 소리는 처음 듣는 것도 아닙니다. 자, 때릴 테면 얼마든지 때려보세요. 가만히 맞고 있을 테니까.' 마치 공작이 제발 설교 같은 건 집어치우고 빨리 때려주었으면, 이 푸석푸석한 뺨을 얼른 한 대 때려주었으면, 그리고 더 이상 그를 상관하지 말아주었으면, 하고 원하는 것 같았다. 다비드카가 자기의 말을 알아듣지 못하고 있다는 것을 깨달은 네흘류도프는 여러 가지 질문을 퍼부음으로써 무저항적이고도 집요한 침묵으로부터 그를 깨우려 했다.

"무엇 때문에 자네는 나에게 목재를 요청했나, 목재를 한 달 동안이나 한쪽 구석에다 처박아두고서? 한가하게 말이야, 응?"

다비드카는 완강하게 입을 다물고 움직이지 않았다.

"어서, 대답해봐!"

다비드카는 하얀 눈썹을 움직이며 뭐라고 중얼거렸다.

"자네도 알다시피, 일하지 않으면 안 돼. 일하지 않으면 어떻게 되는지 아나? 자네는 벌써 양식이 다 떨어졌는데, 왜 그랬겠어? 그건 자네가 밭을 제대로 일궈놓지 않았고, 흙을 뒤집어놓지도 않았으며, 또 제때에 씨를 뿌리지도 않았기 때문이야. 모든게 게으름 때문이야! 그러면서도 자네는 나한테 빵을 달라고 하니. 하기야 농노들을 굶겨 죽일 수는 없으니까 주기는 주지. 그렇지만 이런 식으로 해선 결국 아무것도 안 되네. 도대체 내가 자네한테 주는 빵은 누구의 것인가? 누구의 양식을 자네한테 준다고 생각하나, 응? 대답 좀 해봐! 누구의 양식을 자네한테 주는 것인지……." 네흘류도프는 집요하게 질문을 되풀이했다.

"나리 것입니다." 다비드카는 다소 겁먹은 태도로 의심쩍게 눈을 치켜뜨면서 중얼거렸다.

"그럼, 나리의 것은 어디서 생기지? 잘 생각해보게. 누가 밭을 갈지? 누가 비료를 주지? 그리고 누가 추수를 하고, 누가 실어 나르지? 그게 다 농노들이 하는 일 아닌가? 안 그래? 그러니까 '나리의 양식'을 농노들에게 나눠 주려고 한다면, 그 일을 제일 많이 한 사람에게 제일 많이 나눠 주지 않으면 안 되는 거야. 그런데 자네는 누구보다도 일을 제일 적게 한단 말이야. 자네에 대해서 불평을 호소하는 사람이 한둘이 아니야. 일은 제일 적게 하는 주제에 양식은 제일 많이 요청하고 있다는 얘길세. 만일 다른 사람이 자네처럼 밤낮 자빠져 잠만 자고 있다면, 벌써 모두가 굶어 죽었을 걸세. 이봐, 일하지 않으면 안 돼! 지금 하고 있는 짓은 아주 잘못된 거야. 알아듣겠나, 다비드카?"

"예, 잘 알겠습니다." 그는 이 사이로 짜내듯이 천천히 대답했다.

10

이때 지게에 마대를 짊어진 여자 농노의 머리가 창밖에서 어른거리며 지나가더니, 잠시 후 다비드카의 어머니가 농가 안으로 들어왔다. 그녀는 큰 키에 쉰 살쯤 된 대단히 활기차고 원기 왕성한 여자였다. 곰보 자국에 얼룩진 주름살이 잡힌 그녀의 얼굴은 결코 미인은 아니었으나, 곧은 콧날과 꼭 다문 단정한 입매와 민첩하게 움직이는 회색 눈동자는 그녀가 지혜와 정력을 가지고 있다는 것을 드러내고 있었다. 구부러진 어깨, 납작해진 가슴팍, 거칠거칠한 손, 그리고 시커먼 맨발 위에 툭 불거져 나와 있는 힘줄은 그녀가 오래전부터 여자라기보다 노동자로 변모해버렸다는 사실을 입증하고 있었다. 그녀는 성큼성큼 방 안으로 들어와서 문을 닫고, 앞치마를 벗어 팽개치고, 화난 듯이 아들을 노려보았다. 네흘류도프가 무어라고 말을 꺼내려 했으나, 그녀는 공작에게서 등을 돌리고 베틀 뒤로 보이는 검은색 나무 조각으로 만든 성상에 성호를 그었다. 그리고 그녀는 머리에 썼던 더러운 체크무늬 수건을 매만지고는 공작에게 고개를 숙였다.

"예수 그리스도의 축일입니다, 나리." 그녀가 말했다. "하나님의 영광이 나리께 임하시기를…… 우리의 아버지와 같은 나리."

어머니를 보고 상당히 당황해하면서 다비드카도 등을 앞으로 많이 굽히고 한층 더 낮게 고개를 숙였다.

"고맙네, 아리나." 네홀류도프가 대답했다. "나는 지금 자네 아들과 집안일에 대한 이야기를 하고 있었네."

어려서부터 농노들이 아리슈카 부를라크라고 불렀던 아리나는 왼손바닥에 오른쪽 팔꿈치를 받치고 오른손 주먹으로 턱을 괴고 공작의 말이 채 끝나지도 않았는데, 온 집 안에 울려 퍼질 정도로 쩌렁쩌렁 울리는 목소리로 말하기 시작했다. 그녀의 목소리가 하도 요란해서 밖에서 들으면 서너 명의 아낙네가 한꺼번에 떠들어대는 것 같았다.

"이놈과 무슨 얘기를 하겠습니까, 나리! 이 녀석은 인간답지 않게 이야기를 하는 놈입니다. 저것 좀 보세요, 꼭 얼빠진 사람처럼 멍청히 서 있다니까요." 그녀는 다비드카의 커다란 몸뚱이를 턱으로 가리키며 자못 경멸하는 투로 말했다. "저희 같은 주제에 살림은 무슨 살림입니까, 나리? 저희는 정말 형편없이 살고 있습니다. 영지 내 마을에서 저희보다 못사는 집은 하나도 없습니다. 저희 집 농사도 나리 댁 농사도 하나도 하지 못하고 있으니까요. 정말 부끄러운 일입니다! 그건 모두 이놈 때문입니다. 낳아서 젖을 먹이고 길러서 결국 이런 한량을 만들었으니! 그래도 기대를 걸었었는데! 남들처럼 빵은 처먹으면서 일은 하지 않고 있으니, 마치 저기 내팽개쳐둔 썩은 통나무와 똑같습니다. 이 녀석이 할 수 있는 재주란 그저 페치카 위에 나자빠져 자는 것과 멍청히 서서 바보 같은 생각이 가득 차 있는 대가리를 북북 긁는 것뿐입니다." 그녀는 아들의 흉내를 내면서 말했다. "그저 나리께서 된통 혼내는 수밖에 도리가 없습니다. 제가 이렇게 간청합니다. 제발 이놈을 군대라도 보내주세요. 그게 남은 유일한 길입니다! 제가 이놈을 위해 할 수 있는 일은 그것뿐입니다."

"다비드카, 어머니한테 이렇게 걱정을 끼쳐드려 죄스럽지 않나?" 네흘류도프는 농노를 향해 꾸짖는 말투로 말했다.

다비드카는 꿈쩍도 하지 않았다.

"이놈이 차라리 병이나 앓고 있다면 천만다행이겠습니다만." 아리나는 아까와 똑같은 활기찬 몸짓을 하면서 말을 계속했다. "그런데 이놈을 잠깐만 보세요. 꼭 물방앗간에 있는 돼지처럼 살이 쪄 있지 않습니까? 살찐 모습으로 보아선 일깨나 할 것 같지만 천만의 말씀입니다! 그저 페치카 위에서 뒹구는 재주밖에 없습니다. 어쩌다가 무슨 일을 하고 있으면 도저히 두 눈 뜨고 볼 수가 없답니다. 일어나는 것도, 몸을 움직이는 것도, 모두가 저 모양입니다." 그녀는 구부러진 어깨를 이쪽저쪽으로 돌리면서 말꼬리를 길게 끌면서 말했다. "오늘만 해도 제 아비가 숲에 나무하러 가면서, 이놈에게 구덩이를 파놓으라고 일렀었는데,

웬걸요, 손에 쟁이를 잡은 흔적이 전혀 없어요…… (여기서 그
녀는 잠시 입을 다물었다…….) 이놈은 의지할 곳 없는 저를 아주
죽이려고 듭니다!" 갑자기 그녀는 위협을 하듯이 두 손을 치켜
들고 아들 쪽으로 다가가며 째지는 듯한 소리를 질렀다. "이런
빤빤하고 게을러 터진 상판대기야, 하나님 용서하십시오……
(그녀는 아들의 곁에서 물러서면서 경멸하듯 그리고 낙심한 듯 퉤 하고
그 자리에 침을 뱉은 후, 두 눈에 눈물이 고인 채 다시 흥분해 두 손을
휘두르면서 공작 쪽으로 돌아섰다.) 정말 저 하나뿐입니다, 나리.
영감은 병자인 데다가 늙어서 아무 쓸모도 없고, 모든 일을 그
저 저 혼자서 해 나가고 있습니다. 단단한 돌이라도 자꾸 쓰면
금이 나는 법인데 말입니다. 이놈이 차라리 죽어준다면 얼마나
좋겠습니까! 그게 남은 유일한 방법입니다. 이놈은 지금 저를
말려 죽이고 있습니다. 아버지 같은 나리, 이젠 정말 기력도 없
습니다. 며느리도 일을 너무 많이 해서 죽었는데, 저도 곧 그렇
게 될 것입니다."

11

"어떻게 죽었나?" 네흘류도프는 믿을 수 없다는 듯이 물었다.
"과로 때문입니다, 나리. 정말 일을 너무 많이 해서 하나님이 그
애를 데려가셨습니다. 재작년에 우리가 바부린네 집에서 데려
온 처녀지요." 그녀는 여태까지의 못마땅한 표정을 눈물겨운 슬

픈 표정으로 바꾸면서 말을 계속했다. "정말 젊고, 신선하고, 선천적으로 온순한 여자였습니다. 처녀 시절, 자기 아버지 집에 있을 때에는 귀염둥이로 자랐기 때문에, 아무 어려움을 몰랐었는데 우리 집에 와서부터 농사일을 배웠습니다. 공작님 밭일도, 저희 집안일도, 그리고 그 밖의 일들도 모두 배웠습니다……. 아무튼 며느리와 저 둘뿐이었으니까요. 저 말씀이신가요? 저야 사실 일하는 것에 익숙했으니까 아무렇지도 않았지만, 며느리는 몸이 무거워서 여간 고생이 아니었지요. 그렇지만 힘에 겨운 일을 해내지 않으면 안 되었습니다. 그러다가 결국 그만 앓아눕게 되었습니다. 그런데 엎친 데 덮친 격으로 작년 여름 성 베드로의 축일 무렵에 사내아이를 낳았습니다. 먹을 것은 빵 한 조각밖에 없었고, 가까스로 목숨을 연명하고 있었습니다. 그런데 일손이 바빠지니까 결국 며느리의 젖이 말라버리고 말았지요, 나리. 첫아들을 낳고서 암소도 없는 형편에 남정네들의 고된 일을 해야만 했으니, 우유를 먹일 생각은 아예 하지도 못했거든요! 아시다시피 여자란 어리석은 존재여서, 며느리는 일 때문에 제정신이 아니었습니다. 그러다가 그만 어린 것이 죽었습니다. 그래서 며느리는 날마다 몸부림치며 통곡했고, 일터에서도 쫓겨났습니다. 그리고 가난에 쫓기다가, 결국 불쌍하게도 성모 축일이 다가오기 전 여름에 숨을 거두고 말았습니다. 저 돼지 같은 놈이 죽음을 재촉한 겁니다!" 그녀는 허탈한 태도로 미워 죽겠다는 듯이 아들을 노려보았다. "그런데 실은 한 가지 소원이 있습니다, 나리." 그녀는 잠시 입을 다물었다가 목소리를 낮추고 허리를 굽히면서 말했다.

"무언데?" 그녀의 이야기를 듣고 아직까지도 흥분이 가라앉지 않은 네흘류도프가 물었다.

"어쨌든 이 자식은 아직 젊은 놈입니다. 저도 언제 죽을지 모르는 몸이라서, 언제까지 일할 수 있을는지도 모르는 형편입니다. 그러니 이놈에게 다시 아내를 얻어주는 게 어떻겠는지요? 그렇게 하지 않고서는 나리의 농노 노릇도 제대로 할 수가 없으니까요. 그러니까 아버지 같은 나리, 제발 어떻게든지 저희를 한 번만 생각해주십시오."

"그러니까 아들을 장가보내고 싶단 말이지? 좋은 일이지!"

"부디 자비를 베풀어주십시오. 나리는 저희들의 부모님이십니다." 그리고 그녀는 아들에게 옆으로 오라고 손짓을 한 후, 모자가 함께 공작의 발치에 엎드렸다.

"왜 땅바닥에 엎드려 절을 하고 야단들인가?" 네흘류도프는 그녀의 어깨를 잡아 일으키면서 화가 난 듯 말했다. "꼭 이런 식으로 이야기를 해야만 하나? 내가 그렇게 하는 것을 싫어하는 줄 자네도 잘 알고 있을 텐데. 아들한테 며느리를 얻어주는 건 좋아. 그런데 어디 점찍어둔 처녀라도 있나?"

노파는 일어나서 눈물도 나지 않는 두 눈을 소매로 닦기 시작했다. 다비드카도 그녀의 흉내를 내며 퉁퉁 부은 것 같은 주먹으로 연방 눈을 닦으면서, 참을성 있고 온순한 태도로 서서 아리나가 말하는 것을 듣고 있었다.

"색시야 물론 있습니다. 없을 리가 있겠습니까! 바로 바슈트카 미헤이키나입니다. 그런데 나리께서 명하지 않으면 저희 집에 오지 않을 것입니다."

"그럼, 그 처녀가 싫다고 하는 모양이군."

"바로 그렇습니다, 나리. 좀처럼 승낙을 하지 않습니다."

"그렇다면 내가 할 수 없는 일이 아닌가? 나는 강요할 생각이 추호도 없네. 그러니 다른 데서 구해보는 게 좋겠네. 이 마을이 아니라 다른 마을에서라도…… 몸값은 내가 대신 내겠네. 그렇지만 본인이 허락을 해야지 억지로 며느리로 들일 순 없네. 그런 법도 없거니와, 만일 그렇게 한다면 그건 커다란 죄악이야."

"저어, 나리! 그렇지만 저희같이 가난한 집을 보고 좋아하며 시집올 색시가 어디 있겠습니까? 군인의 과부라도 이런 고생을 하려는 사람은 없을 겁니다. 또 어떤 농부가 우리 같은 집에 딸을 내주겠습니까? 아무리 얼빠진 사람이라도 절대로 주지 않을 겁니다. 사실 우리는 가난뱅이이니까요. 저놈의 집에선 벌써 며느리 하나를 굶겨 죽였으니까, 내 딸도 틀림없이 그렇게 될 테지 하고 말하고들 있으니까요. 누가 딸을 주겠습니까?" 그녀는 도저히 있을 수 없는 일이라는 듯 머리를 흔들면서 말했다. "입장을 바꿔서 생각해보십시오, 나리."

"그러면 내가 어떻게 하면 좋겠나?"

"어떻게 잘 선처해주십시오, 나리." 아리나는 애원하듯 되풀이했다. "저희가 어떻게 할 수 있겠습니까?"

"도대체 뭘 어떻게 선처해달라는 말인가? 이번 경우엔 나 역시 손을 쓸 방법이 없네."

"나리가 아니고 누가 우리를 생각해주시겠습니까?" 아리나는 처량한 표정으로 고개를 숙이고, 답답한 듯 두 손을 벌리면서 말했다.

"그건 그렇고, 자네가 양식을 달라고 요청했으니, 곧 보내주라고 말해두지." 공작은 잠시 침묵한 후 말했다. 공작이 침묵하고 있는 동안 아리나는 깊은 한숨을 내쉬었고, 다비드카도 어머니를 따라 한숨을 쉬었다. "그런데 내가 할 수 있는 일은 아무래도 그것밖에 없는 것 같아."

네흘류도프는 현관으로 나갔다. 어머니와 아들은 연방 허리를 굽혀 절을 하면서 공작의 뒤를 따라 밖으로 나갔다.

12

"아, 의지할 곳 없는 내 신세여!" 아리나는 무겁게 한숨을 쉬며 말했다.

그녀는 우뚝 멈춰 서서 화난 듯이 아들을 노려보았다. 다비드카는 돌아서서 나무껍질로 만든 크고 더러운 신발을 질질 끌면서 문턱을 넘어 반대편 문 안으로 사라졌다.

"정말 저 자식을 어떻게 해야 좋겠습니까, 나리?" 아리나는 공작에게 몸을 돌리고 말을 계속했다. "보시다시피 저런 놈이니까요! 처음에는 그리 나쁜 놈도 아니고, 술도 마시지 않고, 아주 얌전한 놈이었는데 말입니다. 죄 없는 아이를 못살게 구는 건 아니지만, 사실을 반대로 이야기하는 것도 죄가 되니까 솔직히 말씀드리겠습니다. 사실 아들에게는 이렇다 할 나쁜 점도 없는데, 어떻게 하다 저 꼴이 되었습니다. 어쩌다가 제 몸을 스스로 망쳐버리게 된 건지 저도 모르겠습니다. 본인도 결코 좋아서가 아닐 겁니다. 나리, 저놈이 어떤 괴로움을 겪고 있는지, 밤낮 옆에서 지켜보고 있는 저로서는 정말 괴롭기 그지없습니다. 저놈이 어떤 종류의 인간이라고 해도, 제가 낳은 자식이니 어찌 애처롭지가 않겠습니까! ……정말 불쌍해서 견딜 수가 없습니다. 저놈은 그래도 저나 제 아비나 자기의 윗사람에게 대드는 일은 절대로 없습니다. 아주 소심한 편이라 꼭 어린아이 같습니다. 그러니 저놈을 어떻게 그냥 홀아비 신세로 내버려둘 수가 있겠습니까? 자비를 베푸시는 나리, 제발 저희를 생각해주십시오!" 여태까지의 아들에 대한 욕설 때문에 공작이 받은 아들에 대한 나쁜 인상을 지워버리려고 애쓰면서 그녀는 말했다. "저는 말씀입니다, 나리." 자신을 갖고 그녀는 말을 계속했다. "여러모로 이런저런 생각을 해봤습니다. 그렇지만 저놈이 왜 저렇게 됐는지 아무래도 알 수가 없습니다. 아마도 사악한 놈이 아들에게 저주를 내린 것이 틀림없습니다(그녀는 잠깐 입을 다물었다). 그러니까 그놈을 찾아내면 아들을 고칠 수가 있습니다."

"무슨 얼토당토하지도 않은 말을 하고 있나?"

"아닙니다, 나리. 죽을 때까지 사람 구실을 못 하도록 저주를 할 수가 있습니다! 세상에는 흉악한 놈들이 많이 있으니까요! 원한을 품고 상대방의 발자국이 닿은 흙을 한 줌 집어 든다든가

…… 아니면 다른 방법으로 저주를 하면 평생 사람 구실을 못하게 됩니다. 사악한 짓을 하는 데 어디 많은 시간이 걸리겠습니까? 그래서 저는 보로비요프카에 살고 있는 둔두크 노인에게 가볼까 하는 참입니다. 그는 온갖 주문이라든가, 약초라든가, 또는 저주를 푸는 방법이나, 십자가 위에 물을 떨어뜨리는 방법도 죄다 알고 있으니까, 좌우간 무슨 도움이 되지 않겠습니까?" 노파가 말했다. "어쩌면 아들놈을 고쳐주는지도 모르지요."

'정말 이 여자는 가난과 무지 속에서 살아가고 있구나!' 젊은 공작은 슬픈 듯 머리를 숙이고 큰 걸음으로 마을 아래쪽으로 내려가면서 생각했다. '그런데 도대체 저놈을 어떻게 해야 하나? 나 자신을 위해서, 다른 농부들을 위해서, 그리고 그를 위해서, 저놈을 지금 이런 상태로 내버려둘 수는 없다.' 그는 손가락을 꼽으며 그 이유를 헤아리면서 혼자 중얼거렸다. '나는 그가 이런 상태에 있는 것을 그대로 둘 수는 없다. 그러면 어떻게 그를 이 상태에서 끄집어낼 수 있을까? 그는 영지 경영을 위한 모처럼의 나의 훌륭한 계획을 망쳐놓고 있다. 만일 저런 농노가 계속 존재한다면 나의 이상은 결코 실현되지 못할 것이다.' 새삼 농노에 대한 분노와 증오를 경험하게 된 그는 자신의 계획이 무산되지나 않을까 염려하고 있었다. '저놈 스스로가 고치려고 노력하지 않는다면, 야코프의 말대로 유형지로 보내거나 군대로 보내야 할 것 같다. 그렇다, 그렇게 해야지. 그렇게 하면 적어도 그놈 대신 좋은 농노에게 일을 맡길 수가 있으니까.' 그는 다시 생각을 가다듬었다.

그는 이 생각이 무척 만족스러웠다. 그러나 그와 동시에 어떤 막연한 의식이 그를 향해, '너는 너무 이상적으로만 생각하고 있다, 그건 어딘가 분명히 잘못된 생각이다'라고 속삭이는 것이었다. 그는 발걸음을 멈췄다. '잠깐, 지금 나는 무슨 생각을 하고 있는가?' 그는 자문했다. '그래, 군대에 보내거나 유형지로 보낸다는 생각이었지. 그런데 무엇 때문에? 그는 뭐니 뭐니 해도 선량한 인간이다, 내가 알고 있는 많은 사람들보다도…… 그리고 도대체 나는 그에 대해 과연 무엇을 알고 있는 것인가? 차라리 그에게 자유를 주어야 하지 않겠는가?' 그는 아까처럼 이성 일변도로 치우치지 않으려고 애쓰면서 거듭 생각했다. '그건 옳은 일도 아니고, 또 가능한 일도 아니다.' 이때 갑자기 어떤 생각이 머릿속에 떠올라 그를 기쁘게 했다. 그는 어려운 문제를 풀어낸 사람과 같은 표정을 짓고 환하게 웃었다. '그래, 그를 우리 집으로 데려오자.' 그는 자신에게 속삭였다. '그래서 내가 그를 감독하고 따뜻하게 대해주자. 일하는 습관이 붙도록 일을 골라서 주고, 그렇게 해서 그를 바로잡아주도록 하자.'

13

'그래, 그렇게 해야지.' 네홀류도프는 스스로 만족하고 기뻐서 중얼거렸다. 그리고 그는 유복한 농노인 두틀로프의 집에 들러야 한다는 것을 깨닫고, 마을 한복판에 두 개의 굴뚝이 똑바로 높이 솟아 있는 집으로 향했다. 그 집을 향해 가는 도중에, 그는 그 옆집에서 그를 향해 마주 걸어오고 있는 마흔 살가량의 키가 크고 수수한 옷을 입은 여인과 마주쳤다.

"안녕하십니까, 나리." 여인은 조금도 어려워하지 않고 그의 곁에서 걸음을 멈추고 기쁜 듯이 웃으면서 인사를 했다.

"오, 잘 있었나, 유모." 그가 대답했다. "그래, 어떻게 지내나? 난 지금 유모네 옆집에 가는 길이야."

"그렇습니까, 나리. 좋은 일입니다……. 그런데 저의 집엔 왜 안 들르십니까? 우리 영감이 아주 반가워할 텐데요!"

"그럼 잠깐 들러보지, 얘기도 할 겸. 이게 바로 유모네 집인 가?"

"예, 그렇습니다, 나리." 이렇게 말하고 유모는 앞장서서 뛰어 들어갔다. 그녀의 뒤를 따라 집으로 들어간 네흘류도프는 작은 통 위에 걸터앉아 담배를 피워 물었다.

"집 안은 더울 것 같네. 여기 앉아서 이야기나 하는 게 더 좋아." 그는 집 안으로 들어오라는 유모의 권유에 이렇게 대답했다. 유모는 아직 젊고 아름다운 여자였다. 그녀의 얼굴, 특히 커다란 검은색 눈동자는 공작과 많이 닮아 있었다. 그녀는 앞치마 밑에서 두 손을 맞잡고 공작의 얼굴을 똑바로 쳐다보면서 연방 고개를 갸웃거려가며 그와 이야기를 하기 시작했다.

"그런데 나리, 도대체 무슨 일로 두틀로프네에 가시는 겁니 까?"

"실은 그자에게 30데샤티나(1데샤티나는 1.092헥타르─옮긴이)

의 땅을 빌려주고 농사를 짓게 할 생각이네. 그리고 또 나와 함께 공동 출자를 해서 임야를 매입하도록 할 생각이야. 어쨌든 그자는 돈을 가지고 있으니까, 그대로 묵혀두게 해서는 안 되지 않나? 이 점에 대해 유모는 어떻게 생각하나?"

"그래요? 두틀로프 집안사람들이 재력이 있다는 것은 널리 알려진 사실이지요, 나리. 영지에서 첫째가는 부농으로 모두들 꼽고 있답니다." 유모는 머리를 끄덕이면서 대답했다. "지난여름에 집을 새로 지을 때도 자기네 목재만 썼지, 나리 도움은 받지 않았으니까요. 그 집은 중간 크기의 망아지들과 어린 새끼들을 제외하고도, 삼두마차 여섯 대를 끌 수 있을 정도의 말을 소유하고 있어요. 그리고 아낙네들이 들판에서 소나 양 같은 가축들을 몰고 오다가 큰길을 통과할 때는 항상 서로 엎치고 덮치고 하는 소동이 일어날 정도지요. 게다가 꿀벌도 2백 상자쯤, 아니 그보다도 더 많을 겁니다. 마음만 먹으면 하지 못할 일이 없는 농부니까, 틀림없이 돈도 많을 겁니다."

"그런데 유모는 어떻게 생각하나? 그자가 정말 돈을 많이 가지고 있을까?" 공작이 물었다.

"사람들이 악의를 품고 꾸며낸 말인지는 몰라도, 그분은 적지 않은 돈을 가지고 있다고들 합니다. 본인은 그 점에 대해서 일체 함구하고 있고, 심지어 아들들에게도 밝히지 않고 있지만, 돈을 많이 가진 건 틀림없어요. 그러니 임야를 공동으로 매입하자는 제안을 거절하지 않을 겁니다. 하긴 돈을 가졌다는 게 알려질까 봐 약간 꺼릴지도 모르죠. 그는 5년 전에도 여관집 주인

슈칼리크와 합자해서 목장 사업에 손을 댄 적이 있었는데, 슈칼리크가 영감을 속였기 때문에 300루블 정도나 손해를 봤죠. 그래서 그 이후로는 아무것도 하지 않고 있어요. 정말 그 분은 상상도 하지 못할 정도로 잘살고 있어요, 나리." 유모는 말을 계속했다. "땅이 세 곳에나 있는데, 식구들이 많은 데다가 모두 일을 하기 때문에 세 곳에서 흩어져 살고 있답니다. 그리고 남에 대해 나쁘게 이야기할 필요가 없으니까 사실대로 말씀드리겠어요. 그분은 훌륭한 가장입니다. 또 그는 하는 일마다 행운이 따라 사람들이 놀랄 정도입니다. 곡식은 물론이거니와 말이나 소, 꿀벌, 게다가 자식농사까지 모두가 풍년입니다. 지금 아들들은 모두 장가를 들었지요. 여태까지는 마을의 처녀들을 맞이했는데, 이번에는 일류슈카의 색싯감으로 그분이 손수 돈을 지불하여 농노의 신분에서 자유농민으로 전환시킨 처녀를 데려왔죠. 그런데 그 색시가 집안일을 아주 잘한다고 합니다."

"그래, 그들은 잘살고 있나?" 공작이 물었다.

"집안에 든든한 가장이 있으니까, 잘 지내고 있는 거죠. 비록 두틀로프 집안에 약간의 말썽이 있긴 하지만, 잘 아시다시피 여자들 문제지요. 며느리들끼리 부엌에서 아옹다옹하고 있습니다만, 영감님이 딱 버티고 있으니까 아들들은 그런대로 의좋게 살고 있죠."

유모는 잠시 입을 다물었다.

"지금 영감님은 장남인 카르프에게 집안 살림을 맡기려 해요. 자기는 아무래도 늙었으니까, 이젠 양봉이나 하면서 지내겠다는 거죠. 하기야 카르프도 훌륭하고 유능한 농부임엔 틀림없지만, 집안일을 꾸려 나가는 데 영감님을 따라가려면 한참 멀었습니다. 어디 그만한 판단력이 있어야죠!"

"그렇다면 카르프의 결정에 의해 토지나 임야를 매입하게 되겠네. 유모는 어떻게 생각하나?" 공작은 유모가 이웃집에 대해 알고 있는 바를 남김없이 알아낼 속셈으로 물었다.

"어림없는 일이죠" 유모가 말했다. "영감님은 아들한테 돈 있는 곳을 알려주지 않았으니까요. 그분이 살아 있는 동안에는 그분이 모든 일을 결정하실 겁니다. 게다가 요즘은 마차운송업을 하고 계세요."

"그런데 영감이 승낙을 할까?"

"두려워할 겁니다."

"무엇을 두려워한다는 건가?"

"글쎄요, 나리. 생각해보세요. 그분이 공작님께 자신의 돈을 내보일 리가 있겠습니까? 잘못하다간 전부 날려버릴 텐데요! 얼마 전에 여관집 주인하고 동업을 하다가 실패도 했으니까요. 어디 가서 소송을 하겠어요! 그냥 돈을 날려버렸는데 말입니다. 더구나 농부가 지주하고 동업을 한다는 것은…… 말이 안 되는 얘기죠."

"역시 그것 때문에……." 네흘류도프는 얼굴을 붉히며 말했다.

"그럼 잘 있게, 유모."

"안녕히 가세요, 나리. 고마워요."

14

'그냥 집으로 돌아갈까?' 두틀로프네 문 앞으로 다가가면서 네흘류도프는 다소 막연한 우울감과 정신적인 피로를 느끼며 생각했다.

그런데 마침 이때 새로 판자를 댄 문짝이 삐걱 하고 열리면서, 열여덟 살쯤 되는 아름다운 붉은 금발의 젊은이가 마부 복장을 하고 그의 앞에 나타났다. 그는 튼튼한 다리에 아직도 땀을 흘리고 있는 털이 많은 삼두마차 말 세 마리를 끌고 나오면서 머리카락을 뒤로 젖히고 공작에게 인사를 했다.

"오, 일리야, 아버지는 집에 계시느냐?" 네흘류도프가 물었다.

"마당 뒤편의 양봉장에 계십니다." 젊은이는 반쪽만 열린 문으로 말을 한 마리씩 끌어내면서 대답했다.

'아니다. 끝까지 초지일관으로 밀어붙이자. 영감에게 권유해서, 어떻게든 손을 쓰도록 해야겠다.' 네흘류도프는 생각했다. 그리고 그는 말들을 지나쳐 보내고, 두틀로프 집의 널따란 마당 안으로 걸어 들어갔다. 마당 안에는 얼마 전까지도 거름이 쌓여 있었는지 흙이 아직도 검고 축축했고, 여기저기 특히 문 근처에는 붉게 퇴색한 섬유질의 거름 덩어리가 눈에 띄었다. 마당 안과 높게 걸친 추녀 밑에 많은 짐마차와 바퀴, 마차용 썰매, 꿀벌통, 궤짝, 기타 농기구 따위가 질서정연하게 정돈되어 있었고, 비둘기들이 넓은 서까래 그늘 밑에서 구구거리며 이리저리 옮겨 다니고 있었다. 퇴비와 타르 냄새가 마당에 가득했다. 마당 한쪽 구석에서 카르프와 이그나트가 장식이 달린 커다란 삼두 마차에서 새로운 가로목을 붙이고 있었다. 두틀로프 영감의 세 아들은 모두 비슷비슷한 얼굴을 하고 있었다. 네흘류도프가 대 문 앞에서 만난 막내아들 일리야는 턱수염이 없고, 키가 약간 작으며, 장밋빛 뺨에 멋진 옷을 입고 있었고, 둘째인 이그나트 는 그보다는 키가 크고 머리 색깔은 다소 검은 빛을 띠었으며, 쐐기 모양의 턱수염을 하고 있는데, 두 사람은 똑같이 마부용 셔츠에 장화를 신고 빨간색 털모자를 쓰고 있었다. 둘째는 막내 처럼 한가하고 할 일이 없는 것 같지는 않았다. 장남인 카르프 는 제일 키가 컸고, 나무껍질로 만든 신발을 신고 회색 카프탄 과 안감을 대지 않은 셔츠를 입고 있었다. 풍성한 붉은색 턱수 염을 한 그의 풍채는 그냥 진실하다기보다는 차라리 단순하달 만큼 착실해 보였다.

"아버지를 불러올까요, 나리?" 그는 공작 옆으로 다가오면서 부드럽고도 당당하게 인사를 하고 말했다.

"아니, 내가 직접 양봉장으로 가보겠네, 자네 아버지의 꿀벌 치는 솜씨도 구경할 겸. 그런데 잠깐 자네한테 얘기하고 싶은 게 있는데." 네흘류도프는 카르프와 이야기하는 것을 이그나트에게 들리지 않게 하려고 마당 한쪽 구석으로 그를 데리고 갔다.

이 두 형제의 행동에서 드러나고 있는 자기 과신과 일종의 자 만심, 그리고 유모가 말해준 것들이 젊은 공작의 마음을 혼란스 럽게 만들었기 때문에, 공작은 미리 생각하고 있던 것을 선뜻 말하기가 어려웠다. 어쩐지 나쁜 일을 하는 것 같은 생각이 들어서, 그는 형제 중 다른 한편에는 들리지 않게 한 사람하고만 이야기하는 것이 편하다고 여겼던 것이다. 카르프는 공작이 왜 자기를 한쪽 구석으로 끌고 가는지 약간 놀란 듯했으나, 그냥 묵묵히 그의 뒤를 따라갔다.

"다름이 아니라……." 네흘류도프는 더듬거리며 말을 꺼냈다. "자네 집에 얼마나 말이 많은지 묻고 싶은데?"

"삼두마차를 끄는 말이 다섯 조에다, 망아지도 있습니다." 카르프는 등을 약간 굽히면서 쉽게 대답했다.

"그래, 그런데 자네 동생들이 직접 우편마차를 모나?"

"삼두마차 세 대로 우편배달을 하고 있습니다. 일류슈카는 여객용 마차를 끌고 있는데, 지금 막 돌아왔습니다."

"그래, 벌이가 좀 되나? 이 일을 해서 얼마나 벌어들이고 있지?"

"벌이는 무슨 벌이입니까, 나리? 그저 겨우 사료비나 치를 정도지요. 그것도 사고가 나지 않아야 그렇습니다."

"그러면 왜 다른 일을 하지 않나? 자네 집에선 임야를 매입한다든가, 땅을 임대한다든가, 얼마든지 할 수 있을 텐데 말이야."

"그야 물론 그렇습니다, 나리. 어디 마땅한 땅이 있다면야 임대를 할 수도 있습니다."

"그렇다면 내가 제안하고 싶은 게 하나 있네. 다름 아니라 겨우 여물 값이나 나온다는 마차운송업은 하지 말고, 내 땅 30데샤티나를 임대하는 것이 어떻겠나. 저기 사포브이 산 너머에 있는 쐐기 모양의 땅을 전부 빌려줄 테니, 어디 한번 대규모로 농사를 지어보도록 하게."

그리고 네흘류도프는 벌써 수차례나 염두에 두고 있었던 농부자영농장 계획을 떠올리며 더듬거리지 않고 농장 경영에 대한자신의 구상을 그에게 설명하기 시작했다.

카르프는 주의 깊게 공작의 이야기를 경청했다.

"정말 감사합니다, 나리." 그는 네흘류도프가 말을 마치고 대답을 기다리며 그를 쳐다보자, 이렇게 대답했다. "나쁠 것이 하나도 없는 일입니다. 농부는 채찍을 들고 마차 따위를 모는 일보다는 흙을 만지는 것이 더 좋으니까요. 낯선 사람들을 싣고 다니면서, 여러 부류의 사람들을 만나다 보면 좋지 않은 물이 들기가십상입니다. 농부는 농사를 짓는 게 가장 좋은 것 같습니다."

"그럼 자네는 이 문제를 어떻게 생각하나?"

"아버지가 살아 계시는데, 제 생각이 무슨 소용이 있겠습니까, 나리. 모두가 아버지 뜻에 달려 있습니다."

"그럼 나를 양봉장으로 안내해주게. 내가 직접 얘기할 테니까."

"이쪽으로 오세요." 카르프는 뒤쪽에 있는 광으로 천천히 걸어가면서 말했다. 그는 양봉장으로 통하는 낮은 문을 열고 공작을 들여보내고는 다시 문을 닫고, 이그나트 옆으로 돌아가서 하던 일을 계속했다.

15

네흘류도프는 몸을 굽혀서 그늘진 추녀 밑의 낮은 문을 통과하여 마당 뒤에 있는 양봉장으로 들어갔다. 짚과 울타리로 얼기설기 엮어놓은 그리 크지 않은 공터에 널빤지로 뚜껑을 해 덮은 벌통들이 가지런히 놓여 있고, 그 주위를 황금빛 꿀벌들이 붕붕 소리를 내며 날아다니고 있었다. 6월의 태양이 쏟아내는 타오를 듯한 눈부신 햇살이 공터 전체를 가득 메우고 있었다. 잘 다져진 작은 길이 문에서부터 공터 중앙에 있는 목조 제단까지 연결되어 있었고, 그 제단 위에 세워져 있는 구리 금박을 입힌 성상이 햇빛에 빛나고 있었다. 나뭇가지를 드리우고 있는 어린 보리수나무 몇 그루가 꿀벌의 붕붕거리는 소리에 장단을 맞추는 듯 생동감 넘치는 진초록 나뭇잎들을 살랑거리며 흔들고 있었다. 짚으로 엮은 울타리나, 보리수나무나, 널빤지로 뚜껑을 덮은 벌통 등의 그림자들이 벌통 사이에서 자라고 있는 탐스런 풀밭 위로 검고 짧게 드리워져 있었다. 백발이 성성한 머리를 햇빛에 반짝이며 노인이 벌통 앞에서 등을 잔뜩 구부리고 있었다. 보리수나무 사이에 놓여 있는 벌통들은 새 짚을 엮어서 만든 지붕으로 덮여 있었다. 나무로 만든 문이 삐걱거리는 소리를 내자 노인은 뒤를 돌아보았다. 그는 햇볕에 그을린 땀투성이의 얼굴을 셔츠 소매로 닦고, 반가운 표정에 미소를 지으며 공작 쪽으로 걸어 나왔다.

양봉장 안은 아늑하고, 화사하고, 조용하고, 밝았다. 눈언저리에 수없이 많은 잔주름이 방사형으로 나 있는 백발의 노인은 맨발에 헐렁한 구두를 신고 만족스런 미소를 띠면서 자기만의 영역을 방문한 공작을 기쁘게 맞이하러 걸어 나왔다. 소박하고 정겹게 느껴지는 그의 모습을 보면서 네흘류도프는 순간적으로 오늘 아침에 받았던 무거운 인상을 모두 잊고, 그가 항상 품고 있던 상상을 생생하게 기억해냈다. 그는 벌써 자기 영지 내에 있는 모든 농부가 두틀로프 노인처럼 유복하고 선량한 사람으로 변해가는 모습을 상상하고 있었던 것이다. 그들은 모두 공작에게 정겹고 기분 좋은 미소를 보내고 있는 것이다……. 왜냐하면 그들의 부유함도, 행복도, 그 어느 하나 공작의 덕택이 아닌 것이 없기 때문이다.

"그물망을 쓰지 않으시겠습니까, 나리? 요즘은 벌들이 한창 공격을 하는 시기입니다." 노인은 이렇게 말하고 나무줄기 틀에 꿰매져 있는, 꿀 냄새가 물씬 풍기는 삼베 그물망을 울타리에서 벗겨내 공작에게 내밀었다. "벌들이 저는 쏘지 않는답니다. 이제는 낯이 익었기 때문이죠." 보기 좋게 그을린 얼굴에 부드러운 미소를 띠면서 노인이 말했다.

"나도 그런 건 필요 없네. 벌써 분봉을 했나?" 네흘류도프는 자연스럽게 미소를 지으며 물었다.

"지금이 한창 분봉을 할 때죠, 미트리 미콜라이치." 노인은 공작의 이름과 부칭을 함께 부르면서 특별한 정겨움을 표했다.

"이제 막 벌들이 분봉을 하기 시작했습니다. 아시다시피 금년

봄은 추웠으니까요."

"그런데 일전에 내가 책에서 읽은 이야기인데," 네흘류도프는 귀밑의 머리카락 사이에서 붕붕거리고 있는 벌 한 마리를 손으로 쫓아버리면서 말을 꺼냈다. "벌통이 나무판 위에 똑바로 서 있으면 벌이 빨리 분봉한다고 하더군. 그렇게 하려면 널빤지 위에 이렇게 벌통을 대고…… 그리고 나무를……."

"손을 흔들지 마세요. 그러면 벌이 점점 더 성을 내게 됩니다." 노인이 말했다. "그물망을 쓰시는 게 좋지 않겠습니까?"

네흘류도프는 사실 아팠다. 그러나 어린아이와 같은 일종의 자존심 때문에 아픔을 표현하고 싶지 않았으므로, 그는 다시 한 번 그물망을 거절하고 『Maison rustique(전원풍의 저택)』란 책에서 알게 된 벌통 구조에 대해서 노인에게 설명했다. 그 책에 의하면, 그렇게만 하면 벌의 분봉이 두 배 이상 증가한다는 것이다. 그러나 그때 벌 한 마리가 그의 목을 쏘았으므로, 그의 신나는 설명은 중간에 그만 흐지부지되고 말았다.

"그건 옳은 말씀입니다, 미트리 미콜라이치." 노인은 공작을 쳐다보면서, 아버지같이 자상하게 말했다. "그 책에 쓰여 있는 건 정확합니다. 그렇지만 혹시 잘못 썼을지 누가 알겠습니까? 책을 읽는 사람들은 쓰여 있는 것을 그대로 믿습니다. 그런데 저희는 잘못된 것을 보고 그저 웃고 맙니다. 그런 일은 가끔 일어납니다! 어디에다 벌집을 짓는 게 좋다고 하는데, 그걸 도대체 벌들한테 어떻게 가르쳐주겠습니까? 벌들은 벌통의 모양을 보고서 벌집을 옆에 붙일 때도 있고, 똑바로 짓기도 하는 거니까요. 그럼, 어디 좀 들여다보시겠습니까?" 그는 근처에 있는 벌통을 열고, 붕붕거리며 벌집 위를 기어 다니고 있는 벌 한 마리가 가리고 있는 출입구를 들여다보면서 말했다. "이놈은 아직 어린 벌이죠. 보시다시피 그놈의 머릿속에는 여왕벌에 대한 생각으로 가득 차 있고, 벌집은 벌통의 생김새에 따라 자기네 편리한 대로 옆으로 혹은 똑바로 붙여놓습니다." 자기가 애호하는 일에 홀딱 빠진 그는 공작이 와 있다는 것에 대해서 전혀 신경을 쓰지 않고 말을 계속했다. "이것 보세요, 오늘 이놈은 꿀을 잔뜩 가지고 돌아왔어요. 오늘은 날씨도 따뜻하고 시야도 선명합니다." 그는 다시 벌통 뚜껑을 닫고 기어 다니는 벌을 헝겊으로 덮어놓고, 주름투성이인 목덜미에 앉아 있는 벌 몇 마리를 거친 손바닥으로 쓸어버리면서 말했다. 벌들은 그를 쏘지 않았다. 그런데 네흘류도프는 벌통에서 멀리 벗어나고 싶은 것을 가까스로 참고 있었다. 벌들은 벌써 그를 세 군데나 쐈고, 아직도 그의 머리와 목 주변을 윙윙거리며 날아다니고 있었다.

"그런데 자네는 벌통이 많은가?" 그는 문 쪽으로 뒷걸음질치며 물었다.

"하나님이 주신 만큼 있습니다." 두틀로프는 빙그레 웃으면서 대답했다. "벌통을 셀 필요가 없답니다, 나리. 벌이 좋아하지 않으니까요. 그런데 나리, 실은 한 가지 청이 있습니다." 그는 울타리 옆에 있는 길쭉하게 생긴 벌통을 가리키면서 계속해서 말했다. "사실은 공작님 유모의 남편 오시프에 관한 일인데요. 나리께서라도 그에게 말씀을 좀 해주셨으면 합니다. 같은 마을에 살면서, 더구나 이웃인데 그런 짓을 하는 건 좋지 않다고 생각합니다."

"어떻게 안 좋게 했다는 건가? ……아아! 이놈들이 마구 쏘아대는군!" 벌써 문의 손잡이를 잡고 있는 공작이 그에게 물었다.

"다름이 아니라, 해마다 그자가 자기네 벌들과 저희 집 어린 벌들을 싸움 붙이고 있습니다. 그자의 벌들이 저희 벌들의 벌집으로 들어와 꿀을 빼앗아 가기 때문에 견딜 수가 없습니다." 노인은 공작의 찡그린 얼굴을 눈치채지 못하고 말했다.

"좋아, 나중에 말하지, 아니, 지금……." 네흘류도프는 중얼거리면서, 벌에 쏘인 부분이 참을 수 없을 정도로 아파서 두 손으로 마구 벌을 쫓으며 밖으로 뛰어나갔다.

"흙으로 비비십시오. 그럼 괜찮을 겁니다." 공작의 뒤를 쫓아 마당으로 나오면서 노인이 말했다. 공작은 쏘인 곳에 흙을 비벼 대고 얼굴을 붉히면서 힐끗 카르프와 이그나트 쪽을 바라보았다. 두 사람은 그를 쳐다보고 있지 않았다. 공작은 화가 난 듯 얼굴을 찡그렸다.

16

"아이들에 대해서 나리께 말씀드리고 싶은 것이 있습니다." 노인은 공작의 화난 모습을 일부러 못 본 체하는 건지, 아니면 정말 못 본 건지 그냥 태연하게 말문을 열었다.

"뭔데?"

"다름 아니라, 나리 덕분에 마차운송업도 잘되고, 게다가 머슴도 두게 됐고, 나리 댁의 밭일도 잘 경작하고 있고⋯⋯."

"그래서?"

"그래서 나리께서 너그럽게 허락만 해주신다면, 아이들의 부역을 인두세로 대신했으면 합니다. 그렇게 되면 이번 여름에 일류슈카와 이그나트가 삼두마차 세 대를 몰 수 있고, 돈벌이도 될 테니까요."

"대체 그 아이들을 어디로 보낸다는 건가?"

"그야 일이 돌아가는 대로지요." 이때 마침 말을 추녀 밑에다 붙들어 매고 아버지 곁으로 다가온 일류슈카가 끼어들었다. "카드민스키 마을의 아이들은 삼두마차 여덟 대로 로멘을 왕래하는데, 마차 한 대에 10루블짜리 지폐 석 장씩은 거뜬히 번다고 합니다. 그리고 오데스트로도 왕래한다고 하고, 거긴 사료비도 싸다고 합니다."

"실은 나도 그 일에 관해서 자네와 의논하고 싶어서 온 걸세." 공작은 가능하면 농장 일에 관한 이야기를 점잖게 꺼내고 싶어 하면서, 노인을 쳐다보며 말했다. "그래, 어디 말해보게. 정말 마차를 몰고 다니는 것이 농사를 짓는 것보다 더 이익이 되는가?"

"뭐 대단한 이익이랄 건 없습니다, 나리!" 일리야(일류슈카의 본래 이름―옮긴이)가 힘차게 머리를 흔들어 젖히면서 다시 말참견을 했다. "하지만 집에 있으면 사료비도 제대로 안 나옵니다."

"그럼 자네는 여름 동안에 얼마를 버나?"

"글쎄요. 봄부터 사료비가 꽤 올랐는데도, 키예프까지 상품을 실어다 주고, 쿠르스크에서 모스크바까지 곡물을 실어다 주면서 번 돈으로 우리와 말들이 배불리 먹은 것을 제외하고 15루블을 손에 쥐었습니다."

"그것이 정당한 벌이였다면, 무엇을 하든지 아무 상관 없는 일이겠지." 공작은 다시 노인을 바라보며 말문을 열었다. "하지만 내게는 그보다 더 좋은 방법이 있는 것 같다는 생각이 드네. 그런 일로 젊은 친구들이 여기저기 다니면서 여러 부류의 인간들을 상대하다가, 자칫 잘못하면 타락할 염려가 있으니까 말이야." 그는 카르프에게 했던 말을 다시 되풀이했다.

"마차운송업이라도 안 하면, 저희 농사꾼들은 무엇을 하겠습니까?" 노인은 여전히 부드러운 미소를 지으면서 되물었다. "잘만 하면 마부도 배부르고 말도 배불리 먹일 수 있습니다. 그리고 타락한다고 말씀하셨는데, 저희 집 애들은 금년에 처음 떠나는 것도 아닙니다. 사실 저도 다녀봤지만, 좋지 않은 일은 한 번도 경험하지 못했습니다."

"집에서 할 수 있는 일도 얼마든지 있지 않나? 가령 농사를 짓는다든가, 아니면 목초지를 가꾼다든가……."

"모르시는 말씀입니다, 나리!" 흥분한 일류슈카가 다시 끼어들었다. "저희들은 태어나면서부터 이 일을 하고 있습니다. 이 방면이라면 아주 잘 알고 있습니다. 마차를 몰고 다니는 것이야말로 저희 형제들에게 제일 맞을 뿐 아니라 제일 좋아하는 것입니다, 나리!"

"그건 그렇고, 나리, 한번 농가 안으로 들어가보시지 않겠습니까? 아직도 새집을 방문해주십사 하고 초청도 하지 못했네요." 노인은 아들에게 눈짓을 하고 공손히 허리를 숙이고 말했다. 일류슈카는 들고양이처럼 집 안으로 뛰어 들어갔고, 그의 뒤를 따라서 네홀류도프와 노인이 함께 들어갔다.

17

농가 안으로 들어와서 노인은 또 한 번 꾸벅 절을 하고, 구석에 놓인 긴 의자 위에 있는 먼지를 외투 자락으로 털어낸 뒤 빙그레 웃으며 물었다.

"무엇을 드시겠습니까, 나리?"

밝고(통풍 장치가 달려 있었다) 널찍한 집 안에는 침대와 판자로 만든 침상이 놓여 있었다. 새 통나무로 만든 벽 사이에 이끼가 끼어 있었으나, 생긴 지 얼마 되지 않은 것 같았고 아직은 그리 지저분해 보이지 않았다. 긴 의자와 침대는 아직 손때가 묻지 않았고, 마룻바닥 역시 깨끗했다. 무슨 생각에 잠긴 듯한 갸름한 얼굴에 호리호리한 몸매를 가진 일리야의 젊은 아내가 마룻바닥에 주저앉아서 천장에 길게 매달려 있는 요람을 발로 흔들고 있었다. 요람에는 갓난아기가 두 손을 벌린 채 새근거리며 잠들어 있었다. 그리고 포동포동 살이 찌고 붉은 뺨을 가진 카르프의 아내는 볕에 그을린 튼튼한 팔뚝을 팔꿈치까지 걷어붙이고 페치카 앞에서 나무 그릇에 담겨 있는 양파를 잘게 썰고 있었다. 페치카 앞에는 곰보 자국이 있는 임신한 여자가 소매로 얼굴을 가리고 서 있었다. 집 안은 따사로운 햇볕에다 페치카의 불기운 때문에 상당히 더웠고, 지금 막 구워낸 빵의 구수한 냄새가 가득했다. 침대 위에서 금발 머리 사내아이 둘과 계집애 하나가 호기심에 가득 찬 눈빛으로 공작을 내려다보고 있었다. 그 아이들은 점심식사를 기다리는 동안 침대 위에 올라가 있었던 것이다.

이 광경을 보고 네흘류도프는 상당히 흡족해했다. 그리고 자기를 힐끔힐끔 쳐다보고 있는 여인들과 아이들의 시선에 왠지 모르게 부끄러웠다. 그는 얼굴을 붉히고 긴 의자에 앉았다.

"그럼 그 따끈따끈한 빵 한 조각을 주게나. 난 그걸 무척 좋아하거든." 이렇게 말하고 나서 공작의 얼굴은 더욱 빨개졌다.

카르프의 아내는 빵 한 조각을 크게 베어 접시에 담아 공작에게 바쳤다. 네흘류도프는 무슨 말을 해야 좋을지 난처해하며 잠자코 있었다. 여인도 아무 말을 하지 않았다. 노인은 빙그레 웃었다.

'지금 나는 도대체 무엇을 부끄러워하고 있는가? 꼭 무슨 죄를 지은 기분이 든다.' 네흘류도프는 생각했다. '어째서 나는 농장 경영에 관한 제의를 하지 않는 것일까? 참 어리석게도 굴고 있다!' 그는 여전히 침묵했다.

"그런데 미트리 미콜라이치, 자식들의 일은 어떻게 하시겠습니까?" 노인이 물었다.

"그런데 나는 그들을 떠나보내지 않고 집에서 일하라고 권하고 싶은데." 네흘류도프가 불쑥 용기를 내어 말하기 시작했다. "이건 내 생각인데, 나하고 같이 국유림을 매입할 생각이 없나? 그리고 토지도……."

노인의 얼굴에서 부드러운 미소가 슬그머니 사라졌다. "천만에요, 나리. 무슨 돈으로 그걸 삽니까?" 노인이 그의 말을 막았다.

"이건 아주 자그마한 임야인데, 한 200루블이면 되네." 네흘류도프가 가볍게 말했다.

노인은 화를 내며 냉소했다.

"좋지요, 돈만 있다면 왜 안 사겠어요?" 그가 말했다.

"그래, 정말로 자네는 그만한 돈이 없단 말인가?" 공작은 책망하듯 말했다.

"오, 나리!" 노인은 문 쪽을 쳐다보며 처량한 목소리로 대답했다. "집안 식구들을 먹여 살리는 것이 고작입니다. 저희 집엔 임야를 살 돈이 없습니다."

"자네가 돈을 가지고 있다는 것은 누구나 다 알고 있네. 그런데 왜 그걸 그대로 묻어두고 있나?" 네흘류도프가 강한 어조로 물었다.

갑자기 노인은 몹시 흥분했다. 그의 두 눈이 이글거렸고, 어깨는 후들후들 떨리기 시작했다.

"어떤 나쁜 놈들이 저에 대해 뭐라고 말했는지 모르겠지만," 그는 떨리는 목소리로 지껄이기 시작했다. "제발, 제 말을 믿으세요, 오 하나님." 점점 더 흥분하고 있는 그가 성상 쪽으로 눈길을 보내며 말했다. "일류슈카가 가지고 온 15루블 이외에 단한 푼이라도 집 안에 있다면, 이 자리에서 당장 눈이 멀어도 괜찮습니다. 지금 당장 지옥으로 떨어져도 좋습니다! 그리고 그15루블은 인두세를 낼 돈입니다. 그리고 보시다시피 이렇게 집도 새로 지었습니다……."

"됐어, 됐어!" 공작은 긴 의자에서 일어나면서 말했다. "그럼, 모두들 잘 있게!"

18

'하나님 맙소사, 대체 이게 무슨 짓인가!' 네흘류도프는 울창하게 자란 자기 집 마당의 그늘이 많은 가로수 길을 성큼성큼 걸어서 본관 쪽으로 향하면서 무심코 손에 닿는 길옆의 나뭇가지나 잎사귀들을 쥐어뜯으며 생각에 잠겼다. '인생의 목적과 의무에 대한 나의 이상은 한낱 부질없는 꿈이었단 말인가? 언젠가 머릿속에 떠올랐던 그 상상으로 인해 항상 정신적 만족감을 느끼며 살아가고 있었는데, 어째서 나는 지금 스스로 만족하지도 못하고, 이토록 무겁고 우울한 느낌인 걸까?' 갑자기 1년 전 그 행복했던 순간이 그의 마음속에 놀랄 만큼 생생하고 선명하게 되살아났다.

1년 전 어느 이른 아침, 집에서 제일 일찍 일어난 그는 마음속에서 고통스러울 만큼 무겁게 맴돌고 있는 형용하기 어려운 젊음의 충동에 이끌려 아무런 목적 없이 마당을 지나 숲 속으로 걸어갔다. 힘이 넘쳐흐르는 그는, 평화스런 5월의 자연 속에서 너무나 많은 감정에 시달렸고, 그 감정을 표출할 방법도 모른 채 숲 속에서 오랫동안 혼자 방황했다. 가끔 그는 미지의 상상 속에서 매력적이고 육감적인 여자의 자태를 떠올렸다. 그리고 그럴 때마다 바로 이것이야말로 내가 찾고 있는 최고의 갈망이라고 생각했다. 그러나 그때마다 어떤 숭고한 감정이 **그건 아니다!**라고 그의 가슴속에서 속삭이며, 다른 대상을 찾아보라고 강요했다. 아직 경험이 없는 그의 열정적인 마음은 더 높은 상상의 날개를 펼쳤고, 마침내 그는 삶의 법칙들을 추상적인 영역으로 확장시켰다. 그리고 그는 자랑스럽고 만족스런 쾌락을 맛보면서 그런 추상적인 생각에 빠져들었다. 그러나 또다시 숭고한 감정이 **그건 아니다!**라고 그의 가슴속에서 속삭이며, 그를 동요시켜 다시 새로운 탐구를 하도록 만들었다. 격렬하게 일하고 소진한 다음에 찾아오는 느낌처럼, 아무런 생각이나 갈망도 할 수 없는 상태로 그는 나무 밑에 누워 하늘 저 멀리 끝없이 달려가고 있는 투명한 새벽 구름을 바라보았다. 그때 갑자기 아무 이유도 없이 그의 눈에서 눈물이 흘러내렸다. 하나님이 그를 당신이 원하는 길로 이끌었던 것이다. 그에게 떠오른 하나의 분명한 상념이 그의 가슴속을 가득 메웠다. 그는 환희하며 그 상념에 집착했다. 그 상념은 다름 아닌 사랑과 선, 그리고 진리와 행복이었다. 그리고 이 세상에는 단 하나의 진리와 단 하나의 행복만이 존재한다는 것을 그는 깨달았다. 숭고한 감정은 이제 더 이상 **그건 아니다!**라고 속삭이지 않았다. 그는 일어섰다. 그리고 그 상념을 굳게 믿기 시작했다. '이것이다, 바로 이것이다!' 환희에 넘친 그는 스스로에게 소리쳤다. 그는 과거 자신이 믿고 있던 모든 신념과 모든 삶의 현상을 지금 새롭게 발견한 완벽한 진리의 기준에 맞춰 수정했다. '이제까지 내가 알고 있었던 것, 내가 믿었던 것, 그리고 내가 사랑했던 그 모든 것이 얼마나 부질없고 어리석은 것이었던가!' 그는 스스로에게 말했다. '사랑과 자기희생, 바로 이것이야말로 결코 흔들리지 않는 유일한 진리인 것이다!' 그는 두 손을 흔들고 활짝 웃으며 확신했다. 그는 이런 생각을 삶의 여러 방면에 적용하면서, 그리고 그에게 **바로 그것이다!**라고 속삭인 내면의 목소리와 삶 속에서 확고한 신념을 발견하면서, 흥분과 희열이 넘쳐흐르는 기쁜 감정을 체험했다. '그러니까 행복을 얻기 위해서 나는 반드시 선을 행해야만 한다'라고 그는 굳게 다짐했다. 그러자 그의 모든 미래는 더 이상 추상적이지 않았고, 지주로서의 생활이라는 실존적인 형태 속에서 생생하게 구현되었다.

그는 자신의 눈앞에 펼쳐질 삶의 커다란 활동 무대를 바라보았다. 그것은 선을 위해 헌신하는 삶이며, 그에게 행복을 약속하는 삶이었다. 더 이상 그는 자신이 활동할 세계를 찾을 필요가 없었다. 그것은 이미 준비되었다……. 그에게 올바른 의무가 부여된 것이다. 그에게는 농노들이 있었다. 그리고 기쁨과 감사가 넘치는 노동이 그의 눈앞에 전개되었다. '단순하고, 감수성이 풍부하고, 타락하지 않은 민중 계급에게 영향을 끼치고,

그들을 빈곤에서 구원하고, 그들에게 만족감을 주고, 다행히 내가 향유하고 있는 지식으로 그들을 교육시키고, 무지와 미신에서 기인한 그들의 여러 가지 나쁜 습관을 고치고, 그들의 윤리 의식을 함양시키고, 그들로 하여금 선을 사랑하도록 만들고…… 아아, 이 얼마나 황홀하고 행복한 미래인가! 그리고 진정한 행복을 위해 이 일을 수행할 사람은 다름 아닌 바로 나인 것이다. 그들이 행복해지는 것을 보면서 나는 기뻐할 것이다. 그리고 나는 예정된 목적을 향해 매일매일 한 걸음 한 걸음씩 더 가까이 걸어갈 것이다. 경이로운 나의 미래! 어째서 과거에 나는 이것을 보지 못했을까?'

동시에 그는 이런 생각도 했다. '그리고 여인과 사랑에 빠져 가정을 이루고 행복하게 되는 나를, 감히 누가 방해할 수 있을 것인가?' 그의 신선한 상상력은 자신의 꿈 같은 미래의 청사진을 생생하게 그렸다. '이 세상에서 이제까지 그 누구와도 경험해보지 못했던 영원히 불타는 사랑을 나눌 나의 아내와 나는, 고요하고 낭만적인 시골의 자연 속에서 자식들과 함께 영원히 살 것이다. 어쩌면 연로하신 숙모님과도 함께 살 것이다. 우리 부부는 서로가 서로를 사랑할 것이고, 아이들도 사랑할 것이다. 그리고 우리 부부는 선을 행하는 것이 우리의 소명이라는 것을 알고 있다. 우리는 서로를 도우면서 이 목표를 향해 달려간다. 나는 전반적으로 이를 수행할 것이고, 공정하게 도움을 베풀 것이고, 농민회나 저축조합이나 작업장 등 기관을 창설할 것이다. 그리고 귀여운 머리를 한 나의 아내는 소박한 흰 옷을 입고 흙탕길을 걸어갈 때 치마를 쳐들고 늘씬한 다리를 내보이면서, 농노의 학교로, 진료소로, 혹은 공정하게 판단할 경우에 도움을 받을 자격이 전혀 없는 불쌍한 농노들의 집으로 걸어간다. 그리고 그녀는 도처에서 그들에게 위로와 도움을 준다⋯⋯. 아이들, 노인들, 그리고 아낙네들이 그녀를 열렬히 사랑하고, 마치 천사나 하나님을 바라보듯 그녀를 바라본다. 그리고 집으로 돌아온 그녀는 자신이 불쌍한 농노의 집을 방문했던 일이나 그 농노에게 돈을 준 일을 남편에게 감추고 이야기하지 않는다. 그러나 모든 것을 다 알고 있는 나는 그녀를 꼭 끌어안고, 그녀의 아름답고 매력 있는 눈, 부끄러운 듯이 홍조를 띤 뺨, 그리고 미소를 머금은 빨간 입술에 강하고도 부드러운 키스를 퍼붓는다.'

19

'이런 나의 꿈은 지금 어디에 있는가?' 마을을 돌아보고 집으로 향하면서 청년은 생각했다. '이 길을 걸으며 행복을 찾기 시작한지 벌써 1년 이상이 지났는데, 대체 나는 무엇을 찾았단 말이냐? 때때로 나는 나 자신에 대해 스스로 만족한 적도 있었으나, 그것은 어디까지나 가슴에서 느끼는 것이 아니라 메마른 이성적인 두뇌에서 느끼는 만족감이었다. 아니다. 어쩌면 단순히 나 자신에 대해 불만족스러워하고 있을지도 모른다! 그것은 내가 이곳에서 행복을 열렬히 갈망하기만 했지, 진정한 행복을 인식하지 못하기 때문에 생긴 불만인 것이다. 나는 쾌락을 경험하지도 않았고, 쾌락을 주는 일체의 요소를 내게서 차단해버렸다. 그런데 왜? 무엇 때문에? 그렇게 함으로써 과연 누가 더 안락해졌는가? 다른 사람들에게 행복을 주는 것보다, 자신의 행복을 찾는 것이 더 쉽다는 숙모님의 편지가 옳았다. 과연 나의 농노들이 이전보다 더 풍요로워졌는가? 과연 그들이 도덕적으로 더욱 향상되고 발전했는가?

아니다, 그렇지 않다. 그들은 조금도 향상되지 않았고, 나는 매일매일 점점 더 큰 고통을 느끼고 있다. 아, 만약 나의 계획이 이루어지는 것을 내가 볼 수만 있다면, 그리고 그들이 감사하는 모습을 내가 볼 수가 있다면…… 그러나 이미 틀렸다. 지금 내 눈에 보이는 것은 그들의 계속되는 잘못된 관습과 죄악과 불신과 비협조뿐이다. 나는 지금 인생의 황금시기에 쓸데없는 일에 시간을 낭비하고 있는 것이다.' 이때 그는 영지에 거주하는 농노들이 자기를 풋내기라고 부르고 있다는 유모의 말을 문득 떠올렸다. 그리고 그의 사무실에 돈이 조금밖에 남아 있지 않다는 것이 생각났고, 언젠가 많은 사람들이 모여 있는 탈곡장에서 그가 고안한 탈곡기를 작동했을 때, 탈곡기가 그냥 붕붕 소리를 내며 돌기만 하고 곡식은 조금도 털어내지 못하는 것을 보고 모두가 폭소를 터뜨렸던 사건도 기억났다. 그리고 저당을 잡히고 새로운 농장 경영에 필요한 여러 시설에 너무 많이 투자를 했기 때문에, 내일이라도 당장 지방 재판소의 집달리가 들이닥칠지도 모른다는 생각이 떠올랐다. 그러자 갑자기 과거 숲 속에서 산책하다가 새로운 삶에 대한 기대로 가슴이 벅찼던 때의 기억이 떠올랐던 것처럼, 촛불 한 자루를 켜놓고 그가 존경하는 열여섯 살 난 친구와 같이 밤새도록 이야기를 나누었던 모스크바의 기숙사 광경이 그의 눈앞에 생생하게 떠올랐다. 두 사람은 다섯 시간 동안 나란히 앉아 노트에 적혀 있는 따분하기 짝이 없는 민법을 공부한 후, 밤참을 사러 사람을 보내고 샴페인 한 병을 앞에 놓고 자신들의 미래에 대해 끝없는 토론을 벌였던 것이다. 그 당시 젊은 대학생들에게 미래라는 것은 얼마나 흥미진진한 세계였던가! 그들이 머릿속에 그렸던 미래는 쾌락과 다양한 활동과 열정과 성공으로 가득 차 있었다. 그들의 미래는 의심할 바 없이 그들을 이 세상에서 누릴 수 있는 최상의 행복과 영광의 길로 안내해주었다.

'그 친구는 지금 그 길을 따라 걸어가고 있을 것이다.' 네흘류도프는 그 친구에 대해서 생각했다. '그런데 나는……'

바로 이때 그는 벌써 자기 집 현관에 도착했다. 마당 주위에 열 명가량의 농노들이 다양한 청원을 가지고 공작을 기다리고 있는 것을 보고, 그는 공상의 세계에서 벗어나 현실의 세계로 돌아왔다.

갈기갈기 옷이 찢긴 채 피투성이로 머리를 풀어헤친 여자 농노가 울음을 터트리며 시아버지가 자기를 죽이려 했다고 호소했다. 2년이 넘도록 경작지 분할 문제 때문에 서로를 증오하고 있는 두 형제도 있었다. 정원사인 아들이 자신을 폭행한 것을 고발하기 위해 마지못해 공작을 찾아온, 술을 너무 많이 마셔서 손을 떠는 수염이 덥수룩한 백발의 하인도 있었다. 봄철에 일을 하지 않았다는 이유로 아내를 쫓아낸 농노와 그에게서 쫓겨나 홀로 생활하다 병이 든 아내도 있었다. 그녀는 아무 말 없이 흐느껴 울며 계단 옆의 풀밭에 털썩 주저앉아 더러운 헝겊을 아무렇게나 칭칭 동여맨 부어오른 다리를 내보이고 있었다……. 네흘류도프는 그들의 청원과 부탁을 모두 듣고 나서, 어떤 자에게는 충고를 하고, 어떤 자에게는 시시비비를 가려주고, 또 어떤 자에게는 약속을 해주었다. 그리고 피로와 수치와 무기력함과 후회가 뒤섞인 우스꽝스러운 감정을 느끼면서 자신의 방으로 들어갔다.

20

네흘류도프가 사용하고 있는 그리 크지 않은 방 안에는 구리 못을 박은 낡은 가죽소파와 서너 개의 안락의자, 사무용 서류가 놓여 있는 구리로 테를 두른 허름한 책상, 그리고 건반이 다 닳아서 흉하게 구부러진 오래된 영국식 피아노 한 대가 뚜껑이 젖혀진 채로 놓여 있었다. 창문과 창문 사이에는 금도금을 한 낡은 틀에 끼워진 커다란 거울이 걸려 있었다. 책상 옆의 마룻바닥에는 서류 뭉치와 책과 계산서 묶음이 널려 있었다. 대체로 방 안 전체가 다소 혼란스럽고 무질서하게 보였다. 그런데 생동감 넘치고 어수선한 방 안의 모습은 구태의연하고 고풍스런 귀족풍의 장식을 하고 있는 다른 방들과 뚜렷한 대조를 이루고 있었다. 방 안으로 들어가서 네흘류도프는 화난 듯이 책상 위로 모자를 집어던지고, 피아노 앞에 놓여 있는 걸상에 앉아 다리를 포개고 머리를 떨구었다.

"나리, 아침식사 하실 시간입니다." 큰 키에 얼굴엔 주름이 가득한 삐쩍 마른 할멈이 실내모를 쓰고 큰 목도리를 두르고 사라사 천으로 만든 옷을 입고 방 안으로 들어와서 공작에게 말했다.

네흘류도프는 그녀를 쳐다보고, 마치 기절했다가 깨어난 사람처럼 웅얼거렸다.

"먹고 싶지 않아, 유모." 그는 이렇게 말하고 다시 생각에 잠겼다.

유모는 화를 내며 머리를 내젓고는 한숨을 쉬었다.

"저, 드미트리 니콜라이치, 무엇 때문에 그리 울적해하십니까? 세상엔 슬픈 일이 많지만, 잊히지 않는 슬픔은 하나도 없습니다. 정말입니다……."

"지금 난 별로 울적하지 않아. 왜 그렇게 생각해, 말라니야 피노게노브나 할멈?" 웃음을 보이려고 애쓰며 네흘류도프가 대답했다.

"괴롭지 않다고요? 그래, 제가 모르는 줄 아십니까?" 유모는 열을 내며 말하기 시작했다. "매일같이 나리 혼자서 속을 끓이고 계시잖아요. 그리고 모든 일을 혼자서 애쓰시면서 일일이 처리하시고, 요즘엔 통 식사도 하지 않으시고, 정말 괜찮습니까? 어디 마을이나 옆집에 놀러 가시는 적을 한 번도 보지 못했습니다.

온통 일에만 파묻혀 젊은 시절을 보내고 있으시니! 저 좀 앉겠습니다, 나리." 유모는 문 근처에 앉으면서 말을 계속했다. "그렇게 일에만 몰두하시니까, 어느 누구도 나리를 무서워하지 않고 있습니다. 정말 그런 식으로 내버려두실 겁니까? 그러면 좋을 것이 하나도 없습니다. 나리께서는 몸을 망치게 되고, 농노들은 버릇이 없어지게 됩니다. 저희 농노들이란 결국 그런 존재랍니다. 상대방의 마음을 올바르게 받아들이지 않습니다. 숙모님 댁이라도 한번 다녀오시는 게 어떻겠습니까? 숙모님이 편지에 옳은 말씀을 쓰셨던데……." 유모는 그에게 권유했다.

네흘류도프는 점점 더 마음이 우울해졌다. 무릎 위에 턱을 괴고 있던 그의 오른손이 축 늘어지면서 피아노 건반 위에 닿았다. 그러자 알 수 없는 어떤 소리가 울려 퍼졌다. 계속해서 또 하나, 그리고 또 하나…… 네흘류도프는 의자를 가까이 끌어당기고 주머니에서 왼손을 마저 꺼내 피아노를 치기 시작했다. 그가 짚어가는 음정은 이따금씩 틀리기도 하고 엉뚱한 곳으로 줄달음질치기도 했다. 평소 그의 탁월한 음악적 재능을 드러내지는 못했으나, 그의 연주는 어떤 막연하고도 씁쓸한 기쁨을 표현하고 있었다. 음조가 바뀔 때마다 그는 가슴을 두근거리며 과연 어떤 음이 나올까 기대했다. 그리고 흘러나오는 멜로디의 불충분한 부분은 그의 상상력으로 보충했다. 그는 한꺼번에 수백 개의 멜로디를 듣고 있는 것 같은 생각이 들었다. 그리고 그 멜로디에 맞추어 합창이나 오케스트라의 반주까지 들려오는 것 같았다. 그러나 그에게 가장 큰 쾌감을 준 것은 그의 왕성한 상상력이었다. 그의 상상력은 과거와 미래를 넘나들며 변화무쌍하게 끊어졌다 이어지면서 혼돈된 형태나 광경을 아주 분명하게 그려내고 있었다. 그것은 힘줄이 불끈 솟은 거무스름한 어머니의 주먹을 보고 겁먹은 듯 하얀 눈썹을 움질거리고 있는 다비드카 벨르이의 뚱뚱한 체구와 원형으로 굽은 그의 등판, 그리고 운명을 겸허히 받아들이면서 자신의 궁핍함과 양심의 가책에 대해 답변하고 있는 하얀 털로 덮여 있는 그의 큼직한 손 따위의 모습이었다. 그리고 이번에는 공작의 집에서 더부살이를 하다가 지금은 남부럽지 않게 살아가고 있는 유모의 모습이 떠올랐다. 어떤 이유에서인지 그 유모는 이 마을 저 마을로 돌아다니며, 지주에게 들키지 않도록 돈을 감춰야 한다고 농부들을 선동하는 모습으로 상상되었다. 공작은 무의식적으로 '그렇다, 돈을 감출 필요가 있지'하고 혼잣말로 중얼거렸다. 그리고 갑자기 장차 자신의 아내가 될 처녀의 붉은색 머리가 눈앞에 떠올랐다. 그녀는 왠지 눈물을 글썽거리며 깊은 슬픔에 잠겨 그의 어깨에 몸을 기댄다. 그리고 이번에는 자비로운 눈빛으로 헛배가 나온 아들을 바라보고 있는 추리스의 하늘색 눈동자가 보인다. 추리스는 그 아들을 단순한 아들이 아닌 미래의 조력자로 바라보고 있다. '그렇다, 이것이 바로 사랑이다!' 네흘류도프는 중얼거렸다. 그다음에 유흐반카의 어머니가 떠올랐다. 불거져 나온 치아 한 개와 주름투성이의 흉측한 얼굴에도 불구하고, 그녀의 늙어가는 얼굴에 드러나 있는 참을성 있고 관대한 표정이 떠올랐다. '칠십 평생을 살아온 그녀의 이런 표정을 본 사람은 아마도 내가 처음일 것이다.' 그는 생각했다. '이상한데!' 그는 아무 의미 없이 건반을 두들기고 그 소리를 들으면서 중얼거렸다. 그리고 양봉장에서 벌에게 쏘이며 뛰쳐나온 사건과 자기를 거들떠보지도 않는 듯한 이그나트와 카르프의 점잔빼는 표정을 보면서 터져나올 것 같은 웃음을 참았던 것들이 생생하게 떠올랐다. 그는 무심결에 얼굴을 붉히고, 문턱 근처에 앉아서 가끔 백발 머리를 흔들면서 말없이 그를 바라보고 있는 유모를 쳐다보았다. 그리고 땀이 잔뜩 밴 말들이 끌고 가는 삼두마차 한 대와 아름답고 건장한 일류슈카의 모습이 떠올랐다. 금발의 고수머리에 쾌활하게 빛나고 있는 가느다란 하늘색 눈동자와 홍조 띤 두 뺨, 그리고 입술과 턱 밑에 이제 막 나기 시작한 솜털 같은 그의 수염이 떠올랐다. 그리고 일류슈카가 혹시나 마차 여행을 떠나지 못할까 염려하며 자기에게 열심히 설명을 늘어놓던 광경도 떠올랐다. 그리고 공작의 눈앞에는, 잿빛 안개가 뿌옇게 깔린 이른 아침에 미끄러지기 쉬운 길 위로 짐짝들을 높다랗게 쌓아 올리고 커다란 검은색 글자를 새긴 덮개를 두르고 달려가는 삼두마차의 긴 행렬이 펼쳐진다. 굵고 튼튼한 다리에 배불리 먹인 말들이 방울 소리를 내며, 등을 구부리고 멍에와 연결된 가죽 끈에 단단히 묶인 채, 미끄럼 방지용 말굽을 달고 힘차게 대지를 박차며 언덕길을 올라가고 있다. 언덕 위 맞은편에서 우편마차 한 대가 방울 소리를 울리며 아래쪽으로 달려 내려오고 있다. 낭랑한 방울 소리는 길 양편의 숲 속을 통과하여 저 멀리까지 울려 퍼진다.

'이랴, 이랴.' 장식이 달린 빨간 모자를 쓴 선두 마차의 마부가 머리 위로 채찍을 높이 흔들면서 앳된 목소리로 외친다.

선두의 짐마차 옆에서 붉은색 수염을 기르고 칙칙한 눈빛을 한 카르프가 커다란 장화를 신고 뚜벅뚜벅 걸어가고 있다. 두 번째 마차에는 기분 좋게 새벽잠을 자고 있는 일류슈카의 아름다운 머리카락이 살짝 보인다. 트렁크를 잔뜩 쌓아 올린 삼두마차 세 대가 요란한 바퀴 소리와 방울 소리와 마부의 고함 소리를 뒤에 남긴 채 옆으로 스치며 지나간다. 일류슈카의 아름다운 머리카락은 다시 마차 안으로 모습을 감추고, 그는 다시 잠이 든다. 그리고 맑고 따뜻한 저녁의 광경이 펼쳐진다. 피로에 지친 삼두마차 행렬이 여인숙 앞에 늘어서 있다. 그들을 맞이하기 위해 나무로 만든 대문이 삐꺼덕 소리를 내며 활짝 열린다. 높이 쌓인 짐짝 위에 덮개를 두른 짐마차들이 차례로 여인숙 앞에 놓인 널빤지 위를 지나가며 추녀 밑으로 모습을 감춘다. 일류슈카는 얼굴이 뽀얗고 젖가슴이 불룩한 여주인과 반갑게 인사를 나눈다. 여주인은 반짝반짝 빛나는 달콤한 눈으로 잘생긴 이 젊은이를 만족스럽게 바라보면서 '멀리서 오셨나 봐요. 저녁 식사는 몇 인분 준비할까요?' 하고 묻는다. 잠시 후 일류슈카는 마차와 말을 점검하고 사람들이 가득 모여 있는 후덥지근한 여인숙 안으로 들어가서, 가슴에 성호를 긋고 나무 찻잔을 앞에 놓고 의자에 앉아서 여주인과 동료들과 함께 쾌활하게 이야기를 나눈다. 그리고 여인숙의 잠자리 광경이 떠오른다. 비스듬히 걸쳐 있는 추녀 밑으로 활짝 개인 밤하늘의 별들이 보이고, 마구간

쪽에서는 바닥에 깔아놓은 건초의 싱그러운 냄새가 풍겨 나온다. 말들이 발을 번갈아 디디면서 콧바람을 불며 여물통을 쑤셔대고 있다. 일류슈카는 건초 더미 옆으로 다가가서 동쪽을 향해 선 채 자기의 넓고 우람한 가슴에 성호를 긋고, 금발 머리를 뒤로 흔들어 젖힌 다음 서른 번 '하나님 아버지'를 외우고, 다시 스무 번 '주님, 긍휼히 여기소서'를 되풀이한다. 그러고 나서 그는 외투를 머리 위까지 뒤집어쓰고, 건강하고 발랄한 사람들이 그러하듯, 아무 근심 걱정 없이 깊은 꿈나라로 빠져든다. 그리고 그는 꿈속에서 여러 도시를 본다. 성직자와 순례자들이 우글거리는 키예프, 상인들과 상품들로 가득 찬 로마, 그리고 금빛 찬란한 저택들과 앞가슴이 투명하게 보이고 눈썹이 새까만 터키 여자들이 있는 차르그라드(콘스탄티노플의 다른 이름, 지금의 이스탄불―옮긴이)가 한눈에 보인다. 그곳을 향해 그는 투명한 날개를 달고 날아간다. 그는 자유롭게 그리고 가볍게 멀리멀리 날아간다. 눈 아래 선명한 광채로 빛나고 있는 황금의 도시들, 군데군데 별들이 떠 있는 파란 하늘, 그리고 흰 돛단배들이 오가는 푸른 바다를 바라본다. 그리고 그는 감미로움을 느끼면서 즐거운 마음으로 자꾸만 멀리멀리 날아간다…….

'멋지다!' 네흘류도프는 혼잣말로 중얼거렸다. 그리고 어째서 자기가 일류슈카가 아닌가 하는 생각이 그의 머릿속에 떠올랐다.

레프 니콜라예비치 톨스토이는 1828년 9월 9일 모스크바 남
쪽 200킬로미터에 위치한 툴라에 있는 부친의 영지 야스나야
폴랴나에서 니콜라이 톨스토이 백작과 마리야 니콜라예브나의
다섯 자녀 중 넷째로 태어났다. 톨스토이가 두 살 되던 1830년
8월에 모친 마리야가 사망했다. 그가 아홉 살이 되는 1837년 1월
에 부친은 자녀들을 데리고 모스크바로 이주했고, 부친은 이듬
해 6월 21일 사망했다. 열 살도 되기 전에 고아가 된 톨스토이
는 남매들과 함께 친척 아주머니인 타치야나 예르골스카야의
집에서 살았다. 톨스토이는 러시아인과 유럽인 가정교사로부터
교육을 받으며 성장했다.

1841년 가을부터 톨스토이는 남매들과 함께 카잔에 거주하
고 있는 숙모 필라게야 유슈코바 백작 부인의 집에서 기거하면
서, 1844년에 카잔대학 동양어학과에 입학해 이란어, 아랍어,
터키어를 전공하다가 이듬해 법학부로 전과했다. 카잔대학 시
절인 1847년 3월 17일부터 쓰기 시작했던 일기는 톨스토이의
글쓰기와 창작 활동에 중요한 역할을 하게 된다. 1847년 가을에

대학을 자퇴한 톨스토이는 당시 비참한 상황에 처한 농노들의 생활 개선을 시도하려는 의도를 갖고 영지 야스나야 폴라나로 내려가 그들과 함께 생활했다. 1856년《조국잡기 Отечественные записки》12월호에 실린 자전적 소설『지주의 아침』도입부 편지에 톨스토이의 이런 의도가 잘 드러나 있다.

사랑하는 숙모님.

저는 제 일생의 운명이 걸려 있는 중대한 결심을 했습니다. 대학을 그만두고 시골에서 평생을 보내려 합니다. 왜냐하면 저는 시골에서 살아가도록 태어났다는 것을 깨달았기 때문입니다. 숙모님, 저를 비웃지 말아주세요. 숙모님은 제가 철부지라고 말씀하시겠지요. 사실 저는 아직까지도 어린아이일지 모릅니다. 그러나 저의 결정은 선을 행하고, 또한 선을 사랑하고자 원하는 저의 소명의식과 결코 상충되지 않습니다.

이 편지에서 밝히듯이 저는 말로 표현하기 어려운 혼돈 속에서 제가 할 일을 발견했습니다. 그 혼돈을 바로잡기를 갈망하며, 저는 농노들의 처참하고 불행한 상황 속에 큰 죄악이 존재하고 있다는 결론을 내렸습니다. 그리고 그 죄악은 노력과 인내로써 제거될 수 있다는 것도 깨달았습니다. 만일 숙모님이 제 농노인 다브이드와 이반을 보신다면, 그리고 그들이 자신들의 가족들과 어떻게 살아가고 있는지를 보신다면, 그리고 불쌍한 이 두 농노를 한 번만 보시게 된다면, 제가 숙모님에게 말씀드리려는 의도를 보다 쉽게 이해하실 수 있을 것입니다.

농노 칠백 명의 행복을 돌보고 하나님의 뜻에 따라 이들을 보살피는 것이 저의 신성하고 올바른 의무가 아니겠습니까? 쾌락이나 명예 때문에 그들을 난폭한 촌장이나 관리인들의 횡포 속에 방치해둔다는 것은 죄악이 아닐까요? 제가 이처럼 성스럽고 선하고 우리들로부터 가장 가까운 곳에 있는 의무를 발견했는데, 무엇 때문에 구태여 다른 곳에서 유익함과 선을 행하고자 하겠습니까? 저는 스스로 훌륭한 지주가 될 수 있다고 굳게 믿고 있으며, 제가 의도하는 훌륭한 지주가 되는 데는 졸업증뿐 아니라 숙모님이 저에게 기대했던 관직도 필요가 없습니다. 사랑하는 숙모님, 저를 위해 야심찬 계획을 세우지 마시고, 제가 전혀 다른 길로 가버렸다는 것에 익숙해지도록 하세요. 그 길이야말로 저에게 훌륭한 길이라고 느끼고 있으며, 저를 행복으로 인도해주는 길이라고 믿고 있습니다. 저는 장래의 의무에 대해서 상당히 많이 상고해보았습니다. 그리고 저의 행동에 대한 규범을 만들었습니다. 만일 하나님께서 저에게 생명과 능력을 주신다면, 저는 이 소명을 반드시 완성할 것입니다.

이처럼 '야스나야 폴랴나의 현인' 혹은 '인간의 양심'이라고 불리는 톨스토이의 박애 정신은 그가 스무 살이 채 되기 전인 1847년에 이미 형성되었다. 『지주의 아침』에는 지주와 농노들의 삶을 통해 인간의 영혼을 사랑하는 위대한 사상가인 톨스토이의 실체를 발견할 수 있다. 그런데 톨스토이의 분신인 네흘류도프 공작은 자신의 영지에 거주하는 농노와 농부들을 위해 많은 노력을 했음에도 불구하고, 지주와 농민 사이에 놓여 있는 이해관계의 합일점을 찾을 수 없다는 것을 뒤늦게 깨닫게 된다. 즉, 지주와 농민 사이에 불신과 반목이 존재할 뿐 아니라 농민들은 자신들만의 고유한 생활방식을 고집하기 때문에, 아무리 의욕적이고 양심적인 지주라 할지라도 농민들의 생활을 개선시킬 수 없다는 것을 인식한 것이다. 농노들에 대한 인도적인 노력이 실패로 끝나게 되자 네흘류도프는 영지를 떠나려는 마음을 품으면서 이야기는 끝을 맺는다.

네흘류도프 공작처럼 톨스토이는 1848년에 영지를 떠나 모스크바에서 수년간 생활했고, 1851년 4월에 다시 영지로 돌아왔다. 이즈음 톨스토이는 카프카스에서 군복무를 하다가 휴가를 받고 야스나야 폴랴나를 방문한 형 니콜라이를 만나자마자 입대를 결심하고 며칠 후 카프카스로 떠난다. 영지에서의 생활에 싫증을 느꼈던 톨스토이는 1851년 5월부터 카프카스에서 지원병으로 활동했고, 1852년 1월부터는 포병 연대 소위보 계급장을 달고 카프카스 산악 소수민족들과의 전투에 참여했다. 군복무 중에 톨스토이는 자전적 3부작 소설 중 1부인 「소년 시절」을 1852년에 문학잡지 《동시대인 Современник》에 L.N.이라는 필명으로 발표하면서 문단의 주목을 받기 시작했다.

「습격」(1853)은 톨스토이가 지원병과 포병 장교로 근무하던 시기인 1851년 5월부터 1854년 1월 사이에 집필했던 작품들 중 하나이다. 「습격」은 1852년 5월부터 집필하기 시작했고, 그해

12월 문학잡지 《동시대인》에 'L.N.'이라는 필명으로 투고해 이 듬해 발행된 3호에 실렸다. 이 작품의 등장인물들은 그의 일기 와 서한에 기록된 인물들과 동일한 이름을 사용한 것과 이 작품 의 소제목인 「어느 지원병의 이야기」로 미루어볼 때 『소년 시 절』과 마찬가지로 자전적 성격이 상당히 강한 작품이다. 작품의 주인공인 지원병은 카프카스 주둔 러시아군과 산악 소수민족의 전투 장면과 젊은 준위의 죽음을 묘사하면서 '생명 존중 사상' 과 '반전 사상'을 드러내고 있다. 그리고 이 작품의 주제 중 하 나인 '용기'에 대해 톨스토이는 지원병과 홀로호프 대위의 대화 를 통해 다음과 같이 표현하고 있다.

"그럼 대체 용감하다는 것은 무엇입니까?"

"용감함? 용감함?" 대위는 마치 태어나서 처음 이런 질문을 받아본 사람처럼 되뇌었다. **"용감한 사람이란 반드시 나서야 할 때 나서서 행하는 사람이지."** 잠시 생각에 잠긴 후 그는 말했다. 나는 **두려워해야 할 때 두려워하고, 두려워하지 말아야 할 때 두 려워하지 않는 것**이 용감함이라고 정의 내린 플라톤의 말을 기 억했다. 대위가 표현한 용감함의 정의가 일반적이고 불명확하 였음에도, 두 사람의 근본사상에는 두드러진 차이가 별로 없 다는 생각이 들었다.

톨스토이는 1853년 9월 13일자 일기에 다음과 같이 쓰고 있 다. "당구계수원에 관한 아이디어가 떠올랐다. 아주 멋진 작품이 될 것이다……. 이런 영감을 받고 「당구계수원의 수기」(1855)를 집필할 것이고 아주 훌륭한 작품이 될 것이다."

9월 13일에 집필하기 시작해 단 4일 만인 9월 16일에 완성한 작품이지만, 톨스토이는 이 작품을 「소년 시절」이나 「습격」보다 훨씬 뛰어나다고 자찬했다. 자전적 성격이 강한 이 작품에서 톨스토이는 사실성을 강조하기 위해 대부분의 동사를 현재형으로 표현했다. 1853년 3월 20일자 일기에서 자신은 1852년 8월에 마지막으로 당구를 쳤다고 기록하면서, 지난 7개월 동안 당구를 치지 않았다는 것과 이제는 더 이상 당구를 치지 않겠다는 것을 간접적으로 밝히고 있다. 1852년에 실제로 그는 티플리스에서 어느 당구계수원과 게임을 했고, 그에게 1,000루블을 잃었다. 이를 통해 톨스토이는 자신이 물질적, 정신적으로 모든 것을 다 잃었다는 깨달음을 얻었고, 이후 내기 당구를 끊었다. 내기 당구와 카드게임에 중독되어 방황하던 주인공 네흘류도프 백작이 마지막 장면에서 권총자살을 하는 대목은 물질만능시대를 살아가며 한탕주의에 빠져 가산을 탕진하는 일부 현대인들에게 시사하는 바가 크다. 이 단편은 1853년 10월 《동시대인》에 'L.N.T.'라는 필명으로 투고했으나, 무슨 연유인지 2년이 지난 1855년 1월에 게재되었다.

「산림 벌채」(1855)는 톨스토이가 포병 장교로 근무하던 1853년 겨울에 '산림 벌채' 임무를 띠고 체첸 지방에 갔을 때 겪은 체험담을 바탕으로 집필한 작품이다. 당시 러시아군이 카프카스에서 자주 행했던 살림 벌채의 목적은, 첫째 숲을 제거함으로써 러시아에 대항하는 소수민족의 은신처를 제거하고 점령군 러시아의 방어선을 확고히 구축하는 것이고, 둘째 러시아의 새로운 요새를 건설하기 위해 필요한 목재를 공급하는 것이었다. 산림 벌채에 관한 내용은 톨스토이가 1853년 6월에 쓴 일기에 처음으로 등장한다. 그는 1853년 8월부터 이 작품을 집필하기 시작해 1855년 6월 15일에 완성했다. 상당히 많은 시간과 노력을 들여 집필한 이 작품은 1855년 《동시대인》 9호에 'L.N.T.'라는 필명으로 실렸다. 군복무와 전투를 통한 '전우애'를 다룬 이 작품에서 톨스토이는 당시 러시아의 군인들을 다음과 같이 상세히 분류한 후, 사건과 줄거리를 통해 등장인물들의 성격을 분석하고 있다.

카자크병, 전투병, 근위병, 보병, 포병 등등 러시아의 모든 군인은 크게 세 부류로 나눌 수 있다.

세 부류에서 다시 세분화하거나 상호 조합이 가능한데, 기본적인 세 부류는 다음과 같다.

1) 복종적 전형
2) 지도자 전형
3) 극단적 전형

복종적 전형은 a) '수동적 복종형'과 b) '적극적 복종형'으로 세분화할 수 있다.

지도자 전형은 a) '엄격한 지도자형'과 b) '정략적 지도자형'으로 나눌 수 있다.

극단적 전형은 a) '재치 있는 극단적인 형'과 b) '무절제한 극단적인 형'으로 구분된다.

톨스토이는 1854년 3월 포병 장교로 승진해 다뉴브 지역으로 파견되어 근무하다가, 그해 7월 크림 지역으로 이동해 세바스토폴에서 얼마 떨어지지 않은 수비대 포병 연대에서 근무했다. 당시 러시아는 크림반도를 지배하고 있던 터키의 힘이 약해진 틈을 타서 1853년 터키에 선전포고를 하고 전쟁을 일으켰다. 지중해로의 진출을 원했던 러시아는 흑해에서 터키의 함대를 격파하고, 발칸반도와 지중해로의 진출을 위한 교두보를 마련했다. 이듬해 러시아의 진출을 원치 않던 프랑스와 영국은 터키 편에서서 러시아에 선전포고를 하고 대 러시아 전쟁을 일으켰다. 1854년 9월 크림반도에 상륙한 프랑스, 영국, 터키 연합국은 크림반도 남단의 세바스토폴에서 일전을 벌였다. 당시 도시의 남녀노소 모두가 합심해 연합군에 저항했으나, 349일 만인 1855년 8월에 도시는 함락되었고 러시아는 전쟁에서 패배했다.

이러한 상황에서 톨스토이는 1854년 《동시대인》에 자전적 3부작 중 2부인 「청소년 시절」을 발표했고, 1855년부터 1856년 사이에는 크림전쟁에 대한 소설인 「1854년 12월의 세바스토폴」, 「1855년 5월의 세바스토폴」, 그리고 「1855년 8월의 세바스토폴」을 발표했다. 이 세 작품을 통해 그는 국민적 작가라는 명성을 얻었다. 세바스토폴 전투에 참여한 병사들과 주민들 그리고 부상자들에 관한 이야기를 다룬 이 작품들은 '전쟁과 평화'를 주제로 하고 있다. 전쟁의 영웅은 사령관이나 장교가 아니라, 말없이 명령에 따르는 일반 병사들이고 이들의 '애국심'이 바로 '러시아의 힘'이라는 것이다. 그는 훗날 『전쟁과 평화』에서 이 주제를 보다 심도 있게 다룬다.

1855년 4월 25일에 완성해 그해 《동시대인》 6호에 실린 첫 번째 작품 「1854년 12월의 세바스토폴」은 전형적인 보고 문학의 형식을 갖추고 있다. 작가는 마치 리포터처럼 세바스토폴을 방문해 실시간으로 전황을 보도하고 있다. 톨스토이는 과거형 동사 대신 현재형 동사를 사용해 세바스토폴의 상황—부둣가, 야전병원, 부상자, 술집에서의 장교들의 대화, 악명 높은 제4방어선, 포성과 총성 등—을 생생하게 묘사한다. 작품의 말미에 작가는 '조국애'에 대해 다음과 같이 묘사한다.

당신은 세바스토폴이 결코 점령당할 수 없다는 신념과 러시아 민중의 힘은 흔들리지 않는다는 중요하고도 기쁜 확신을 마음속에 품게 된다. 세바스토폴이 점령당하지 않는다는 이 확신은 수많은 참호의 빗장과 흉장, 교묘하게 만들어놓은 참호, 지뢰와 첩첩히 쌓인 대포로부터 기인한 것이 아니라, 당신이 쉽게 이해할 수 없는 병사들의 눈빛과 말투, 그들의 태도, 그리고 세바스토폴 방어군들의 영혼 속에 존재하고 있는 것이다. 그들이 긴장하지 않고 너무나도 태연하게 이 모든 것을 열심히 수행하고 있기에, 필요하다면 그들은 이런 종류의 일을 수백 번 이상이라도 할 수 있다고 당신은 확신할 것이다

……, 그들은 모든 일을 다 해낼 수 있다. 그들에게 이런 일을 하도록 만드는 것은, 당신이 경험했던 사소한 감정이나 허영심 내지는 망각심이 아니라, 그 무엇인가 다른 엄숙한 감정일 것이다. 즉, 한 번도 아니고 수백 번씩 죽을 고비를 넘기면서 포탄이 날아드는 상황에서 침착하게 지속적으로 방어하며 경계임무를 수행하고, 진흙탕의 환경 속에서도 태연하게 임무를 수행하는 그들이 갖고 있는 감정은 숭고한 것이다. 인간이란 단지 십자 훈장, 영웅 칭호, 혹은 위협 등으로 인해 이런 무시무시한 환경을 택할 수 있는 존재가 결코 아니다. 그와 다른 고상하고 충동적인 원인이 있는 것이 분명하다. 그것은 드물게 표출되는, 러시아 사람들의 내면에 수줍게 숨어 있는, 그리고 가슴속 깊이 간직되어 있는 감정이라고 말할 수 있다. 다시 말해 그것은 바로 조국에 대한 사랑인 것이다.

1855년 6월 26일에 완성해 이듬해 《동시대인》 9호에 발표한 두 번째 작품 「1855년 5월의 세바스토폴」에는 「어제의 이야기」(1851)에서 실험했던 자의식의 흐름이라는 서술 기법이 광범위하게 사용되고 있다. 도입부에는 이 작품의 주제인 '생명 존중 사상'과 '반전 사상'이 다음과 같이 묘사되고 있다.

세계 각국에서 각양각색의 종족들이 서로 다른 욕망을 품고 이 숙명의 장소로 떼를 지어 몰려들었다.
그런데 외교로 해결하지 못한 문제를 화약이나 피로 해결하기란 더욱 어렵다.

　나에게는 다음과 같은 기발한 생각이 자주 떠오르곤 한다. 만약 교전 중에 있는 양쪽 군대에 각각 자국의 사병을 한 명씩 고향으로 돌려보내자고 제안한다면 어떻게 될 것인가? 그리고 이 같은 희망을 기발한 것이라고 생각한다면, 우리가 그것을 실행하지 못할 이유가 무엇이겠는가? 쌍방이 서로 병사 한 명씩을 돌려보내고, 그다음에 또 다른 병사를 한 명씩 돌려보내고, 또다시 병사를 한 명씩 돌려보내고, 이런 식으로 쌍방에서 병사가 한 명씩만 남을 때까지 돌려보내자는 것이다(양쪽 군대의 화력이 같고, 양을 질로 대신할 수 있다는 가정 하에서 말이다). 그러고 나서 이성을 갖춘 대표자들이 이 정치적 문제가 정말로 복잡하여 전쟁으로밖에는 해결할 방도가 없다고 판단되면, 마지막 이 두 병사에게 한 명은 도시를 공격하게 하고 다른 한 명은 그것을 방어하게 하면 되는 것이다.

　이 같은 나의 생각을, 당신들은 억지에 지나지 않는다고 말할지 모르지만, 그것은 옳은 것이다. 실제로 러시아 군인 한 명이 연합군의 대표 한 명과 싸우는 것과 8만 명이 8만 명을 상대로 전쟁을 치르는 것과 무슨 차이가 있단 말인가? 30만 5천 명 대 30만 5천 명은 왜 안 된단 말인가? 13만 5천 명과 13만 5천 명의 대결은 왜 안 된단 말인가? 2만 명과 2만 명은 왜 안 된단 말인가? 그리고 한 명과 한 명은 왜 안 된단 말인가? 어느 한 경우가 결코 다른 경우보다 더 합리적이라고 말할 수는 없다. 오히려 후자가 훨씬 인도적이기 때문에 더욱 합리적이라고 할 수 있다. 다음 둘 중 하나는 분명하다―전쟁 자체가 미친 짓이거나, 아니면 무슨 까닭에서인지 이 미친 짓거리를 받아들이고 수행하는 인간 자체가 비이성적 창조물이란 것이다.

톨스토이는 화자의 독백을 통해 당시 러시아에 만연했던 귀족들의 '허영심'도 신랄하게 비판하고 있다.

이 **귀족들**이라는 단어(계급이 어떻든 간에 선택받은 상류사회를 의미한다)는 그런 것들이 존재해서는 안 된다고 여겨지는 러시아의 방방곡곡에, 허영으로 가득한 사회의 모든 계층에 침투하여(이 한심스럽고 추악한 탐닉이 시대와 장소를 막론하고 침투하지 않은 곳이 어디 있겠는가?) 상인, 관리, 서기, 장교 사이에, 그리고 사라토프, 마마드이쉬, 빈니짜 등 인간이 거주하고 있는 모든 공간이라면 어디를 막론하고 온 천지에 퍼져 있었다. (중략) 허영, 허영, 도처에 온통 허영뿐이다. 심지어 죽음을 맞이하는 순간에도, 숭고한 신념을 갖고 죽을 각오를 하는 사람들 사이에도 허영이 난무한다. 허영! 그것은 우리 세대의 대표적 특징이며 독특한 병이다. 어찌하여 이런 사람들은, 천연두나 콜레라에 대해 열심히 이야기하는 것같이 허영의 열정에 대해서는 이야기를 하지 않는 것인가? 왜 우리 시대에는 세 종류의 부류만이 존재하는 것일까? 첫째, 허영은 원천적으로 당연히 존재하는 것이기에 이를 정당하게 받아들이고 이에 복종하는 부류. 둘째, 허영은 불행한 것이지만 어쩔 수 없이 이를 받아들이는 부류. 셋째, 무의식적으로 허영의 영향 아래 노예처럼 행동하고 있는 부류. 호머나 셰익스피어는 사랑, 명예, 고뇌에 대해 이야기하고 있는데, 어찌하여 우리 시대의 문학에는 시종일관 '상류사회의 유행을 따르는 속물'과 '허영'을 주제로 한 소설이 판을 치고 있는가?

작품의 결말 부분에서 화자는 시체가 뒹굴고 있는 전쟁터에서 순수한 소년의 시각을 통해 인간의 잔혹함을 지적하며 '사랑과 평화'의 메시지를 전달하고 있다. 그리고 이 작품의 주인공은 등장인물들이 아니라 '그리스도의 진리'라고 주장한다.

아이는 휴전이 되자마자 제일 먼저 방어막을 넘어 프랑스 병사와 땅바닥에 나뒹굴고 있는 시체를 호기심을 갖고 바라보며 골짜기에서 서성거리다가, 죽음의 계곡을 온통 뒤덮고 있는 하늘색 야생화를 뜯고 있다. 얼마 후 큼지막한 꽃다발을 만들어 집으로 돌아오는 길에 아이는 바람이 몰고 온 냄새 때문에 코를 막고 쌓여 있는 시체 더미 옆에 서서, 바로 앞에 있는 머리가 없는 무시무시한 시체를 바라보고 있다. 한동안 움직이지 않고 서 있던 그 아이는 가까이 다가가서 딱딱하게 굳은 채 축 늘어진 시체의 손을 한쪽 발로 건드렸다. 손이 살짝 흔들렸다. 아이는 다시 한 번 힘껏 그 손을 건드렸다. 손이 흔들리며 다시 제자리로 돌아간다. 갑자기 아이는 비명을 지르며 꽃다발에 얼굴을 파묻고 정신없이 요새 쪽으로 뛰어간다.

그렇다, 방어선과 참호 위에 흰 깃발이 나부끼고, 꽃이 만발한 골짜기에는 악취를 풍기는 시체들이 가득하다. 아름다운 태양이 푸른 바다로 내려앉는다. 출렁이는 푸른 바다는 황금빛 햇살을 반영한다. 수천의 사람이 무리 지어 바라보고, 이야기하고, 서로에게 미소를 보내고 있다. 그리고 이 사람들이—바로 위대한 사랑의 율법과 자기희생을 설파하는 그리스도인들이—자신들이 저지른 만행을 바라보면서, 어떻게 그들에게 생명을 주고 각자의 영혼 속에 죽음의 두려움 대신에 선과 미를 향한 사랑을 불어넣어준 그리스도 앞에서 회개하며 무릎을 꿇고 엎드려 형제로서 기쁨과 행복의 눈물을 흘리며 서로를 포용할 수 있단 말인가? (중략) 내 소설의 주인공은, 내가 혼신을 다해 사랑했던 주인공은, 그 모든 아름다움 속에서 재현하려고 애를 썼던 주인공은, 과거나 현재나 미래나 영원토록 아름다운 그 주인공은, 다름 아닌 그리스도의 진리인 것이다.

세바스토폴이 함락된 1855년 11월에 톨스토이는 잠시 페테르부르크로 파견 나왔다. 그곳에서 그는 문단과 사교계로부터 대대적인 환영을 받았으나, 사실주의 작가와 비평가들의 진보적인 견해와 무신론을 결코 수용할 수 없었다. 그들의 눈에 비친 톨스토이는 반동적 작가였고, 톨스토이의 눈에 비친 그들은 지적 자만심이 강하고 사회개혁에 직접적인 행동으로 기여하기보다는 이념적으로만 개혁을 주장하는 문단과 사교계 속물들이었다. 페테르부르크에서 그해 12월 7일 완성한 세 번째 작품

「1855년 8월의 세바스토폴」은 1856년 《동시대인》 1호에 L.N. 이라는 필명으로 발표되었다.

앞선 두 작품과 달리 화자의 입장에서 줄거리를 기술하고 있는 이 작품에는 세바스토폴 전투에서 부상당해 치료를 받고 다시 복귀하는 코젤리초프 중위와 사관학교를 막 졸업하고 세바스토폴 전투에 참여하는 그의 동생 코젤리초프 준위가 주인공으로 등장한다. 작가는 두 주인공의 '형제애'와 군인들과 주민들의 '조국애'를 주요 주제로 다루면서, 야전병원에서 처참하게 죽어가는 군인들의 모습과 요새가 함락당하는 마지막 과정을 통해 '인간애'와 '반전 사상'을 드러내고 있다.

세바스토폴 방어선을 따라, 얼마나 많은 기간 동안 예사롭지 않은 활력적인 삶을 불살랐던가, 얼마나 많은 기간 동안 영웅들이 하나 둘씩 죽어갔던가, 그리고 얼마나 많은 기간 동안 공포와 증오와 희열이 넘쳐흘렀던가! 이제 세바스토폴 방어선에는 아무도 없다. 모든 것이 사멸했고, 야만적이었고, 무시무시했다. (중략) 폭격으로 인해 파헤쳐지고 울퉁불퉁해진 대지 위에 산더미 같은 아군과 적군의 시체를 짓누르고 있는 부서진 포차, 영원히 침묵하고 있는 육중한 대포, 무시무시한 힘으로 틀어박혀 반쯤 파묻힌 포탄과 폭탄, 첩첩히 겹쳐진 시신, 구멍 난 통나무 조각과 엄폐호에서 떨어져 나온 파편, 그리고 회색과 파란색 외투를 입은 시체들이 뒹굴고 있었다. (중략) 파블로프스카야 해안 거리에서 치명상을 입고 돌바닥에 누워

하나님에게 죽여달라며 간청하고 있는 5백 명가량의 부상자, 말을 타고 지나가는 장군을 위해 안간힘을 쓰며 빽빽하게 걸어가고 있는 무리들을 밀어내는 의용군들, 꿋꿋하게 도하를 지휘하며 성급하게 서두르는 병사들을 제지하고 있는 어떤 장군, 이동하고 있는 포병대대에 끼어들려고 애쓰고 있는 무리 때문에 숨이 막힐 것 같은 어떤 수병, 병사 네 명에 의해 들것에 실려 운반되다가 길이 막혀 니콜라예프스카야 포대 근처에 내버려진 부상당한 장교, 이해가 가지 않는 상관의 명령에 의해 16년 동안 다루었던 대포를 동료들의 도움을 받아 가파른 언덕에서 항만으로 던져버린 포병, 그리고 군함의 현문을 파괴하고 민첩한 동작으로 보트를 저으며 도망치는 수병들. 모두가 가능한한 빨리 이 무시무시한 죽음의 장소에서 벗어나려는 생각을 품고 있었다.

이 작품을 발표하고 나서, 호사스런 도시생활에 회의를 느낀 톨스토이는 1856년 3월 군에 전역서를 제출하고 야스나야 폴랴나로 다시 돌아왔다. 「눈보라」(1856)는 1854년 1월에 톨스토이가 카프카스에서 자신의 영지인 야스나야 폴랴나로 22시간 동안 썰매마차를 타고 직접 여행했던 경험을 토대로 집필한 일인칭 서술 방식의 작품이다. 그로부터 거의 2년이 지난, 1856년 2월 1일에 집필하기 시작해 열흘 만인 2월 11일에 완성했다. 1856년 《동시대인》 3호에 게재된 이 작품은 한치 앞도 보이지 않는 눈보라의 극한상황에서 길을 잃고 방황하다가 이를 극복하고 자신들의 임무를 완수하는 노련한 삼두마차 마부들에 대한 이야기를 골격으로 하고 있다. 이 작품에서도 「1855년 5월의 세바스토폴」에서 사용한 자의식의 흐름이라는 서술 기법이 사용되었다. 눈 폭풍 속에서 추위에 떨며 피로에 지친 주인공 화자는 마차 안에서 동사에 대한 두려움을 품고 점점 의식을 잃어가면서 과거 어린 시절을 회상한다. 7월 중순 한여름, 어린 화자는 자신의 영지에서 더위를 피해 연못에서 수영을 하던 어떤 농노의 죽음과 그의 할머니와 숙모, 그리고 영지 관리인의 모습을 떠올린다. 농노의 죽음에 대해 안타까움을 느끼는 어린 화자는, 죽은 농부를 하찮게 여기는 숙모의 태도에 고통스런 수치감을 느낀다. 이 회상에서 어린 시절 톨스토이의 '인간애'를 발견할 수 있다. 작품 결말 부분에 화자가 잠에서 깨어나 현실세계로 돌아오고, 노련한 마부들의 노력 덕택에 그들은 목적지인 역참에 무사히 도착한다. 톨스토이는 자신의 형에게 보내는 편지에서, 「눈보라」가 개인적으로 자신이 가장 좋아하는 작품이라고 밝히고 있다.

　1856년 4월 11일에 발표한 「두 경기병」은 톨스토이가 선호하는 문학 기법 중 하나인 '대구법'을 시도한 작품인데, 경기병인 투르빈 백작 부자를 통해 '신세대와 구세대의 변화와 차이점'을 대비해 묘사하고 있다. 술과 도박, 그리고 춤과 노래를 즐기는 호탕한 성품의 아버지 투르빈, 그리고 소심하고 타산적인 성품의 아들 투르빈이 각각 소설 전반부와 후반부에 분리되어 묘사되었다. 1848년 영지를 떠나 모스크바와 페테르부르크의 사교계를 전전했던 톨스토이의 사치와 향락의 생활상과 여성편력이 아버지 투르빈이라는 인물을 통해 간접적으로 묘사되어 있다.

「강등병―카프카스의 추억」은 1856년 11월 15일에 완성되어 그해 12월 《독서를 위한 도서관 Библнотека для чтення》 12호에 발표되었다. 이 작품에는 카프카스의 파견 부대에 근무하는 화자와 그의 친구 이바신의 처남인 구슈코프가 주인공으로 등장한다. 페테르부르크의 사교계에서 화려하게 생활하다가 텍스트 상으로는 알 수 없는 불의의 사고를 저지르고 옥살이를 한 후, 카프카스로 좌천당한 강등병 구슈코프의 생활상과 그의 '속물성'을 다루고 있는 작품이다.

이상의 작품들은 모두 20대의 톨스토이의 고뇌와 방황, 지적 성숙과 철학의 정립을 잘 보여주고 있다. 특히 여기에 실린 소설들은 이후 발표되는 그의 대작들의 뿌리를 이루고 있는 것들로 그의 작품 세계를 이해하는데 중요한 작품들이다.

1828년   8월 28일 니콜라이 일리치 톨스토이 백작과 마리야 톨스타
야(결혼 전 성은 볼콘스카야) 백작부인의 5남매 중 4남으로
영지 야스나야 폴랴나에서 출생.

1830년   어머니 사망.

1837년   모스크바로 이주. 아버지 사망. 먼 친척 타티야나 예르골스
카야 부인이 5남매를 돌봄(이후 톨스토이의 인생에 큰 영향
을 줌 — 편집자 주). 큰고모 알렉산드라 오스텐-자켄 백작
부인이 후견인이 됨.

1841년   알렉산드라 오스텐-자켄 백작부인 사망. 작은고모 펠라게야
유시코바가 새로운 후견인이 됨.

1844년   카잔대학교 동양어학부에 입학하여 투르크어, 페르시아어
전공.

1845년	같은 대학교 법학부로 전학.
1847년	3월 17일 일기를 쓰기 시작(톨스토이 연구에 중요한 기록을 많이 담고 있음 — 편집자 주). 카잔대학교 자퇴. 영지 야스나야 폴랴나로 이주.
1851년	3월 톨스토이 최초의 문학작품 「어제 이야기」 저술. 미완성으로 남음. 4월 형 니콜라이를 따라 카프카스 지방으로 감. 이곳에서 소위보로 군에 입대하여 산악부족과의 전투에 참여. 틈틈이 창작활동.
1852년	문학잡지 《소브레멘니크》에 「소년 시절」 발표.
1854년	다뉴브 군으로 전속. 이어 크림반도로 전출. 10월 중 《소브레멘니크》에 「청소년 시절」 발표.
1855년	「당구계수원의 수기」 「산림 벌채」 발표. 세바스토폴 공방전에 참가. 「1855년 5월의 세바스토폴」 「1855년 8월의 세바스토폴」 「1855년 12월의 세바스토폴」 발표. 11월에 페테르부르크로 여행. 이곳에서 문학계의 대대적인 환영을 받음.
1856년	「눈보라」 「두 경기병」 「지주의 아침」 발표. 5월에 전역하여 영지 야스나야 폴랴나로 돌아옴.

1857년   1월 《소브레멘니크》에 「청년 시절」 발표. 같은 달 첫 유럽 여행. 행선지는 독일, 프랑스, 이탈리아, 스위스. 여행 중 받은 인상을 「네흘류도프 공작의 수기: 루체른」에 담음.

1858~59년   「알베르트」 「세 죽음」 「가정의 행복」 발표. 농촌 어린이 교육에 헌신.

1860~61년   두 번째 유럽 여행. 행선지는 독일, 프랑스, 이탈리아, 벨기에, 영국. 유럽 각국의 교육제도 연구.

1861~62년   지주와 농부의 분쟁을 조정하는 치안판사 직무 수행.

1862년   9월 23일 모스크바 의사 집안 출신의 소피야 안드레예브나 베르스와 결혼. 이때 신부의 나이는 18세, 신랑은 34세.

1862~63년   교육잡지 《야스나야 폴랴나》 발간. 「카자크인들」 「폴리쿠슈카」 발표.

1868~69년   장편소설 『전쟁과 평화』 발표.

1875년   「새로운 알파벳」 「러시아 독본」 발표.

1875~77년   장편소설 『안나 카레니나』 발표. 1878년에 단행본으로 출간.

1879~82년	러시아 정교회에서 탈퇴. 지주생활 청산 선언. 도덕적으로 완전무결한 참된 기독교 지향. 종교성과 윤리성을 강조한 「참회록」 저술.
1880~86년	러시아 평민을 위한 이야기 저술, 발표.
1881년	모스크바로 이주.
1882년	모스크바 빈민굴 인구센서스에 참가. 러시아 사회의 모순을 비판하는 일련의 글 발표.
1883~84년	「나의 신앙의 요체」에서 러시아 정교회를 신랄히 비판.
1889~90년	「홀스토메르」 「이반 일리치의 죽음」, 희곡 「어둠의 힘」 발표. 「크로이체르 소나타」 「악마」, 희곡 「교육의 열매」 발표.
1891~94년	흉작으로 대기근에 시달리는 농부들을 돕기 위한 캠페인 조직. 기근에 관한 일련의 글 발표.
1895년	「주인과 하인」 완성. 체호프가 찾아옴.
1897~98년	「예술이란 무엇인가」에서 데카당 사조를 비판하고 국민을 위한 예술 강조.

1899년   장편소설 『부활』 발표.

1900년   희곡 「살아 있는 시체」 발표. 고리키가 찾아옴.

1901년   2월 러시아 정교로부터 파문당함. 12월에 건강 악화로 크림
반도에서 요양. 이곳에서 체호프와 고리키 만남. 요양 후 야
스나야 폴랴나로 이주.

1902~10년 「무도회가 끝난 후」「하지 무라트」「무엇을 위하여?」「신적
인 것과 인간적인 것」「세상에 죄인은 없다」 발표.

1910년   10월 28일 가족들 몰래 가출. 11월 7일 철도 간이역 아스타
포보(현 톨스토이역)에서 사망. 11월 9일 야스나야 폴랴나
에 매장.

* 이 작가 연보에 등장하는 날짜는 러시아에서 혁명 전에 사용되었던 구력에 따른
것으로 오늘날 우리가 사용하는 달력에 비해 12일이 빠르다—편집자 주.